浮生

上册

方应鱼 —— 著

广东旅游出版社
GUANGDONG TRAVEL & TOURISM PRESS
悦读书·悦旅行·悦享人生

中国·广州

万年前，雷夏大泽妖兽横行，人类濒临灭绝。天界从一颗由『清正之气』和『邪戾之气』两种力量纠结而成的异星中，炼制了一头具备镇妖效力的异兽。然其无法独立存活，必须寄生于宿体，否则一个时辰后便会灰飞烟灭。该兽名为——『白泽』。

目录

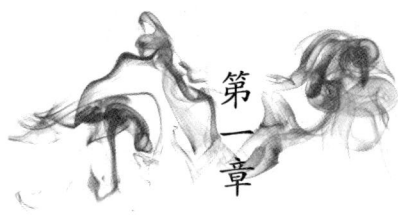

第一章

鱼妇篇

鱼妇，一种低级而凶残的妖，长约三寸，黑脊白腹，尖齿利鳍，能钻入人的腕脉，寄生脊髓，将人化作生有鱼尾的鲛妖。鱼妇会一变十，十变百，一夜之间就能分裂出千千万万条，顺着河道扩散出去，攻城略地，沿岸生灵涂炭，均沦为死地。

雨夜深宅的罪孽

夜雨无边无际，天空云层阴沉，瑜州方宅笼在一片茫茫雨雾中。

方家大小姐九蘅躲在闺房的里间，把一只小包裹藏进怀里，侧耳听了听外屋的动静——两个丫鬟正在嗑瓜子聊天。

一人道："无聊死了！这种天气大家伙都聚一起打牌去了，就我们两个不能去玩。"

另一个丫鬟附和道："有什么办法？夫人说了，要我们好好盯着。谁让咱们摊上这晦气主子呢？"

九蘅忍耐地咬了咬下唇——两个丫鬟说话的声音颇高，半点没有忌讳她听到的意思。从小到大，她的耳中总是充斥着这些轻侮的谩骂，她虽有小姐的名分，却从来没有小姐的尊严。她早已领悟到"如果反抗，会招来十倍责罚"的道理。只有忍气吞声，才能在这假仁假义、食人吞骨的方家活下去。

她推开里间的门走了出去。两个靠着桌子嗑瓜子的丫鬟停止了议论，一齐冷冷地看着她，没有问候和招呼，神情刁钻，毫无丫鬟对主子应有的礼数。

九蘅开口道："我晚饭没怎么吃，有些饿了，给我去膳房拿块米糕吧。"

两个丫鬟的脸上露出轻蔑的笑，其中一个生着吊梢眼的，刻薄地道："这下雨天的，大小姐指使谁呢？"

九蘅似是习惯了这样的轻慢，轻叹一声，无奈道："二位歇着，我自己去拿吧。"

那丫鬟嗤笑一声，满脸嘲讽的表情明明白白地在说：你识趣就好。随后便继续嗑她的瓜子了。

九蘅不再理她，自己拿了一把伞，推门走出去。屋里的吊梢眼丫鬟跟另一个使了个眼色。

对方问："怎么了？"

吊梢眼冷笑道："你猜她真的是去膳房了吗？"

"不然呢？"

吊梢眼里闪着狡黠的神气："你忘记今天是什么日子了吗？"

雨夜的凉气扑得九蘅瑟缩了一下肩膀。她撑开伞，贴着墙根儿，紧了紧怀中的包裹，小心翼翼地往府第深处走去。

连日阴雨，石板路旁边养着锦鲤的小河渠里的水溢到路面上来，打湿了她的鞋子和裤腿，分外冰冷。

她来到一处偏僻的耳房前面。这小屋是下人房的样子，却比下人房更破败，屋前草木长期无人修剪，夜雨之中，有如鬼影森森。九蘅心中害怕，不过仍壮起胆子走近。

想要推门进去，却发现门上挂着锁。她只得四下转了转，想寻一处干燥的地方。可是这屋子前连个檐廊也没有，到处湿淋淋的。

心中酸楚，叹了一口气，将伞搁在门前檐下，从怀中摸出一个小画轴展开，画中是名娴静秀美的妇人。她小心地把画像在雨淋不到的地方摊开，再打开那个小包裹，拿出里面的香烛和纸钱，慢慢地摆到伞下面去，嘴中念念出声："今日是您的十年忌日，我来看您了。我不知道您骨埋何处，只能到您过去的住处来祭奠。可惜下雨，连纸钱都不能烧给您了。"顿了一下，又道，"您还生我气吗？过去了那么久，不气了吧？那时我小，不懂事，您能原谅我吗……"

阴沉的天空透露一丝半点的天光，隐约映出少女的脸，额边的发丝沾了雨水，衬得年轻的面容明丽清爽，眼眸有如蓄着水汽。

"您应该会原谅我的吧，您那么疼我。"她的娘亲善良、温柔、无害，大概是这世上唯一的光亮——曾经。

她后退一步，跪在泥地里，叩了几个头，跟自己说："过去那么久了，娘亲大概都投胎转世了，我也不用哭了。"可泪水依然混合着雨水止不住地往下流。

娘亲把这一世的苦忘了，可是她忘不掉啊，这辈子都要背负这个伤痛走下去，直到生命尽头才有希望抛却。

九蘅不敢在此久留。若是屋里丫鬟起疑，知道她来了这里，定没有她的好果子吃。她卷起小像收入怀中，站起身来擦了擦膝上泥渍，将伞留在檐下，转身想要回去。

眼睛被雨淋得睁不开，走了几步，突然撞上了一个人。这样阴森森的环境下突然撞到人，九蘅吓了个魂飞魄散，接连退了几步，慌得一双眼睁得大大的，看清来人是方老爷的夫人殷氏。

她暗叫一声苦。在这里见到殷氏，真是比见到鬼还可怕。

殷氏是九蘅名义上的母亲。她小时候就知道这个"母亲"对自己冷漠无情，毫不亲近，大一些后知道自己的生母另有其人。殷氏也不再刻意隐瞒，待她连个下人都不如，打骂随手即来，二人之间毫无半分母女情义。

殷氏身边领了两个丫鬟，一个提着灯笼，一个打着伞。提着灯笼的，正是九蘅屋里那个吊梢眼的丫鬟，嘴角挂着嘲讽的笑，脸上带着小人得势的嘚瑟。

九蘅心下一沉，知道定是这丫鬟跟殷氏通风报信，特意赶来捉她的。暗叹一声，心知这一劫必是逃不过了，还是规规矩矩地行礼："是九蘅莽撞，冲撞了您，请您恕罪。"

殷氏用刻毒的眼神上下扫了九蘅浑身湿透的狼狈样子、哭红的双眼，斥道："一个姑娘家，大半夜地跑出来浪什么？"

九蘅明白无论如何也撇不清，身后不远的纸钱香烛还摆在那里呢，索性低头不语。

殷氏冷笑一声："长辈问你话竟敢不理不睬，没规矩，掌嘴！"

吊梢眼立刻上前一步，重重地抽了九蘅一个嘴巴，厉声骂道："冲撞惊吓到夫人，该打！"反手又是一巴掌，"姑娘家大半夜不在自己屋里待着到处乱跑，该打！"

打完后退两步到殷氏身边，手法娴熟，步法流畅，显然是做惯了这样的事儿。

九蘅两边白嫩的脸颊上浮起发红的掌印。但她也习惯了被自己的下人这样教训，连半下都没有躲闪，眼中甚至毫无波澜，只低着头，小声道："您教训的是。"她尽力做出顺从的模样，希望能缓解殷氏的怒气，少受些折磨。

然而殷氏的火气更盛了，冒出比雨水还冰冷的嘲讽："什么'您、您'的，养了你这么些年，连一声'母亲'都不会叫吗？怎么，当着'她'的面，叫不出来了？呵，说起来这贱婢死了十年了吧？果然是从她肚子里爬出来的，一样的贱！"

"轰！——"

九蘅的心犹如天边这一声刺耳的响雷，猛然炸开。这些年为了在这毫无人味的方家苟且偷生，她一直压抑着悲伤和仇恨，走一步看一步，过一天是一天，浑浑噩噩。

可是今日，是她生母的十年之忌啊。在这样的日子、这样的地方，害死生母的凶手却依然对她口出恶言，肆意侮辱，自己一直以来的忍让是何等屈辱啊！一瞬间，她决定结束这可耻的忍让，无非就是死罢了！

九蘅突然伸手，一把揪住殷氏的发髻，狠狠地将她扯倒在湿地上！殷氏吃痛，尖声叫起来。九蘅一向温顺忍让的眼中，燃起凶狠的火光，如一头暴怒的野兽，骑在殷氏的身上，抓着她的头发拼命撕打！

平日养尊处优的殷氏，何曾受过这等殴打？尖利的哭叫声似要穿破云霄。

两个惊呆的丫鬟终于反应过来，急忙扔了手中的灯笼和伞，上前对着九蘅又是拉扯，又是抽打，无奈情绪失控的九蘅力气大得惊人，依然将压在身下的殷氏一巴掌又一巴掌地甩打，两个丫鬟怎么拉也拉不开，急得高声喊人。

护院的家丁闻声赶来，才将九蘅从殷氏身上拉开。被打蒙的殷氏回过神来，坐在地上大哭大骂："这小贱人疯了！打死她，往死里打！"

家丁们就地将九蘅按倒，一棍又一棍地抽打在她的背上。九蘅心中膨胀的怒气似乎抵住了棒打带来的痛苦，她咬着牙一声不吭，尽力地扬起脸，用仇视的目光死死盯着头发散乱、泼妇一般哭骂的殷氏。

就在这里以凶狠的模样死去吧，化作一只厉鬼钉在殷氏的眼里，让殷氏生不安生、死不安宁！

殷氏突然有片刻的慌张。她的哭闹停歇了一会儿，目光望向几步远的小屋子黑洞洞的窗口，那是那个女人居住过的下人房。这个一向温顺的女孩突然变了个人一般，难道是那个女人不散的阴魂附到了女孩身上，寻仇来了？这个念头一冒出来，她忍不住打了个寒战，脸色都白了。

　　有家丁提着灯笼，引着一个身着锦服的中年男子匆匆走来。来人看上去道貌岸然，正是方老爷，九蘅的亲生父亲。

　　殷氏刚刚升起的不安顿时烟消云散，指着方老爷厉声斥道："你看看你的好女儿！我辛苦抚养她十七年，她非但没有半分感恩，居然还动手打我！"

　　正在棒打九蘅的家丁暂时停下手中的棍棒，小心观察着方老爷的脸色。大小姐再怎么不吃香，也是方老爷的亲生女儿不是？

　　九蘅的目光转到父亲的脸上，心中并没有升起半点求救的希望，瞳中的火焰泯灭了下去，变成一潭死水，嘴角泛起一丝嘲讽的笑。她笑那执棒的家丁还是太天真，以为父亲会对她心有怜惜。

　　殷氏嫁给方老爷之前，其父是个地方小官，方家是当地富商。当朝视商人地位最为低等，殷氏算是下嫁。没过几年，殷父谋了个京官之职，颇有些实权。方家是做丝绵生意的，沾岳丈的光，揽下了雷夏国军队军需被服的生意，更加财源滚滚，富甲一方。从此，方老爷恨不得把殷氏供起来，无论她做什么都一味纵容。

　　方老爷听了殷氏哭诉，果然勃然大怒，指着九蘅怒道："打，给我狠狠地打这个不仁不义的东西！"

　　犹豫了片刻的棍棒再次落下，背部的衣裳渗出血色。九蘅咬着牙忍住，依旧一声不吭。

　　在殷氏的眼中，九蘅无疑是眼中钉、肉中刺，尤其兰倚死后，她把对兰倚的全部妒恨都转移到了九蘅身上。而九蘅一直清楚，殷氏的狠毒与父亲相比算不了什么，殷氏对她再狠，只是嫉恨她的生母罢了，可这个人，强暴府中丫鬟，致其两次怀孕生子，放任他人欺侮这个丫鬟，对最终的虐杀罪行也视若无睹。这个与她血脉相连的人才是罪魁祸首，才是真正的狠毒之人。

　　这便是豪门大户方家的作为。这个世界怕是已经烂得千疮百孔了吧，这样歹毒肮脏的世界，上天为何不来一场毁天灭地的洪水，将它清洗得干干净净呢？

九蘅睁大眼睛看着父亲，嘴角浮起一丝嘲讽的笑。

殷氏也看到了这个笑，脊背掠过森森寒意，一时间从这女孩的脸上，竟看到了当年兰倚的影子。殷氏突然觉得这个女孩不能再留着了。

她的脸上闪过掺杂着恐惧和狠绝的神情，对着方老爷，用尖锐到撕裂的声音道："老爷！你今日若不重罚这个丫鬟，我也没有脸面在这个家待下去了！"

方老爷立刻弯腰扶着殷氏的手臂温柔安抚："夫人莫要说这等气话……"

"我没有说气话！一个下贱丫鬟生的都可如此折辱我，你今天若不做个正当决断，便休了我，让我回家跟我父母过去！"

方老爷听了这话，顿时吓得要跪——若是跟岳丈家翻了脸，他的前途岂不是立马要毁啦！他急忙拉着殷氏的手安慰，却被殷氏一把甩开。

正在挨着棍责的九蘅咬着牙冷笑起来："谁下贱？你与管家苟且，我可是亲眼看见的！"

殷氏的脸唰地变得雪白。殷氏与管家的不清不楚早已暗暗风传，如今突然被当众说破，气氛顿时尴尬。大家都看着方老爷的脸色。殷氏慌张之下竟哑口无言，惴惴地瞄着方老爷。方老爷的脸色何止雪白，简直白里透青。

然而大家万万没料到，他并没有朝着殷氏发难，而是上前一步，一脚踩在九蘅的脸上，将她的嘴碾进泥土，厉声喝道："信口雌黄！你母亲辛苦抚养你，你不知感恩，竟以如此污名毁你母亲名声，无孝无德，死不足惜！"

殷氏原本紧张的神色一松，扬了扬下巴，嘴角一丝得意的笑一现即隐，神色一变，哭天抢地，声嘶力竭道："老爷！你若不为我主持公道，我便不活了！"

方老爷指天发誓："夫人放心，我必对这个白眼狼重罚！"然后对着家丁下令，"拖下去关好了！明日召集族中老人商议，必要对这大逆不道的东西……施行家法！"最后四个字从他的牙缝里迸出，透着阴狠和绝情。

九蘅苦笑不已。这桩见不得人的丑事，原来最想隐瞒的，不是殷氏，而是父亲。

早就知道父亲懦弱，没想到懦弱到这个地步。在他的心目中方家生意比什么都重要，绿帽子可以戴，女儿可以死。九蘅的咽喉里泛起血腥的味道，心中充斥着对一切的厌弃。

不久之后，半死不活的九蘅被丢进一间小屋，门从外面沉重地锁上。这里本是方家专门用来关押犯错的下人的地方，但是，大小姐九蘅可不是第一次被关在这里了。

她在冰冷的地上匍匐了许久，一个词迟钝地一跳，跳进她木然而苍白的脑海中——家法。

扑进脑中的小兽

方家的家法，严苛到失去人性——犯了大错的人，要被挑断手脚筋。被执行家法者，轻者残疾一世，重者在受刑后慢慢被折磨致死。那大概是世上最可怕的刑罚。

与殷氏撕打时，心中充斥着毁天灭地的恨怒，但求一死。可是此时冷静下来，她又有些后悔，内心被恐惧攫住，打了个寒战。

死倒好说，那死前所受的痛苦，比死亡恐怖百倍。她的生母兰倚就死于家法，她也要重蹈覆辙吗？寒冷从内心透进骨缝，她抱着膝盖蜷成一团，忍不住浑身发抖。

窗棂间忽然冒出一张十岁男孩子的小脸。他趴在窗台上往里面望，因为太暗看不清楚，压低声音喊了一声："姐姐？"

这孩子是九蘅的弟弟方仕良，她同父同母的亲弟弟，小她六岁，生着一双墨染般的瞳仁。想来是天气不好，外面也没人看守，就让他钻空子过来了。

虽都不是亲生，可是殷氏对待仕良比起她来是天壤之别。毕竟方家的万贯家业将来是要男孩子来继承的，殷氏将来老了，也是要依靠仕良的。

九蘅待这个弟弟一向疏冷，甚至是有些恨的。殷氏总说她是嫉妒弟弟，其实不是的。她是真的恨。仕良的出世，将他们的生母推上了死路。她也知道那不是仕良的错，谁都无法决定自己的出生，可还是对他爱不起来，这个孩子的出生，背负着太多血泪。

仕良对一切过往浑然不知，更不知生母另有其人。虽被姐姐排斥，却总想找机会亲近，百折不挠。此时，又趴在窗上"姐姐、姐姐"叫个不停。

"别吵！"九蘅冷冷开了口。

"吓死我了。"仕良松了一口气，"我还以为你被他们打死了。"

九蘅在黑暗里凄然笑了一下："现在没死，不过离死也不远了。"

仕良惊恐道："不会的，父亲不会真的杀你的，他只是吓唬你。"

她呵呵一笑，没有作答。

仕良呆呆地站在那里，小脸吓得惨白。他虽然小，但也知道父母待姐姐一向苛刻无情，内心也相信了姐姐或许真的在劫难逃。

他愣了一会儿，突然跑开。过了一会儿，九蘅听到门上咔咔作响，门扇被打开了，仕良站在门口，手中拿着一根用来撬开锁链的棍子，喘着气说："姐姐，你跑吧。"

九蘅呆住了。

跑？

跑！

九蘅原本黯淡的眼睛亮了起来，如在绝境之中看到一个出口，不跑是死，跑了或许还有生路。是的，跑吧，逃出方宅，逃到外面广阔的天地里去，就算是流浪讨饭，甚至倒毙街头，也比留在这里接受酷刑、在痛苦折磨中慢慢死去强得多。

她忍痛站了起来。仕良拉着她的手跑了没多远，突然猛地站住。前方出现一个高大身影，腰间钢刀唰地出鞘一半，低声喝道："什么人？"

是夜巡的家仆。

九蘅心中一片冰凉，跑不了了。还想逃出生天？痴心妄想。仕良拦在她面前，带着哭腔道："你……你不要抓我姐姐回去，我爹会打死她的！"

那人半晌没动。忽然朝两人走来，他们吓得瑟瑟发抖时，他与二人擦肩而过，就像没看到他们似的。这时九蘅才认出来，这家仆名叫唐东，平时少言寡语，却曾在她被欺负时，不动声色地出手相助，是方家中为数不多的善待她的人之一。

两人如遇大赦，手拉手跑进夜雨里，穿过园林中的树木，来到一棵靠近墙边的歪脖树旁。仕良说："姐姐，你顺着这棵树爬上墙头，直接跳下去，下面是一堆草，摔不坏的！草堆我特意准备在那里的，平时我都从这里跑出去玩。"

九蘅的手搭上树干，停了一下，又收回来，轻轻抚摸了一下仕良的头顶，声音忽有些哽咽："仕良……"

她忽然意识到，尽管她一直恨着他，可他是这世上唯一关心她的人。

"快跑吧，姐姐，你先找地方躲一阵，等父亲母亲消了气，你再回来。一定要回来哦！"仕良的眼中也冒出了眼泪。

她心中藏着许多关于方家的秘密，可是这一刻，她决定永远不告诉他。

她不敢耽搁太久，在仕良的帮助下，艰难地爬上歪脖树，越过墙头跳了下去。尽管接住她的草堆很厚软，可是因为背上的伤，她还是痛得眼冒金星。缓了一会儿，才爬起来，跌跌撞撞跑进茫茫雨夜。

九蘅跑到城门口的时候，城门早已关了，幸好有运泔水的车要出城，她趁着守卫被雨淋得睁不开眼，借着车辆遮挡混出了城去。

泔水车远去，她深一脚、浅一脚地走在通往城郊的路上。背上伤处疼痛，咽喉里渐渐像要冒出火来，伤势使她开始发热，身上变得滚烫。冰冷的雨水淋在身上，就像水火酷刑交加施于身上，视线被雨水糊住，越来越模糊。意识也渐渐模糊，唯有一个念头支撑着她拖动脚步——跑，跑到死也不能被活捉。

不知何时摔倒在了泥地上，仍然手脚并用地挣扎着向前爬行的时候，她觉得自己变成了另一个人——一个三十岁左右的妇人，手腕、脚腕鲜血淋漓，在泥地里挣扎爬行，身后的泥水都变为了血色。

这个幻象如此真实，以至于九蘅都感觉不到背部的伤痛了，所有的疼痛似乎都集中到了手腕、脚腕。

她知道那是谁。那是十年前，被执行家法、挑断了手筋脚筋的母亲兰倚。

九蘅终于俯卧在泥地里，一寸也移动不了了。她并没有跑出很远，或许很快方家的人就会找到她，将她带回去执行家法，让她历经与母亲当年一样的生不如死。

画轴从衣襟中滑落，雨打湿了画上的娘亲。她吃力地把画往袖下拢，嘴唇翕动，无声地念了一句："娘亲，我好想……见见你啊。"在沉沉降落的雨幕中，体温越来越低，意识越来越模糊。

湿漉漉的眼睑即将合上时，视野里忽然出现一星淡蓝光亮。她已失去了思索的能力，对这个异象毫无反应。那光点像阴云缝隙里露出的一枚星星，却是晃动的，而且在一片黑暗雨夜中越来越大，越来越亮。

九蘅半睁的瞳仁中映出的莹蓝星光骤然变大，变成灼亮的光团。刹那间她看到扑面而来的一片强光中，隐约有个狰狞的兽脸！

濒死的意识硬生生被吓得猛然清醒了一点，目光略略聚焦，发现有个光团停在距她几尺远的地方，竟是一只透明的小兽形状，像是小老虎，又像小狗，通身泛着幽蓝的光，面相凶狠，一对眼睛如岩浆般血红。

九蘅身体不能动弹，目光茫然地与它对视着。小兽的五官突然狰狞地扭曲，露出獠牙，"嗷"的一声扑向她的脸。

她只觉得这像光团一样的小兽直接扑进了脑中，强烈的白光瞬间充斥脑海，然后整个世界陷入宛若雷暴之后消泯一切的强光之中。

重新有意识时，天色已近黎明。九蘅认为自己已经死了。因为身上的伤痛已感觉不到疼，之前沉重的身躯也轻松了许多。她慢慢地爬起来，坐在泥地里。雨还在下，落在脸上，冰凉冰凉的。

"死后也有感觉吗？"她伸出手来，感受到雨点跌在手心。

突然，她感觉身边好像有人，猛地转过脸去，看到离自己几步远的地方，影影绰绰站了一个身影。

恐惧凝住了她的心神，声音都变调了："什么人？"

那个人影微晃了一下，一句温软的、略带哽咽的话传来："不要怕，是我，我是你娘啊。"

寒意掠过九蘅的心头：娘？……我娘，不是死了吗？！

不过她旋即便释然了。娘亲是死了，她九蘅也死了啊。

想到这里，九蘅心中惧怕散去，反而欣喜起来，站起来朝那影子走了过去。走得近了，能看清那个有些虚晃的影子的衣着和五官：朴素的衣裳，圆润的面庞，温和秀美的眉眼，确是母亲兰倚。

兰倚原是方家的丫鬟，因为貌美，被方老爷看上，后来生了九蘅。殷氏没有生养的能力，强行把女婴从兰倚身边抱离，对外说是她殷氏自己生的，还像模像样地坐了月子。但她并未将兰倚赶走，而是继续当作粗使下人，百般欺侮。留下兰倚并非出于心软，只为了给方家再添一个男丁。

九蘅很小的时候，兰倚会偷偷来看自己的女儿，趁没人的时候接近她，有时塞给她一个煮鸡蛋，有时给她一只草扎蚂蚱。有时一大一小藏在墙角，兰倚搂着她，给她讲个古老的小故事，阳光照在她们身上，那是冰冷大宅里唯一温暖的角落。

九蘅在方家虽被慢待，倒也不很稀罕一点零食，稀罕的是别人对她好。兰倚从未与她相认，九蘅并不知晓这个时常探望自己的下人其实是自己的生母。不过她感觉得出，这个名叫兰倚的人是真的很疼她。很久之后回想起来，那些日子，是她童年最珍贵的时光。

只是兰倚每次被发现接近九蘅，都免不了一顿毒打。不怀好意的人对九蘅说，这女人是疯子，当心被她拐走了！

方老爷见殷氏对兰倚的存在睁一只眼闭一只眼，更加不放过兰倚，导致她又有了身孕，在九蘅七岁那年，生下了儿子仕良。殷氏故伎重施，再次夺走孩子，假装坐月子。

兰倚知道自己生下了男孩，方家香火得续，自己对殷氏来说便已无利用价值。这一次，殷氏不仅会夺走孩子，还必将除掉她。于是，她生下孩子当晚就想方设法偷偷去见了女儿，拉着年幼的九蘅的手急促地道："九蘅，我是你的娘亲，你跟我一起走好吗？"

可当时的小九蘅吓坏了，连一声"娘"都没叫出来，就挣脱跑掉了。

兰倚消失在方宅很久之后，九蘅才从下人们偶然的议论中知道真相。她悔恨得五内俱焚，然而一切已经晚了。后来她时常想，自己连一声"娘"都不曾叫过，兰倚会不会生她的气呢？

兰倚顾不得刚生了孩子的虚弱身体，试图逃跑，却被抓住了。

那一夜，殷氏俯视着跪在地上的女人，刻毒地道："荡妇，不是要跑吗？家法伺候，然后让你跑，天亮时我派人去追，若追不上，便放你一条活路。"

旋即有人上前执行了方家毫无人性的家法：在兰倚的惨叫声中，利落地挑断了她的手筋、脚筋，然后把她扔到了门外。

刚刚生完孩子的女人，手脚流着血，没命地朝远处爬去，却是爬不了多远的。

第二天早晨，殷氏派出的家丁轻松找到了在泥路上挣扎的兰倚，将她就地活埋了。

后来，懂事了的九蘅听说这件事的时候，恨透了殷氏，恨透了父亲，恨透了方家，她也恨仕良。尽管知道仕良无辜，可还是止不住地恨。正是他的出世，把母亲往死路上推了最后一把。

九蘅问过上天，这世上有神吗？如果有，为何不将这罪恶的世界彻底毁灭。幸好如今她已摆脱了这一切，就要随着娘亲去往阴曹地府了。那里再怎样鬼气森森，也不会比方宅更可怕吧。

此时她站在兰倚面前，心中又喜又悲，问道："娘，你还好吗，手脚还疼吗？"

兰倚慈爱地微笑："不疼了。"

九蘅激动地扑向兰倚，然而身体却与兰倚交错而过——她穿过了母亲的身影，扑了个虚空。她愕然回头看去，兰倚也在无奈地微笑着看她，叹道："女儿啊，娘现在只是个画影，你碰不到我了。"

"画影是什么？"

兰倚指了指地上摊开的画卷："是画像上的我，被你召唤成形。"

九蘅捡起画卷，惊讶地发现纸面上一片空白，兰倚的画像真的不见了！

她看看画，再看看兰倚，不可思议地问："我怎么会有这种本事？"

还没来得及问明白，远处突然传来喧闹声和脚步声，几个人影渐渐靠近。九蘅慌道："是他们追来了！"她已弄不清这是梦境还是现实了。

兰倚道："莫慌。"说罢转身迎向人影移近的方向。

那些人影走近了，可以看清衣着和面目，果然是方家的人，为首的正是殷氏的姘头——方家的管家。那些人正吵嚷着："快追！她跑不了多远！"

"快些找！方老爷说了，死也不能让她死外边，给方家丢人！"

突然，一行人齐齐站住，显然是看到了路中间站着的妇人。

有家丁呵斥道："哪来的女人挡道？让开！"

管家仔细打量了一下妇人，突然面色大变，露出极度惊恐的模样："你是……你是兰倚！"吓得转身就往回跑，一帮子家丁也连滚带爬地跟着跑回去，一众人鬼哭狼嚎地消失在黎明前的黑幕里。

兰倚回过头来，对着九蘅一笑："不用怕，他们跑了。不过天大亮后又会追回来，你要赶紧走。"

这时天色渐渐明亮起来，连日的阴雨不知何时停了，大有放晴的意思，天边出现一缕霞光。兰倚被这道光照得不适地皱起眉来："女儿，娘被天光照着不舒服，放娘回去好吗？"

九蘅仍在晕头转向中，听兰倚说感觉不适，赶忙道："那您快回去吧。"

兰倚近前一步，手抚上九蘅的脸颊，柔声道："女儿，娘不能一直护着你，但是你身上有召唤画影的奇异力量，这机缘必是上天所赐，你只要勇敢起来，定能化险为夷。"话音落下，兰倚的身形在晨光中刹那散去，没留下一丝痕迹，就像从未出现过一般。九蘅再低头看手中画卷，兰倚的人像又出现在画面上。她呆呆地站在路中间，想不明白是怎么回事。

有一辆马车沿着泥泞的路驶来，驶到近前，她也不知道躲。车夫急忙勒马，总算是没撞上这个傻站在路中间的女子。车夫冲着她怒吼道："死叫花子！找死吗？"

她呆呆看着车夫，问道："你看得见我？"

车夫气得扬鞭抽来："我倒不想看见你！"

她吓得一躲，闪到路边去。车夫骂骂咧咧驾车远去，留下站在路边的九蘅，傻不拉叽惊叹道："原来我真的没有死啊！"

远处路上的转弯处又传来人声，她心中一凛：方家的人又折回来了！想来是看到天大亮了，胆子又壮了。

绝不能让他们抓回去！

长着触角的男人

恰好路边有一道沟，沟里的杂草齐腰深，九蘅连滚带爬地跳下去，伏在草丛中一动也不敢动。七八个家丁脚步杂乱地从离她不远的地方走过，只听他们边走边议论："刚刚那会儿，我们就是在这个路段撞见鬼的吧？"

有人回道："没错，就是这里，吓死我了！"

有个年老的声音忽然叹了口气："原来这里是那个地方啊，怪不得会在这里撞见。"听声音，是方家的管家。

年纪小的家丁问："这里是什么地方？"

"十年前，小姐和少爷的生母就是在这里被抓住，活埋在了……那个地方。"

管家似乎是指了一个方向，这一瞬九蘅的心中有如刀绞，竟然忘了危险，探头出来去看他指的方向。好在大家都在沿着管家指示的方向看去，并没有发现她。

九蘅看清了，他指向的是路西侧的一片树林。

有人问："原来那些流言，都是真的？"

管家摇头晃脑道："大家都心知肚明，不敢议论罢了。那天被挑了手筋、脚筋的兰倚丫鬟爬了一夜，爬到这个地方，被我和另外哥儿几个追上了。依夫人的命令，就地活埋了。"末了又加一句，"还是我亲手往她头上扬的土呢。"

草丛中的九蘅，指甲猛地掐进手心，嘴唇咬出了血。

有家丁叹道："也是可怜。怪不得显灵拦住我们，想来是为了要护着她的闺女。"

管家声音瞬间拔高，刻薄而尖利地道："有什么可怜的？兰倚那丫鬟仗着几分姿色勾引老爷，本就该死！"又斥责一声，"快点给我追！跟她娘一样，就知道往外跑，夫人都大怒了，抓回去，免不了跟她娘一样的下场！"

有个家丁听着不忍，多了一句嘴："亡魂不远，您还是少说两句吧。"

啪的一声，这家丁被抽了一巴掌："多嘴！我会怕个鬼吗？"管家全然忘了之前被兰倚的显形吓得屁滚尿流的模样。

杂乱的脚步声匆匆远去，九蘅慢慢从草丛中爬出来，拖着沉重的脚步，一步步走到管家所指的那片树林中。林间的地上平平的，没有一处凸起。

母亲就是在这里被……埋葬的吗？即使是在心里，九蘅也不愿念"活埋"那两个恐怖的字眼。

茫然四顾，也无法确定苦命的母亲被埋在了哪里。终于只是跪地叩首，低声祷道："娘亲，我一定会活下去，方家欠你的，将来我要百倍讨还！"女孩抬起头时，满脸泪痕，眼瞳深处多了坚定的意味和一闪即逝的凶狠。她用袖子慢慢揩去脸上的泪水，心中暗暗发誓，从今日起，再也不会为过往的不幸哭泣。

她站起身来环顾一下，天色早已大亮，路上已渐有行人。她知道方家的人正沿着路搜捕她。

此处不可久留，要尽快逃离。于是她离开大路走进深林，从早晨一直奔逃到午后。直到遇到一条山间小溪才停下脚步，捧起水喝了几口，润一下干渴欲燃的喉咙。溪水入喉，冰冷异常，激得她打了个寒战，后悔喝得太急，过会儿难免腹痛。

不过这水为何这样冰凉？

她抬头看了看，明白了。起伏的山丘间，目光所及，可以望到一座高山的雪顶。

方宅的藏书阁共三层，是禁止女子进入的。不过她常偷偷溜进去，爬到顶层，透过朝南的窗户，去看那座峰顶卧着白雪的高山。那是方宅里唯一能望到雪顶的地方。

如今她逃出牢笼一般的方宅，从不同的角度看到雪山，雪的洁白和天的湛蓝犹如神迹，她不由得感慨万千。这个世界如此广大，如此壮美，可又是那样的劣迹斑斑。

少女远望着雪山，雪山也俯视着少女，中间隔了五十里。

这时的她并不知道，看似灰暗无尽的人生仍会有无穷变数。本以为会亘古不变的世界，一夜之间就能变成陌生的模样。整个雷夏国万千生灵的命运，已因那座雪山中发生的事情，走向了一场翻天覆地的毁灭。她的命运，也已经开始改写。

沿溪而上，五十里外雪山的峡谷里，雪水融化而成的冰冷河水穿过山谷。

河边霜冻的地上倒卧着两个男子。其中一个艰难站起，白袍松松散散，黑发垂至腰间，神情有些茫然，眼神涣散，若不是从地上爬起来，倒像是午觉醒来。

直至他拿开捂着左胸口的手，才露出一个手指粗的血窟窿，伤口贯穿后背。奇异的是，这人的血竟是蓝色的。他看着手上的蓝色血渍，懊恼道："竟被如此简陋的暗器打伤……丢脸。"眉头一皱，"啊，好痛。"复又捂住伤口，"上百年没受过伤了，都忘记受伤的滋味了……痛！"

不远处，有个穿黑衣的人伏卧在地，看那样子，已经死了。黑衣人袖口露出未发射完的一支袖箭，尖端漆黑锋利。

那袖箭本有三支，有一支被他避开了，第二支却没能避开，正中心口。

"要不是这箭被乌泽附了邪力，以我金刚不坏之躯……"男子噗地吐了一口血，亦是蓝色的。

他懊恼地用袖子抹去嘴角血迹："可恨！"

白衣男子英挺的眉端微微一蹙，头顶左侧竟扑棱竖起一根细细的触角。触角微抖，手捏仙诀，幻化出一只白色大蝶，蝶翼上显示字迹："雷夏大泽，乌泽潜入，镇灵白泽被毁。白泽宿主樊池急报。"

大蝶冲上半空，直冲到苍穹之上，在接近云际的时候，突然像撞上了什么东西，碎成雪屑一般的碎片。

大蝶的突然被毁，给樊池的手心带来一丝疼痛。他吃了一惊，指间再次化出几只蝶，放飞出去。这些白蝶在飞到一定高度的时候，均像是撞上一层无形的、具有杀伤力的罩子，化作齑粉。

樊池难以置信地自语道："结界封锁？！"怒气瞬间充斥心口，扬高声音对着天空大声质问，"你们失责放跑乌泽，给人间带来祸患，不设法挽回，只知道一封了之，置万千生灵自生自灭，这便是上界解决问题的手段吗？"

寂静的苍穹没有回应，倒是他骂得急了，带出一口血来。浑身无力，跌坐在地上，单触角无力地耷拉下去。心中也明白，上界放弃雷夏大泽也是无奈之策。

乌泽是无比恐怖的异类，带着无限怨怒和邪气，一旦现世，必会给世间生灵带来一场灭顶之灾。

他回头看向身边穿过山谷的河水，阴气森森的黑色细长鱼影正从水底丛丛掠过。那些鱼影，便是灾难的前兆，杀气汹汹，无可阻挡，顷刻之间就可让百里之地沦陷。

上界将雷夏封锁起来，不让这灾难累及整个大荒，是应对这危机情形的明智之举。

半晌，他的触角又竖了起来，闭目蹙眉，头顶处微微颤抖，努力捕捉着某种气息。

良久，虚脱一般垮下来，叹气道："捕捉不到白泽的气息啊。"望向身后的广袤世界，眸光深邃。

大荒世界版图宽广，幅员辽阔，分为九黎、巴蜀、中原、江南、雷夏、燕丘六片大泽。雷夏东边靠海，西边以华胥之渊为界。这片大泽生活着万万凡人和飞禽走兽，虽有许多不堪，可是仍有很多事物值得保护。

上界赋予樊池的责任便是庇护这里的万千生灵。剧变发生之际，封锁来得突然，上界把他和万千生灵一起抛弃在这里了。

隐藏在云层之上的结界无人能突破，更别说他身上有伤，只要稍动灵力，便气血逆行，伤口迸血。他打出生起，就没这么虚弱过，这让他感觉非常沮丧。

如果能找回白泽，他就可以恢复得跟以前一样强大。不知这个家伙是否还存在于世？樊池手指张合，一群白蝶从指间出现，四散疾飞而去，给他采集来自各个角落的讯息。

距雪山五十里外的溪水边，九蘅靠近溪边，想要洗一把脸。她的影子映在水面上，脸上脏兮兮地黏着泥巴，头发乱成一团。

怪不得之前那个驾车的车夫说她是"叫花子"，活脱脱的乞丐模样。

这溪水的源头应该是来自山上融化的积雪，所以才冰凉彻骨。

此时是夏末秋初，气温两头冷中间热，今日天空放晴，寒意渐退，多日来难得的阳光落在溪水里，跳跃成一路闪光的碎片。

她捧着水洗脸，理头发。水面的影像被她晃碎，手指没到水中，她没有注意到有一些三寸长的细长阴影从中飞速滑过，转圈靠拢，朝着她的手指袭来。幸好在靠近的一刹，她的手捧着水离开水面，淋到了脸上去。

这时一只白蝶从她身边飞过。她看了白蝶一眼，白蝶也看了她一眼，似乎是被女孩吸引，白蝶绕着她翩跹飞舞了几下，折回飞来的方向，消失在山谷拐弯处。

四周没有人，安静得很，方家的人应该暂时没有跟过来。她感觉疲惫至极，跪坐在溪边的圆滑石子上，草草清理着自己，一边回想起之前发生的事。想到母亲，心中悲恸不已。

然而仍有几处让她觉得异样的地方——她从晕迷中醒来，身上伤痛消失，甚至还有了些力气。她以为自己死了，醒来的只是自己的阴魂罢了。接着就看到了母亲兰倚，喜悦地想要触碰，却无法接触到……

母亲说："是画像上的我，被你召唤成形。"又说，"你身上有召唤画影的奇异力量。"

似乎有些不寻常啊。

一只泛着蓝光的莹白小兽突然从记忆中冒出来，吓得九蘅倒吸一口冷气。对了，她晕过去之前，似乎看到一只会发光的小怪物。

那是什么东西？

自我分裂的细鱼

一边走神苦思着，一边又把手朝水中伸去，想再掬些水擦一擦衣服上的污渍，全然没有注意到水中细细黑影在缓慢地转圈游动，就等着那白皙的手指入水。

突然唰啦一声，水溅了一脸，吓了她一跳，身边传来少年开心的哈哈大笑声："吓到了吧，哈哈……"

她转头看去，一个光着脚、挽着裤腿的十五六岁少年得意地站在一旁，笑得没心没肺，半点没有抱歉的意思，纯粹因为吓到了她而开心。他手中拿着一只长杆的捞鱼网兜，方才就是用这网兜击起水花的。

正在逃亡途中的九蘅着实被吓惨了，还好不是追杀她的人。她抚着胸口惊魂难定，脸都吓白了。少年见她这样，也有些抱歉："胆子也太小了。"九蘅瞪了他一眼。

少年见刚把脸洗净的少女肌肤润泽，面容明丽，在天性的驱使下，讨好般地把网兜中的鱼往身边的鱼篓中一扣，送到她面前，略带羞涩地说："别生气嘛，我也是为了捉鱼，不是故意吓你的。"

她往篓里看了一眼，一怔："这是什么鱼？"

"嗯？"少年自己倒还没来得及看，经她一问，也凑上来往篓里看，眉头迷惑地皱起，"这什么鱼啊？我在这溪中抓了那么多鱼，从没见过这种。"

空空的篓里只卧着一条鱼，看来少年今天刚刚开张。

这鱼大约三寸长，鳞片青黑，鱼腹惨白，尖嘴侧面露出细小的锯齿状牙齿，鱼眼漆黑无光，透着森森戾气，它趴在篓子底部，鳃部翕动，时不时激烈地扭动一下。

九蘅"啧"了一声："这鱼真丑。"

少年点头："不但丑，还这么瘦小，连炖碗汤都不够。"

二人正看着鱼议论，那条鱼突然扭动了一下，他们似乎听到了一声古怪的、黏腻的轻响，然后就看到篓底多了一条鱼。

二人均愣住，默默盯着篓底看了许久。还是九蘅打破沉默，迟疑地开口问道："我刚刚是不是眼花了？"

少年也犹疑不定："是……吧？"

九蘅："你到底网到了几条鱼？"

"两条……吧？"

"可是刚刚我明明只看到一条，一下子就……"她把两手的食指并在一起又分开，"一下子就变成两条了？是我记错了，还是看错了？"

少年也是一头雾水："那我也……看错了？"

二人面面相觑，均开始怀疑自己的眼神。

少年突然拍了一把自己的额头，努力清醒过来："不对，怎么可能我们两人都看错呢？事情分明就是我只捕了一条鱼，可是它刚刚在我们的注视下生了一个'孩子'！"

"噗……"九蘅被这话逗乐了，有那么一瞬忘记自己处在生死逃亡的路上，哈哈笑道，"你是不是傻？鱼是产子的，然后子孵化成鱼苗子，怎么可能瞬间生个'孩子'，还跟它本身一样大小，长得毫无二致？"

少年被嘲笑了，恼火道："我自小就在这水里摸鱼捞虾，怎会不知？但是明明是我们亲眼所见嘛，你也看到了啊！得亏有你这个见证人，不然我若直接说给旁人听，有谁会信呢？！"

九蘅也回想了一下方才的情形，第二条鱼的出现，发生在他们未曾移开片刻的监视下，简直不可思议，除了"鱼生了个'孩子'"的说法，又如何解释呢？

不过她还是摇了摇头："我怎么觉得，不像是生'孩子'，倒像是……这条鱼分出来一个一模一样的自己。"这句话说出来，青天白日的，她居然忍不住打了个寒战。

少年也被这样的猜测震了一下："你是说，它由一个分裂成两个，创造了一个一模一样的自己？若是这样，其中一条被我炖吃了，另一个'它'还活着，再一分为二，我再吃一条，还有一个它活着……"少年的想象力突然被激发，两眼灼灼发光。

九蘅道："照你这么说，这条鱼岂不是做到了永生不死？"

少年开心地道："永生不死好啊！我捉一条鱼，就等于捉到了千千万万条鱼，够全村人吃一辈子了！"

九蘅翻了个白眼："就知道吃，我觉得一定是我们刚刚看错了，你本来就捉到了两条鱼。"

一边说着，两人又凑到了鱼篓前看了一眼。这一探头似乎惊到了它们，其中一条鱼的眼睛呆滞地转动了一下，冲着篓口的方向，猛地弹起！嘴巴张开，咧到不可思议地大，露出口腔中一层一层、一直密布到咽喉的利齿。

九蘅盯着这张怪嘴，来不及反应，眼看着要被它咬到脸！

啪的一声，少年把篓盖子盖了回去，跳起的鱼撞在盖子上发出一声响，复又跌回篓底。

她有些吓到了，惊道："这鱼凶得很，像是会咬人的。"

少年哈哈一笑："谁咬谁？回家就炖了它们。"

少年打量九蘅一眼，见她相貌妍丽，皮肤细腻，身上衣服虽破败脏污，背上还有斑斑血迹，却看得出质地不错，不像是山野村姑，问道："你是哪个地主恶霸家逃出来的丫鬟吧？"

九蘅心道：这少年必是平时没少在集市上听说书唱戏，片刻间就在脑子里联想了一出话本。不过即便他听过许多故事，也猜不到她的身世比故事里还要悲惨。

九蘅只点了点头："是的。"

少年单纯的脸上露出同情的神气道："你饿了吧？走，我领你去家里，让我娘炖鱼给你吃。"一边说着，一边把鱼篓背到了背上。

这少年站直了身子比她高半头，但看上去更稚气一点，大概比她小一两岁。

此时她又累又饿，若是继续踏上漫无目的的逃亡之路，怕是要饿毙山中，不如跟他到附近的村子里歇息一下，蹭点饭食，再做下一步打算。

跟少年道了谢，九蘅便与他一起上了路。

少年自我介绍道："我叫阿七。"然后看了她一眼，显然是在等她也做个自我介绍。

九蘅犹豫一下，最终只答道："哦。"没有说自己的名字，免得以后被方家人发觉踪迹。

阿七流露出一丝失望。不过他很快就释然了，找到了对她的合适称呼。

"姐姐这边走！"

"姐姐小心石头！"

一路"姐姐、姐姐"地叫着，让九蘅想起自己的弟弟。仕良现在怎样了？若被查出是他放跑了她，他会被责罚的吧？

不过，虽然他们都是兰倚所生，殷氏因为知道仕良将来要继承家业，自己的养老也要靠他，对他还是不错的，只将九蘅视作污了眼睛的东西。所以即使事情败露，仕良也不会受到很大的责罚吧。

一路想着心事，暗暗叹息着，冷不防撞上了突然停住脚步的阿七的后背，疑惑地抬头问道："怎么了？"

阿七站在原地，侧耳倾听的样子。九蘅也屏息跟着听，却听不到任何声音，问道："听到什么动静了？"

阿七脸上露出迷惑的神气："没有。就是听不到一丝动静，才觉得奇怪。"

是的，安静。

此时是午后时分，日光略略倾斜。连日阴雨后初次放晴的山林中，树梢应有鸟儿欢唱，草丛中应有小兽奔突。可是此刻山中静得可怕，没有一丝声音，仿佛只剩下了她和阿七两个人。一种莫名的阴森感袭上心头。

不过大大咧咧的少年瞬间放过了这个疑惑，对她一笑："或许是我们走过来吓得鸟都不叫了，走啦！"

然而随着二人继续前行，眼角又扫到些异样的情形——一副丢在路边的担子和打翻的水桶、一只遗落在草丛中的草鞋以及大片雨后泥地里的可疑暗色。

阿七看到了那些东西，脸微微发白，低声道："我不过出去了半天，村里出什么事了吗？"脚步越发匆忙，渐渐变成小跑。

九蘅气喘吁吁地跟在后面，视线中可以看到阿七背上的鱼篓，时不时还传来嗤嗤的响声。

阿七无暇留意鱼篓的异样，只急得跑了起来。九蘅跑得慢，追不上，一个小山坡翻过去，两人就拉开了大段距离。

站在坡顶上，看到一个窝在山坳里的小村，寥寥二十多座石墙茅顶的房屋。阿七正撒腿朝着村中跑去。除他之外，看不到一个人影，听不见一声犬吠。

她下了山坡，走近村子时，阿七早已跑得不见踪影。心中充斥着说不清的疑虑，又不能确定。

虽是过于安静，有些怪异，却又没有可怕到让人转身就跑的地步。走过一处处院子，朝低矮的栅门里望去，依旧没看到半个人影。她有些慌了，出声喊道："阿七？阿七！"

前方忽传来清亮的嗓音："姐姐！这边来！"是阿七从前边的胡同里绕了回来迎她。看他一脸轻松的样子，她松了一口气。

阿七道："我刚才也不知怎的，心中突然发慌，急着回家看看。结果什么事也没有，我娘在家正准备做饭呢。抱歉啊，将你一个人丢下了。"

九蘅微笑道："没关系，只是……"她环顾了一下四周，接着道，"为何你们村子里这般安静，都看不到什么人？"

阿七答道："我也觉得有些奇怪，不过方才问了我娘，她说连着下了好多天雨，好不容易放晴了，男人们都到地里查看有多少庄稼被淹了，收拾一下被水冲塌的田埂地堰。女人们都带着攒了多日的脏衣服，相约到附近的河沟里洗去了。大概全村的女人都去了，就我娘没去。"

原来是这样。

那孩子呢？

嗯，将孩子自己搁家里不放心，女人们带着一起去洗衣服了。合理！

九蘅紧绷的心情松下，跟着阿七在胡同间拐了几拐，看到一个朴素的妇人站在农家小院门口，笑盈盈地望着他们。

阿七唤了一声"娘"。妇人迎上来拉住九蘅的手，亲热地道："我听阿七说带了个落难的姑娘回来，还当他吹牛。哎呀，看你这模样，怕是吃了不少苦头，快进来，婶婶给你烙饼吃！"

九蘅感受着妇人温暖粗糙的手指，心中一热。不知多久没人这样亲切地对待过她了。妇人拉着她的手进了小院，走到简陋却干净的茅顶屋里，领她进到里屋，在装衣物的木箱子里翻了许久，找出一身褛红色的衣裙，对她笑道："这还是我年轻时穿过的衣服，你若不嫌弃就换上吧。"

九蘅见那套衣服虽因浆洗过多次而有些发旧，却被折得整整齐齐，看得出主人十分珍惜。本不敢接受，可是一夜半日以来，自己身上的衣服被雨淋过、被血染过、被泥浸过，已又脏又破，几乎看不出原来的颜色。遂伸手摘自己的珍珠耳坠："我拿耳坠子换您的衣服吧。"

妇人板起脸佯作生气："你若这样，婶婶可翻脸了。"

九蘅只好千恩万谢地收下。妇人替她把门带上，让她在里屋换衣服，自己则眉开眼笑地去忙着烙饼了。

九蘅只听外面阿七道："娘，我捉了鱼，你可以炖鱼。"

妇人大概是掀开鱼篓盖看了一眼，嫌弃道："你捞这么多条，没一条大的，不好做，还是烙饼吧。"

阿七一怔："这么多条？"自己也探头看了一眼篓内情形。数条细长的鱼在篓里弯曲扭动，嗞嗞作响。

不久之前，他只捉到一条鱼。他与此时里屋坐着的少女眼睁睁地看着那条鱼由一变二，还道是眼花看错了。离开溪边时，还只是两条鱼。这一会儿工夫，竟变成了……八条？十条？鱼纠缠扭动得非常快，具体也数不清楚。

那边妇人喊了他一声："阿七，别愣着了，烧点开水去！"

阿七茫茫然答应着，扣上鱼篓盖，把篓子的一半浸到屋檐下一口接雨水的大陶瓮里去，免得鱼干死了。他的脑筋久久地转不过来，真的是发现了一变十、十变百的东西吗？

他走到娘的身后，想要跟她说一说这件奇怪的事。妇人见他走过来，回过头冲他神秘地一笑："阿七，出息了！"

"哎？啥？"阿七一愣。

妇人用眼神示意了一下里屋："姑娘长得怪俊的。"

阿七脸一红："娘你说什么呢。我看人家有难处，才带她回来落个脚的，她歇息一下就该走了。"

妇人笑道："能遇上就是缘分。"

阿七的脸涨得更红了，压低声音道："别胡说，她比我大。"

"不都说'女大三，抱金砖'的嘛。"妇人打趣道。

"娘！……"他扯了一下妇人的衣角，生怕里屋的姑娘听见。

而实际上，此时换好了衣服的九蘅，已因为奔波劳累了一夜，坐在小凳子上，倚着墙壁昏昏欲睡了。睡梦中，她嗅到烙饼的香气，这或许就是娘亲的味道吧。

她不愿醒来，贪恋地想在暖融融的梦境中多停留一会儿。她也隐约听到了阿七娘跟阿七的私语。心中有着眷恋懒懒散散地散开，若在这个小村子里隐居一世，也是不错的吧！

可是突然有什么东西撕裂了梦境。

是夜雨中的追杀。

是袭面而来的发光异兽。

她猛地醒来，耳边响着恐惧至极的喊叫声，是从院子里传来的。她急忙站起身跑出去看，只见阿七在拼了命地用力关上木板制成的院门，门关上之前的一瞬间，她看到了一张脸。看那高度，是伏在门外地上的。那张脸努力昂起头，朝着即将关闭的门缝冲了过来！

门被阿七用大力合上，她听到那脑袋撞在门上的一声闷响。

阿七将门闩别上，又匆忙拿了几个长柄的农具抵住门。

即使只在门缝中那匆匆一眼，她也看清了那张脸。脸色青暗枯槁，双目空洞漆黑，没有表情，凌乱的头发沾满泥水。

而发出惊恐的尖叫声的，是阿七的娘，她跌倒在院子里，吓得魂飞魄散。九蘅转身去扶她，她抓着九蘅的手惊慌得泪流不止。

九蘅颤着声问："那是谁？"

阿七娘吓得说不出话来，哆嗦成一团。这时阿七抵死了门，退到她们二人身边，说道："那个人的脸是我爹的脸，可是，可是……"他的声音也是颤抖的。

这时阿七娘略略镇定了一些，总算能说话了，她拉着九蘅哭泣道："方才我看时辰都过晌午了，阿七他爹还不回来，就想去迎迎他，还没走到村口，就看到他爹迎面……爬……爬了过来。"

九蘅怔道："阿叔为什么要爬？"

阿七娘掩面不堪描述。

阿七接道："我在家里听到娘叫得吓人，就跑出去看……我爹他……确是在地上爬的。因为他、因为他……没有腿了。"

如此诡异的话让九蘅打了个哆嗦："什么？！"

阿七道："他的腿不见了。本该是腿的地方，变成了一条鱼尾巴。"

九蘅蒙了："鱼尾巴？怎么可能？"

"是的，鱼尾巴。从腰往下，都是鱼尾。所以他是爬的，用手，在地上爬，爬得很快。"

九蘅说不出话来，一脸的难以置信。

阿七继续道："我本来想走近看看他的，可是他脸上的样子凶得很，看上去像是疯了一样。我太怕了，就先拉着我娘跑回来了……"

这时门那边传来哧哧的声音，似乎有什么光滑潮湿的东西在拖行。九蘅觉得这声音莫名耳熟，仿佛在哪里听到过似的，又想不起来。

咚，咚……接连不断的闷响传来，好像外面那个"人"在用头撞门板。

阿七娘心中不忍，忽然又有了企盼："这姑娘说的对，人怎么可能长出鱼尾巴？你爹快要把头撞坏了，还是把门打开再看看，或许我们看错了呢？"一边说着，就要过去开门。

阿七一把拉住她，白着脸道："娘！你看到了，我也看到了，没有看错！"

门被一下下撞击着，门板颤动，这个力度，那个撞门的脑袋应该早已头破血流。阿七娘疼惜得眼泪直流："若我们没有看错，那就是你爹病了。让他进来，我们给他治病。"

阿七拼命阻止着："不行！我觉得……那已经不是爹了……"娘俩正推搡着，九蘅忽然喊了一声："等一下！"

二人停止动作望向她，九蘅做了个噤声的手势。院子里顿时静了下来。这时他们都听到了哧哧的声音，不是来自门外，而是就在这个院子里。

仿佛有无数光滑的东西在迅速游动、纠缠、摩擦。三人把目光转向了声音的来源。那古怪难听的声音来自屋檐下的大陶瓮内。阿七发现他之前浸在瓮中水里的鱼篓已经破碎，浮在水面上，此刻正在迅速地打着旋，好像是瓮中的水在疯狂打旋，带动了鱼篓。

那么又是什么东西带动了瓮中的水？

三个人都怔怔看着，想不明白，也不敢走近。在三人的注视下，残破的鱼篓突然飞起，像是被什么力量撞飞了。随之而起的，是从瓮中喷薄而出的一股青黑色的激流。那无风自起的激流带着浓重的腥味冲上半空，泼刺刺落了一地，有的落在三人的身上又弹落在地上。

他们惊恐地发现，落在地上的除了水，还有鱼。

数也数不清的鱼。每一条鱼都是三寸长，漆黑无光的眼，青黑的鳞片，惨白的鱼腹，尖锐的分叉尾和背上薄薄的鳍。每一条都生得一样大小，一个模样，毫无二致。

无数条鱼在地上的泥水里疯狂地游走着，像一大片贴伏在地的乌云，黑压压地变幻着形状，并且面积不断扩大。

它们还在毫无道理地越变越多。

双腿变成了鱼尾

阿七娘惊恐地叫道："哪来的这么多鱼？"

阿七喃喃道："是我捉的一条，变出来的……"但是此时不是思考的时候，也不是解释的时机。他凭直觉意识到这些鱼是些可怕的东西，门外变成怪物的父亲，或许跟它们有关。

他猛地推着吓呆的两个女子朝屋门口的方向逃去，喊着："快到屋里去！"

然而已经晚了。地上的鱼潮突然如一片青黑的波浪席卷而来。无数张密齿丛生的嘴巴张开，瞬间没过了他们的脚腕。

阿七和阿七娘发出痛叫的声音，跌倒在地，抱着脚在地上打滚。

而九蘅虽吓得腿软，却仍站在原地。方才鱼潮涌上来，没过了阿七和阿七娘的脚，唯独没有碰九蘅，不知是巧合还是怎样，竟全都绕开了她，在她脚的周边绕行，以她为中心，空出了一个两尺见方的圈圈。

九蘅看那两人极度痛苦的样子，想过去搀扶，又不敢将脚踏入溜溜而动的鱼群，只急得大喊："你们怎么了？"

或许是那两人的挣扎惊吓了鱼群？它们退开了，到院子的另一边乱窜。

鱼越来越多，地上的积水很快变成更黏稠的泥巴，它们渐渐游不动了，张大细齿密布的嘴喘息、扭曲，像普通的离开水的鱼一样，像是快要窒息而亡。

九蘅走近伏在地上的两人，问道："你们哪里痛？被咬到脚了吗？"目及之处，先看到阿七娘右脚腕内侧有一个拇指粗的伤口。

她想：看来只是被咬了一下，还不算太糟。方才鱼群将他们的脚部淹没时，有一瞬间她以为两人的脚被那些小小的、可怕的鱼嘴啃得只剩骨头了，还好只咬了一下的样子。

她伸手先去搀阿七娘。阿七娘因为刚才在泥地里打滚挣扎，衣服、头发上沾满泥水，正痛苦地蜷成一团。九蘅的手刚触到阿七娘的手臂，阿七娘突然猛地抬头，脸上表情呆滞，双目一片漆黑，眼白似乎都消失了。

九蘅吓得一个后退，颤声问："婶婶，你怎么了？"

阿七娘没有回答，而是突然以扭曲的姿势匍匐在地，腿部以不可思议的角度甩到身后去，双臂撑地，脑袋前探，下颌前伸，脸部的水分似乎在迅速流失，变得如枯尸一般。原本利利落落绾起在头顶的发髻也散了，凌乱潮湿的发缕垂在脸侧。

那一刹那，九蘅看到阿七娘的裙底露出了一条巨大的鱼尾，鳞片青黑，鱼腹惨白，尾鳍尖锐。

九蘅听到自己在尖叫，间或喊着另一个有望依靠的人："阿七！阿七！"

趴在不远处的阿七抬起了头。看到他那也变成漆黑一片的眼瞳，九蘅惊得几乎魂飞天外。阿七尚有一丝清醒的意识，他的唇线明显比之前长了许多，几乎延伸到耳下。翕动变得像一道长长裂口的嘴巴，含糊地吐出一个字："跑……"

下一瞬间，九蘅眼睁睁看着他腿部衣物碎裂，两条腿的肌肤血肉迅速弥合，骨骼重新组合，尖锐的背鳍和尾鳍破肤而出。这个过程显然痛苦异常，他就在异变中失去了本性，仿佛要撕碎一切，以报复他刚刚所经历的痛苦。他的脸和手臂瞬间枯槁，喉咙里发出古怪的咕噜声。他五官皱了一下，突然冲着九蘅张开像那些鱼一样密齿丛生的嘴，朝她嘶地叫了一声，猛地扑来！

幸好九蘅在他之前还能说出"跑"字的提醒下，已有所准备。她转身跑向屋门口，听到阿七的那张怪嘴在身后咬空发出的咔的一声响，然后是诡异的手掌拍地、鱼尾拖行发出的瘆人的摩擦声。

她来不及也没有勇气回头看一眼，迅速跑进门口把门用力合上，像之前阿七将他的爹关在门外一样，闩上门闩，又搬了张饭桌抵住门。

门外传来咚咚的撞击声，不知是阿七还是阿七娘在撞门。她立刻吓得噤声，起身查看了一下屋子。她发现窗户是木栅，以窗纸覆盖，顿时担心外面的怪物从窗口进来。正想着如何把窗子也挡一挡，突然有青色的干枯手指从外面扣进来，戳碎了窗纸。

九蘅大叫一声，抱头蹲在了地上。窗户外边嘶嘶作响。她壮着胆子抬头望去，只见"阿七"的手扳着窗栅用了几下力，并没有扳动，只趴在窗上，黑漆漆的眼睛盯着屋里的自己，涎水从裂口般的嘴里流出。脸上虽仍有五官，却没有一点"人"的迹象。

九蘅知道，眼前的这个"阿七"虽然能动，眼睛睁着，却已经死了。

那个阳光开朗的少年，还有他和蔼可亲的娘，他们的身躯被奇怪的东西占据了，他们都已经死了。

就在不久前，这两个人对她的关心，让她体会到了几乎从未体验过的家人的温暖。可是仅仅一个时辰之后，他们就被这种匪夷所思的方式夺走了生命。

一定是那些能不断分裂出"自己"的鱼导致的这一切。那些鱼到底是什么？

还有村里的其他人……她想起了仍被关在院门外的阿七爹。不仅是阿七爹，大概这个村庄里的所有人，都难以幸免于难了。

之前阿七曾说过，今日男人们都去查看被水淹的田地，女人们都到河边洗衣服。

水。

水中有鱼。

只要靠近水，就有被怪鱼袭击的可能。鱼会咬破他们的身体，钻进血肉里，以难以想象的方式占据他们的身体，杀死他们的思维，把他们的身体变成长着鱼尾的鲛人。

单是想一想，九蘅就忍不住打寒战。

鲛人——九蘅的脑海中冒出这个词。方家虽待她无情，她却有机会跟着方仕良蹭课，学会了识文断字，也常偷偷溜进藏书阁，找些有趣的书看。她曾在一本

《奇异志》中看到"鲛人"一词，配着人身鱼尾的图画。

那时她看得稀奇，却也知道只是些神话传说，现实中不该有鲛人存在的。

今日所见，难道就是鲛人吗？

不，她暗自摇摇头。那本《奇异志》中的鲛人虽画得古怪，却也没有今日所见的怪物这般丑陋恐怖。

若不是鲛人，那又是什么？

九蘅捂着脸，闭上眼睛，不忍再看窗户那边时不时攀上来的阿七和阿七娘变形的脸。

天色越来越暗，外面的院子里响着哧哧的鱼尾拖行声，它们并没有离开，也没有疲劳的迹象，始终在狂躁不堪地到处游走。

她记起在逃进院子之前，地上大片的细鱼已死去大半，干涸窒息的样子与普通鱼儿没有两样，可见那些细鱼是必须依靠水才能存活的。而阿七他们变成的鲛人，却好像不需要水，在院中待了这么久，依然活跃。

她甚至听到院门被撞开，更多哧哧爬行的声音响起在院子里和屋子四周。那些怪物大概嗅到了活人的气息，都在四周转悠。

她的心中充满绝望，不敢踏出这间屋子半步。这位于山野深处的小村，有谁会来拯救她呢？

因为饥饿和恐惧，她已开始瑟瑟发抖。忽然记起阿七娘说过烙饼给她吃的。忙起身走到外间的灶前，掀开锅盖看了看，果然有一张烙得微微焦黄的面饼，虽早已冷透，但看上去仍然诱人。她摸起这块饼就咬了一口。

好香。

心中对阿七娘充满感激，想到她已被怪鱼变成怪异的模样，又是一阵难受。

香喷喷的饼子下肚，她身上有了力气。头顶突然传来哗啦啦一阵响。那些鲛人从门窗进不来，就爬上屋顶，想掀开瓦片进来。

她努力让自己冷静下来，耳边响起不久之前娘亲兰倚的画影对她说过的话："女儿，娘不能一直护着你，但是你身上有召唤画影的奇异力量，这机缘必是上天所赐，你只要勇敢起来，定能化险为夷。"

没错，娘亲不能一直护着她，今后的路要靠自己走了。她要鼓起勇气才有希望逃脱险境。

九蘅在屋子里找了一阵，最后抄了一根擀面杖在手里。那还是阿七娘之前用来擀面饼的工具。

头顶泻下天光，果然露出一张青白怪脸，昨天的鲛人还连围墙都翻不过去，今天就能上房了，学本事学得挺快啊！

屋顶上的鲛人很快把洞口扒得大了一些，头部先拱进来，随着碎瓦的哗啦啦掉落，鲛人落进屋内，鱼尾拍地发出吧唧一声响。

九蘅看清鲛人的脸，还好，不是阿七或阿七娘，是陌生男子的脸。否则的话，她只看着熟悉的脸大概已经崩溃了。

鲛人仿佛是没有痛感的，从高处摔下来也没有丝毫痛苦状，它扭转着咯咯作响的僵硬头颈，用一双漆黑的眼盯着九蘅。

九蘅心中努力地念兰倚留给她的那句"奇异的力量"，念得太用力，都念出了声来："奇异的力量，奇异的力量。娘！我一定会活着出去的！"鼓起勇气，手中擀面杖高高举起，狠狠抡捶在扑来的那张怪脸上。

鲛人的脑袋发出碎裂的闷响。

九蘅哆嗦成一团，听这可怕的声音，鲛人不死也差不多了吧！定睛看去，却见那被打得伏在地上的鲛人动了一下，脑袋迅速抬了起来。它颅骨凹陷了一块，血流了满脸，可是没有受伤严重、行动受限的样子，而是以手撑地，头颈低伏，咧开大嘴，又要向她扑过来。而此时屋顶的破洞处，又有两三张怪脸探了进来。

九蘅强撑起的意志瞬间崩溃，手中擀面杖啪嗒掉在地上，转身就逃。可是小小的屋子，能逃向哪里呢？

她跑到门边，拿起抵着门的椅子狠狠砸在追来的鲛人身上，砸得它略略滞了一下，这空当她拔开门闩，以最快速度开门跑了出去。

万幸的是，院子里竟然一个鲛人也没有。回头一看，原来它们发现了屋顶的入口，都爬上了屋顶，正在上边挤作一团。她不敢迟疑，一溜烟跑出院门。

干掉鲛妖的绝招

今日没有下雨，天却是阴着的，铅色的云层低得几乎要压到树梢上，空气潮湿阻滞。村庄里依然安静，九蘅奔跑的脚步声和喘息声都显得沉闷。每路过一户人家或胡同口，她都吓得腿软，生怕从里面突然扑出生着鱼尾的怪物。

好在一个也没遇到。

她的心中生出一丝侥幸，或许她能活着逃出这个村庄呢？

然而在她跑到村口一个荷塘近处时，水中响起了异样的翻滚声。她朝里看了一眼，看到了终生难忘的情景。

大约有二十多个身影沉浮在水中，脸色惨白泛青、面相怪异地看着她。有的半个身子露出水面，有的半伏着，青黑鱼尾浮在水面，有的正从水底缓缓浮起，隔了一层水仍可以看到冰冷漆黑的眼瞳，年龄不一，大的十几岁，小的七八岁，有男有女，身边有许多细长的小鱼在来回游走。

这些村民都变成了可怕的样子。

这些昔日的人类盯着在池边顿住脚步的九蘅，突然一齐朝着岸上扑过来，挥动着指甲长得格外长的手，龇牙咧嘴。

窄窄的去路也被堵住了，身后追赶而来的鲛人越来越近。

九蘅心一横，摸起了脚边的一根木柴棒举起，准备迎接那些可怕的血盆大口。她大声骂道："被你们这些怪物杀死，真是恶心！"明知反抗无益，也尽力反抗到最后一息吧。

手中柴棒迎着第一只扑上来的鲛人头部狠狠砸去，九蘅在击中它的一刹那闭上了眼睛。

砰的一声闷响，伴随着咔嚓一声，柴棒打折了，只剩下一半仍握在手中。同时她听到了一声痛呼——"啊！"

那声音听上去并不是很大，也不像是很疼，倒是充满了抱怨的腔调。

嗯？鲛人好像不会说人话的？这一声"啊"，怎么像是正常人的声音？而且，预想中紧接而来的撕咬迟迟未来。

然而她不敢睁眼，生怕看到流着涎水的密齿大口近在眼前。

过了一会儿，啪的一声，头顶吃痛，好像……好像是被不轻不重地拍了一下脑袋？

她惶惶睁眼，入目一片清清爽爽的白衣，抬头，看到一张带着微微恼意的脸。

这人低垂着视线，冷冷地俯视着她，挺秀的鼻梁，冷淡的唇线，眼角的线条清晰而流畅，墨色瞳仁像覆了一层清冽的薄冰。

一个男人？

她那一棒子是砸在这个男人身上了吗？

刚刚扑过来的那只鲛人面目可憎，怎么变得如此……好看得让人目眩了？她惊异得脑筋混乱，为了确认这个男人的身份，她做出了一个动作——拿手中的半截柴棒挑开了这男人衣袍的下摆。

两条修长笔直的大长腿。

她松了一口气。

啪！

九蘅的脑袋上又挨了一下，男人脸上浮起两抹晕红，怒道："怎么耍流氓呢！"

九蘅抱着脑袋眼泪汪汪，倒不是被打得很疼，只是这一日一夜以来，总算看到个长腿的人了，激动得冒出了泪水。

可是，这个像从虚空中冒出来、出现在重重鲛人中间、并且揍了她两下脑袋的俊美男人，到底是谁？

她怔怔地张口冒出一声："你是什么？"

男子道："在下樊池。"嗓音清冽好听。

她是问他是人是妖，不是问他名字啊！刚想再问，却看到他身后有一只鲛人扭动着朝他的背部扑过来。她指着那鲛人结结巴巴道："小心，小心！"

樊池头都不回就踢出一脚，正中鲛人下颌。这一脚力度惊人，鲛人的脖子发出咔嚓折断的声音，倒翻了几个滚才摔在地上。

九蘅看得心惊，不由得伸手扶在自己的脖子上。之前扑过来的那只鲛人，也是被他这么一脚踢飞的吗？

那只落在地上的鲛人扭了几下，断裂的骨头发出恐怖的声响，居然又爬了起来，仍然姿态凶猛，模样恐怖。九蘅吓得藏到樊池身后，揪着他的一缕乌发惊叫连连。他的长发垂至腰际，乌黑如流墨，两侧发缕以一根朱砂丝绦拢在脑后，末端缀了几颗雕纹骨珠。

人家打理得好好的头发，被她一爪子抓乱了。

樊池吃痛怒道："松手！不准抓头发！"

九蘅赶紧换了个地方揪，两只爪子揪到了他腰间的绦带上，嚷嚷道："过来了，过来了！踢它头，踢它头！"

樊池咬咬牙，忍着没有甩开她。

他背负着一个大拖油瓶，面对着疾速爬来的鲛人，沉声道："这种怪物已非活人，即便是砍下它的头，也是死不了的。"

拖油瓶叫道："那怎么办？"

樊池道："异鱼用控制人的脊髓的方式把人变成半人半鱼的鲛妖，想要彻底杀死它，唯有……"

拖油瓶："唯有怎样？"

樊池两腿微微分开，双手举起，一道耀眼蓝光从两手虎口间的空隙爆起，光芒敛起时，他的手中多了一柄长剑，光华湛湛，寒如冰雪。剑身比平常练武之人所用的剑宽出三倍，隐现暗色咒文，两侧剑刃呈现流畅的内凹弧线，在尖端处骤然尖锐，寒冷和杀气凝聚剑尖。

他身上的白袍无风自展，刹那间煞气迫人，眉端眼底，寒意若凝冰霜："唯有腰斩。"

话说到这里，那鲛妖已扑到面前，大尾一弹，竟飞跃而起，直朝着樊池的面门咬来。樊池稍作避让，手中的剑挥出，准确斩中鲛妖腰部，它的上半身和鱼尾之间齐齐断开，乌紫黏稠的血液喷溅，两截身子分落两边，各自抽搐几下，不动了。

樊池道："你看，斩断它们的脊椎，才能真正杀死它们。"

身边沉默不响，没有传来应有的赞叹声。樊池侧目看去，只见身边少女满面被淋了鲛妖的血污，目瞪口呆地站着，一动不动。原来是刚刚他挥剑之时，自己灵敏闪避开了，身后少女没有来得及闪开，所以被溅了一脸血。

樊池了解凡人的脆弱胆小，她目睹这样惨烈的场面，想必吓坏了。于是举起了巴掌，想要再抽她脑袋一下，抽得她回魂。

不知为何，这姑娘的脑袋拍起来相当舒爽呢。

还未拍下去，少女就发出一声刺耳尖叫："啊啊啊！脏死了！"

鲛妖的血液腥气冲头，弄得她都要吐了！

樊池闭目忍耐着尖叫，再睁眼时，又有几只鲛妖扑了过来。鲛妖没有痛感，所有意识唯余屠杀。但它们知道欺软怕硬，之所以扑过来，就是看中了那个弱小又可口的少女，想方设法避开能把它们劈作两半的男人。

九蘅慌张地绕着樊池躲闪，一会儿扒在他背上，一会儿拱到他手臂下，一会儿又没头没脑地撞进他怀里。

樊池挥着宽剑，将扑上来的鲛妖尽数斩断。

她甚至看到了阿七和阿七娘，不忍亲眼看到他们被腰斩的惨状，干脆将脸死死埋进他的衣中，眼睛紧紧闭上。

其余鲛妖看到同伴被腰斩，并没有害怕或逃跑，它们对死亡无知而无畏。半个时辰之后，此处的鲛妖已全数被斩杀。

樊池提着剑，低头看了看手臂紧紧环在他的腰上、整个脸埋在他怀中的少女，道："好了，全杀光了。"

九蘅没有反应，此时她被吓得太狠，虽听到了他在讲话，却一时没有反应过来。

樊池举起左手啪地拍了一把她的脑袋："放开我。"

九蘅抱着头往后一跳，惊魂未定。

终于又拍了她的头一下，樊池感觉手心非常舒爽。

九蘅看了看四周残尸，嗅到自己身上、脸上冲鼻的血腥气，一转身，找个地方吐去了。樊池手中长剑隐去，淡定地理理衣服，原地等了一阵。

九蘅吐完，精神萎靡地走了回来，看了一眼这男的，问道："你到底……"

"走吧，先离开这里。"樊池打断了她的话，就向村口外走去。

九蘅脚步忙乱地跟了上去，小心翼翼地避着地上的残尸。沿着荷塘边窄窄的路走过时，她看到水中依然有黑压压的细长小鱼组成的鱼群在转悠。想到这种鱼从人的脚踝钻入人身、将人变成鲛妖的情形，她只觉头晕目眩，生怕自己一个不小心栽到水里去，赶忙快走几步，顺手揪住了樊池随微风扬起的一缕头发，以维持平衡。

樊池吃痛，瞪她一眼："痛！"

她忙松开他的发丝，两只爪子摸到人家身上去，揪揪衣绦，揪揪袖子，企图找个稳当的地方抓着。男子蹙眉忍着那一对爪子的数次袭击，叹一口气，对天说了一句："我记得凡人挺可爱的啊。"

"什么？"九蘅没有听清他在念叨什么。

樊池睨她一眼，眼神中是能把人砸到地底的傲气和鄙视，然后把他的手伸到她的面前。她盯着这只骨节分明、手指修长的手，怔怔地问："干吗？"

"太蠢了，可如何是好。"樊池又是一声轻叹，主动抓起她的一只手，拖着就走。

他手心的温度让她的情绪安稳了许多，腿也不抖了。被他拉着走过细鱼密布的荷塘，穿过树林走了一阵，并没有遇到鲛妖，她的心中暂时松了一口气。手仍被他拉着，他的腿长步大，她总是略略滞后一步，抬头只看到他头发后面晃动的红绦骨珠和清冷如瓷的侧脸。

这时想起来该问问此人是谁，于是讷讷出声："请问您是……？"

"叫我神君大人。"

"嗯？"九蘅冒出一头雾水。

他扬了扬眉："我就是你们凡人所说的神。"这话说罢，脸上神气傲然，已在等着少女的惊讶崇拜。

然而九蘅只是茫然眨了眨眼："神？"

如果这世上有神，为何会有数不尽的罪孽？

如果这世上有神，为何会有如此妖异横行？

就算是有神，这也是个被神抛弃的世界吧。

"呵呵。"她在脸上挤出了一个极不自然的笑容，毕竟是救命恩人，还是礼节性地回应一下吧。

她尴尬的表情惹到了他，樊池丢开她的手，理了理自己的衣服，负手端然而立，严肃地望着她："不像吗？"

他站在那里，衣袂飘飘，容颜绝世，风姿卓然，脚边晨雾缭绕。然而长得好看，就可以说自己是神仙吗？但是受了人家大恩的九蘅决定给他个面子。

"很像。"她尽量严肃地答道。

樊池满意了，低头盯了一下她的脸，忽然伸出双手，捧着她的脸一阵揉搓，又突然用力捏住她的脸，将她的嘴都捏成嘟起状，目光凌厉地看着她的眼睛，仿佛想在她的瞳中探究些什么。

九蘅吓得呆掉，反应过来才慌得向后跳出老远："你干吗！"

他微蹙着眉，似有不满："你脸太脏了，擦干净了应该好看一点。"一边说着，一边嫌弃地抹了抹手，明显是在嫌她脸上的污垢脏了他的手指，随后又低声嘟囔一句，"藏得甚好，看不清啊。"

九蘅没听清他最后在抱怨些什么，只觉得这人好像完全没有意识到自己行为唐突，反而嫌她又脏又丑？

她觉得自己作为一个清清白白的少女，被人摸了脸，起码应该又羞又怒地表示一下抗议，但面对着这个脑筋似乎不太正常的怪人，心中竟也没有丝毫怒气冒上来。

他揉她脸的时候，莫名让她想起了自己揉家中那只大胖猫的情形……

她决定先不跟他计较，也抬手摸了摸自己的脸，结果摸到一手紫黑的血迹，那是之前他斩杀鲛妖时溅到她脸上的，是够脏的。

九蘅懊恼地道："水中满是那种可怕的细鱼，太危险了，去哪里能洗把脸啊？"她一边抱怨，一边拿袖子在脸上抹来抹去，总算是抹了个大概干净，露出清清爽爽的眉眼。

樊池问道："你，有没有发现自己突然会了什么不寻常的本事？"

"不寻常的本事？"九蘅不明白。

白泽寄生（上册）

◇

樊池道："比如说特别能打……什么的？"

九蘅忧伤道："能打的话，我会被鲛妖追得这么没命地跑吗？"樊池回想了一下之前她被鲛妖追赶的狼狈样，失望道："算了。"

那么她到底会什么呢？探究的目光在她的脸上扫了几遍。

九蘅这时突然记起了自己的本事："对了，那些细鱼，好像是只咬别人，不咬我。"

樊池道："这个我知道。不过，这可不是你的本事。"

九蘅不爱听了："那么它们为什么不咬我呢？"

樊池神色一黯，没回答这个问题，只道："那是鱼妇。"

"鱼妇？"九蘅迷惑地重复。

"那种会自我分裂的小鱼叫作鱼妇。"

九蘅猛地揪住了他的衣袖，睁大眼睛问："你知道它是什么，那么是否知道它们是从哪里来的？"想到惨死的阿七和阿七娘，心中顿生悲恸，恨不能立刻将元凶抓住。

樊池道："它们来自那里。"伸手指向远处那座雪顶山峰的方向，"它们从山体裂隙里钻出来，沿着雪水融化汇成的河流顺流而下。比起从哪里来，目前更重要的，是它们到哪里去。"

九蘅猛然醒悟："对啊！这种鱼会一变十，十变百，若是沿着河道扩散出去，岂不是……"

樊池点头："但凡与雪水河流相通的江河湖水，沿岸均会沦为死地，水边居民要么被鱼妇寄生化作鲛妖，要么被鲛妖咬死。"

九蘅惊道："鱼妇把人变成鲛妖，鲛妖又吃人吗？"

樊池摇摇头："不，它们只杀，不吃。鲛妖其实是已经死去的身体，不需要食物。"

"那它们为什么要杀人？"

"屠杀异类，占有领地，便是它们的目的。没有道理，没有人性，一种低级而凶残的妖，相当麻烦。"

九蘅打了个寒战："竟会有这种怪物。那么、那么……"

她还以为只是这个小村庄遭到妖孽袭击，不承想会有更可怕的后果。

这时的她无暇想象这个世界将面临怎样一场灾难。她只想到了弯弯曲曲穿过方宅庭院和园林的冰冷的人工河渠。那道渠中流淌的水，是方老爷花了大笔银子开凿水道，从城外的河道引进来的，那条河的源头据说来自远处高山，由峰顶的雪水融化而成。水渠里养着各色锦鲤，为防止它们逃跑，入水口和出水口都有竹格拦着。但那脆弱的竹格子，在鱼妇的利齿下瞬间就会被咬成碎片。

想到这里，她的心如坠入冰窟一般。

方宅在她的心目中是个藏污纳垢、肮脏至极的所在，但是那里有唯一一个她心有挂怀的人——弟弟仕良。一直以来她都是有些恨仕良的，却从没有像现在这般清楚仕良是她世上唯一的亲人。

卑鄙无耻的懦夫

九蘅冒出一句："我得回去。"头脑慌得有些发蒙，转身就走。

樊池一把握住她的手腕："去哪里？"

"回家，我弟弟在那里，我要回去找他。"她的声音颤抖着，脸色发白，因恐慌睁得大大的眼中瞬间蓄起了泪。

他身高比她高出许多，蹙着眉俯视着她，眼眸中藏着看不清的沉沉意味，道："你哪里都不该去。"

她惊疑道："为何？"

"该把你藏到任何人都找不到的地方。"

他这话的意思是让她躲藏避难吗？

她摇摇头："我不能躲起来，我要回去找我弟弟。我不怕死，死我也要回去。"

他的眼神隐隐一闪："若是死了，倒解决问题了。"

她一怔："你说什么？"这时才在他眼里看到了分明的杀意。她下意识地胆寒，又觉得不可置信，怯怯后退了一步，手腕却仍被他握着。

樊池默不作声地看着她。若是就此杀了她，就可以取回寄存在她身上的那个东西了，可是……

白皙的皮肤下透着少女特有的嫣红，水润的眼瞳，柔软的头发，纤细的手腕，精致而美丽的凡人。

他叹了一口气，松开被他掐红的手腕。

九蘅戒备地看着他。

他眉一扬："你家在何处？"

"在瑜州。"

"瑜州，我曾去过那里。"

她脸上现出期待又乞求的神色，望着樊池："你那么厉害，能帮我吗？能救我弟弟吗？"

"去便去吧，谁让我本就是佑护凡人的神呢。"他幽幽地说。

"……"九蘅忍了忍，决定不在求人做事的当口跟他辩论，他说他是神……那便是吧。

又听樊池说道："不过要与你说好，从此刻起，不论发生什么，都要跟随在我身边，不得有片刻离开我视线。"

"为什么？您是我的救命恩人不假，可是也不该束缚我的自由啊。"

"没有为什么。"他嘴角微微向上，"我家养了百头神兽灵禽，就差一个凡人了，我决定收你为灵宠。"

原来是没把她当人看，而是视作宠物了。

她抗议道："凭什么？"

他脸一冷："神的旨意，你听从便是，若有异议，我就找个地方把你关起来。"

这人……莫不是个疯的吧？老是自称神……

九蘅心一横，决定顺着他，毕竟还需要他帮忙。

"灵宠便灵宠。不过寸步不离可做不到，毕竟男女有别，如厕什么的可不能被监视着。"

樊池蹙下眉："凡人真麻烦！走吧。"顺手便拖起了她的手，朝着瑜州的方向走去。他脚步飞快，若不是他拉着，她难免追得辛苦。此时情势紧急，也就不拘小节，拉着就拉着吧。可是他的神态如此轻松，不羞涩，不尴尬，不轻佻，让九蘅觉得自己是他牵的一条狗……

还真把她当宠物遛了啊！

忽听樊池道："今日我身体不适，否则驾起驭云之术，片刻间就到了。"一边说着，一边傲气地扫了她一眼，生怕她不知道他多厉害的样子。

两人走了半日多，黄昏时分才远远望见瑜州，有几个人拖家带口沿路跑来，个个神色惊慌，妇人孩子满面泪痕。九蘅急忙迎上去拦住一名商贩打扮的中年男子，问道："大叔，城里是不是出什么事了？"

男子恐惧得声音都变调了："有妖怪，到处是长鱼尾巴的妖怪，快跑，快跑！"

樊池高声道："你们往旱地高处走，切记远离水边。那些鲛妖不喜干旱，长时间缺水也会死掉的。"

几人听到这话，心神略定，朝着远郊的丘陵地带逃去了。

二人迎着逃难出来的人，朝瑜州城的城门走去，一路上遇到数百个跑出来的人，二人不断大声告知行人要逃往旱地。

九蘅心下焦灼，拔腿跑了起来。城门半开着，守卫也跑光了，时不时有人从门里跑出来。九蘅想也不想就冲进去，突然迎面一阵腥风，竟从门后正面冲来一只鲛妖。这鲛妖满头凌乱白发，是个老妪化成，凶恶地扑了上来。

蓝色光弧闪过，老妪断成两截，分落两边。樊池一手提着他那把蓝光隐隐的宽剑，一手抓住她的手腕，蹙眉道："不要莽撞。"

她顾不上道谢，拉着他急急忙忙赶往方宅。瑜州城内已是一片狼藉，到处是血迹，张望一下就可以看到数具尸体，脖颈处都被撕裂，显然鲛妖喜欢攻击人的颈部，一击致命，杀戮就是目的。

除了尸体，城内空荡荡的，活着的想逃的已逃出城去，不敢逃的被困在家里，一双双恐惧的眼睛在窗后张望着。时不时有样貌各异的鲛妖扑来，樊池一路斩杀，九蘅跟在他身后，把手招在嘴边，大声警告人们关好门窗，切勿出来。

他们来到方宅前时，发现朱门紧闭。九蘅急忙上去拍门，里面毫无反应。

樊池道："应该是出事了。跟我来。"将她往身边一拉，后退几步，托着她的腰，轻轻一跃，九蘅只觉身体一轻，就被他带着翻越了两丈高的墙头，轻飘飘地落进墙内。

九蘅惊叹道："你还会轻功？！"忽然发现他背部微微前倾，面露隐忍之色，她问道，"你怎么了？"

樊池缓了一阵，神色恢复轻松，只是唇色有些苍白，微笑了一下："这不是轻功，是飞腾的仙术。仙术用得急了，岔气了。"

"……"九蘅简直不知道这话如何接。还飞腾仙术，会飞腾仙术，飞来瑜州府不就得了吗，还用得着步行这么久？用仙术还会岔气？！但此时她可没工夫计较这个。方宅一片寂静沉闷，到处凌乱不堪，倒着几具尸体。她急忙跑近尸体查看，都是衙役和家丁，死状甚惨，却没有发现仕良。

樊池忙跟上去，提醒道："小心有鲛妖！"

不过他们在偌大的府邸里转了许久，没见到一个活人，也没见到一只鲛妖。只是穿过各院的景观水渠里，有密密的细鱼急促游动着，让人看一眼就毛骨悚然。方家这种有财有势的人家，才有能力把雪山水引到家里来，本是彰显财富地位，不料招来了灭顶之灾。

九蘅在屋子间转了一阵，急得喊起来："仕良！仕良！"

突然传来隐隐约约的回应，是呼救的声音。九蘅站住侧耳听了一下，发觉声音是从后面的园林传来的，急忙跑去。

樊池向她低喊道："当心，不得接近他人！"

九蘅哪里还听得到，穿过一道月洞门，进到亭台楼阁的园林里，很快就听到了那熟悉的嘶嘶声。沿着石子曲径转了几道，就看到一处水池里翻滚爬动着二十多只鲛妖，它们长着她熟悉的脸，她甚至看到了那个管家，他原本刁钻的脸只剩呆滞而疯狂的表情了。

水中假山上有一座高高亭阁，里面传来女人的哭叫声，九蘅听出是殷氏的声音。想来是因为那里高，人们被鲛妖撵得只能往高处躲避，所以才从一道与岸边相连的小石梁跑了上去。

亭外站了一个满身血污的家丁，甚是勇猛，把爬上去的鲛妖砍下去。好在那亭阁门口的石阶甚窄，鲛妖只能同时爬上去一两只。但他一个人也是撑不了多久的，眼看着要被扯着脚脖子拖下去了。

九蘅认出了那家丁，正是她逃出方家时放她一条生路的唐东。他平日里板着脸不太说话，看不出原来这般勇猛。她拔腿就沿着石梁跑了上去。

樊池的目光先锁在唐东脸上，正想跟上去，胸口突然痛楚袭来，胸闷气短，竟一个踉跄单膝跪地。眼看着九蘅独自跑上假山去，脚边不断有鲛妖的手爪险险划过，而他眼前阵阵发黑，竟不能上前护她。情急之下，对着那家丁努力大声道："鲛妖只有以腰斩才能彻底杀死！"

唐东正因鲛妖如何也杀不死而恐惧无措，听了这话，反应甚快，手起刀落，将扑上来的一只披头散发的鲛妖腰斩，那鲛妖变成两截落入水中沉下。

唐东累得说不出话，对樊池点了一下头表达谢意。

水中鲛妖被震慑了一下，攻势略减。九蘅趁机跑上石梁，一推门，里面的人在用力抵住门，推不开。她拍门喊道："是我，仕良，我来救你了！"

门开了，她一步闯进去，急匆匆将屋内扫视了一遍。

屋子里只藏了两个人——方老爷和殷氏。

两个人挤成一团，吓得都愣怔了。殷氏呆呆看了九蘅许久，仿佛才认出来，拉着她就哭："女儿，女儿啊，你来救我了啊！"

九蘅一把扳住殷氏的肩膀，问道："仕良呢？"

殷氏眼光立刻躲闪起来："仕良？……我没看到他……这些妖怪追我们，我都吓傻了，哪能顾得上他？"

九蘅猛地将她推倒在地，厉声道："他把你当成母亲，生死关头，你竟然只顾自己逃生？"转身就薅起跪坐在地上的方老爷的衣领，质问道，"你呢？你也没管你儿子吗？"

方老爷抬起头来，满脸是泪，颤抖着声音道："我太怕了，女儿，我太怕了。"

"懦夫！"九蘅抬起手，狠狠抽了父亲一个耳光。她的心中充满绝望，仕良一个孩子落单，想来是凶多吉少了。

只听门外苦战的唐东突然冷笑一声，道："大小姐，老爷和夫人岂止是懦夫，堪称毒辣！原是他们三人在园林一起遇险，妖怪杀来，小少爷人小腿短跑不快，小人折回去抱着小少爷爬上来时，他们二人怕妖物爬进去，从里面抵死了门，无论如何也不给我们开门！小少爷哭着拍门，他们都不肯开！我忙着杀妖，一个不防，小少爷被妖怪拖到水里去，看不到了……"

九蘅的脸上坠下冰冷的泪滴，她不可思议地盯着父亲的脸，想象着仕良最后一刻的恐惧和绝望，心中如被毒焰灼烧。她缓缓松开父亲的衣领，一步步后退。方老爷跪行着靠近她，拉住她的手："女儿，我也是没有办法啊……如果开了门，我也会死啊。你救救我，救救我……带我出去……"

"滚！"九蘅用力甩开，将这个老朽又毫无人性的男人推倒在地。

她退到门外，毫不犹豫地折返往回走，却发现石梁上爬上来一只鲛妖，拦住了退路。唐东率先走上石梁，将鲛妖砍了下去。九蘅赶紧跟上，身后突然响起殷氏尖利的嗓音："让开！"九蘅背部被猛地一推，顿时失去平衡，向着翻滚着鲛妖的池中坠去，摔下去之前，她仓皇回头，看到殷氏气急败坏的脸。

坠到半空，腰间突然一紧，身边多了一人，箍住了她的腰身。她睁开吓得闭上的眼睛，竟看到了樊池近在分寸的侧颜。樊池托着她，足尖在池中鲛妖的脑袋上点了一下，折转方向，轻飘飘落在岸边。

九蘅紧张得抓着他的衣服尚未回过神来，就听石梁上传来惊呼声。抬头看去，只见方老爷也跑上石梁，急着与殷氏抢道，竟将殷氏撞得横飞出去！殷氏跌落之前，一把揪住了方老爷的衣服，二人纠缠着跌入鲛妖密布的池水中，嘶声惨呼，然后瞬间中止。身影消失在沸腾似的水面。九蘅捂着耳朵闭上了眼睛，不想听不想看，心中只余一片苍白空洞。

樊池忽然拉着她躲了一下，一只鲛妖的大嘴在她脸侧咔地咬空，腥气扑面。樊池挥剑将它斩断，握了一下她的手，道："打起精神来。"

她茫茫然看着他道："打起精神做什么？仕良死了——或是变成鲛妖了。我唯一的亲人没有了，我还活着做什么？"

"报仇啊！"他大声道，"杀光这些怪物，然后找到鱼妇的老祖，给你弟弟报仇！"

她眼中一灼："鱼妇的老祖？"

"没错！它便是鱼妇之灾的源头。"

她心中腾起一团血腥气的滚烫："你能带我去找它吗？"

樊池道："我们要先活着从这里出去，才能去报仇！你们方家到底有多少人，怎么这么多鲛妖？！"远处池水中的鲛妖也纷纷爬上来了……

九蘅道："共计两百来口。"

旁边突然朝她飞来一把刀，樊池劈手截住，身影一闪，刀锋已横在唐东咽喉，森然道："你是什么人？！"

唐东原本也身手不错，却莫名被他一招锁了个毫无退路，一动不敢动，道："我是府中家丁啊，我就是给大小姐递一把刀，让她防身！"

九蘅也怔住了，忙道："他叫唐东，确是我家家丁，不要杀他。"

樊池回想了一下，记起他扔刀过来的势头是刀柄朝向九蘅，这才将刀收起，递与九蘅。

她把刀接在手里低头看着，手指抚了抚刀背。她从未拿过刀，但是这一刻，这冷硬钢铁仿佛变成心中仇恨的延伸，她举起刀，咬着牙朝着扑来的鲛妖砍去。

九蘅用刀毫无章法，但在一腔恨怒的支撑下，竟十分英勇，接连斩杀了多只鲛妖，她信心倍增，以为自己极具战斗天赋。

百忙之中频频望过来的唐东却看得分明：是樊池始终护在她身侧，将偷袭她的鲛妖们悉数清理，她才能杀得这么痛快还毫发无伤。

三人将方家宅院中的鲛妖全部斩尽之后，樊池已累得几乎晕厥，躺在地上眼睛都睁不动了。九蘅费力地将他拖到干燥的地方躺着。只听他闭着眼哼了一声："要枕头。"然后竟自己挪了一挪，毫不客气地将脑袋枕在她的膝上。

九蘅看他累极的样子，也就不拘小节，没有推开他，只是嘀咕了一句："体力不是很行啊。"

"住口……"樊池用尽余下力气顶了句嘴，便在她的膝上昏睡了过去。

过了一阵，唐东提着刀走回来，对九蘅行了一礼，欲言又止。九蘅抬眼看着他，道："说吧，找到仕良了吗？"握紧的手暗暗颤抖，已经做好了最坏的准备。

唐东道："没有看到小少爷样貌的鲛妖。塘中全是那种钻人腕脉的怪鱼，里面沉着的尸首还没查看，等我想想办法……"

九蘅摇了摇头："不必找了。"仕良必是没得救了，不能让唐东无谓冒险。

唐东的目光转到昏睡不醒的樊池脸上，问道："大小姐，这个人是？"

九蘅犹豫一下——总不能介绍说这位是神仙吧？遂答道："是我的救命恩人。"

唐东："看起来有点弱。"

樊池睡梦中抿了一下嘴，想抗议又疲倦得睁不开眼。

不太靠谱的姑爷

二人将樊池扶起，架去前院，找间干净屋子让他歇息。几乎每个住人的屋子都溅满血污，包括九蘅的闺房，也横了一具脑袋几乎断掉的尸首，是那个曾经骄横的吊梢眼丫鬟。九蘅看了一眼就急忙别开脸，不免叹息。

总算找到一间客房还算干净，将樊池扶进去安置到床上躺好，九蘅也疲惫地跌坐在床边脚凳上。

唐东说道："大小姐歇一会儿，我去找点吃的过来。"

九蘅叮嘱道："千万小心漏网的鲛妖，也要远离水边，当心那些鱼。"

"是。"唐东答应着，顿了一下，又说，"以前一直觉得大小姐性格软弱温和，想不到您也有果决的一面。"说罢转身去了。

九蘅愣了一阵，也意识到短短两天，自己的行事风格几乎是变了个人。

是这几天极端的经历，将生活在方家时压抑多年的个性逼迫出来了吧！若不勇敢起来，在这一夜之间变得可怕的人世中，大概是活不了多久的。

九蘅看了一眼睡在床上的人，他微蹙的眉头透露着不适。她记起他杀鲛妖时身手甚是利落，怎么忽然之间就体力不支的样子，莫不是受伤了？

想到这里，她站起身来，将他从头到脚细细端详，找到些许血迹，在他绣着蓝色纹绣的白衣上尤其显眼。但她检查过后，确定那些血迹是他斩杀鲛妖时溅到身上的。

说起这个，九蘅只斩了几只鲛妖，头脸和身上就沾满了恶心的紫黑污渍。他斩杀了数百只鲛妖，一直在注意躲避喷溅的紫色血液，竟没有沾在身上多少。

这个人是有洁癖吧。

不过他衣服的前胸后背上，倒是有两片淡蓝色的印渍，不知是从哪里粘染上的颜料。

没有发现伤处，九蘅仍觉得不放心，想仔细查看一下，于是伸手解他衣服，将衣襟分开，从胸口一直露到腰腹，紧致光滑的肌肤泛着光泽，胸肌、腹肌线条分明，看不到丝毫损伤。

到底伤在哪里了呢？九蘅正打算再接着把他的衣服脱下去，身后突然传来一声倒吸冷气声以及什么东西吧嗒掉落的声音。

回头看去，只见唐东脸色通红，正慌乱地把掉落地上的馒头捡起来，一边拍打着粘上的灰尘，一边盯着馒头说："抱歉！"倒退着就出去了。

九蘅迷惑地道："他跟馒头道什么歉？"

再回过头时，见樊池已经醒过来了，睁着一双睡意迷蒙的眼睛，抬头看看自己露出的胸腹，嘴巴一抿，不满地道："解我衣服干吗？冷。"

九蘅恍然反应过来自己一个姑娘家脱人家衣服甚是不妥，唐东那般严肃端正的人必是看不惯了。但非常时期，也不该拘于这些小节不是？

她自小长在深宅，名义上是大小姐，实际上谁都把她当作婢子之女来轻视。成长环境固然有重重约束，她却未得到像其他名门闺秀一样的教导，所以"规矩教条"对她来说只是约束，并非准则。一旦束缚解脱，规矩在她眼中并不重要。

她跟樊池解释道："抱歉啊，冒犯了。我就是想看看你身上有没有伤口。"

"没有。"樊池说着，慢慢起身。

她不放心地问："后背也没伤吗？"

他一副懒懒的不愿说话的样子，转过身子背对着她，把已经松垮的衣服一褪，褪到腰间，将后背亮给她看。

她仔细看过线条流畅的腰背，皮肤光洁，完好无损。

在门外冷静了一阵的唐东估计里面的人已经整理好了，鼓足勇气再踏进来，看到樊池非但没把衣服穿好，反而露得更多了，欲哭无泪，闭着眼慌里慌张地又退了出去。

九蘅高声道："唐东，你进来出去地做什么？"一边帮樊池把衣服穿回去。

唐东第三次小心翼翼地进来，看到樊池在神情慵懒地系着衣服，不过总算是春光收起了。松一口气，把一个装了几只馒头的盘子搁在桌上："厨下找到几个干净的冷馒头。"又放下一只茶壶，"这是水缸里存的水。也只有那点干净的水了，府中的水井里都满是怪鱼。"

九蘅奔波劳累许久，早已饿极了，伸手就抓起一个馒头想往嘴里塞，又猛地想起虚弱的樊池，于是不舍地递到他面前，不料樊池却嫌弃地摇了摇头，说："我要吃甜的。"

她耐心地劝道："这时候就不要挑食了。"

"我一定要吃甜的……"忽然他转向一个方向，眼睛一亮，"我闻到甜味了！"他飞身下床，迅速消失在门口，浑然没了刚才病恹恹的样子。

九蘅与唐东面面相觑，均是摇了摇头，各自摸起馒头默默啃。唐东吃得心不在焉，一副满腹心事的样子，终于忍不住问："那位……是姑爷吗？"

九蘅正埋头吃着，没有听清，反问道："什么？"

唐东正要再问一遍，樊池已经一阵风似的回来了，满面笑容，喜悦不已。只见他手中抱着一包蜜饯、一个瓷罐子，九蘅认出那个罐子是她家装蜂蜜的。

她都不知道这些东西放哪里，这个人怎么找出来的？樊池落座在桌边，往嘴里丢了一颗蜜饯，甜得眉开眼笑，眼眸都亮了。唐东看得忧心忡忡——这位准姑爷怎么跟个孩子似的？

三人吃东西的期间，樊池用寥寥数语简单解释了一下鱼妇的事，唐东听得目瞪口呆。他知道细鱼可怕，却料不到如此无法收拾。他沉重地道："鱼妇的分裂能力如此强悍，只要有一条存活，就能复制出千千万万条。那么岂不是没有可能消灭它们？鲛妖又能上岸，如此下去，用不了多久，这世上就没有人能活了吧？"

樊池道："想要遏止鱼妇分裂的势头，只有一个办法。"

唐东与九蘅齐声问："什么办法？"

"杀死鱼祖。"樊池说。

"鱼祖是什么？"

"鱼祖是鱼妇之母，第一条鱼妇，就是它生出的。"樊池又往嘴里丢了一块蜜饯，"只要杀死鱼祖，所有的鱼妇也会跟着死去。"

九蘅两眼灼灼问："那去哪里能找到鱼祖呢？"

樊池苦笑一下："鱼祖是上古妖兽，原被冰封在雪山冰层里，万万年也不该醒来，却意外被唤醒了。"

"被谁唤醒的？"两个听众均面露恨怒，恨不能立刻把这个始作俑者抓出来就地处决。

樊池："这个以后再说，当务之急是找到鱼祖。"

九蘅："去雪山中找它吗？"

"鱼祖既然复苏，派出千万子孙攻城略地，就定然不会傻待在原处，必是早跑路了。"

九蘅心中焦灼："那去哪里找呢？"

樊池眸色一沉，寒意乍现："若是相遇，我就能认出它来。"

九蘅失望地道："也就是说，根本不知道它在什么地方？"

樊池声线稳稳："万事万物皆有迹可循，不能只用眼睛去看，要用脑子看才能看到蛛丝马迹。"一边说着，一边顺手在九蘅头上弹了个爆栗，指法相当流畅。

九蘅怨念地捂着额头。

唐东埋头，明明吃饱了，却硬生生又啃了一个馒头，心中已有咆哮默默飘过：大小姐与姑爷相处得颇为和谐啊……可惜姑爷身体有点弱，不知是不是有什么病……

忽听樊池说了句什么，唐东没有听清，茫茫然问道："姑爷……"突然意识到失言，急忙改口，"大侠方才说什么？"

樊池听到"大侠"这个称呼，顿了一下，也没有反对，把方才的话又讲了一遍："此城中可有官兵？"

唐东道："瑜州城没有驻军。不过，隔了一道街便是知府衙门，应是有不少衙役捕快。"

樊池点点头："我们稍事歇息，与官府的人接头，一起斩杀鲛妖，救助百姓。"

唐东感动不已："大侠古道热肠，小人佩服！"

樊池说："这也是我应尽的职责，作为神仙……"

"您再吃块蜜饯！"九蘅飞快地塞了一块杏子蜜饯进他的口中，将他的话堵了回去。她与樊池一路走来，已将他当成朋友，可惜这人喜欢信口胡吹，她可不愿唐东将他视作轻狂之徒，下意识地维护他形象。

唐东再度默默啃馒头，内心咆哮：这二人相处得如此甜甜蜜蜜，姑爷就算是有病，大小姐坚持要嫁，我一个家仆也阻止不了……

樊池将酸甜可口的杏子蜜饯吃下，又道："吃好了我们一起出去。"

唐东忽地抬头，提出了反对意见："我们两个男人去就好，让大小姐留在这里吧，这里相对安全。"

九蘅刚要说她也要去杀鲛妖，却听樊池语气不容反驳地说："不行，我必须将她带在身边才能安心，我会护她周全的，你放心。"

唐东原本是在说个正经严肃的建议，竟劈头又被一波含糖量极高的甜言蜜语砸中，顿时觉得心灰意冷，对着馒头又来了一番内心戏：看来应该准备大小姐的婚期了……方家已经这样了，喜事什么时候办？嫁妆怎么办？

待三人休整好已是傍晚时分。

瑜州城上阴云压顶，雨蓄而不落，一派沉闷压抑的气氛。

三个人各执武器，出了方宅，直奔知府衙门而去，沿途遇到的鲛妖一律腰斩。很快到了衙门门口，漆黑厚重的大门紧闭，昔日威风凛凛的两只石狮子上溅着斑斑血渍，此时只透着阴森恐怖。门槛处趴着的两名守卫的尸身，已被撕咬得面目全非。从门上划的一道道血渍指痕看，这两名守卫应是在门外受到袭击，想要推开门逃进去躲藏，里面的人却闩上了门。那一道道抓挠的指痕，透着恐惧和绝望。

樊池对两人说："你们在这里等着，我先进去看看情况。"

九蘅说："你要小心。"

樊池拍了一下她的脑袋："我警告你，不要乱跑。"

唐东默默别过脸去。

樊池脚步微移，二人只觉眼前一花，看到樊池已轻飘飘飞进墙里去。唐东第一次看到樊池施展这一手，惊得目瞪口呆："大小姐，你看到了吗？那是，那是……"

"轻功嘛。"九蘅已见怪不怪。

"可是……他飞腾的样子如此轻盈，世上竟会有这么厉害的轻功吗？"

九蘅不以为然地道："我以前在藏书阁中看过许多话本，里面的侠士多的是这样飞来飞去的，很稀奇吗？"

"大小姐！很稀奇啊！那些话本中写的都是夸大之辞，却不想这世上竟真的有如此神乎其神的轻功！"唐东是练武之人，知晓轻功只是苦练来的翻屋上墙的敏捷身手，可是这位大侠竟不怎么借力腾挪，就倏忽间越过衙门的高墙，简直不可思议。

过了不久，忽见官府内冒出滚滚黑烟，失火了！九蘅与唐东担心樊池有事，急忙去拍门。不远处衣袂轻响，却见樊池又从墙头飞出来了。

二人迎上去问："里面怎么起火了？"

"我放的。"樊池拍拍手上沾染的灰尘。

二人无语。

樊池接着道："里面一个活人也没有了，如你们方家一样，引了雪山之水入府，府中之人要么变了鲛妖，要么被鲛妖杀死了。那些衙役生前身强力壮，化成的鲛妖也格外凶猛，若是一只只斩杀非累死不可。鲛妖畏干旱，惧高温，我从库房中找了火油，干脆就点了一把火，应该能够尽数烧死。"

唐东叹一口气："瑜州城中，引雪山之水进府的，唯有知府衙门和第一富商方家，原是财大势大的象征，却不料均招来了灭门之祸。"

樊池道："官府指望不上，我们便挨家挨户搜索，将幸存者中的妇孺老人领到安全的地方，把青壮年集中起来，鼓舞他们一起消灭鲛妖。城里地势最高的地方是哪里？"

唐东想了一想，道："听月寺地势最高，近处没有河道。寺中房屋不少，还有座七层的拂月塔，塔中甚是宽敞，也能睡一些人，就在那边。"他抬手指向西边，远远可以望见一座高塔。

樊池点点头："我们先将难民引到那里去吧。不过，你……"他拉着九蘅的手往面前一带，"不准单独行动，不准离开我的视线，不要相信任何人，只能相信我。"

明晃晃站在那里却被排除在外的唐东，委屈地别开了脸。

难民们集中到听月寺，僧人们煮了粥，人们拿着碗排队。拂月塔下却另聚了一堆人，中间有个僧人在作画，一边扬声说："别着急，一个一个来！都画，都画！"

九蘅拉住一个小僧问："他在干什么啊？"

小僧答道："寺里要给化作鲛妖的人们布超渡道场，那僧人擅画，按人们的描述把遇害亲人的样貌画下来，愿他们以原本的面目去往另一个世界。"

落下残疾的蜜蜂精

接下来足足七日，樊池他们三人都在斩杀鲛妖，搜索和安置幸存者，指挥人们在穿城而过的河道中筑起栅坝，阻止鲛妖进出。短短数日，组织起来有规划地抗击鲛妖的青壮年已有百人之多。

九蘅本不会功夫，全凭着一股愈杀愈勇的狠劲儿撑着，几天下来刀法见长，竟成了战斗主力，体力也超乎常人，觉得累了，歇息一阵就能缓过来。她初时未觉得，直到战斗了两天两夜，心中才冒出疑惑：自己不过是个不出闺阁的少女，体力和耐力怎么有用之不竭的感觉？莫非自己天生神力，只是以前从未察觉？

在这个过程中，有一事让九蘅甚是不爽。她自我感觉本事越来越大，时不时为了追击鲛妖，跑得离樊池远了，必会被他揪回来，斥责一顿，甚至要敲打她脑袋一下，警告她不许远离他。

尤其是在遇到陌生人的时候，他一双眼睛几乎把人盯出血来，生怕人家把他家灵宠抢走似的。谁若敢接近她，必会被他一把推开，完全不顾及礼数，搞得九蘅净跟着给人家赔不是。

就算是休整时间，他也把她看得死死的。在来之前她提出的如厕问题也遇到了，然而就算是她如厕，他也会等在不远处，时间长了，还会丢个石头过来，试探她是否还在。

九蘅倍感无奈，只得耐下心劝他："您不用盯这么紧，既然答应了做您的……灵宠，我就不会跑。"

他冷笑一声："即使你不会跑，也怕别人来抢走。"

"……"她心里说这人是脑子有病吧？！

这一天凌晨，九蘅与樊池一起把最后一户人家搜了一遍，未发现幸存者或鲛妖。走出门口，九蘅用一件从屋子里拿出来的破衣服，将自己长刀上沾染的黏稠血迹慢慢揩净，转脸看了一眼樊池，他手中的那把泛着蓝光的宽剑上，尽管刚刚斩了数只鲛妖，却并没有沾上一丝血渍。樊池握剑的手腕翻转了一下，宽剑就如蜡烛的火焰熄灭一般，倏忽不见。

九蘅眨了眨眼。这几日里，樊池出剑、收剑的过程她已看了无数遍，可是一直没有看清他到底是从哪里把剑拔出来，又是收到哪里去的，也没看到他身上有剑鞘啊！

现在总算有了点空闲，她决心要弄个明白，于是将刀往自己腰上的刀鞘一收，走近樊池，伸手在他腰间摸了几摸。

二人连日来并肩作战，形影不离，已然习惯了肢体接触，自小生活在高门大户、闺阁之中的方大小姐，也越来越看淡了男女之别，像兄弟般自然。

樊池也没觉得自己被调戏了，只迷惑地低头看着她："摸我干吗？"

"我看看你的剑藏到哪里去了。"一边说，一边又不死心地探摸了几把，触手之处均是结实的腰腹，并没有那把锋利无比的宽剑。

他啪地打开她的手，道："你找不到的，这把剑是我年幼时不小心从我的意念中修炼出来的，所以叫作'无意'，我以仙术收进腕脉里去了。"

"不小心？"九蘅无语了，收回"狼爪"。

二人并肩坐在门前台阶上歇息。九蘅算了算，才发觉自己连续几天没合眼，还没累垮掉，她简直佩服自己。以前怎么没发现自己这么厉害呢？转头想跟樊池夸自己几句，却见他闭着眼，歪歪向这边倾过来。

她赶忙将自己的肩膀凑过去，恰恰好让他倚住。他仿佛是一瞬间睡着了，睡得也不甚舒适，鼻息紊乱，眉心微蹙。这几天来他总是这样，战斗起来所向披靡，却很容易疲累，时不时就会累得睡着。明明看着很不舒服的样子，又看不出究竟哪里有伤病，她有些懊悔这几天太忙乱，都没有好好问问他到底怎么了。

樊池大概睡了有两炷香的工夫，也许是心中挂念形势，睡不安稳，忽然就醒来了。抬头茫然地看看九蘅，坐直身子，恍了一会儿神，抬手理自己有些乱的头发。

九蘅说："我帮你。"他便顺从地将手放下，转过身对着她。

九蘅发现他睡后初醒时特别温顺，这阵起床蒙一旦过去，变得清醒了，就会变得尤其不好对付。

她帮他解下脑后松松挂着快要掉下来的骨珠红绦，无意中发现红绦末端缀着的四颗骨珠上雕着些细小花纹，弯弯曲曲，像文字又像符咒，好奇地问："这是什么？"

樊池偏头看了一下，说："是獬豸之齿磨成的珠子，上面刻的是仙符，有辟邪之效。当然我戴它不是为了辟邪。我是神仙，不需要辟邪，就是看它好看。"

这几句话里信息量甚大，九蘅只觉得一头头被吹起的牛滚滚而过，不知如何接话，顿了一下才找到个好话题切入："獬豸是什么？"

"獬豸是一种神兽，通体黝黑，额上生有一角，懂人言，知人性，能辨是非曲直，能识善恶忠奸，勇猛异常。"

"听起来是头好兽啊，你为什么要杀它？"

"我哪里杀它了？"

"不杀它如何拔了人家的牙？"

"哦，这只獬豸是我家养的，牙是它小时候换牙时褪下的奶牙。"樊池自然地说道。

九蘅觉得他吹牛吹出了新花样，吹出了新境界，以她的捧场能力，已撑不下去了，遂闭了嘴，默默地玩那骨珠。

樊池警觉地回头看她："你想干吗？"

"我听你说得稀奇，想解一颗下来戴着，能辟邪呢。"辟邪不辟邪的不知，这珠子洁白光滑，的确是好看！

樊池想了想，点头道："日后路途艰险，你戴着护护身也好。"然后从她手中拿过丝绦，分了一根出来，解下两颗骨珠穿起，亲手帮她系到颈间。

这距离有些过于近了，她的脸几乎埋进他的胸口去，慌得她赶紧说："我自己来。"

樊池不耐烦地道："别动！"

显然他的起床蒙已经过去，变得不好惹了。她决定忍耐一下算了。

系好了，他打量了一下，满意地说："挺好看的。所以说还是要戴点饰物。"

九蘅刚要道谢，又听他补了一句："我家的神兽也全都佩戴了饰物。"

于是她将那一声谢活生生吞了回去。这是把她当"牲畜"打扮吗？正暗自腹诽不已，樊池又将只余了两颗珠子的红绦递过来："你还没帮我理好头发呢。"

她接过红绦咬在齿间，跪坐在他身后，用手指梳理他的头发，发现他的头发尤其洁净清爽。因为大多数水道、池塘甚至水井都被鱼妇占据，干净的水尤其稀缺，再加上连日来只顾杀鲛妖，哪有时间梳洗沐浴。九蘅感觉自己已经从头到脚脏得像块抹布了，而樊池的头发这么干净，难道是偷偷洗头了？

她疑心地用手指在他头顶发中多摸了几下，突然扑棱一下，他的头顶左侧竖起了什么东西，细细长长，还在颤抖不已！九蘅小小惊叫了一声，樊池却反应格外激烈，忽地朝前扑去，躲得离她远远的，脸色绯红，目含水光，满面怨怒，盯着她结结巴巴道："你……你……你干吗摸我头顶？！"

此时天色尚未大亮，九蘅看不清他头上冒出了个什么东西，只说："我不是替你梳头吗？你头上出来个什么东西？"

"你别碰！"他警惕地大声道。

"我离得还远着呢！"她现在离他有一丈远好吗？他害怕什么呢？她越发好奇了，向前挪了一下，"我不碰，我就看看。"

樊池红着脸，头顶左侧发中那条细丝般的东西卷起，伸开，卷起，伸开……仿佛在努力想把自己收回去，又收不起来。

九蘅惊呼："你头上长了个什么东西？你是不是有病？"

樊池恼羞成怒，豁出去把脑袋往她眼前一凑："你才有病！这是触角，触角！我从小就长着的！"

九蘅难以置信地凑近看了看，见那根细细长长的丝状物有半尺长，是半透明的金色，末端还有一个小小的结节，这根东西在伸展摆动，或许因为樊池在生气，还抖啊抖的。

这个东西还真的像放大的虫类触角啊。她呼地退出老远，警惕地盯着他："你是虫子精？！"

"你才虫子精！跟你说了我是神仙！神仙！"他恼怒得单触角竖得笔直。

九蘅花了很大力气，才接受樊池不是凡人的事实。

樊池说，他来自远在天空之外、云层之上的上界，那里生活着神族，也就是凡间的人所说的神仙。神族一直佑护着凡间，他樊池是神族派往凡间负责守护雷夏国的。

九蘅听到这里插了一句嘴："你是说，你是土地公公。"

樊池怒道："叫我神君大人！"

"……"

九蘅知道他不是人了，内心却仍觉得他是个精怪，之所以硬把自己说成神仙，大概是出于虚荣心，她也不好直接揭穿，只问："神族的人头上都长触角吗？"

"也不是这样，上界万物皆可修成仙身，我并非仙一代，而是仙九代，我祖上修成仙身之后，后代出世时就是人形，只是会保留原身的一点特征。比如说，有的家族以鱼身修成仙，身上会有鳞片，有的以羊身修成仙，头上会有角。"

九蘅说："那我知道你祖先的真身是什么了。"

"什么？"

"你长触角，又爱吃甜，你祖先应该是只小蜜蜂！"

"……"

九蘅眼睛一亮，接着道："对了，我知道你那把剑是怎么回事了！"

樊池茫然道："你又知道什么了？"

"你是蜜蜂精，所以那把剑必是蜜蜂屁股上的毒刺所化，那剑收起来时，必是插进……插进……"她不好意思地指向他的臀部。

樊池暴跳而起："你才是蜜蜂精！我的剑才不是插进……你给我住口！我祖先的原身比蜜蜂要美得多！"

九蘅沉浸在自己的推测中："而且你还是只单触角的蜜蜂。否则的话，你怎么会只有一只触角呢？"

樊池的脸恼火到发红："我原是有两只触角的，之所以只剩了一只，还不是拜你们这些凡人所赐！"

九蘅奇道："我们凡人？怎么又赖上我了？"

樊池"哼"了一声，横她一眼："说起来，当年不由分说拔掉我一根触角就跑的那个疯子也是个女的，简直莫名其妙！害我落下这个残疾！"

九蘅的思路被带偏："少了个触角也算残疾？"

樊池恼怒得几乎要掉泪："当然！触角对我多重要你知道吗？！"

他突然住了口，凝神感受了一下掠过鼻翼的风。

九蘅问："怎么了？"

"有没有嗅到风里的腥气突然重了许多？"

九蘅也皱着鼻子嗅了嗅，闻不到什么异样的气味。

远处突然传来急促的脚步声，樊池的单触角嗖地卷起，藏入发中。

唐东从拐角处奔跑出来，对他二人喊道："总算找到你们了！快来！城外有大批鲛妖沿河而上，冲破栅坝，正在集中攻击听月寺！大家快顶不住了！"

二人对视一眼，忙向听月寺的方向赶去。

听月寺位于瑜州城西侧的一座小山上，是城中地势最高的地方，所以命名为"听月"，寺里的那座塔有七层，人登塔顶，就像能抚摸到月亮一般，因此命名为"拂月塔"。听月寺远离河道，地上土质干燥，鲛妖又一向没有思考能力，很少主动过去挑事。

而当二人奔近听月寺时，看到一幅令人毛骨悚然的画面——悬在拂月塔上方的圆月透着一圈蓝色光晕，洒落的月色森寒如霜，将人的脸映得青白。月色中，大批鲛妖像潮水一般涌向听月寺。它们不顾鱼尾在地上磨得嗞嗞作响、鳞片脱落，全瞳黑眼透着涣散与狂乱，正疯狂向前爬行。

这一次鲛妖们的前进和攻击，不似往日那般随意无章，而是齐头并进，就像是商量好了"鱼海战术"一般，所到之处，不论人畜草木，均撕成碎片。

那一百多名壮年男子以及寺中的十几名僧人，在山门前筑起一道火墙。但鲛妖来势异常凶猛，它们一向畏火，此时却不管不顾地冲向前去，很快火墙就被冲塌，许多鲛妖被烧死，但也压灭了火焰，后来的鲛妖就从同伴的尸体上攀行过去。

男人们或手执长刀，或拿着火把，守住山门苦苦斩杀抵抗，然而此次鲛妖来势汹汹，时不时就有人被拖进鲛妖的潮水中，随后消失不见。

九蘅大惊之中问樊池："你不是说鲛妖没有思想吗？怎么会知道像军队一样攻击？"

樊池神色凝重："它们是受到了召唤。"

"谁的召唤？"

樊池眼中一厉，低声道："鱼祖在此。"

听到这话，九蘅脸上浮现出凶狠的神色："它在哪里？"

樊池："我会把它找出来。这里危险，你到拂月塔上去。"

"我不！"九蘅的心中涌起烈火般的仇恨，坚定地咬牙道，"我要看看这个畜生长什么样子。"

樊池点了一下头："也好，那跟紧我。"

鱼祖夺走的面容

二人背抵着背，站在一块略高的石上。这块石头也迅速被鲛妖围住，时不时有鲛妖探上来企图将他们拖下去，均被二人斩杀。这几天练下来，九蘅斩鲛的手法已相当熟练，挥刀之隙，目光在如海潮一般的鲛妖群中搜索。

可是目及之处，鲛妖的样子大同小异，它们的区别仅在于被鱼妇寄生而死的人生前的模样，或男或女，或老或少，面相有些差异，可是都是一样的全瞳、巨口，呆滞而疯狂。

在鱼尾摩擦地面的咻咻声和鲛妖口中发出的嘶嘶声中，九蘅大声问："它们全一样啊！那个东西长什么样子？"

樊池手中举着无意剑，答道："鱼祖也会寄生人身变成鲛妖，唯一不同的是，它是有思想的，所以，它的神情必定与其他鲛妖不同，注意看它们的脸！"

九蘅听了这话，凝目搜索着鲛妖们丑陋的脸。可是，全都一样，全一样……等一下。

她突然看到了一个熟悉的身影。

距离他们十丈之外，鲛妖的攻击队形边缘，有一个小小身影忽然站了起来一般，没有随着鲛妖向听月寺的方向移动，而是静静站在那里。

那个身影被夜色模糊，又被森冷月色涂了一层淡蓝，看不太清楚，然而九蘅还是认了出来，下意识地唤了一声："仕良？"

原本也在努力搜索的樊池猛然回头看了她一眼，再顺着她的目光看去，也看到了那个小孩子的身影。

那个孩子朝这边招了招手，清亮的童音传来："姐姐。"

九蘅顿感喜出望外，急忙冲着仕良喊道："向后退！离开那些鲛妖，站远一些！姐姐来救你！"飞身就想跃下大石。手臂一紧，被一股力量拽了回来。

樊池脸色肃然，大声道："别过去！一个孩子出现在鲛妖群中，怎么可能还活着？！"

"他明明活着啊！他会说话，会叫姐姐啊！他的脸也没有变丑，他还是仕良啊！"她急着摆脱他，对着他又抓又挠，他也不肯松开。情急之下，她一口咬在他的手背上，微腥微甜的味道浸入口齿。她愣了一下，忽然有些清醒，急忙松口看了一眼他的手背。他的手背上被她咬出圆圆的牙印，正在渗出淡蓝色的液体。

樊池被咬了也忍痛没有松手，将她揪在身前，在她耳边大声道："那不是仕良，那是鱼祖！"

"鱼祖？！"九蘅感觉犹如一盆冷水当头浇下，慢慢转头，向着"仕良"的方向看去。

那个小身影还站在那里。他的小脸圆润，皮肤光洁，垂髫整齐，身上的衣服也是干干净净，看上去还是以前的模样。可是，的确有哪里不对。

哪里不对呢？

对，他太镇定了。身处鲛妖群中，虽说脸上神情也像是在害怕，可是一个正常孩子身处这样的险境，至少会吓得崩溃大哭。更奇怪的是，那些鲛妖不断从他身边游过，却没有一只攻击他。

九蘅怔怔地望着——那真的不是仕良吗？

却见"仕良"又向她挥了挥手，小嘴委屈地扁了扁，带着哭腔喊道："姐姐你不认得仕良了吗？你不记得那天晚上，是我撬开门，帮你从墙边那棵歪脖树爬出去、逃出家门的吗？"

九蘅顿时有些混乱，对樊池道："他如果不是仕良，如何知道只有我们两个才知道的事？"

樊池沉声道："冷静些！那是鱼祖寄生在仕良身上，也窥视了仕良的记忆。他正在诱你过去送命，千万不要上当！你看好了。"樊池左手拉住她，以防她被迷惑得跳下去，右手往前一送，无意剑脱手而出，朝着仕良飞了过去。

九蘅只当仕良要死在樊池剑下，一声惊叫卡在嗓子眼。

无意剑像一道蓝色闪电般袭向仕良。仕良原本委屈巴巴的小脸突然变得神色阴森，身子迅速低伏一下，无意剑贴着他的头发掠过。剑身却如活了一般，半空中拐了个弯，直冲而上又折返向下，朝着仕良头顶刺去。

这一次仕良不能在原地不动了，他突然弹跳而起，向旁边斜斜飞去。

他这一飞，九蘅终于看清了他的全身，险些窒息。"仕良"只有上半身是人身了，下半身是一条格外细长的鱼尾，那鱼尾有些像蛇尾，又生着尾鳍和背鳍，背部覆着带棱青鳞，腹部惨白，足有一丈多长，与其他鲛妖颇为不同。

它落在鲛妖群中，再竖起上身时，又像一个站立的小孩，只是脸上不再假装童真，原本稚气的五官做出了一个阴森森的笑。这时它离九蘅他们更近了，九蘅终于看清它的眼睛已不是原本那般明亮水润、黑白分明，而是与其他鲛妖一样的漆黑全瞳。

"鱼祖"再开口说话时，声音有些像仕良，又有些尖利嘶哑："嗬，被认出来了呢。"

绝望的感觉似冰冷利剑贯穿九蘅的心脏。

无意剑回到樊池手中。他将她的脸按进自己的胸口，揉了揉她的头发，轻声道："你闭上眼睛不要看它，让我来解决它好了。"

鱼祖冷冷一笑，声音清晰传来："你这个坏人，为何不让姐姐看我？姐姐，你知道我多害怕吗？爹妈自己跑进阁楼里藏起来，把我关在门外。我被鲛妖拖进水中，它们却没有咬死我，也不许别的鱼妇钻进我的身体。它们把我藏在假山洞里，堵着我的嘴，不让我出声，一直过了几天几夜……"

九蘅听得肝胆俱裂。原来他们停留在方家搜索和休整的时候，仕良还活着？！樊池心道不好，赶紧捂住了她的耳朵，警告道："不要听！"

九蘅用力扳开樊池的手。明知鱼祖接下来的话会很残酷，可她依旧不受控地想听，想通过鱼祖读取仕良的最后记忆。

鱼祖仿佛猜到了她心中所想，声音如刺一般扎进她的心口："我听到姐姐赶来说要救我，我听到爹娘掉进水中被鲛妖杀死，我听到你们在岸上讲话。那个时候，我其实就在荷池假山洞的深处，离你很近很近。我能听到你，可是我发不出声音。后来你说了一句'不必找了'，你知道我有多绝望吗？"

无比的痛心和悔恨如海涛一般灭顶压下，九蘅要崩溃了——如果那时搜索得更仔细一点……

鱼祖还在喋喋不休，以言语为刀，将九蘅打击得心智大乱："不知过了几天几夜，鱼祖才沿着河渠游来，钻进我的脚腕，钻进我的心脉，食空我的脑髓！姐姐！你知道我有多害怕吗？你知道我有多疼吗？！我恨你！我恨死你了！"

樊池一咬牙，再次将无意剑脱手飞出，与此同时，他的心口衣襟上一片淡蓝湿迹突然洇开。无意剑朝着鱼祖凌空斩杀，鱼祖忙于躲避，终于闭上了嘴。

樊池抱住已崩溃到处于发疯边缘的九蘅，在她耳边大声说："九蘅！那不是你的错！只有腰斩鱼祖才能让仕良解脱，你打起精神来，去救仕良！"

此时的九蘅，在自责和绝望的流沙中越陷越深，只觉得暗无天日，几欲窒息，恨不得跳进脚下鲛妖群中让它们把自己咬死。樊池一句"救仕良"让这绝望的暗顶撕开了一道口子，将她几乎散去的魂魄聚了一聚，她呆怔一般抬眼望着他，问道："救仕良？怎么救？他已经死了，在极端的痛苦中死去了啊。"

樊池狠狠晃了她一把："你给我听着，仕良虽死，可是身体被鱼祖占据！我们只有斩下鱼祖之尾，才能把仕良夺回来。"

九蘅的眼中突然燃起烈焰。是啊，不能让仕良可爱的身躯被鱼祖占据。仕良就是死了，也要把他抢回来。

樊池见她心神渐稳，松一口气，召回无意剑。那把剑飞回时几乎已失了势头，他堪堪接住，以剑尖拄地，喘息不已，额上渗出一层冷汗。

九蘅没有注意到他的不适，她在强迫自己看向鱼祖。

她用刀尖指着鱼祖，厉声道："孽畜，把仕良还回来！"

鱼祖也懒得再继续假装为仕良了，嘻嘻一笑："我在冰层之中沉睡数千年，好不容易醒来，差我的儿孙们找个鲜嫩漂亮的躯壳给我。这帮孩子真是不负我望，找到这样一具躯壳，当真可爱得紧，我很喜欢，怎么能还你？"

它的全瞳一暗，举起小手，在空气中柔和地挥动几下，口中念念有词。

在他们与鱼祖纠缠的这一阵子，鲛妖们一直在攻击听月寺，男人们已经伤亡大半，节节败退，已是退到拂月塔下，苦守着入口血拼，塔上传来阵阵孩子吓哭的声音。

在鱼祖做了几个奇怪的手势之后，那些鲛妖突然转了方向，一齐向站在石上的九蘅和樊池围上来。拂月塔那边局势得以暂缓，却苦了这两个人。已十分吃力的樊池强打起精神，与九蘅背抵背不住砍杀，渐渐力竭。他喘息着道："想不到我堂堂一个神仙，竟会死在这肮脏丑陋的鱼妇口中。"

九蘅绝望之际，心中反倒轻松了，说："你个蜜蜂精，还说自己是神仙。"

樊池怒了："这事死也要说清楚！我真的不是蜜蜂精！"

九蘅居然忍不住笑了。她并不畏死，只是遗憾不能将仕良的身躯被从鱼祖手中夺回来。

她冲着鱼祖高声骂道："孽畜，今日就算我杀不了你，可是你犯下数不尽的杀孽，瑜州城千千万万被你害死的人，必化作厉鬼，索你的性命！"

那边鱼祖呵呵冷笑一声："死到临头还要逞口舌之快。"

拦在听月寺的人群中，忽然有人举起一张画纸，那是僧人画的他失去的父亲。

他对着鲛妖群中的一只，带着哭腔高喊道："爹，你看，这是你原来的样子，你醒醒吧，醒醒啊！"

那只花白乱发的鲛妖看着画，停止了攻击，似有茫然之色。人们见状，纷纷举起画像，对着鲛妖群哭喊，企望唤醒它们的记忆。

鱼祖面露轻蔑："痴心妄想！"不知以什么方式发出指令，鲛妖们重新猛扑上去。在人们的惊呼声中，画纸随着狂风被卷到半空。

樊池忽然眉头一皱："怎么回事？"

九蘅也发现鲛妖的攻击突然缓了许多，阵脚有些混乱。远处的鱼祖面露惊慌，茫然四顾。鱼祖一散神，鲛妖们失去他意念的驱使，更混乱了。

仿佛平地起了一阵海浪，这一大片鲛妖突然由远及近翻腾不已，似有一股暴躁无比的力量将它们掀起，摔下，直摔得肢体断裂。而且这种力量仿佛是从四面八方袭来，如风暴一般迅速席卷了整个鲛群。

鱼祖反应过来，挥动着手想要控制它们，可是鲛妖已经慌乱到无法控制，仿佛每一只都遇到了莫名的攻击，无暇再攻击石上的两个人。

这种莫名其妙的力量似乎也在攻击鱼祖，它在不断地挥着细长青尾，抽打着虚空中的什么。

九蘅看得目瞪口呆，樊池突然指向鱼祖的方向，道："你看！"

九蘅凝目看去，总算看到一道半透明、云烟般的东西，在疾速地围着鱼祖。那道烟看似无形，与鱼祖的身体相触时，却发出砰砰闷响，仿佛是有实体的。而鱼祖的大尾抽中它时，却偏偏穿透而过，好像根本碰不到它。

樊池接住一张飞来的画纸，上面空白一片，人像已经不见了。他诧异地看九蘅一眼，了然一笑："哦——原来是这样……"

数不清的人形虚影，将鲛妖们撕扯、摔打，而鲛妖们想回击那些虚影时，只能咬个空，根本碰不到它们。空气中弥漫着浓重腥气，诡异无比。

饶是九蘅这几日身经百战，也不由得哆嗦起来："这是被鱼妇杀死的人们的亡灵吗？这也太多了吧！它们怎么会突然冒出来？"

樊池瞥她一眼："它们叫作画影。我猜，是你搞来的。总算弄清楚你得到的异能是什么了。"顾不上解释太多，他转头看了一下那个方寸大乱的鱼祖，对九蘅道，"你闭上眼，我去杀它。"

要杀鱼祖，就要再毁仕良的身体一次。她也想闭眼不看，可是望着那张仕良的脸却移不开眼。尽管知道那不是真的他了，可还是舍不得。他的手盖上她的眼睛，眼泪浸湿他的手心。

樊池执着无意剑飞身而起，如一道疾风掠向鱼祖。

被画影缠住的鱼祖看到了这一幕，神色一厉。在樊池袭击之前，鱼祖脸上突然现出一个诡异的笑，然后面容迅速失去生气。

樊池剑速如雷如电，向它腰间斩去。

鱼祖突然断为两截，在樊池的剑锋触到它之前，它自己从腰间断为两截，上半身的人身砸向樊池，鱼尾飞向远处。樊池下意识地将半个小身子接住，落在地上。这一顿之间，那半条鱼尾已消失在混乱的鲛妖群中。

樊池一瞬间有些迷惑，分不清是他将其斩断，还是它从腰间自断为两截。

他劈开碍事的数只鲛妖，试图寻找那鱼尾，可是地上残尸残尾堆成一片，哪里找得到？他只顾低头寻找，没注意到身后一只女子所化的鲛妖张着大口扑向他的颈后。

噗的一声，那鲛妖被砍作两截。樊池回头，看到不知何时来到他身后的九蘅。

九蘅手里握着刀，道："杀了鱼祖就快撤啊！"目光突然落在他左手中抱着的半个小尸体上，神色一呆。

樊池忙转过身挡住她目光，脱下自己外袍将小尸身裹起。再朝四周看一遍，脸上浮现忧虑的神色。越来越多的鲛妖开始攻击这两个有实体的目标，樊池拉着发怔的她躲避着鲛妖，道："这里交给画影，我们先退到安全的地方。"

二人躲闪着混战的鲛妖和画影，退向听月寺。现在鲛妖们已经无暇攻击这边了，男人们也被白影子与鲛妖混战的场面惊呆了。见他们回来，迎上来把他们护到拂月塔下，两个人皆已力竭，跪倒在地。

九蘅不知何时已泪流满面，呆呆跪在樊池的对面，她伸出手去想抱一抱那个裹在白袍里的小身子，又没有勇气碰触，呜咽声压抑在喉咙里，含混念道："对不起。仕良，对不起。"

樊池看着她，轻轻拍了拍她的肩："那不是你的错。"

"是我的错……"她捂着脸，泪水从指缝渗出，"如果我能仔细找一找……如果我能……他一定恨死我了。在假山洞里听着我说话，我却发现不了他，他该多恨我啊……"

樊池说："我猜他不恨你。"

她用力摇头："他对我很好很好，可是我一直对他不好，我一直没有个姐姐的样子……他直到死，大概也会以为我不喜欢他。其实我是喜欢他的。我的心里一直很喜欢他。可是他听不到了，他永远不会知道了。"

樊池忽然揉了揉她的头发："或许他能听到。你有召唤画影的能力。"

"画影？"她记起什么，从怀中摸出画轴，展开，画中兰倚的人像身边已多出仕良的画像，那是她前两日空闲时添上去的。

她对着画犹豫道："你是说，我能把仕良唤出来吗？我该如何做？"

他温声道："这份能力无需刻意，随心而动，你可以试试。"

她把画像捂在心口，闭眼默念。

他轻轻拍了拍她，目光偏向她的左后方，眸色深沉。

她回头看去，只见一个小小的半透明幽白身影蹲在她的身后，有手有脚，正在拿手指无聊地玩着泥土，见九蘅回头看他，就抬起脸也看着她，水润的黑瞳中满是希望，又带着一点点怯意。一如往日仕良想找她玩耍，又担心被她嫌弃，小心翼翼察看她脸色的模样。

九蘅拥有的异能

九蘅难以置信地小声唤了一声："仕良？"

小人脸上立刻露出开心的神气，回应道："姐姐！"清亮的童音，就是仕良没错。

她小心地伸出手想碰一下他的脸颊，不料手指却从他的影中虚穿而过。她收回手，将手背咬在口里，堵住冲出喉咙的哭泣。

"姐姐不哭！"仕良伸出小手抹了抹她的眼泪。九蘅吃惊地发现仕良可以触到她的皮肤，感觉凉凉的。

画影与实体的接触，是以画影的意念为准的。

仕良以一个孩子最温柔的语气轻轻细细地说："我刚才被那个大鱼困住，能听到他讲话。他骗你啦。他说我恨你，不是的，我没有恨你，也没有生你的气。你回家来就是要来救我的，我知道的。不要哭啦！你现在不是已经把我从大鱼口里救出来了吗？谢谢姐姐！"他扑上来，扑到九蘅身上。他生前难得跟九蘅亲近，现在见姐姐不讨厌他，开心得很，一会儿爬到她膝上，一会儿趴到她背上。

九蘅有些迷惑，看了一眼樊池。

樊池朝她轻轻摇了摇头，小声说："他太小，还不明白发生了什么，不知道自己已经……"

"那么他应该怎么办？能复生吗？"九蘅眼中燃起希望的光。

樊池叹道："人死是不可能复生的。"

樊池伸手握住她的手安慰，仕良看到了，一巴掌拍在樊池手背上，鼓着小嘴生气道："干吗拉我姐姐的手！"

樊池翻个白眼，把手缩了回去。

九蘅若有所思，闭上眼睛，抱着画出声念道："娘亲，你在哪里？你能来一下吗？"

耳边忽响起熟悉而温和的声音："九蘅，我一直都在你身边的。"

九蘅睁开眼睛，看到微笑着站在身边的兰倚的影子，眼泪一下涌出来："娘亲，对不起，我没有保护好仕良。"

兰倚道："这不怨你，这是他的命。"

九蘅抹了一把眼泪，转头对正黏着她、玩她头发的仕良说："仕良，你看，这个人才是我们真正的娘亲。"

仕良怀疑地看着兰倚："真的吗？"

兰倚点点头，朝他伸出手。

九蘅忍着泪，柔声道："仕良听话，以后跟娘亲在一起，好吗？"

他拉着九蘅的手，犹豫了一阵才松开，上前拉住兰倚的手。母子终于以这样的方式重逢，任谁都会唏嘘。

寺外混战已接近尾声，画影们找不到鲛妖泄愤，兀自呼啸不止，转移了方向，向守在寺前的男人们飘了过来，阴风袭人。男人们拿着刀颤抖后退，不知该如何是好——妖还可以用刀砍，画影可怎么办？

樊池神情紧张起来，对九蘅道："这些画影戾气太重，要失控了，你要赶快把它们送回去！"

九蘅试探地对着一片惨雾似的画影喊道："你们都回画上去吧！"

现场喧嚣混乱，众人都没有注意到她在喊什么，可是那些画影分明听到了。它们如闻圣旨，立刻松开了僧人，像云气卷起般后退，消散。

她松了一口气，回头却瞥见兰倚和仕良的身影也在越来越淡，母子的身影缥缈消散在清晨的第一缕阳光里。低眼一看，两人又相依在画里了。

躲在拂月塔上的人们探出头来，看到寺前的山坡上布满了大片残肢和鱼尾，土地被暗色的血浸透，一片狼藉。不过，这恐怖的一夜总算过去了。

九蘅也站在塔前呆呆望着这一切，不能回神。肩上忽然被轻轻按了一下，她迟钝地转身，看到樊池。他的身上罩了一件从僧人那里借来的灰色僧袍，脸上是难得认真而温柔的神情："我把仕良掩埋在寺后的一棵树下了，用我的衣服包裹着。"他指了一下那个方向。

"多谢你。"她无力地道，心中真心感激他能帮她做这些事。

他的嘴角抿了一个柔和的笑，唇色分外苍白。她意识到他已是累坏了，问道："你是不是很不舒服？"

他说："这么一说突然觉得很困呢。"

"那就快去……"她的话还未说完，他便已朝她倒过来，她急忙伸手接住，扶着他堪堪倒在地上，好在拿手垫住了他的脑袋，没有撞到地上。忙忙去看他的脸，已是双睑紧合，睁不动眼。

然而他还是努力翕动着唇说出一句话："我睡着了也不许离开我身边。"手抬起来无力地在空气中画了一下，她忙伸手握住。直到听到她答应，他才身体一松，没了声息。

这到底是睡着了还是昏过去了？她抬手想拍打他的脸试试能否唤醒，又不忍拍下，被路过的僧人看到了，惊道："方大小姐，您为什么要打他？"

九蘅赶紧招手："快来看看他有没有事。"

那僧人蹲下身试了试他的手腕，大惊失色："糟了，没脉象了！"僧人们连日来一直将樊池视作抗击鲛妖的领袖，顿时有顶梁柱倒了的感觉。

九蘅慌神了："怎么可能？刚刚还说话呢！"

僧人又换了樊池的另一只手试，依然找不到脉搏！九蘅慌乱之中突然发现樊池鼻翼微翕——这不是有呼吸吗！活着呢！可是为什么没有脉？

她突然明白了——这家伙不是人啊，脉象与常人肯定不一样！连忙安抚僧人："没事没事，喘气呢。"

僧人试探了一下他的呼吸，也放心了，然而迷惑不解："人活着，怎么会找不到脉呢？"

九蘅道:"樊大侠武功高强,大概是会什么了不起的内功,脉象藏到了别处。"

僧人由衷地道:"如此神功,贫僧佩服!"

寺里寺外的人们清点了一下幸存人数,有千余人。瑜州城原有居民十万人,经历这一场大灾,逃的逃,死的死,现在城中的活人也只有这千余人了。他们每个人都失去数个家人,痛苦太多太沉,反而暂时地麻木,没有人哭泣。大家清理战场,找地方掩埋那些已难辨面目的碎尸,大多数人沉默着做事,空气沉闷压抑。

一间僧房里,樊池在榻上昏睡不醒。九蘅拉过他的左手看了一下,手背上仍有一圈牙痕,渗出的蓝色血液已凝结。

她心中十分内疚,起身去跟僧人要了一点外用伤药回来,替他抹上——也不知人用的药对蜜蜂有没有用。然后她也伏在床沿睡了一阵。不知过了多久,从噩梦中惊醒,赶紧伸手去察看樊池的脸,他虽然呼吸已平稳了许多,但脸色仍然不好,再这样下去,岂不是要变成死蜜蜂了,得赶紧给他找个大夫看看。

可是一个没有脉搏的人,大夫来了也没办法诊病啊。

这个人的脉搏到底藏在哪里呢?她把他的两只手腕再摸了一遍,依然没有找到。不气馁地捋了捋袖子,又去摸他的脚踝。没有。再两手探到他的颈间,用指尖仔细地感受。颈间肌肤分外细滑,然而仍没发现跳动……

忽然发现他不知何时睁开了眼,目光迷蒙地望着她,嘟囔一句:"你要趁我睡着掐死我吗?"

她也意识到自己的这动作看起来十分可疑,忙收回爪子,一本正经:"没有,我就是给你检查一下身体。"

他处在起床蒙中,也没有追究,脸在枕上碾了几碾,一副没睡够不想起的样子,眼看着又要睡着。

她问道:"蜜蜂的脉搏在什么地方?"

"我怎么知道。"他此时反应迟缓一拍,没有反应过来她问这个干吗。

"我想找个大夫给你看看，可是找不到你的脉搏啊。"

他虽看着她，两眼却是放空的，许久目光才慢慢聚起来落在她脸上。终于清醒了，暴跳而起："跟你说了我不是蜜蜂精！"

九蘅看他要发毛，后悔又揭穿他的真身，那大概是妖精的隐私，说不得的，连忙安抚："好好好，你不是。吃块绿豆糕吧。"

她从怀中摸出一个纸包。这是她之前在城中搜索时，在一户空屋里发现的。小纸包跟着她历经战斗，里面的绿豆糕已压成粉末，但樊池并不介意，欢喜地接过去，天大的不满也抛在脑后了。

绿豆糕在舌尖化开，甜爽清凉，他含糊地说："我把脉搏暂时封起来了。"

九蘅惊奇道："这个也能封？为什么要封起来？"

他高傲地挑了一下眉："想封就封咯。"

"……"

他又问道："你不想知道召唤画影的本事是怎么来的吗？"

她这才恍然记起这回事："对了，那是怎么回事？"

他鄙视地睨她一眼："你脑子里究竟都忙些什么？"

她郁闷地扁着嘴——还不是在忧心你这个蜜蜂精没了脉搏，要变成一只死蜜蜂嘛！

樊池点了一下她的额头："你的这里，进了东西。"

"你在骂我脑子进水吗？"她一脸不忿。

"改天再骂。我是说真的有东西进去了，所以你才有了召唤画影的异能。"

"我脑子里进去了东西？什么东西？"她想起了鱼妇寄生人身的恐怖样子，汗毛都竖起来了。

樊池道："应该是一个野兽样的东西。"

"野兽？"九蘅想了一阵，忽然记起从方家逃出的那夜，半昏半醒中，那只劈面扑来的、散发着蓝色光晕的小兽，"啊，我记起来了，那只蓝色的透明小野兽，我还以为那是幻觉呢！"

樊池点头："那么就是它了。"

她不安地摸了摸脑袋："那到底是什么？妖怪吗？"

"它的名字应叫作'灵慧'。"

还好，名字听上去不像坏东西。

"它钻我脑袋里干吗？会像鱼妇一样把我变成可怕的模样吗？"

"不会。"樊池说，"它最大的作用，便是附身你时，把你心中所盼望的事极度扩大，转化成一种能力。"

"什么能力？"

樊池看着她的眼睛："你被它附身时，心里正在想什么？"

她回忆了一下当时的情形。那时的她伏在泥水里，背上的伤势疼痛，身上冰冷，腹中饥饿。那时她所盼望的是缓解伤势，是要暖和一点，还是渴盼食物呢？

都不是。

那时她看着落在地上的画像，最渴盼的是见到母亲兰倚。

她怔怔说出声来："所以……我就有了召唤画影的能力吗？"

樊池点头："是的，只要有画像，你就能将画中人幻化成形。除此之外，你的体力也会增强许多，身手变得敏捷，拥有一点微弱的灵力，鱼妇这种低等妖畜会自动躲避你。可是本事大一点的就不怕你了，比如鲛妖就敢攻击你。"

九蘅这才明白自己由一个养在深府的女子迅速蜕变成能打能杀的战士，并非只是情势所迫，还有那个名叫"灵慧"的小兽赋予她的灵力。也多亏了它，她才在小村子里避免了变成鲛妖的命运。而且召唤画影这个能力，听起来虽邪门，却有点厉害。

她有点小兴奋："那我可不可以多带一些画像？这样每当我需要的时候，就可以召唤它们出来帮忙了。"

樊池正色道："此术切不可滥用。画影拥有原身的意识，顺从与否，取决于发令者的身份。你本是凡人，震慑力小，当你的命令与画影的意念相违背时，它就未必肯听你的，还有反噬你的可能！"他顿了一下，脸上露出一丝傲娇，接着道，"我就不一样了，若这异能归我所用，我指东，它们绝不敢往西！"

九蘅感觉非常挫败……

"那么这个小兽为什么会选中我？它又是从哪里来的？"

"选中你只是巧合，你大概是它遇到的第一个温血活物。"

九蘅听得惊奇不已，几乎忘了追问另一个问题。倒是樊池自己说道："它的来处嘛，这里。"他指了指自己。

"哎？什么？"九蘅晕头转向了。

樊池弹了一下她的额头："这么笨，灵慧寄生你时，你为什么不盼自己变聪明点？"

她倒被他这一指弹得有点明白了："你是它之前的住所？"

"不叫住所，叫作宿主。我是它的前宿主，你是它的现宿主。"

"哇……"她越发吃惊，"那么它为什么离开你，到我这里来？是嫌弃你是蜜蜂吗？"

"我不是蜜蜂精……"他无力地再争辩一次，往铺上一仰，做垂死状。

九蘅感兴趣地推测："如果不是这样，那莫非是被别人打出来的？"

樊池忽地坐起，恼羞成怒："怎么什么话被你一说，就变得如此不中听呢！"

九蘅忍不住乐："还真是……被打出来的啊……"

樊池下了铺就往外走，闷闷道："我去看看他们收拾得怎么样了。"想了想又补充道，"昨天的事，人们会当成亡者显灵，关联不到你身上。灵慧之事，不要告诉任何人。召唤画影的本事也不要当着人擅用，若被妖魔盯上，会有性命之忧。"

她心中一惊，点了点头，却还有无穷无尽的问题想问："这个灵慧寄生在身上不会有什么害处吧？它在我身体里住够了会不会想搬家，换个人寄宿？你会不会把它抢回去？它住你那里时，给你的是什么异能？"

樊池头也不回，隔着肩冷冷丢过一句话："我的异能就是无所不能。"

"……"

外面的人们已经将战场清理得差不多，残尸都看不到了，只有大片腥黑的泥土昭示着昨夜的惨烈。人们有的在歇息，有的在煮饭。

樊池叫来为首的僧人，问："清理残骸时，有没有看到鱼祖之尾？它的尾部比一般鲛妖的尾要长出许多。"

僧人跑去问了一圈，回来说："没有看到，也说不上是不是被谁不注意一并铲走了。"

樊池蹙着眉点了点头，嘱咐道："昨夜鱼祖大概把瑜州城附近百里的鲛妖都召来了，现在四周应该干净了。不过还是小心为上，先让大家留在这里不要擅自离开，我们去城中察看一下情况再做打算。"

然后回头对九蘅打了个手势："走。"

她跟上来，边走边道："我原以为你走到哪都带着我、不许人接近我是格外照顾呢，原来是……"

他看她一眼，脚步一顿，问："原来是什么？"

"原来是怕丢了你的灵慧兽。在那个小村子里时，你突然出现，也是因为灵慧兽吧。"她尽量微笑着说这些话，可是心中隐隐失落。果然是……自作多情了啊。

他沉默了一阵，忽而答道："没错，灵慧是我的，现在它在你身上，因此你就是我的。所以才收你为灵宠。跟上，不要走丢了。"

九蘅一路跟着他走，只是不太想说话了。

城中街道空荡，气氛有些压抑。樊池忽然站住。埋头跟在后面的九蘅一头撞

白泽寄生（上册）

◇

到他背上，还以为有什么险情，下意识地把腰间长刀抽出来。

樊池回头看着她，似乎想说什么，但这女的凶悍地拿着刀，他想说的话又特别不适合讲了。二人正面面相觑，忽听一声喜悦的呼喊传来："大小姐！樊大侠！"

喊他们的是家丁唐东，正站在方宅门口朝他们招手。原来他们已走到方宅这边了，二人心不在焉的，竟都没有发觉。

樊池道："你可发现残存鲛妖？"

唐东答道："没发现。只是水中细鱼仍有很多，一定要叮嘱大家小心水边。"

樊池神色一变："细鱼还有活的吗？"

"有啊，多的是，都活着呢。"

九蘅与樊池对视一眼，瞪大了眼睛道："你不是说鱼祖死了，鱼妇也会全部死去吗？"

樊池奔进府中，就近找到水渠，一眼看到水中一条条游动的鱼妇，仍是均匀的三寸来长，一模一样。鱼群的密度已不像原先那样令人头皮发麻，却仍有不少。他盯着水中看了一会，突然探手进水。

九蘅急忙提醒："小心！"

他的手指在水中一探一收，已用食指和无名指夹住一条鱼妇，往旁边的干地上一扔。九蘅尽管知道这小鱼不会伤害自己，还是怵得慌，紧张得向后退了两步。只见那鱼妇在地上疯狂地转圈、扭动、蹦跳，渐渐干涸得不能动了，翕动着密齿鱼口，很快窒息而亡。

樊池神色严肃地盯着这一幕："原来是这样。"

九蘅没看出什么异常："它离开水会干死，有什么问题吗？"

樊池道："鱼祖没有死。"

"啊？！"九蘅与唐东齐声惊呼。

九蘅指着听月寺的方向，结结巴巴道："可是……昨天晚上，我亲眼看到你把……你把它斩成两截了啊。"想到仕良，九蘅不免又是一阵心酸。

樊池叹道："我就说有些不对劲，它应该是在我的剑斩到它之前，就把自身全部藏回尾部，断尾逃生了。现在想必已溜进水域，不知逃到哪里去了。"

九蘅叹道："太狡猾了，这玩意是壁虎吗？"

樊池很是遗憾："若是昨天我再搜得仔细一些，或许就能逮到它了。"

"昨天你都累成那样了，已经做得很好啦。"她安慰地拍了拍他肩膀。

"可是……没能给仕良报仇。"

"会报的。"九蘅牙一咬，眼眸深处冷光闪过，"我死也要把它找出来。"

樊池忽然伸手揉了揉她的头发。她不解地抬起头，看到有温柔从他瞳中一划而过。

一直在盯着地上死鱼研究的唐东突然出声，打断了这一缕微妙："这细鱼与之前的不一样了！"

九蘅："什么？"

唐东指着那条死鱼："之前的细鱼会自我分裂，越是受到刺激变出来的越多。这一条不论如何挣扎，也没由一条变成两条！"

樊池伸指点了一下九蘅的脑袋："看，唐东比你聪明多了！这说明鱼祖虽然未死，却受了重创，鱼妇也跟着失去了分裂的能力。"

九蘅道："这样的话麻烦还小一些，只需号召大家设法把水中鱼妇消灭，杀一条少一条。"

樊池点头："对，还要尽快把这个鱼祖找出来，若是它恢复元气，又是一场难以控制的鱼妇之灾。"

九蘅问："它恢复元气要多久？"

樊池思索片刻："断尾对它是重创，要恢复短则一年，长则十年八年，但若让它找到什么灵药，就难说了。"

九蘅有些焦急："那去哪里找它呢？怎样才能知道它是仍藏在瑜州城，还是早就跑出去了呢？"

樊池道："确实很难。它现在的模样如一条蛇一般，随便蜷在水底或躲入石缝，就难以发觉。"

"那如何是好？"

唐东忽然插话道："要说测算事物下落的本事，当属百口祠里百口仙。"

樊池："这边竟然有百口仙？"

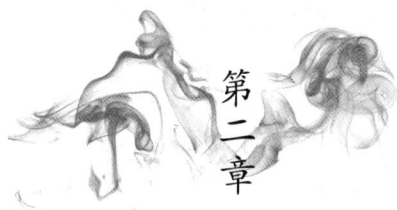

第二章

百口篇

百口仙，居于枫林之中百口祠内，谁家丢了东西或失踪了人口，只要以一个秘密与之交换，就能得一片枫叶。把枫叶卷在耳边，你所问之物或人的去向，自会知晓。

穿过时间的自戕

九蘅记起以前无意间听仆妇们议论过，说是出城往西二十里有片枫林，林中有个百口祠，祠里有个百口仙。但凡谁家丢了东西或失踪了人口，只要去百口祠，就能求到下落。

唐东道："听说那百口仙颇有本事，去求告的人，会求得一片枫叶，把枫叶卷在耳边，就能听到话声，告诉你所问之物或人的去向。不过，求告是有条件的，这条件既非祭品，也非金银，而是以秘密相换。"

九蘅惊讶道："这么八卦，那个百口仙难道是个八卦婆？"

唐东吓得连连晃手："大小姐，可不敢这么说！听说这个百口祠灵验得很，也厉害得紧，若是在枫林里议论一句质疑的话，或是拿没有价值的秘密去交换，百口仙就会发怒，将人杀死在林中，而且死相十分恐怖，他们都……口中没了舌头！所以如果不是失了十分重要的人或物，鲜有敢去求的。"

九蘅听得恶寒，打了个哆嗦。

樊池不以为意："听起来，应是妖物作祟。"转向九蘅，"不过，这种知晓天下信息的百口仙确是有的，它说不定就有我们想知道的消息。既然距此处不远，我们便去揪它出来问一问。"

唐东听出了这话的问题所在："等一下，樊大侠，您说什么？我们？"疑虑地看了一眼九蘅。

"我跟她，一起去。"樊池明确地指了一下九蘅。

一向对樊池尊敬有加的唐东顿时拔高了声音："那不行！"转向九蘅急道，"大小姐，方家只剩下您一个人了，您要留下守住这个家啊！那出生入死的事，怎么能让您去做！"

九蘅拍了拍他的肩膀，郑重道："怎么只剩我一个人？不是还有你吗？以后还要拜托你留在府中照看，省得我回来时家中空落落的。"

唐东急得行起礼来："那不行啊，大小姐……"

九蘅叹了一声，拦住他的话头，无奈地道："我也没有办法啊，我不跟他走也得走，我已经是他的人了。唉，算了，三言两语说不清楚。"

她摇头叹气地表示没法说，唐东却觉得如闷雷滚过脑际。大小姐已经是他的人了？！他们已经……已经……私订终身了？！这樊大侠连个亲也不提就拐了大小姐去，不像话！彩礼不备一点吗？对了，樊大侠是哪里人氏，家里做什么生意，有几座房、几亩地？

他唐东世代是方家家奴，虽地位微下，但现在是大小姐唯一的娘家人啊！他必须问个清楚……然而当他从晕头转向中回过神来时，却发现樊大侠跟大小姐已并肩走远了。

唐东一条铮铮硬汉，也忍不住流泪了，朝着他们的背影挥手喊道："大小姐！姑爷！我会把家照看好，你们一定要回来啊！"抹了一下眼泪，低声哽咽道，"正当乱世，那些礼数省就省了，待这事过去，必当让姑爷补上！"

已走到街口的九蘅遥遥朝他挥了挥手。

樊池问她："他说什么？"

"没听清，必是舍不得我走。"

樊池认同地点了点头。

二人神态轻松，一个是不食人间烟火的神君，一个是不谙世事的姑娘，谁都没有意识到她刚才的那句"我已经是他的人了"在唐东心中引起了怎样的一番波动。

回到听月寺，樊池跟人们说了现在的情况，商量对策。有人提议在水中投毒杀死鱼妇，但鱼妇是妖，难以毒死，再者，投毒也会污染水源，后患无穷。后来大家决定还是用阻挡和捕杀的方法，在进入城中的一切水流河道的出入口筑河坝、放置铁网，阻止鱼妇进城，再大力捕捞，将它们扔在旱地上晾死。只是参与捕捞的人都要佩戴护手腕、脚腕的铁甲。

主意有了，人们纷纷行动起来，重整家园。九蘅看着人们忙碌的身影，颇为感慨。大灾过后整个城宛若死地，然而人的生命力何其顽强，只要有一丝生机，就能不屈不挠地生存下去。

当天晚上，多数人已回到自己家中，九蘅却不愿回去，与樊池留宿寺中。连日来九蘅与樊池累了的话，随便哪个角落倒头便睡，今天终于有空房了。

僧人请他们住在平日里民间居士们来住的屋子，一人安排了一间。

樊池却道："不必，一间就行。"

僧人面露惊恐之色："这里可是佛门净地，二位怎能……"

九蘅慌得一手捂住樊池的嘴巴，一手朝着僧人竖起两根手指："两间，两间，不要听他胡说。"

僧人满脸不放心地走了。

樊池一把掀开她的手："不准离开我视线，必须住一个屋。"

"祖宗！"九蘅快要给他跪下了，"这两间屋紧挨着，有什么动静您一定听得到，这些日子都累死了，您容我舒舒服服睡一觉可好？"

他冷眼看着她："你舒服我不舒服。"

"……"

"你身中寄存的那个东西，与我共存了数百年，离得远了，我心里空空的，不舒服。"他指了指自己的心口。

她简直欲哭无泪："隔了一道墙叫远吗？咱们分开试一下，说不定习惯就好了呢？"好说歹说，樊池总算是万般不放心地答应了，走之前严令她如有异常，一定要喊。

她行着及地大礼将他送回了他的房间。

半夜里，九蘅怀里抱了一团东西，鬼鬼祟祟，轻手轻脚出了屋。走了没几步，肩上突然被人从后面拍了一下，唬得她蹦得老高，险些喊出声来。

回头一看，原来是樊池。这个人睡眼迷蒙，头发散着，身上那件借来的僧袍也松松垮垮地吊在身上，正满脸怒气地抿着嘴看着她。看他这副样子，准是睡到一半听到隔壁的动静，特意匆忙起床来捉她的。

她压低声音惊讶地问："你怎么醒了？你睡起觉来不是很死的吗？"

"你是要趁我睡着逃跑吗？"上下打量她一遍，眼神明明白白在说：是要带着我的灵慧兽跑吗？

她急忙竖起手指在唇前"嘘"了一声："小声一点。我没要逃跑，我是趁大家都睡了，去寺外东边那个泉子里洗一洗。"她把一直抱在怀中的那团东西亮给他看，原来是一套雪青色的衣裙，这是她特地从家里带出来的干净衣裳。

听月寺寺内有井，寺外有眼小泉，水脉与外面河道不相通，九蘅早就观察过了，那泉水里没有鱼妇，就想趁着夜深去洗个澡。

樊池扬了扬眉，道："我陪你一起，以后不许独自行动。"

九蘅心道，他这还是怕她跑啊。不过大晚上的自己一个人的确害怕，有人陪着也好。两人一前一后走向那个泉子。她跟在他身后，望了望他的背影，尽管他穿的只是一件灰色粗布僧袍，但身姿挺拔，乌发轻拂，月色将他的身影晕染得颇有些仙气缥缈。

她心里想：这个蜜蜂精，还真有些像神仙呢。妖精与妖精真的不一样，这世上有鱼祖那样的恶妖，也有樊池这样的好妖精啊。

对待一个好妖精，她也应该讲究诚信。她机缘巧合得来的灵慧兽，给她带来了极好的体力和神奇的异能，十分珍奇宝贵，但这东西终归是他的，应该还给他。

想到这里，紧走两步跟上他，道："蜜蜂……"

"……"他已经懒得反驳她了，只横了她一眼。

"你把灵慧兽拿回去吧。"

他的脚步一顿："然后呢？"

"然后……你就不必时时带着我了。"

他的眼神乍然冷下几分："你是想说灵慧兽还我，你就可以留在这里，不跟我走了？"

她心中颇是遗憾，叹口气说："我没了灵慧兽，异能消失，体力下降，跟在你身边也是累赘。而且我看你身体也不是很好，这灵慧兽能增强我的体力，大概也能治愈你的病吧？你还是拿走好了。"她张开双手站在他面前，一副"快来取"的模样。

他负着手冷冷看着她，半晌开口道："你可知道取回灵慧兽要用什么方法？"

她一脸无所谓："你们妖精的妖术我怎么知道。"

他的嘴角浮起冷笑，眼神犀利了许多。

九蘅在他的注视下，忽然有种不好的预感，试探地做了个从自己脑袋里往外虚虚一捏的手势："难道不是这样一捏，就能把它揪出来吗？"

樊池突然扭头就走。

她迷惑地问："哎？你不取走它吗？"赶紧跟上去。

樊池头也不回，从肩头丢过硬邦邦的话音："我的灵慧，我放在我家灵宠身上，有何不可？"

"你家不是有许多灵宠？你随便找一只放不就得了？"

他猛地站住回头看着她，眼中簇地跳起两团火苗："我家的灵宠，偶尔也有向往自由、想获取自由身的，你可知它们下场如何？"

她战战兢兢咽了下唾沫："……如何？"

"我们会为它举行一场盛宴。"

"哎？待遇这么好？"

他阴森一笑："它就是宴上那道主菜。"

九蘅哆嗦了一下。妖精好可怕，好可怕！果然不该那么痛快地答应做他的灵宠！她心一横，谄媚地道："您想放我这儿就放我这儿，能赋予我异能，还增强体力，我巴不得呢。我是怕你不舍得啊。"

"还想要自由吗？"

"不要了，不要了。"

九蘅忽然环视昏暗的四周，道："哎呀，只顾得说话，走迷糊了。那泉水在哪个方向来着？"

樊池"哼"了一声，脸上神情终于化霜，缓和了些许，顺手便拖起了她的手："这边。"

白泽寄生（上册）

◇

他拉着她的动作随意而自然，果然就像牵一条狗。

樊池领着她拐了几拐，很快到了水边。这处泉水由石缝中渗下的山水聚成，藏在一道石隙中，丈许见方，清澈见底，不是很深。

尽管早已观察过这泉水与其他活水并不相通，应该没有鱼妇，可九蘅还是不放心，站在水边石上对着水面犹犹豫豫看来看去。

樊池说："不用看了，里面没有。"

"万一呢！"

"就算是有，它们也不敢靠近你。"樊池道。

"小心为妙！"

樊池已经失去耐心了："洗干净了再说！我不跟脏兮兮的凡人讲话！"说罢在她的肩上推了一把，活生生把一个水灵灵的少女推进了水里，毫无怜香惜玉之情。然后又嫌弃地拍了拍手，嘴角勾起一抹笑，终于报了刚刚她企图离他而去之仇。

九蘅突然落水，对鱼妇的恐惧让她拼命挣扎着扑腾了几下，越慌张越站不起来，硬是在齐腰深的水里呛了几口水。好不容易站稳了，惊慌四顾，生怕突然有细长黑影游过来。

樊池高高站在石上俯视着她，道："我说过了，没有鱼妇。"

她反复确认，惊魂稍定。

樊池道："未来一段时间没有鱼妇的水域可能不太好找，你好好洗干净，尤其是脸。"

她有些恼火地仰头道："那您倒是回避一下啊！"

"哦……"转身走开，"凡人真麻烦。"

身后泉中又传来一声唤："也不要走太远！万一有鲛妖来呢！"

"我才不管，我到远处逛逛！"丢下这句恐吓，樊池得意地笑了一下，在近处的草地上找了块干净的地方打坐调息。

水中的九蘅以为他真的走远了，吓得赶紧狂洗，洗完身体洗衣服，哗啦啦忙作一团。原嫌他整天盯着，一旦离得远了，还真有些害怕。

樊池静静坐了一阵，突然感觉有寒森森的气息靠近。他睁开眼睛，锐利的目光扫过，捕捉到一个身影。那个身影穿了一身漆黑劲装，手臂和小腿上佩戴着质地坚韧的鳞状护具，身材纤细，动作灵活，手中持一柄两头尖锐的牙白色弯曲利器，正借着树干遮掩从不远处悄悄靠近泉水。

樊池起身，悄无声息地掠过去，手势如刀，袭向黑衣人背心。黑衣人似有感应，猛地转身，手中利器挥动旋转，利落地与他过了几招，双双退开几步。

他看到来人脸上蒙着黑巾，只露出一对眼睛，手中持的那把牙白利器是一把赤鱼脊骨制成的巫器，煞气十足。

好像是个有点厉害的角色啊。鬼鬼祟祟出现在此处，有何企图？黑衣人在看清他的脸后，眼睛略略睁大，有些吃惊。

他低声问："你是何人？所为何事？"

黑衣人下意识地看了一眼水泉的方向。这下子樊池更确定了，此人的目标是水中那个洗澡的女子。那就更奇怪了。除了他，应该没有人知道九蘅所藏的秘密啊，为何会有人对她有所图谋？

黑衣人眼中露出焦急之色，闪身就想冲向泉水边。樊池探手捉住他的手臂，黑衣人反手甩开，二人无声无息又过了几招。这几招之间，樊池注意到此人手中虽执有凶器，却无意伤害他，只是想摆脱他的纠缠，而且……

在黑衣人一掌袭到他的胸前，手掌尚未接触到他的衣服就匆忙收回时，他更确认了心中所想，低声喝道："你如何知道我胸口有伤？你认识我，你到底是谁？"

黑衣人开口是故意压低的女子声音："你不要拦我，我必须杀了她，才能避免将来的祸事！时间有限，你快给我让开！"

樊池哪里肯让，招式更疾，只想将她拿住细问。可惜此时他身上有伤，神力不能施展，否则这人在他的手底下根本走不过这么多招。那黑衣人又不愿伤他，更加僵持不下，直至身后的空气中突然凭空出现一个紫色的旋涡。

"时间逆流术！"樊池冷声道，"你是从时间那端来的！"趁对方分神，他一把扯掉了黑衣人的面罩。

黑衣人顿时失了力气，樊池也震惊得半天说不出话。

黑衣人分明生着一张九蘅的脸——与此时此刻，正在泉水中洗澡的那个女子一模一样的脸。可是她服饰、发型乃至气质，都与泉中女子很不一样。

"你就是她。"他指了一下泉水的方向，"你是未来的她。未来的某天，你动用了时光逆流术吗？你来做什么？"目光扫过那枚凶器，"来杀她？哦，不对，来杀你自己。你是穿越时光，来到你的过去，杀死自己？杀了她，未来的你不也就不存在了吗？为什么这么做？"

她身后的旋涡仿佛有巨大的吸力，她渐陷在旋涡之中，身形变得恍惚，开口说话已传不出声音。时间逆流术给予的停留在此的时间已经耗尽，她的脸上现出悲怆绝望的神情，朝他伸过手来。

樊池接住她的手，沉声道："你听着，不管未来发生了什么，都不准再伤害你自己。否则的话，不管是现在的我，还是将来的我，都非打死你不可。"

她似乎被这句话逗笑了，笑中带着眼泪，旋涡中的面容也模糊了，整个人都仿佛被卷进了虚空。

旋涡消失，空气寂静，仿佛什么也没发生过。

樊池原地静静地站立了许久，参不透这其中的玄机。良久，轻声自语道："无论发生什么事，我帮她就是了。"语气中透着坚定的意味。

贯穿心脏的伤口

不远处的泉水中传来喊声："蜜蜂！"

樊池眉头一蹙，没有答应。

她又唤道："樊池！"

直呼其名，无礼！樊池仍没有答应。

那边又换了称呼："樊神仙！"

樊神仙是什么鬼？听上去像个算命的，他拒绝回应。

水中的九蘅有些慌了，不确定樊池在不在附近，也不确定他会不会回来。定一定神，仔细回想了一下，决定再次一试，于是她喊了一声之前他指定的称呼：

"神君大人！"

樊池满意了，总算是傲慢地答应了一声："来了。"就想走近去。

不料水中女子又嚷了一声："不要过来！"

樊池迷惑地站住，这女人究竟是要他过去还是不要他过去？只听九蘅吭哧吭哧说："你刚刚把我突然推下来，我的干衣服丢在岸上了，劳驾你给我扔过来。"

他低头一找，果然看到了那卷衣裙，捡起来高声道："接好了。"估量着位置扔了过去。九蘅险险将衣服接住，总算没掉进水里，藏在水边石后，将衣服换上。

理了理湿漉漉的长发，抱着那身洗好的暗红色衣裙走上岸来。这套衣裙还是当初阿七娘送她的，虽然跟着她历经恶战，已破了多处，但她还是舍不得丢，即使以后不穿了，也要洗净了收起来。

樊池看她一眼，捡来一些木柴堆在一棵树下，摸出一个火折引火。九蘅也找来树枝，将湿衣在柴边撑起，准备烤干。然而引火的干草大概有点潮，樊池点了半天，还是没能把火引着。

九蘅道："妖精还要用火折吗？随便放点妖火不行吗？"

樊池冷笑："你以为我不会？"把火折一丢，手指一捏，就要使个仙诀，却被九蘅伸手按住了，"别别，我看出来了，你一使用妖术，就要犯困病。还是我来吧。"伸手捡过火折。

他不甘心地强调道："我会火诀。"

"知道啦。"

他这才收起指诀作罢。九蘅终于引着了火，柴堆烈烈燃起，初秋的寒意退进他们身后的夜色里，烤得身上暖烘烘的。樊池被这火熏得昏昏欲睡，习惯地来寻她的肩枕着。她知道他的嗜睡是病征体现，这几天十分缺觉，也准备好了再当他的枕头，他却忽然又坐直了，站起来开始脱衣服。

九蘅愣道："你干吗？"

"只有你要洗澡吗？我也要洗。"

"洗就洗，你去那边脱衣服，不知你有没有发现我是个女的？"九蘅终于问出了这个郁闷很久的问题!

"真麻烦。"他的脸上已是半睡半醒的困意,不满地朝水边走去。

她忙又补了一句:"你把衣服扔岸上,一会儿我帮你洗。"

他听了这话便一路走一路脱,不断将脱下的僧袍和中衣朝她扔过来,下水之前已脱了个精光,她为了接住飞来的衣物,无意中看到他光裸的后背,急忙别过脸。不在意人间规矩的妖精真是太让人头疼了……

九蘅叹着气把那堆衣服理了理。作为一只有洁癖的蜜蜂精,他的衣服其实还是挺干净的。

她的动作忽然停住,目光落在手中的白色中衣上。衣服上有一团蓝色印渍,用手指触一触,还有些潮湿。她忽然记起前一夜面对仕良面相的鱼祖,她心智大乱时,曾咬了他的手背一口,伤处渗出的便是蓝色血液。而他中衣前胸部位上的蓝迹有好大一片。她慌慌地又把衣服翻了翻,看到后背也有同样的血渍。

九蘅忽地站起来,直接走到了水边。水中的人半个身子露在外面,因为困倦,正合着眼,慢条斯理地洗他的长发,乌瀑般的发尾迤逦入水。听到匆匆过来的脚步声,他睁开眼,看到九蘅站在岸边直愣愣地看着他,毫无人间女子应有的羞涩。他一愣:"你干吗?"

她不答,目光在他结实的胸肌上扫了一遍又一遍——皮肤完好无损,没有伤口啊。

一向无视人间礼法的樊池硬生生被她看得不好意思了,捂着胸转了个身背对着她,脸微微泛红:"你刚才还说你是女的。"

九蘅趁机目光扫荡了他的背部,匀称的肌理,洁净的皮肤,水珠沿着肩胛滑落。

身材好好哦。重点是也没有伤口啊。

她说了一句:"你上来再说。"迷惑地转身走回火堆。

蓝血的气味腥气很淡,还有点微微的甜,或许是他整天吃甜食的缘故。这血迹到底是哪来的?捧着他的中衣,对那蓝渍看了又看,摸了又摸,嗅了又嗅,百思不得其解。

身后忽然传来一声:"你在对我的衣服做什么?"樊池洗好上来了。

她刚要回头，突然想到一个严重的问题，硬生生把脑袋别了回来，险些闪到脖子——他的衣服在她手里，那么他现在应该是……

她啪地捂住了自己的眼睛，反着手把衣服递向身后："你穿上衣服再说话。"

"我不要穿，脏的。"

"你将就一下啦。"

"不行。"

喇啦一声，她听到他居然已在火堆前坐下了。她慌得捂着眼道："那个……蜜蜂大人，人间有个说法，看了不该看的会长针眼，请入乡随俗，不要裸奔。"

啪的一声，头上被他拿小木棍敲了一下："什么入乡随俗？你以为上界就有裸奔的风俗吗？睁眼看看。"

她小心翼翼闪开一道指缝，看到他身上里里外外竟穿了整整齐齐的衣服，最外面的是件紫棠色衣袍，镶嵌着黑色纹理，做工和材质相当不错，穿在他身上显得风流倜傥。

她惊奇地扯着他的袖子看了看："这衣服哪里来的？"

"以我的双翼幻化而成的。"

"嗯？蜜蜂翅膀变的？所以说这是幻象？"

他懒得反驳蜜蜂的事，点点头："是的。"

她不安道："就是说……"

他得意地说："是这么个道理，你看我好像穿着衣服，其实我是光着的。"

九蘅不敢想象，默默看天，挪得离他远几寸："……你动用妖术不是挺吃力的吗？为什么把衣服变得这么精致？"

"这个不能马虎。你看，我特意变了紫棠色，与你的雪青色裙子相衬。"

他还顾得上与她的服色配套！衣服是好看得很，可是也耗费了他许多精神气，唇上都没有血色了。为了好看，他可真够拼的。他大概也觉得不舒服了，从怀中摸出一个罐子。

九蘅一看，奇道："咦，那不是我家的蜂蜜罐子吗？"

这还是上次在方宅时他搜出来的呢，竟然一直带在身上。奇的是这罐子也不

◇

小，他塞在怀中也从未看出鼓胀，妖精就是妖精，必是用了什么缩物收纳之术。

樊池打开盖子，蜂蜜的香甜之气扑得他脸上现出的笑意都是甜的："这是缓解疲倦的好东西，要省着些喝。"将罐子举起来微微一倾斜，一缕金黄透明的黏稠蜜液落进口中，末了还探舌舔了一下罐口黏的残蜜，甜得眼睛都弯得如星如水。

九蘅也不由得跟着笑了："有那么好喝吗？"

"这是世上最好喝的东西。"

"还说你不是蜜蜂精。不过你这个衣服上是怎么回事？"她拿起他的中衣，将蓝渍展开在他的面前。

他努力睁大眼睛看着中衣，含混地道："唔，谁的衣服？"

"你的啊。这蓝色的不是你的血吗？"

"我的衣服？"

"不是你的衣服是谁的？"

"是……吗？"

她终于察觉不对，抬头看去，只见他双颊两坨晕红，眼神迷蒙涣散，一副神志不清的样子，一头朝火堆栽过去。她吓得扔了衣服扶住他："你怎么了？"

他顺势倚在了她身上，嘴里嘟哝着："唔……蜂蜜……好喝……"

九蘅心道他这是病得厉害了吗？摸了他额头一把，微微发烫。他冲她神秘一笑，捏了她的脸颊一把，却无轻佻之意，如小儿胡闹一般，将她嘴都捏歪了。

九蘅看他这样子，忽然明白了："你这是醉了啊，你喝蜂蜜居然会醉？"他已倒在了她的膝上，不满地抿起嘴："我没醉。"

很好，醉了的人从来不承认自己醉了。九蘅不能跟一个糊涂的人谈正事，只能先把血渍的事放一边，等他醒……"醒蜜"了再说。居然有喝蜂蜜会醉的！九蘅哭笑不得。

樊池忽然仰脸看着她："如果没有灵慧……"

"什么？"

他将一只手搭在额上，阴影下含着醉意的眼眸更加迷蒙："如果没有灵慧，你是否还愿跟我走？"

她想了一下："不会，我会变成累赘的。"

他忽然怒了，抬手捏住了她的下巴："不行，无论如何都要跟我走。"

她心中升起一阵香甜，就如也喝了那罐子里的蜜一般。

明知醉了的人说话傻里傻气，当不得真，还是应道："好，跟你走。"把他的手按回去，"困了就睡吧。"

他似乎困扰得很，想说什么又说不出，辗转着不肯睡，终于撑不住合上眼沉沉睡去。

等他睡得沉了，她小心地解开他衣服，手伸进他的胸襟里探摸。顾不上男女之别，也不管是否摸到了不该摸的地方，用指尖细细地一寸寸轻按。探到心口处时，他突然呻吟了一声，没有醒来，眉心却痛楚地蹙起了。与此同时，她的指尖感到一丝濡湿。拿出手来，果然看到指上沾了一点淡蓝色液体。

她果断把他的衣服解得更宽松，扒开衣襟，就着火光仔仔细细看。表面看上去毫无痕迹，而那里的的确确有个裂开的伤口。手又探进他背部，果然，也探到一个看不见，却摸得着的伤口。

他是用障眼法一类的法术掩藏了伤口。

她尽量小心地探摸，仍触疼了他，他在睡梦中蜷起身子。她不敢再碰，安抚地拍着他的肩，直到他重新放松睡沉。

她身后倚着树干，原也可以坐着眯一会儿，却睡意全无，目光在他瓷白的脸上不敢移开，生怕一错眼他就会有事。也知道他这伤不是一天两天了，应该是在初次相遇之前就存在了。

可是看这伤势着实可怕，伤口正在心脏处，而且贯穿了前胸后背，怪不得他稍用法术，就元气大耗。他竟拖着这样的伤病之体杀鲛妖、斩鱼祖，不知他是怎样撑下来的。她痛惜得心都揪成一团，懊悔没有早些发现，不该拖着他出生入死。就算他不是凡人，带着重伤这样折腾，也是致命的吧？

鱼妇之灾中她失去了唯一视作亲人的弟弟——仕良，现在好不容易在这孤单恐惧的环境中找到一个同伴，若是再失去他，可如何是好？

樊池在清晨的鸟鸣声中醒来，这是他连日来第一次睡到自然醒，起床蒙与往日相比，带着简直发甜的舒爽，在九蘅的膝上转了一下脸，从侧躺变成仰面，眼睛半开半合，眼神松散柔软地仰视着她，嘴角浮起懒洋洋的笑。

九蘅俯视着他，默然不语，眼圈微微发红。

他过了许久才发现她的神情不对，爬起来问道："把你的腿枕麻了吗？你不会坐了一夜吧？为何不推醒我回寺里去睡？来，起来活动一下。"伸手来扶她。

她抬手阻止："你别动！我自己来。"

他愣住，动作凝固住。她扶着树慢慢站起，背对着他活动着脚。他看着她尚未梳起的头发向前滑落，露出一方洁白的后颈，弄不懂发生了什么，只觉得隐隐不安，竟敛起了一向的狂气，小心翼翼地问："你怎么了？"

九蘅背着他用力眨眨眼，将忽然涌起的泪意收回，尽量面色平静地转向他，指了一下他的胸口："这里是怎么回事？"

他低头一看，见原本束得好好的衣襟不知何时敞开了。一向不知羞耻的他，脸上居然飞起红晕："你为什么老趁我睡着脱我衣服？"

她又急又气，声音都拔高了："少打岔！你这里为什么会有伤？"

他一愣，旋即明白了是怎么回事，眉头一锁："为什么窥人私密之事？"

"这怎么是私密之事？"她恼怒质问，"有伤就要好好治疗，为何用障眼法隐瞒？"

他无所谓地耸了下肩："因为伤口太难看了。"

"你……"她险些被这个解释噎死过去。知道他一向注重形象，没想到竟到了这种程度。

"再者说，凡间的药物对我这伤是没有效用的。"

这话是说他命不久矣吗？！她的心顿时一片冰凉，震惊地望着他，脸色都吓白了："无……无药可医了吗？"

他横她一眼："你是在思量着准备我的后事了吗？"

"你不要这么讲！你一定没事的！"她强作镇定地安慰他，不过，还是忍不住加了一句，"你有什么话要我带给你的家人吗？"

樊池翻了个白眼："没，只希望有人给我捶捶腿。"

"没问题！我来！"九蘅的心中充斥着对临终者的关怀，扶他找了个舒适的地方，倚着一截枯木坐下。然后跪坐在他身边给他敲腿，手法特别温柔，生怕一不小心把他敲死了。

一边敲，一边满是担忧地看了看他的脸，却见这人神色轻松，唇角甚至隐约挂着点笑意，颇为享受的模样。她敲打的手慢慢停住了，满腹狐疑，小心翼翼地问："或许……你死不了？"

百口祠里百口仙

樊池白了九蘅一眼："我说过我会死吗？"

"……"是她吓昏头了，那伤口若是在凡人身上早死透了，但他并非凡人啊。

"凡间普通的药材医不了我，却可以找些不普通的。"

"什么药才是不普通的？"

"在这个雷夏大泽，唯一能找到的、对我伤势有效的灵药，是妖丹。"

"妖丹？！"九蘅有些震惊地上下打量了他一眼，心道：他自己就是个妖精，为了治愈自己，居然要加害同类吗？不过……管不了那么多！谁让这只妖是她的朋友呢？

她就这样放弃了底线。

樊池遗憾地叹一口气："我原打算杀了鱼祖能得到它一枚妖丹，没想到被它溜了。"

九蘅也是满脸失望，不过很快又打起精神："不用怕，鱼祖跑了，我再抓别的妖给你疗伤。"脸上露出凶狠的神气。

他忍不住笑了，揉了揉她的头顶："看你这么厉害的样子，那就全靠你了。"

二人此次去往百口祠，若是打探到鱼祖下落就直接去寻，不再折回瑜州城。离开前，九蘅回家中收拾了些衣物，还请樊池略施小术，打开了方老爷存放财物的密室，拿给唐东一些银两维持日用，自己带了点便于携带的金叶子在身上当盘缠。樊池又搜到一包云片糕，也塞进了怀中。不少人来送行，他们还获赠了某人家马厩中幸运地没被鲛妖咬死的两匹马，一匹漆黑，一匹枣红。

九蘅颇为感慨：原来有家人的时候，几乎感受不到家的温暖，现在家人没了，城中父老倒让她体会到了亲情。

樊池选了黑马，把红马给了九蘅，说这样二人的服色与马的颜色相配。九蘅可没有心情管色彩搭配的问题，低着身子伏在马背上紧张得不得了。她不会骑马，樊池帮她拉着枣红马的缰绳出城门的时候，唐东眼眶红红地在后面挥手不止，直到看不到二人的身影。

初秋天高云淡，金风飒飒。世界尽管被鱼妇侵袭，风景还是美的，沿途树影阑珊，溪声风色。

樊池感慨说："我初到下界时还因为新鲜有趣，到处游历，后来觉得没意思，常常一睡就是几年，没有事要处理就不出来走动，其实人间风光还是很好看的，是不是？"

却听后面传来九蘅紧张的话音："不要跟我说话！我听不到！"

回头一看，只见她扳着马鞍边沿，紧张得根本没心思跟他聊天。

看着她的怂样，他眼中一闪，道："接着！"扬手把缰绳朝她丢去。

她松开扳住马鞍的手去接，为保持身体平衡，下意识地绷了一下腿，马镫击了一下马腹，激得马儿扬蹄跑起来，她惊叫一声，身子一歪，眼看着要掉下马去。

忽然腰间一紧，有人将她抄了起来，回过神时，已被樊池揽到了他的马上，侧坐在他的身前。她惊魂未定地揪着他的衣襟。

"你骑得太慢了，还不如共骑一马走得快。我们尽量在白天进那枫林，天黑前出来。"他抖了一下缰绳，让马奔跑起来。

风扬起她的发丝，拂到她的脸上去，带着少女特有的清香，倚进他怀中的人儿腰身软软，樊池不禁鼻尖往她发中埋了埋。

她下意识地一躲："干吗？"

"凡人与凡人真的不一样。"他说。

"什么意思？"

"有善有恶，有的可爱，有的可恨。"

九蘅叹了一口气："那是自然，人有千种万种。"她虽自小在深宅大院中长大，可是只在那大宅中也已见识过人性的复杂。

却听樊池说："我一直想弄一只可爱的养着，可是上界有律，禁止圈养凡人。"

她大喜："那就是我做你的灵宠是不合条律的？"

他嘴角浮起得意的笑："可是现在他们管不着我了。我家有上百只神兽灵禽，就是没有凡人，违禁养一只，甚好。"摸了摸她的头，"嗯……手感与毛兽就是不同。"

"……"

沿途他们每每经过村镇，都会进去略作搜索。因为这些村镇离雪山近，附近水流的源头都是雪山，因此也均未能躲过鱼妇之灾，变成了空村死地，未发现一个生还者。而顺地势流过的河流溪水里，仍是处处可见鱼妇游动。

几十里走下来，九蘅已基本掌握了骑马的技巧。她轻点马腹，追上前面的樊池，问道："你还没有告诉我，当初鱼祖是如何苏醒的呢。"

樊池的背影一顿。九蘅看到他侧脸的神情浮上从未有过的凝重寒冷。他眯了一下眼，望向远处的雪峰，沉默许久，抬手指了指自己的胸口："唤醒鱼祖的，与赐我这个洞的，是同一个人。不，那不是人。"

"不是人是什么？"

他回过头看着她，目光冷森森的，要将她看穿一般，直叫她坐立不安。终于他开口道："那个东西，与你体内寄生的灵慧兽，算是孪生兄弟。"

"什么？！"她迫不及待地想要问个清楚，他却策马奔到前面去了。

她急忙催马急追："你等等我！讲事情要讲完啊！到底是怎么回事啊？"他回头一笑，神色间已全然没了刚才的严肃："追上我再说。""喂……小心你的伤，不要骑太快啊！驾！"

在你追我赶的过程中，九蘅的骑术迅速精进。

◇

拐过一道山口，他们突然陷入一片血红的世界。二人敛起神色，勒住马头。这里是一大片枫林，一眼望去绵延不尽。此时只是初秋，枫叶本应是绿中泛黄的色泽，尚未到变红的时节，可这些树叶的颜色一律鲜红如血，地上也铺了一层厚厚的落叶。

九蘅驱马走近樊池，道：“我以前听人说，百口祠枫林的叶子四季都是红的，原还不相信，以为是以讹传讹，不料竟是真的。”

枫树的间距很密，马儿在树间行走不方便，于是二人将马拴在树干上，步行进林。

他们的脚踩在落叶上，柔软微陷，几乎没有声音。没有一丝风掠过，树上叶子静静地一动不动。

可是总感觉哪里不对。

九蘅问：“你有没有什么怪异的感觉？”

“是的。”樊池目光扫过枫林深处，“好像有什么东西在看着我们。莫慌，我是神，这些妖物在我面前不值一提。”

九蘅却没能安心多少，总觉得像有千只万只眼睛盯着自己，让自己浑身寒凉、毛骨悚然，然而四顾望去，只有枫树，明明一个人影也没有。

二人背面相对，各自留意一边，向枫林深处行去。走了许久都不见那个传说中的百口祠。倒是忽然起了轻风，树上枫叶摆动，发出轻微的声音。这声音与平常树叶遇风的唰唰声不同，像千百人在耳边窃窃私语，凝神细听，又只是叶子相互拍打的声音。

九蘅在这低低的风声里渐渐觉得有些心浮气躁，头晕目眩。

樊池的脚步突然一顿，侧耳听了一下。在细碎的枫叶拍打声中，传来细细的哭声，像是个小女孩在哭。他低声道：“你听到了吗？”

没有应答。

他猛地回身：“九蘅？”

身后什么都没有，只有望不尽的枫林红叶。片刻之前她明明还在他的身边，最多落后他一步之遥。

他霎时觉得浑身冰凉，原地转了几圈，连喊了数声，也听不到九蘅的回应。

九蘅不见了。

他突然间意识到自己轻敌了。

前方，女孩的哭声还在细细地、连绵不断地传来。

　

九蘅看到枫林深处出现了一座宅子，黑色的大门，灰色的墙，墙角可以看到一角灰瓦飞檐，看上去是个不小的宅院。那就是百口祠吗？听名字，她还以为顶多是个小土地祠般的所在，没想到竟是一座大宅。

她急忙对走在右边的樊池说："快看，那就是百口祠吧？"

他没有应声。

她回头看了一眼。他不在那里，身边空荡荡的，枫林的风不知何时停了，一片寂静。她原地打了几个圈圈，唤道："蜜蜂？樊池？神君大人？"

找了半天，才确定他不是开玩笑藏起来了，而是真的走散了。

她看了看脚下的落叶，又厚又软，踩上去也不会有破碎的声音，她想两人定是各自观望一边，才不知不觉走散了。

林中太静，她有些慌，不过很快便镇定下来。既是冲着百口祠来的，相信樊池很快就能发现这里，她只需去祠里等，他迟早会找过来的。想到这里，径直走到那扇紧闭的漆黑大门前，抬头看了看门上匾额，挂的却是"枫园"二字。

难道不是百口祠，而是居住在枫林里的人家？犹豫了一下，九蘅还是决定上前敲门。

敲了半天，终于听到里面传来一声带着惊慌的童音："是谁？"

九蘅答道："请问百口祠怎么走？"

童音道："我不知道。"

"能开下门吗？我问问你家大人。"

童音哭道："他们都死了。"

九蘅心一沉。还道这枫林偏僻，鱼妇之灾波及不到这里，没想到也没能幸免，好在有孩子幸存了下来。可怜她孤单单一个人，这些日子不知是怎么熬下来的。

她柔声道："别怕，姐姐来帮你。"

里面终于响起门闩打开的声音，漆黑沉重的大门开了一道缝，露出一张白白净净的女孩的脸，七八岁的模样，头上顶两个总角，脸蛋上布满泪痕，一对大眼睛满是恐惧。女孩的目光下移，看清九蘅确是长了双脚，而不是鱼尾，这才把门开得大一些，跑了出来。女孩穿了一身红衣，更显得皮肤白嫩。她一把拉住九蘅的手，小嘴扁了扁，眼泪又流出来："姐姐，我好怕。"

九蘅帮她擦去眼泪："不怕了，姐姐会带你到安全的地方。"

女孩破涕为笑，拉着她往门里走去："姐姐快进来。"

她犹豫了一下，还要去找百口祠呢。但是既然要带这个女孩出去，也该进去看看她家里是什么情形。

她跟着女孩进了大门，入目是高宅深井、黛瓦灰墙，处处是精致的砖雕木雕，应是个富有人家的宅子。可是房屋建筑格外老旧，似是多年没有修缮的样子。九蘅四下里望了望，没有发现尸身。难道这女孩的家人都接触到鱼妇，变成鲛妖，被鱼祖召去瑜州城了？女孩又是如何在这场灾难中活下来的？

四四方方的院子里忽起了一阵旋风，身后砰的一声巨响，吓得她猛一回头。原来是大门被那阵风吹得关上了。低头发现手中牵着的女孩已不在身边。抬头向前一看，女孩不知何时坐到了离她几丈远的堂屋门槛上。

九蘅迷惑地暗想：不过是一回头的工夫，这孩子怎么就跑到那边去了。她本能地嗅到了异样的气息，心中暗暗绷了起来。

却见女孩坐在门槛上笑得灿烂："姐姐，你这次来给我带礼物了吗？"

九蘅按捺一下略慌的情绪，审视着女孩，尽量平静地答道："我又不知道会遇到你，哪能备下礼物呢？"

女孩嘴一嘟，可爱的娇蛮模样："怎么会不知道，你来不就是为了找我吗？"

九蘅一怔，转瞬明白过来："原来你就是百口仙。"

女孩笑了，露出一排洁白的小牙："姐姐好聪明。"

"可是门口明明写着'枫园'二字啊。"

"我的家本来就叫作枫园，因为我住在这里，所以外面的人才称作百口祠。"

"原来是这样啊。"

女孩头一歪，看上去稚气可爱："姐姐来是想跟我打听什么事吗？"

九蘅点头："是有事想请您指点。"

"既有事要问，那么百口祠的规矩，姐姐该是知道的吧？"

九蘅暗道一声糟糕，之前樊池夸下海口说，一旦见着百口仙，管它什么规矩，他负责揍得它满地找牙，问什么必要它说什么。她就偏偏信了他的邪，没备下个"秘密"用来交换。更没想到竟与樊池走散，单枪匹马地与百口仙相遇了。

看她语塞的样子，百口仙的脸色突然冷了下来，换上孩子不该有的阴沉表情，冷笑一声："没有秘密交换，就想来问我话吗？"

九蘅赶忙说："你等等，我想一想……"

百口仙却不理她，站起来就跑，在屋内一闪便不见了踪影。九蘅不敢贸然去追，想着最好与樊池会合后再说。回头走到大门边，用手推了一下，却发现好像是从外面锁住一般。她也是出生入死过的人，倒也没有很害怕，先不纠结逃出去的事，主人既然请她进来了，就尝试着与百口仙周旋一下，看有没有办法问出鱼祖的下落。

她先走进高大昏暗的堂屋里看了看，桌椅上覆盖了厚厚的灰尘，丝帐破成褪色的丝缕。虽一片死气沉沉，但绝非鱼妇之灾的缘故，这里的一切都像是至少几十年无人居住的样子。

转身出了正堂，连看了几间空屋，没什么发现。在走进一间卧房时，猛然看到地上倒着黑黝黝的一个人！她吓了一跳，一步退了出去。

壮了壮胆又探头望望，看清那是个死人，走近去细看，确切地说，已是干尸了。干尸仰面躺在地上，看上去历经了腐烂和风干的过程，面部枯萎发黑，五官只隐约可辨，口大张着。从发型和衣服看是个女人，身上的衣服虽已腐朽变色，可仍看得出是上好的锦缎。

刚想再到别处看看，突然发现异常——她张开的嘴里……没有舌头！

两个重叠的幻境

九蘅心有余悸地转身走出屋子，一出门，就看到红衣女孩模样的百口仙不知何时回来了，坐在门口对面的小石凳上，手托着腮，脚随意地踢着地面，水灵灵的眼睛看着她。

九蘅站住脚，也不说话，静静地与她对视着。百口仙终于开口："姐姐不想知道里面那个人是谁吗？"

九蘅说："那与我无关，我只想跟你打听一件事。"

女孩脸一沉，莫名显得阴森可怕："姐姐你这么无趣，一点好奇心也没有，必是想不出有意思的事来跟我换。"

九蘅赶忙举起两手做安抚状："我只是不知道你想听什么。"

百口仙问："你叫什么名字？"

"我叫方九蘅。"

百口仙脸上一喜，现出一个几分神秘、几分猥琐的笑容，与她稚嫩的脸极不相配。这个笑容让九蘅觉得熟悉，又想不起在哪儿见过。

百口仙身子前倾，尽管旁边无人，声音依旧刻意压得低低的："那你是瑜州城方家的人喽？"

九蘅被她一下道破身份，暗暗惊疑。不过很快想到，传说百口仙通晓万事，方家又是瑜州城的大户，猜中很正常，遂坦然答道："是。"

百口仙眼睛一亮："那就有趣了，你们方家有意思得很。听人说，方家的一个丫鬟与方老爷生了两个孩子，因此作威作福，对方夫人百般折辱，一心想着要扶正。你就跟我说说，那个丫鬟是用什么本事勾搭上方老爷的？"

九蘅的头脑里轰地炸了。她不可思议地盯着百口仙，这孩子小小的脸上浮现的神情，透着刁钻、下流、嘲讽，正是她无数次在府中的亲戚、下人、仆妇脸上看到的。所说的话，也是多次或隐隐约约，或当面尖利地传进她耳中的。

她终于清晰地认识到这个小小的人不是个孩子，孩子不会有这么可怕的表情，这么恶毒的语言，这么下流的兴趣，一瞬间她想上前狠狠抽百口仙一耳光。

在她手抬起来忍不住要打过去之前，百口仙变了脸色，神情几分沉冷几分怒意："你不想说？"

九蘅"呸"了一声："非但不想说，还想打你呢！我不管你是人是鬼还是妖，都是个热衷于搬弄是非、造谣生事的长舌妇，无耻下流！"

百口仙冷冷一笑："这本是个无耻下流的世界，清清白白的人偏偏死得最惨。若世人能管住口舌，哪里会有我百口仙！你真的觉得好人会有好报吗？做好人，有用吗？"

在她怪怪的腔调中，九蘅不由得想起了母亲兰倚一世所受的苦。兰倚是个多么善良的人，可是被方老爷凌辱，被所有人践踏，受尽了苦楚，最终被殷氏杀害。是啊，做好人有用吗？

面对着百口仙的目光，她的神志一阵恍惚。

百口仙冲她一笑，开口时声音突然变成两个人的叠音，听上去像孩童和成年女人的音调混合在一起："你先莫急着下结论，先回头看看这些好人和坏人！"

女孩小手朝九蘅身后一指，九蘅回头一看，见身后的房子不知为何突然没了破败气象，变得整洁完好。身后那间卧房的门原是开着的，不知何时已经关得紧紧的了。再回过头来，只见百口仙仍坐在那里，只是表情变了，托着腮，嘟着嘴，眼睛看着地面，表情郁郁不乐，全然没有了之前的阴沉气色。

到底发生了什么？

女孩突然站起来，直冲着九蘅跑过来。九蘅以为要撞上了，女孩却径直穿过了她的身体。她吓了一跳——刚刚她还拉过女孩的手，现在女孩是变得没有实体了？难道是个画影？不过画影都是半透明的幽幽青白色，此时的女孩看上去却鲜活得很。

九蘅问道："你在搞什么鬼？"

女孩没有反应，趴在门上听着里面的声音。门里忽然传出了两个人的对话声。九蘅又是一惊：刚刚屋里边不是只有一具干尸吗？怎么会有人？

可是里面明明白白传来一男一女的争吵声。

男声道："我一年到头在外面辛苦奔波，你在家里居然给我搞出这等丑事！"

女子哭泣的声音："我与小叔清清白白，你为何不信我！"

啪的一声，显然是男人打了女人："家里上上下下都在议论，还有人亲眼撞见，你还敢狡辩！当初母亲就说戏子放浪要不得，怪我被你的狐媚相迷瞎了眼，没有听母亲的话！"

门猛地从里面推开，把偷听的女孩推翻在地。一个身材高大的青年男子走了出来，看到战战兢兢倒在地上的女孩，怒意更盛，上去一脚踢到一边："滚！还不知道是不是我的种！"大步离开，完全无视目瞪口呆的九蘅。

不过九蘅很快就明白是怎么回事了。百口仙将幻象展现在她的面前，这个幻象大概是曾经发生在这座枫园里的事。既如此，索性当个观众，倒要看看百口仙想让她看到些什么。

被踢倒在地的女孩哭着爬起来，从那涂满泪水的委屈小脸上，九蘅断定那时的女孩只是个女孩，还不是百口仙。

女孩走进屋里，九蘅也跟着走进去。地上已没有那具干尸，只有一个二十多岁的美艳少妇坐在地上，正掩面哭泣。女孩扑进少妇怀中："娘，爹爹怎么了，为什么打你也打我？"

"小芽……"少妇说不出话来，只抱着女儿哭得更凶。

于是九蘅知道了，这个女孩原名叫小芽。

周围环境突然暗下，桌上的灯燃起来，发出橘黄的光，刚刚还坐在地上的少妇坐在椅子上，神态抑郁。仿佛瞬间天就黑了。

看样子，百口仙打算只挑些关键的场面给她看。

咣的一声，门被推开，冲进一个人来，径直穿过了九蘅的身体。九蘅吃了一惊，险些以为自己要被来人撞飞，拍了拍胸口，往旁边站了站。来人是个丰腴女子，细眉细目，满面怒气，指着少妇厉声骂道："不要脸的淫贱戏子，敢勾引自家小叔！"

少妇站起来急切地辩解："弟妹，我跟小叔真的没什么，你尽可以去问小叔……"

少妇话未说完，头发已被丰腴女子扯住："我的男人问不问轮得到你管吗！"随即厮打成一团。

九蘅看明白了，这家人应该是有两个儿子，当过戏子的少妇是大儿媳，这个丰腴女子是二儿媳。现在大家都在怀疑大少奶奶跟二少爷有奸情。方家也是个大家族，九蘅从小少不得听到姊姊嫂嫂们议论这类污秽事。

场景又变了一变，屋子里已不见了二少奶奶，取而代之的是一个气质油滑的锦衣男子。少妇背抵着桌沿，紧张地问："小叔，有什么事吗？"

二少爷脸上挂着淫邪的笑："大嫂，大家都在说你属意于我，可是真的？"

少妇正色道："自然不是真的，还请小叔跟家里人说清楚！"

二少爷步步逼近："说什么说？嫂嫂戏唱得那么好，必是个风流人物，喜欢我就直说嘛。大哥常年不回家，我知道嫂嫂寂寞。"

少妇指着他向后退去："你不要过来！"

"装什么装！"二少爷将少妇猛地推倒在床铺上……

九蘅虽然知道是幻象，也按捺不住怒气，抽出刀朝二少爷的背影砍去。刀锋未到，他的身影已化去。回头看了看，屋里又换了一人，是个珠光宝气的老太太，面色阴沉地站在屋子正中。

大少奶奶满脸泪痕地跪在老太太面前哭诉："小叔侮辱了我，母亲要给儿媳做主啊！"

老太太混浊的眼睛俯视着她，松弛的脸颊哆嗦着。突然举起手杖，狠狠打在大儿媳的头上，血顿时流了下来。

老太太咬牙切齿地指着她道："我当初就不该答应让你这个风流戏子进门，如今你勾引二少爷，闹得全家不得安宁，你怎么还有脸活着？！"

少妇颓丧地跌坐在地上，神情绝望，额上的血滴下来淋漓一地。

场景如水般晃了一晃，老太太消失了。门被用力推开，身材高大的大少爷黑沉着脸进来，少妇急忙迎上来："夫君，你总算回来了，你可知道……"

大少爷一掌将她打倒在地，骂道："荡妇！你都当着母亲的面承认勾引二弟的丑事了，还有什么话可说！"

少妇爬到他脚边拉着他的袍角哭道："不是我勾引他，是他强暴了我啊！"

"你不勾引他，他怎么会强暴你！你还活着做什么？"大少爷弯腰将妻子按在地上，狠狠掐住了她的脖子。

一直在旁观的九蘅几乎忘了这是幻象，目眦欲裂，喊着："你放开她！"不顾一切地挥刀砍向大少爷，无奈刀再锋利也砍不到幻影，他们本是处在两个不能交错的时光里。

九蘅只能眼睁睁地看着少妇细弱的脖颈在大少爷的"铁钳"下被掐得变形，无助地、慢慢地窒息而死。

门口忽然传来一声稚嫩的呼唤："爹爹，你在干什么？"

大少爷猛地回头，看到门口站着的穿红衣服的小女儿。小芽惊恐地看了看地上母亲的尸首，哆嗦着问："爹爹，你为什么要杀我娘？"

大少爷忙过去捂她的嘴："不要乱说，我没有杀你娘，你娘是得了急病死了。"

小芽含着泪拼命摇头："不对，我看到了，是你掐死了我娘，我要去告诉祖母……"

大少爷盯着女儿的目光突然变得凶狠，低声道："这可是你自找的，反正又不一定是我亲生的。"

小芽没有听懂，却本能地意识到什么，停止哭泣，惊恐地望着父亲，向后退了一步。大少爷突然抱起她，捂住她的嘴，不顾小小的人儿在手臂下拼命挣扎，趁着夜色走出去，消失不见。

九蘅喊了一声："你要干什么！放开她！"紧跟着追了出去，一出门口，却瞬间被天光刺得眯了眼。她仿佛一步从屋内的黑夜踏进了屋外的白天。眼睛适应光线后，已不见了大少爷的身影。环顾四周，影像又变得陈旧破败了。

脚边突然传来嫩生生的语调："姐姐，难过吗？"

她一低着，看到百口仙还坐在那个石凳子上，仰脸看着她，脸上带着嘲讽的笑。她愣了好一会儿，才恍然记起刚刚看到的全是幻象。情绪却仍不能抽离出来，握着刀的手颤抖着，胸口起伏着喘息不止。

"小芽！"她差点扑上去抱住百口仙，但总算记起此女孩其实非彼女孩，努力平稳了一下气息，问道，"后来怎么样了？大少爷把你……不对，把小芽……"

她说得语无伦次，百口仙却听明白了，冷冷答道："杀了。"

尽管猜到了答案，九蘅还是痛到心碎。虽然只是旁观了一场惨剧，画面变换得那么快，从开始到结束最多半个时辰，但幻象太真切，甚至有那么一会儿，她觉得自己变成了小芽，清晰地感受到了女孩那时的恐惧和绝望。

深呼吸一下，竭力冷静下来，问道："那么你百口仙，为什么变成小芽的样子？"

"这是小芽的身体，她自愿把身体借给我用了。"百口仙歪着头笑嘻嘻地说。

然后百口仙给她讲了接下来发生的事。

大少爷将小芽带到家门外的枫林深处，不顾她一声声喊着"爹爹"，用杀害她母亲的方式，狠心地扼杀了她，挖了个坑将尸身埋了，然后回到家中。

家里人已发现大少奶奶身亡，尸体颈上的手印清清楚楚，人是怎么死的，大家心知肚明。可是在老太太的严令下，谁也不准提起手印的事，对外称大儿媳是急病身亡，草草埋了。

但是——孙女去哪儿了？

老太太问大少爷，孙女去哪儿了，大少爷说不知道，还装模作样地带人出去找，结果自然是找不到的。

可是在大少奶奶死后的第三天，小芽回来了。

九蘅听到这里，插言问道："回来的还是原来的她吗？"

百口仙说："不是，是我。我百口仙是由千百个死于口舌是非之人的怨气化成的，没有身体附形时，就是山野里飘荡的一缕烟气，我被这孩子的怨气吸引而来，潜进掩埋她的浅浅土层，在她耳边跟她商量借用她的身体，杀了她的父亲，替她和她娘报仇，她答应了。真是个明事理的孩子。我附到这具身体上，看到了她所有的记忆，那些记忆便是我刚刚显给你看的场景。"

已经变成百口仙的小芽从土里钻了出来，头发和口鼻沾满了泥土。她回到枫园，敲开门时，开门的正是大少爷。看到满身满脸是土的女儿站在门前，吓得狂叫一声跌坐在地上。

"你明明死了啊！我已经把你、把你……"大少爷指着女儿，颤抖成一团。女孩站在他的面前，对着他一笑，嘴角垂下一缕泥沙，死亡气息扑面而来，吓得他狂叫起来。

老太太听到声音从屋里出来，看到小芽，大喜过望——毕竟是亲生骨肉啊！抱在怀里掉下泪来。

大少爷指着女儿厉声说："这不是我女儿！是鬼！是鬼！快把她赶出去！"

老太太拿拐杖啪地抽了他一下："这不是你女儿是谁，胡说什么呢！"

百口仙望着父亲甜兮兮说："爹爹你怎么了？"

老太太搂着她问："乖孙，不用理他。这两天你跑哪里去了？可把祖母急死了。"

百口仙委屈地道："我也不记得了，一醒来就躺在林子里了，我也找不着路，迷迷糊糊的，好不容易才走回来。"

老太太心疼得不得了："我的乖孙受苦了！"

大少爷看女儿活生生的样子，也怀疑是自己实际上没掐死她，或许她大概只是昏过去了，醒过来自己从土里爬出来了吧？看她丝毫不记得母亲被杀、自己被埋的事情，大概是小孩子受了惊吓，把那些事都忘记了吧？

大少爷提心吊胆观察了几天，见女儿好像什么都不记得了，渐渐放下心来。

百口仙讲到这里，九蘅问道："按你和小芽约定好的，她借身体给你，你只杀了她的父亲就可以了，可是这枫园里一个活人也没有了，你回到枫园到底做了什么？"

百口仙得意一笑："姐姐，你越来越好奇了呢。你看，人人都会对别人的事好奇。你真的想知道我对他们做了什么吗？"

九蘅隐隐觉得自己已经在被百口仙牵着鼻子走了，但是控制不了，她特别想知道枫园里这一家人怎么样了，或者说，想知道他们落了个什么下场。

"不要压抑自己的好奇心。"百口仙的声音变得缓慢而低沉，"想看就看吧，你会喜欢的。看那里！"伸手指向九蘅的身后。

樊池回头找不到九蘅，而不远处女孩断断续续的哭声却仍在传来，分明是不祥的诱惑。

妖障之术。

九蘅一定还在这里，而且相距不远，可是他们偏偏看不到彼此。这妖物将他二人以妖障分开，必是不怀好意。他首先想到不能被妖物牵着鼻子走，要用仙术破除妖障。闭目捏诀，尝试施术，心口处却传来一阵撕裂般的疼痛，喉头腥甜，险些一口血喷出来。

此地甚是邪异！早就看出这枫林不寻常，却不料有如此深重的阴气，以他现在的体力，如果强行运用仙术，怕是无力站着走出去了。于是他决定按捺住心焦，就顺着这哭声去看看。他堂堂一个神君，倒要看看这小妖敢跟他玩什么花招。

走了没多远，就看到一个红衣女孩背对着他坐在地上，发出委屈的哭泣声。

他"喂"了一声："百口妖，不用在我面前故弄玄虚。"

女孩回过头来，唇红齿白，脸上毫无泪痕，不满地瞅他一眼："你好没意思，还是那个漂亮姐姐有意思。"

他脸色一变："她在哪里？"

"她就在这里。"

然而举目望去只有如血枫林，再无半个人影。

"把她交出来，否则我灭了你。"樊池已忍耐到了顶点。

百口仙忽然压低声音，小小的脸上露出邪气的笑："你什么时候杀她？"

他一怔："你说什么？"

百口仙一副了然于心的模样："我虽附在人身上，但也时时化成无形烟气听人窃语，收罗了无数有趣的消息。在她身上的那个东西，不是只有杀了她，才能取出吗？哦，对了，是你身上有伤，暂时承受不了那东西，要先寄存在她那里，是吗？"

樊池的脸色沉了下去："早知百口妖收纳天下杂门消息，可你知道得未免也太多了。"眼底有如疾风骤起，涌起森然杀气。

百口仙并没有害怕，倒像受了夸奖一般露出羞涩的表情。眼看着樊池逼近过来，她阴阴一笑，声音变得飘忽不定，时而像远远传来，时而像耳边私语："你不要轻举妄动，你既知我是百口仙，应该知道我障术的厉害。"

樊池也忽然记起了百口仙的这项本事。除了搜罗机密之外，她还擅长制造幻象。他看不到九蘅，却分明感觉到她就在身边，百口仙看似坐在那里，可能也只是幻影。

百口仙的声音在他耳边笑道："拿稳你的剑，当心点，也许她就在你剑尖所指的地方站着，一不小心，就能将她戳个透明窟窿。"

樊池身体难以察觉地抖动了一下。

幻境不可怕，可怕的是两个幻境重叠。

步步入扣的杀局

枫园里，随着百口仙伸手一指，九蘅回头看去，发现残破的枫园又变得充满生机，幻象又出现了。

这次她没有惊讶，急忙四下看看发生了什么。卧房的门敞开着，里面传来女孩唱儿歌的声音。九蘅走进去，看到小芽在屋里玩耍，大少爷坐在椅子上看着女儿，目光含着探究和疑惑。

小芽突然抬头，对着大少爷唤了一声："爹！"

大少爷仿佛吓了一跳："怎么？"

小芽神情天真地问："我到底有几个爹呢？"

大少爷神色一变："你说什么？哪有几个爹？"

小芽说："那天二叔跟我说，他才是我的亲生爹爹呢，那么我有两个爹爹吗？"

大少爷的脸色突然绿了，忽地站起来朝外走去。

九蘅跟上去之前回头看了一眼女孩。她正在目送大少爷的背影，脸上露出与年龄不相称的冷笑，看得九蘅身上一寒。

大少爷径直去到了二弟的西厢房。九蘅赶过去时，两个人已经打了起来，揪扯一阵后，二少爷突然将大哥用力一推，大少爷的脑袋撞到桌角上，坐在地上捂着头，鲜血顺着指缝流了出来。

二少爷骂了一句："自己娶了个戏子回来，你能怨谁！"甩袖夺门而出。

大少爷坐在地上咒骂不已，刚想站起来，身前突然多了一个小小身影。旁观的九蘅也没注意到女孩是什么时候进来的。她手里拿着一把裁纸刀，冲着父亲阴阴一笑。

大少爷怔了一下："你过来做什么？"

女孩低声说："爹爹，你知道你掐我脖子时，我有多疼吗？"

大少爷脸上露出惊恐的神情。一声惊呼都还没喊出来，女孩手中的裁纸刀便已毫不犹豫地穿透了他的心脏。断气之前，他看到的是小芽残忍的笑容。

九蘅倒吸了一口气，尽管知道大少爷死有余辜，但是这样利落的杀人动作由一个六七岁的女孩做出来，显得分外恐怖，甚至超出了鲛妖带来的恐怖感。

小芽若无其事地在尸体上擦了擦小手上沾染的血迹，轻快地跑得不见了踪影。门口突然传来一声撕心裂肺的尖叫——二儿媳回屋来，看到尸体，吓得晕了过去。老太太和二少爷都赶来了，老太太扑在大儿子尸体上，哭着问二儿子："这是怎么回事？你为什么杀大哥？"

二少爷结结巴巴分辩道："我没有……我只是推了他一下！……我不记得用刀捅过他！……也可能我们厮打的时候我从桌上拿了裁纸刀？……我不记得了！"惊吓之际，他自己也糊涂了。

老太太收了泪，思索一阵，哽咽道："我只有你一个儿子了，事已至此，我们都不要声张，就说你哥是病死的吧！"

二少爷面如白纸，点头如捣蒜。门外藏着的女孩露出半个脸，嘴角弯着若有若无的笑。

场景昏暗下去，地上大少爷的尸身已不见了，二少奶奶坐在灯前做着针线活，小芽坐在床上用剪刀玩剪纸，玩着玩着，悄悄把剪刀塞到了里侧的枕头底下，忽而叫了一声："娘。"

二少奶奶吓得手一抖，针扎破了手指。惊慌四顾了一下，才对小芽斥道："你乱喊什么呢！"

小芽嘟起嘴，一副天真委屈的模样："二叔说他是我的亲生爹爹，那二婶不就是我的娘吗？为什么不能叫？"

二少奶奶铁青着脸，把手中针线狠狠一摔。

场景亮起，又是白天了。二少奶奶坐的位置上换成了二少爷，小芽从门口跑进来，扶着她二叔的膝盖，问道："二叔，你喜欢我爹吗？"

二少爷面露尴尬，含糊答道："喜欢。"

小芽说："大家都喜欢我爹，昨天晚上，二婶也说喜欢我爹，她还说要趁你睡着，替我爹讨还公道。我听不懂，为什么要你睡着她才去讨公道啊？"

二少爷脸上露出又惊又怒的神色，说不出话来。小芽大概觉得没意思，又跑走了。二少爷发了一阵呆，到床铺上一阵乱翻，从媳妇的枕下，找到一把锋利的剪刀。他把这把剪刀藏在了自己袖中。

二少奶奶走进屋里来，沉着一张脸。二少爷突然拍了一下桌子："你去哪里了？"

二少奶奶正被侄女说的话扰得心烦，顶嘴道："我能去哪里？反正没去找戏子！"

"怪不得你那么不待见大嫂，原来是嫉妒！"二少爷更是怒向胆边生。

她气极反笑："你与她厮混，我嫉妒不行吗？"

"谁知道你心里住着哪个男人？我与她睡过，你难道就没与大哥睡过吗？"二少爷冷笑一声。

二少奶奶气呆了："你说什么？你自己跟戏子生了小野种出来，还要反咬一口吗？"

二少爷将手中的剪刀亮出来，直接送到她脸前："你不是想用这把剪刀戳死我给大哥报仇吗？你戳啊！你今日若不戳死我，我便戳死你，给大嫂陪葬！"

二少奶奶只觉得新仇旧恨涌上心头，这个男人明目张胆与大嫂鬼混，还这般羞辱挑衅！头脑一热，竟接过了剪刀，未等男人反应过来，锋利的剪刀已没入了他的胸口。他倒在地上的时候，也未明白过来发生了什么。

二少奶奶在尸体旁边站了许久，去衣柜找了绫纱，悬梁自尽了。在她悬在半空窒息挣扎的时候，看到侄女不知何时进来了，站在地上丈夫尸体的旁边，仰面看着她。咽喉软骨被勒断的剧痛、窒息的痛苦让她在最后一刻生出求生的念头，求救的目光看向侄女，希望她能喊人来救她。

然而那个女孩只静静看着她，脸上浮现出一个笑，像是在兴致盎然地欣赏着这一幕。

二少奶奶突然明白这是一个陷阱，他们都被这个女孩牵引着走了进来，然而她还没来得及想得更明白，便在窒息中陷入深渊。

四周景物如雾气般散开又凝起，九蘅发现场景换成了另一间屋子，从布局看应该是正房的卧室，床上病卧着哀哀哭泣的老太太，床前站了一个老仆妇，小芽在不远处的桌边玩耍。老夫人拉着老仆妇的手说："琐妈，家里就剩下一老一小了，家丁、佣人看到家势衰败，也都走了，可如何是好？"

琐妈抚着她的手背道："老夫人，我从小就是您的陪嫁丫鬟，您放心，我不会丢下您的。药大概煎好了，您躺好歇息，我去把药端过来。"

扶着老夫人躺好，琐妈转过身来时，女孩看到她的脸上浮出一个意味不明的笑。

琐妈走出去了，小芽走到床前，叫了一声："祖母。"

老夫人伸出枯瘦的手拉住她，垂泪答应："乖孙……"

小芽的声音却有些怪怪的，趴在枕边细细地说："祖母，我听到琐妈自言自语地说，她从小就痛恨老天不公，嫉恨你是小姐、她是丫鬟，如今要轮到她做主人了，她要在药里下毒毒死你。"

老夫人的脸上露出恐惧至极的表情，哆嗦着嘴唇说不出话来。这时琐妈端着药进来了："老夫人，来喝药吧。"

老夫人浑身颤抖着，手猛地一挥，把药打翻在琐妈身上。琐妈被烫到，勃然变色，忽然笑了起来："我辛辛苦苦伺候了你一辈子，可是你，从小时候起就对我抬手就打，张口就骂，从来没把我当过人！如今你落到这个下场，还想欺负我吗？你不喝算了，我还懒得伺候你呢！"从那以后琐妈便再没进过那间屋子。

旁观者九蘅只觉得天光亮起暗下，时间迅速流逝，老夫人病得下不了床，无人伺候水米，九蘅清晰地看到她迅速枯败下去，生命在迅速抽离那具老朽的躯体。那个琐妈也够狠绝，明摆着要把老夫人活活渴死、饿死。

在老夫人弥留之际，这几天不知躲到哪里去的小芽忽然出现在床边。老人浑浊的眼睛现出一丝亮光，用已无法发出声音的喉咙发出嘶嘶的气声，看口型是在说："水，乖孙，给我一口水喝。"

小芽冲她嫣然一笑，阴沉沉道："祖母，你明明知道我娘是被我爹掐死的，却不报官。所以，我为何给你水喝？"

老夫人盯着孙女，脸上露出不可思议的神情，一口气接不上，气绝身亡。

光线暗下，场景变换。九蘅发现环境变成了大少爷和大少奶奶居住过的东厢房。桌上的灯亮着，有个华服女人站在衣柜前，将少妇的锦缎衣裙一套套比在自己身上试。转过身来时，九蘅看清那是仆妇琐妈，老脸上带着喜不自禁的笑意。

琐妈突然看着九蘅的方向打了个哆嗦，手中衣服掉落在地上。九蘅也吃了一惊，以为琐妈看到了自己——不对啊，现在应该还是幻象啊……不过她很快发现了身边站了一身红衣的女孩，琐妈看到的是百口仙。门明明是关着的，她不知是怎么进来的，就像是从墙角的阴影里冒出来般悄无声息。

琐妈拍了拍胸口，恼道："这孩子，啥时候来的？吓我一跳。"

小芽的脸在红衣的映衬下分外雪白，眼瞳漆黑，幽幽地说："你拿着我娘的衣裳在干什么呢？"

琐妈捡起地上的衣服，哼了一声："反正她也穿不着了，我试试又怎样？"全然没了从前对小主子的温和恭敬。

小芽没有答她的话，略略低着头，用从下往上的角度，面无表情地看着琐妈，直看得她心里发毛，斥道："这么晚了不睡觉，乱跑什么？快回你屋里去。"

小芽嘴边扯出一个笑："最初的谣言是你编造的，是吧？"

琐妈心里一惊："这孩子在说什么？"

小芽说："编造我娘和二叔有染的第一个人，就是你。"这次不再是疑问的语气，而是沉沉的直叙。

琐妈有些慌神，不敢相信这话是从一个孩子口中说出来的，竖起眉来掩饰着慌张，张口想要否认，忽然想到面对的只是个七岁孩子，神情镇定了下来，脸上流露出一丝狠意。转过身去，一边倒茶一边说："是又怎样？你娘与二少爷在无人处拉拉扯扯，我亲眼所见！"

小芽说："你只看到二人拉扯，为何不说二叔骚扰我娘，偏说我娘勾引二叔？"

琐妈冷笑道："一个戏子、一个少爷，那自然是风骚戏子勾引正经少爷，还用问？"一边说着，一边将一个纸包里的粉末抖到杯子里，当着小芽的面，毫不避讳。

小芽问："那是什么？"

"毒药。"琐妈扬了扬眉，"这本是给你祖母准备的，让她得一个痛快，可她偏偏要选活活饿死，这包东西就省下来了。"悠长地叹了一声，端着那碗加了毒药的茶水朝小芽走过来，"我本也不想把事情做得那么绝，我又不是狠心的人。你若是老实一些，我把你卖进青楼，你还能捡条小命，可惜你这孩子，嘴太能说了，那也不要怪琐妈狠心了。来，喝了这杯茶，去与你全家团聚吧！"

九蘅预感到接下来要发生什么，虽然知道是幻象，还是默默站远了些。

琐妈在小芽面前蹲下身去。小芽静静看着她，大概是吓呆了。琐妈猛地掐向小芽的脸颊，想要把毒茶灌进她嘴里！

如一阵阴风一般，眼前的女孩突然不见了。琐妈端着茶呆住了，刚要回头找，身后绕过一只小手拿住杯子一摁，毒茶灌了琐妈一嘴一脸！她顿时不能呼吸，眼睛几乎凸出眼眶，烈焰般的毒药烧灼着咽喉，她大张着嘴，舌头吐出半截，两手拼命将自己的喉咙挠得血肉模糊！

小芽又如鬼魅般绕到了她的身前，小小的身影映在她渐渐扩散的瞳孔里。小芽幽幽笑道："你的这条舌头能杀人，我很喜欢，送我吧，我会把它化作树梢枫叶，让你永生永世喋喋不休。"遇毒变黑的血液喷出老远……

九蘅闭上了眼睛。

脚边传来嫩嫩的话音："好啦，戏演完了，睁眼吧。"

　　九蘅睁开眼睛，发现自己仍站在东厢房的门外，院子里又恢复了破旧的景象。百口仙也仍坐在石凳上，托着下巴，满眼含笑："怎么样，我做得好吗？"

　　九蘅几乎要冒出一个"好"字，心中却知道不妥。她与樊池穿过的那片枫林，枝头叶子都是百口仙千百年来收集的舌头吗？想想就恶心！

　　理了理思路，才道："这几人里，有罪有应得的，也有罪不至死的。"

　　百口仙无辜地眨了眨眼："我杀大少爷，是替小芽报仇，这是答应她的。其他人，我也没杀他们啊。你想啊：二少爷是被二少奶奶戳死的，二少奶奶是悬梁自尽的，老夫人是被琐妈活活饿死的，琐妈是被自己兑的毒药毒死的。"

　　九蘅一时哑口无言。只是观看了两轮过往幻象之后，觉得百口仙虽然邪气，却也并非穷凶极恶。看看天色不早了，记起了正事："鱼祖的所在，你可不可以告诉我？"

　　百口仙微微一笑："虽然我这里的规矩是拿秘密换消息，但你陪我游历了一次往昔，我已视你为朋友。鱼祖的下落且不提，我却知道关于你的更重要的事。"

　　九蘅一怔："我能有什么事？"

　　百口仙拉了拉她的衣角，示意她蹲下身子，凑近她耳边，悄声道："你的身体里，有什么特异的东西吧。"

　　九蘅神色一凛，樊池曾经叮嘱过她，不可将灵慧兽的事告诉他人，这个百口仙是如何知道的？

　　百口仙嘻嘻笑道："你不用吃惊，我本是通晓天下消息的仙。除了这个，我还知道，他，要杀了你呢。"

　　九蘅悚然而惊："谁？！"

　　"与你一起来的那个男人。"

　　"……不可能！"她忽地站起来向后退了一步。

　　百口仙脸上的神情变得古怪，眼睛盯住九蘅，瞳中浮过森森寒意："你，自己看。"

　　身边的黑瓦灰墙忽然化作烟尘，瞬间消散，投入视野的是无尽的血色枫林。九蘅回顾身后，枫园的房屋已没了踪影。难道枫园建筑也是幻象吗？

从一开始看到枫园，就已踏入幻象了啊。

身前不远处突然传来了对话声。

她觉得眼前花了一下，然后看到了樊池。樊池就站在距离她丈余远的地方，地上还坐了一个红衣女孩，正是百口仙。

她惊喜得正要喊樊池，却见百口仙对着樊池笑问："你什么时候杀她？"

樊池明显怔住了："你说什么？"

百口仙："我虽附在人身上，但也可时时化成无形烟气四处飘荡听人窃语，收罗无数有趣的消息。在她身上的那个东西，不是只有杀了她，才能取出吗？哦，对了，是你身上有伤，暂时承受不了那东西，要先寄存在她那里，是吗？"

九蘅听到这话，愣在当场，看向樊池，希望听到他的否认。阴沉杀意使他的脸看上去如此陌生，她听到他说："早知道百口妖收纳天下杂门消息，可你知道得未免也太多了。"手中幽蓝光芒乍起，已多了无意剑。

她的心就如已被那把剑刺穿一般，痛不可当。

百口仙忽然对着虚空处笑眯眯叫了一声："姐姐！"

九蘅直直地望着樊池，而他茫然四顾，竟看不到她一般。九蘅明白了，百口仙在她与樊池之间，隔了一层障目妖术。

百口仙对着九蘅的方向，嘴唇无声翕动着。九蘅听到耳边响起了悄然细语，仿佛百口仙正伏在她耳边说话一般："姐姐，话已挑明，你也听到他坦白了，我与你虽是初见，却已视你为知己，故而救你。我已用障术蒙住他的眼睛，你快趁机杀了他，错过这个机会，你必会死在他的手上。"

樊池看着虚空处，试探着向前走了两步，唤道："九蘅？你在这里吗？"

九蘅眼睁睁看着冰蓝的剑锋近在眼前，浑身颤抖着，耳语声越发激烈了："快些，再迟就来不及了。不要心软，他一开始就想要你的命，他一直都在利用你……"

这些耳语钻进她的脑袋里，越来越密集，越来越尖锐，成为一片混响，吵得她头疼欲裂，几近崩溃，无法思考，猛地抽出腰间的刀，刀尖对准近在眼前的樊池的胸口，耳语催着她把刀送出去。

脑海深处有细弱的声音混在嘈杂的耳语中，她努力去听那缕细声在说什么，终于听清了：

"如果没有灵慧，你是否还愿跟我走？"

"不会，我会变成累赘的。"

"不行，无论如何都要跟我走。"

不，她绝不相信他会为了灵慧兽图她的性命。

她对那耳语大声驳斥道："不是你说的那样！"百口仙的脸色顿时阴沉下来。

头痛欲裂之际，她突然看到樊池虽神色一寒，剑锋却是朝着百口仙袭去！

百口仙一声惊叫："救命！"

九蘅经过了两番幻境，已经无意识地将百口仙与小芽弄混了，见她遇险，本能地冲了过去，想要用刀格开樊池的剑，然而她冲过去的一瞬，百口仙却不在那里了，莫名移到了几尺之外。九蘅看到了百口仙脸上得逞的笑容，愣了一下，然后感觉背上一凉，低下头，不可思议地看到左胸前透出莹蓝剑尖。

她想回头看一眼，让樊池把他该死的剑从她身上拔出去，却已没有力气，身体和意识齐齐栽向了无边无际的黑暗。

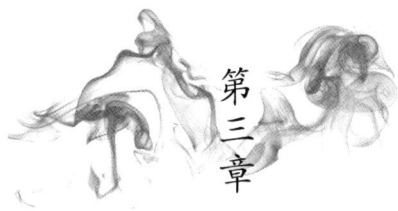

第三章

风狸篇

◆

风狸，青皮小兽，最喜小儿。头顶生有一株碧绿两叶小草，每月结一枚玉白色髓果。健康人服用可延寿五百年，伤病垂危者可药到病除。

头上长草的药师

九蘅觉得冷得厉害，有风从耳侧呼啸而过，风的边缘擦到皮肤，像蜿蜒的刀刃一样弯弯曲曲刺进骨缝。她想蜷缩一下取暖，微微一动，就有剧痛从胸口炸开，几乎要裂为碎片，每一下艰难的呼吸都像尖刀绞着肺部。她以为自己尖叫了，其实连一丝呻吟也没能发出。

那一丝微微的抽动却被什么人注意到了，仿佛从远远的云层外传来话音："冷吗？"

是谁的声音？她混沌的脑筋想不清楚。

似乎有件衣服样的东西将她包裹了起来，连脸都遮起来了，只留一隙给她呼吸。身体一边有温暖罩过来，不是很冷了，可是还是有呼啸的风声。她晕得厉害。

断断续续有话音传来："我没有想伤害你……我没有看到你在那里……对不起。"

她还是想不起说话的人是谁，只是略动了一下脑筋就精疲力竭，意识再度沉入黑暗。

天际透出一线清明的黎明时分，樊池散去云头，降落在半山腰的一座山庄前，怀中仍紧紧抱着半边身子染满鲜血的九蘅。左手一带，手中牵了一道莹莹白光般的绳索，一个红衣女娃娃被甩得咕噜一下从他身后滚到前面，双手被捆在身后，哭丧着脸趴在地上，正是百口仙。

樊池双目泛红盯着她，嘶哑着嗓音问："是这里吗？"

百口仙瞄了一眼山庄大门上方的三个大字"风声堡"，发着抖说："应该……"

是这里吧？"

在枫林时，在百口仙制造的迷障之中，樊池误伤了九蘅，他几乎发狂，抓着百口仙要打她个魂飞魄散。百口仙为保命，说自己知道有个风声堡养着上古妖兽风狸，风狸的脑髓有起死回生之效。樊池顾不得自己的伤情，强行运用驭云之术，带着九蘅，拖着用缚妖术捆住的百口仙连夜飞行两百里，让她指路来到了这里。

百口仙哆嗦着说："听说堡中的人服用风狸脑髓，个个有五百年之寿。那风狸脑髓除了延寿之外，还有药用奇效，只要人有一口气，没有救不过来的。"

樊池低头看了一眼怀中的九蘅。她的肺部被他刺穿，大量失血，呼吸艰难，一下弱过一下，无法再拖延下去了。

他凶狠地盯向百口仙，嗓音刻骨寒冷："此处若没有风狸，我必让你魂飞魄散！"

百口仙吓哭了："我……我也是听人说的，我也不能确定……"

樊池也知道百口这种妖物，收集的信息都是来自闲言碎语、歪门邪道，一向半真半假又夸大其词，本就是靠不住的，但也别无选择，便不再跟她废话，上前敲了敲那厚重的黑色大门，没有回应。他没有耐心等下去，抬腿就是一脚，半尺厚的大门砰然裂开。

迎面就看到一个布衣草鞋的男子正绕过影壁，像是要来开门的样子。樊池的破门而入吓得他摔倒在地，连滚带爬地朝院内跑去，一面惊慌大喊："妖怪来了！妖怪来了！"山庄内响起一阵男女妇孺的惊叫和关门闭户声。

等樊池绕过影壁走进院中时，只见偌大的山庄，游廊曲折，连接着亭台楼阁，人们竟藏得影子也看不见了。世间正遭鱼妇之灾，各处不太平，他这样直闯进来，必是吓到主人了，只好压着焦急的情绪，扬声道："在下樊池，同伴身受重伤，前来求药。"

过了一会儿，门一响，一个青衣男子走了出来。此人相貌十分俊秀，气质清雅而疏冷。只是装扮有些奇特——他的头顶正中居然插了一枝两叶碧绿小草。

他走近樊池，打量一下他怀中女子和他胸口、嘴角渗出的蓝色血迹。特异的血色使男子脸上闪过惊异："你……"

樊池没有耐心多说话，径直道："她伤得很重，性命危急。听说风声堡有风狸，我来求一点风狸脑髓，救她的命。"

那人的脸色瞬时铁青，向后退去，高声说了一句："打出去！"。

各个屋子的门应声而开，冲出二十多个男男女女，手中拿着棍棒或家什，个个满面怒容，将那个男子护在身后。没待樊池反应过来，已遭一顿暴打。其实他已经撑不住了，拼命护住怀中女子，没挨几下便昏死过去了。

九蘅似乎陷进了黑色的旋涡，失控地越沉越深，沉到永远不见光亮的地方。突然之间，好像有人按压了一下她的胸口，痛楚顿时将她从黑暗中狠狠扯出来，又重重扔下去。她想质问这个人为什么要弄醒她，这么痛，为何不让她睡死算了，却根本睁不开眼，也发不出声音，实际上她浑身一丝也动不了，只是眉间露出痛楚之色。

紧接着，九蘅感觉按压在伤处的那只手越来越热，变得烙铁一般火烫，热量钻进伤口，仿佛每根断裂的血管都有流焰穿过，她听到自己的血肉嗞嗞作响，可怕的灼热扩散出去，五脏六腑都燃烧起来了。

她欲哭无泪，这是要把她烤了吃吗？死就死吧，为什么要这么折磨人！

隐隐约约地，听到了一句话："你一定要回来。"

有个声音在她脑海深处答道："好。"

她有些困惑：是谁在说话？又是谁在回答？

容不得她思考，片刻之间，意识仿佛在烈焰之中灰飞烟灭。

真正醒来的时候，睁开眼，视野中是垂纱的床顶。初醒时搞不清楚自己是活着还是死了，思维一片茫然。直到尝试着动了一下，四肢传来久卧不动的麻木酸痛感，才意识到自己还活着。侧脸看了一下四周，发现自己是躺在舒适的床铺上，屋子里桌椅摆设甚是讲究，却看不到樊池，也看不到百口仙。

这是什么地方？

脑筋渐渐清明了些，记起来自己受了很重的伤——被樊池从背后刺了个透明窟窿。她抬手摸了摸自己左胸偏上的位置，想试探一下伤处如何了，然而没摸到伤口，也没有绷带包裹着，应是受了致命伤的地方，按上去也不痛。这时她才意识到自己并没有伤重垂死的症状，只有久睡之后的浑身无力感。

她的脑子一下子又糊涂了，慢慢坐了起来，掀开身上盖的薄被，低头看看自己。身上只穿了一身干净的中衣——不是她原来那身。再扒开衣领，露出左锁骨下一抹白皙，皮肤完好无损！

到底发生了什么？她究竟有没有受过伤？难道一切都是百口仙制造的幻觉吗？

门口忽然走进一人，"哎呀"了一声，又退了出去。

她茫然地望着门口，问了一声："谁？"

门外传来男子的声音："你先把衣服整理好。"

她这才想起自己正扒开衣领，甚是不雅，连忙整理了一下，高声道："好了，请进吧。"

门外的人这才重新走进来。来人是个年轻男子，身材颀长，一身青衫，气质清雅如竹，眉眼间透着精致清爽的俊秀。特异的是他的头顶插了株碧绿小草，看上去十分有趣。他看着九蘅，眼神温暖如映进灯火。九蘅也怔怔看着他，她确定自己是第一次见到这个人，可是看着他的眼睛，心底莫名生出亲切之感，仿佛与他认识了很久一般。

见九蘅发呆，他微微一笑，先自我介绍："在下黎存之，是个药师。"九蘅恍然回神："哦，我……我叫九蘅。我在这里待了多久了？"

"两天两夜了。"

"我的伤是你治好的？"又记起伤已不见了，晕晕地又补了一句，"我的伤呢？去哪儿了？"倒像是丢了东西，跟人要一般……

黎存之答道："你的伤痊愈了。"

"哎？这么神奇？我明明记得我差点死了啊。"

他又笑了笑："现在没事了。"他看上去疲惫得很，大概是为了医治她累到了。

九蘅又是感恩，又是惊讶："你是神医吗？不对，神医也做不到疤痕都不留的程度。你到底是谁？"还未等他回答，记起有更要紧的事要问，"对了！樊池呢？是他送我来的吧？他人呢？"

黎存之的眼中闪过一丝不悦，道："那个人，在隔壁躺着。"

九蘅一阵焦急，急忙下了床，站得急了，头一晕朝前栽去，一头栽进了黎存之的怀中。黎存之扶着她温声道："当心。"又伸手拿过搁在旁边桌上的一件秋香色细布衣裳替她披上，细心又温柔，"这是院里别的女子为你送来的干净衣服。"

扶着她走出小屋，映入眼帘的是一道抄手游廊，举目四顾，像是一座富庶大户的园子。偶有人走过，却不像主人，也不像下人，倒像是普通村民的打扮。他们均会亲切地问候一声"黎药师"，黎存之和气地点头回应。

樊池所在的屋子与她的住处相隔不远，却是间低矮简陋的下人屋子，光线昏暗，四面透风。九蘅走进去，只见樊池躺在铺上，仅垫了一层薄褥，身上连个被子都没盖，双眼紧闭，唇无血色，呼吸若有若无，乌发铺了一枕，衬得脸色分外苍白。

她扑过去晃了他几下："樊池！樊池！"没有反应。

她惊慌地问："他这是怎么了？"

黎存之答道："情况不太好，大概是快不行了。"

"你不是神医吗？我那么重的伤你都能给治得一点疤痕都不留，你肯定也能治好他的！"

却听他云淡风轻地说："我治不了他。"

她终于觉出异样，回头仔细看了一眼黎存之，之前他眼中灯火般的暖意不见了，变得冷冰冰的，再看看这屋子破旧的情形，可见是故意把樊池丢在这种地方的。

她怀疑地问："你，是不想救他吧？"

他的眼睑低敛了一下，默认了。

九蘅知道必是樊池冒犯了他，他才甩手不管的，于是对着黎存之苦苦求道："这个人任性妄为惯了，必是有得罪了你的地方，但那一定是为了救我，心急所致。你大人大量，先救他一命，等他醒了，再让他给你赔罪，好吗？"

黎存之看她焦急的模样，有些不忍，叹了一声，说："我是药师，行医救人是我的本分。我再讨厌他，也不至于见死不救。只是，我真的无法医治他。"

"怎么可能？你医术那么厉害！"

"他的伤势非同一般，而且，我的医术只能医人，不能医神。"

九蘅一怔："你说什么？"

黎存之扬了扬眉："你与他是朋友，难道不知道他是神族吗？"

"我……我……"九蘅惊异地睁大眼睛，"我一直以为他是蜜蜂精。"

黎存之的嘴角忍不住抿出一抹笑，笑容如霁风拂月："他说他是蜜蜂精吗？"

"没有，是我猜的，他倒是一直说自己是神仙，但我以为他在吹牛，没想到竟是真的？！"

床铺那边传来一声哼哼。她赶紧回头，看到樊池已睁开了眼睛，目光散散的。她扑过去抓起他的手："你觉得怎么样？"

他没有答她的话，努力睁大眼看她，好像看东西都吃力的样子，过了一会儿才认出是她，眼眸忽而发亮，问道："你……"声音低哑得几乎听不见。

"我好了，好好的了。"她用力点头。

他的唇边浮起无力的笑，面色欣慰，又露出急切的神情，握紧她的手指，想说什么，却吃力得说不出来。她看他这副样子真的是命若悬丝，心中焦灼，努力压着将要涌上眼眶的泪，强自镇定地安慰他："你不要说话，好好休息。"

他似乎有什么要紧的事想告诉他，拼力说了一声："我……"刚发出一个字音，就带起一阵呛咳，嘴中喷出些淡蓝血液，眼眸忽然失神，脸歪在枕上，握着她的手指脱力落下，又昏过去了。

她赶忙帮他擦拭嘴角的蓝血，又拍他的脸想唤醒他，却毫无用处，急道："黎药师，怎么办？他这是怎么了？原先没有这么严重的，你打他了吗？"

黎存之本不想搭理，但听到最后居然开始问起他的罪了，撇了一下嘴角："也没打几下，他这个情况并非因为挨打，而是他自己本就快不行了。这个神族人原本就被邪力伤及心脉，若不调动内息、运用仙术，还可多活几天。但他好像并没有很在意，还强行运用驭云之术飞了几百里带你来我这里，导致心脉重损，我看他性命也就在今晚明晨之间了。神族本应有极长的寿命，可是遇到这种创伤，也是没什么用的。"

九蘅简直要崩溃了："那怎么办？你有没有什么药，先给他吃一点！"

"凡间的药对他毫无效力。"

"我知道，他说他的伤要服用妖丹。"

黎存之有些惊讶地扬了扬眉："你知道啊。"

她知道倒是知道，可是妖丹这种邪门的东西，据异志类的书上说，只有妖精的身上才有。让药师抓妖精取妖丹，确是太难为人家了。

九蘅心中焦灼得如同热锅上的蚂蚁，喃喃念道："妖丹……妖丹……"突然抬起头来，看着黎存之，脸上露出一丝狠气。

黎存之被她盯得一凛。

九蘅站起来向他走近，他满脸警惕地后退："你想干什么？"

九蘅两眼灼灼闪光："你跑什么呀？我问你，此处距瑜州城有多远？"

"大约两百里。"

"什么？！"她震惊了，"怎么那么远！"

"要不这个人还用得着使驭云之术？"

九蘅跌坐在床沿上，黎存之说樊池命在朝夕之间，两百里，就算骑快马，也赶不及了。

黎存之问："你想去瑜州城做什么？"

九蘅无力道："去捉个妖怪。"

他挑了一下眉："捉妖？你还有这本事？"

她叹了口气："不管有没有这本事，那是我唯一有希望能捉住的妖。它叫百口仙，住在瑜州城西的一片枫林里。樊池说过百口仙其实是个妖，是妖就有妖丹吧？这个蠢货，为什么不先取了百口仙的妖丹补一补？"

黎存之："百口仙？是那个女娃娃样的家伙吗？"

她忽地抬头，眼睛澄亮："没错，难道你见过她？"

"是啊，就在旁边锁着呢。这个人用缚妖咒捆了她，让她指路来寻我……给你疗伤。若不是百口仙指路，他哪能寻得到我？"

她的眼中腾地冒出火焰："快带我去找她！"

挑三拣四的蜜蜂

九蘅在园林中的一棵大树下看到了百口仙。黎存之告诉她，红衣女孩看似在树下玩耍，实际上被缚妖咒拴在树干上，活动范围只有数尺见方。有几个穿开裆裤的小孩子看她漂亮可爱，凑上前跟她玩耍，没一会儿几个娃娃就起了内讧，扭打在一起，打得又哭又叫，而百口仙只在一边坏笑，显然又是她挑拨的。

黎存之走过去责备那几个娃娃："说了不要跟她玩，你们偏不听，吃亏了吧？"娃娃们嘟噜着眼泪一哄而散。

百口仙看到九蘅，眼睛一亮，甜甜叫了一声："姐姐！"欣喜的模样完全看不出这就是之前差点要了九蘅命的百口仙。

九蘅不为所动，走到她面前嚓地抽出刀来，百口仙吓得向后缩去："姐姐你要干什么？"

"我要杀了你。"九蘅有几分无奈地道。

百口仙的一对乌瞳迸出泪水："不要啊！我们是朋友啊！"

小小的、无辜可怜的样子，让九蘅很难压抑住负罪感。她用力晃了晃脑袋，强迫自己搞清楚这是个身负无数性命的妖孽，就在不久之前还图谋樊池和她的性命，更可怕的是，百口仙其实不在乎害谁，大概只是以害人为乐。

仿佛为了说服自己，九蘅一字一句道："不要再迷惑我了，你已经差点要了我的命！"

百口仙背抵着树干哭道："明明是那个男人刺伤的你，为什么要怪我？姐姐你太冤枉我了！"

"还在这里装蒜，"九蘅说，"是你引我们进入陷阱的，我知道你以言语杀人的厉害，不用狡辩了，你说什么我也不会听的！你杀孽无数，我杀了你，也算为民除害。"

百口仙看着九蘅的刀锋渐近，急忙喃喃念咒，想再使迷幻之术，却因身上捆了缚妖咒，使不出妖术，慌得躲闪着哭道："你不能这样！即使我要害你，也没有害成，你凭什么取我性命？你说我杀孽无数，其实我只是唤醒那些人心中的恶念，他们不是死在我手里，而是死于自己的恶念，他们本来就是该死的恶人！你看，我没能害死你和那个人，就是因为你们心中没有恶念！我又不欠你的，杀我你忍心吗？"女孩捂着脸哭成一团。

九蘅竟然觉得她说的也有几分道理……有一瞬，甚至觉得放她一马算了！但是……樊池怎么办？若得不到妖丹，樊池就会死啊。

她闭着眼，狠着心扬起刀，却迟迟砍不下去，手一直哆嗦。

她终于收回刀走开，百口仙在她背后露出狡黠的笑。但很快九蘅就回来了，在百口仙面前展开一张墨迹未干的画。

百口仙不解地问道："你给我画像干什么？"

九蘅嘴角一勾："我画的不是你，是小芽。小芽，出来！"

画中人倏地消失，接着传来一声清脆的唤声："姐姐。"

虽然这个嗓音还是百口仙的，但语调略微不同，与百口仙已叫了无数声的"姐姐"相比，多了一分安安静静的真诚，少了一点造作。

百口仙仓促回头，看到身后出现半透明的小芽的画影。未及百口仙反应，小芽"呼"地穿过百口仙的身体，出现在百口仙跟九蘅之间，甜甜一笑，半透明的手朝着九蘅一伸，手心里露出一颗烟气缭绕的黑色珠子。

九蘅一怔："这是？"

百口仙看到那珠子，惊叫一声："我的内丹！"扑过来就要抢。九蘅手更快，劈手夺过，迅速退到安全范围之外。

百口仙直追过来，被无形的缚妖索绊得跌倒在地，怒叫道："还我！"声音尖利欲裂，一对原本黑亮的眼瞳突然一变，黑眼珠部分变成两弯镰月形状，十分恐怖！

九蘅吓了一跳，把妖丹藏到了身后。

百口仙气疯了，转身去撕打小芽，无奈小芽只是一抹画影，根本打不到。百口仙尖叫道："你做什么！你凭什么把我的东西给人！"

小芽嫩声嫩气道："你若不给她，她也会杀你，你反倒要落个魂飞魄散，不如主动给她。你助我复仇，我是念你的恩才帮你的。"

远观的九蘅不禁暗暗赞叹：这小家伙伶牙俐齿的，跟着百口仙学到了一副好口才啊！

百口仙自暴自弃撕去伪装，全然没了天真可爱的样子，一对镰月弯瞳凶厉异常，如泼妇一般声嘶力竭："我修了千年的内丹！千年啊！就这么没了！"在嘶叫声中，百口仙突然面目枯萎，身体缩成一团跌倒在地，一股乌蓝烟气冒了出来，绕着九蘅呼啸旋转，发出如千万人齐声尖叫的呼啸声，一时间狂风大作，天昏地暗，院里的人都吓得急忙往屋里跑，关门闭户。

九蘅被这突变惊得白了脸，紧紧握着妖丹不知所措。一副青袖忽然遮过来，将她的头脸按进怀中护住。那股乌蓝旋风肆虐了有一炷香的工夫，渐渐势弱，消散。风停了，天光重新清明。

青袖移开，九蘅抬头，发现给自己挡住风沙的是黎存之。他温柔地看着她："没事了。百口仙弃掉躯壳逃走了。它没了妖丹，害人的本事也没了，除了像刚才那样撒撒气，也没别的手段了，再修成气候至少要数百年。"

"嗯——"九蘅惊魂未定地应了一声。

这时她忽然听到了清晰的心跳声。两人站得很近，她的鼻尖只离他胸口寸许远。四周安静，也许听到对面人的心跳声并不稀奇吧？可是那心跳声却像与她的心跳应和一般，一瞬间她竟分不清哪下是他的、哪下是她的。

耳边传来他的话音："你没事吧？"

她惊觉自己离他很近，退了一步："多谢。"离开了这一步距离，他的心跳声听不到了，她的心口也逐渐安稳，只是一抹疑惑在心头徘徊不去。

她忍不住多看他一眼，问道："我以前见过你吗？"

他说："不曾。"

身边忽传来细细的话音："姐姐，我可以走了吗？"

她这才记起小芽还在呢，蹲下身，看着变成画影也漂亮可爱的小芽，叹了一声道："谢谢你帮我拿到妖丹，这一世你受苦了，忘了这些事，来世做个幸福的小孩。"

小芽乖巧地点头："好。"朝九蘅摆了摆手，小小的身影倏忽消失在空气中，回到了画上。

九蘅把画焚毁，纸灰随风散了。

茅屋里，樊池仍在昏睡。九蘅站在土炕边，一手拿着妖丹，回头问黎存之："把这个喂他吃了就行吗？"

站得远远的黎存之"嗯"了一声，似乎特别不情愿救这个人。

九蘅也不指望他帮忙了，轻轻拍了拍樊池脸颊，樊池轻哼了一声，没有睁眼。她软声道："张嘴，吃药了。"

没反应。她捏住他的脸颊，想帮他张开嘴，他却抵触地把唇闭得更紧了。这人醒着任性，睡着了也这么别扭！九蘅狠狠心，加大了手指力度，总算是捏开了他的嘴，赶忙把散发着烟气的妖丹塞进去，伸手去拿水碗。

感受到异物进入口腔，樊池忽然醒了，半睁开眼，不爽地蹙着眉，就想往外吐。九蘅连连说着："不许吐，咽下去！"把水灌进他口中。匆忙间灌得急了，妖丹倒是咽了下去，却呛到了他。

他咳了几声，大概是因为润了嗓子，居然能说话了，恼火地念着："难吃死了！我要吐出来！"

说罢起身想要坐起来，却被九蘅硬生生按了回去："不许吐！给我躺好！"

他一把扯住她，将她扯得栽倒在床上，把脑袋拱在她身上研磨不止，哼哼唧唧："难受……好难受。"

九蘅看他脸色泛青，比起刚才的苍白更吓人了，摸了一下他额头，竟是冰冷的，吓得赶忙转头问黎存之："他这是怎么了？妖丹不会有毒吧？"

黎存之沉着脸说："妖丹发挥效力的过程会很痛苦，过去就好了。"

她担心地问："会有多痛？要痛多久？"

他还没有回答，樊池已难受得闭着眼胡乱揪扯，竟将她整个人扯到了床铺上去，四肢将她绕住，脑袋在她的颈窝辗转不停，难挨地哼哼不止。

黎存之的脸色甚至青过了樊池，"哼"了一声："什么神族，成何体统！"甩袖而去，把门摔得发出了砰的一声闷响。

九蘅急得喊道："哎哎，黎药师你别走啊，他要难受多久才会好啊……"

她想追上去问清楚，却被樊池纠缠得爬不起来。想着男女有别，共卧一铺实在不像话，想要推开他，只轻轻挣扎了一下，却被更紧地缠住，他死死抱着她，如在极度痛苦中抱住一根救命稻草。她也不忍再推开他，只好撇开小节，忍一忍，由他抱着了。

黎存之出了茅草屋，一直走到风声堡外的崖边，慢慢展开手心，手心隐隐浮动着一团似烟似沙的黑影，呈现一个不断扭曲的黑色镰月形状，他轻声说："你做得很好，去吧。"

五指张开，黑影被山风一吹，如一股细沙散去。

樊池足足难受了一夜，把九蘅折腾得够呛，他一会儿喊疼，一会儿说心口冷，她不得已把手伸进他衣服里，用手心帮他捂热胸口。手指接触的地方，还能感觉到那个看不见的伤口，心中暗暗惊惧。

天微亮的时候，他总算疲惫不堪地安静睡去了。

不知何时睡着了的九蘅，被窗隙漏进的光线惊醒，一睁眼就赶忙往他脸上看去。他脸色已好了许多，锁着的眉心也舒展开了，气息平稳，显然好多了。或许因为睡得太放松，头顶的左触角居然展了开来，随着他的呼吸悠悠晃动。

看来，妖丹对他的伤的确有效力，她松了一口气，看他的触角晃得有意思，忍不住伸手拨了一下，那触角一颤，他睁开了眼睛。她有些懊悔没管住手，惊醒了他。

他睁着一双睡眼，呆呆看了她半响，忽然又闭上了，翻了个身朝向里侧背对着她，触角也缩进发中不见了，好像又睡着了。

九蘅庆幸他可以多睡会儿，轻手轻脚下铺，出去寻些吃的。

床铺上，脸朝向墙壁的樊池眼泛桃花，面色绯红，小声自语道："居然趁我睡着碰我触角！……可恶！"

九蘅走出小屋，没看到黎存之。在院子里走了走，又登到楼上远望了一下，发现这个庄园依半山而建，后有山壁，前有高崖，四周多茂竹，山庄中各个院子里都住了人，身份却形形色色，倒像是临时住进来的。

灶房里飘出饭菜香气，已经饿狠了的九蘅厚着脸皮就进去了。正在做饭的是个中年妇人，看到九蘅，笑道："哟，这不是前几天来的那个受伤的姑娘吗？身体都好了吧？"

九蘅有些不好意思："都好了。"瞄了一眼人家的锅，里面煮着红薯粥，气味香甜，樊池一定喜欢。

妇人心领神会，利落地给她盛了一碗："饿了吧？来，喝碗粥。"

她接过红薯粥，觍着脸说："还要一碗，跟我一起来的还有一个人。"

妇人的脸色顿时冷了下来："就是带你来的那个人吗？不给，没他的份。"

"哎？"九蘅不明白为什么妇人的态度会大转变，"为什么？"

妇人说："那个人对我们黎药师不怀好意！我看姑娘你来时是昏着的，并不知情，那事与你无关，才不怪你的，但是那个人，我才不伺候。"

九蘅惊讶了："他到底做了什么伤天害理的事？黎药师也不愿救他，您也不愿给他饭吃……"

妇人冷笑一声："你去问他自己好了！"

九蘅尴尬得很，不好再问下去，只好托着那一碗粥往外走，又被妇人叫住了。妇人板着脸看着她："你这孩子，是要自己饿着，把这碗粥给那个混蛋喝吧？"

九蘅心虚地抱紧了碗，生怕妇人要回去。妇人无奈道："算了。"又盛了一碗，把两碗一起放在一个托盘里让她端着，又加了馒头咸菜。

九蘅红着脸千恩万谢。妇人也忍不住微笑道："我们都是逃难过来的，口粮短缺，也没什么好吃的。"

"逃难过来？"

"是啊。"妇人叹口气，"我们这些人大都是山下村民。前些日子，不知哪里游来些怪鱼，能把人变成长鱼尾的妖怪。鱼妖不能上山，所以我们都逃到山上避难，还道会饿死在山中，万幸风声堡的黎药师打开大门收留了我们。刚来的时候，我们伤的伤、病的病，幸好黎药师救了大家。"说到这里，又来了气，"所以带你来的那个人那样对待黎药师，我们才不能原谅他的。"

九蘅不好意思再问下去，谢过妇人，端着粥往回走，没走多远就遇到了樊池。他显然是来找她的，满脸焦急，望到了她，神情一松，又蹙起眉来："以后出门要带上我。"

她将手中托盘亮给他看："这不是出来给你找吃的嘛。"

他的神色忽然软下去："你的伤怎么样了？"

"完全好了。"她拍了拍自己原本受伤的地方，那里已没有丝毫痛感，"黎药师的医术神奇至极，一夜之间全好了，居然连个伤疤都没留。"

"黎药师……就是那个头上长草的家伙吧？刚才我看到他了，他扭头走了，也不理人。不过……"樊池有些讶异，"他居然自愿给你医伤？"

"他是药师嘛，怎么会不医？你呢，好点了吗？"

"好多了。"他抚了一下自己的胸口伤处，"我是不是服了一枚妖丹？"

"对啊，百口仙的。"她得意地道，"是我搞到的。"

满以为他会表扬她，没想到他流露出震惊的神情："百口仙？这个妖是怨气聚成，它的妖丹……"

九蘅一惊："怎么，有毒吗？"

"口味不好！"

九蘅翻了个大白眼："您老命都差点没了，就不要挑口味了好吗！"

乌白双泽的出世

二人就近找了个石桌石椅坐下，九蘅将一碗红薯粥送到他面前，说："喝啊，甜的。"

他却兴趣不大，毫无食欲的样子，低着头闷闷坐了一会儿，抬头看她一眼，忽然道："我没有想杀你。"

她愣了一下，才明白他在说拿剑伤她的事。

他说："我原是想杀了百口仙破她妖障，明明听到你的声音在另一边，才朝她出剑的。可是剑刺过去时，看到了骨珠。"

"骨珠？"她下意识地抬手摸脖子，发现那里空荡荡的，惊叫一声，"我珠子呢？"

他说："被剑气扫断丝绳，掉在枫林里了。那两枚骨珠有辟邪之效，短暂地划破妖障，显了一点踪迹。多亏看到它，我知道了你在那里，把剑锋偏了一下才避开要害……可是还是来不及收回，刺中了你。"他低下眼不看她，低声说，"我很怕你死了。你若死了，我就没有机会告诉你，百口仙是骗你的……我没有想害你，从来没有。"抬起眼来看着她，眼瞳清澈得如同被清晨滤净的露珠。

她心中升起暖意，微笑道："我知道的，我并没有相信她的话。"

他眸中盈盈闪动："一点也没信吗？"

她犹豫了一下："你知道百口仙的蛊惑之术很厉害……或许有那么一霎……"

他的脸瞬间沉了下来。

她意识到失言，急忙挽回："没有啦！一直没有！从来没有！"

哄了半天，总算是哄得他阴霾散去，将红薯粥喝了个精光，甜得眯起了眼，叹道："从枫林出来时走得急了，马匹都丢在了那里，马背上驮的许多甜点也丢了。不过幸好我把这个随身带着了！"他从怀中变戏法一样摸出了蜂蜜罐子。

九蘅忙将那罐子按了回去："不要喝这个，会醉的，'醉蜜'……"想起来就忍俊不禁。樊池不满地瞪了她一眼。

她遗憾地摸着脖子道："那对珠子我挺喜欢的，可惜掉枫林里了。"

"要我去捡回来吗？"

"不要！那片枫林太邪性了，别去冒险了。"

二人正吃着饭，九蘅忽然看到樊池背后有个小童捡了一块小石头，想悄悄砸

白泽寄生（上册）

◇

他，急忙指着那小童斥道："干什么呢？不要调皮！"

小童连忙跑远，回头朝樊池做了个鬼脸："大坏蛋！"骂完就跑没影了。

她盯着樊池问："你到底做了什么，黎药师还有这里的人都这么讨厌你？"

樊池无所谓地撇了下嘴角："哦，我带你来风声堡，是因为百口仙说这里养了风狸，风狸的脑髓能起死回生。没想到风狸有人形，还是风声堡的主人。"

九蘅睁圆了双眼："主人？莫非风狸就是……"

樊池点头："没错，黎药师就是风狸。你那么重的伤，一夜之间好得连伤疤都不留，必是他脑髓的功效。"

九蘅险些把手中的碗砸了，惊叫道："什……什……什么？脑髓？！"

忽然感觉两道冰冷的目光射过来，她一转头，看到黎存之站在不远处看着他们，一脸怒意。她急忙努力压下胸口翻江倒海的感觉，想上前跟他道谢，可这话该怎么说呢？——谢谢你的脑髓？太诡异了啊！

樊池看到黎存之，站起身来，大概也想过去道个谢。刚一起身，身后就传来"哎哟"一声，接着是一阵号啕大哭。原来是刚刚那个调皮小童又回来了，拿着一块石头悄悄靠近，被樊池这一站吓得摔了一跤，磕了膝盖。

黎存之忙走过去，帮他卷起裤脚。小童膝盖上蹭掉一块皮，渗出血来，哇哇哭个不停。黎存之将他抱到膝上，温声哄道："不哭，我马上帮你治好。"

这时樊池和九蘅也过来，听黎存之说要帮小童疗伤，九蘅紧张又好奇，想看看这个风狸精是如何抽自己脑髓给人疗伤的。

没想到，黎存之只是从怀中摸出个小瓶子，倒出一点透明药膏给小童敷在伤处，一边抹，一边低声念了几句什么。然后，九蘅就看到那伤在透明药膏的底下迅速弥合消失。

小童停止了哭泣，腮帮子上仍挂着泪珠，破涕为笑，跳下他的膝盖蹦着跑走了。

樊池对九蘅道："你看，这应该就是风狸脑髓制成的药，果然神效。"他看了一眼黎存之，神情疑惑，"不过……这种小伤都用脑髓，不是太耗费了吗？你身体受得住？"

"脑髓"这两个字触动了黎存之的火气，面对小童时的温和顿时消失，脸上罩上一层寒霜："别看你是神族，我照样跟你不客气。"

樊池恭恭敬敬行了个礼："之前多有冒犯，还要多谢你救她。"

黎存之哼了一声，冷冷道："我救她是因为我愿意，与你无关，不必由你来道谢。"

听到这话，九蘅赶忙摸出一片金叶子——在枫林时他们将一包银两丢在了马匹上，所幸把贵重的金叶子和一点碎银带在身上。

黎存之的目光从金叶子上淡淡扫过，也不伸手接，道："我不收你药费。"转身便走了。

樊池对九蘅道："风狸脑髓可不是一点钱就买得到的药材，他取脑髓时必会非常痛苦，岂能用金银衡量？"

九蘅叹口气："看他这冷淡的态度，是被咱们得罪透了，你歇息好了，我们便……"刚想说马上走，却瞥见他唇上毫无血色，显然还虚弱得很。风声堡中诸人都很不待见他们，但若是今天就走，他怕是承受不了路途劳累，还是厚着脸皮先住下，让他休整一下再做打算。

她说："今日先不走了。"

"为何？"

"还想再喝红薯粥吗？听那位婶婶说晚上还会煮。"她说。

"那就不走。"他欣欣然地答应了。

樊池很快就露出疲惫之色。九蘅带他回分配给他的破茅屋，他嫌弃地不肯进去，看中了她的竹屋，坐在她的竹榻上，又不肯睡，懒懒散散倚着她的肩歇息。

樊池忽而问道："你灭掉百口妖之前，有没有问她鱼祖的下落？"

九蘅"哎呀"一声，懊恼道："当时只急着取她妖丹给你吃，忘记问了！在枫林时你也没问吗？"

"那时你伤重，我哪里顾得上问？"

"那糟糕了……不过，我并没有完全灭了它，它化成一股青烟跑了。要不，我们想办法再把它抓回来？"

樊池道："它失去妖丹，只剩下一拧子怨气，怕是连意念都没有了，抓回来也没用了。还是另想办法吧。"

她偏脸看了看他，觉得他脸色仍然苍白，看来虽然已服用了一枚妖丹，吊住了性命，但这次大动仙术还是让身体不堪重负，担心地问道："你要吃多少妖丹才能把伤治好啊？"

"说不上。"他懒洋洋地道，"修为高或低的妖物内丹药力是不一样的，少则数十颗，多则几百颗吧。"

她倒吸一口冷气："那我们还要抓好多妖精啊。"

他撑起身子，笑笑地看着她："你要给我医伤吗？"

"当然了，一定要把你医好。"

"为何？"他看着她，眼中如含星辰。

为何？因为……因为不知不觉间，对她来说，他已是这世上最重要的人。可是不知为什么，在他的注视下，这句话竟说不出口。她心中忽有些慌，不敢看他的眼睛，忙转移了话题，指了一下他心口："你说过你这个伤是唤醒鱼祖的人造成的，到底是怎么回事？"

"这个啊。"他换了个更舒适的姿势，抵着她的背倚住，"这个说来话长。话说我作为一个蜜蜂精，每天在花间飞来飞去……"

她尴尬地打断他："我知道你不是蜜蜂精了，你是神族。"

"嗯？为什么突然相信我是神了？"

"你昏着的时候，黎药师说你不是蜜蜂精，是神族。"

他坐起身，冷冰冰地盯着她："我说了一百遍我是神，你都不信，别人说一句你就信了？"

九葛暗道不好，又触了逆鳞了，赶紧拍拍自己肩膀："别起来，靠着我好好歇息。"

樊池还想再发作一下，但那方纤匀的肩膀实在诱惑，莫名消气，又倚了回去："你还记得你家北边的那座雪峰吗？在鱼妇之灾发生之前，鱼祖已在雪峰缝隙中的冰洞之中沉睡了万年之久。"

他总算认真给她讲述起这一场鱼妇之灾最初的开端。

他们所在的这个国家叫作雷夏国，神界称之为雷夏大泽。

时光远远地倒退万年，那个时候的雷夏大泽天地荒莽，霸主是各种妖魔巨兽。在这片陆地上方的星空深处，生活着神族。他们早就知道这个世界的存在，却因为这里荒蛮贫瘠、妖兽横行，对它毫无兴趣。直到万年以前，他们发现雷夏出现了人族。人族体能孱弱，但是头脑聪明、生性顽强，更重要的是长相精致。而妖兽们也喜欢人族——人非常美味，又很好捕捉，人族时不时面临灭顶之灾。

神族观察了许久，决定帮助人族繁衍壮大，把雷夏变成一个秀美又温和的世界。到那个时候，神族或是来游玩，或是居住，都是极美的。而想让人族生存下去，就必须夺去那些妖魔霸主的地位。妖兽们之所以强大，是因为这片陆地的地底深处散发着助长魔力的邪能，想镇压它们，必先镇住这种邪能。

神族花了许多心思，从星空中找到一颗异星。谁也说不清这颗异星的来历，只知道它由"清正之气"和"邪戾之气"两种力量纠结而成，互相吸引又互相抗衡，已在天空中旋转着漂泊了万万年。

神族以仙术将两种力量拆分开，将其中的"清正之气"炼成一头巨兽，起名"白泽"。白泽通体洁白，羊首、麒麟身，头上一对枝杈大角，背上的巨大羽翼展开时遮天蔽日。它的眼睛若含深邃星云，口吐人言，通晓鬼神万物状貌，对妖魔鬼怪有着与生俱来的镇压力，妖魔们不用看到它，只感受到它的气息，便四肢麻木，妖力尽失。它简直强大到无可比拟。

不过神族很快便发现了它的弱点：它没有实体，看上去是个半透明的魂魄。它不能独立存在，必须把一个温血生命体当作宿主，共生共存。离开宿主一个时辰，白泽就会面临灰飞烟灭的后果。

所以，要想让白泽去雷夏大泽完成镇压邪魔的任务，必须让它寄生于他人身上。这个白泽宿主的人选由神族委派，带着白泽一起来到雷夏，镇妖除魔。神族宿主带着白泽从天而降，白泽自然散发的异常强大的正气，如同一座大山压在了妖兽们的背上，将世上邪气抑制住，所到之处群魔伏首，对人族有威胁的妖兽们要么被白泽和宿主杀至灭绝，要么藏入地下、深山或水底，在白泽气息的影响下陷入沉睡，千万年不能苏醒。

在与妖魔打斗时，白泽会短暂地从宿主身上显形厮杀，但人族的眼睛看不到它，他们看到的只是宿主，于是将宿主奉为上天派来的佑护神。

九蘅听得入迷，好奇地问："那这些佑护神有很多是长触角的吗？"一边说话，一边伸手想摸他头顶。

他慌忙躲开，脸莫名发红："不许摸我触角！很……很痒的！"护着头顶道，"听前辈们说，万年以前的人族单纯可爱，现在的人……"不满地瞅了她一眼，"跟以前真是不一样了。"

"不摸就不摸。"她悻悻缩回"狼爪"，有些遗憾，那根触角真的很有意思。她不甘心地又看看他头顶："我觉得长触角的神族更可爱。"

他警惕地坐得离她远了些。

九蘅："接着讲啊，佑护神与白泽后来怎样了？"

他撇下嘴巴，接着讲了下去，没一会儿又不知不觉地挨过来倚着她了……

"白泽宿主是轮值制，大约五百年一换，所以白泽一直是那个白泽，它的宿主佑护神却是不断轮换的。万年间，雷夏大泽的妖魔渐渐被消灭压制得销声匿迹，偶有跑出来作乱的，当值宿主便带白泽前往镇压下去。

"没有了妖魔为害，人族体能弱小，智慧却不弱，原本共计只有数百个的人族迅速繁衍强大，万年来沧海桑田，一直发展到现在有城池、乡村、军队、平民的模样。因为妖魔越来越少出现了，佑护神与白泽鲜有机会现身出手，人们也渐渐将佑护神当成传说。

"到我上任时，更加清闲，往往一睡就是数十年，偶有妖怪作乱时我才醒来，带白泽去降伏一下。但实际上，雷夏大泽永远不能没有白泽，一旦白泽死去或离开，被它的灵力抑制着沉睡在各处的妖兽就会苏醒现世，届时妖魔纪再度来临，人族的纪元将走向末路。"

九蘅道："你来凡间做佑护神多久了？"

"三百七十二年了。"

"哇！这么老了！那你来凡间之前已经活了多少年了？"

他的脸顿时拉了下来："不知道！"

她意识到自己又戗到了他的毛，赶忙补救："对你们神族来说，几百岁肯定不算什么！看你青春俊美的相貌，顶多一千岁吧？"

他的脸色更难看了。

她知道自己马屁拍得甚为不准，挣扎着又拍了一把："莫不是两千岁？"

他怒得马上就要甩袖而去了，她心中暗叫这家伙到底活了多少年了？连忙拉着他抚慰："对尊贵的神族来说，时间如何流逝，在你的容颜上也留不下任何痕迹！……你既然是佑护神，能否让白泽显形，让我瞻仰一下尊容？"

他神色黯然道："……白泽不在了。"

"什么？！"

"白泽被乌泽杀了。"

"还有个乌泽？那又是什么东西？"

"乌泽是白泽的双生兄弟，当初，它们是一同被创造出来的。"

炼就白泽的那颗异星原本是由正、邪两种气息凝结而成，神族原本打算将"清正之气"炼成白泽，把"邪庚之气"销毁。然而他们发现邪气根本无法销毁，在白泽成形的同时，邪庚之气也凝聚成形，是一头跟白泽形状一模一样的半透明巨兽，只不过通体是暗黑的色泽。

这头黑色异兽天性暴戾嗜血，以屠杀为乐，具备唤醒妖魔的能力。好在它有着与白泽一样的弱点：必须依托有生命的温血宿主生存，没有宿主，一个时辰也会死去。神族集合上百人之力困住它，想拖上一个时辰让它自己消散。然而最后一刹那被它看准破绽，制造迷障，附在了一个围攻它的神族人身上。

乌泽非常擅长伪装，在场百位神族，竟无法分辨它究竟变成了谁。大家互相猜疑，互相攻击，发展成一场自相残杀的大混战……而乌泽其实早已趁着混乱，接连换着宿主逃出了战场。

在接下来的万年时光里，乌泽现身之处，必负血债。神族对于创造出这个邪物追悔莫及，一直在通缉乌泽，然而它只要有活物就可以寄生并隐藏气息，只需换个宿主，就又销声匿迹，着实难抓。好在神族对它一直穷追不舍，它一露马脚就被打击，只能疲于奔命，也没能闯出什么大祸。却不料它竟逃出上界，出现在凡间雷夏大泽。

不知它是借着什么东西的身体离开上界来到雷夏，也不知它来雷夏之后潜伏了多久、换了几个宿主。一切都毫无声息，直到瑜州城北百里之外雪峰冰层中的鱼祖被它唤醒。鱼祖是个上古恶妖，会以分裂的方式无度繁衍，吞灭异族。

万年前白泽第一次跟着神族来到凡间时，第一批处置的妖兽名单里就有鱼祖。鱼祖原身细长，擅长进洞钻缝，白泽没能抓住它，但是以灵力将它封在藏身的冰层中，万万年不醒，与死无异——如果不是被唤醒的话。

七魄拆裂的白泽

在某处深山洞穴中睡懒觉的当值佑护神樊池，被躁动的白泽叫醒。白泽对妖气有十分敏锐的感应，妖物一出世，它就察觉到了妖气。

樊池当时距离那雪峰有千里之遥，他循着那不寻常的气息，以雷霆之速赶到。他虽来得快，但鱼妇分裂得更快，万千鱼妇已经像乌云一般沿着雪水涌出。

寄生在樊池身内的白泽认出这些鱼妇，知道鱼妇是鱼祖的子孙，只要灭了鱼祖，鱼妇自会绝迹。

这些讯息自然而然地传达到了宿主樊池的意识中。白泽寄生于他，并将自己的能力赋予他，万年来白泽和宿主一直是这样默契配合的。

樊池落在雪峰上，搜索鱼祖的妖气，探寻它的准确位置。那时他们还不知道鱼祖是怎么醒来的，先顺着雪水流出的缝隙寻找。樊池在一处像是地动后裂开的无底冰隙的边沿，看到一个被困住的穿着一身黑色夜行衣的男人。那个男人好像是失足掉进冰隙，艰难地抓着一点凸出的岩石，就要掉下去了。看到樊池，大声呼救。

樊池远远地问："你怎么掉进那里去的？"

男人满脸惊恐："我……我犯了案，被官兵撵得逃进山里，没想到突然地动，山裂开个大口子，我不小心就摔下来了！求你救救我！我不跑了！我去投案！这下面深不见底，我要摔下去尸骨都没了！"

樊池心想：原来是发生了地动。必是地动震毁了什么上古封印，鱼祖才得以苏醒。于是走上前去，朝那个男人伸出手去，想把他先拉上来。那个男人一手攀着岩石，一手努力地朝樊池伸来。

突然，樊池看到男子眼中闪过了一丝狡黠，手上做了个特异的手势。他心中一惊，下意识地躲了一下，一道漆黑冰冷的光贴着他的颈侧划过！然而他躲过第一箭，却没有躲过第二箭。这个男人算好了他躲闪时的身形方位，第二箭才是真正的杀招。

带着来自地狱的阴寒呼啸，这支箭竟然洞穿了神族人的心脏，樊池整个人被箭锋的锐力带得腾空飞起，半空的手中已祭出无意剑，落地时单膝跪了一下，只一瞬间就弹跃而起，强忍剧痛杀了回去，刺穿男子身体，将他从冰隙中挑起，男子摔在地上时已然气绝。

樊池受伤、反杀不过是一瞬间发生的事。他以剑拄地，心口的剧痛让他几乎站立不住。身后轰然出现一只庞大的半透明巨兽，白泽从他的身体中分离出来，胸口也有一个伤口，冒出蓝色烟气——那是白泽的血。同时，地上黑衣男子尸身中也幻化出一个巨大的、乌云般的身形。

受伤的白泽震惊地看着这个跟自己形貌一模一样的巨兽。它们两者一角一鬣都如此相像，只是白泽通体雪白，双目湛蓝，而另一只则通体漆黑，如散不开的墨，一对血色赤瞳透着不祥的凶戾气息。

白泽的巨蹄向前迈了两步，口吐人言，声音仿佛来自云际之外般空蒙："你是……"

樊池摇摇欲坠地站在对峙的一黑一白两头巨兽旁侧，捂着胸口的手指缝里涌出蓝色血液，喘息着道："它是乌泽。"

乌泽的低低笑声宛若挟着地底的风："终于见面了，我的兄弟。从一出世起，你风光无限，倍受推崇，来到凡间做救世者，而我呢？你在这里做雷夏君主的时候，还记得你的双生兄弟吗？我艰辛地逃亡了万年之久，这些所谓的神族……"它巨大的头颅转向樊池，牙齿泛着寒光，"他们未经我同意，强迫我出世，然后就要杀死我。嗨，神族，你该知道有句话叫作请神容易送神难。既创造了我，就该好好享用这颗恶果！"说完，它巨口一张，嘴里喷出的黑色火焰冲向樊池。

樊池伤重难以躲避，眼看着要被烧成灰烬。白泽猛地冲过去挡在前面，黑焰撞到它的身上，腾起一片霜雪雾气，化解熄灭。

乌泽的脸上现出狰狞的笑："白泽，你可是我的亲兄弟啊，为什么帮着别人？"

白泽冷冷道："你身上已是血债累累，一直流亡下去有何意义？我劝你回上界服法，让神族帮你压制戾气，方是出路。"

"没想到我的兄弟这么正气凛然，好生无趣。神族会帮我？杀我才对吧！"

白泽湛蓝眼眸一凛，周身瞬间笼罩寒冷霜气："话既听不进去，就用武力解决吧。"

乌泽散发着腥膻的杀机："正合我意！实不相瞒，我来这里就是找兄弟你的。我有唤醒妖兽的魔力，你有号令天下妖魔的灵力。我如果杀了你，就能将你的灵力合并到我身上。到那时，我便不再需要依附宿主，而是能独立生存了。你说，到时还有谁是我的对手？我不仅会号令妖魔统治雷夏大泽，还会打败上界那帮自以为是的神族，成为上界的君王！"

白泽森然道："做梦。"

"你已被我的邪力洞穿心脏，现在绝不是我的对手了。"乌泽寒笑着盯了一眼白泽胸口不断溢出的烟气。

白泽怒吼一声扑了上去，一黑一白两头巨兽缠斗在一起。

彼时的雨云压到雪峰腰际，凡间的人没有看到这一场毁天灭地般的恶斗，只隐隐听到滚雷从雪山的方向传来，否则必会以为末世来临。

巨兽利爪带起的风犹如风暴，蓝黑两色烟气之血混成蔽目烟尘，樊池利用与白泽的关联感应，话音避开乌泽，单单传入白泽耳中："白泽，你已中它暗算，毫无胜算！你若被吞并，日后上界也将无力收服它，后果不堪设想！宁可自毁元神，也不能被它吞食……"白泽竭力恶斗之际，没有精力来回应他，只发出一声吼。

樊池却听懂了，渗血的嘴角勾起一丝狠绝的笑："乌泽离开宿主已近一个时辰，你自毁之后，它会先找宿主。这方圆几十里之内的温血活物已被鱼妇赶尽杀绝，鱼妇又是半僵半死的冷血之物，是无法用来寄生的，它难寻宿主，第一个选的便会是我。所以，我会自尽，不让它得逞！你已落下风，等被它制住就晚了，听我命令，立刻自毁！"樊池一边怒喝严令，一边已把无意剑横在了自己颈间。

白泽不甘不愿，目眦欲裂，怒号连连表达异议。它瞥见樊池意欲自尽，蓝眸突然一闪，拧身避过乌泽一击，疾冲向樊池，大尾摆起将他的剑击落，旋转着飞到半空之中。

樊池惊道："你做什么！"

白泽没有吭声，猛地冲向半空里的无意剑，将巨硕的身体迎向剑锋。

乌泽和樊池都愣住了，没有明白它要干什么。直到樊池看到白泽刻意找准角度，将双目之间迎向剑尖，刹那间明白了它的用意。

拆魄。

白泽是大智大慧的灵兽，它是要冒着极大的风险，忍受剧痛，将它的七魄拆散！

人有七魄，一魄天冲，二魄灵慧，三魄为气，四魄为力，五魄中枢，六魄为精，七魄为英。白泽也是如此。

剑锋自双目之间印堂穴削入，它发出一声惊天动地的怒吼，以难以想象的毅力旋转自己的身躯，片刻之间，已碎成七块！

七块莹白碎块落地，化成七只透明小兽，它们仍是白泽的形状，却如小狗一般大小，毛色却各不相同，就如白色日光遇水汽折射成七色彩虹一样，分别是赤、橙、黄、绿、青、蓝、紫。

这七只小兽一落地，就扬蹄朝不同方向奔逃而去！

乌泽震惊了，怒吼连连，追一阵这个，又扭头追一阵那个，不一会儿，七只小兽与乌泽都消失在了夜幕之中。

樊池回过神，微弱地笑了一下，便失去了意识。

◇

他在雪地上苏醒过来时，已是一日一夜之后的事了。鱼妇已遍布河流水系，不远处倒毙着乌泽原宿主的尸身。

他上前翻看了那具尸体，这人穿的是夜行衣，还藏有被乌泽利用的袖箭，果然是个逃犯的样子，倒霉催的被乌泽选中当宿主，死于非命。而白泽化成的七只小兽和乌泽早已不知所踪。

白泽既使出拆魄之计，必会让七魄小兽故意迂回往来，诱得乌泽疲于奔波，顾此失彼。只要有一只小兽捉不住，乌泽就实现不了它的野心，而同时捉住七只小兽的可能性几乎没有，乌泽会不会在疲于奔走的过程中错过了寻找宿主的机会，就那样消亡了呢？

然而乌泽毕竟已有万年的逃亡经历，生存能力无比强悍。不管以后露不露踪迹，只要没有它消亡的证据，就永远是潜在威胁。

而白泽……白泽裂成七魄，七只小兽依然有着与白泽一样的弱点——如果短时间内找不到宿主，就会消亡。樊池当值佑护神以来，与白泽共生了数百年，已有深厚感情。这七只兽魄只要缺一个，将来也无法再聚合成原来的白泽。百里之内因鱼妇之灾少有活物，它们虽然有瞬行百里之能，但与乌泽周旋也会拖延时间，不知最终有几只能及时找到宿主活下来。

最大的可能是，他永远也见不到他的白泽了。七魄分散到了未知各处，与生俱来的那份灵力不能凝聚，它施加于雷夏大泽的镇灵之力已然涣散，那座压在沉睡妖兽背上的无形大山崩塌了。上古妖兽们怕是要苏醒了，雷夏即将大乱。

樊池首先想到的，是寻求上界的帮助。然而紧接着他就发现上界已经发觉异变，以结界将雷夏大泽封锁了，以防乌泽之祸失控扩散。

仙界的救援不会来，他也出不去。

他只好强忍伤痛，施仙术化出白蝶，让它们尽量去搜索小兽们的下落。

听到这里，九蘅忽然隐约记起了什么："白蝶……"她思索着过往的片段，"这么一说，我从家里逃出去的那一天，好像在河边看到了一只白蝶。"

那只绕她飞了一圈的白蝶翅翼薄软，透着浅浅的蓝色暗纹，美得像个纯净的精灵。原本只是一个小细节，本不该经意。可是，大概那只白蝶是她逃亡路上看到的唯一美好的东西，所以有点印象。

樊池点点头："那只白蝶应该就是我化出的。那时灵慧兽刚刚宿入你身中不久，气息还没有完全隐藏，白蝶恰巧飞过你身边，因此探寻到了。讯息传达到我那里，我才能赶往那个村子找到你的。"

九蘅回想了一下樊池出现时的情形，那时她正处在鲛妖的围攻之中，他再晚到一点，她就要被咬死了，后怕地问道："如果你找到我时，我已经死了呢？"

他幽幽看她一眼："那我就不会有你这个灵宠，少了许多趣味。"

"呸……我是说，我若死了，我这里的灵慧兽会怎样？"她指了指自己的脑袋。

"灵慧只能再找宿主，但当时四野之间的人畜不是变成鲛妖，就是被鲛妖咬死了，鲛妖是活动的死物，又是冷血，不能当成宿主，找起来必然很难。若是一个时辰内找不到，灵慧就会死去了。"

九蘅好奇地摸了摸自己的额头："白泽附在你身上时，能跟你交流吗？"

"能，我们能用意念交流，也可以对话，它还可以短暂离开我的身体与我玩耍。"他的眼中闪过黯然，显然是与白泽感情深厚，心中难过。

她安慰地拍拍他："没事啦，我这里这只至少也是白泽的一部分，要不你将它唤出来玩一玩？"

他无奈一笑："小兽们只是残魄，没有意识，只有本能，为了自保会尽量在宿主身上隐藏气息，谁也唤不出来。我找到你时，它已藏了个严实，半分气息也不透露，我一度不能确认它是否在你身上，直到你显露出召唤画影的异能。之前跟你说过，灵慧兽寄生于你时，你心中所盼是见到亡母，这才形成的。"

"原来是这样。"她慨叹道，"如果有一天七魄找齐，要合成白泽，灵慧才会自己从我身体中出来吗？"

他凉凉地瞥向她："不能，我说过了，残魄没有意识，谁也唤不出来。"

"那怎么办？"

他看着她不说话，目光愈加冰凉。她意识到了什么，惊颤颤道："果然……百口仙说的是真的？只有我死了，灵慧才能出来……"不自觉地一寸寸向旁边挪了过去。

他失去了倚靠，坐得甚不舒适，一把将她揪了回来，干脆枕在了她的膝上，合着眼懒洋洋道："七只灵魂兽，在那么短的时限内全都找到宿主的可能性微乎其微。你要弄清楚，现在你身上的能力原是属于我的，既然我把它寄放于你这里，你必须跟随在我身边，任我支配。"

"那如果……"她问了一半又住了口，看到樊池的眼睑合着，眉间却透出隐隐悲伤。

从他的描述中，白泽勇敢、智慧、强大，正气清明，光芒万丈，就如乌泽所说，是雷夏的救世者，万万人族生存的依靠，是真正的君主。这样的神兽三百多年间与他共用一躯、并肩战斗，不知该有多深的感情。而她呢？没有灵慧兽，她就是一个毫无用处的凡人。

她想问：如果有一天，七只白泽碎魄寄生者到齐，七魄合一，白泽可以回来了，那他是选择白泽归位还是她的性命呢……

但是，那一天未必会来，七只小兽未必能全部存活下来，即使存活下来也难以找齐，为何要因为还没有发生的事让他做出选择呢？又或者说，她害怕听到他的选择，所以还是不要问了吧。

她内心纠结万分，而那个枕在她膝上的人眉心渐渐舒展开，呼吸均长，竟然睡着了。

风声堡的小主子

外面忽然传来喊声："方姑娘，你去哪里了？"听着是黎存之的声音。她不由得感到奇怪，她就在自己的屋子里，黎存之为何不敲门问问，喊什么喊？想答应又怕吵醒了刚刚睡着的樊池。

正犹豫间，樊池已惊醒了。他也听到了喊声，怔了一下，忽然记起了什么："哦，怪不得他在乱喊，我设了障目禁制，屋外的人看不到这间屋子了。"

九蘅奇道："没事你设什么禁制？"

"我们刚才聊的话是机密之事，怕人偷听啊。"

"原来如此……可是你又用仙术，岂不是又伤元气？"

他嘴里说着"没事"，起身时却晃了一晃，一副头晕目眩的样子。

她赶紧扶了一把："以后怕别人听到的机密之事还是少聊一些为好，不要再为小事损耗元气了。"

他看她一眼，眸中若含星光："可是我想让你知道真相，我一个人抱着这些秘密，太累了。"

她的心中如有暖流生出，揉了揉膝上他的头发。

门外的喊声越发焦急，她如梦中惊醒一般，跑去开门。门一开，往外踏了一步，走出了迷障。

黎存之吓了一跳的样子，看着突然凭空出现的九蘅，忙上前握住她的肩膀："方姑娘，刚刚我转来转去，无论如何也找不到你的屋子，你是从哪里走出来的……"话说到一半，未等九蘅开口解释，他已自己想明白了，"啊，我知道了，是那个人施了鬼打墙之术！"

樊池的反驳声从看不见的屋子里传出来："什么鬼打墙？是仙家的障目之术！"

九蘅抱歉地道："请进来吧。"

可是身后的屋子仍是隐于空气中，九蘅便拉着他，估摸着门口的方向走了两步，眼前一花，二人已进到屋中。

乍然的景物变换让黎存之有些头晕，扶着九蘅的手半天不敢松开。突然旁边伸来一只手，将九蘅的手截了去。

黎存之定睛一看，原来是樊池，他正不悦地飞来一记"眼刀"，将九蘅的那只手擦了又擦，仿佛在嫌弃她碰了不干净的东西。

黎存之不屑地撇了下嘴角，"哼"了一声，没有理他，只对着九蘅问道："方姑娘，这人滥用术法将你囚禁起来，必是不怀好意，他若有冒犯之举……"

九蘅忙摇手解释："没有的事。"

樊池已上前一步硬生生站到了两人中间，对着黎存之冷冷道："我与我灵宠的事，不劳你指手画脚。"

黎存之脸上骤现寒怒，头顶的两叶小草微微颤动："你把她当什么？"

"我的灵宠。"樊池嚣张地道。

"你……"

九蘅看势不好，急忙上前打圆场："他乱说的，黎药师不要跟他计较！……哎，黎药师你头上插的小草好别致、好有童趣啊！"

黎存之转向她的时候，声音又不自觉地温和了："这不是插上去的，是我自己长的。"

樊池也多看了那小草一眼，管不住嘴地语出讥讽："有些妖兽就是长得乱七八糟……"

九蘅在两个针锋相对的男人中间苦苦周旋，十分心累。她把樊池推得远些，对黎存之道："对不住，他说话就这样，你不要跟他计较，我们也不会久留，很快就走了。"

他顿时黯然，不舍的神情明明白白流露在脸上，问道："你要去何处？"

她说："一是要追查鱼祖下落，再就是……要找些妖丹。说起这个来，你知道附近哪里有妖物吗？"

樊池忽然凑了上来，微笑着上下打量黎药师："这里不是有现成的一只吗？"

九蘅恍然反应过来黎存之其实就是妖兽风狸——妖丹长在他什么地方？胸口？小腹？看向他的目光抑制不住地流露出一丝异样。

黎存之的脸色绿了："你……"

九蘅忙扔掉那邪恶的念头，连声道歉："对不起，对不起，我们怎么会打你的主意呢！你是我的救命恩人啊！"

樊池把脸按在她肩上拼命忍笑。

看到黎存之脸色不善，她忙拖着樊池走开："黎药师您忙着，我们去逛逛园子！"扯着樊池，沿着游廊飞快溜走，直到看不到黎药师了，才抱怨道，"人家是我的救命恩人，你不要太无礼了。"

樊池"哼"了一声："谁让他那样对你讲话的！"

她迷惑了："他怎样讲话？"

"他……"樊池语塞，转过脸去闷闷不乐。她是他的灵宠，那个黎存之凭什么站得离她那么近，眼神那么暧昧，说话那么温柔！妖精就是妖精，妖里妖气的，动不动就企图魅惑人。

九蘅好言相劝："我们寄人篱下，他是主人，你忍让一下啦。"

"其他可以忍，这个不能忍！"

九蘅："……"

两人在庄园中逛了一阵，看过数间院子，总觉得哪里不对。

走到园林僻静处，樊池才道："这里各个院子家具摆设风格不同，有像长者住的，有像年轻人住的，也有的像女子闺房。而现在住在里面的，都是逃难过来的百姓，原来的主人哪里去了？就算黎存之也是主人之一，那么其他人呢？"

一直隐现在九蘅心底的疑惑也浮了出来："说的是啊，这么大个园子，房子全让难民住了，别说其他主人，连个下人也没见。"

说话间，看到竹间露出一座暖阁。暖阁很是精致，估计是供逛园林累了时小憩用的，两人打算进去休息一下，推开门，只觉身上一冷。里面摆了一口血红色的小棺木，旁边摆着些水果、糕点和玩具。

九蘅难以置信："这里怎么会有一口棺木？"

樊池的神色严肃起来，握了一下她的手："你在这里，我过去看看。"

他上前轻轻一掀，便掀开了棺木盖子，略查看一番，又盖回去，回到九蘅身边，沉声道："里面有具男童的尸体，我看了一下，是被利刃刺中胸腹而死，应该已有多日了，棺木用的是龙血木，所以尸身不腐，面目如生。"

九蘅不忍去看，但注意到墙上挂着的一张画像，画中是个七八岁的俊俏的锦衣小公子，指着问："是他吗？"

樊池没回答，视线却转移到了门后，嘴角浮现一丝坏笑。

九蘅随着樊池的视线看过去，就看到身后不知何时出现了一个半透明男孩，吓得捂着心口差点背过气去。

这召唤画影的能力随心而动，有时候连她自己都意识不到就把人像幻化成实体了!

画影没有意识到自己是人是画，躲在门后冲他们调皮地笑，竟像是在玩捉迷藏。

九蘅平息了一下自己的心绪，招招手唤他过来，问道："你是什么人？谁把你关在这里的？"

男童的画影却没有动，只是仰着小脸说道："我是风声堡的小少爷，是风狸把我关在这里的。"

九蘅吃了一惊，风声堡的主人不是风狸吗？怎么又冒出个小少爷？

画影眼神警惕地打量着他们二人："你们是什么人？"小大人一般的口气，即使是画影，也分外可爱。

九蘅走过去，蹲下身说："我们是来找黎药师求医的人。你刚刚说，你是风声堡的小少爷？风声堡的主人不是黎药师吗？"

小公子脆生生地说："不，风声堡的主人姓关，我叫关瞳，兄弟里排行老七。你们说的黎药师，原是我们家养的风狸。"

九蘅心中一沉："那么，你们关家其他人呢？"

关瞳面露焦急之色："我们关家一百多口人，都被风狸关在园林最里边的洞穴中了。我求风狸放了他们，风狸也不理我，还把我锁在了这里。"

九蘅想：风狸应该是看不到你，才不理你的吧……

樊池与九蘅跟着关瞳的画影，挑园林中的树间小道，遮遮掩掩来到风声堡后花园的最深处。风声堡本就是依山壁而建，最里面不是围墙，而是陡峭的山峰石壁。石壁前栽了茂密果木，关瞳引着他们钻进林中，来到石壁上的一处半圆拱门前。拱门的门扇是青铜的，以机关锁住。

樊池上前就想用仙术开锁，被九蘅拦住了："不要滥用术法了，身体都要用垮了！"她的语气很是严厉，却招得他目光似水地看她一眼，居然微笑起来。

九蘅奇道："你笑什么？"

他没有回答，他也说不清，只觉得被人管头管脚的感觉，跟饮蜜的滋味很像。

关瞳上前熟练地拧动机关，青铜门在他完成最后一个操作后，缓缓打开，露出了狭窄的洞穴，阴风扑面。关瞳跑进去，招着手让两个人跟上。洞穴两壁上隔一段便点着长明灯，借着灯光可以看到洞穴顶上倒悬的钟乳石，除了入口处经过人工修整，里面是天然形成的。

往里走了一段，并没有很深，豁然开朗，出现一个巨大的拱形洞厅，洞厅正中一根天然石柱从上至下撑在穹顶，当真是鬼斧神工，十分壮观。

然而这壮美景观之中，却有着诡异的一幕——石柱上、洞壁上，“吸附”了上百人，有男有女，有老有少。那些人紧紧贴于石壁，一动不动。长明灯灯光昏暗，异常恐怖。

冷不丁看到这情形，九蘅吓了一跳，下意识挨到樊池身边。樊池伸手想握她的手安抚，不料关瞳凭着画影无形无质的优势挤到二人中间，先一步拖住了九蘅的手，樊池不爽地撇了下嘴角。

关瞳哽咽道：“他们都是我的家人。”

九蘅问：“他们……都死了吗？”

樊池接话：“没有，多数还活着，有呼吸，但与死也差不多了。”

听说还活着，九蘅松了口气：“那为什么不动呢？黎药师对他们做了什么？”一边说，一边走近贴石柱而立的一个长须老者，想看清楚些。结果在看清之后，骇得一声惊叫！

那老者双肩被两根铜钎穿过锁骨下方，死死钉在柱子上。但吓到九蘅的不是铜钎，而是老者头部怪异的情形。他的脑袋顶上长了一棵植物，枝头长着几颗米白小果，枝干有拇指粗，叶片碧绿，根部长在老头的头颅上！

九蘅吓得向后退去，撞进樊池怀中。他一手护住她，一手掩住她的眼睛。

她抱着他手臂稳了稳，自认为做好心理准备了，将他遮住她眼睛的手挪开，鼓起勇气再看了老者一眼，正巧看到老者的一只眼睛居然睁开了，发白的眼球略略转动了一下！

她“嗷”的一声，将樊池的手又按回了自己眼上，嘴巴里语无伦次：“这人头上……是怎么回事……”

樊池说：“那应该是……髓果。”他朝四周看了一下，“这里钉住的每个人的头上，都长了这种怪植。"

"什么东西？"

"白泽在我身上时，跟我说过许许多多妖兽的学识，有的没细说，难免不尽不全。我记得它说过风狸性格温和，其脑髓健康人服用了延年益寿，伤病者服用了药到病除，却未提过脑髓怎么提取。我只简单认为是强行抽取，却不料是用这种法子——头上长了这种植株，根部吸取脑髓，结出脑髓之果，再采摘来制成奇药。"

九蘅忽然想到了什么："黎药师头顶的那株小草……"那株小小的两叶草样的东西，看上去可爱得很，难道跟这些人头上这些狰狞植株是一样的吗？！

樊池点头："我就说他那小草有些奇怪。可是，应该只有风狸的脑髓有药效啊，这些人头上为什么也会长出怪植？"

关瞳开口道："是风狸给他们种上去的。"

九蘅："他为什么这么做？"

入口处突然传来回答："为了制成良药，治病救人啊。"

赌气出走的神仙

黎存之不知何时进来了，面目清冷，青衣寂静，冷声问道："你们是怎么进来的？"

关瞳的画影从九蘅的身后怯怯露出脸："风狸……是我带他们进来的，你别生气。"

黎存之这才看到关瞳，震惊得半张了口："这是……小主子？"单膝跪地伸出手来，颤抖着声音叫道，"小主子……过来我这边。"

关瞳想走过去，九蘅道："别过去。"墙上那些人的恐怖状态，让她对黎存之心生怀疑和畏惧。

关瞳抬起头来说："没事的，风狸跟我很好的。"松开她的手，跑到黎存之那边去。

黎存之想拉他，却摸到虚空，倒是关瞳抓住了他的手。他感受着指上小手阴凉，目光锁在关瞳的小脸上，任泪水滑下都不舍得眨一下眼："这是怎么回事……"

九蘅想解释，被樊池抢去了话头："是我召唤出来的，召唤画影之术对我来说只是小事一桩。"

九蘅这才反应过来自己拥有异能的事最好保密，幸好樊池反应快。

黎存之终于对樊池有了点好脸色，真诚地说了一声："多谢，我做梦也想不到……还能跟小主子说话。"

关瞳拉着他的手，委屈地说："我……我不忍心让爷爷、爹爹他们受苦，想请哥哥姐姐帮忙，放他们出去。"

他叹息一声："傻孩子，你这样惦记他们，却忘记他们是如何对你的了吗？"

"我……记得。可是，他们是我的家人啊……"关瞳纠结不已。

"他们不是。"黎存之的语气变得寒冷，"他们舍弃你的时候，就已不是你的家人了。"转向九蘅和樊池，"这里气味混浊，二位请随我出去吧。"

他们站着没动，九蘅的眼中更是闪着戒备："黎药师，这等毫无人性之事被我们遇到了，岂会坐视不管，一走了之？"

他看着她，目光又软了下来，微微叹一声，道："别这样看着我，我也不愿在你眼中变成可怕的样子。"

九蘅道："如何不可怕？治病救人本是好事，可是怎能以杀人来医人呢？"忽然想到什么，"莫非给我治伤也是用从这些人脑袋上长出来的果子……"眼睛余光瞥见壁上之人，突然觉得头晕目眩。

黎存之急忙上前想扶她，不防被旁边的樊池一把推开。

黎存之无奈道："九蘅，我怎么会给你用这些脏污之人长出的东西？你用的髓果是我的。"

九蘅看了一眼他头顶那绿生生的小叶，莫名觉得好多了："催生髓果那么伤元气，辛苦你了。"

樊池揽着脸色苍白的九蘅，脸色冷厉："风狸，我素来听说你不是恶妖，心地良善，最喜小儿，料不到你会做出这等恶事！"

黎存之冷冷笑了："恶事？不，这不是恶事，这是他们的报应。"他转向关瞳，"小主子，你跟他说说，你的这些家人，对你做了什么？"

关瞳犹豫一阵，才开口道："我爹……为逼迫风狸头上结出果子，把我杀死在风狸面前……"

九蘅与樊池都呆住了。

长明灯下，僵影悬壁，暗若幽冥。在这样阴森的洞厅里，黎存之讲出了风声堡中延续数百年的血腥历史。

自白泽降临雷夏，犹如阳光消散雾气，作恶的妖兽要么被消灭，要么躲藏沉睡，像风狸这种本性温良的妖兽也被连累，被白泽灵力压制得无法施展妖力，只能躲进洞穴中艰难修炼，繁衍后代。

然而风狸想避世，世人却不肯放过它们。风狸脑髓的奇效流传于世，凡人们从未停止捕捉它。在数百年前，黎存之还是一只不能化人、不会说人语的小风狸时，一个姓关的人将它堵在了这个洞穴中，用一根雕了咒文的镇妖钉将它的尾巴钉在了洞厅中央的石柱上，使它无法逃脱。

关姓人得手之后，打量着这个皮毛青灰、腰身细长的风狸，发现它的头顶长了一株碧绿植株。他在捕捉风狸之前已遍查古籍，知道那叫髓株，可以长出髓果。健康人服用髓果可延寿五百年，伤病垂危者可药到病除。

可是这个髓果结还是不结，只凭风狸意愿，谁也强迫不了它。而风狸因为尾巴被钉，狂暴不已，哪能自愿给他结果子出来？

从古至今出现的物种里，论体力，人是很孱弱的，但论狡猾，没有能比过人的。

关姓人早已从古籍中查到风狸的弱点。他从洞穴外拎了一个五花大绑的小孩，丢在风狸面前，狂暴的风狸很快平静了下来，它最喜欢的就是小儿。它伸出爪子想把孩子够过去替他松绑，不料关姓人突然举刀，刺进了小孩的脊背，鲜血迸溅！

被刺伤的小孩疾声痛哭，风狸急得四蹄乱刨，眼看着小孩血流了一地，哭声越来越弱。风狸突然卧地合目，头上绿株簌簌抖动，两片小叶间忽然冒出一朵黄蕊白瓣的小花，片刻花落结果，小果迅速长大，由青变白。

关姓人面露狂喜，上前采下这枚小果，仰天大笑。风狸刚刚结完髓果，元气大损，伏在地上动弹不得，只吃力地睁着一双圆圆的眼瞳，乞求地看着关姓人。

关姓人对风狸说："你放心，我会把果子喂他吃，救活他的。"

说罢，关姓人一手握着髓果，一手提起奄奄一息的小孩，满面笑容地出了洞去。

风狸虽极具灵性，却单纯得很，猜不透叵测的人心。

关姓人出了山洞便将那孩子丢进万丈山谷，拿着那枚髓果卖给一个病危垂死的富商，换来黄金百两。他回到钉着风狸的半山洞口前，在山腰平地建了这座庄园，命名为"风声堡"，将全家迁了过来，并将家里养着灵兽风狸的消息散播出去，数百年来，世世代代，以天价售卖风狸髓果为生。他们自家人也靠服用髓果，人人有五百年之寿。

风狸逐渐长大，却一直无法挣脱镇妖钉，摆脱这可悲的角色。

说到这里，黎存之的眼中浮出痛惜的泪水，说不下去了。

这等血腥惨剧，非但九蘅感到震惊，见多识广的樊池也觉得毛骨悚然。九蘅的目光缓缓移过壁上钉着的人："他们……为了钱财和长生，真的做出这等残忍之事吗？几百年间，就没有人良心发现吗？"

"当然有。"黎存之叹息一声，虚抚了抚关瞳的脑袋，"比如说，我这小主子的娘……"

关瞳小声接话："我娘发现了我们家杀小孩，想要告官，后来就……不见了……"小脸埋到黎存之的衣服里，害羞地不想让九蘅看到他的眼泪。

九蘅却忍不住掉下泪来。"不见了"的意思可想而知，必是被关家人灭口了。

黎存之说："但凡有良心发现的，不管是关家后人、嫁进来的女子，还是下人，都难逃一死。"

樊池问："那么你，就没有猜到他们根本不会用髓果救那些孩子吗？"

黎存之叹息道："我刚开始时不知道，反复几次就看透了他们的手段，我知道即使我献出髓珠，那些孩子也吃不到。可是……可是我天性如此，看到小儿在我面前垂死挣扎，就忍不住催生髓珠，企望关家人能忽然心软，救他们一次，救一个也好……然而没有……从来没有……"他仇恨的目光依次扫过壁上众人。

九蘅和樊池震惊得不知说什么好。

黎存之话锋一转，眼现厉色："可是最终我醒悟了，我知道若一直心软下去，这样的悲剧不会断绝，会有更多小儿遇害。所以我狠下心来，绝不再催生髓珠！"他不堪地合上眼，泪水顺颊而下。

关瞳踮起脚替他擦泪，他想抱抱小主子却碰不到，神色悲恸，情绪久久不能平复。

良久，九蘅吃力地打破压抑的氛围，问道："后来呢？"

"后来……"黎存之将怀中关瞳托了一下，疼惜地看着他的小脸，"后来，小主子的父亲，亲手把小主子拎到了我的面前……"他伸手指了一下石柱上钉的一个中年男子。那人头上也生着根茎盘曲的髓株，身体僵直，手脚时不时略微抽搐。

九蘅不堪道："他杀了自己的儿子逼迫你？"

黎存之呵呵冷笑出声："你能想象吗？人性是多么可怕……他的父亲知道小主子曾经多次溜进洞穴中陪我玩耍，与我已有感情，认为我对其他小儿能狠下心来，对小主子却未必，于是将小主子杀死在我面前。"

九蘅听得整个人都颤抖了，口不能言。盯着壁上关瞳的父亲，心中腾起极度厌恶的恨意。他虽是人的躯壳，行径却比恶魔还要可憎。

黎存之低哑着嗓音，仿佛又回到那可怕的时刻："这个恶鬼一般的人，对小主子的哭求置若罔闻，毫不犹豫地把刀刺进了小主子的胸口……那时我真的发疯了……忘记了誓言，不管不顾地催生了一颗髓珠。他伸手来摘取髓珠时，脸上带着这世上最丑陋的笑。我想撕咬他的手，可是浑身无力。心中充满仇恨，也充满企求，又明明白白地只有绝望。那时候，我多么希望有一天能与关家人位置颠倒，把他们钉在柱上，让他们头上生出髓株，逼着他们结髓果，也尝尝生不如死的滋味！"最后一句几乎是嘶吼着。

关瞳拉着他的手，稚声稚气道："风狸不哭，后来你不是救我了吗？"

被他的讲述带入过往血色中的九蘅也是满心悲恨，问道："关家的这些人又是怎么搞成这副样子的？"

黎存之揩去泪水，脸上浮出薄冰凝结般的冷笑："大概是天意吧。关家人恶事做尽，报应降临。小主子的父亲急于去见买家，将垂死的小主子扔在我的面前，带着髓果离开了。我拼了命想再催生一颗髓珠，但是这个东西我每月只能催一个，我做不到，只能看着小主子在我面前慢慢死去……我就与小主子一起躺在地上，不知过了多久，原本虚软的内息突然大盛，浑身如瞬间灌注了力量，我一跃而起，钉住我尾巴的镇妖钉被轻松甩飞。我自由了！我冲出洞穴，先找到了小主子的父亲，咬断了他的腿骨！"

九蘅惊叹道："可是你为什么会突然那么有力气？"

黎存之道："我也不知道，大概是恨极了，突然爆发出力气了吧。"

樊池忽然低声说："从时间上看，大约是与鱼祖出世的时间差不多。"

九蘅明白了。应该是恰逢白泽拆魄，制约在雷夏大泽的灵力消散，风狸的妖力才瞬间爆发。

风狸似是没听懂樊池话中含意，也没兴趣追问，只说："我的灵力迅速增长，很快就能化成人形了。我把关家人全逮了进来，用铜钉将他们尽数钉在壁上，再以我的髓果为第一粒种，陆续在他们头上种上了髓株。开始他们意识都是清醒的，能一天天地感受到根须扎进脑中的痛苦，也能看着对面壁上家人同样的遭遇。他们在失去意识之前当然吃了点苦头，受了些恐惧，但比起他们带给那些无辜小儿的痛苦，这样的惩罚不及万一。"

他打量着壁上的人们，神情恨毒："好在他们还能做一点赎罪的事——他们的脑髓结出的髓果虽然效力差些，但以我的法术辅助药效，医治凡人的病痛还是很有奇效。我用这些髓果制成灵药，救助乡民，也算是帮关家人还一点欠下的血债。可惜的是，我没能救得了小主子，若是我的妖力能恢复得早一些……稍微早一些……"

九蘅也十分痛惜地道："人各有命，你也不要太难过了。"

风狸嘴角现出凄冷的笑："方姑娘说的对，人各有命。既然小主子的命是被父亲杀死，那么这些人的命，就是成为我培植髓株的器皿！这个命也不是我赐他们的，是他们自己赚来的！"他的温文尔雅一扫而空，只剩下满脸的仇恨和疯狂。

樊池沉声道："风狸！这些人死有余辜，你不杀他们，我也想杀。可是，以人脑植药的行径无异于邪魔，你本是善妖，若一意孤行，必会堕入魔道！你还是赐他们一个痛快，不要再以这种方式获取人脑髓果了。"

黎存之双目竟变得赤红："轮不到你来管！什么魔道？我是替天行道！"

九蘅看他情绪不对，走上前几步，想要安抚，不防被他一把抓住手腕，往怀中一带！他越过她的肩膀看向樊池，眼底有杀意一闪而过。

樊池心中一惊，疾步向前："放开她！"

黎存之青袖一挥，耳边响起轰然巨响，洞壁突然倒下竖起、前移后挫，眨眼之间宽敞的洞厅看不到了，沙尘如雨落下。等九蘅呛咳着能视物时，发现自己一步未挪，竟然已到了洞口外面，身后那个青铜拱门已关死，而樊池并没有出来！

她慌张地问黎存之："我是怎么出来的？樊池呢？"

他平静地说："关在里面了。"

九蘅急道："黎药师，不要闹了，快放他出来。"

黎存之淡定地帮她掸去发上的沙尘："怕什么，关一会儿又死不了。"他叹口气，"方才是我急躁了。你劝我的话，我都记住了，我会处理好的。"

九蘅心中焦急："他还有伤呢！他和我一样，都只是不希望看到你因为别人的罪过再受牵累，你快放了他……"

却见他的脸色又是一寒，硬生生打断她道："不要跟我提这个人。"

"你就那么讨厌他吗？"

"特别讨厌。"他的脸上满是阴郁，"想到你总与他在一起……"他深深看她一眼，忽然抓住她的左手。她下意识地往回抽手，却被他握住了，"别动。"

黎存之并没有做更多轻佻之举，只是用指腹在她的大拇指甲盖上轻轻摩擦了一下，她的指甲上多了一朵红瓣黄蕊的小花形印记。

她不安地问："这是什么？"

"给你留个念想，免得以后你忘了我，这个可是洗不掉的。好看吗？"

"好看是好看，但现在不是弄这个的时候啊！樊池还在里面呢……"而且这要是让樊池看到……想到这里，她不由得打了个寒战。

他的指尖轻拂过她的头发，注视着她的目光里不知蓄了多少读不懂的感情，轻声道："就留下来，不要跟他走好吗？"手臂忽然用力，将她轻轻拥住。

她不由得愣住了——这个妖精的深情总是莫名其妙，忽起忽落的感情让她不知所措。

突然轰一声巨响，青铜门旁边的山壁硬生生炸裂，樊池挟着滚滚烟尘从裂开的石隙中飞身而出，未等二人反应过来，他已欺身到面前，一掌击在黎存之的左肩。

九蘅清晰地听到了骨头的碎裂声，眼睁睁看着黎存之横飞了出去，重重摔落，后背砸断一棵小树，倒在地上满面痛楚，嘴里喷出血来。

她大吃一惊，跑到黎存之面前扶他坐起："你怎么样？"

他想说话却痛得说不出，捂着左肩摇了摇头。左手臂无法动弹的样子，肩骨必是碎了。

九蘅臂上一紧，回头一看，是樊池拉住了她。他的脸上带着冷漠的怒意："不用管他，你过来。"

她难以置信地看着樊池："你为什么出手这么重？"

他冷冷盯着黎存之，道："因为他擅自带走你。我说过，不允许你离开我的视线。"

　　"他是我的救命恩人，"她指着黎存之，"如果他要害我，有的是机会，何必等到现在？"

　　"那可不一定。"他的语气满是讥讽，拉了她一下，"我们走。"

　　"你真的把我当成你的私有宠物了？"她的语气中的冰凉甚至压过了怒气。

　　"本来就是。"

　　"我不是！"她飞快地否认，语气尖锐而坚定。

　　樊池一直放在黎存之身上的注意力收回，落到九蘅身上。这才注意到她的身体紧绷，竟是防范着他、保护着黎存之的姿态。

　　他感觉极其不愉快，准备强行抓着她离开，她却退了一步躲开了，只留他的手悻悻地悬在半空。

　　她的脸色发白，眼睛睁得大大的，声音里听不出情绪："你自己走吧，我不能走。你若不放心那个放在我这里的东西，便取了它走吧。"

　　百般保护，形影不离，不容染指，不过是因为灵慧罢了。

　　他愣住了。取了它走？取了灵慧走？明明只有她死了，灵慧兽才会从她身躯内剥离出来。她说这个话的意思是死也不会走，还是要与他决裂？

　　他心中又酸又怒与她对视着，眼底压抑着起伏的情绪，明明是这风狸心怀叵测，她为何不相信自己，还护着风狸？她真的以为他会杀了她取走灵慧吗？

　　樊池气极，转身径直朝着大门的方向走去。

　　九蘅目送他的身影消失在园林的叶隙间，心中暗暗绞痛，力气仿佛从身体中抽走，如空壳一般站在原地久久发呆。身后的一声呻吟传来，这才记起黎存之还躺在地上，忙回到他身边。看他痛得脸色苍白，冷汗渗出，扶着他问道："你伤得怎么样？"

　　他苦笑一下："神族的掌力果然厉害。肩骨碎了，内脏也震了一下。不过死不了，还要多谢他手下留情。"

　　她神色一黯："对不起。"

他瞳中一冷："你凭什么替他说对不起？"

她一怔："我……"

"你是你，他是他。不管他如何对我，我都喜欢你。"他说这句话的时候，嗓音里带着伤后的微颤，显得更加触人心弦。

就在九蘅不知如何接话的时候，他眼眸忽然失神，向后倒去，终于撑不住昏了过去。她急忙拍着他的脸试图唤醒他："黎药师！你撑住！倒是给自己上个药再晕啊！"奈何他已瘫倒在她的臂弯，没了反应。

她忙乱地在他身上摸着找药——记得他曾给跌破膝盖的小童上药，那装了灵药的药瓶就塞在他怀中。可是摸了半天，恨不得将他从头到脚捋了一遍，也没有找到。无奈只能到前院去喊了人来。人们看到风声堡的顶梁柱倒了，惊慌失措，纷纷问道："黎药师是怎么受伤的？"她嗫嚅着没敢说是樊池打的。

人们也顾不上追问，先将黎存之抬回屋子躺着。混乱中九蘅拉住一人问道："有没有看到与我同来的那个人？"

"那个人不久前从大门出去了。"

她"哦"了一声，心中空落落的。

黎存之医治了很多人，轮到他受伤时，却没人能给他医治。九蘅翻遍了他的屋子，也没找到那灵药。可是也不能就让他折了的肩骨那样搁着，就由懂点接骨的老人给他正骨、上夹板。

他在昏迷中痛得哼出声来，在一旁看着的九蘅，心也跟着揪起来。

好不容易弄好了，人们搁下些饭菜，陆续离开。堡里的人们都拖家带口，照料他的任务自然而然落在九蘅的身上。

她替他擦净额上、颈上的冷汗，又勉强喂进一点水，他的睫毛始终寂静覆着，没有醒来，连头顶的两片碧叶都蔫了。九蘅给他盖好被子，疲惫地坐在床边凳子上，心情低落到极点。

她捂住脸叹气：也不知那个任性的蜜蜂精跑到哪里去了，他身上还带着伤呢……

　　眼前浮现出樊池转身离开的影像，她扔给他的那句硬得像刀刃一般的话在耳边响起："你自己走吧，我不能走。你若不放心那个放在我这里的东西，便取了它走吧。"

　　心如刀绞一般，分不清是伤心还是懊悔。

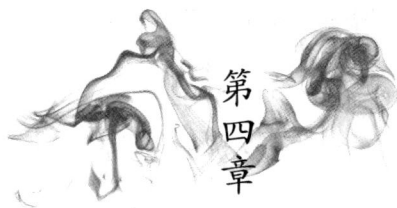

第四章

人傀篇

◇◇

　　萤傀，一种飞虫，又名提灯妖，尾部的绿色萤光如一盏灯笼，能让人产生幻觉，看到心中想看之人，不由自主跟随。

提着绿灯的影子

九蘅此时不知有多想见樊池，就像往日一样跟在他身边形影不离，嬉笑打闹。可是即使是见到了，她在他眼中也不过是个灵宠而已，眼泪不知不觉从指缝渗出，她感觉自己在这个世界上又是一个人了，刻骨铭心地孤单。

忽有指尖烫烫地抚在九蘅的手背。她移开揞着脸的手，看到床上的黎存之醒了。急忙问道："你的灵药搁哪里去了？得给你断骨处敷一点。"

"在我身上。"

"哪有，我都摸遍了，没有找到！"

他睨她一眼，然而九蘅浑然不觉失言，只满脸焦急。他把右手探进怀中，一摸就摸出个小瓶："呐。"

"咦？！"她惊讶了，"为什么我摸了好多遍都没发现呢？"

"这等珍贵灵药，自然得用法术保藏好。"

"怪不得……那赶紧给你伤处涂上吧。"她接过小瓶就想开盖子。

他探手压在她的手背上："没用的。"

"为什么？"

"这个药必须辅以我的灵力才能生效，而我现在……暂时动用不了灵力。"

她又浮起满脸歉然，他先一步阻止了她："我说过了，不要替他道歉。"

她闭了嘴。

他又一笑，脸颊显现着异样的红晕："没事的，这点小伤，几天就好了。我是妖，恢复得快。"

这时她察觉他覆在她手背的手心灼热异常，疑心地反握住他的手试了试，又按了按他的额头，道："糟了，发热了。我去烧点温水，给你敷一敷额头。"开门出去。

在门口她稍稍站了一下，带着莫名的期许，四下里张望了一下，夜幕沉沉，并没有期待的身影。刻骨铭心的孤单像夜霜似的覆下来。她突然意识到，自己已经习惯了两个人朝夕相处，形影不离。

她不知道他会不会回来了。虽然她这里存着他的灵慧兽，但她完全没有自信他会回来找她。若他再也不回来，今后的路，她该如何走下去呢？

黯然叹一口气，走向厨房。夜晚园中树影婆娑，十分昏暗。她出来得急，忘记了打灯。幸好知道厨房的方位，干脆摸黑过去。走过一道游廊时，忽有一盏灯笼从尽头晃过来，灯光透着奇怪的幽绿。她心想：是谁这么晚了还出来走动？

迎面走去，想着走近了打个招呼，却忽然觉得有点古怪——一般人提着灯走路，灯笼都会随着脚步晃动，可是那盏灯丝毫不摇摆，只平滑地前行，倒像提着它的人没有迈步，而是在飘过来……

心中疑惑刚刚泛起，突然呼的一阵阴风，一个惨白的影子出现在她的面前，她倒吸一口冷气后退一步，却听这小白影甜兮兮叫了一声"小姐姐"，天真可爱的表情让惊吓度立减。

定睛看去，竟是关瞳的画影！拍了拍胸口，几乎出窍的魂魄勉强归位，讶异道："我又没唤你，你怎么出来的？"

关瞳嘟了嘟嘴："你一直没有让我回去呀。"

她一拍脑门，还真忘了！幸好是让她遇上，不然这大半夜的一个影子在院子里跑来跑去，谁见了不得吓死啊！

九蘅又温声道："关瞳，黎药师已答应我会让你的家人解脱，你也安心走吧。"

关瞳露出不情愿的神气，嘟着嘴道："现在风狸不是还没放了他们吗？我不走，我还是先回我的小木箱里睡觉去吧。"

一个转身，消散不见。

九蘅懊恼地道："这个家伙居然不听我的话？"

忽然想起樊池曾经对她说过的话——"画影顺从与否，取决于发令者的身份。

你本是凡人，震慑力小，当你的命令与画影的意念相违背时，它就未必肯听你的。"

想到樊池，九蘅不免失落叹气。继续往厨房走，突然记起方才迎面而来的绿灯笼，举目望去，已不见了踪影。

或许就是园子里起夜的人吧。黎存之还发着热呢，得赶紧去烧水，不能耽搁。

厨房里亮着灯，是之前送她红薯粥的张婶在生火做饭，锅盖上冒着白汽。看到九蘅进来，招呼道："方姑娘来了？我煮了只鸡给黎药师补补身子，待会儿你也吃一碗！"

九蘅说："黎药师发热了，我过来烧点热水。"

张婶忙将另一口烧水的锅灶添满了水，九蘅坐在灶前烧火。张婶一边忙活，一边说："方姑娘，你晚上最好不要一个人出来，这边闹提灯妖。"

"什么是提灯妖？"

张婶叹息声里透着深深悲伤："这一阵子世道不太平，到处闹妖怪，有个提灯妖就专拐姑娘。十里八乡不知有多少姑娘被拐了去，再也没回来。怪鱼之灾闹到我们村，我们跟着人往山上逃，夜路黑，一共提了三盏灯。我女儿明明一直跟我们在一起的，一转眼就不见了，沿路找也没有找到。后来有人回想起来，有那么一阵子，三盏灯好像变成了四盏，其中一盏的灯火绿幽幽的，不知什么时候又变回了三盏。我就知道，我女儿准是被提灯妖拐去了。"

"绿幽幽的灯……"九蘅突然想起来的路上遇到的那盏灯笼，背上掠过寒意。

张婶说得伤心，拉着她的手，生怕一错眼她就消失了："方姑娘，你就留在风声堡吧，黎药师能保护你。"

九蘅静了静神，反握了一下阿婶的手："阿婶，你不用担心，它惦记我，我还惦记它的妖丹呢。以后若能打听到你女儿的消息，一定给你送个信来。"并没有答应留下。

张婶知道她与樊池来时就带了个捉来的百口妖，再看她随身佩刀，不像普通弱女子，也不再劝，点了点头，眼中燃起希望："多谢你了，我女儿叫雪樱，长得很特别，皮肤、头发都是雪白的，美得像个仙子……若是见到她，让她快些来找我。"她褪下手上一只绞丝银镯递到九蘅手中，"雪樱认得我的镯子，你若见到她，把这个给她看，她就相信你了。"

九蘅接过镯子，说："我记得了。"

她心道：阿婶女儿雪樱应该是患了"羊白头"病的女孩子，若是遇到，特征如此明显，倒是好认。

张婶炖好了鸡汤，九蘅也烧好了水，两人各自端着盆碗，结伴走向黎存之的住处。走着走着，略在前面的张婶突然脚步一顿。前方的黑暗里，一点幽绿的火光明明灭灭。

她慌道："那是……提灯妖！方姑娘快跑！"

身后传来嘭的一声，原本端在九蘅手中的木盆落地，热水溅到了张婶的身上。张婶回过头来，只看到碎裂的木盆和一地水迹，身边一阵风刮过，哪里还有九蘅的影子？再往前看，绿幽幽的灯笼也不见了。

她僵立了半晌，猛地把手中鸡汤一扔跑去，带着哭腔的凄厉喊声在暗黑的风声堡回荡："提灯妖来了——提灯妖来了——"

各院的灯纷纷亮起，几十口惊恐的人们披着衣服聚集到黎存之的院里。黎存之也听到了喊声，挣扎着起来走出门，问道："发生了什么事？"

张婶哭道："提灯妖把方姑娘抓走了，也就一眨眼的工夫，人就不见了。"

黎存之眉头紧锁，眼底烧着沉沉火焰。

在张婶看到那盏绿灯笼的时候，九蘅也看到了，正是不久前遇到的那盏。可是这一次，不再像之前那样如无人拎着一般飘浮，她看清了提灯的人。

不，确切地说，那不是人，而是一道细长、弯曲、青黑的影子，她可以看清它细长的身子、尖锐的尾，腹鳍举着灯笼的柄，在那里晃来晃去，唯独看不清它的头部，只感觉到暗黑的眼中闪烁着嘲讽的冷笑。

她认得那个尾部，上次看到时，它长在仕良身上，取代了他的下半身……那正是她噩梦里也念着要杀掉的鱼祖！

眼中顿时如冒火焰，除了愤怒和仇恨，哪还有一丝恐惧。她劈手扔了水盆，把手按到腰间的刀柄上去，疾速朝它冲过去。她跑得太快，以至于黑暗中张婶都没看清，只在原地慌得乱转。

她喝了一声："妖孽，站住！"

鱼祖见她追来，提着灯迅速游走后退，长尾在地上拖出诡异的曲线。她拼力追赶，不知什么时候起四周起了黑雾，什么也看不清，视线里唯有那盏绿灯和摇摆的鱼尾，距离忽远忽近，却无论如何也追不上。

她有那么一瞬间觉得奇怪：追了这么远，应该跑出风声堡了吧？这是跑到什么地方了？想打量一下四周，可是眼光稍错开那灯光就要跟丢，于是凝神紧追不放，死也要把这个妖孽砍成一截一截的！

她不知道自己跑了多久，虽然灵慧兽赋予她异于常人的体力，但还是感觉脚底有些异样，仿佛有风在托着她的脚，跑起来异常轻松。

那绿灯突然停止不前了，悬在半空颤颤悠悠，九蘅大喜：这家伙终于跑不动了吧！

数步冲上前，刀锋挟着风声劈了过去！近到咫尺却愣住了——绿灯确实悬在那里不动，可是提灯的鱼祖哪里去了？

没有鱼祖，那也不是灯笼，而是一只硕大无比飞虫悬在半空无声振翅，虫子圆滚滚的腹部发出绿幽幽的萤光，一对凸出的复眼正对着她的脸。她惊得脚步一顿，一脚踏空，直坠进一个深坑中。

坠落的过程仿佛很久，又仿佛瞬息之间。她以为自己要摔个粉身碎骨的时候，身体突然被什么兜住了，下坠的势头止住，然后又猛地向上抛去，坠落，抛去，坠落。她被晃得头晕眼花，五脏六腑都要散了。

这上下甩动的幅度良久才渐缓，身体仍颤巍巍地晃动着。四周一片漆黑，寂静得很，只有她急促的呼吸声以及被晃得乱频的心跳声。

她感觉自己是仰面躺着的姿势，尝试着想动一下，发现手脚被束缚住了——不，好像是被什么东西牢牢黏住了。她用力挣扎了一下，想把手脚扯起，整个人都忽忽悠悠晃了起来，感觉自己像一只被蛛网捕住的飞虫。

蛛网。

没错，这种黏稠的感觉……太像蛛网了。她是被一张巨大的蛛网捕住了吗？

小时候无聊时曾观察过屋檐下的蛛网，被蛛网捕住的飞虫本能地挣扎，扯动蛛丝，另一头的捕猎者被惊动，就会迈着毛茸茸的八条腿过来，将毒液注入猎物的身体；飞虫抽搐着变得僵硬，被黏液结成的丝裹起来，以供捕猎者慢慢享用。

想到这里已是一动不敢动的九蘅，在黑暗中睁大双眼，冷汗冰凉，而缚住她的网却颤动了起来，一下，两下……有东西沿着网过来了！

她无法动弹，连抽出腰间的刀的能力都没有，只能屏住呼吸。当然并没有用，分明感觉到来自黑暗中的视线已将她锁定。

网的颤动停止，有东西停在了身边。

完了！她想：这是遇到了蜘蛛精吧，完全没有反抗的余地啊。

头顶上方突然亮起几点莹绿，那是几个不知从哪里冒出来的小萤火虫，借着微弱的虫萤，看到了一个影影绰绰的身影——是人的影子。

极度绷紧的精神顿时缓解了一些，不管来者是人是妖，即使是妖，也是修成人形的妖。有人形就能说人话，有沟通的余地。

她开口问道："请问是蜘蛛精吗？"

人影仿佛僵了一下，终于出声，语气中满是惊讶："居然来了个不哭不叫的。"

她冷静地道："能让我起来说话吗？"

那人发出低笑声，朝她伸出手。她握住这只手，借力起身。他用另一只手在她身后拂了几下，身后的黏连顺利分离，借着萤光，看清黏住她的果然是手臂粗的银白丝网，交织的结构正是巨型蛛网的模样。

这张网仿佛是挂在一个天坑之中，望不见底，仰看能望到洞口之上的星辰。再看拉她起来的这个人，是个紫袍公子的模样，衣襟袖口绣着艳丽纹彩，眉如墨画，目若丹凤，若不是他双脚稳稳踩在蛛网之上，看上去还真是个风流俊秀的绝世公子。

他说："我们先下去。"握住她的手腕，带着她飞身跃起，从蛛网的空隙中落入仿佛无底的天坑深处。因为不知道有多深，更让人觉得恐惧，她听到耳边呼呼的风声，以为自己要摔个粉身碎骨了。在落地之前，紫衣公子袖口突然射出一道银丝，黏在坑壁上，缓了一下下落速度，二人稳稳落地。

嚓的一声，九蘅抽刀出鞘，架在了他的脖子上，冷声说："蜘蛛精，把我弄到这里来想干什么？"

他吃惊地看着她，倒毫无惧意，只是笑了："你是第一个来到这里不害怕的女子，真是新鲜！"

九蘅说："怕，怕得很，遇到蜘蛛精谁不怕？但我管你是人是妖，反正不是好东西……"刀锋一抿，向他的脖子上抹去。实力悬殊，先下手为强啊！

可是刀锋还没切到他的皮肤，她就尖叫一声扔了刀！一只婴儿拳头大的血红色蜘蛛不知何时趴在了她右手手背上。那血蛛通体血红，满是毒液的腹部是半透明的，头部八只眼睛诡异地盯着她，尖利的毒牙张开，随时准备咬上她的手背。

面对蜘蛛精都面不改色还惦记人家妖丹的少女，硬是被一只真正的蜘蛛吓到崩溃……

紫衣公子笑嘻嘻道："不要动哦，小红毒得很，咬一口的话，你要浑身发紫死上三天三夜才断气哦。对了，你刚才问我是什么人吗？我叫青蝘，这个洞府就叫作青蝘宫。"自我介绍完毕，牵起她的左手，拉着她往外走去，几点萤火虫飞在前面引路。

这只起了个丫鬟名的血蛛仍趴在她的手背上，八只爪子附住皮肤的感觉让她毛骨悚然，想甩开又不敢，只能乖乖被紫衣公子拉着走，若不是吓到动作僵硬，简直是一幅唯美的画面。

他们在昏暗的洞穴通道中拐了几次，洞壁上的星点灯火映着晶亮的钟乳石，来到了一道锦绣厚帘跟前，紫衣公子唤了一声："来人。"从里面走出两名低着头的婢女模样的女子，"带她去沐浴更衣。"

婢女上前，左右架住她的胳膊，九蘅感觉到她们手指冰冷，手劲很大。

紫衣公子手朝着她一抬，趴在她右手背上的血蛛嗖地弹回到他的手上，爪子蠕动着消失在他的袖口，看得她一阵恶寒。青蝘转身走开。

两名婢女架着她走进一间净房样子的洞室。洞中有浴池，水面上甚至漂了花瓣，冒着散发花香的热气，却没有看到烧水的炉灶，大概是有天然地热。婢女二话不说就动手脱她衣服，九蘅急忙道："我自己来，自己来。"

这里灯光更明亮些，她的目光扫过婢女的脸时，心中一骇。这两个婢女的面容和体态极不自然，一个五官歪斜，另一个虽腰身纤细、四肢匀称，唯独脑袋是直接长在肩膀上的！

可是这样的人也能活吗？！

拼装组合的美人

九蘅的目光扫着两个婢女的脸，她们皮色青白，目光呆滞，伸手过来帮她解衣时能感受到她们的手指如同寒冰。

她急忙退了一下，三下两下主动脱掉衣服，逃到浴池中去。洗澡就洗澡，不能辜负水面上这层美丽的花瓣。水温十分舒适，让人难受的只有岸上两个直愣愣盯着她的婢女。

她对着她们做出一个和气的微笑："能问一下这是什么地方吗？"

婢女们没有回答，一个表情都没有。

"喂，为什么不说话啊？"她朝近处的一个婢女泼了一把水，如同女孩子之间的玩笑，可是那婢女竟连个闪避的动作都没有，任裙角淋上水渍，毫无反应。

这是什么鬼地方？也不知能不能活着走出去。但这些疑惑都不是她最惦念的事。

她脑子里一直没有放松一个念头——鱼祖。

她看到它了，它就在这里。仕良的小脸似乎又浮现在眼前，她可以不活着离开，但是鱼祖必须死在这里。

如果有樊池在就好了……

念头一起就赶紧滑过，生怕想得多了心会疼，会恐惧，会害怕再也见不到他。

两个丫鬟直愣愣杵在岸上，等着九蘅沐浴完毕。接下来不知会发生什么，总之有不祥的预感压在头顶。

突然有冰冷的手抓上手臂。两个婢女面无表情地一齐伸手，将她从水中拎了出来。

她大呼小叫："轻点，轻点！怎么招呼都不打一声就拉人……"

二人没有理会她，其中一人拿来一套新的绫罗白衣和软底缎鞋给她换。这套衣服穿在身上飘飘曳曳颇有仙气，美得很。

没有容她自我欣赏一下，两名婢女已将她架到了另一间书房模样的洞室里，青魇早已等在里面，打量她一眼，露出满意的神情，对婢女说："退下吧。"二人悄无声音地退回净室内。

九蘅忍不住回头看了她们一眼，那个没有脖子的婢子走起路来尤其僵直。她问青魇："你家婢女为何如此奇怪？"

他看她一眼，目光冰冷："等你跟她们一样时，就不觉得奇怪了。"

她恐惧地后退一步："你……"接着就有个赤红的毛茸茸的东西弹跳到了颈脉处……又来了！一言不合就放蜘蛛！蜘蛛精真是太可恨了！

"别动。"青魇说着，在书案上展开一本簿子，拿起细毫毛笔画下九蘅的模样。

他很快画完，拉着身附毒蛛生无可恋的她，来到一个垂着珠帘的洞口前，停下脚步，对她道："在这里等着。"先掀珠帘进去。

里面传来对话声："青魇，你来了？"声音是女声，可是听上去有些怪怪的。

随着纸页翻动声，青魇答道："阿琅，你看，今日的人料长这个模样。"他正在给对方看画簿上九蘅的画像。

九蘅心想：哪有把人称为"料"的，好像她是个死物一般。

被称为阿琅的女声有些惊喜："这个好！好些天总算是捉到一个了吗？"

青魇抱歉地说："最近各处闹灾，少女也不好找了。"

女声笑道："罢了，本宫知道你尽心了，带她进来吧。"

青魇掀开珠帘走出来，拉着九蘅进去。里面是个宽敞的洞室，石桌石台浑然天成，也有精致的木制家具、小巧摆设，与洞壁上生长的璀璨晶石相映成趣，别有意味。

九蘅环顾洞室，却没有看到人，只看到里侧遮了一层纱幔，隐约有个人影。刚刚说话的应该就是这个人影吧！

青靥却没有理会幔后人影，转身朝着旁边的石桌恭恭敬敬行了一礼："请阿琅过目。"

他这是跟谁说话呢？九蘅顺着他的目光望过去，没有看到人，只有石桌上摆了一个一尺高的宫装美人偶。那个人偶做得肢体匀称，五官描绘得惟妙惟肖，妆容十分精致，身上穿着的衣服也精巧华丽，看上去像提线木偶，却并没有线连接在它的手脚关节上。

难道他是在跟这个木偶讲话吗？态度还这样恭敬。九蘅迟疑着刚要发问，就见那人偶的眼珠转了一下，朝着她盯了过来。人偶的眼珠似乎是画上去的，再怎么活灵活现也是死物，这样突然动起来着实诡异。

九蘅揉了揉眼睛，以为自己看错了，却听女声再度响起："骨骼匀称，容貌秀美，皮肤细腻，不错。"

这次九蘅听明白了，话音的确是从人偶身上发出来的，虽是女声，却没有女子发音特有的婉转，声音平直尖锐。九蘅微微变色，低声说："难道是这个木偶在说话？"

美人偶突然抬起雕刻得惟妙惟肖的手，指向九蘅，发出尖利的一声呵斥："大胆！"

这个人偶果真是活的？！

活人像木偶，木偶像活人。她究竟来到了一个什么鬼地方？

青靥连忙温柔安抚人偶："阿琅莫要与一个人料计较。你的头发乱了，我给你梳理一下。"他走到桌前，用指尖帮人偶理了理长发，眼神温柔如水，那头发乌黑柔顺，大概是用真人的头发做的。

人偶画就的脸上虽没有表情，却显然是消了气，咯咯笑了一声："青靥说的是，你看她哪里生得最好看？"

青靥上下打量九蘅，目光里有种可怕的淡漠——那是看死人的目光。她分明感觉到，在青靥眼中她已是个死人了，这样的感觉让人从心底发冷。

他说："乖，转个圈。"

她抵触地没有动。

他微笑道："要乖哦，不听话小红会乱咬的。"他柔和似水的嗓音深处带着毫无人情味的寒冷。

她被迫转了个圈圈，心中满是耻辱。

打量她半晌，青餍说："我看她的眼睛黑白分明，尤其不错。"

人偶说："你说得没错，可是我看她手也不错，十指纤纤。"

青餍无奈道："一个女子身上，阿琅只能选一样啊。"

九蘅听得毛骨悚然，这是要取她的眼或手吗？他人的肢体怎么能这样随意挑选呢？取了又做什么用呢？

人偶不出声了，死鱼一般的眼睛盯着九蘅，似乎心理斗争了许久，终于选定了："就眼珠吧，现在的瞳色着实不合适，等来了新的人料再选双好看的手吧。"

青餍微笑道："好，就取她的眼珠。"

九蘅感觉自己是头待宰的羔羊，还没被杀呢已经决定了用哪部分做菜，忍不住出声："你究竟在搞什么妖术……"

"嘘……"青餍手指竖在唇上示意她噤声，脸上带着笑，瞳中却已无半点看着人偶时的温存。

桌上的美人偶盯着她，明明面无表情，却莫名透着令人恐怖的狂喜和贪婪。

九蘅看看青餍，再看看人偶，渐渐理出了头绪，开口道："那两个婢女缺少的鼻子和脖颈，是被你和这个人偶合谋取去了，现在又要取我的眼珠。你要这些人的……人的身体部位干什么？"

他抬头看她一眼，目光中竟有一丝欣赏，微笑道："来到餍宫中这么久没吓到崩溃，话反而这么多的女子，你倒是第一个。"

她说："怕是怕的，只是怕也没什么用。"

"有胆气，不过我倒要看看你的胆气能撑多久？"突然迈步向前，扯开了纱幔，露出被遮住的景象。九蘅看清之后，饶是鲛妖堆里杀出来的她，也忍不住发出一声惊叫！

"嘘……别叫别叫。"青餍用手指轻点她颈上血蛛的腹部，安抚着扬起牙齿要咬人的血蛛，"吓到小红，它可是会咬你的哦。"

九蘅压不住声音里的颤抖："那是……那是……"

站在幔后的是一个怎样奇怪的"人"啊——确切地说，恐怕不算个人，模样实在太古怪了。

那应该是个女子吧，身上什么都齐全，头、脖子、躯干、四肢，可是这些身体部位像是勉强连接在一起的，每个关节或僵硬扭曲，或大小不协调，整个人看上去像个坏掉又黏起来的木偶。特别异样的是她的头部——肤色如雪般洁白，银瀑一般的长发垂在身后，一对眼睛无神地睁着，眼瞳竟是红色的，而与这颗白色头颅相连接的脖子肤色却略深。

这是一个用许多人的身体部位拼起来的人！

而那颗头颅……她突然想到张婶失踪的女儿，得"羊白头"病的雪樱。这个怪躯头部一头银发，难道……那是雪樱的头颅？

雪白的脸上，那对红瞳毫无生气，如死人一般。实际上这个怪躯虽以别扭的姿势站立着，却一动不动，像个做坏了的假人。

九蘅惊愕的样子令青厴和人偶十分满意，一个不知道害怕的人料总归令他们不安。

人偶尖笑一声："你看这个身体的脸，这样雪白的皮肤谁能拥有？看那睫毛和头发，都是银白的，有如天上仙子一般，皇上一定会喜欢！"

九蘅心中惊疑：怎么又扯上皇上了？看看木偶，再看看怪躯，突然明白了什么。他能让木偶具备生命，大概也能让这副躯体动起来。他是打算做一个美人偶献给皇帝！

青厴的神色中有黯然悄悄闪过，旋即又浮起笑意："是，皇上一定会喜欢。"

人偶又盯着九蘅问："你觉得好看吗？"

她诚实地答道："岂止不好看，简直可怕。"

人偶虽没有表情，但片刻沉默透露了它的愤怒，冷笑道："现在是不够好看，但那双红眼换上你的黑眼珠就好看多了。接下来还会有许多女子献上她们身体最美的部分，终有一天能拼出一具完美的身体。"

九蘅强压着愤怒和恐惧，努力让自己镇定下来，转身对青厴说："刚刚看到的那两个婢女……你是如何做到取人脖颈，还能让她活着的？"

青蠹微微一笑："一点法术罢了。"

"你这个蜘蛛精的妖术怎会如此邪门？"九蘅掩饰不住的鄙夷。

"既是妖术，邪门有什么好奇怪的？"青蠹笑着说，"这种让人偶动起来的法术叫作人傀术，是我的独门技艺。将人的身体碎片拼成一个新躯体的法术是我新学来的，很厉害吧？"他得意得满面春风。

九蘅由衷地说："是诡异得厉害。你害了这许多少女，难道就是为了做个美人取悦皇帝？听说皇帝后宫佳丽无数，会稀罕你的美人吗？"

青蠹尚未回答，人偶已发出一声怒斥："贱婢！话怎么如此多？青蠹！先把她舌头卸了！"

青蠹忙劝慰人偶："阿琅消消气，等取了她的眼珠，剩下的部分任你处置，怎么消气怎么来。"

人偶得意道："那就做成人凳，供我随意踩踏。"

青蠹笑眯眯道："好。"

九蘅听得毛骨悚然，青蠹与人偶的关系也令人看着费解。这个人偶多半是青蠹做出来的，怎么反倒人偶像主子，青蠹像仆从？

青蠹端起一个青瓷小碗，里面盛着些绿油油的液体，右手执了一支毛笔。他和气地把小碗亮给她看了看："这是虫油，用罕有的飞虫蜚蛭炼就的，很难得的。将它画在人身体上，肌理血肉就会齐齐脱落，无痛无血，莫怕。"他用笔尖蘸了绿油，作势朝她的脸眶画过来。

不怕才怪！她顾不得颈上附有毒蛛，下意识地后退。惊恐的模样逗笑了人偶，发出伴随着木关节摩擦的笑声。这个人偶很享受这个残忍的过程。青蠹看到人偶笑，也跟着笑了，脸上流露些许纵容。

大概是为了满足人偶的兴致，青蠹乐于逗一逗手底猎物，一边举着毛笔逼近，一边徐徐道："你也不用这么紧张，其实你不会死的，你的意识会汇集到新的躯体里，跟着阿琅享尽荣华富贵。你的肉身也不会死，变成人凳为阿琅所用。一条性命，活出两番风采，何乐而不为？"

毛笔笔端就要触到她脸上的时候，她突然大声道："你这么爱阿琅，却又将她送给皇上，你舍得吗？"

笔尖一顿，青屫的脸突然泛起红晕，看了一眼人偶，有些慌张地道："你乱说什么？"

梁木制成的人偶

九蘅心知自己猜对了，逼视着他说："你们不是说过新做的美人皇上会喜欢吗？又说这具拼凑起的怪躯是给阿琅的肉身，就是说，你要把阿琅送给皇上！你明明那么喜欢她，舍得吗？"

说话一向有条不紊的青屫居然结巴了起来："我……我哪里喜欢她了？我怎么敢？你休要胡言，我这就把你……"

九蘅大声说："让我替你把话说完再动手也不迟！你杀了我，就永远没人替你开口了，难道不会遗憾吗？"她观察下来，人偶虽然样貌怪异，青屫对它却有掩不住的温柔体贴，旁观者清，九蘅看了个透彻。原以为他是想拯救自己心爱的女人，却因为那句"皇上一定会喜欢"，猜出更深层的秘密。

她之所以在这生死时刻揪出这个话题，可不是为了替他表白，而是为了拖延时间。多活一瞬，就有一瞬转机的希望，不到走投无路绝不能放弃。看青屫迟疑的样子，心中升起一丝希望。

他的神色一厉："满口胡言！我岂敢对贵妃娘娘有非分之想！"

贵妃娘娘？！这又是一个霹雳啊！原以为他不知出于何种图谋，要制作一个新阿琅献给皇帝，却没料到这个木偶阿琅竟曾是贵妃！

"青屫。"人偶发出略带叹息的一声，他几乎触到九蘅眼睑的绿墨笔尖生生停住了。

人偶说："青屫，便让她替你说出来好吗？"

"阿琅……"他眼中闪过痛苦的神气，"我……我不知该不该让你听到。"

嘴上说着挣扎的话，手中的笔尖已经失力垂下。

九蘅闭了一下眼，总算是暂时松一口气。

他的嘴角浮起苦涩的笑："听到了又有什么用呢？"

人偶说："至少让我知道你的心意，别的我不能给你……歉疚和感激不应欠你。"

他走到人偶身边，指尖轻轻抚过它的头发，低低的音调里如渗着血："我不要你的歉疚，你受了那么多苦，只有别人欠你的，不该有你欠别人的。你要什么我就给你什么，就是死，也要帮你得到。你想去复仇我就帮你复仇；你想夺回皇帝的心，我就帮你夺回来。"

"你真傻。"人偶怪怪的声音辨不清是在笑还是在低泣，它对着九蘅说，"那个人料，你说他是不是傻？"

她正在趁着他们说话，默默地撕扯着腕上蛛索企图脱身——这蛛索又韧又黏，根本撕不断。突然被点了名，呵呵一笑："傻得很，明明喜欢你，还要把你送还皇帝。话说你就那么喜欢皇帝吗，差点被害死也要回去找他？"

"喜欢吗？"人偶的语调里忽然有些茫然，"哪有什么喜欢不喜欢？我只是要抢夺，抢夺皇上的宠爱，有了皇上的宠爱，身份、地位、我娘家的官位财富，什么都有了。你不知道皇上曾经多么宠爱我，我是后宫中最风光的女人。都怨那个贱人……"它的音调陡然拔高，"皇后那个贱人嫉恨我，对我污蔑陷害，害得皇上误会，将我打入冷宫。我失了宠，娘家人也受了牵连，一朝失势万人相欺，父亲入狱，兄长被发配。"

九蘅虽不太懂深宫中的纠葛恩怨，但若说因为失宠妃子就降罪朝臣？怕是本末倒置了。可叹阿琅把家里的一切不幸都归责在失宠上，但一个情绪激动的人偶怕是听不进这些道理的。

人偶尖利地道："皇后那贱人趁机派人将我悬于梁上，造成我自缢身亡的假象。我才不会自缢呢，就算是死我也要拖着皇后一起死，怎么可能自尽呢！我渐渐窒息昏迷，幸好青靥赶到救下了我……"

仿佛为了解释，青靥接言道："早年间阿琅父亲喜欢招纳能人异士，她还是姑娘时，我就化成人形，应招到她家做了死侍。"他脸上现出豁出去的神气，也忍不住要一吐心声。

九蘅插言："你本非凡人，为何要受人奴役？"

他凝视着怀中木偶，语调轻柔："还记得你十五岁时，那只被困在树上的猫儿吗？"

木偶说："那一天我在楼上看到你，还以为你是来家里的客人。"

青蜃："我只是看你家玉兰开得好，就溜进去逛一逛。你站在二楼窗前让我帮你救猫下来。我用蛛丝攀上树把猫儿抱下，递给你的时候，第一次看清你的模样。你那么美，那么美……我竟恍惚了一瞬，慌得从树上跌了下去。"

人偶忍不住发出一声笑，昔日时光宛若流连眼前："幸好没摔到我的猫儿，否则就罚你了。"

青蜃笑中带着泪光："从那时起我的心思就锁在阿琅的身上解不开了，索性应招做了她家死侍。可是阿琅只想着宫里荣华。我是一个妖精，原不敢痴心妄想，只愿默默守你一段时光，毕竟妖的生命那么长，总有些无可奈何的人来人去。后来你被送进宫，我认为这段缘分尽了，就离开你家回了青蜃宫……我以为你在皇宫里生活得很好，没想到那竟是个吃人不吐骨的地方。

"你不知道我有多懊悔放你进宫……幸好我会人傀术，可以为你做些事。你颈骨折断，眼看着没救了，我从梁木上盗取了一截木头，制成小木偶，把你的意识渡到木偶身上，带出宫去。"

人偶心酸地道："直到在木头人的身上醒来后，我才知道青蜃不是凡人。"若是人偶能哭泣，此时大概会有眼泪落下，可是她只能发出类似哭泣的咻咻声。

青蜃凝视着人偶，嘴角浮现出梦幻般的微笑："其实不怕你怪罪——你不知道你变为人偶这段时间我有多幸福。你还是府里小姐时，我只能远远望你一眼，看两眼都不敢，现在却有机会把你捧在手里。"

人偶幽幽道："我只是个木偶啊。"

"无论你变成什么样子，在我眼中都是完美的。"

九蘅简直听不下去，插嘴道："他待你这么深情，你还要回宫里吗？"

人偶的低泣顿时止住，声调冷冽："当然要回去！弄死皇后报仇雪恨、重新得到皇上的宠爱，夺回我应有的地位，这是我被白绫勒住时最强烈的执念，我当然得回去！"

青屟脸上神情一黯，敛起眸底的情感，滤去泪光，沉声道："阿琅要去哪儿我便送你去哪儿，只要你开心就好。作为死侍，唯有无条件服从。"

九蘅看他又拿毛笔走过来，苍白着脸躲闪着那笔尖，骂道："你们使用这种逆天邪术，会遭报应的！"

"报应？"人偶的声音尖厉刺耳，"没有公正，何来报应！"

青屟凤眼一寒，笔锋耸立，对着她的眼眶画了过来。

却听九蘅突然念了一声："雪樱，出来！"

青屟一愣："雪樱是谁？"却觉手中画簿一震，脱手掉落在地，翻开的一页画着一名白发少女，画中人忽地化成一个半透明的影子扑向怪人，纸页上已是空白。

人偶的细小手臂猛地指向他的身后，发出一声惊恐尖叫："动了！动了！"

"什么动了？"青屟茫然转身，只见本该安静站立的那具拼凑起来的怪躯摇摇晃晃地向前走了一步，颈僵肩塌，动作诡异，比起人偶来更像人偶。

不应该啊！这具身体只是空壳，不应该能动啊！正发愣间，怪躯猛然发力冲来，举起两只不一样大小的手，朝着他的颈部掐过来。

怪躯与青屟扭打在一起的时候，九蘅抓起脖子上的血蛛小红摔在地上，捡起地上画簿，夺门而逃。

妖物鱼妇都不敢咬她，一只毒蛛敢咬吗？这家伙早就感应到她隐藏的灵力，吓得爪子一直在发抖，迫于主人命令才趴在她的脖子上不敢掉下去。

意识到血蛛伤不了自己的时候她就一直在思索如何脱身，这个青屟不是个好对付的角色，想跑没那么容易，直到看到怪躯长着白发的头颅。

既然青屟当时拿着自己的画像给人偶看，那么张婶那得了"羊白头"病的女儿雪樱已被当作人料，画像也应该在青屟的画簿之中！

于是，她就试着唤出雪樱的画影来帮助自己，万幸成功了。青屟夺了雪樱的头颅，这刻骨的怨恨非同一般，雪樱就算不能将他撕成碎片，也会拖住他许久。

洞道错综复杂，她根本辨不明方向，出现岔道时也只能凭感觉选择，竟然无意中找到了她坠落下来的天坑洞口。外面正是白昼，光线从远远的坑顶惨淡落下，如人间的光明泻入地狱的缝隙。然而找到了出口她也出不去，从坑底到上面出口有数十丈高，那张巨大的蛛网还拦在中间。而且她本来就知道自己没能力出去，她跑出来只是在找东西——鱼祖。

抓住鱼祖的愿望压过了对死亡或被夺目的恐惧。

她只向上扫了一眼，转身就往回跑。眼睛余光似乎扫到了什么，脚步一滞，抬头凝目望去。那蛛网上黏了什么东西，正在颤颤地挣扎。

一只白蝶。

看上去十分眼熟的白蝶。

九蘅身有灵慧之后目力大增，虽然距离远，仍能看清白蝶翼缘的蓝色花纹。她一直紧张绷着的脸上露出笑容，如冰霜遇阳光融化。

是樊池在找她。

樊池回到风声堡的时候，恰逢堡中一片惊慌——方姑娘失踪了！他原本隐含着一丝期待的眼底顿时风暴肆虐，将黎存之已断掉的肩部重重压在墙上，黎存之痛得险些晕过去，豆大的汗珠冒出来，却硬是咬牙没有呼痛。

旁边的人急忙劝阻，甚至有人拿东西打到他背上，樊池充耳不闻，不理不睬，只逼视着黎存之低声道："我早就看透你别有居心。说，你将她弄到哪里去了？！"

"我没有……"

樊池在他骨裂处重手按了一下，痛得他的后半句破碎掉了。樊池道："别跟我装。你骗得了她，骗不了我。你故意激我对你动手，又故意不给自己施治，就是为了留下她、赶走我，你以为我看不出来吗？"

黎存之脸色惨白，抬眼看着他，眼神闪烁，嘴角弯起一个笑："你说得对，我是故意的。可是，我仅仅想留下她，并没有其他图谋。"

"你留下她必是不怀好意！"

黎存之的微笑被疼痛牵得嘴角颤抖："是因为……我喜欢她，很喜欢。可是她非要跟你走，我宁可受着肩骨断裂之痛，也愿她多留几天……"

"你不过才认识她两天而已，何至于此？！"

黎存之笑意微深："大概是我被囚禁得太久了，她又长得那么美，一眼沉沦。"即使是这样的境地，他的脸上居然流露出一丝沉醉。

樊池难以置信地看着他。黎存之的眼底分明燃着即使不能席卷别人，也会焚尽自己的火焰。那火焰又迅速冷了下去，黎存之痛苦地闭上眼睛，喃喃道："请你……把她找回来……不要让她有事……"

"你这个妖精有病。"

樊池不知该说什么好了，松手，任他摔倒在地上，转身出了风声堡，站在高崖之上，眉间锁着重重焦灼，懊悔的情绪燃烧五脏六腑。指尖轻捻，无数白蝶从指端出现，四散飞去。

然而许久过去，没有一只白蝶给他带回关于九蘅的信息。

青蘗宫洞底，九蘅仰望着蛛网上挣扎的白蝶，没有办法解救它。可是仅仅知道樊池在找她，就让心底一直压着的阴霾一扫而空。

突然嗖的一声，一道身影从旁边袭来，她堪堪躲过，险些跌倒。定睛看去，原来是个婢女。她还没回过神来，脑后风声又起，原地打了个滚躲开，回头一看，又来了一个。

青蘗这是号令人傀们来捉拿她了！

有更多人傀从阴影中出现，迅速移来。幸好这些人傀虽然力大，动作却笨拙，九蘅身有灵慧之力，反应速度和灵敏程度超出常人，腾挪躲闪堪堪避开人傀僵直的手爪，无暇选择去路，沿着未知的洞道拐来拐去躲避围追堵截。拐弯钻入一个洞口时，脚下一空，扑通一声跌进了水中，瞬间没顶。

在水底她看到扑面而来一丛细长黑影。

鱼妇！密密麻麻的鱼妇！她慌张之下呛了水，挣扎扑腾着冒出水面。泛绿的水中游走着数不清的鱼妇，绕着她疯狂转圈，划出唿唿水声。她这才记起它们不敢攻击她，但与这些恶心的东西一起浸在水中实在是难以忍受！还是先上岸再说……

抬头看了看四周，这里存满了地下水，借着半空飞舞的流萤，可以看到只有一个出口，就是她踏进来的那个洞口，几个人傀正在那里探头探脑。

鱼妇和人傀之间，该如何选择呢？

她并没有苦恼很久，因为洞口石阶上出现了青屭的身影。他历经了与雪樱画影控制的怪躯的厮打，衣服没有破，发型没有乱，只脸上多了道伤痕，当真了不起。

他脸色阴沉得厉害，目光落在九蘅身上，却愣了一下。

她知道他在惊讶什么——正常情况下，她应该已经被水中鱼妇钻入腕脉、变成鲛妖了。

青屭低笑一声："不怕血蛛，不怕鱼妇，还能驱使画中人，原来不是个普通女子，真是失敬了。"袖中突然弹出一根银亮的丝线，卷在她的身上，触感又黏又腻！她还没来得及惊呼，整个人就被银丝扯得飞起，挂到了洞口上方，双脚离地一尺高。青屭甩出更多银丝将她缠得结结实实，仰脸打量着她，目光中饱含探究的兴趣。

上当受骗的蜘蛛

青屭问道："敢问姑娘芳名？"彬彬有礼的模样，好像捆她的不是他似的。见面这么久终于问她名字了，说明在他眼里她不是个死人了。

九蘅答道："我姓方。"

"方姑娘，虽然你这么有本事，可是阿琅看中了你的眼睛，我也没有办法放你走。抱歉啊。"诚恳的语气，倒好像在讨论的不是她的性命，而是什么物件。

九蘅也诚恳地道："您真心实意地抓我过来，我怎么能提放我走这种无理要求呢？"

"……"淡定如菊的公子嘴角抽搐了一下，微微有些破功，"那你跑什么？你本事再大，也逃不出这地底屭宫的。"

九蘅说："我并非想跑，只是想找那个引我来此的鱼祖。"

他有点惊讶："引你来此的是鱼祖吗？"

她点头："是啊，我亲眼看到了，就是它诱我来的。它提了一盏绿灯……哦，不，是个发亮的大虫子。"

"哦，原来是这样。"他笑了，"你看到的并不是鱼祖，而是你自己的幻觉。那个发光的大虫子叫作萤傀，又叫提灯妖，我养的，专用来诱拐他人。它尾部的萤光能让人产生幻觉，看到心中想看之人，不由自主跟随。"

九蘅不堪地抚住了额——被骗了！竟是幻象吗？怪不得她只看清鱼祖的尾，看不清它的头，毕竟她只见过它附生在仕良身上时的尾部，不知道它头部长什么样，所以幻觉中看不到。

青鬣感兴趣地问："一般人对鱼祖畏惧有加，你却想见到它，幻象中看到的都是它。想必是你的亲人死于鱼妇之灾了吧。虽是血海深仇，但你能有胆量追杀鱼祖，也是很了不起。"

算他猜对了。鱼祖真的不在这里吗？她顿时泄了气。

他忽然一笑："不过，还真是无巧不成书啊。"穿过洞穴的风中，他的嗓音徐徐，莫名阴森，"来，我给你个惊喜，必让你死得心甘情愿。"

他的手伸向洞壁，不知扳到什么机关，只听水面传来咔咔一阵响。水中央好像升起了一个石台，萤光惨淡，看不清是什么。

青鬣手指在空气中一捻，不知又发出了什么讯号，流萤们聚集到石台周围慢慢飞舞。借着萤尾淡蓝的光，九蘅看清了台上是一个用金丝织成的筐形大笼，透过细密的网格，可以看到里面有一团黑黝黝的东西。

盘曲的身体，青黑的鳞片，她简直不敢相信自己的眼睛："那是……"

"你没有看错，"青鬣说，"那是鱼祖。前些日子它不知从何处跑来，撞进蘅宫的地下水中，被我用鱼笼机关捉住了。"

"你用鱼笼捉鱼祖？！"她难以置信地惊叹。

青鬣谦虚地说："也是因为它不知为何受了重创，妖力只剩一成，所以才会轻易落网。"

九蘅知道它为什么受重创——是被樊池砍的。

这个蓄满地下水的洞室竟是一间关了鱼祖的水牢。但是鱼祖会被鱼笼捕住，颇有些匪夷所思啊！

笼中青黑的、蛇一般的身躯扭动了一下，一颗锐三角形的头抬了起来，转向亭子的方向，面目呆滞。九蘅终于知道了鱼祖的全貌，看清了它长嘴侧面的尖齿、漆黑无光的双目、毫不意外的令人作呕的脸。

她的眼中燃起业火，腿不由自主地蹬了两下，若不是被蛛丝吊着，她大概会径直踏进水里，将那条丑陋的鱼撕成碎片。

"能让我杀了它吗？"她的目光毒钉般钉在鱼祖身上，牙缝中透出渗寒的话音。

"我可舍不得。"他轻飘飘、羽毛一般的语气，让她被仇恨烧蒙的头脑清醒了一点，她仔细看了一眼青蠹。

他的侧颜极美，如蘸了萤色在黑暗中勾勒的图画。他满是欣赏地看向鱼祖："这可是千载难逢的傀料，我用千万种活物制作过傀偶，可妖傀是头一次尝试。"

"妖傀？你把它炼成半死不活的傀偶了？"听这个名字就让人惊悚！

"没错。鱼祖、鱼妇意念相连，鱼祖变成我的妖傀，它的子孙鱼妇也就受我驱使了。它已不是原来的鱼祖了。你看……"他手中忽然现出一根两头尖锐的弯刺状物，色泽牙白，上面雕满了弯曲花纹，像是个古怪的武器。

他执着弯刺，朝着鱼笼用特异的手势挥了几挥，像是做出某种指示。笼中鱼祖突然惊醒一般，在笼中游走两圈，头部左右摆动，尖长的嘴张开，发出咝咝的声音，低沉暗哑，如鬼魅的低语，然后停止，蜷曲着伏下，似是睡着了。

青蠹对看呆的九蘅说："方姑娘你看，鱼祖已变成我的傀偶，再无自我意识，原来的它相当于死了，你的大仇也等于报了。所以我即使要你的命，你是不是也舒心了？"

九蘅冷汗滴滴渗出，道："你与这妖畜一应一和，玩个舞蛇一般的把戏，就说它被你制成傀偶了？"

"那可不是舞蛇，是我与它对话的方式，我问它认不认得你。"

"……它如何说？"

"它说这世上只认我一人。"

九蘅咬得牙险些碎了："它不认得我，我可是认得它。我要将它的鳞片一片片剥下来，挫骨扬灰！"

"方姑娘，你冷静一下。"他轻声说，"你大概忘了，你自己也是我的囚徒，杀不杀它，可由不得你。"

"鱼祖是不祥邪物，你不怕养虎为患吗？！"

他笑道："青蜃宫万千傀儡，哪个不是邪物？"

他说得没错，他自己本身就是个大邪物。

她不甘心地盯着鱼祖，道："青蜃宫主，我知道你肯定不是好人……"

他赞叹道："坦诚得令人欣慰！"

"鱼祖不死，江河里的万万条鱼妇就不死，这场覆世倾国的灾祸就结束不了。世间苍生苦难你不怜惜，可是蜃宫不也存在于世间？你青蜃宫主虽然是妖，不也是苍生之一吗？难说有一天灾祸不会蔓延到青蜃宫来……"

说到这里，她想起许久以前在方家时，板子抽在背上，脸压在泥地，耳边传来父亲冷漠的声音，目力所及，尽是绝望。那时候的她多希望上天来一场毁天灭地的洪水，将这歹毒肮脏的世界清洗得干干净净。

是从什么时候起对这个世界重燃了温情，盼望着世人太平安稳的？是小村子里阿七娘给她烙面饼的时候？是挥刀砍杀着鲛妖，将瑜州城妇孺护在身后的时候？是风声堡的张婶把热乎乎的红薯粥送到她手中的时候？……还是那个头顶晃着触角的人，回首对她云淡风轻地一笑，朝她伸过手来，要带她一起去闯荡这个摇摇欲坠的尘世的时候？

青蜃冷冷插言："世间苍生与我何干？覆世倾国有何不好？若她不能好好活着，生灵涂炭又如何？"他狭长的眼中涌起森森寒意，"她是这世上最美好的女子，可是这世界负了她……"

青蜃说得越发来了兴致，神采飞扬："我本来只会把人的灵识渡到木偶身上，并没有办法给她一个人身。可是自从捉到鱼祖，我就知道有办法了。鱼祖是上古妖兽，它以分裂的方式繁衍子孙无异于永生，它寄生尸身、重塑鲛人的本事暗含着不死不灭的秘密——是它传授了我重塑肉身的秘术。"

他转脸看着她的眼睛："还记得阿琅夸你眼睛漂亮吗？"

青厣忽然抬手，指尖抚过九蘅的眼睫毛，表情充满欣赏却令人毛骨悚然："鱼祖教会我用人料组合人傀，结合我的法术，就能给阿琅塑造新身，使她重获新生。真是天意啊！不过……"

他有些无奈："阿琅选东西的眼光一向挑剔……但只要一直拼下去，终有一天能拼出一个令阿琅满意的模样。"嘴角浮起宠溺的笑。

九蘅心道：终有一天？呵呵，换上这个又看上那个，眼和鼻不搭配，手和脚不协调，新来的人料身上总有比以前的人料更美的肢体五官……别说百名女子，就是千名女子，也未必能拼得令她满意。

青厣眉头一皱："不聊了，阿琅要等急了。"手中变戏法似的亮出毛笔，朝九蘅眼眶探过来。

一只白蝶不知从哪里飞来，突然落在笔杆上，青厣笔尖一滞："哪来的蝴蝶？"入口有蛛网封锁，这洞府里除了他养的蛊虫，不该有别的飞虫。

九蘅却莞尔笑了。

远处传来冷冷的一声："你敢碰她一下，我就折了这个木偶。"

通道尽头出现白衣身影，面笼寒霜，单手捏着美人偶阿琅的细细脖颈。木偶尖声叫道："青厣救我！"

樊池身材高挑，拿着个小小的宫装美人偶做挟持人质状，看上去像一场玩笑。青厣却面色大变，冲上前去："你放开她！"

"别动。"樊池威胁着把人偶举了举。青厣停住脚步，不敢上前，急得一张俊脸惨白。

樊池远远望了一眼被蛛丝挂在壁上的九蘅："诶……你怎么样？"

九蘅还没回答，这一声问却已提醒了青厣。他鬼魅般后撤脚步挪到了九蘅身边，毛笔搭在了她的颈侧，森森道："放开阿琅，否则我立刻卸了她的脑袋。"

樊池变了脸色。

手中人偶忽然悠悠说话了："青厣，这个人来头不凡，不要跟他硬碰硬了，一个人料而已，还他，我们再捉就是了。"

九蘅的神情毫无畏惧，着急地冲樊池喊道："不用管我，鱼祖在这个水牢里面，先杀了它！"

樊池眉心一蹙："怎么能不管你呢？"

他弯腰将美人偶放在了地上，轻轻推了一下："去吧。"人偶迈着诡异的步姿向前走去，地面崎岖，没走几步就险些摔倒。

青蠹丢下九蘅风一般跑过来，将人偶捧起抱在怀中，万分疼惜地问："阿琅没事吧？"

人偶带着哭腔答道："差点被那恶人折了脖子！"

他替她抚去裙脚的灰尘，动作细致，神情温存似水，安慰道："没事了，不用怕。"

与此同时樊池也掠到了九蘅面前，朝悬在半空的她伸出手去。

她喜悦地道："快帮我下来。"他的动作顿住了，她疑惑地看着他，"快些啊。"

他的嘴角掠过一抹冷笑，伸指推了她一下，她像个钟摆一样在半空中晃起来。

"哎哎……你干吗！……不要闹！"

他拨拉着滴溜乱转的她："你是我什么人？凭什么让我放你下来？"

"不要在这个时候闹小孩子脾气好吗！"

他转身就走。

"我是你灵宠！灵宠灵宠！"

她不情不愿地被迫服软让他更不爽了，手猛不丁抚过蛛丝，她不防备地摔在了地上，滚了一圈。他劈头盖脸将缠住她的蛛丝扯下。

"轻点轻点……"

他没好气地道："轻什么轻！"忍不住拿手中蛛丝糊了她一脸。

她顾不得安抚他莫名的怒气，指向水牢："鱼祖在那里，先杀了它……"

他顺着她指的方向望去："在哪儿？"

"那个金丝鱼笼里。"

"笼子是空的啊。"

"什么？"她忽地转头望去，笼中果然空空如也。"鱼祖呢?！"她惊叫一声。

抱着人偶的青蜃闻声过来看了一眼，脸色微变："怎么会不见了？"

樊池呵呵一笑："莫不是你以为一个笼子能关住鱼祖？"

青蜃争辩道："它已被我制成妖傀，就是没有笼子也跑不了！"

樊池讥讽道："鱼祖有化小之能，最小可细如发丝，万年之前从神兽白泽爪下逃掉的妖精会被你一个小妖捉住？还制成什么妖傀？"

青蜃脸都憋红了，怒道："我这就召唤它回来给你看！"说着又亮出手中弯刺，凝神在空气中挥动，口中念念有词，却没有任何回应。

他的额上渗出薄汗，神情压抑着焦躁："这不可能……"

樊池看到那枚尖刺，略略惊讶："赤鱼脊刺！嗯……确是好东西，不过你高估它的作用了。"思索了一下，又道，"我进来的时候看到许多身体残缺的人傀，你大概是在制作一个肉身傀儡？"

没等青蜃说话，九蘅就截去了话头："没错，做得可难看了，还想取我眼睛加到那傀儡身上呢。"

樊池又看了一眼青蜃一直紧紧抱在怀中的木偶："我猜，是鱼祖告诉你说，如此就可以把新肉身给这个木偶重生所用。"

青蜃狐疑地盯着他："你听到我们的对话了？"

"没有。"

"那你怎么知道……"

"我知道一些妖物的习性。鱼祖重创在身，这样一具百人之身组合的人傀可以让它寄生在内，恢复妖力。"樊池说完，有意无意扫了一眼九蘅。

九蘅心领神会地赞叹道："你懂的真多！"樊池顿觉舒坦无比。

青蜃摇头道："不对，不可能。那个肉身是给阿琅用的！"心中却已信了大半，抱着木偶转身就跑。

樊池说了一声"跟上"，拉着九蘅追了上去。

青蜃直奔放置怪躯的那间洞室。樊池和九蘅跟进去的时候，见他望着洞顶的一团残破的银白蛛索发呆。

他喃喃说："我将突然动起来的傀儡制住之后，原本就是捆在这里的……"

怀中人偶也尖叫起来："我的肉身呢？我的肉身呢！"

樊池冷笑道："是被鱼祖寄生跑了。"他又对青蜃道，"你还不明白吗？并非你捉住了鱼祖，是鱼祖选中了你。必是它知道你有制作傀儡的本事，要借你之手，给自己制作一个躯壳。你老实说，那肉身是用多少女子拼成的？"

青蜃惨白着脸色道："七十五个。"看了一眼九蘅，"她本应是第七十六个。"

樊池抄起桌上一个杯子砸向青蜃："说谁呢？"

青蜃一偏头，杯子在壁上摔个粉碎，怀疑的目光打量着樊池："你究竟是什么人？"虽横竖一副惹不起的样子，但时而冷傲时而撒泼，让人难以捉摸。

"我是神！"樊池傲然道。

青蜃露出"你就吹吧"的鄙视神气，连手中的木偶阿琅都翻了个白眼。这反应跟九蘅初识樊池时一模一样，她不堪地扶了扶额，走上前来："我能把傀儡弄回来。"

樊池惊讶道："你如何做到？"

九蘅给他看画簿："那些不幸女子的画像都在这里面。"

樊池明白了，紧张地扫一眼青蜃，低声道："莫让他听到。"

他并不知道九蘅已当着青蜃的面用过一次了，还很在意地怕青蜃听到。

青蜃明了地出声道："不必遮遮掩掩了，我知道她有唤出画中人的本事。"他脸上还有被怪躯击打的伤痕呢。

樊池盯他一眼，目泛杀意："知道便知道，反正你是要死的。"

人偶猛地揪住了青蜃的袖口，尖声叫道："我们都放了这个人料，你为何还要杀青蜃？"

樊池淡淡说："职责所在。"语气淡漠得毫无起伏。

青蜃与人偶听不懂，只觉得这个陌生人面对九蘅时若春风暖阳，转向他们时却寒意侵骨。

青蜃的指尖轻点了两下人偶的小手："不用怕，有我。不要听他信口胡言，我做的妖傀和人傀，绝不会出错！必是他使了什么花招盗走了肉身。"

樊池凉凉一笑，不置可否。

九蘅晃着画簿，闭目喃喃自语："雪樱，冤死的姑娘们，去把人傀带回这里来，不要让肮脏的鱼祖带走它！"

樊池抱怨地斜了她一眼，心想：就不能念得有韵律一点？好好的本事被搞得毫无品位！

粉身碎骨的贪婪

贯穿洞穴的风里忽然传来扑腾的水声，夹带着浓重腥气。

青屭说了一句"水牢"，拔腿就往水牢的方向跑。

樊池叹口气道："那还算什么水牢？鱼祖必定早在水底打好逃脱通道了。"随即疾步跟上。

青屭抱着木偶先一步赶到水牢阶前，那具怪躯安静地站在水中，脸色洁白，银瀑般的长发飘飘散散，上半身露出水面，水波绰绰间，隐匿了肢体不协调的缺点，竟显得十分美貌，青屭看得一怔。

手中人偶激动地说："好美……那就是我的新身，什么被鱼祖寄生，那个人都是胡说的！"

樊池正巧赶到，手中蓝光乍现，祭出无意剑，沉声道："鱼祖，今日你跑不了了！"

木偶突然发出一声尖叫："不准伤我肉身！"

青屭听到这一声喝，手一抬，袖中喷出绳索般的蛛丝，瞬间将樊池的上半身捆裹得如粽子一般，黏在了墙上。

樊池又惊又怒，喝骂道："糊涂！一介凡人怎么可能驾驭邪气如此深重的肉身！这本就是个陷阱！这个木偶糊涂，你也不明白吗？！"

青屭咬牙道："只要有一线希望，我就绝不放弃！"

樊池道：“哪有什么希望！愚忠之人，还不醒悟！”一边说着一边拼力想把蛛丝切断。无奈蛛丝是他天生的克星，一时竟摆脱不了。

九蘅看势不好，冲着水中怪躯大喝一声：“雪樱！”

怪躯宁静的表情突然打破，剧烈地扭曲挣扎起来，时而向前时而后退，时而上浮时而下潜，翻滚挣扎不停，搅得水色浑浊。下半身冒出水面，已变成一条长长的青黑鱼尾，时不时举起，剧烈地拍打。

青蜃惊愕地喃喃道：“竟然真的被鱼祖占据了吗……”

怪躯神情猛地变凶，朝岸边石阶扑来，呆怔的青蜃被它抓住了脚腕，瞬间整个人被拖进水里，九蘅伸手想拉却没来得及。他在跌进去的前一刻将手中木偶抛在了岸上，木偶发出尖利的一声哭叫：“青蜃——”

青蜃与怪躯纠缠着在水中翻滚了两下便不见了踪影，冒出水面的只有怪躯。

九蘅眼看着它脸上现出一个诡异的笑，大尾一甩朝水下潜去。看来是鱼祖压制住画影，夺了身体的控制权！

她突然大声喝道：“雪樱，你的娘亲有话让我带给你！”

怪躯身形一顿，突然以怪异的角度扭回脸来，雪白面庞上露出悲凄的神情，脱口而出：“娘亲……”

是雪樱醒来了！

九蘅急忙道：“雪樱，你要抵抗住鱼祖啊，被它带走就见不到你娘了，一定要留下来，我带你回家！”

红瞳中飚出泪来，怪躯拼力拧回腰身，死死抓住了放置金丝鱼笼的石台边缘，脸上的神情又在不可控制地变换——时而惊恐，时而愤怒。看上去很是狰狞，是鱼祖跟画影们在争夺身体的控制权。

机不可失！九蘅和樊池对视了一眼，二人心领神会，被蛛网困住的樊池手一抬，无意剑便直冲过去，九蘅一把接住，跃进水中，朝怪躯腰部砍去。

在剑锋触及的一瞬间，怪躯突然分崩离析，她感觉剑身轻飘飘斩进了水中，但是没有一丝血迹散开，怪躯仿佛是一个猛然摔碎的木偶。

九蘅怔住了。发生了什么？鱼祖是被她杀了吗？眼睛余光突然捕捉到一缕青黑在水中一现即隐。

她恍然大悟——鱼祖故技重施，舍弃肉身逃了。她挥剑发疯一样对着水中一阵乱斩，浑浊的水面斩裂又合拢，无数鱼妇被劈成碎片，偏偏看不到鱼祖了。

仍被蛛网纠扯住的樊池大声道："不要砍了！水涨起来了！"

她这才注意到水牢中的水正迅速上涨，刚刚还只到腰部，现在已没到胸口了。

樊池嚷道："定是有机关被鱼祖弄开了，看这水势整个地宫都会灌满，我们快上去！"

她的眼眶还被仇恨激得发红："好不容易抓到，怎么能让它跑了？"

"它早就设好了逃脱之计，这次抓不住了！"

九蘅虽不甘心，也知道他说的有道理，刚要上岸，忽然看到木偶阿琅漂在水面上，仍在哭泣不止："青蠹，青蠹！"

她有些不忍："带它一起走吧。"说着就想要蹚过去捞人偶。水面突然跃起一物，将木偶抓住！

九蘅惊叫一声："青蠹！"

是青蠹——却不是原来的青蠹了。他的面容潮湿又枯槁，嘴部裂到耳根，长长鱼尾拍打着水面。他已被鱼妇寄生变为鲛妖，却因为是蛛精，与凡人变的鲛妖有所不同。握住美人木偶的手爪是生刺的虫足，眼睛也不是全眼黑瞳，而是眼白多、眼黑少的镰月弯瞳！

九蘅离得近，只觉得这样的眼睛非常熟悉——百口仙人形散去的刹那，也变成这种镰月弯瞳。妖类濒临绝境时眼睛都会变成这种怪样子吗？

木偶惊骇之极，气若游丝："青蠹……"

青蠹的脸上再无原来的深情，裂开的口中发出凶厉的嘶声，露出弯曲的蛛牙。

绝望到了极致，木偶的声音却变温存了："青蠹，我不要回皇宫，不要做妃子了，我只想与你在一起。"这是她第一次对他说出温柔的情话，也是最后一次了。因为下一瞬，已化为鲛妖的青蠹就把她捏了个粉碎，木屑四溅。

九蘅拿无意剑劈了过去，青蜃变成的鲛妖断为两截，一枚散着烟气的青珠从他身上飞出，是蜘蛛精的妖丹！她拼尽力气飞扑过去，在妖丹落水之前将它握在手里。整个人失去平衡，一头栽进水里，挣扎着站不起来。

突然有人拽住将她捞了起来，是挣脱蛛丝的樊池。他把她拉上岸，朝着出口奔去，身后水浪翻腾着滚来。

跑到那个罩着蛛网的出口时，他揽着她的腰身纵身飞起！

结果……被黏在了蛛网上。

九蘅："……"

樊池无奈地说："我最怕这个的。"

"怕这个？"她记起刚才他轻易就被青蜃的蛛丝困住，再想想他时不时弄点小蝴蝶出来，确定了一直在怀疑的事，"你的真身是蝴蝶啊。"

"你这样揭穿神仙的真身，真的是很无礼啊。"他不满地瞅着她。

"呃……抱歉啊。"

他忽然一笑，凑过来问："蝴蝶不错吧？很好看是不是？"

真是个自恋的家伙，她忍不住笑道："好看，好看。"

他满意了，嘴角弯弯暗暗得意。

可是现在是臭美的时候吗？她无奈道："好看的蝴蝶被蛛网捕住了可怎么办？"

他低头看了一眼底下灌满水的天坑，水势已缓，道："水淹不到这么高。没事，睡会儿。"

"哎？！"

却见樊池已在蛛网上调整了个舒适的姿势，将她往怀中一拥，眼皮一合就要睡去。

她知道他本来就因伤而嗜睡，看他突如其来疲惫的样子，这两天必是劳累不堪。可是……这是睡觉的地方吗？！

头顶忽然传来一声唤："方姑娘！"

抬头一看，竟是黎存之，正扔下一条长绳来。她惊喜地晃了晃樊池："有人来救我们了，先醒醒，上去再睡！"

"讨厌。"他蹙着眉心骂道，闭着眼不肯睁开……

借着黎存之的绳索上到坑外，九蘅缓了口气，正要道谢，目光突然落在他的手臂上——他肩骨不是折了吗？刚才是怎么用绳索把她和樊池两个人拎上来的？惊讶地问道："哎？你的手好了吗？"

她伸手想去检查他的伤处，却被樊池伸手拦下。

"手放老实点。"他满脸不悦地说。

这个家伙一上来就趴在她肩膀上做昏昏欲睡状，实则明察秋毫，对自家灵宠看得严着呢！

黎存之低下头避开她狐疑的目光，一副犯错的样子："我……"

樊池忽然清醒过来一般，将她转过来面朝自己："我来跟你说，这只风狸明明可以医好自己却故意不医。"

九蘅惊讶地转向黎存之："为什么要这样……"

樊池硬生生地将她扳了回来，只让她听他说话："为了以苦肉计骗你留在风声堡，目的极不单纯，大概是想害你。好了，事情就是这样，我们走吧。"拉着她就走！

什么？事情听起来不简单啊！怎么能就这样走呢？她嚷嚷道："哎哎，我还没问清楚呢！"

"够清楚了！不要跟存心不良的人说话！"

"我就说一句！"

他只好停下，隐忍地等待。

她对黎存之说："黎药师，请你带话给张婶，她的女儿雪樱遇害了，凶手已得到应有的报应，请她不要过于伤怀……"很多话终是说不出口，只能以叹息结尾。

九蘅就此告别黎存之，随樊池离开。

黎存之站在山岭上，风扬起青衣，凝视着远去的人，眼中闪着意味不明的光，低低的话音飘出唇角："我等你回来。"

青蘑宫的入口位于半山腰，地势不高，望出去视野中尽是郁郁葱葱，走了没多远就下到一道山谷，谷中浅溪淙淙，风景秀美，樊池的脚步总算缓了下来。九蘅终于得空跟他说句话："我们为何不回风声堡歇息一阵再走？"

他冷冷盯了她一眼："你很想跟那风狸待在一起吗？"

看他神情不善，她就知道该坚决地否认，斩钉截铁道："不想。"

他别扭地转过脸去，半晌一声不吭，忽然没头没脑地冒出一句："对不起。"

她没听明白，问道："什么？"

"我说对不起。"

"……你该对黎药师说对不起吧。"

他眼中火星一炸："不，他该打。他故意把你留下，又没有照顾好你，我觉得打轻了。我是跟你说对不起。"

她哭笑不得："那你有什么对不起我的啊？"

他想了一下，闷闷说："我不该当着你的面打他。"

她深深震惊了，这么说背着她时还是要打的喽。神仙的思路真是难以理解啊。她在这世上没有亲人，朋友也很少，她珍重的这两个人就不能和睦相处吗？真是心累啊……

她也不敢再说，心想神仙对灵宠的独占心可真是霸道得可怕，还是别提了。叹一口气："我看你劳累，原还想让你去风声堡休息一天再走，可是你那么不喜欢他……算了。"忽伸出手来，亮出掌心的青色圆珠，"来，吃了。"

他一看妖丹，又怒从心起："方才水都淹了上来，你还要去抢妖丹，怎能如此冒失！"

"哎，怎么不识好歹呢？快点张口。"

"扔了，我不吃！"他怒气冲冲扭头就走。

她一蹦跳到他背上，一手勒住他脖子，一手将妖丹硬塞进了他口中。他呜噜噜地要骂，她用手堵着他的口好言相劝："咽下去再骂！"

总算是强迫他硬生生咽了下去。他被噎得泪花闪闪，转身对着她刚要开骂，突然一个趔趄，整个人就倾倒过来压在她肩上。

她扶着他看了一眼，只见他唇色瞬间乌青，吓了一跳："你怎么了？"

"难受……蜘蛛精的妖丹毒性有点大，没事……我睡一会儿就化解了……"

服下妖丹带来的不适来势汹汹，还没走到近旁的树下就已半醒半昏，到了地方，他几乎是跌倒在草地上的，幸好九蘅扑救得快，用手心垫在了他头下，要不脑袋都砸到地上了。

原以为他就这样昏睡过去了，可他已合上的眼皮忽又睁开，努力爬起来，在怀中摸啊摸的。

她奇道："你又起来干吗？"

他亮出手中的东西：一根红绳坠着两枚骨珠，是在枫林时被他剑气削断、丢在那里的那两枚。

她愣住："你是怎么找回来的？"

"枫林太大，好难找的。"他伏身过来把红绳系在她颈上，"这骨珠还是很有灵力的，一旦丢了，灵宠就不听话、要跟别人走了，所以一定要找回来。把你惹毛了，又不知该怎么哄你，就想到丢了的骨珠，想着找回来给你，说不定你就不生气了。"

妖丹的效力使他的手都是抖的，费了好些力气才把结在她颈后打好，然后他身子一松，就势伏在她颈窝沉沉睡去了，短促的呼吸扑在她的耳后。

她任他靠着，久久地不敢动弹。一日一夜之间，两百里的距离，他打了个来回，还从妖气重重的枫林中找回两枚骨珠。回到风声堡又没见到她，催动灵蝶寻她下落。总算得到一枚妖丹，又偏偏毒性这么大。就是神仙也要垮了。

这蜜蜂精是不是傻？眼中抑不住地泛起泪光。

远处忽然出现一片模糊不清的半透明影子，像是一群少女，个个青春美貌，可是她们都是半透明的。少女们挤挤挨挨地站着，胆怯地朝这边张望，又不敢上前。一个苍白的身影从她们中间走到最前面来。九蘅凝目看去，见是一个面容雪白的女子，万缕银丝垂到腰际，发梢闪着细碎的光，美得像个精灵。

"雪樱啊……"她喃喃唤道。

这些都是被害死在厴宫中的少女们的画影。怪躯被鱼祖抛弃的一瞬间分崩离析，七十五个少女画影从中脱离出来，却因为九蘅从厴宫逃出时跑得急了，没顾上她们，召唤术未解，无法回到画簿中，因此就全都来找她等候命令了。

望着这些本该享有美好人生的少女，九蘅心中很是酸楚。担心惊醒了樊池，拿手轻轻掩住他的耳，朝着少女们说："杀身之仇已报，你们回去吧。"

少女们乖乖聆听着，朝她齐齐拜下，陆续飘向画册消失不见。唯有雪樱没有回去，红瞳中含着期待，又迟疑着不敢开口，怯生生的模样看得人心疼。

九蘅把一直戴在腕上的那只绞丝银镯递向雪樱的方向："你母亲在风声堡，这是她让我捎给你的镯子，你拿着去见她最后一面吧。"

雪樱慢慢走过来，接过镯子，红瞳中流下泪水，伏在九蘅面前深深拜了一拜，随后就消失不见了。在她跪伏过的草地上，却遗留了一柄两端尖锐的利器。

"那是……"九蘅伸手将它捡起。这柄利器通体牙白，材质若骨，两尺多长，器身上刻着满满的符咒般的花纹，两头弯翘的部分磨得如剑锋一般锐利。

这不是青厴宫主拿来指挥鱼祖的东西吗？记得樊池说过它叫赤鱼脊刺，雪樱居然把它带了出来！

赤鱼脊刺正中恰好方便手握，她把它拿在手中比画了几下，沉甸甸地十分称手，若用它杀鲛妖，应该比现在用的长刀好使。

溪水那边突然传来一阵咻咻的声音，这声音如此熟悉，听得九蘅神色一凛。冷眼望去，只见溪中爬上来数只拖着大尾的鲛妖，它们嗅到新鲜活人的气息，正面目凶残地朝二人爬来。真是想什么来什么，试验新武器的活靶子这不就送上门了吗？

她没有惊醒樊池，尽量小心地把熟睡的他移到地上，让他舒服地躺着，手执赤鱼脊刺挡在他的前面。第一只鲛妖扑上来时，赤鱼刺尖从它的咽喉直剖到鱼腹。

"嘘——别出声，有人睡觉呢。"九蘅小声警告着挣扎的鲛妖，又低头看了看手中的新武器，"嗯，果然是个好东西！"

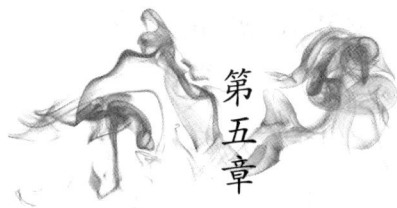

第五章

巨猫篇

◇

　　赤鱼尊骨，赤鱼妖有六十六根脊刺，从头部数第六根煞气最重，叫作尊骨，通体牙白，两头弯翘，尖端锋锐，刻上符咒后即驯服，是有名的降妖巫器。

命定的赤鱼认主

风声堡里，子夜时分。

连夜赶回的黎存之首先去找张婶，要把九蘅托付的消息带给她，还没走近，就听到一阵心碎的悲泣声。

张婶原在灶房里忙活着烧水做饭，想着黎药师他们出去找方姑娘，也该回来了，就打算准备些热乎饭食给他们。忽有一阵风从门外卷到门里，扬起一阵沙尘，迷了眼睛。

她揉了半晌，总算能睁开眼时，忽然看到灶台上搁了那只应是给方姑娘带走的绞丝镯子。她颤抖着手捧起镯子，愣了许久，猛地冲出门外。夜色茫茫，什么都没有。她跪坐在地上，把镯子捂在心口，大哭起来。

黎存之站在远处默不作声，不知在想些什么，身影在风中飘飘摇摇，似乎要融化在夜色中。

樊池一觉从午后睡到第二天日上三竿，醒来时嘴角都挂着饱足的浅笑，唇上的青色已褪，恢复了浅淡的粉。蜘蛛精的妖丹融入血中，虽然于心口的伤势如滴水入海，但效力总是有的，精神好了许多。睁开眼睛，在两步远的地方看到了席地而坐、身着一袭白衣的九蘅，正在擦拭着赤鱼脊刺。

他看了她半天，散散的目光终于聚焦起来，翻身爬起上下打量她："怎么回事？受伤了吗？"她的白裙上沾满了斑斑血迹！

"没有。"

"哪来的血？"

"哦，它们的。"她指了一下身后。

他这才看到四周到处是横七竖八倒毙的鲛妖，有几十具之多。他看她一眼："你杀的？"

"嗯。"她略带炫耀地举了一下手中新得来的武器，"用这个杀的，这把武器好好用啊！杀鲛妖就跟剖瓜切菜一样轻松，而且不用把鲛妖腰斩，只要刺入它们的身体，它们就死了！"

樊池看着她手中的武器，愣了一下。赤鱼脊刺，眼熟得很啊。之前在青魇宫中看到青魇拿着它，还没有特别的感觉，现在它被握在她的手中时，他忽然记起来了。

瑜州城鲛妖大战之后，留宿听月寺的那个晚上，她在寺外泉中沐浴，他守在不远处。有个黑衣人执着一把凶器想要刺杀泉中少女，被他拦下。过招中，黑衣人的面巾被他扯下，露出的脸与九蘅一模一样。随后出现时间逆流术的紫色旋涡，说明那个黑衣的九蘅确是从未来的某一天回来，想要杀掉过去的自己，而未来的九蘅所使的武器正是这把赤鱼脊刺。

时隔数日，今天九蘅才初次得到它。

时间流逝，机缘契合，命运在步步推动，然而他依然参不透未来到底发生了什么，也不知道能否改变可以预见却看不清楚的悲剧。

"喂！"九蘅歪头看着突然走神的他，"想什么呢？你看这把武器厉不厉害？"

他眼眸如深潭，敛起心事，道："赤鱼脊刺是巫器，与普通兵器不同，对生鳞妖物有极强的杀伤力，鲛妖连妖物都算不上，在它面前自然不堪一击……可是，鲛妖来了为何不叫醒我？"

"让你多睡一会儿啊。"她笑笑地看他一眼，"再者说这把刺用起来特别顺手，我也杀得兴起，不想让给你，可惜鱼祖不在其中，若它有胆过来……"眼中闪过寒意。

"你……"他一把握住她的手腕，面露怒色。看她满身血迹和掩不住的疲色，这一夜恶战必不轻松。心中恼怒疼惜，又不知该如何表达，只道："以后不准单独上阵。"

"好啦，知道啦，松手啊。"她往回抽手，他却仍不松开，还想说什么的样子。

她警惕地盯着他："这个刺是我的，你都有无意剑了，不要跟我抢。"

他不由得失笑："谁要跟你抢？"

"这个东西为什么叫赤鱼脊刺？"

"这是赤鱼妖的第六根脊刺。赤鱼妖有六十六根脊刺，从头部数第六根煞气最重，叫作孽骨，被巫师刻上符咒即驯服，是有名的降妖巫器。"

"降妖……这么说，对付鱼祖应该有用了？"她的手指抚过刺身，十分光洁，摩擦时又透着一丝炽热。

"有用，它的杀伤力强于凡间兵器。"

"很好，那就叫它'赤鱼'吧。"忽然惋惜道，"赤鱼是一种妖哦？青蜃抽了它的鱼骨，必已杀了它。那么它的妖丹呢？若是被青蜃吃了的话，他死时为何只析出一颗妖丹？"她真是时时刻刻惦记着妖丹。

他失笑："你以为妖丹是糖豆子，谁想吃就吃啊？妖若吞食同类妖丹，两方妖力在体内相斗，修为差一点的甚至会躯体爆裂而死。而且赤鱼不是一般妖精，乃是上古凶兽，虽是鱼妖，属性却为火，不生活在水中，只在土中游弋，妖力极凶极强，可不是青蜃那种小妖能杀得了的。他应该只是机缘巧合得了这块鱼骨罢了。"

她眼睛一亮："那妖灵力极强，那药效也必然极高了，吃一个顶几个？"

他瞥她一眼，眼底柔色如一尾鱼在潭底一现即隐，展手道："它的孽骨都在这里了，妖丹定然早已不在了。把赤鱼给我。"

她警惕地说："这是我的。"

"你都是我的，你的东西自然也是我的！"他不客气地抢了过来，握住正中，伸平手臂举在身侧，合上了眼睛。

她不放心地问："你干吗？"

话音未落，就见赤鱼铮铮震颤起来！她探指小心地触了一下刺身，指尖竟被震得发麻，惊奇道："这是什么把戏？"

他也感觉十分意外："并非把戏，是以意念与赤鱼脊刺相通，感应它的妖丹是否还在……居然真的有反应？！"

她惊喜不已："它这么抖啊抖的，是感应到它的妖丹了？"

他点点头，道："只是，大概这周围鲛妖太多，反应有些混乱，不过只要你悟性足够，悉心感受，就能感觉它示意的方向。"他握住赤鱼在空气中缓慢地划动，让她看手势。

"手拿来。"他直接拉过她的手，将赤鱼塞进她手中，"将意念专注于赤鱼上，感受一下它的示意。"她握了半天，赤鱼也毫无动静。

"不哆嗦呢。"她失落地道。

"专心点！"他拍了她脑袋一下。

她又试了一下，合眼凝神，让赤鱼通过她的手心与意念相遇……它突然震动了起来。"动了动了。"她惊喜地嚷嚷，"可是只感觉它在乱颤，分辨不出来是在指哪里。"

他指了一下谷口外："啧，愚钝，是那边。按理说赤鱼死后妖丹或是随妖魄散去，或是有如我一样能承受其妖力者吸食。但是鱼脊有反应，说明妖丹仍独立存于世上。此事甚是蹊跷，的确应该去查看明白。"探手将赤鱼取下，在空气中挥了一挥，突然缩成发簪一般小了。

九蘅登时急了："哎？怎么变这么小了？"

他白她一眼，将小小的赤鱼再挥一下，又变成原来那么大了。

九蘅瞪大眼睛，好奇地问："怎么做到的？"

他哼了一声，道："赤鱼骨本就可以受神族意念驱使随意变换大小，方便携带，也更隐蔽。"

"哇，厉害哦，你教教我。"

"你又不是神族。"

"……"她面露失望。

"不过你身有灵慧之气，只要让它认你为主，也是可以的。"

她又来了精神："如何认主？"

他将赤鱼化小，托起她的手。在她还没回过神来的时候，他已用赤鱼的一端刺尖在她指腹上扎了一下。她疼得"咝"的一声，指尖渗出血珠。

"别动。"他说，血珠涂在赤鱼上，瞬间消失。

原来是滴血认主啊，好老套的方式。

弄完了，他自然地握着她的手指往他的唇边送去，看样子是要替她吮一下伤处，还没被含到，她就猛然用力把手夺了回去，藏在身后，神情惊慌。

他愣了一下，对她的拒绝十分不悦："你嫌弃我？"

她连忙摇头："不是不是，是我手脏，不用了，真的不用了。"

他也没坚持非要嘬她这一口，只是抿着嘴不太开心，抬手将小小的赤鱼别在她的发髻上，满意地欣赏了一下："很好，平时就做发簪吧。"又去拉她的手，"我看看还出血吗？"

"一个针眼出什么血……"

话未说完，手已被他夺了去，放在眼前仔细看。他只顾得看她手指，没有注意到她一脸紧张，生怕他高兴起来一定要吮。

好在血已经止住，樊池也放心了，可是目光又忽然锁定："等一下，这是什么？"

她暗叫一声糟糕——他发现黎存之在她拇指指甲上印下的那枚小花了！

这枚小花牢牢生在九蘅的指甲盖上，果真如黎存之所说，遇水也不会褪色，看样子只能一直带着了。若让樊池知道是谁给她印的，就凭他这小气样，估计会把她的手指头剁下来。

她含糊地说："哦，是蜃宫里那美人偶给我绘上的花纹，好看吗？"这个话编得好！人偶已不在，死无对证。她心中默默为自己的机智鼓掌。

"它为何要给你指甲上画花？"

"呃……大概是它自己没肉身，就打扮我过过瘾吧。"她辛苦地圆着谎。

他握着她的手又是看又是摸，玩弄了半晌。她一颗心都提了起来，他见多识广，邪门知识懂得尤其多，是要发现了吗？

好在他终于只吐出一句："挺好看的。"

她赶紧抽回手，拔下发间小小赤鱼转移话题，举着晃了晃，嘴里说着"大大大"，然而赤鱼毫无反应。

他说："不用念咒的，更不用念得这么土气，意念到了就可以。"他站到她身后，纠正她握刺的手法、挥动的角度，不断叮嘱，"集中精力，把意念集中到刺上，对它做出指令……"

试了又试，挥了又挥，还是变不大。

他低腰侧脸盯着她："你怎么不能集中意念？想什么呢？"

想什么？！他把她整个人圈在怀中，下巴抵着她的头顶磨啊磨，她都六神无主了，怎么集中意念？

"不急，多练一下，总能与它意念相合的。"他说。

她总算松一口气："走吧，既然有方向，就去找找赤鱼妖丹吧。"

她一边走一边玩弄着赤鱼练习，不知哪一下弄对了，它猛不丁暴长，险些划到旁边的樊池，饶是他躲得快，也被削落一缕发丝。

她吓了一跳："对不住，这个东西锋利得很，我还是离你远些玩。"

离他远些？那怎么行！他不屑道："没必要，区区赤鱼骨还伤不到我。"

这蜜蜂一刻不吹会死吗？

虽然知道他并非蜜蜂精了，但叫顺了口，还真不好改。

说话间出了谷口，走到了高一些的丘陵上，放眼望去，没看到人烟。

樊池说："我来时是晚上，也没望到灯火，附近应该没有人居住，我们还是驭云……"没待他说完，就被九蘅硬生生按下了——可不能再让这个蜜蜂精耗损灵力了！

他无奈道："步行的话两三天怕是也走不到有人烟的地方，你不饿吗？找到人家才能有吃的。"

饿，她都快饿死了，可是……

嘴里一甜，被塞进一块细软柔腻的云片糕。

"我的私粮。"他笑眯眯道。

一个嗜甜如命的家伙肯把甜食分给她吃，这必是极深的情谊了，九蘅十分感动，却听他补了一句："喂饱灵宠是主人应尽的职责。"

九蘅呵呵一声，"狼爪"探进他的衣襟："还有吗，全给我交出来！"

正闹着，脑后突然一阵腥风袭来。樊池反应极快，将她的脑袋往怀中一按，抱着就地滚了一下躲开。

一个巨大的黑影从他们头顶掠过，落在不远处，足下腾起尘埃。

那是一个体形异常庞大的⋯⋯黑豹？黑虎？

它通体漆黑，身长足有两丈，一条大尾蓬松竖起，两只毛耳尖尖，生着一对"阴阳眼"，一只眼橘黄，一只眼浅蓝，竖瞳凶厉地盯着他们，口中居然叼着一只仍在挣扎的鲛妖！它的喉咙中发出威胁的低吼，仿佛在警告两人不要跟它抢口中美食，然后拧身走开，跃了几跃便消失在丘陵间。

九蘅回过神来，喊了一声："追！"拔腿就追了上去，樊池赶忙跟上。

半夜回家的新娘

转过挡住视线的山丘，已不见了巨兽的踪影，倒有二十来户低矮茅屋出现在视野中。这小村子卧在山坳里，被山丘挡住，之前恰巧没看到。离此不远的山谷内鲛妖横行，村子里应该没有人住了吧？

九蘅问："它是跑进这村子里了吧？"

樊池点头："应该是。不管怎样先进去看看，说不定能找到点吃的。"

"刚刚那是什么？"

樊池摘掉她头上沾的草叶，道："是只猫。"

"猫？哪有那么大的猫？比老虎还要大得多吧，必是猫妖！好得很，你又有妖丹吃了。刚它还攻击我们呢，怎么又自己走了？"袖子一卷，就要追去。

"不对。"樊池忽然说。

"什么不对？"

樊池望着小村，面露迷惑："它不是妖。"

"一只猫变得那么大，不是妖是什么？"

"如果是妖，我能觉察到它的妖气，而它没有。"

"刚刚它还想偷袭我们呢。你身上有伤，是不是辨妖能力变弱了？"

樊池哼了一声："你才弱！刚刚你背对着它没看清楚，不是它攻击我们，是那只鲛妖偷偷爬上来想从背后扑你，这只猫不知从哪里冒出来咬住了鲛妖。"

九蘅惊道："这么说是它救了我？"

"走吧，去找你的救命恩人道个谢。"他拉起她的手，朝着巨猫消失的方向走去。

说话间二人已走到村口，那里竖了一块碑，写着"张家村"。进了村子，村中悄无人声，一户户小院里荒草齐膝，多日无人居住的样子。最后走到一个院子前，大门从里面紧紧关着，似乎仍住着人。

樊池上前敲了敲门，里面没有回应。

九蘅说："都是鲛妖闹的，吓到人家了。"然后扬高声音，"我们是过路的人，想在此歇个脚。"

里面终于传来慢腾腾的脚步声，门闩一响，门缓缓打开一道缝，一个人在门后站着，低着头，脸隐在暗影中，隐约可见是张皱纹纵横的脸，是个老人。

九蘅忙客客气气道："大爷，您别怕，我们不是坏人。"

那老人仍低着头，没有说话，却慢慢退了一步，把门打开了些，姿态是在请他们进去。

九蘅看了一眼樊池，指了指自己的脑袋，意思是说这位老人是不是老糊涂了？

樊池说："进去看看再说。"

二人迈进门去，里面是个普通农户家，一间堂屋两间耳房，屋檐低矮，简陋清贫。异样的是，空气中隐隐飘着腐败的气息。

咣的一声，老头在他们身后关上了门，回转身来。

这时他们才看清，这个老人极度枯瘦，几乎皮包骨头，脸色晦暗，嘴唇乌青。九蘅感觉不太对劲，略弯了腰去看他总是低着的脸，一边问道："大爷，就您一个人在家吗？"

老人慢慢抬起头来看着她，眼珠缓缓转动，表情呆滞，动作僵硬，就像个活动的死人一般。

青天白日的见到这样一个人，空气都寒涔涔的。

二人戒备地盯着老人，以防他暴起伤人。可是他只是僵硬地抬了抬手，指了一下堂屋，略张了张嘴，虽发不出声音，却好像说了一个"请"，然后慢慢地一步步先向堂屋挪去了。窄小的院子，短短几步路，他走了许久才消失在黑洞洞的门口。

一直紧张得屏息的九蘅松了一口气，小声问："这是怎么回事？"

樊池面露疑虑："我也不确定。"

他们小心翼翼地走到堂屋门口朝里看了看，屋子里床沿上还坐了一个人，那人缓缓转过脸来看向他们。虽然屋内光线昏暗，还是看清了那是个老妇人，跟老头一样的枯瘦如柴，动作僵硬。

"怪异得很。"樊池说。

两人又去到耳房查看，刚一走近，樊池突然察觉到什么，拉着九蘅向后一避，就听"嗷"的一声咆哮传来，漆黑巨兽从门洞扑出，挟风利爪险险擦过九蘅脸颊落在地上。

是那头抓鲛妖的巨猫！

猫这种动物平时因为身材娇小尤显可爱，但当它体形变大数倍的时候，其可怕攻击力就显现出来了，跳跃攀爬比金钱豹更灵敏，巨口利爪比猛虎更凶暴。饶是樊池身为神族，也费了些辛苦，几乎把农家小院掀了才把它制住。

巨猫拼命挣扎，口中发出嗷鸣怒吼，爪端弹出利甲刨得沙土飞扬，樊池无奈，骑在它的背上将它的巨首死死按在了地上。

九蘅找来绳子，帮着樊池将这巨猫四蹄捆了个结实。它挣扎了一会儿发现挣不开，侧躺在地上发出呜呜怒叫，只是已没了威风。

两人这一番下来累得不得了，就地坐下倚着毛茸茸的巨猫背部休息。巨猫不甘心地扭了扭，九蘅伸手到它的脖颈处挠了挠："乖，别闹，我都累死了。"

它居然真的乖了许多，金瞳一眯，颇有些享受被挠脖颈的样子。

堂屋门口伸出两张枯瘦的老脸，两对灰白的眼望过来。院子里的这一通争斗

白泽寄生（上册）

居然惊动了这两个老人，不过他们的反应也只是在门口看了看，就缩了回去，要么枯坐着，要么慢腾腾地摸摸做活的工具。

"这只猫又是怎么回事？"九蘅撸了撸三角形的大猫耳。

樊池回身盯着大猫，手伸到它皮毛暖厚的胸腹间一通摸。大猫对这个揉它的人还是充满敌意，发出一连串怒吼表示抗议，然而四蹄被捆住无法反抗，这串怒吼的末尾拖成了委屈的呜咽。

九蘅道："你不要欺负它啦。"

樊池摸着猫腹："我是在探它是否有妖丹。"

她一呆："你……你真要杀它？"忽然间有些不忍心，可是为了樊池……唉，要不她回避一下，不看好了。

樊池睨她一眼："放心，它没有妖丹，我就说它没有妖气。"之前还说他变弱了，哼。

她松了一口气，替这大猫暗暗庆幸。可是……

"没有妖丹就不是妖喽？那它怎么会变这么大的？"九蘅一脸迷惑，樊池也想不明白。

歇了一阵，九蘅进到黑猫冲出的西屋里看了看，里面桌上摆着梳妆镜和竹钗，应该是那老两口女儿的闺房，却并没有看到他们的女儿。

再去东屋，是个灶房。一进门就看地上摆了具一动不动的鲛妖，正是在山野中时巨猫捉住的那一只。仔细看了看，鲛妖的腰椎部分已被巨猫咬得断裂。看来它已深谙捕杀鲛妖的窍门。她从鲛妖上跨过去，希望能找点食物来吃，然而米缸里干净得像舔过一样。

走回院里，对舒适地躺在巨猫肚皮上的樊池说："这里什么吃的也没有，还臭得很，我们先出去吧。"

樊池捏了捏巨猫腰间的肥肉："没有吃的，这猫是怎么长这么胖的呢？"巨猫发出不满的一声呜噜。

九蘅冒出冷汗："鲛……鲛妖？"

樊池点点头："没错，这家伙是个好猫手，走也要把它带上。"

"这家伙这么野，怎么会肯跟我们走？"

他冷笑一声："野？打一顿就好了。"站起来拖着猫尾就往院门口拽！

九蘅忙抬手阻止："别，别扯尾巴！"方家也有猫，她的爱好就是揉猫，深知老虎屁股碰不得，小猫尾巴扯不得！

然而已经晚了。被扯到尾巴的猫顿时炸了，脚上绳子挣断，与樊池再度打成一团。樊池只想驯服，无意伤它，反而束手束脚，竟让它抽了个空子，腾空而起，拧腰跃到了院墙外面！

"可恶！"樊池怒骂一声，想要去追，又记起不能丢下九蘅，气得一脸郁怒。

九蘅指着他脸说："你……你流血了……"

"什么？！"他抬手摸了一把脸，一手蓝血。左脸侧竟多了一道寸长的口子。他看着手心血迹，呆住了。

九蘅看他神色怔怔的，以为他被气坏了，忙上前安慰："伤口很小，完全不影响你的美貌！"摸出一方手帕替他按在伤处。

樊池喃喃道："我是神啊，它竟能抓伤我？"

九蘅心想，这是伤自尊了啊，竭力安慰道："被猫抓什么的很正常，没关系的！"

他面露不解："不应该啊，按理说一般妖物都无法在我身上留下伤痕。"

"或许是因为你现在身体有点虚。"

他额角火星一炸："你才虚！"捻了捻指端蓝色血渍，嘴角勾起一抹笑，"若非妖，便有灵。"

"什么意思？"她一头雾水地看着他。

他笑着看她，眼中都闪着碎光："还不能确定，等捉到它再说吧。这里是它的家，我们只要在这里等，它一定会回来的。"

屋里院中都飘着鲛妖的腥气，实在待不下去，樊池拉着她轻松一跃，上了屋顶。凉风一吹，鼻间充斥的晦气总算是清爽了。

"就在这里等吧。"

她嘴里咬着他递过来的甜点心，倚在他肩上打盹，这几天实在是太累了……

不知过了多久，忽然在咚咚的敲门声中醒来。她迷迷糊糊地想起身，却被人轻轻掩住了口。

"别出声。"樊池伏在她耳边说。

她发现自己不知何时卧在他的膝上睡着了，身上裹着他的外衣。天已黑了，敲门声在暗夜里回荡，一下又一下。

堂屋的门一响，老头出来了，走到院门前把门打开，进来一个人影。那个人影的动作跟老头一样僵硬缓慢，身后跟着那只漆黑巨猫。

身影走进了东耳房，也就是那间灶房，老头关了门，回去堂屋。巨猫站在院子里昂起头来，两只碧油油如灯笼一般的眼睛在黑夜中盯着屋顶上的人，发出威胁的呜呜声，显然很想把闯入者赶走，却因为白天被揍怕了，不敢上前挑衅。

它不安地在院子里转了两圈，席地蜷卧，一对大眼时睁时闭，警惕地监视着屋顶上的两人。

这农舍里住了三个人、一只猫，这猫却是唯一有生气的，那三个人都死气沉沉，天黑了连灯也不点。

这时灶房里传来声音，樊池道："走，下去看看。"扶着九蘅臂弯带她跃到院里。

卧着的巨猫呼地站了起来，浑身绒毛乍起，嘴角尖牙外露。

樊池抬手指了一下它的鼻尖，神色一厉，低声斥道："老实点！"

对凡间的走兽飞禽来说，神族有天然的威慑力，只是这只猫体质特异，与凡猫不同，胆子也大了许多，不知天高地厚。不过它倒感觉到这人凶悍，退缩了一下，蹲坐在原地，不甘地甩着大尾，紧紧盯着二人，看他们是否意图不轨，再决定要不要扑上去。

灶房里面传来有节奏的咔咔声，不过黑漆漆的，什么也看不清。九蘅小声问："是刚刚进来的那个在里面吧？它在忙活什么？"

"看看就知道了。"樊池说。手指一捻，飞出几只蝶，通体发着莹莹光彩。

"好漂亮！"她惊喜地望着，瞳中映出流动的光彩。

他看了一眼微光中尤显美好的脸庞，微笑道："这是萤蝶。"

几只萤蝶翩然飞进灶房，柔美的光晕却照出了诡异的一幕。

一个新娘。

一个身穿红嫁衣的新娘，头上的红盖头遮着脸，在厨房里忙活着什么。

忠心护主的巨猫

萤蝶飞进去之前九蘅有过心理准备，知道会看到第三个像老夫妻一样的怪人，然而万万想不到竟是一个新娘。那一身本应是喜庆的衣服，在暗夜中反而更显诡异，透着不祥。

寒意掠过，她不禁靠得离樊池更近了一些，樊池轻轻地握了一下她的手。

"她……她为什么穿着红嫁衣？"她的声音都不由自主地颤抖了，"她在做什么？"

萤蝶的光线毕竟有限，看不清楚。二人略走近了几步，想要看得更清楚一点。那新娘好像察觉到有人来了，停下手里的动作，略转了一下身朝向他们的方向。红盖头遮住了她的脸，但是她好像仍能看到他们。

新娘缓缓地半蹲，朝他们施了一个礼，仿佛是女子见过客人，然后继续拿刀在案上砍，好像是在……做饭？！

新娘忽然从灶房走出来了，手中托着一个木托盘，上面搁了三只碗，碗中盛着些乱七八糟的沙土杂物。她路过樊池、九蘅身边的时候，停了一下。他们可以看清她嫁衣腐朽暗红，沾着泥土。

新娘将托盘往两人面前作势送了送。

是要请他们吃饭的意思啊。

二人连忙摆手："不用了，不用了。"

幸好新娘没有再客气，端着托盘进了堂屋。外面的二人顿时松了一口气，九蘅说："这一家子还真是热情有礼啊。到底发生了什么，他们才会变成这副模样？"

樊池道："这一家人状态很不对，却仍像平时过日子一样，女儿做饭端给父母，只是这饭做得着实糊弄。我猜之所以会这样，是因为他们已经不在了，却有人不愿接受现实，希望他们以生前的方式继续生活下去，所以创造了这景象。"

"创造？"

樊池语气笃定："我们现在看到的一切，虽似实质，却皆为假象。"

"他们是假象啊？我去戳戳试试。"九蘅略一思索，反手抽出了背上的赤鱼，朝堂屋走去，赤鱼尖端泛着冷冷的光泽。

突然"嗷呜"的一声怒吼响起，巨猫一跃过来，如乌云坠地，拦在了门口。它目露凶光，尖耳后抿，露出尖齿，发出威胁的嘶吼声。樊池忙将她往身后一拉，挡在前面。巨猫这次没有畏惧，情绪反而更加凶暴，巨爪挟风挥了过来。

这只猫灵得很，显然是看到了她手中武器，认为她要杀害家人，所以绝不让步。一只护主心切的巨兽不好惹，樊池只好拉着她暂时退到了院子外。

"啧，麻烦得很啊。"他说。

院门忽然咯吱一响，新娘走了出来，有条不紊地把门带上，幽幽走过他们身边，遮脸的红盖头微微晃动，瘦削发青的侧脸和颈部隐约可见，周身笼罩着阴沉之气，沿着村间胡同走去。

樊池说："你看到了吗？"

"看到什么？"

"她的脖子。"樊池说，"她的脖子上有勒痕，是死于勒杀。"

九蘅惊奇道："这一出里还有谋杀冤情啊，越来越有意思了。"

樊池说："走吧，跟上看看她要去哪里。"

新娘腿部僵硬，走得极慢，一直出了村口，往荒郊野地走去。月色惨淡地照着嫁衣，尤其瘆人。

两人跟在后面走走停停，樊池渐不耐烦，打着哈欠，已是困了。

"她到底要去哪儿啊？"他转到九蘅身后，将脸搁在她肩上，"受不了了，让她走着，我眯一会儿再追。"

九蘅拍了拍他脑袋："快看，她停下了。"

他睁着一双困倦的眼睛望去，新娘果然停下了，那里立着阴森的墓碑，然后，他们看到她缓缓躺了进去，消失在视线中。

两人等了一会儿不见动静，就走近查看。那座坟墓看着像座新坟，坟头草都没长起来，而且塌了半边，好像是被刨开的。一口棺木露在外面，盖子丢在一边，棺里正躺着那个新娘。她毫无声息地仰面平躺着，腐朽的手在胸前整整齐齐地交握着。

"怎么回事？这是她的墓吗？"九蘅出声问道。

"是一座夫妻合葬的墓。"樊池说。他已站在墓碑前，把萤蝶引过来照着看碑上的字样，"这碑文上说，是邱姓人和他的妻子张氏的墓，他们的生卒年……"他看了一眼一侧的小字，"都是十六岁，去世的日子只差了几天，都是一个多月前死的。"

他思索道："算起来那个时候还没有发生鱼妇之灾，尸身又被好好地筑墓埋葬，他们的死应该与灾祸无关。但是，夫妻二人同时死去，而且从女方的衣着看，是在新婚之日死的，新娘颈上又有勒痕，并非正常死亡。原是大喜的日子，喜事变丧事，究竟发生了什么？"

九蘅接道："而且，新娘还从棺中起来回娘家。"看着棺中安静躺着的嫁娘，"那么她就是张氏了？这事太诡异了，无论如何也得唤醒她问个明白。"转头不放心地看了看四周，"那只猫没过来吧？"

樊池笑道："没有跟过来。"

她放心地举起了手中赤鱼，朝着女尸探去。暗处突然响起什么东西绷起的声音，紧接着有物体冲着他们破空而来。

樊池如魅影一般掠到她身边，一抬手，抓住了什么。九蘅反应过来时，只见他握住的是一支羽箭，箭端距离她的鼻尖只有两寸。

樊池大怒，竟有人敢偷袭他的灵宠！袖子一挥，一道凌厉劲风激射出去，将黑影里发暗箭的人横扫飞起，重重摔在石上，发出一声惨叫。

樊池喝道："什么人！"

对方倒在石边，艰难地道："你们……你们是什么人……"

几只萤蝶绕过去，借着它们的翅端萤光，可以看到坐在地上的是个年轻男子，还未从刚才那一摔中缓过气来，捂着胸口喘息。这人二十多岁模样，长得精壮结实，猎户打扮，腰系短刀，身背箭筒，手中执着一把弯弓。方才他就是拿这把弓发出冷箭的。

九蘅问："先说你是什么人，为什么暗箭偷袭？"

虽是那人先发问的，但实力明显悬殊，他只能作答："我是张家村的人。你们是干什么的，为何要毁人尸身？！"神情满是警惕。

樊池冷冷打量着他："你既是村民，就该知道这棺中躺的嫁娘不太正常吧？你也知道她一家人都不对劲吧？"

猎户一怔："我……我只知道很不寻常，却不知道她家究竟是怎么了。"他的目光投向墓穴，眼中竟溢出一层泪。

这个年轻人忽然掩住脸，忍不住哭起来，哽咽道："她明明死了、葬了，却又突然活过来，从墓里钻出来了。她每天晚上都会回家，天亮之前回到墓里睡下。我想向她问问是怎么回事，可是她不说话。还有她的那只黑猫不知怎么变得巨大，看到我就追，不许我靠近……我只能每天远远跟着她、看着她，不知道她是死了还是活着……"这个年轻猎户痛哭着，无法冷静下来。

樊池打量猎户一眼，问道："腰里挂的什么？"

他止了哭泣，答道："今天打的一只兔子。"

"先烤了它，再慢慢说吧。"

三人走到离坟墓稍远一点的地方，架起火堆，猎户一边翻烤着兔子，一边将他所知道的情况告诉了他们。

猎户姓张，名长弓。那尸变的一家也姓张，墓穴里躺着的嫁娘闺名木莲，也就是碑上写的"邱家张氏"。木莲与长弓论起来是表兄妹，实际上整个村子都是张姓人家，两人青梅竹马，两情相悦。

原本木莲的父母也是愿意把木莲许配给他的，可是年初的时候，木莲病了。起初只是咳嗽，贫穷人家看不起郎中抓不起好药，只能到山中采些草药，吃些偏方，却没有什么用，她的病一天天更重了，成了肺痨，整个人瘦到脱相，直到缠绵病榻不能起身。

长弓每天深入山中打猎，就盼着早一点攒够钱，带她去城里求医问药，可是在她的父母看来，肺痨是绝症，木莲没救了。

有一天他打到一只山鸡给木莲家送去，想着炖点鸡汤让她补补身体。进院子时怕把她惊醒了，放轻了脚步，却无意中听到她的父母在商量一件事。

说到这里，长弓捂住了脸，喉间哽住，久久不能继续。

九蘅轻轻拍了拍他的肩膀，轻声说："都是过去的事了。"

兔子也烤得差不多了，樊池撕了一条兔腿递到她的手中，她咬了一口，连呼好吃，问樊池："你不吃吗？"

"我有糕点，肉有什么好吃的？真是无法理解。"一边说一边掏了一块嫩嫩的兔肝填进她的嘴里。

九蘅又跟长弓客气了一下，长弓说："我不饿，你们从外面来奔波辛苦，你们吃吧。"他情绪平复了一点，接着说，"那天我在木莲家的院子里，听到窗户里传出她父母的对话声。木莲的娘说，邻村邱家的儿子死了，到处打听谁家有刚死的姑娘，要给儿子配一门阴亲。"

站在木莲家院子里的张长弓，听到木莲的爹冒出一句："邱家说能出一两银子的彩礼呢，我看木莲也不行了，就在这几天了……"

那时张长弓觉得头轰地炸了，直闯进屋子里，对着木莲的爹娘吼道："你们刚刚在说什么？！"

木莲爹娘原是老实巴交的庄户人，被他一吼吓了一跳，慌道："没有什么，说点闲话罢了。"

长弓气得浑身颤抖："我听到了！你们想要把木莲……把木莲……她还没死呢！她还活着呢！你们怎么能商量这种事！"

木莲的爹也气了，脖子一梗道："你凭什么来管我家的事！"

长弓震惊道："叔，你忘了吗？你答应过把木莲嫁给我的啊！"

木莲爹又气又急冒出老泪："长弓，你是个有上顿没下顿的猎户，她好好的时候我愿意把她嫁你，清苦一点也没什么，可是现在你能娶她吗？她快死了，快死了！"

长弓拼命摇头："不！她只是病了。不管她的病能不能好，我都要娶她。我明天就来娶她！"

木莲爹跺着脚，胡须都颤抖了："你拿什么来娶？邱家愿出一两银子的彩礼，你呢？你一个无父无母的孤儿，除了打只兔子、打只山鸡，能出多少彩礼？"

他愣了："叔，邱家能出银子，可是，邱家儿子已经死了啊！"

这时一直哭泣的木莲娘说："长弓啊，我知道你对木莲好，可是木莲她……快要不行了啊……"

"不……不……"他难以置信地盯着他们。这对看着他长大的老人忽然间变得如此陌生，如此衰弱悲伤，又如此无情刻薄。

他睁一双泪眼说："一两银子是吗？我去想办法，我去外县山中打头老虎，卖了虎皮就有了。求你们不要去想什么阴亲，就算是木莲真的死了，若是非要许阴亲，也请许给我。一两银子我一定会赚到的，我说到做到。"他泪流满面地跪下给两个老人磕了头，转身跑出去。

离开之前他先去了西耳房木莲的屋里，躺在床上的瘦弱姑娘双目紧闭，气息奄奄。她养的那只黑猫卧在她的枕边守着，看到他进来，喵呜一声。

那时黑猫还没有变得巨大，脾气也没那么暴。

长弓拉着木莲的手，跟她说一定要等他回来娶她。然后连夜奔波百里，拿着弓箭和砍刀进到深山老林里，一待就是半个月，竟然真的让他猎到一只老虎。他还以为上天眷顾，这下子卖了虎皮就能回去娶木莲了。可是等他背着剥下的虎皮走出深林时，才发现世间已发生剧变，河里游着细鱼，陆上鲛妖横行。他凭着利箭和砍刀，杀出一条血路，硬是活着回到了百里之遥的家乡。

回到村里，却发现村里的人都不见了，大概也没能逃过鱼妇之灾。他抱着一线希望直奔木莲家，惊喜地发现木莲的爹娘还在，并且在院子里站着。

他们还活着！

他刚想跑上去说话，却从屋里扑出一只比老虎还要大的漆黑巨兽。他虽然无比震惊，但毕竟是猎杀过猛虎的猎户，立马抽出腰刀砍向巨兽。巨兽异常灵敏，灵巧躲开他的攻击，一掌拍飞了他的刀，将他按在爪下，血盆大口咬了下来，腥风袭面，他只能闭目等死。然而并没等到令人窒息的咬噬，巨兽咬住他的衣服，将他叼到院门外一丢，发出威胁的低啸，仿佛是在警告他不准再靠近。

他坐在地上回过神来时，巨兽已拧身回到院中，硕大的身躯刚刚好钻进门洞，背脊几乎顶到门楣。他望着在门口一晃消失的大尾，突然认了出来。

它非虎非豹，而是木莲的那只猫。它认出了他，所以才口下留命的。可是……怎么变得这么大了？虽然不可思议，但如今世道怪事频出，一只猫变大了，似乎也没什么稀奇。只是因为他在院中拔过刀，巨猫对他充满戒心，不准他进到院子里，一旦探头探脑，巨爪必定扇过来。

他在墙外"叔、婶"地呼唤，里面那两个老人也不回应，又喊木莲，更是没听到答应。

他在墙外转悠到晚上，突然，暗夜中有人走来——穿着红色嫁衣，毫无声息、慢慢地走过来了。

说到这里，长弓停止了叙述，深深叹息。

后面的事情他不讲也能想象得出来。那个阴风阵阵的夜晚里，走来的嫁娘周身缭绕着腐败的气息、泥土的腥气。年轻的猎手本能感觉恐惧，又觉得那身影莫名熟悉，壮着胆子走上去时，嫁娘也停下脚步，朝他深深"看"了一眼。她或许还认得他，只是死亡隔在中间，她的视线和思维都已模糊不清。风撩起盖头，他看到她的面容，熟悉又陌生。

觊觎人家的猫儿

那天的张长弓没有当场疯掉，已是不易了。

接下来的日子里，他知道了昔日心仪的姑娘白天在与邱家儿子的合葬墓中沉睡，晚上往返于墓地与娘家之间，而她的父母也变成死气沉沉的奇怪模样。

张长弓从怀中摸出一块巴掌大的木牌，让樊池和九蘅看上面少女的雕刻小像："你们看，这是我以前给木莲刻的像，她多漂亮啊，怎么会变成现在的样子？"

张长弓虽是猎户，手却灵巧，雕画的人像十分精细，上面的木莲神彩飞扬。

他握着木牌哭道："为什么会这样，我离开家乡去捕猎老虎的那段日子里究竟发生了什么？"

樊池将最后一块兔肉塞进九蘅的嘴里，道："我或许知道发生了什么。"

长弓一怔："你是如何知道的？"

樊池："看到的。"

九蘅也吃惊了："你怎么看到的？我怎么没看到？"

他淡定地在她衣上抹了抹手上的油："我曾说过，看东西不要只用眼睛，要用这里。"他的手指了指脑袋。

看到少女一脸懵懂望着自己的样子，他不由得心中一动，喜爱之情不知如何表达，于是熟练地赏了她脑袋一记爆栗。

神族表达喜爱的方式太过古怪，凡人完全不能领会，九蘅捂着头一脸恼火。

樊池说："你还记得新娘脖子上的勒痕吗？"

她点点头。

长弓愣了："勒痕？有吗？"

樊池道："你除了第一次与她打照面之外，之后有走近看过她吗？"

长弓痛苦地摇头："那次看了她的脸一眼，我心里差点疼死了，哪敢再看第二眼？这么多天来，我每天晚上看着她来来回回，只远远跟着，不忍走近。"

樊池："这就是了。晚上光线昏暗本就看不清楚，再加上你心里知道她原本病重，下意识地确信她是在你外出期间病死了，她的父母把她的尸身卖给了邱家做阴亲。"

长弓愣怔地问："难道不是这样吗？"

樊池沉重地摇头："不是。"

"不是这样会是哪样呢？"他茫茫然道。

突然想到了什么，他猛地站了起来，一步步向后退，嘴里说着："不，不，不可能。"转身跑到墓前，跪在木莲的棺前撕心裂肺地大哭起来。

九蘅也想清楚了，"啊"了一声捂了一下心口："是那样吗？不会吧？"

樊池眸色凉凉："是那样的，勒痕说明了一切。木莲不是死于病重，而是死于勒杀。她的父母怕耽误了赚邱家一两银子的阴亲彩礼，把病重却迟迟不咽气的女儿勒死了。"

木莲的父亲曾对长弓说，木莲迟早都要死的。

早死晚死都是死，还不如早一些，给家里赚一两银子呢。年轻的猎户说要去捕杀猛虎赚一两银子，嗬，猛虎哪有那么好捕的？不靠谱的许诺哪里能信？所以，送女儿一程吧。

爹娘生你养你不容易，你就当尽孝吧——在亲手将绳索套在女儿细弱的脖颈时，当爹的或许会如是说。

夜风刺骨的冷，长弓痛彻肺腑的哭泣声久久不息。

九蘅抱着膝蜷坐成一团，小声说："这个世上的人比鬼还要可怕。佑护神，你还要佑护这些人吗？"

樊池靠过来，把他缩成小小一团的灵宠拢在怀中，用宽袖帮她挡住冷风，说："要，因为这世上也有值得佑护的人。"

"谁？"

"你。"

冰冷的手脚开始温暖起来，不知是因为火堆、怀抱，还是言语。

待哭声渐渐敛下，两人走过去，把哭得半昏迷的长弓扶起来。

"木莲既已过世，为何还会行走？"长弓不解地问道。

樊池若有所思："究竟是怎么回事，一试便知。"

樊池手中幻出无意剑，突然朝棺中嫁娘刺去。一声嘶吼划破夜空，黑暗中扑出漆黑猛兽，发疯地朝着樊池扑去。

巨猫不知何时过来了，它脚底肉垫厚软，皮毛颜色又与黑夜融为一色，竟没人发觉，见樊池剑伐主人身体，顿时癫狂。

樊池急忙闪身躲避，巨猫不依不饶，追咬厮杀不止。樊池怕误伤它，还特意收起了无意剑，一边躲避一边骂："不识好歹的死猫！"

九蘅急忙唤了一声："木莲！"

长弓一呆，抬起哭红的眼看着她："你说什么？"顺着她的视线回头张望，顿时僵住。

他看到木莲站在那里，姣美的面容，水光莹莹的眼，一如往昔，只是她整个人都是半透明的，周身泛着莹白的微光。

九蘅轻声说："那是木莲的画影。"

长弓却以为是木莲的在天之灵显现，又惊又悲，呆愣在原地。

木莲没有朝这边看，先是朝着巨猫斥了一声："招财！"声音清脆。

巨猫一愣，停止攻击樊池，黑暗中绿莹莹大眼看过来。木莲又朝它招了招手："招财过来。"

它不再犹豫，一路小跑到木莲画影身边，巨大的身躯朝着她蹭过去，可惜木莲只是个虚影，它什么也没蹭到，一咕噜跌到地上，肚皮朝天。木莲伸手挠了挠它的毛肚子。招财喉咙里发出舒服的呼噜声，一如往昔它还是个小猫咪时，被她搂在膝上挠肚皮的模样。

"招财乖一点。"木莲说。

巨猫温顺地抖了抖耳，虽体形巨大，仍萌态毕现。

木莲转向张长弓："长弓哥！"她笑盈盈地叫着，眼中坠下泪滴，未落地就在空气中化为霜雾。

长弓想走过去，却因为震惊，腿有千斤重，竟呆立在原地一步也迈不动。木莲轻轻袅袅走过来，如一抹烟雾在夜色中飘浮。"长弓哥，那天你说要去赚钱娶我，我是听到了的，只是那时睁不开眼，无法回应。你为我做的我都知道，谢谢你。"

长弓终于找回声音，哽咽道："木莲，对不起，那天我就该带你走的。如果不把你丢下，你就不会……不会……"

她微微摇头："那不是你的错，这一世我能遇到这样真心待我的人，心满意足了。"

一影一人，一虚一实，泪眼相看，阴阳两隔。

旁边有人不识趣地插话："咳，那个……"打断他们的是樊池。

九蘅在旁边戳了他一下："你急什么，让他们两个先说话啊。"

樊池抿了一下嘴："我有事想问……"

木莲转向他们盈盈屈膝行礼："但问无妨。"

九蘅心中一酸，道："你受苦了。"

木莲知道她指的是父母勒杀自己的事，神色一黯，顿了一下，说："那是我的命，他们给了我生命，又亲手取了去，算是两清了吧。"

九蘅叹道："不，是他们作孽，是他们对不起你。"

木莲凄然说："下辈子不要再相遇就是了。"

樊池这时问道："有件事找你确认一下，此地的怪事是那只猫造成的吗？"他指了一下名叫"招财"的巨猫。它因为重新见到主人，戾气尽去，温顺安静地卧在地上。

木莲点头："是的。"

九蘅却惊奇了，盯着樊池："噫？你是什么时候知道的？"

樊池说："第一次看到这只黑猫时就有这个怀疑。"

九蘅忽然想到什么，拍了下手："啊，我记起来了，小时候听人说过，人刚死后的半个时辰里，如果有黑猫跳过尸体，就会诈尸！原来他们是被这黑猫诈起来的……"

樊池一个爆栗敲在她头上："什么诈起来的？黑猫跳过诈尸的事不是没有，但那是因为惊动了尸体的最后一口残气，尸身痉挛之故，无关鬼神，也绝不会变成这副模样。"

九蘅苦着脸揉脑袋："不是诈尸，那为什么说与这黑猫有关系？"

樊池瞳底暗光一闪："因为它已非寻常猫儿了，它具备了构建幻象的异能。"

"异能？"九蘅感觉这个词如此耳熟，不由得一愣。

樊池点点头："小院中的老夫妻，坟墓中苏醒的新娘，都是由黑猫想象出来与现实交叠而成的。靠近它的人，都会走进它编织的幻象里。"

黑猫招财目睹了一切。

它曾看到木莲的父亲将绳索套在她的脖子上，越收越紧，它或许阻挠过，但那时它只是一只普通小猫，毫无用处。

它看着木莲的父亲从邱家人手中接过一两纹银，看着她的尸体被拉走，套上红色嫁衣，遮上新娘盖头，与那个从来没见过的死新郎一同埋藏。

黑猫每天都会来墓地陪她。它只知道主人被埋在了这里，每天卧在墓顶，一如往日趴在她的身上。却明白主人已经死了，但是它期待着有一天她能醒来。

一人一猫隔了阴阳两相陪伴，时间仿佛会永远那样流逝下去。

然而，有一天却发生了不同寻常的事。

那个阴云沉沉的夜晚，猫儿照例从家里来到墓边，在她的棺木一侧转一转，爬上墓顶踩一踩，哀怨地咪呜几声，仿佛是在说：你都睡了多少天了，为什么还不起来？

这时天边出现一抹青色闪电，又要下雨了吗？不过很快它就发觉那不是闪电。

那缕光线以雷霆之势疾速靠近，隐隐挟着兽的怒吼，刹那间变成耀眼光团，朝着黑猫直砸了过去！光团散发着莫名巨力，直砸在黑猫身上，把它砸得从墓顶滚了下去。

它从昏迷中苏醒时，那强光已不见了。可是，它发现自己的身体变得高大，变成一头漆黑巨兽。

招财察觉了自己的变化。不过毕竟是个畜生，头脑简单，摇头摆尾一阵，也就适应了，照旧想跳到坟墓顶上去踩一踩，看这次能不能把主人踩醒。

不料它现在体形巨大，体重剧增，这一踩居然把坟墓踩塌了半边。它却不懂自己搞了破坏，只知道沉寂了许多天的土包终于有动静了，主人是要起来了吗？

它兴奋地用巨爪刨着墓土，发出粗粗的、温柔的嗷呜声——招财个子变大了，嗓音也粗犷了许多。

被巨猫的爪子扒开的棺木中露出穿着嫁衣的新娘。招财巨大的脑袋拱着她，期待她醒来。

青天白日，新娘居然真的如它所愿，从棺中坐起来，一步一步从墓地走回了家里。路上有村民看到她，发出惊恐的喊叫，跑回家里关门闭户不敢出来。有胆大的认为是诈尸了，拿木棍想要打倒她，却被一只横空而来的巨兽一掌拍飞，连滚带爬地逃走。

木莲来到家门口，推门而入。她的爹娘吓疯了，跪下认罪，求她回去墓中安息，她却毫不理会。

两个老人躲避着绕过她，想要夺门而逃，却被门口巨猫堵住了。巨猫不准他们离开，一家人好不容易聚在一起，它不容许他们再分开。

两个老人想不通是怎么回事。总之新娘就那样顶着红盖头，在家里幽魂一样走动，甚至给他们做饭。

后来……家里没有米了，女儿做的饭，就只有土了。

在这期间，外面的世界好像也乱套了。村子里传来混乱的惨叫声、奔逃声。隔着墙他们看不到发生了什么，而巨猫对内绝不允许他们离开，对外则把一些奇怪的东西挡住了。

再后来，两个老人被活活饿死了。

巨猫发现他们躺在地上一动不动，不开心了。一家人要在一起，他们怎么可以睡下？它伸出巨爪踩了踩他们的身子，急得跳过来又跳过去，希望他们醒来……然后他们就也醒了，起来后僵硬缓慢地走动着，像他们的女儿一样。

一家人就这样将日子和谐地过了下去。

巨猫感觉十分满意。

看到主人每天吃土，十分单调，它便又承担起了捕猎的职责，为家人提供食物。这并非难事，现在到处是长着鱼尾的猎物，非常好抓。

樊池叹息着："一家三口其实都已过世，小院里的生活其实是由招财的幻想造就。猫的思维与人不同。主人在它记忆中最后的形象是临死前的样子，它也不懂得美化一下，就稀里糊涂地把三人幻化成不死不活的模样，他们能走、能吃，它就满足了。"

九蘅说："这只猫……还真是了不起啊！"

旁边卧着的招财很通灵性，认为大家是在夸它，呜噜一声，接受了表扬。九蘅打量着招财："不过……这猫变大时出现的那个光团，我怎么觉得这么耳熟呢？"

旁边樊池凉凉地睨视她一眼——可不耳熟吗？你不耳熟谁耳熟？

看到樊池意味深长的神色，九蘅恍然大悟："难道……也是……？"她指着自己的脑袋，当着人不便说出来——击中招财的也是白泽的七魄碎片之一吗？

樊池微点了一下头，又问木莲："你说击中招财的那个光团是什么颜色的？"

木莲说："青色。"

他露出了然的神气。九蘅将他拉到一边，压低声音问："青色的兽魄叫什么？"

"天冲。"他答道。

她惊喜道："那么招财身上是寄生了天冲兽魄了？白泽碎魄也能寄生到猫的身上吗？"

"是温血活物就能寄生。"

九蘅惊叹不已，再偷偷看一眼黑猫。知道它跟自己的体内寄生了同一头白泽的碎魄，感觉更亲切了。

"所以，天冲赋予它的异能是能把想象中的事物编织成幻境与现实交叠？"

樊池答："没错。"

她惊叹道："这个技能有点厉害啊！"

他说："原是厉害的，但搁在一只猫身上有什么用？看看它把自家主人幻化成什么样！倒是它体形随之变大，攻击力强，算是附加的技能，比这个本事实用得多。"

"是啊，这家伙捕杀鲛妖有一套！"

"除了捕杀鲛妖，还有个大用处。"樊池笑眯眯道。

"什么用处？"

"它脊背宽阔多肉，是个坐骑的好材料。"樊池说。

"……跟木莲商量一下，将它要过来？"

"画影是你唤来的，你的要求她不敢拒绝，你跟她要。"

两个人暗暗地觊觎着人家的猫儿。

长弓走近木莲："木莲……"

木莲说："长弓哥，你别难过，我在木雕画里一样陪着你的。"

长弓的眼里迸出泪来："木莲，下一辈子我一定保护好你，不让你再受这样的苦。"

木莲凄然微笑："这一辈子我累你受苦受痛，下一辈子还要再见吗？"

长弓用力点头："要的要的，你一定要等我。"他着急地转向樊池，"高人……您慧眼通天，请问可有轮回转世，可有再世重逢？"

樊池沉默了一阵。不管是命运还是轮回，有诸多因果，又有无穷变数，他如何能给出确切的回答？面对着忐忑期待的长弓和木莲，终于开口："只要心有执念，上天自会听到。"

长弓眼中亮起，对木莲说："只要我们心中抱定信念，就必会重逢！"

木莲含泪点了一下头。

九蘅看准时机适时插话："木莲，以后能让我来照顾招财吗？"

木莲犹豫了一下，看了一眼长弓，显然她原本是打算把招财托付给长弓的，又不敢违逆九蘅。

长弓连忙道："我看如此甚好，招财这么大个子，我也养不起它。"

于是木莲点头，将招财唤过来，朝着九蘅那边轻轻一推："招财，以后她就是你的新主子了，你要乖啊。"

招财被天冲兽寄生之后，不仅能体形变大，智力也暴增，对人言是能听懂一些的。听到这话，一脸不甘不愿的神气。

木莲又说："还有一事恳求二位。请破除幻境，将我父母解救出来吧。"她望向家的方向，眼神透着深深哀伤。

樊池点头："举手之劳。"既找到缘由，他就能轻松打破招财制造的幻境。

木莲向着两人施了一礼，再深深看长弓一眼，夜风拂过，身形如烟散去。招财大惊，茫然四顾也找不到主人的影子，对着夜空发出长长呼啸。

神器赤鱼被抢了

九蘅和樊池在长弓的家里休整了一天，九蘅的肚子里填满了长弓家的熏肉。吃饱后，两人在他家铺着暖和兽皮的床上睡了个够。

次日醒来时，已近中午。二人发现他们的大猫招财加了装备，更加英气勃勃了——手巧的长弓用皮革给它做了一套棕色鞍辔。被套上鞍辔的大猫很不适应，有点烦躁，不理会长弓的安抚，晃着身子想把异物甩下来。

九蘅走出屋门打量着它，发出一惊赞叹："好威武啊！"

招财立刻不乱甩了，颇为得意地昂了昂头，长弓忍不住笑道："我劝了它一个早晨也劝不服，你夸它一句就管用了，果然是认主了。"

九蘅兴奋地爬上了猫背。招财的瞳孔忽地变成竖线，蹦起来把腰猛地一甩，九蘅惊叫着飞出，朝墙壁撞了过去。

一道白影掠过将她接住，半空里旋了一圈落在地上。

九蘅双手环着他的脖子，深呼一口气："好险好险……"

樊池一记鄙视砸到她的脸上，手一松，九蘅顿时屁股着地，痛得"哎哟"了一声。

长弓尴尬地挠了挠头："看来彻底认主，还需要一点时间。"

樊池看着威风凛凛的大猫，一时失神。

九蘅看着他侧颜上忽然浮起的伤感，知道他又想起了白泽，轻声道："现在已经找到两个碎魄宿主了，终有一天会全部找到的。"

他点了一下头："嗯，或许吧。"

她的嘴角勾着微笑，心底有些许苍凉。如果有一天——如果有一天七片碎魄找齐，白泽归位，那么她呢？她也完成宿主使命，要消失在世间了吧。

然而消失又如何？如果不是灵慧兽，挣扎在雨夜泥路上的那一天她就已经死了，这余生本就是跟白泽借来的。

至少在找齐碎魄之前，她还要陪他走很长一段路，每一天每一刻或惊险离奇，或散发光彩，胜过往昔十六年的死气沉沉。

这就足够了，不是吗？

二人告别依依不舍的长弓，牵着招财离开张家村，朝着正南走去。赤鱼给予的指示仍然十分明显：向南。朝南走会有赤鱼妖丹的下落。

一路上，九蘅无论怎样讨好，招财都不肯驮她一下。商量不成，她就偷偷地尝试着爬到它的背上，无一例外被招财甩飞，次次都是樊池出手接住她。

但老虎也有打盹的时候——不，不是说招财打盹被她成功骑了，而是樊池打盹了。这人走着走着犯困了，揉眼睛的当空，又一次企图爬猫的九蘅再度被甩飞，半空中她心安理得地等着他来接……

啪唧一声，摔了个四脚朝天。

九蘅躺在地上哀怨道："你怎么不接住我？"

樊池道："啊，抱歉……摔到了没有？"

"摔到了！好痛！"九蘅坐在地上悻悻地揉着腿。

招财突然走了过来，朝着她张开血盆大口。她惊得呆住——巨兽终于不胜其烦，要吃了她一了百了吗？

樊池也神色一厉，抬掌就要对着招财的脑袋击下！

不料招财只是叼住了她的后领，猛地一甩！少女腾空飞起，旋转一圈，发出一串惊叫，落下时正好落在招财的鞍上。

原来招财是看她摔伤，主动来驮她啊！她又惊又喜在它后颈上挠了挠，夸道："招财好懂事！"大猫面无表情，一脸高冷。

樊池看到这情形深受启发，往招财面前一躺作装死状。

招财冷漠地从他的身上跨了过去。这寄生了白泽碎魄的猫胆子果然不是一般的壮！

九蘅在猫背上差点笑死，樊池跳起来，誓要揍这只猫一顿！招财看势不好，驮着九蘅疾驰如飞。

一路边走边闹，招财与二人混得更熟了。半路歇息时，它一溜烟不见了踪影，过了一会儿回来了，嘴里叼着一只还在挣扎的鲛妖，热情地送到九蘅面前。

她连忙说："你自己吃吧，走远些吃！"它心满意足地趴到别处享用去了。

她难以忍受地扶额缓了一阵，不过仅片刻就抛开不适，摸出长弓赠送的烤獐子肉啃起来。乱世之中，若是这点残酷都不能忍，还如何活下去？

樊池坐在草地上，眯眼看着平缓的丘陵地带，土地肥沃。这里本应是个富饶的地方，可路边的庄稼地里杂草丛生，一片狼藉。

百姓都被鱼妇之灾逼得逃难去了，哪还有人种地。他叹道："明年必是个饥荒年头了。"

九蘅看他一眼："你是个神仙，还懂得人间五谷耕种？"

"我可是个佑护神，有专门的神殿的。凡人们平时想不起我来，遇到饥荒年时还是会修一修庙堂，上一上香的。只是现在这情形，上香给我也无能为力了。"

"什么，你还有神殿？"

"当然了。我的神殿说起来也不远，距此处也就百里多，有机会带你去看看。"他可是有房的男人！虽然神殿多年来没什么香火，破败了些……

"好啊！"她开心地说，手里玩着赤鱼，将它忽而变大、忽而变小。

突然，感觉手中一阵震颤，竟震得手心都麻了！她愣怔道："这，这什么情况？"

樊池也注意到了异常，讶异道："反应如此强烈，难道赤鱼妖丹就在附近？"

说话间，赤鱼竟已震得几乎握不住。樊池猛然抬头朝四周看去，道："不对，不仅是在附近，而是正在以很快的速度靠近。"

但是四野空旷，什么都看不到啊！

九蘅茫然问："哪儿呢？"

他突然喝了一声："当心！"伸手拉得她身子一歪。

她只觉有一阵疾风掠过身侧，手中一空。愣了一下，再看自己手中，顿时惊叫起来："哎？我的赤鱼呢？"

樊池来不及回答，人已朝前飞身掠出。

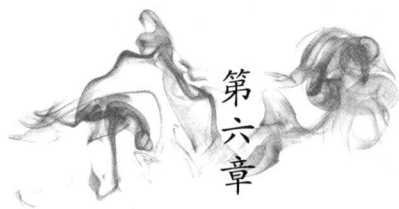

第六章

弑神篇

❖

弑神咒，在与天通息之处布阵，以千妖为祭品，由神族人启阵，可将万里之外另一名神族人的心脏灼为灰烬。

追不上的隐形人

九蘅抬眼看去，只见樊池一人径直向前飞奔而去，高声朝他背影喊道："喂，你去哪儿呀？"

他没有跑多远就折回了，脸上神情颇为紧张，将她一把从猫背上拖下，一手将她圈在臂弯，另一手居然亮出了无意剑。

她仰脸茫然看着他："你干吗啊？"

"有个看不见的人。"他说。

"哦，对了，我赤鱼不见了！"

"是被那个看不见的人抢走了。当心，说不定他还埋伏在这里。"他警惕地盯着四周。

九蘅被他说得也跟着紧张起来："有吗？在哪里？"

四周鸦雀无声，招财悠闲地舔了舔爪子，显得紧张兮兮依偎在一起的两个人傻乎乎的。九蘅的脑袋几乎被他按在怀里，瞄了一眼他对着空气举着的无意剑："我们……像不像有病？"

樊池尴尬地收起了剑："我确是看到有个看不见的人抢走了你的赤鱼。"

"既然看不见，请问你是怎么看到的呢？"

看她一脸不信的样子，他有点恼火："赤鱼离开你手的瞬间有个前移的去势，转眼就消失了，分明是被人夺去了。当然你是看不到的，发生得太快，只有神族的目力能捕捉到。你不相信我？"

"相信相信，请先放开我好吗？"

他这才意识到自己还将她按在怀里呢。松开手臂，却没有放她走，又握住了

白泽寄生（上册）

◇

她的手腕，叮嘱道："看不见的敌人最危险，不准松开我的手。"

她翻了个白眼。他抓得这么紧，她想松也松不开呀。

他就这样拉着她的手去看证据。在他刚刚跑过去的那段路上，一根横生到小路上的粗壮树枝折了。"你看！"他指着树枝，"这是他被我追得匆忙撞折的，力气这么大肯定是男的。"

"也许是你撞折的……"她弱弱地提出质疑。

"就知道没有实物证据你不肯信。"他神秘一笑，举起一只布鞋，"这是他跑丢的鞋子，看这款式就知道一定是男的，脚还不大，应该是个少年。呃，好脏的鞋……"

他一把将鞋子丢得远远的，嫌弃地在她袖子上抹了抹手指，悻悻地道："你大概想说还不知是谁丢的鞋子呢，是吧？"

她的眼睛忽地睁得大大的："我信了，信了……"

他眉间浮起得意："哼……怎么又信了？是不是还是觉得我说得有道理？"

"鞋、鞋子……"她指着他丢鞋的方向跳起脚来。

他转头看去，鞋子没了！刚刚丢在那里的鞋子没了，取而代之的是一串脚印。那里的土地正好湿软，脚印正在一个一个、一左一右地印向远处，分明有个隐形人在小心翼翼地走。

她尖叫出来："真的有隐形人啊！混蛋！赤鱼还我！"

她拔腿就要追，被他一把扯回怀中圈着，无意剑挡在身前，沉声道："情况不明，不要贸然追赶。"

她懊恼地揪住了他的衣襟："我的赤鱼啊……"

他暗暗运起神识，想要辨别隐形人是否还在近处，或者隐形人是一个还是多个，却捕捉不到任何讯息。隐形人似乎可以避开他的神识，令他十分不安。焦虑之下，竟催动灵力托出一个护身结界来罩在了九蘅身上。

她吃了一惊："喂，没必要弄这个吧，多耗灵力啊！"

他说："对方无形无影，万一近前刺杀难以防范，只有撑开结界才安全。"

"不会啦，他要动手早就动手了，看这情况他只是想偷东西罢了。快，收了，收了。"

他勉勉强强收起结界，目光投向空旷四野，只觉得危机四伏。唤了招财过来，拖着她一起骑在猫背上，将前面的九蘅圈住，一下也不敢松手，时时刻刻怕被人抢了。

九蘅想了想说："之前赤鱼突然有反应，好像妖丹在附近，然后就被隐形人抢了。你说，是不是赤鱼精其实没死，只是孽骨遗落在他处，特意来抢回去呢？"

樊池说："如果真是那样，也算是三界奇闻了。不过，从我们手里抢东西可没那么容易。"

她鄙视地看了他一眼："人家已经抢走啦，您这吹的节奏有点不在拍子上哦。"

樊池不屑地哼了一声："抢虽抢了，可是我已留了后招。"他得意扬扬地把自己的右手亮给她看。他的手心赫然有一道口子，蓝色血珠正顺着掌纹滴答落下。

她倒吸一口冷气，一把握住他的手："怎么还受伤了？什么时候伤着的？"忙忙地撕了一块衣角替他包扎。

他兀自得意地笑："这是我刚才在追那隐形人时，碰到了他握住却隐去形迹的赤鱼，探手没能抢回来，就顺势翻转手掌，故意让赤鱼划伤。"

"……为何？"

"见了我的血的东西，短期内我能用神识追踪到它的位置。"

"……"这是神族的记仇方式吗？

他拉着她骑到猫背上："走，我们去找那个看不见的小家伙。坐稳了。"

他拍了一把猫屁股，招财如一道黑色闪电弹射出去，九蘅只觉得一股巨力将自己向后掀去，惯力冲进樊池的怀中，久久坐不起来。

猫儿特有的跳跃又将人大幅度甩动，若不是樊池在后面挡着，她早被抛得不见踪影了！它飞奔起来快得难以置信，若全力奔赴，日行千里没有问题。她的耳边只余呼呼风声，甩得晕头转向，索性闭上眼，把脸深埋进他的怀中去。

以血气追踪赤鱼下落，迂回曲折狂奔许久，樊池喝住了招财，总算停了下来。

只听樊池问："你怎么了？"

她茫茫然抬起头来，头晕目眩，脸色苍白。

他低眼看着她："不舒服吗？"

"我……我晕猫了。"她说。

他叹一口气，骑个猫都能晕，以后他能驭云了，可怎么带她凌空飞行？先一步下了猫背，将她搀下来歇息一会儿。

她缓了缓问道："隐形人在这里吗？"

"刚刚快追上了，现在又跑了。"

"快追上了为何不接着追？"

"你脸都白了，不停下怎么行？"

"……"她懊恼不已。晕猫什么的，真是太逊了，拖后腿啊！

那隐形人十分狡猾，时而入水，时而进林，有时都近在眼前了，但那人步法曲折迂回，神出鬼没，他们竟追了两天两夜，还没有抓住。好在她迅速适应骑猫，晕猫的毛病越来越轻了。

第三天正午时分，他们循着血气来到一座巍峨高山之前。山顶最高处云遮雾罩，竟有一个海市蜃楼般的城池，云海之中露出几个气势不凡的殿顶，似乎镶嵌了宝石，华光灼灼，有如神仙宫阙。

九蘅被震撼到了，惊叹道："哇，那是什么地方啊？好像画中天宫啊！"她呆望了许久，才意识到樊池半晌没有应声，朝他脸上看去，只见他脸色凝重，瞳底暗云沉沉。她不解地问道："怎么了？"

他的唇角绷着森冷："这里叫作离山，山顶应是我的神殿，却已变得我都不认识了。"

九蘅几乎蹦了起来："哇！你的神殿！你家这么漂亮，怎么不早说！"

他并没有因为房子被夸了而得意，反而盯着那殿顶眉头蹙起："原是没这么漂亮的，不知是谁给修成这样了。"

他还记得几个月前离开这里时神殿的样子。数百年来大泽太平，世人几乎把神给忘了，鲜有香火，缺少修缮，院中杂草丛生，墙壁倒塌，代表佑护神的神像彩漆斑驳脱落，殿顶倒是曾镶了宝石的，不知哪一年被人抠了去，一副败破景象。

是谁将神殿修缮一新了？

"哎？"她迷惑了，"有人给修好，难道你不开心吗？说不定是因为近日妖魔横行，人们记起了你这个佑护神，特意修了神殿，寻求保佑。"

"这个可能也不是没有……"他的眼中闪着重重疑虑，"可是这世间乍乱，人人难以自保，哪来的财力、人力修神殿？事出反常必有妖！那个隐形人也不是什么正经东西，多半藏到里面去了。"

正说着话，后面来了个人，嘴里说着："借过借过。"

二人回头去看，见沿路走来一个风尘仆仆的中年男子，头戴斗笠，腰上挂了一把刀，像个游侠的模样。招财也跟着回了一下头，巨首这么一摆，把来人吓了个跟头："妈呀！有豹子！"

九蘅忙挽住招财的缰绳，抱歉地道："别怕，它不咬人的。抱歉啊，吓到你了。"

那人爬起来，站得离他们远些，惊魂稍定，仔细看了看招财，道："哎哟，你们献的这个妖兽好，神君一定会高兴，允许你们留在琅天城的。"

樊池神色一冷："什么神君？什么琅天城？"

樊池脸色一变，那位游侠顿感霜刃袭面，竟生生打了个哆嗦，吓得说不出话来。神族之威略露头角，对凡人来说就是极强的威慑。

九蘅忙拉了樊池袖子一把，小声道："别那么凶。"

他抿了抿嘴角，压下怒气，尽量客气地问那人："刚刚你说的神君和琅天城是怎么回事？"

那人缓了缓神，再看樊池时，已不见方才的迫人威严，暗说自己一向胆大，怎么忽然腿软得差点跪下。他揣着一点胆寒，不敢马虎，抱了一下拳，解释道："二位既然走到这里，难道不是来琅天城献妖的吗？江湖上人人都知道，世间大乱，真神归位。两个月前神君降临神殿，大显神通，将离山神峰方圆五十里的鲛妖消灭殆尽。一夜之间，发动神工鬼匠在神峰上的云海之中，以原来的神殿为中心建起一座恢宏城池，叫作琅天城，听说里面建得如天宫瑶池一般。

"我们凡人只要进到琅天城里，就等于一只脚踏进仙界了，可以住华屋、食仙果、饮琼浆，跟着神君修炼仙术，迟早能飞升上界当神仙的。不过，进入琅天城的条件是必须捉一只活妖献上，只要献的妖评鉴合格，就能入城。我也捉了一只妖来碰碰运气。"说着，他喜滋滋地拍了拍背上挂的一只竹筒。这一拍之下，里面突突作响，似有活物跳跃。

樊池听得脸色越来越难看，问道："你可知道那是个什么神君？"

那人答道："听人说神君大人丰神俊秀，其相貌之俊朗人间无有，人称樊池神君。"

樊池再也压抑不住怒气，顿时炸了："他是哪门子樊池神君！"

那人吓得哆嗦不停，九蘅一手拉着樊池，一手朝那人摆了摆："多谢您了，您先上去吧。"他急忙逃似的沿着上山的石阶跑去了。

樊池这边气得霜气四溢，周围一片草木被寒意侵袭得叶子都落了。

九蘅一边安抚，一边忍不住打了个喷嚏，揉着鼻子说："冷静一点，冻死啦！"

他这才敛起脾气，眼中仍压着暴躁，冷哼一声："我倒要看看是哪来的妖物竟敢冒充神族，占我神殿，窃我身份！"

九蘅也十分惊奇："敢冒充神，胆子是够肥的啊。"

"这家伙一定以为我已死于白、乌二泽之战，以为这世上已没有神族，才敢冒充我身份为所欲为，看我怎么收拾他……"樊池周身散发着森森冷意。

九蘅不解地问："他冒充神族，又让人捉妖送来，不知是何用意？"

樊池思索一阵说："即使这个冒充者是妖魔，天下异士献来的妖精也必会是五花八门，弱妖居多。我想不通他收罗这些小妖有什么用。不过……那些献妖人想在琅天城内过上神仙般的生活恐怕是不可能，我觉得多半是自投罗网。"

九蘅打了个冷战："难道……会被杀害吗？"

樊池点点头："这个可能性极大。"

她望着向上延伸进黑暗的无尽石阶怔了半晌，忽然说："我想到一个可能。"

樊池的面色也越发严肃："我也想到了。"

"会是它吗？"

"有可能。"

占据神殿冒充真神的，会是乌泽吗？

白、乌二泽大战之后，白泽碎魄，乌泽生死不明。如果它还活着，就要靠寄生宿主存在。此时神殿中的假神若是乌泽，会以什么样的面目出现呢？

琅天城里小蛇妖

九蘅望了望云雾中那华光溢彩的殿顶，道："那个抢了赤鱼的人既然跑向这个方向，必也是进了琅天城。我们最好不要正面宣战，先扮成来献妖之人，混进去看看情况再作打算，如何？"

樊池点点头："说得有道理。"

冒充者既然知道樊池的名号，很可能也知道他的长相，两人先避开主道，躲进树林中乔装打扮。樊池的衣服是原身翅翼所化，所谓乔装打扮就是变几套低调普通些的衣衫来挑选，免得太扎眼。

但是否引人注目，有时候还真不是衣衫能决定的。樊池身材高挑，面容俊朗，气质卓然出尘，不管是书生儒衫还是民间布衣，都遮不住他的耀眼光彩。

几番试衣下来，九蘅叹道："我看明白了，你只换衣服不换脸是没用的。你就辛苦辛苦略动用一下仙术，易个容吧。"

他不情愿地道："我的脸如此完美，改变一丝一毫也甚是讨厌。"

她心中暗骂自恋狂，面色不改地正色道："当然当然，这世上不可能有比您更完美的容貌，您就委屈一下变丑一点点，办完了事再变回来嘛。"

"好吧。"他勉为其难地说，思索道，"要有个模样比照着才行，变成谁的样子呢？"

九蘅不假思索地欣欣然道："就变成黎存之的样子吧，他长得也挺好看的。"话未说完，只觉如霜雪覆顶，硬生生打了个冷战。抬头看他，果然一张脸已沉得仿佛乌云密布。

"你是想他了吧？"樊池不悦地说。

她拼了命地补救："哪里的话，根本没有！这不是图方便嘛！"

"你休想借我的身子见到他的脸。"

她坚定地摇头："不想见，绝对不想见。变成他的样子太委屈你了，算了，换个人。你想变谁就变谁。"她不敢再提建议，把决定权塞回了他的手中。

他想了半天，想不出还有谁的颜值配得上他为之一变。终于转过身去，以袖拂面，再回过头来时，已换成一副陌生的惊世绝尘的容颜。

九蘅有一瞬间呼吸都忘了。这是一张怎样的脸啊，抬眉转眸之间，仿佛春暖花开，万物复苏。

他用这样一张脸朝她笑了一下："这张脸怎么样？"

九蘅差点晕过去。顶着这样一张脸还敢对人笑，不怕出人命吗？他看她脸色不对，狐疑地问："不好看吗？"

"好看，好看得很。"她觉得自己眼圈都变成红心了。

他追问道："这张脸比起我的来长得怎么样？"

"比起你的来？那简直……"脱口就有滚滚溢美之词要冒出来，幸好反应过来，及时刹住，严肃地说，"……差远了。根本没有你好看，也就将就吧。"

他满意了。

她摸了摸粉碎的良心，问道："话说你这是变得谁的脸啊，他叫什么名字？"

"是我朋友，名叫沐鸣，他是上一届雷夏佑护神。我仅借了他的面相，实际上他长着一头红毛，出名的风骚，到处招蜂引蝶。"

九蘅双眼灼灼，暗道：那位神君就算是不想招蜂引蝶，顶着这样一张脸，那蜂啊蝶啊也会控制不住地主动扑啊！

樊池疑心又起，盯了一眼她颊上酡红："怎么，你想认识他吗？"有点后悔借了这张脸。

"不想，不想。"她坚定地摇头，心中暗暗咆哮：给个机会认识一下也可以啊大哥！但为了活命，生生咽了下去。

他端详了一下九蘅的衣裙——她身上还是青扈宫中穿出来的那身仙气飘飘的

白裙呢。为了与她相衬，他又催动灵力，换了一身朴素侠客风格的白袍。

两人站在一起，那更是加倍地风采绝世。樊池说："反正无论如何也掩不住我的光彩，那便不遮了，美就美吧。"

九蘅无奈地道："好吧，那就以美貌征服对手吧。"

装扮搞定了，就缺一个进城的通关妖物了。二人看了看招财，相视一笑。

招财忽然打了个哆嗦，甩了甩大尾，心中升起不祥的预感。

山路陡峭，不便再骑乘招财，两人挽着它的缰绳拾级而上，足足走了数千石阶，在天色黑透时，看到前方一串灯火，一通喧闹从中传来。

先一步上来的那个侠客抱着他的竹筒子嚷嚷道："黄皮子精怎么就不收了？它能附身我们村的老太太，很厉害的，我好不容易才把它网住的！"

紫衣少年板着脸道："这等低劣之物，让它回去修上百年再带来，走！"袖子一挥，平地起了一阵阴冷风沙，将那人卷了一个跟头。

那人被唬住，不敢再闹，抱着他的黄皮子精满口抱怨着往回走。与九蘅擦肩而过时，她笑眯眯安慰道："别难过，塞翁失马，焉知非福。"

那人摇头叹气地下山去了，天色昏暗，也没注意到她身边的男人已换了面目。

紫衣少年不耐地整了整衣衫，看又有人来，提灯走近，高声问道："来客何人？"

樊池答道："仰慕仙名，前来献妖。"又咬着牙小声道，"这小子还打扮成仙侍，穿一身紫，一看就不是正经东西。"

少年举灯将他二人打量了一番，起初没有发现引入黑暗的招财，突然看到一对反光异瞳，惊恐道："那是什么！"

与此同时招财也颈毛乍起，一声低吼，竟要朝少年扑去。少年腿一软坐在地上。

九蘅连忙拉住招财："仙侍莫怕，这是我们驯服的猫妖，特意带来献给神君大人的。"

仙侍爬起来退开几步才哆嗦着说："你们可要牵好它！"

"放心放心，已驯服了。它平时不这么凶的，大概是有点紧张了。"九薇拍了拍招财的头顶，对着它的毛耳朵令道，"老实点。"它顺从地敛起攻击的姿态。

仙侍仍怕得很，道："二位请过来一位登记一下。"

九薇把缰绳塞到樊池手中："我去。"他虽易容，但还是要行事低调一点，以防万一。

她跟着仙侍走近那串灯火，才看清是个小亭，挂了"迎客亭"三字。亭中还有两名紫衣仙侍，在桌上摊开一本册子请她登记来客姓名和所献宝物。

九薇填上了"如心""如意"两个假名字，她叫"如心"，樊池叫"如意"，这是他们一边爬着山，一边拌了一路嘴才起出来的。所献宝物填的是"猫妖一头"。

三个仙侍拿着册子，对着"猫妖"二字冷汗滴滴，凑首商量了半天，"你去""我才不去""要去你去"小声争论了半天，总算讨论出了结果。

其中一个对九薇说："琅天城的规矩本是进城的客人在此等待几日，等神君品鉴妖物，选中者才能入城，但二位带来的猫妖着实稀罕，必会入选，因此请二位直接入城吧，不必在此留宿。"

九薇心知他们是看巨兽可怕，谁也不敢牵它进城，因此网开一面，遂笑道："那多谢各位仙侍了。"

一位紫衣仙侍提灯领路，樊池和九薇牵着招财继续沿石阶向上。

从迎客亭向上又走了几百级台阶，一路的阶旁石壁上都挂着灯笼，照着他们一步步走进峰顶的云雾之中，橘光柔和，丝雾缭绕，有如登上仙境。走在最前面的紫衣仙侍时不时回头望一眼招财，小脸吓得雪白。

实际上九薇也一直紧紧拉着招财的缰绳，半点不敢松手。不知为何，今天招财特别兴奋，一对异色眼瞳一直灼灼地盯着仙侍的背影，颈毛暗暗竖起，怎么摸也压不下去，獠牙时不时露一露，嘴边甚至控制不住地流下涎水。看这样子，若不是有主人的命令，它早就把这小仙侍扑倒生吞了。

走到气势威严的城门前，这才看到门楼上的三个大字：琅天城。连守门卫士穿的铠甲都金光灿灿的。

樊池低低冷笑一声："还真把这里当天界了。"仙侍与守卫出示了通关腰牌，这才领着他们入城。

樊池忽然问仙侍："你们这里戒备虽森严，进出要验腰牌，可是若有人会隐身之术，不就能蒙混进城了吗？"

仙侍得意地指了指高耸的城楼："我们神君擅长阵术，城楼、城墙都暗设捕咒网，想靠妖邪之术混进城，就如飞虫投蛛网，牵一处而动全身，必会被守卫察觉。"

樊池由衷地说："有两下子，入城难，出城亦难。"他顿了一下，又问道，"那在我们来之前，是否有人来献赤鱼妖丹什么的呢？"

小仙侍说："不清楚，我也不是每天都当值的。"

夜色已深，这座呈三落阶梯状的新城建在高峰向阳一面，城池内寂静无人，沿街房屋白墙黛瓦错落有致，云雾齐膝，仿若走到了天上街市。这难道就是传说中神工鬼匠建的城吗？莫名透着地狱般的森冷气息。

他们朝着这些屋子黑漆漆的窗户望去，窗后缝隙里时不时有光闪烁，不是灯火，倒像野兽的眼睛。

住进这些精美房屋的，果然不是捉妖人，而是妖吗？

尽管此时到处是妖物，平日里心心念念觊觎妖丹的九蘅，却暂时顾不上妖丹的事了，因为周围的环境实在是太诡异了，九蘅不免一阵胆寒。

仙侍领着他们沿着街道巷子七拐八拐，所有的石阶道路竟都是弯折的，四通八达，没有一条宽阔笔直的街道。

走了许久，眼前猛然开阔，一座气势磅礴的神殿出现在前方。这里是琅天城三落阶布局的第二落，是三阶中最平坦开阔的一落，神殿所在的位置是城的中心，殿前有青石铺就的广阔场地。

神殿本身并不是新建的，灰色砖石和褐色木柱上的精美雕刻仿佛脱离了时间约束，透着古旧肃穆之美。整座建筑经过了精心修缮，处处鎏金嵌宝，无光自华。即使已是深夜，殿内仍灯火通明。此时若从山下望上来，必如宝珠闪耀在夜色中，仿佛彰显着神的光明和力量。

仙侍让他们在殿外等候，进去请示了。

九蘅基本没听到人家说什么，土包子一样看呆了。樊池用殿前金甲守卫听不到的声音咒骂："混蛋，这房子从没修得这么漂亮过。"

她回过神来："人家费心给你修了房子，好事。"

"修可以，可没有让他住进来。狂妄孽畜竟敢弄脏我的地方。"

"抢回来时小心些，不要弄坏了这些珠宝。"九蘅管不住手地抠了抠柱子上的一颗夜光鲛珠，企图抠下来，"对了，招财今天不对劲啊，对着那小仙侍一个劲儿地流口水呢。"

樊池冷笑一下："流口水就对了。什么仙侍？这群穿紫衣服骚里骚气的小家伙，全是小蛇精，蛇的品种看着眼熟，好像是离山土生土长的。虽然他们都服过药草抑制妖气，但一则瞒不过我的眼睛，二则瞒不过招财那被白泽碎魄灵力增强数倍的嗅觉。"

她担忧地抚着招财："这琅天城看来已是妖精城了，招财离开我们会不会有危险？"

"招财大概没危险，这城里的小蛇们却危险了。"

招财眼睛亮亮的，兴奋得瞳孔都扩大了。它早已沉浸在空气中飘浮的蛇肉香气中不能自已，简直是进了酒池肉林的享受神态！

樊池盯着招财，眼中暗含厉色，低声警告道："此去要先找地方藏好，不得以妖为食！"

九蘅嘴角抿了一丝浅笑，她知樊池其实是不愿滥杀无辜。

招财呜噜一声勉强答应了，但显然态度敷衍，让它管住嘴，难……

这时殿内通报完毕，另一名白净纤细的仙侍出来了，二人止住交谈。来人捧着一卷画轴来到他们面前，说："我是神君座前仙童阿细，这是天上神器天枢卷，能纳万物。我用它把猫妖收进去呈给神君过目。"

九蘅心中一惊：若把招财收进画里出不来了怎么办？她借着袖子遮掩担忧地拉了一下樊池的手。他安慰地握她一下，对她微微一笑。他此时顶着别人的面孔，而这新面孔俊美到惑人心神的程度，这一笑险些闪瞎了她。

他又对阿细彬彬有礼地微笑道："请。"

阿细虽是男孩子，对着这样的笑容也不免面红心跳，打开卷轴时有点手忙脚乱。九蘅抱怨地瞅他一眼："不要随便对人笑好吗。"

他不解地望着她，凝目看人的样子更让人难以招架。她忍无可忍地伸手，将他的脸扳到了一边去，让他不要对着她。

他却莫名得意：不想看这张脸是吧？定是因为没我本来的样子好看。

这边阿细打开卷轴，看上去像是一幅未完成的花鸟图，中间有一大块空白。他展着图对准招财，念了一声："进！"

九蘅就觉得手中一空，招财不见了！再定睛朝画上看去，只见画中花树之下原本空白的地方，出现一只张牙舞爪状却一动不动的大黑猫，正是招财的模样！

阿细说了一声"好了"，也朝画上看了一眼，却吓了一跳："哎哟，别的妖兽收进去都乖乖卧在花下，这只猫的样子怎么这么凶？"

阿细小心翼翼地把画卷起来，捧着再走回殿去。九蘅眼巴巴盯着他背影，心都揪了起来。只听樊池用只有她能听到的声音在数着阿细的步子："一、二、三……"他数到"十"的时候，突然嘶啦一阵破纸之声，伴随着阿细一声惊叫，半空里扬起一团碎纸屑，一个漆黑巨兽轰然出现，是招财冲破了画轴！它落地弓了弓柔韧的腰背，轻松跳跃几下便消失在夜色中。

神仙大人失踪了

九蘅暗暗松了一口气。

樊池轻声冷笑："区区收纳术，还什么天枢卷，收收一般小妖就罢了，岂能困住身有白泽碎魄的巨猫？"

那边阿细坐在地上一副惊魂未定的模样。九蘅上前扶他起来，只见白生生的小脸蛋上破了一道口子，大概是被招财破画而出时用爪子扫到了。

殿内有仙侍跑出来问："怎么回事？"

阿细颤颤巍巍地说道："这两位客人献来的猫妖冲破天枢卷跑了。"

殿内殿外稍稍乱了一阵，但很快恢复了秩序。阿细又传话过来："神君请二位进殿。"

二人对视一眼，并肩走入神殿。殿内更是富丽堂皇，九蘅没去过皇宫，但这奢华程度比起皇宫来恐怕有过之而无不及。这个假神可真讲究啊。

樊池嘴角飘出低声的评价："品位恶俗。"

大殿两侧站了两排紫衣仙侍，看他们一个个身腰细软，大概都是小蛇妖。正中摆了个整块美玉雕成的神座，座上黑袍男子手撑着下颌斜斜靠着扶手，银色长发以束发金冠拢起，透着一丝阴柔又森冷的气质，脸上覆着一个精致的银箔面具，只露出秀挺的鼻峰和精致的唇线。

二人行了个抱拳礼："如心、如意见过神君。"

良久没有回应。樊池抬眼看去，视线与面具后的目光相碰，不由得一怔。那对眼睛隐在面具遮出的阴影中，瞳仁中如燃着炼狱暗红的火焰。他暗暗一惊，再看去时，面具后的眸光已冷漠如万年未化的冰。

是刚刚看错了吗？

座上人开口时嗓音低凉："二位是什么身份？"

樊池答道："我们是捉妖师。"

面具遮住的脸看不出任何表情："你们献来的这头妖兽不错，本事不小，竟然冲破天枢卷跑了。能请二位再捉一次吗？"

樊池说："没有问题。"

黑袍人点点头，摆了摆手，示意仙侍带他们下去。阿细走过来引着两人往殿外走去，黑袍人忽然唤了一声："如意大师。"

樊池止步回头。

银箔面具后的眼睛轮廓看不清，却能感觉到眸光的漆黑暗沉，令人透骨生寒。

他的嘴角弯出一个莫测的笑，道："如意大师仪表非凡，让人想多看一眼。"这话的字面轻佻，可他的语气透着森森凉意，只让人觉得不祥。

樊池微点了一下头，没有说话，拉着九蘅出了神殿。阿细将他领到离神殿不远的一处小巧的崭新宅院门口，道："这是分派给你们的住处，一会儿让人给你们送酒菜来接风洗尘。请二位尽快把猫妖捉住，明日我再来询问进展。"说罢捂着脸蛋上的伤口匆匆走了，大概是急着回去涂药。

二人推开院门走进去，见是一个有客厅、卧房、书房的三厅小院，虽简单却小巧精致。尚未来得及看一遍，又有两名紫衣侍女提着食盒进来，把饭菜摆在客厅的桌子上便退了出去。九蘅坐在桌前看了看有素有荤的菜色，忍不住赞叹道："分宅子、管酒菜，伺候得真周到，够气派，够讲究！"

伸筷子想夹一块红烧肉，又犹豫了一下："不知有没有毒？"

樊池说："吃就是。"

于是她放心地大快朵颐，还不忘夸他："你用眼睛看一看就能验毒，好厉害。"

他说："我并不确定是否有毒。"

她一口菜差点喷出去，只听他说："你也是身有灵力的人，一般毒药对你无效。更何况他还要我们捕猫。"他把桌上菜色看了一圈，没找到甜的，只好摸出自己带来的糕点吃。

九蘅抹去嘴角的油渍，鬼鬼祟祟看看四周，凑到樊池面前小声问："有听墙角的吗？"

樊池手指一捻，指尖飞出几只白蝶，翩跹从窗口飞了出去："让它们在外面警戒，有人靠近就能察觉，想聊什么就聊吧。"

她这才敢直接问："是乌泽吗？"

他蹙眉思索良久，说："乌泽寄生宿主后敛藏气息的本事很强，否则也不会逃脱万年不被抓住了。与他面对面时我暗中以神识探查过，看不清楚他的来头。像他如此修为之高的，想要知道原形，只有一个办法。"

"什么办法？"

"打得他现原形。"他瞳底藏着不熄的火苗。

滴滴冷汗从九蘅额间渗出，这人被占了房子，神殿硬生生变成了妖精窝，看来真是气炸了，都忘了自己身上有伤，不适合打架吗？若是直说，又怕惹得他好胜心起，拔腿就去单挑，只好婉言相劝："我们先休息，养好精神，以找招财为借口到处走一走摸查一下情况，再作打算。"

他面色更加凝重，道："你切不可独自乱走，进城后你有没有发现城中道路曲折古怪？"

"是啊，走得人迷迷糊糊的，方向难辨。这假神也真是的，建城就好好建，盖得乱七八糟的。"

"并非乱七八糟，那巷道和建筑古怪得很，不像用来居住的，设计深有玄机。"

"什么玄机？"她愣愣发问，又恍然大悟，"哦，是不是八卦阵？我以前在书上看过有擅长周易八卦的人把村子设计成八卦阵，外敌闯入时很容易迷路，便于守卫伏击。"

"类似于八卦阵，却没那么简单，之前走过的几条弯道很像咒符笔画的走向。我猜若从高空望下来，琅天城的街道建筑会是个什么符阵，而且具备镇妖符的效力，一般妖物进了这个城就被符力束缚，无法施展妖术。"

她惊道："又是镇妖符，又是破咒网，难道这个冒充者虽然冒了你的名头，实际上也是个神族人？"

樊池紧蹙着眉心，眼底满是疑虑，想不明白，难下论断。

九蘅今天累坏了，洗漱完毕就爬上床睡了。一向嗜睡的樊池却无心入眠，坐在窗前催出更多灵蝶，飞入琅天城的黑夜中。他指示灵蝶飞得尽量高一些，想看清琅天城符阵全貌。然而灵蝶反映到他脑中的视野有限，依然看不明白。

但能确定的是整个城是个符阵无疑。他心中暗暗惊异，这个假神究竟意欲何为呢？

指尖突然传来针刺一般的微疼，是灵蝶传来的警示讯息。他捏诀合目，将灵蝶的视野投入自己的脑海——他看到一扇半开石门，石门上的雕花很熟悉，那是地宫的入口，他常年睡大觉的地方。半开的缝隙中黑气溢出，隐约有一条细长尾巴一闪没入。

樊池猛地睁开了眼睛。青色鳞片、腹部惨白、尾鳍尖锐——鱼祖的尾巴！此时、此处，鱼祖爬进了他的地宫，不能再容它逃走。

他回头看了一眼睡得香甜的九蘅。地宫情况不明，危机四伏，带她去很危险。但是这个机会又绝不能放过，那么他就自己去看看。虽然神殿被占，但总归是在他的地盘，他对这里地形和秘道了如指掌，有把握在她醒来之前回来，说不定还能提一条鱼祖来给她做礼物呢。

樊池嘴角浮起一丝浅笑，将整个宅院下了严锁密防的禁制，以保屋子里的人安睡，确认没有问题以后，才轻手轻脚出了门。身形轻飘飘跃起，踩着缥缈浮云绕过城中巡逻的金甲兵卫，朝着地宫的方向赶去。

九蘅醒来的时候，阳光晃得眼睛睁不开。连日的劳累使得这一觉睡得格外长，看这天光都快中午了吧？闭着眼朝身边摸了摸，竟摸了个空。一直以来与樊池同睡惯了，一般都是他醒得迟，可今天怎么倒是他先起了？

睁眼四下看了看，没见到人。她起身又到院中转了转，也不见他的身影。这倒稀奇了。

想着樊池大概是看她老不醒，就先到琅天城去转了，于是推开院门朝外迈了一步，打算去找他，却碰到一层透明有弹性的东西。她吃了一惊，后退一步仔细看去，隐约可见一层光晕微转的东西挡在门外。

樊池竟然趁她睡着下了禁制！那他去了哪里？

透过这层禁制可以看清街道上已有"行人"来往。这些"人"一眼望去还没什么，仔细看却能发现有的步姿扭曲，有的眼瞳怪异，透露着身份的不寻常。

禁制外走来个紫衣少年，脸上有道伤痕，正是阿细。他茫茫然东张西望，嘴里嘟哝着："哎？他们明明就是住在这里的呀，门呢？怎么变成墙了？"

此时九蘅与他已近在咫尺，她一步迈了出去。

阿细只觉得眼神一晃，仿佛头晕了一下，九蘅便已出现在面前。他愣了一下，说："哟，这不就在这里吗！如心姑娘，歇息得可好？如意公子呢？"

"一早起来不知哪儿去了，大概去抓猫妖了，我也找他呢。"

"这样啊。我来正是想问二位什么时候能把猫妖抓到呢。如心姑娘不知道，昨天晚上城里可乱了，有人被二位带来的那头猫妖抓住，叼着玩弄半天，伤痕累累，险些被吃掉呢。"

看来是樊池有令在先，招财才只咬着过过瘾。

她对着阿细说道："不用担心，猫妖从不咬人，"九蘅故意在"人"这个字上加重了语气，又轻飘飘地道，"它只对妖感兴趣。"

阿细不禁抖了一下，心中暗道：一定是这些连人形都化不好的小妖暴露了身份，只好讪讪地道："看来还是没瞒过如心姑娘，不过你别担心，献妖人带来的恶妖都关进地宫里了，外面这些妖都是好妖，不伤人的！"

"所以也千万不要让你的猫妖伤害我们啊！"阿细内心咆哮道。

九蘅似笑非笑，应了一声说道："既然琅天城是个妖城，那么想必那位神君也是个妖吧？"

听到九蘅如此诋毁神君，阿细明显不乐意了，小脸微微涨红，争辩道："我们神君乃天上真神，当初可是带着七彩霞光降临离山的。"阿细一脸的骄傲，又神秘兮兮地继续道，"而且神君还说，以后会让我们和凡人一样，共享天下！"

共享？真到了那个时候，哪里还会有凡人的容身之地。

不过九蘅还是表示相信地"哦"了一声，问道："那么那些献妖人呢？去哪里了？"

阿细睁一双纯真的眼睛答道："没注意，大概是领了赏赐走了吧。"

怕是走不了。难道这假神是在趁天下大乱诱杀捉妖者，并囤下妖兵谋取雷夏统治者之位吗？若让他得逞，天下岂不是要变为妖魔纪了。不过，他聚集一众毛头毛脑的小妖，就想谋图天下，未免也太异想天开了。

阿细心有余悸地接着道："昨晚还有身份不明的人闯了地宫，乱成一团，神君都亲自进去镇压了，到现在还没出来，也不知什么情况了，唉……"

九蘅一怔："地宫？那是什么地方？"

阿细道："琅天城呈现三阶，地宫在最上一阶底下，入口在神殿后面，听说囚禁着不肯臣服的恶妖，凶得很，我都不敢靠近的。"

难道趁夜闯地宫的是樊池？

想到这里，她朝阿细说："你能带我去地宫吗？"说罢又将脸凑到了阿细的耳边，不知低语了一句什么。

神殿正后方的山壁上石门紧闭，上面雕刻精美图纹，门外立了两排金甲卫士。

"小蛇妖，不想死在猫爪下的话……"

想到九蘅的威胁，阿细浑身一阵胆寒，在原地徘徊了好几圈，最终还是硬着头皮上前，向其中一名卫士头目问道："神君还没有出来吗？"

头目回道："昨天半夜进去的，一直没有出来。"这名头目脸覆细鳞，一说话露出一对尖牙，舌头开叉，是个还没完全修出人样的蛇妖。

阿细问头目："没派人进去看看吗？"

"神君说里面有恶妖作乱，情势危险，我们这些修为浅的进去也是送死，因此严令我们在外把守，说是以午时为界，若他午时还不出来，就放火烧了地宫！"

阿细吓了一跳："那神君岂不是也要被烧死在里面了？"

头目说："神君大义凛然，与恶妖同归于尽，我等佩服！"看了看天光，朝手下命令道，"快到午时了，准备火油火把！"

阿细顿时跳脚："你还真烧啊！"

头目眼神一凶，瞳孔变成竖线，端出了金甲兵的威风，腰刀嚓地抽出一半："神君的命令当然要遵照执行，违令者杀，琅天城的规矩你不懂吗？"

阿细吓得退了几步，不敢再招惹，只急得团团转："这可怎么办？"

旁边的九蘅也冒出冷汗，心慌得不行。樊池一夜未归，多半也是进了这地宫里面。如果这些脑子一根筋的金甲兵真的放火就糟了。她遂上前对头目说："请您下令稍缓些时辰，我下去看看。"

头目厉声道："你下去便下去，但时辰半点也不能拖延，一刻钟后，准时点火！"

九蘅不假思索："好。"

头目令道："开门！"两名金甲兵将沉重的石门推开一道缝，九蘅快步走了进去，在门关上前还听到了阿细的呼喊声——"你一定要带神君上来啊！"

心道：神君确是要带上来的，不过可不是你们的假神。

石门在身后沉重地关闭，地宫内并不昏暗，隐约有光。光源来自壁上生长的一束束会发光的花草。举目望去就是一个极宽敞的空间，洞顶还镶嵌着一个弯弯的巨大发光宝石，恰如弯月悬于星空。到处是晶莹美石，奇花异草，弯径婉转，小亭流水，石床木椅，竟像个地下花园。

她转了几圈没看到人，时间又紧，一着急喊了出来："神君，你在吗？"

她刻意喊了"神君"而不是"樊池"，别有用心的人就算听到了，也只会以为她在找那个面覆银箔面具的"神君"。

一声痛苦的呻吟从后面传来。她拔腿绕过丛丛花木跑了过去，又一道虚掩的石门赫然眼前。看来这地宫不只她看到的这个空间，后面还别有洞天。声音就是从这道门后传出来的。她用力推开石门，后面是个昏暗的通道，不知延伸向何处，而在距离门口几步的地方倚壁坐了一人，正捂着心口吃力地喘息着。听到声音，那人抬起头来，正是樊池。

他的脸已卸去变化出的伪装，恢复原本容貌，嘴角溢出蓝色血丝。

她冲到他面前，惨白着脸问："怎么了，受伤了吗？"

"唔……"他说，"是有点问题。"

她看到他捂着胸口的手指底下有蓝血不断漫出来，心惊得手都抖了。忽然又想到时间不多了，外面的金甲卫士就要放火了，赶紧用力向上扶他："先出去再说，外面的人要放火了。"

他倚着她吃力地站起来，手臂搭在她的肩上，一步一步向外挪去，鲜血滴了一路。走出最外面那道石门时，举着火油正想往里泼的卫士吓了一跳，倒退一步。

那头目上前喝道："这是谁？"

阿细见与她一起出来的这个人面目陌生，也凑上来焦急问："如心姑娘，这个人是谁？我们神君呢？"

她心里正为樊池的伤势焦灼，一时不知该怎么回答，却听身边樊池冷声道："我就是樊池神君。"

她一怔：这时表明身份合适吗？抬头朝他脸上看去，想眼神交流一下。他却没有看她，目光只扫过卫士和阿细，脸上如笼寒霜。

失而复得的赤鱼

阿细尖声质问："你说什么呢？你是樊池神君？神君大人我能不认得？"

樊池还想说什么，突然一阵痛楚袭来，他佝偻了一下腰，嘴里溢出蓝血，说不出话来。缓了一下，揩了揩嘴角，左手一展，手心亮出一个牌子给阿细看。九蘅也看了一眼，那个腰牌不知是什么材质，底色洁白无瑕，光彩溢目，中间雕了一条长角的黑蛇浮雕，黑白分明又浑然天成。大小和形状与他们进琅天城时仙侍拿给守卫看的那个腰牌差不多，只是那个漆黑似铁，这个通透如玉。

阿细看了一眼腰牌，神情瞬间变得恭敬，腿一软跪下叩头："小的有眼不识神君，罪该万死！"

一众金甲卫士也齐齐跪下了。

一只腰牌就搞定了？！九蘅看着樊池，又是震惊又是佩服。

小头目请示道："火还放吗？"

樊池摇摇头，费力地冒出几个字："门关好。严加守卫，禁止出入。"

阿细咯吱挠了头目的金甲一把："你傻啊，神君神威无边，当然是已把恶妖镇住了！"

这边樊池已撑不住了，身子倾倒下去。九蘅赶紧抱住他，他忽然握住她手腕，艰难说了一句："你，不准离开。"

她忙点头答应："我绝不离开。"

他手一松，软倒在她的臂弯，再也没有反应。这情形跟当初瑜州城听月寺大战之后，他体力不支晕去时如此相像，她心中纠痛成一团。

阿细抬脚奔去喊人："快来人啊，神君大人受伤啦……"

樊池被抬到神殿后面的寝宫躺着，数名据说精通医术的小妖被拉来。它们战战兢兢排着队进来，使出看家本事给樊池瞧伤。有的摸头，有的摸脚，有的念咒，有的干脆跳了一段不知所谓的巫舞。

九蘅看着头疼，没一个靠谱的！总算有个头上长角的家伙拿它的蹄子像模像样试了试脉，"咩"的一声惊呼道："神君大人伤得很重！"

失明的人才不知道他伤得很重吧！还用得着试脉？九蘅急得像个热锅上的蚂蚁，道："你们倒是给他治伤啊！"

妖医们眨巴着无辜的眼睛说："神族的尊贵体质岂是我们能医得了的？"

九蘅怒道："那你们来干什么？"

羊妖答道："是金甲卫兵把我们抓来的。再者说，神族人受伤后是个什么状况，我们也想开开眼界，实乃行医者百年不遇的观察机会……"越说声音越小。

九蘅强忍心中怒火，回到床边握住樊池的手，他的手指冰冷，脸色瓷白，眼睑寂静覆着，呼吸十分微弱。她忍不住浑身发抖。这些小妖医当然医治不了他，就连能用髓果起死回生的黎存之都说过，他医不了神族。

她忽然记起了什么，两指按住他手腕试了一下，指底传来轻轻的脉动。

他曾说过因为身上有伤，特意把心脉封起来了。上次在听月寺时摸不到他的脉，还把她吓得半死，而今天能摸到脉了，让她更加惊慌。

他封闭心脉的术法失效了。

他的白袍已经解开，胸前压着干净棉布。这一会儿的工夫，淡蓝血渍已将几层棉布浸透了。她掀开棉布，露出他左胸上的一个血肉模糊的蓝色窟窿。

知道他胸口有伤很久了，这伤口一直被他用障目术掩藏，今天是她第一次亲眼看到。大概是因为太虚弱，障目术也没了，而且伤口在不断地出血，不知是因为伤势加重了，还是因为封锁心脉术被解，血流失控。

昨夜地宫之中究竟发生了什么事，让他伤重至此？

她扯了更多绷带过来，轻轻扶起他的上身，让他的脸枕在她的肩上，用绷带将他的胸口一层层裹起来。一边裹，一边小声念道："没事的，你一定会好起来的，有我在，我一定不会让你有事。"

他的身体毫无力道地靠在她身上，声息全无。包扎好了，她默默抱了他一会儿，待眼中泪汽浮出又滤净，这才扶着他轻轻睡回枕上，将被子掩好。

现在不是哭的时候，不能哭。想医治他的伤，本来就只有一个办法：服用妖丹。

妖丹。琅天城中最不缺的就是妖了。她的眼中浮过凶狠的神气，抬手去摸发髻，却没有摸到赤鱼。这才记起赤鱼被那个隐形人偷走了，他们追踪到这里，却一直没顾不上抓他。

她起身走出寝殿，门外站着十几名眼巴巴的紫衣侍者，阿细见她出来，走到近边问道："如心姑娘，神君怎么样了？"

九蘅看一眼他的神情，真的是焦急担忧溢于言表，再看看其他侍者，也是真心关切的样子。心中始终缠绕着的疑虑又冒出来——他们怎么就这么轻易地接受一个换了模样的神君呢？

她要试探一下，搞清楚这个问题，略一思索，把阿细拉到一边，悄声问道："阿细，我有些疑心啊。"

阿细睁一双单纯的眸子："疑心什么？"

"你看，神君的样子变了啊，并不是昨天坐在宝座上的人的样子。"

阿细说："看来如心姑娘虽得神君赏识，却不十分了解神君。神君是何等人物？天界神族啊！变化个模样是小菜一碟。"

九蘅做出郑重谨慎的表情："那也不能他说是就是啊，万一是假冒的呢？"

"不可能，神君不是给我们看过腰牌吗？"

她迷惑问道："一个腰牌怎么能证明身份呢？说不定是他从神君手里抢过来的呢。"

"这可不是能抢来的。"阿细摸出自己系在腰间的腰牌。他的这个是金色的，像是纯金铸就，长方形，比手掌略小一点，上面雕刻的蛇形图样与樊池拿的那个极像。

阿细说："你看，我们天琅城的腰牌有三种，白、金、黑。像我这样在神君座前伺候的侍者是有身份的人，因此是金牌，整个天琅城中执金牌者仅二十余人。其余弟子和卫士执的都是黑铁腰牌。而白色黑纹的腰牌只有一枚，就是神君所执的那枚。实际上金、铁两种牌子也都是后来比照神君的那块制成的，当作神君麾下之人的身份证物。"

她问："神君的那块看上去华光宝气，莫非是玉质的？"

"非也，神君的腰牌可不是什么东西铸就的，而是神君的神识所化，没有人可仿造，也不可能被抢夺。所以不管神君如何改变容貌，只要有腰牌在，就可笃定是真神无疑。"

九衢心道：原来是因为一枚神识腰牌，樊池才能顺利蒙混过关，取而代之。不过，原来的那个是假冒的，真神本来就是樊池，不应叫取而代之，而应该叫作真神归位。

至于神识腰牌是怎么被樊池抢过来的……别人抢不来，樊池未必抢不来啊。

不过……当务之急还是要去地宫中，给樊池寻找妖丹治伤。

她甩手往外走，到了神殿外面，眼睛瞅一眼守卫，伸手要刀。守卫握住刀柄，坚定地退了一步，分明不想给。她步步紧逼，袖子一捋就要动手，忽听远处一阵惊慌疾呼："猫妖来了！快跑啊！"

招财！她眼睛一亮，朝着那边跑去。想进地宫杀妖带上招财当帮手那是最好不过了！

阿细跑出来朝她背影喊道："如心姑娘不要乱走啊，神君嘱咐过不让你离开的，城里街巷复杂难行，走丢可就麻烦了……"

她没有理他，一头扎进巷子里，大声喊道："招财！"

不远处传来招财"嗷呜"的回应声。

她仰头再喊："这边这边，过来！"

招财又叫了一声，这次声音却更远了。她再喊，它再应，吼声时远时近，也渐渐焦躁，可就是过不来。她纳闷了——招财作为一只猫，方位感应是极强的，怎么好像走迷糊了？突然记起刚进城时樊池悄悄跟她说过的话：这些房屋和街道的设计很不寻常，暗含诡阵，必是扰乱了方向感。居然连招财都被迷惑了，真是厉害！

听着招财的叫声越来越暴躁，她也着急了，在巷道中钻来钻去想绕过去，没一会儿自己也迷糊了，她咬牙冒出一句："我还不信了！"到处找踏脚的地方想爬到墙头上去张望路线。

一个转身的工夫，突然有东西嚓的一声，插在面前的砖墙上。

她一凛后退，定睛看去。墙上插的东西通体玉白，微微颤动，竟是被隐形人抢走、苦苦追踪一路的赤鱼。

她不敢轻举妄动，先前后张望了一下。弯巷空荡荡的，一个人影也没有。

想了想，她上前一步，把赤鱼从壁上拔下来握在手中，对着空气说了声："谢了。"

寂寂无应。

她知道他就在这里。

那个隐形人，为何要抢走她的赤鱼，又为何还给她？还有，他为何一直不肯现身呢？

九蘅心中疑虑重重，不过好在就目前情况而言，这个隐形人应该并非敌人。

上方传来踩踏瓦片的声音。抬头一看，是招财踩着屋顶走过来了。它跃到她身边，亲热地拿大脑袋拱了她一个跟头。

她抱住它的脖子小声道："招财，对不起，我没有看好樊池，他受伤了，伤得很重。我好害怕……"

招财不安地甩了甩尾，安慰地蹭了蹭她。她把脸按在它蓬松的颈毛上抹了抹，揉着大猫的耳朵强忍泪水说："嗯，我一定会让他好起来的！"扬了扬手中赤鱼，脸上闪现狠色，"走，我们进地宫取妖丹！"拉了一下缰绳。

听到主人指令的招财一跃而起，从这个屋顶跳到那个屋顶，脚下青瓦哗啦踩塌一片，身后传来住户的惊呼，闯祸的一人一兽头也不回一下，直奔地宫而去。

鳞脸金甲头目带领的二十人小队仍守在洞口。见这一人一猫过来，长矛一指："来者何人？"

九蘅说："不久前不是刚见过吗？是我把神君从地宫里救出来的呀。"

头目就跟没听懂一样，再次大喝："来者何人！"看来这问话是规定流程，这鳞脸也太死板了。

九蘅只好认真回答："我叫如心，捉了一只恶妖大猫，特意送来关进地宫。"

头目大声道："神君有令，地宫禁止出入！若要出入，需出示神君手令！"

两人离得其实很近，这头目说话却偏要用喊的，震得她脑仁疼。九蘅揉了揉耳根，好声好气说："神君这不是病着没醒吗……"

"没有神君手令……"

"你这小妖怎么这么轴呢！"九蘅没耐心了，亮出赤鱼。

头目也不示弱，长矛探出，两个兵刃相交火星四溅。二十名金甲卫兵手中长矛也齐刷刷地指过来。

阿细忽然匆匆跑来："不要打了……如心姑娘，神君情况不太好，你快过去看看吧！"

她一呆："我这就去。"后退收刃，手中缰绳一抛扔给了阿细，"你帮我牵一下它。"抬腿就朝寝宫跑去。

阿细下意识地接过缰绳后，才意识到自己接手了一个什么样的活儿。"如心姑娘你别走呀……"他带着哭腔喊道。

九蘅哪里听得到，早跑得没影了。他战战兢兢抬头，对上一双非常专注地看着他的异色巨瞳。"你不要吃我啊……"他含泪哆嗦着道。

招财凑上来闻了闻他，好香啊。

阿细扔了缰绳想溜走，招财伸出爪子，尖锐指甲从肉垫中弹出，勾住他的衣服拖了回来按在地上，用两只爪子搂住，时不时嗅一嗅、舔一舔。

如果不是主人不让吃……

脱身不得吓得浑身僵硬的阿细，只能乖乖躺着，任由大猫将他翻来翻去，正面闻完反面闻……内心哀号不止：我这是造了什么孽呀！

不想吃甜的神君

九蘅一路跑到寝宫扑到床边，樊池仍静静躺在床上沉睡。她紧张地查看了半天，方猜出是阿细为了阻止一场争斗有意骗她的。不过阿细说得也没错，她离开的这一阵，他胸口裹的绷带已被蓝血浸透，气息越发微弱，这样下去，没多久他就会血尽而亡了。

她忍不住跪在床边掩面叹道："怎么办？怎么办？守卫不准进地宫，不能杀恶妖取丹给你。那只有……只有……"她呼地站起来，握着赤鱼的手微微颤抖，指节捏得发白，咬着牙道，"管他好妖恶妖，杀一只就是了！"反正外面有的是妖。侍者、士兵、城民……抓一个杀掉好了。

她朝前迈了一步又站住，眼中闪现痛苦的挣扎。如果樊池醒后知道她杀了无辜妖精救他，会怎么想？他平时行事看似任性不羁，其实她知道，他有佑护神恪守的底线，就如白泽一样爱憎分明，若让他选，他会用无辜的性命来换自己的生路吗？

她喃喃地说出声来："若让你选，你或许不愿意。可是……谁让你不起来选呢？谁让做出选择的是我呢？罪过、厌恶、憎恨，都算我的就是了。若要偿命，也由我来偿还。"

眼眶泛起微红，咬紧牙关朝外走去，心里已残忍地下定决心，杀掉出门后遇到的第一只妖——不管是谁。

她的脚步突然顿住，手中赤鱼在不住颤动。其实它之前已经在颤动了，只是她一直以为是自己的手在抖。

她迷惑道："赤鱼这是怎么了？"突然想到什么，猛地抬头看向旁边，"难道赤鱼妖丹在这里？！"

在来琅天城的路上，赤鱼脊刺就曾因感应到赤鱼妖丹而颤动，也是在那个时候，她和樊池知道了赤鱼妖丹在隐形人身上。

那么也就是说，现在，隐形人在这间屋子里！

她望着身边空气，眼圈红了，低声恳求道："我需要妖丹救他的命，求你了。"

忽然有一团莹红跃入视线中。桌子上多了个什么？她迟疑地走近端详。桌上搁了一块脑袋大的透明冰块一样的东西，里面封了一个拳头大小、火团一般的红珠，珠面似在不停流转着火焰，焰光明明暗暗有如呼吸。冰与火的结合，奇妙而炫目。

她握着赤鱼靠近桌子，冰中珠子的焰光更强烈了。它们之间有感应，这个冰封的小火球就是赤鱼妖丹！

她忽地抬头望着眼前的空气："隐形人，这是给我的吗？是让我用来给他治伤的吗？谢谢你，谢谢你，谢谢……"她感激得无以复加，情绪顿时难以控制，喜极而泣。

突然有什么东西砸在她的脑袋上。她一愣，睁大眼望去，只见屋子一角多了一人，是个布衣少年，十四五岁的样子，五官清秀，一脸机灵，手中掂着一枚枣子。刚刚他就是拿枣子砸的她。

她破涕为笑："你终于肯现身了。"

少年在自己脸上画了两道泪痕的模样，然后朝她摇了摇食指。这手势的意思她看懂了，是在说"不要哭了。"

她点头："好，不哭了。你到底是谁啊？为什么先是抢我东西，现在又来帮我？这妖丹你是从哪里弄来的？"

他指了指自己的嘴巴，摇了摇头。

她恍然大悟："哦……你……"

少年点了点头。

顾不上探究少年的身份之谜，九蘅心里只想着赶紧从冰块中取出妖丹，缓解樊池伤势。她伸手摸了一下那冰块，寒冷刺骨，而且没有一滴水融化下来，显然不是普通的冰。她抱起冰块往地下狠狠一摔，冰块滚了几下，一丝裂痕也没有，结实得不寻常啊，看样子靠蛮力是很难弄开了。

少年忽然走过来，从一团忙乱的她手中把赤鱼拿过去，用刺尖朝着冰块轻轻一剖，接触处咻咻有声，白汽冒起，出现一道裂痕，她赞叹道："哇，你真聪明！"

少年不屑地抿了抿嘴角，用赤鱼三下五下把妖丹剖了出来，火红珠子滴溜溜滚到了地上，九蘅着急地去捡，却一声痛叫，缩回了手——好烫！手指上已烫出了几个泡。

少年生气地对着自己的脑袋指了指，意思很明显：你是不是傻？！

她抱着手委屈地道："人家也是第一次见到这么烫的妖丹嘛。"去桌上拿了一个茶杯，将妖丹一扣一托，盛在了杯子里，隔着杯壁都能感受得到它烫人的温度。

她将杯子放到了一个托盘中，小心翼翼地走到床边，看了一眼樊池，担忧地道："以前他吃的妖丹没有这么烫的，你说他万一受不住，烫坏了怎么办？"

少年指了指樊池胸口的血迹，那些蓝血已洇到床铺上了。他的意思很清楚，不吃会死，吃了说不定能活，死马当活马医吧。

九蘅还是犹豫了一阵。她记起赤鱼第一次感应到妖丹的时候，樊池说赤鱼是上古妖兽，她就说那么妖丹的效力肯定比一般的强，当时他并没有否认，那就是说，可以吃。

想到这里，她心一横，扶起他的头将妖丹喂进口中。赤鱼妖丹像一团火焰一般灌进他的嘴中，一路燃烧入腹。他突然猛烈地挣扎起来，无意识的动作把毫无防备的九蘅推得横飞出去，后背撞翻了桌子。

少年将她扶起来，她惊恐地看到樊池身体痛苦地扭曲，双手握住自己的咽喉，仿佛想把灌入腹中的火团撕扯出来一般。

完了！他承受不了这枚烈焰般的妖丹。

她懊悔得心都碎了，恨自己没有再慎重一点。想要冲上去抱住他，他一直紧闭的双眼猛地睁开，双目赤红，吓得她怔住。他的周身突然有强光爆开，轰的一声巨响，滚烫的气流把门窗击得碎裂，九蘅和少年也被冲出门外，重重摔到阶下。

门口的几个侍者也被雷暴一般的气浪冲倒在地，摔得七零八落。九蘅脸上、身上被碎木屑划出数道血口，倒在地上望着门框破裂的门口，无法站起。倒不是因为受伤了，而是害怕得腿软。

这是发生了什么事？樊池他……还活着吗？

侍卫们反应过来，惊叫声一片。混乱之中，九蘅感觉有人把她扶了起来，侧脸看向身边却没看到人，只感觉一双看不见的手在臂上轻握了一下。

扶起她的是那个少年，大概是不愿被人看到他，又隐形了。

阿细白着脸跑过来，身后招财随之而来——他本被大猫困在爪间戏弄，突然响起爆炸的声音，这一妖一猫都担心各自的主子有事，不约而同地跳起跑过来了。

阿细拉着九蘅问："如心姑娘，这是出什么事了？神君……神君在里面吗？他还好吗？"

九蘅的喉头仿佛失声，说不出话来，推开阿细，走进炸得一团糟的屋内。她已做好准备看到最糟糕的场景。

踏入屋中后，感受到仍然灼热的空气。床榻上盘膝坐着一个几乎赤身裸体的人——是樊池。他身上衣服和绷带被爆发的气浪冲成碎片，剩下的勉强挂在身上。以前他说过他的衣服是翅翼所化，看来他的翅膀也已经粉碎了。

他以打坐调息的姿势盘膝坐着，周身弥漫着一层若隐若现的火焰，双目紧闭，眉心深蹙，嘴唇绷着忍耐的弧度。她还可以看到他胸前露出的洞伤虽然仍在溢出缕缕血线，但血流正在以目力可见的速度减缓减少。

她一把捂住嘴巴，害怕呜咽声冲口而出惊扰了他。

看样子这枚妖丹喂对了，虽然药力过猛，反应剧烈，但是他显然好多了。空气中的灼热烤得她发梢都卷曲起来，有点受不住，便退出了门外。

阿细等一众小妖变的侍者天性畏火，根本不敢走进去，阿细问道："神君怎么样了？"

九蘅说："好多了，让他自行调息，不要进去打扰。"腿一软坐在门前阶上，脸埋在膝上，后怕得浑身发软。

阿细问："到底发生了什么事才搞成这样子？"

还未得到回答，招财就拱过来，一屁股把他顶到一边，卧在九蘅身边供她倚靠。九蘅抱住它的脖子，脸埋进它的颈毛中，喃喃念道："招财啊，吓死我了。"

招财喉咙里发出安慰的呼噜声，异瞳的瞳孔变得又大又温柔。

九蘅一直守在阶前，精疲力竭，伏在招财柔软的腹上昏昏沉沉。不知过了多久，她被招财威胁的低沉吼声惊醒。睁开眼，发现天已黑了。招财仍卧在身边，但是颈毛紧张地乍起，脑袋侧向后方，瞳线窄竖，满脸警惕。

她顺着它的视线回眼望去，一个半裸的人站在门口，长发散落，露着两条修长的腿，正在静静地看着她。她愣了一会儿才反应过来是樊池，猛地蹦了起来扑到他身上，紧紧抱住。他浑身一僵。

她紧紧箍着他光裸的腰，哽咽道："浑蛋，你可吓死我了。"

他没有吭声。她忽然意识到自己的脸直接贴到了他的胸口上，甚是不妥，赶紧撒了手，仰脸朝他笑了一下。她回头看了看，门前已跪了阿细等一众侍者，她径直朝阿细走过去，动手扒他的衣服。

阿细惊慌捂着胸口："如心姑娘，你要干吗！"

"借你的衣服给神君大人先穿一下啦。"

阿细抬眼看看光着的樊池，急忙躲开目光，羞得小脸通红。

九蘅"啧"了一声："你害羞个什么劲啊，快脱！"三下五下脱下他的紫衫，递到樊池面前，"快快快，穿上。"

他冷冷看了一眼这衣服，道："我怎么能穿这等下贱衣服？"

她一愣。这蜜蜂的洁癖又犯了吗？劝道："你刚好一些，元气有损，不要耗费灵力化衣了，将就穿一下吧。都要被人看光啦！"

他不悦地道："不可。"

"哎——你……"

这时已有侍者捧着白绸里衣和黑缎衣袍急急跑来："神君的衣服来了。"总算是结束了这场麻烦。

九蘅展开这件红色刺绣掐边的沉甸甸黑色缎袍，亲手帮他披上。在掩上衣襟前，看到他左胸的细洞状伤口蓝血已凝结。他没有像往日一样为求好看刻意用仙术把伤处藏起来，而是任它暴露着，看样子真的是没有多余的力气追求这些细枝末节的完美了。

心中暗暗痛惜，细心帮他把腰带束好，问道："你感觉怎么样？"

"还好。"他说。

"这间屋子炸坏了，不能睡了，另找个地方吧。"

阿细上前说："已经布置好了一间屋子做临时寝宫，请神君过去吧。"

樊池点了一下头，神情间有种说不出的漠然冷傲，对阿细说："今夜把寝宫恢复原状。"

阿细躬身领命："是。"

九蘅惊讶道："今夜就修好？太难为人家了吧？"

阿细笑道："如心姑娘有所不知，我们蛇族工匠擅长驭土石之术，别说一座寝宫，这琅天城都是一夜之间建起来的呢。"

九蘅怔了一下，看了一眼樊池，再看看阿细，叹服道："了不起。"

樊池的手朝她伸过来："如心，你扶我过去。"

她又是一愣。如心？阿细等人叫她的化名"如心"就罢了，怎么他也这样称呼她？哦，对，一定是还有必要掩藏身份。遂上前扶住他的手。他走了一步，手立刻捂到胸口上去，牙关紧咬，强行忍痛的模样。

她惊道："很疼吗？"

"嗯……这伤……真有点厉害。"他额上冷汗渗出来。

"不是一直很厉害吗？"她说，"是你这次元气损耗，把伤势加重了。怎么样，能走吗？不能走让招财驮你过去。"

"招财……"他低声念了一句，眼中有片刻闪过迷惑。

旁边的招财呜噜了一声，瞅一眼樊池，甩了甩尾巴，一脸不情愿的模样。

他"哦"了一声说："不用，我能行。"

于是她搀扶着他，跟着阿细慢慢走到另一个屋子去。到了以后他的脸色已是惨白，靠着床头软枕坐了半天才好些。九蘅悄悄出去，看到阿细领着一个托着托盘的侍者候在门外。阿细说："如心姑娘，我让人给神君大人做了几样精细饭菜。"

"你好细心。"她夸了夸他，掀开盖子看了一下。饭菜的确精细，可是，没有甜食，"再弄两样甜的来。"

阿细说："神君不喜欢吃甜。"

她笑眯眯道："失血过多的人要多吃甜，补血。"

"是……吗？"阿细半信半疑，但还是听话地跑去找了。过不久捧了一份糯米甜糕、一碗玉米甜粥回来了。

"做得好。"她又表扬了他一把，美得小蛇妖喜上眉梢。

九蘅将所有饭菜都端进去搁在桌上，只端了那米糕和甜粥到床边，温声说："来，吃点东西吧。"他闭着眼没回应，显然还是不舒服。

她说："坚持吃一点，吃饱了才会好得快。"舀了一汤匙玉米粥凑到他唇边的时候，他才勉强睁开眼。她把粥喂进他口中。

他含着这口粥，眉头一皱，顿了一下，才勉强咽下，冒出一句："好甜。"

"对啊。"她欣欣然说，"甜吧？你不是离了甜不能活吗，我特意让阿细做的。怎么样，好吃吗？"

樊池深深看了九蘅一眼，道："好吃。"又看了看桌上的其他饭食，"那些也……"

"那些归我。"她利落地答道，又将一块糕送进了他口中。

他似乎有些不高兴。粥和糕都勉强吃了一半就不肯吃了，大概是身体虚弱胃口不好。她心中颇为担忧。以往他怎样不舒服，遇到甜食都会一扫而空，这次看来是真的很严重。

扶着他躺下让他休息，自己去桌边把其他饭菜解决掉。他躺好了却没有睡，侧脸望向她："如心，你是用什么办法救的我？"

她眼睛一亮，神气昂昂："说出来你都想不到，是赤鱼妖丹！"

"赤鱼妖丹？"他微蹙起眉，神情疑虑，"你从哪里弄来的？"

"这事更有意思了。"她抽出发间赤鱼，晃了一晃变大，献宝一样亮给他，"你看！"

他眸色一深，略略惊讶："赤鱼孽骨？"

"我们不是说好叫它赤鱼吗？孽骨二字多不好听。隐形人不但把赤鱼还给了我，还救了你的命。"

"此话怎讲？"

"你伤势危重、命悬一线之际，我想找一枚妖丹给你疗伤，就打算进地宫杀只恶妖，金甲守卫却不许我进，真是走投无路……"

她正说得眉飞色舞，他忽然插言："何必一定进地宫？琅天城有的是妖，随意杀几个不就行了？"

她忽然怔住，呆呆看着他，一时失语。他目中闪烁一下，道："我开玩笑的，你接着说。"

隐形少年的本事

九蘅过了一会儿才笑道："我也是这么想的。何必一定要进地宫？有什么事比救你命要紧？就想出门杀几只妖取丹。这时桌子就突然出现了赤鱼妖丹，我就把妖丹喂给你了。"

樊池问："就这样？"

"就这样啊。"她扒了一口米饭。

"隐形人呢？有没有现身给你看？"

"没有。他既隐身，自然不想让人看到他。"她笑道，"但我知道一定是他送来的，因为根本没看到人影嘛。"

"那么你是如何把妖丹从坚冰中取出来的？"

"啊？哦……是啊，妖丹封在怪冰之中，那冰可结实了，如何摔也摔不破。我无意中拿赤鱼一划，你猜怎么着？就跟砍瓜切菜一样轻松切开了！我的赤鱼真厉害，是不是？可是……你那时不是昏着吗？怎么知道妖丹是被坚冰封住的？"

他说："赤鱼属火，其妖丹如果裸露在外，周遭之物会被引燃，所以一定要以极北玄冰封住，这是常识。"

"哦……"她恍然大悟状，"这哪是常识呀，明明是你懂得多，你好厉害。"

他被夸奖了，也没有像往日一样露出嘚瑟的笑，只是淡淡扫她一眼。

"对了，"她问道，"在地宫中发生了什么事，你是怎么把身份夺回来的，伤势又是怎么发作成这个样子的？"

他平淡地道："我看地宫可疑，趁夜进去探查，与那个假冒者遇到，大战了一场，夺了他的腰牌。"

"那么，那个假神去哪里了？"

"关在地宫了。"他说。

"这样哦，干得漂亮。"她赞叹道。说话间她已吃好了，把碗筷一收，说，"你睡会儿吧，我把碗筷送回去。"他微点了一下头。

她冲他一笑，捧着托盘出去，把门轻轻带上，一回头，看到招财卧在门前，看到她出来，竖起大耳抖了抖，不安地喷了喷鼻子。

她做了个手势示意招财跟上，领着它走出老远，把托盘搁在一边，上前一把抱住招财，浑身发抖，伏在招财耳边低声说："你早就看出来了是吗？"

自从在地宫中看到他伤重不支，她就慌得头脑一片混乱，不曾好好思考过。这时回过头来看，其实有诸多疑点。

"樊池"醒来后，招财对他的警惕和抗拒。兽类的敏锐程度不是人能比的。

他用鄙弃的态度对待阿细的衣服。虽说有洁癖，可是当初在听月寺时，他还穿过僧人的旧僧袍呢，也没有嫌弃过。

他一直叫她"如心"。

他不用仙术掩盖曾经嫌难看的伤口了。

他好像根本不喜欢吃甜了。

最重要的，也是突然引起她怀疑的，是他无意中说的那句"琅天城有的是妖，随意杀几个不就行了"。后来他解释是玩笑，可是语气中的轻蔑是藏不住的。如果是樊池，绝不会草率对待无辜性命。

还有，自他醒来，从未对她笑过。

那个动不动就用笑容耀花眼的家伙，不在这里了。

可是那张脸，那具身体，还有那个伤口，都明明是樊池的。

樊池的身体在这里，里面住进了别人的灵魂。

是不是……乌泽？

那么樊池的灵魂又在哪里呢？恐惧感蜂拥而来，她不知所措。

突然有一丝厉风袭到背心，九蘅迅速察觉，但仍没来得及躲避，肩部突然像被人推了一把，将她推得侧移一步，与此同时锵的一声，一柄寒光细刀斩在了砖石上，砖石顿时碎成两半，连招财颈侧的一撮细毛都被斩断一寸，飘浮空中。若是她没及时避开，现在必然已落得和那碎石一样的下场。

对方一招落空，九蘅有了反应时间，手腕一翻赤鱼已握在手中回刺过去。偷袭者是个穿着遮面斗篷的黑衣人，露出的下巴上青鳞片片，是个妖物。兵刃与赤鱼相接，顿时断裂。对方吃了一惊，不敢恋战，身形灵活后撤，消失在树间。

九蘅没有追击，冷哼一声："准备灭口了吗？"十之八九是假神看出了她的疑心，不想留她了。

肩部忽然被轻轻触了一下。她回头，没有看到人，旋即反应过来是隐形少年。刚刚推她一把救了她的人，是他啊。

她对着空气说："你又帮了我一次呢。那么，能再帮一次，让我进到地宫里吗？我朋友遇到了点麻烦，我必须进去一趟。"

手背被看不见的手指轻轻敲了两下，应该是答应的意思。会隐身，又不会说话，这个少年一隐了身，当真是个无法察觉的存在。他有此能耐，大概也是个妖精，不知是个什么妖？等这事过去，再好好探究一下。

不管他是什么身份，她是如此感激隐形少年此时能陪在身边，让她在面对这可怕的局面时，尚有一丝倚靠，能够有勇气去招架和抵抗。

此时，假樊池叫人进去，阿细应声而入。假樊池问："城中诡阵格局是否有破坏？"

阿细："没有，一屋一壁都是按神君的图纸建的，绝无二致，金甲兵日夜巡逻，不敢有丝毫差错。"

"这就怪了。"他眼中暗雾沉沉，低声道，"有符阵在，城内妖精应该无法施展妖术的，为何有人施展隐形术？"

阿细没有听清，睁一双天真的眼睛问道："神君说什么？"

"没什么。"他瞥了阿细一眼。当初特意只挑了阿细等头脑简单的小妖在身边，就是为了走到今天这步时好平稳过渡，若换了有心机的，难免瞧出破绽。

隐形人……到底是怎么回事呢？琅天城的符阵对妖术有消减之力，既然符阵未破，那么使隐形术的可能不是妖。不是妖又会是什么？他的眸底闪动一下：难道是……仙魄？！

仙魄难道跑出来了？怎么可能，他的锁魂阵万无一失，就算是仙魄也没有办法脱离。但是不管如何自信，一个看不见的人给如心送来了赤鱼妖丹。

赤鱼妖丹能拯救这具濒死的神族身体，而他服用后那如火如雷的后果，是因为妖丹与他本身的灵力相冲相克，修为重损。

真是一举两得啊。

除了仙魄，谁还能想出这样绝妙的计谋？不论如何，该去地宫中的"九回阶"看一看了。

"我要去一下地宫。"说着便往上起了一下，胸口伤处传来一阵剧痛，眼前金星直冒，喉头涌上腥甜。

阿细看他神情痛楚，急忙上前扶住："神君您怎么起来了？"

真是痛啊，痛得死去活来。这个神族人带着这个伤是怎么活过来的？还到处乱跑？他根本没有能力拖着这样一具伤痛之体处理接下来的事，必须尽快好起来。

而疗伤之法那个名叫如心的女子已告诉他了——只要服用妖丹就好了。这里就有现成的一枚。他瞥向扶着他手臂的阿细，眸底沉冷。

假神君抬起右手搭在小蛇妖细弱的后颈上，那里是它的七寸。他的嘴角抿着阴冷的弧度，只要轻轻一掐，就可以令小蛇妖颈骨脱节。

阿细正关切地望着他的神君，忽然被搭住七寸，感觉杀意袭人，不由得愣住，又懵懂地料不到要发生什么事。

小蛇妖命悬一线之际，门忽然一响，九蘅进来了，看到这情形，好奇问道："怎么勾肩搭背的？关系这么好了？"

阿细心中的一丝害怕顿时烟消云散，真的以为神君是在爱抚自己，羞涩地说："神君一向疼我。"

假樊池眼中闪过失望，变爪为掌，轻轻拍了拍阿细的后颈："出去忙吧。"

没有意识到自己死里逃生的阿细欣欣然走了。

九蘅走到床边，埋怨道："怎么不好好躺着，起来做什么？"扶着他躺回去。

假樊池说："琅天城内聚了这么多妖精，个个性野难驯，我得尽快好起来严加治理，免得情势失控。"

她说："我刚出去看了，外面井井有条呢。你有那个从假神那里抢来的腰牌，他们都不知道换了新主，暂时稳定得很，不用担心。"一边聊着，一边暗暗观察。

一抬眸一转眼，都不是他应有的样子，越发确定了，她的心里也越来越凉，然而表面上依旧纹丝不动，温声道："不过，这伤是一定要治的。那地宫中可关着恶妖？有没有杀孽深重那种，我去杀了取丹给你。"

"如心，我怎么能让你涉险？"他伸手过来握了一下她的手，动作刻意，掌心冰冷，"我派人去就是了。"

她强忍着没有把手抽回来。为了不让他生疑，也没有反驳这个建议："那好，你慢慢安排吧，我也累了，回住处睡一觉去。"他点了一下头。

她走出去把门掩上，站在门前无声地叹了口气。果然，果然不是他了。若是樊池，怎么能容她到别的屋里睡？必会怼上一句"不准离开我的视线"，一把将她拖到床上去……

真的好想好想那个矫情的蜜蜂精啊。

不过，这个假神对她并不十分在意、又强行亲昵的态度，也说明了一个问题：他很可能仅仅将她当成了樊池的暧昧女伴，却不了解她"白泽碎魄宿主"这个身份。

这就奇怪了。如果屋内的人是乌泽，对白泽碎魄必会感兴趣，对于樊池身边的人肯定筛查。

难道他想要的仅仅是樊池的身份？难道他……不是乌泽？

一时间想不明白，她轻轻摇了摇头，先不去纠结这件事，现在的重点是要混进地宫一探究竟。之前她还在发愁没有机会进去，但现在假神有进地宫取丹的计划，那么就有了可乘之机。

屋内的假神脸上是沉沉思谋的神情。一道垂帘后闪出黑影，手中握着一把断裂的细刀，正是之前企图刺杀九蘅的黑衣小妖。

他禀道："神君，这个女人身手超出我预料。下次必不会失手了。"又迟疑地说，"小的还感觉有个看不到的人在帮她。"

假神君微微点头："先留着她吧。你传令你手下，仔细盯好这个如心，她在城中去哪里、做什么，随时通报我。"他要好好想一想，如何利用这个女孩子捉住那个看不见的家伙。这一次不能再遗后患，必让他魂飞魄散。

九蘅回到之前阿细分派给她和樊池的那处小院，让招财卧在院中休息，自己进屋，把窗户打开，从里面望出去，框住院中一袭花影。

透过半开的院门，可以望到街道上空荡荡的，但她知道一定有人在暗中监视。她打了个哈欠，嘟哝一句"好困"，进到卧室去，看了看空荡荡的房间，小声问："喂，你在吗？"

少年的身影出现在墙边。

她问道："你拿到赤鱼的时候，赤鱼就随你隐形了，那么……"她朝他伸出手，"如果你拉着我呢？"

少年灵气的眼睛眨了眨，握住了她的手，然后身形隐去。九蘅没有感觉到任何异样，低头时却已看不到自己的身体。

"哇，真了不起。"空气中传来她的赞叹声。看来只要与少年相触的较小个体是可以随他隐形的。

隐身的九蘅说："就这样带我去地宫那边，找机会混进去！"

少年轻握了一下她的手表示同意。二人就这样手牵着手，无形无迹地走到外屋，从她刻意开着的窗户和院门溜了出去。走过招财身边时，它还是捕捉到了熟悉的脚步声，忽地抬起头，大耳直竖，迷惑地看着空无一人的小院。

九蘅低声令道："招财，在这里等。"它迟疑地趴了回去，不安地甩着大尾。

隐身的二人大摇大摆走过藏着黑衣人的街角，来到地宫入口附近。那队金甲卫士死守在门口，石门紧关。九蘅发愁了——虽然隐了身，但若去开那石门，必会惊动守卫，有什么办法让石门打开呢？

正焦急间，忽有人慢步走来，是假樊池，一身黑袍透着森然气息。因为伤重不适，他脚步有些迟缓。他来到石门前，对鳞脸小队长说："开门。"

小队长这次麻利无比地去开门了。九蘅心中一喜：天赐良机啊！赶紧拉了一下少年的手，示意他一起过去。二人无声无息地站在了门边，身前两步远就是假樊池。他们不约而同地屏住了呼吸。

只见鳞脸小队长扳住石门的一个圆形石盘样的把手，左几圈、右几圈反复转了数次，咔的一声，有什么机关被触开，用力一拉，大门随即打开。

假神没有直接进去，先回头朝身后望了一眼，眸底若深寒冰潭。这时其实九蘅与少年就站他身后很近的地方，他冰冷的目光扫过时，她几乎以为他看到她了，紧张得手心都沁出了冷汗。少年的手指也一样冰冷，显然也紧张了。

假神好像什么也没看到，转身走进地宫，二人赶紧跟了进去。假神径直穿过如花园一般的洞厅，进到那个九蘅发现他的通道中一路前行，脚步也快了些许，袍角带起微风，似乎完全没意识到身后跟了两个隐了身的人。

神君大人的仙魄

通道昏暗，壁上的灯，不知是用什么燃料点着的，泛着惨白的光，与身后洞厅里用的发光花草，完全不一样的感觉，风格由暖转冷。再仔细看洞壁痕迹，好像是新凿出来的。

九蘅上次进来把"樊池"带出去时很慌张，根本没有注意到这些细节。这时看来，这洞道应该是这个假神指派神乎其技的蛇族工匠新挖出来的。

走了没多远，迎面看到一个巨大铜镜，镜面水滑明亮，清晰地映出假樊池的身影，但幸好九蘅和少年的身影是照不出的。

假神推了一下铜镜边缘，铜镜被推开了。他走了进去，里面仍是通道，向下的石阶盘旋着，通往不知多深的地底。越往深处，弯度越大，渐渐弯度急到几步之外只能看到假神飘起的衣袍后摆，而他们又不敢跟太近。又走了一会儿，连衣摆都看不到了，他们紧跟了几步，仍没有看到前面的人。

九蘅忽然意识到不妙，拉了一下少年的手，站住了。一片寂静，已经没有了假神的脚步声。是跟丢了吗？

不，哪有那么简单？真是太小看这个冒牌货了！

上方忽然有声音远远传来，那是樊池的嗓音，却不是他的语调。那阴冷入骨的声音说："虽然不知道你是怎么出来的，但这次你别想再跑了。我会好好使用你的身份，你就放心地待在这里吧。"然后响起沉重的声音，好像是出口被封闭了。

"混蛋！"九蘅骂出声来了。

松开了少年的手，二人双双显形，少年也是一脸无奈。

九蘅问少年："他是怎么察觉有人跟着的？"

少年是哑巴，当然不能回答她。但她已开始了自问自答："不是猜到了，就是听到了，所以故意把我们引到这个地下迷宫一样的地方囚禁住。但是，他说话的对象似乎又不是我们。"她思索地看着少年。

少年也知道她并不需要他的回答，只是在思考，无辜地看着她。

九蘅继续自言自语："他说，我会好好使用你的身份。你的身份……你的身份……"她猛然想通，倒吸一口冷气，"我知道了，他定是像我们一样被困在了这里！"思虑及此，心头如被火星灼了一下，急不可耐地迈步而去，想着转一转去找他，可是走了两步又站住了。

她怔了半天，喃喃道："如果他的身体被假神占了，那么被困在这里的不就是……"不就是他的幽魂？！那么他岂不是……岂不是……她不敢把那个"死"字说出来。不能说，不肯说，不愿说。

"不可能。"她的眼睛因为太恐慌睁得大大的，心中莫名其妙地升起怒气，怨自己胡思乱想。樊池不过是趁她睡着出门探听个消息，怎么可能……就成永诀了呢？

自从发现樊池被假冒，她一直排斥樊池已死的可能，告诉自己他的意识只是沉睡在身体内，只要破解妖精所用妖术，就一定能唤醒他。而此时却不得不面对他已经魂魄离体的可能。

她的脸色变得苍白，一阵晕眩袭来，眼前阵阵发黑，扶着墙壁闭了会儿眼。再睁开时，少年正在看着她，脸上露出一丝犹豫，似乎在思索要不要扶她一下。这少年总是戒备地保持着距离，除非必要不愿与人有肢体接触。

九蘅深呼吸几下，眼中沸腾的情绪已冷下来，对少年说："我们先探一探这地下迷宫有什么门道，走到最底，看看下面有什么。"少年点了一下头。

二人沿着石阶又向下走了一阵。无穷无尽盘旋的石阶通道，走得脚都酸了也不到底。她迷惑道："这假神到底打了多深的洞啊？"

少年忽然做了个阻止的动作，拔下她发中赤鱼，晃了一下变大——手势极其娴熟，看来赤鱼落在他手中那段时间没少玩。

他用赤鱼尖端在壁上划了一个叉，继续向下走去，示意她跟上。她满腹疑惑，跟着他又朝下走了大约两刻钟的工夫，少年突然站住了。

九蘅也发现了异样，一个叉号——正是不久之前少年亲手用赤鱼划上去的那个。

她顿时如醍醐灌顶。这道弯曲的隧道根本不是通往极深地底，或许它根本不深，只是以某种奇巧设计做成的一个循环往复的迷阵，他们感觉是一直往下走，其实只是在打转。至于为什么总是感觉往下，大概只是利用了人视角的错觉，又或者再高明一点，加了迷惑人的妖术。

那么，如果想从这里出去，沿阶往上爬呢？可想而知，仍是个无限循环。如果找不出它的破绽，就会永远在原地打转，累死也找不到出口。

九蘅疲倦地坐在阶上，伸手想拍少年的肩膀夸夸他，少年却下意识地躲开了。真是个性格疏冷的孩子，表面冷冷的，内心却是热的。

九蘅内疚地看着他道："真对不住你，你一直在帮我，却被连累困在这里。"

少年微微扬了扬眉，指了一下自己的胸口，又指了指上方，点了一下头。

她惊讶地问：“你是说，你能找到出去的路？”

他的脸蛋虽稚气，目光却坚定，肯定地点了点头。

“那就好！你怎么懂得这么多？”她松了一口气，不连累他就好，“可是现在我不能走，我要找一个人，他可能就在这里。”

少年露出迷惑的神气，指尖转了个圈，意思是在问：我们已经转了无数圈了，没有看到人啊？

她沉默不语。没有看到，不代表不在这里。

“不。”她痛哭地说道，拒绝思考他可能已变成一缕幽魂的事实。她忽地站起来，咬牙道，“混蛋，你给我自己滚出来！”拔腿沿着石阶走去，也不管这是否是个死循环，只知道埋头苦走，幻想着转过某个弯时能看到同样被困在这里的他。

少年搞不清楚她到底要干吗，一脸懵懂地跟着她。她越走越快，心中坝垒渐渐崩溃，越来越绝望。少年怕跟丢了她，急走几步跟上观察她脸色，发现她虽闭嘴不语，眼神却几近疯狂。少年心知不对，拉了一把她的手臂，却被她一把甩开。

少年看她呼吸急促，脸色苍白，是力竭之兆，不能容她这样狂奔下去，于是克服了不愿与人肢体接触的心理障碍，一把抱住了她。

她挣扎着说：“别拦我！我要把那个藏起来的王八蛋找出来！”她对着无穷无尽的隧道嘶声喊道，“你自己给我滚出来！”

嚷完这句话，心痛如绞，加上疾走导致气息不续，一口气缓不过来晕倒在地。

少年见她晕倒，急得脸色发白，用力晃了晃她。她紧闭着眼仍没醒来，嘴里却含糊地念了一声：“蜜蜂精……”

少年不知该如何是好，看地上潮湿冰冷，担心她着凉，就将她上半身扶起让她靠在自己身上，却听身后传来冷森森一声：“放开她。”

他吓了一跳，回头看去，震惊地看到一个半透明的身影，是个相貌俊朗的男人，正用充满敌意的目光看着他。少年认为是撞鬼了，惊恐之下竟下意识地带着九蘅隐了身。

那半透明的男人见两人突然不见了，算好方向探过手来，一把抓住了少年的衣服，朝旁边一丢。九蘅离了少年不能隐身，身形显现出来，因为失去倚靠朝地上跌去，半透明的人接住了她，半跪在地上低眼看着她的脸，目光温柔。

被扔开的少年显形跳了起来，拔腿奔过来，挥舞着手脚想把这个奇怪的透明人赶走，却被他冷冷盯了一眼："安静。"

少年倍感委屈，他本就不会说话，根本没发出声音好吗！这个透明人凶狠盯人的眼神好吓人。但是当目光转到怀中少女脸上时，又变得温存异常，似乎并不会伤害她。少年冷静了一点，隔了一段距离仔细打量这个透明人，忽然认出来了——那是九蘅的同伴，好像名叫樊池？

他伺机盗取赤鱼时，在两人身边跟踪了一阵，认得他的模样，也听到了他们叫彼此真实名字。可是樊池怎么会变得半透明了？还突然出现在这个封闭的地下迷宫中？

半透明的樊池身上散发着特异的寒气，九蘅在昏睡中感到冷，瑟缩了一下，慢慢睁开眼睛，眼帘中映出他半透明的面容，正含笑俯视着她。

她猛地闭上眼睛，低声告诉自己："不，是做梦了。"

樊池道："没有做梦，是我。"

"就是做梦，你给我滚。"她闭着眼坐起来，手脚并用地爬开，坚定地不回头。

樊池浅笑道："你是凡人，我可是神族仙魄，不是你让我滚我就滚的。"

她脱下一只鞋子朝他丢了过去，鞋子却穿过他的身体落在地上。她哭起来："谁让你变成这个样子的？"

"你说梦话了，你梦到我了。"他嘴角浮起甜美的笑，居然在沾沾自喜。

这是开心的时候吗？九蘅眼泪哗哗流了一脸。

怎么办？看他飘飘忽忽的样子，他变成幽魂了。他死了。

樊池靠近她，半透明的手抚过她脸上的泪水："不要哭。"她呜咽着想抓他的手，却交错而过接触不到。

他轻叹一声，反手握住她的手指："我现在是一缕仙魄，如画影一般，与实物的接触是以我的意念为准的。"

她感觉到他的手传来画影特有的阴寒，崩溃哭道："你怎么能变成仙魄呢？你是神族啊。"

他露出委屈的神气："神族也有生老病死的。"又替她抹了抹泪，"不过，我只是仙魄离体，身躯被他人所占，并没有真的死去。是那个假神，设计将我引入地宫，害我灵肉分离。"

那天他为探查鱼祖，独自来到地宫外，见门是关着的，没人守卫。开门机关原就是他设计的，他轻松打开进入，发现他用来睡大觉的洞厅深处被开掘了新的曲折洞道，里面气息可疑。他追踪进去，拐过一个弯角时，突然看到一个一模一样的自己迎面而来。

九蘅听到这里惊声问道："一模一样的你？！那是怎么回事？"

"是一面镜子。"他笑笑地徐徐道。

九蘅揾心口："镜子就镜子，还一模一样的自己，偏要说得那么吓人。"

他绝对是故意的！变成仙魄还是这么喜欢戏弄她！这么一想更伤心了，眼泪又崩了出来。

"好了好了，"他探指抹去她眼角的泪花，"是我不该嘲笑你的智力。"

"……"她要气晕过去了。都什么时候了还瞎胡闹！不过，她也想起来了，"我记得这个迷宫入口的门就是个大镜子做成的，你看到的也是那面镜子吧？"

"嗯，当时我面对着镜子，忍不住站住欣赏了一下。凭良心说，沐鸣的脸虽没我真容好看，也还是将就的。"

九蘅翻了个白眼。真是个自恋的家伙啊！

樊池的眉间忽然蹙起："就在那一瞬，镜面突然如水一晃，影像变了，镜中人不是我了。"

想象着深夜暗道中，镜中自己突然变化的情形，她心中凛然生惧，汗毛都竖了起来："怎么可能？不是你是谁？"

"是那个假冒者的影子。"樊池眼中生寒，"穿件黑沉沉显老气的衣服，一头白毛，戴着面具，大概是因为长得丑才戴的。"

九蘅无语了。那假神虽然戴着面具，但从露出的半张脸和高挑的身材看来，也是个风姿卓绝的人物，被樊池寥寥数语贬到尘埃里去。但她岂敢说半个不字？违心地附和："肯定是因为长得丑。"

樊池对她的表现十分满意，接着道："我看他的影像突然出现，心知有诈，怕中了圈套，遂先下手为强，管他是形是影，出剑向镜面刺去。剑尖碰到镜面像斩入水中，我整个人竟侵入了镜中，有一刹那觉得晕眩了一下，那个假神已不见了。接着我发现手中的无意剑消失了，再回头时，又看到了那镜面。而此时镜中映出的影像变成我自己了。"

他看她听得一脸蒙的样子，探指点了一下她的额头："听糊涂了吧？"

她缓了一下神，理了理头绪："你照镜子，影子变成假神，然后你穿进了镜中，发现这个镜子是两面的，这时镜中映出的是你的样子了，假神不见了，去哪儿了？"

他赞赏地点点头："有进步，听明白了。是的，在镜子的另一面，我看到镜中影像是我本来的面目，没有易容的'我自己'。易容术仿佛在我穿镜而入的一刹那被解除了。镜中的那个我阴森森笑了一下。"

"你为什么要笑？"

"我没有笑。"

"可是你的影像笑了……"

"它不但笑了，还说话了。"

"什么？！"

"我的影子对我说：我一直在等你来。你说你变成谁不好，偏偏要带着他的脸出现，真是天意。从此以后，我替你做真神。然后，转身走了。而我，明明还留在原地，站在镜前。"

九蘅感觉汗毛都竖起来了。太不可思议了，她的眼神呆滞，喃喃道："你变成了他，不，他变成了你……"她抱住头，感觉自己的脑袋已经不够用了。

找到一个小伙伴

　　"其实很简单，"樊池说，"那是一面移心镜。启动之后，面对面站在镜子两边的人会交换灵魂。假神的灵魂进了我的身体，我的灵魂……"

　　她呼地抬起头来看着他："是换魂？不是抢夺你的身体，把你变成无身可归的游魂，而是换魂？那你……你……"为什么只剩下一抹仙魄？

　　他点头道："是的，交换灵魂和躯壳，他变成我，而我变成他。他顶着我的躯壳走了之后，移心镜术法失效，变回了一面普通镜子。我看清我变了样子，白毛、面具、黑衣服，那时我特别担心以后要带着那张脸见你，你会嫌我变丑了。"

　　她哭笑不得："那是担心这种事的时候吗？"

　　"当然了，这很重要。"他一脸认真地说，"不过，很快我就发现这担心是多余的了。"

　　"为什么？"

　　"他事先已打乱经脉，使自身毒液逆流，这是有毒妖物的自绝之术。没多一会儿就毒发了，这具身体很快死了。"樊池接着道，"他真是破釜沉舟啊。我嫌恶他的身体，仙魄分离出来。仙魄无法穿过移心镜，而这里面又被设计成无限回转的迷宫。这个迷宫应是叫作'九回阶'，奇巧设计结合巫术，人走不出去，仙魄也无法穿出。他早就计划好了，要将我的仙魄永远困在这里。"

　　她心中冰凉一片。死了……他灵魂寄宿的身体死了……喉咙仿佛被堵住，过了一会才艰难问道："那个过程……很痛吧？"

　　他低了一下眼睑："有一点。"

　　怎么会是有一点？

　　毒液慢慢侵灼全身，心脏慢慢停止跳动，呼吸一下弱似一下，生命渐渐抽离。樊池孤单一人躺在这冰冷的地上慢慢死去的过程，该是多么痛苦啊。

　　平时破一点皮就撒娇、打滚、求疼爱的家伙，真正遭遇灭顶之痛的时候又怕她难过，不肯说出来了。可是即使她无法感同身受，仅想象其十之一二，就心疼得无法呼吸。伸手去摸他的脸，他配合地让她触碰到。

"鱼祖根本不在这里，不过是假神造的幻象吸引我进来。"他懊恼地说。

"先不要管什么鱼祖啦。"

他的脸颊冰冷，笑容却暖得要将人融化："我还以为再也见不到你了，幸好你还有脑子，竟找到这里来。"

这几天发疯一般想要看到的笑容总算又看到了，可是没想到出现在仙魄透明的脸上。她被他握住的手变得跟他的一样冷，寒意侵骨，绝望到颤抖。

他留意到了："你很冷吗？"自然地抱了她一下，旋即意识到自己散发的冷气会让她更冷，又收回了手。她却朝他扑了过来，他慌忙接住，免得她扑个空。

九蘅抱住他冰冷的身体，在他耳边低声凶狠地道："不能放弃，一定要把身体夺回来！听到没有？"

虽然他变为仙魄，但他的躯体还在，这跟一般的死亡不一样，一定有办法活过来。

樊池微笑着点了点头，心想：竟能如此心甘情愿听从一个凡人的号令，还真是神奇啊。

九蘅努力冷静下来，想了一阵，问樊池："你既然与他交换了身体，那么他与乌泽有关吗？"

"无关，那具身体内没有乌泽的任何讯息。他只是个修为甚高的蛇妖，至少修炼有上千年了。我至今也想不通他的目的是什么。"

九蘅道："目的很明显了啊，这个假神创建琅天城，夺你身躯，收罗妖物，分明是想以神族之名编制一支妖兵，在雷夏大泽称王称霸。"

樊池疑虑地微微摇头："那他也太不自量力了。世间妖物生性自由不羁，若能这般轻松就统治起来，乌泽也不必觊觎白泽之力了。这蛇妖不过是以符阵将妖物们束缚于此，一出了城，有几个能听他号令？"

"而且……"樊池思索的样子与从前毫无二致，"他说的那句话很奇怪——'变成谁不好，偏偏带着他的脸出现'。那时我还是易容成沐鸣的模样，他好像认出了那张脸。"

"这么说假神认识前任佑护神？"

"我看不只是认识，听他那苦恨的语气，说不定是什么深仇大恨。"樊池叹道，"可惜已与上界失去联系，否则问问沐鸣本人，必能得到解释。"

她点点头："不管怎样，设法把身体夺回来是当务之急。那个假神自从以你的面目出现，身体就很虚弱的样子。你现在如果见到他，能不能把他的魂从你的身体中打出来？"

简单粗暴的战术惹得他一笑："虽然失了身躯，无法祭出无意剑，打架还是可以的。不过将他的魂魄打出来，我的身体也就等于伤重死去了，没有我附过去就能借尸还魂的道理。说到这里还有一个问题，他抢了我那具有伤的残躯去，能活下来也是奇迹。我原本还想他撑不住那伤，没多久就会死了。"

九蘅一惊："你说什么？"

"我一直用封闭心脉的办法控制伤势，这妖精怕是没这个本事。"

她记起来了，点头道："是的，我摸到他的脉搏了，而且伤口一直出血不止。"

他脸色一寒："谁让你随便摸他了？"

"那时我不是以为他是你嘛。"这人的生气点真是莫名其妙……

樊池无言以对，感觉吃了哑巴亏，脸色悻悻道："他控制不了伤势，为什么还没死？"

九蘅奇道："你难道盼着他死？他若是死了，你的身体不也就变成尸体了吗？我用一枚赤鱼妖丹续了他的命。"

"赤鱼妖丹？你为了救他，居然找到了那玩意儿？"他眉心紧蹙，语气中透着嫉妒。

她想起当时的情形仍心有余悸："你吃了那赤鱼妖丹……哦不，是假神吃了妖丹以后，就跟爆了一样，吓死我了。你之前为何不告诉我赤鱼妖丹的劲儿那么大？要早知道药性这么烈，我不会冒险用药的。"

"效力虽烈，如果换成真的我吃，我会以仙力化解，不会发生那种事，那个妖精非但修为不够，自身妖力与赤鱼妖丹还两相冲突，所以会爆。有没有毁坏躯壳？"

"衣服炸没了。"

他的脸色一变——他的翅膀啊！忽然想到什么，抓过她的手展开看了一下，果然看到了灼伤的伤痕。眼神一软，半透明的手指下意识地从伤痕上抚过，想用灵力替她把伤抹去。然而仙魄无法施展仙术，他脸上浮起深深失落。

九蘅不在意地安慰他："没事啦，已经不疼了。那时我看假神快不行了，想着杀个妖取丹续命，这时这孩子送来了赤鱼妖丹。你说巧不巧，我的赤鱼正好能剖开封住妖丹的坚冰呢。"她指了一下远远躲在一边的少年。

樊池瞥了一眼少年："这就是抢去你赤鱼的那个隐形人？"

"就是他。原来他也进到了琅天城，见我陷入困境，就把赤鱼和妖丹都给了我，可是帮了我大忙呢。可惜他不会说话，也不知是个什么妖，竟有隐身的本事。"

樊池冷眼盯着少年，半晌不吭声，直盯得少年神情惶惑起来，干脆隐了身躲避他凌厉的目光。

九蘅抱怨道："你吓到他啦。"

樊池哼了一声："他不是妖。琅天城本身就是个符阵，城内妖精难以施展妖术的。他在此还能隐身，说明用的不是妖术。"

"不是妖是什么？"

他对着空气说："小贼，显形过来。"

樊池此时虽是仙魄，但神族威仪犹在，少年显了形，犹犹豫豫蹭过来。

樊池对他道："你既不会说话，只点头就可以了。我问你，你并非妖物，本是凡人，是不是？"

少年点头。

"你有这隐形之术时间不长，最多两个月，对吗？"

少年再次点头。

"那之前曾有一只透明小兽扑在你身上，对吗？"

少年用力点了点头，眼睛亮晶晶地看着樊池。显然此事也困惑他良久，期待樊池给他一个解释。

九薇惊喜地叫了出来："透明小兽！他也是白泽碎魄的宿主吗？"

樊池说："看样子是的。"又问少年，"那只扑你的小兽的颜色，是赤？橙？黄？……"

问到"黄"时，少年点了点头。

樊池了然："是七魄之气魄。"

又找到一名碎片宿主，九薇欣慰得很。两天来与少年并肩作战，已将他视作挚友。现在知道他也身有白泽碎魄，感觉就像流着相同的血液，顿时生出些手足之情。看到少年仍是一头雾水没听明白的样子，她拍了拍他的肩说："等事情了结，我再跟你解释。你的异能为什么是隐形？小兽与你相遇时，你心中在想什么？"

樊池冷笑一声："他是个贼，自然时时刻刻想着躲藏，所以才会隐形。事情的前因后果我大体猜到了，小贼不知去哪里偷了赤鱼妖丹。孽骨对妖丹有反应，妖丹对孽骨也会有反应。他必是凭着二者之间的感应找到我们，盗取孽骨。喂，你是因为偷了妖丹才被通缉的吧？"

少年不服气地撇了一下嘴。九薇也抱怨地瞅樊池一眼："已经是朋友了，不要总叫人家贼啦。"

"好吧，那他叫什么名字？"

"……"九薇还真不知道。

这时少年伸手拿过她的赤鱼，在地上画出歪歪扭扭的字来——阿步。

"你会写字哦！"她惊喜道。

阿步却摇了摇头，手在半空比画了半天，她才看明白，说："你只会写自己名字，不会写别的字啊。而且名字是从……从……通缉令上学来的……"她十分无语，嘴角不禁抽搐了一下。

樊池瞅她一眼："他的手语你怎么都能看懂？"

"与他相处这两天，已经心有灵犀啦。"

他把头扭了过去，满脸不开心。自家灵宠怎么能随便跟别人心有灵犀呢？

九薇说："刚刚阿步说他能找到这个地下迷宫的出口，我们先出去再想办法好吗？"

樊池摇摇头："我出不去的。"

"为什么？"

"这个九回阶是一种巫术。活人参破机窍还可离开，仙魄即使找到出口也出不去的。这也是那个冒牌货在换魂之前先服下毒药的原因。"

"那可如何是好……对了，怎么没看到假神的尸体？"

"那具身体死后当晚，他进来把尸体带了出去，不知弄到哪里去了。看样子也不愿自己原来的躯壳在此任意腐烂。"

九蘅心中思索：假神拖走尸体是在出事的当晚，那时他初得了樊池有伤的身躯，身体相当虚弱，早晨时她就进到地宫与他相遇，其间时间很短，那么尸体应该仍藏在地宫里。

想到这里，眼神忽然坚定，沉声说："把蛇妖尸体找出来，然后你附身上去，这样能出去吗？"

樊池变了脸色："那妖身多半已腐败，脏死了，我才不要！"

"听话啦，要从这里出去才有机会夺回你的身体啊。"没有跟他再商量，就对阿步说，"走，我们出去找找那尸体。"

樊池一路抱怨着跟着他们走。阿步果然精通奇门诡术，这门学问应该不是属于白泽异能，而是他原本就掌握的。他步步测量，三进两退七绕八拐，没花太多时间就找到了隐藏在视线死角的出口——那面当作门的双面大铜镜。镜中只映出九蘅和阿步的影子，却照不出是仙魄的樊池。她一阵心酸。

阿步趴在镜子边上试了试，没一会儿就参破机关，推开了镜面。而樊池却无法走出去。

九蘅回头叮嘱樊池："你不要乱跑，在这里等我回来找你。"伸手在他头顶虚虚拍了拍，他发中的单触角不自觉地跟着她的手势竖了起来，半透明的状态下如一缕细光微晃，与她的手指交错而过。

本是一脸不情愿的他忽然顺从，答道："好。"

直到目送着二人出去，他才深深地叹了口气，懊恼道："果然变成了仙魄，气势就弱了，竟然不由自主听她的话了。这可不行，确实要赶紧把身体找回来。"沉默一阵，嘴角又浮起浅笑，"不过听她话的感觉……还不错……"

走出九回阶的九蘅可没工夫像他一样想这些有的没的，匆匆忙忙在地宫中展开搜索。那个园林一般的洞厅很快被翻遍，没有找到尸体，也没找到疑似掩埋尸体的坟墓。她急得头上冒出一层薄汗。还是阿步发现可疑之处，拉着她指向一道折叠屏风。

那扇屏风很大，搁在洞厅内侧，乍看是街景人物图，她从跟前路过几遍都没发现异样，直到阿步发现蹊跷。她凑近了，发现屏风画面果然画风诡异，里面诸多人物有的神情惊惶，有的面目凶恶，让她不由得记起阿细用来收招财的"天枢卷"。

这难道是同样功用的"天枢屏风"，这些人莫非是被收进去的？不过，这屏风煞气极重，九蘅不懂法器，站在屏风前看几眼，也觉得寒意侵人，这东西与阿细的天枢卷显然不可同日而语。她不会咒诀，无法将里面的人放出来。想了一想，退开几步，动用了召唤画影的能力。

屏风前上面突然浮现出半透明的人影，它们一个接一个地冒出来，有男有女，有老有少，人数不断增加，直逼得九蘅步步后退着给他们腾地方，阿步不明所以，吓得快要炸裂却不能发声呼喊，忽而隐身忽而现身，异能都乱套了。

画影们的数量终于停止增加，他们压肩叠背地安静站着，人数竟有上百人之多，神情戒备又压抑着潜涌的愤怒，青白的脸充满敌意，齐齐盯着九蘅。

蜜蜂精的未婚妻

九蘅心中暗暗惊异。她面对过许多画影，但像今天这般场面还是第一次遇到。仔细打量这些半透明的影子，可以看清这些人形貌装束与普通百姓有所不同，有的穿道袍，有的披僧衣，有的打扮得古怪花哨，像是神汉巫婆。他们生前是游历江湖的能人异士，本就不是些性子柔弱的人，又被琅天城假神所害，散发的怨气让整个洞厅变得阴寒，连壁上照亮的萤草光芒都微弱了下去。

九蘅拱了拱手："想来，各位是来琅天城的献妖人吧？"

画影中一个老道士低头看看自己，开口道："是你把我们从屏风中唤出来的吗？你与那琅天城魔头是一伙的吧？我们都被杀了，你们还想利用我们吗？"开口便是满满的敌意。

九蘅一惊。假神果然手段狠绝，不肯留下一丝后患。

画影们躁动起来，一个个面目变得凶狠，手爪弯曲着朝九蘅逼近，想要撕碎她发泄杀身之恨。

九蘅连忙施了一礼："我与那魔头不是一伙的。"

老道士冷哼一声："你会使召唤邪术，必不是什么名门正派，不是与他一路的才怪！"

她还想争辩，一个身穿苗服的老妇已按捺不住，突然厉叫一声朝她扑来。

唤出的画影居然要攻击自己，九蘅心下凛然，抽出赤鱼横在身前，喝道："退下！"

老妇一怔，速度顿缓。看来九蘅对画影的号令力还是有些效力的。而老妇已来到她面前，退也不是，进也不是，一度尴尬。最后老妇悻悻地搡一下那把赤鱼出气，不料枯瘦的手刚碰上去，手指前端就化作青烟。

老妇痛叫一声，连滚带爬逃回众画影中间去。画影们见九蘅手中武器如此厉害，都吓得变了脸色，汹汹气势也收敛了许多。

老道士又惊又怒："你到底想干什么？"

九蘅放缓语气："我与诸位一样，是被骗进琅天城的献妖人。"

画影们顿时激动起来，个个悲愤不已。老道士说："这魔头放出谣言，说献上妖物就能在琅天城修仙飞升，不料却是把妖物留下，把献妖人杀害后困于屏风之中！"

九蘅点头："我的同伴也被陷害了，能请诸位帮我一个忙吗？"

老道士刻薄地道："我们凭什么帮你？"

九蘅说："我急于找到一具尸首，利用这具尸首把假冒神君的家伙打回原形，到时我愿将各位从屏风中解救出来，送各位还乡。"她谨慎地措词，生怕刺激到这些家伙。

画影们听到"还乡"二字，顿时激动起来："既能报仇雪恨，又能落叶归根，成交！你需要尸首，咱们现杀几个好了！"

九蘅赶忙说："那倒不必，多谢各位美意。"没有多加解释。

九蘅心想，如果跟这些画影描述那晚夺体换身的怪事，她难以讲清楚，它们也难以理解，于是只简单问道："前两日深夜，有个白衣男子带了个尸体从那个洞道出来，你们知道他把那尸体藏哪去了吗？"

众画影纷纷摇头："我等被收进屏风后命就没了，什么都不知道。"

九蘅抱手行着礼："尸体应该就在这洞厅里，拜托各位帮忙找找。"

"真麻烦！"老道士不耐烦地抱怨，还是招呼众画影帮忙寻找。一群虚影时而飞上洞顶，时而扎入地下，忙得热火朝天。

一个神婆打扮的画影忽从一株茶花下冒出来，朝着九蘅问道："喂，死蛇也算尸首吗"

"死蛇？"九蘅一拍脑袋，对，假神的真身是蛇，死了就现出原形了啊，她急糊涂了，意识中一直认为是具人尸。赶忙道："算，算，哪里有死蛇？"

神婆指了指花下泥土："这棵花下有条小死蛇。"

九蘅有些失望。千年蛇妖的尸身不是应该巨大得像条蛟龙才配得上它魔头的身份吗？但她还是过去用手小心翼翼地扒土，挖了没两下，就挖到一个水晶盒子。这盒子有枕头大小，透过晶壁，可以看到里面盘着一条仅有拇指粗的漆黑小蛇，头部生着一根赤红尖角。

幸好假神对自己的原身比较珍重，放在有防腐效力的水晶盒中，半点没有腐坏，栩栩如生。若是腐烂了，樊池怕是打死也不肯附上去。

她抱着水晶盒，对画影们连连致谢。

老道不耐烦道："不必废话，记得兑现承诺，否则就把你拉进屏风陪我们！"

真是难缠得很啊。

九蘅再三保证会兑现诺言，才被画影们放过。她赶忙回到镜后九回阶，把小死蛇捧到樊池的面前，惊叹道："千年的蛇妖居然才这么丁点儿。"

樊池冷冷道："又不是要炖了吃，大有什么用？"

说的也是哦……

她催促道："来来，附身上来。"

他嫌恶地蹙眉："我才不要，一股子蛇腥气。"

"我找到这条小蛇可不容易，跟那些献妖异士许了重诺呢。乖啦乖啦，出去才有机会夺回你的身体和身份啊。"

樊池别扭了一阵，总算是捏着鼻子闭着眼，一头扎向水晶盒，身形化作一缕白气钻入蛇尸。

她松了一口气，把蛇尸捧出来柔声安慰："委屈你啦，这就带你出去。"

"浑——身——僵硬得很，还没手没脚，咝——"樊池稍微能控制蛇身，他抱怨地说着，语速很慢，吐了一下分叉的舌信子。这一吐信把他自己吓到了，刚刚昂起的脑袋叭地摔到地上，"这是什么？咝——"

"是蛇信啦，莫慌莫慌。"

"真讨厌啊，咝——"樊池快要疯了，想要爬三圈表示愤怒，却发现这具蛇身僵硬得拐弯都难。他怎么这么命苦？不但要变成蛇，还是条发僵的死蛇！

"没事没事，一定是因为天太冷了才发僵的，捂暖和一点儿会好的。"她把小蛇捧起来塞到贴身衣襟中暖着。

少女的身体温软浅香，樊池糟糕的心情莫名好多了。

九蘅问："这蛇身能不能幻化人形？"

小蛇说："不行，咝——现在的状态连条普通活蛇都赶不上。"

九蘅安慰道："不着急，蛇身更易隐藏，看看情况再说。"

洞厅里，画影们仍挨挨挤挤站着。

九蘅赔着小心说道："再拜托各位一件事。"

老道胡须飞起，暴躁地吼道："又有什么事！有完没完？"

九蘅心中叫苦，赶忙拿出最客气的态度："能烦请各位打个暗道，通到离此处不远的一个小院中吗？"

老道冷哼："哪有那么简单！这琅天城地下已被蛇匠钻挖了许多油道，灌满了火油，有的地方还埋了炸药。若不小心挖到了，整个琅天城都得掀了！"

九蘅悚然而惊："你说什么？油道？炸药？"假神究竟想干什么？！她发愁道，"那可如何是好？"

老道又冷笑一下："即使这样，也难不住我们。我们能自由穿行土层，避开油道轻而易举！"

呃……那他之前的话是在吓唬她吗？！

在九蘅的指引下，画影们效率惊人地打了一条由地宫通往小院的暗道，出口谨慎地打在了屋子里。

老道第一个从出口冒了出去，原本在小院里乖乖等主人的招财，敏锐地捕捉到了屋子里的动静，进去察看，正看到地板出现的洞口里飘出一个老头，顿时想要扑过去……

看到这样的凶猛巨兽，众画影虽然不是真人，仍然怕得很，纷纷跑了个无影无踪。跟在后面的九蘅钻出通道，连忙唤住招财安抚了一番。

待招财安静下来，九蘅把小黑蛇掏出来放在它面前。

招财眼睛一亮：好吃的来了！一爪子拍在蛇尾上。

黑蛇突然冷冷开了口："把你的爪子拿开，嘶——"

招财吓得一哆嗦，缩爪连退几步，弓起背部发出威胁的低吼。

九蘅拍拍猫头："不要怕，也不要吃它。这是咱们樊池啊。"

招财听懂了，却无法理解男主人为何变成如此美味可口的模样，困惑地摇了摇耳朵。

它头一次觉得"男主人"比女主人可爱，特别想亲近一番，品尝一下……

在地宫中大概待了半日一夜，现在是清晨时分了，守在外面的暗卫们也没有发现里面的人去而复返。

屋子地面的通道内传来呼哧呼哧的响动，隐隐伴随着老道暴躁地嚷嚷。原来是画影们主动把通道回填了，地板青砖都恢复如初。

老道脾气虽坏，做事还是很周到的！

九蘅将怀中小蛇用衣襟掩藏好："我先带你去见见那个变成你模样的家伙再作对策。"

话音未落就听墙外街道上一阵慌乱，夹杂着阵阵惊呼。九蘅开门出去，看到一些小妖满脸兴奋朝着神殿的方向跑去。

自从来到琅天城，城中众妖都隐藏各处不太露面，显然是被假神严格管制，不允乱走。是什么新鲜事使它们冒着被惩罚的风险去看热闹？

她拉住一只长着鹿角的小妖，问道："发生什么事了？"

鹿妖说："听说神君的未婚妻来认夫了！"

"未……未婚妻？！"

怀中小蛇虽然僵硬，还是哆嗦了一下。

街上众妖纷纷赶去看热闹，九蘅趁乱混在妖群中来到神殿，只见门口的金甲卫兵排成一列拦在门口，透过长矛间隙可以看到殿内情形。

樊池样貌的假神坐在宝座上，倚着扶手撑着下颌，看着站在大殿中的不速之客，冷漠眼底压着乌云之色。来客背对着殿门，可以看出是个身材高挑的女子，穿一身与众不同的劲装，手腕、脚腕、腰间佩戴闪烁微光的黑色紧身护具，衬得腰细腿长。

这女子背影就透着汹汹气息，对着座上假神一声厉喝："樊池，你还记得我们的婚约吗？"

九蘅咦了一声，同时感觉到怀中小蛇缩了一下。她低头将衣襟挑开一点，冷眼砸下去："你躲什么？"

"我……我才没躲，嗞——"小蛇哼哼唧唧说。

"你认得她是吧？吓得都忘了自己现在是什么模样了？她又认不出你。跟我说说婚约是个什么情况？怎么从没听你提过？"九蘅装作毫不在意的样子，大大咧咧地问道。

"我困了，想睡一会儿，嗞——"他努力掩饰着惊慌，把蛇头往她衣服深处一埋，装起死来。

其实他不必装的，他现在本就是一条死蛇。九蘅鄙视一记，打起兴致看戏。

倒要看看这个假神怎么应付从天而降的未婚妻。

那假神面无表情盯着来人不发一语。以不变应万变，果然机智。

女子见他面目冷漠，越发来气，怒道："本君从遥遥上界来到雷夏大泽，你却偏偏不在神殿。到处找你又赶上鱼妇之灾，上界封了雷夏，被困在这里！今天总算是见到了，你就这样迎接本君？"

门外混在妖群中的九蘅低声道："哟，你未婚妻真不容易啊。你怜惜不怜惜？"隔着衣服戳了戳蛇腹。樊池继续装死。

假神淡淡吩咐旁边的阿细："上茶。"

阿细端着一杯茶过来，手哆嗦得杯子和垫盘碰得咔咔响——这女子是上界神族，他可不敢怠慢啊。

女子瞅了阿细一眼："哟嗬，侍者都是蛇精！"

阿细被一眼看穿真身，手中杯子啪地摔碎在地，拧腰逃走。女子也没计较，抱着臂膀冷笑一声，对座上假神说："废话也别多说了。择日不如撞日，不如今天我们就……"

假神脸色一凛。殿上众侍者、殿外众小妖均倒吸一口冷气，纷纷议论："今天就成亲？大喜！神君要成亲了！"

"我怎么觉得神君有些不愿意的样子？"

"怎么可能？这位女神君这么漂亮！两个人明明很配嘛！"

一阵酸涩涌上九蘅心头：是啊，他们都是上界神君，本就是天造地设的一对，而自己，也许就只能是他的灵宠吧……

九蘅摇了摇脑袋，试图驱走这些乱七八糟的想法，冷冷戳了小蛇一下："醒醒，你老婆要被别人抢去了。"

衣中传来小蛇如释重负的声音："甚好甚好，让冒牌货娶她好了，那具身体我先不要了，我们走……"

九蘅奇道："老婆和躯壳都不要了，你是不是傻？"

却见殿上女子摸出一个卷轴，唰拉一声展开朝向神座："择日不如撞日，不如今天……我们就把婚约解除了吧！"殿内、殿外顿时一片寂静。

九蘅也是一惊，这女君有点不按常理出牌啊！

女子走到座前，握住卷轴一端，将另一端递向假神："这份婚约加了契咒，要我们一起撕开才可以。"

假神冷冷盯着她，没有动作，也没有吭声。

良久，低低的议论声像潮水泛开："神君被甩了……"

九蘅拍了拍小蛇："喂，冒牌货要害得你的老婆没了。"

却见一直僵卧着的樊池突然把蛇头探出她衣襟张望着殿上情形，一脸焦急："这个混蛋倒是撕啊！为什么不撕？对了……他是假的，撕不掉。可恶！"

良久，听那假神凉凉道："改日再说吧。"

"什么？！"女神君大怒，一把将那卷轴拍在案上，"你今日若不撕，我削死你……"手中祭出一个泛着橘红光芒的刀轮朝他头上招呼过去。好暴躁的女神！

假神面色一凛，袖中突现一把漆黑的蛇形弯曲的古怪长剑，锵的一声两相架住，火星四溅。

喜大普奔的悔婚

殿下顿时一片惊慌，九蘅也暗叫不好。假神现在用的可是樊池伤病不堪的身躯，经不起打，万一打坏了樊池就回不去了！情急之下推开同样看呆的金甲守卫冲进了殿中："二位冷静，不要动手！"

女神君闻声撤了刀轮后退两步，回过头来。眉眼如画，顾盼生辉，陡然间亮起的神采，让九蘅片刻窒息，她从未见过如此美艳的女子。惊艳之际，一丝不易察觉的失落从心底掠过，一时间竟说不出话来。

好在殿下众妖同样看呆，她的失态没有人发觉。回过神来刚要说话，那美艳女子已走到面前。她不由得退了一步，警惕地盯着女子手中的火色刀轮。女子怔了一下，方意识到手中武器吓到对方了，皓腕一翻，刀轮消失不见。

女子睫毛弯长的眼睛含起格外甜美的笑意："哟，是个凡人呀。小美人，叫我有事吗？"目光上上下下不住地打量。

突如其来的友好让九蘅措手不及，赶忙客气地说："神君身体欠佳，女神君有事请慢慢谈，切莫动手。"

女神君的语气温柔得简直要开出粉红花朵："好好好，你说不打就不打。叫什么女神君？我叫近焰，叫我焰姐姐就好啦。"上前一步，顺手托起了九蘅的手握住，还揉了一揉，赞叹一声，"凡人的手就是软。看看你这柔软的头发，这水嫩的皮肤，哎呀，好可爱。"近焰两眼都要变成红心了！

九蘅蒙了：这什么情况？

却见近焰两眼灼灼看着她道："小美人，做我的灵宠好吗？"

什么？灵宠？！难道神族都有养凡人做灵宠的癖好？

她结结巴巴道："你们神族……不是禁止养凡人做灵宠吗？"

"哎呀呀，小美人你懂得好多。那个规矩有是有，但是现在他们不是管不着了吗？"近焰乐呵呵道。

这说辞跟樊池的还真是如出一辙啊！

近焰折回案前一把抄回那卷轴，用它指了指假神的鼻尖，冷声道："遇到一个心仪的灵宠不容易，我先去搞定我的小美人，回头再来找你撕契。"

回身牵着九蘅的手往外走，亲密无比地问："小美人，你住在哪里？带我去看看你的家好吗？"

于是九蘅就怀揣着一条从刚才就死硬了一般的蛇，被一个耀眼的大美人牵走了……身后假神的目光落在二人背上，结霜般阴冷。

她领着大美人回了小院，招财见有生人来，站起来充满敌意地鸣了一声。

近焰睨它一眼，轻声斥道："趴下。"招财就没出息地趴下了。神族的威仪果然难以抵挡。

九蘅颇有些手足无措，尚未搞清这位近焰神君的态度，只好先请她进屋里坐下。近焰笑眯眯道："我坐什么呀，你坐。"按着九蘅的肩让她坐在凳子上，柔美的手指滑过她的长发，赞美道，"凡人中你这样黑亮柔美的头发也是难找了。"

九蘅惴惴问道："近焰神君……"

"不是让你叫我焰姐姐吗？"

"呃，焰姐姐……"她有些不习惯啊，"请问你是……"

"且别问我是谁。"近焰忽然低伏在她耳后，吐气如兰，"小美人，你先告诉我，你是谁？跟樊池是什么关系？"她的语调忽然冷了下去。

九蘅只觉醍醐灌顶！

什么解除婚约，都是假的！未婚妻从上界追到雷夏，无非是欲迎还拒罢了！这位大美人哪是退婚？必是来逼婚的啊。看九蘅出面维护"樊池"，想多了，吃醋了啊。

让人家未婚妻误会，这多不应该啊。

她立刻站起来，正色道："我与樊池没有关系。"

近焰的大眼睛中是毫不掩饰的怀疑神气。这时九蘅感觉怀中一动，长着赤色尖角的黑蛇猛地探出头来，盯着九蘅怒道："你说什么？！"

近焰吃了一惊："蛇妖？小美人，看你长得白白嫩嫩，居然敢养蛇妖，这么重的口味……我喜欢！"她脸颊泛红，手捂心口喜难自抑。

却见那黑蛇扭过头来冷冷盯着她："喜欢你个鬼，她是我的灵宠。"

近焰不屑地冷哼一声，怒道："你个蛇妖敢跟我抢灵宠，看我不把你斩成一截截炖了！"

"嗞——"樊池毫不示弱，已把这蛇尸的信子运用自如。

眼看着近焰捋起袖子就要手撕黑蛇，九蘅抱着蛇躲闪，一边苦苦相劝："别打，别打，这是你未来夫君呀！"

近焰一愣："谁？哪里？"

黑蛇："我呸，我才不是！"

九蘅好不容易才让这位女神君坐下来，想让樊池给他的未婚妻解释一下来龙去脉。但那黑蛇绕在她的腕上，冷冷地说："我是死的，不会说话。"脑袋往她掌心一拱，又装起死来。

九蘅无奈，只好亲自解释："其实刚刚神殿之中那个神君是个冒牌货……"

刚说了一句，近焰的神情就激动起来。

九薇连忙道："你别急，真正的樊池在这儿呢，他变成了这条黑蛇……"

近焰一把握住九薇的手，喜道："我才不急！当那个人亮出的武器不是无意剑时，我就知道他是假的了，但是那并不重要。"

九薇奇道："这还不重要？那什么重要？"

"重要的是小美人你跟他不是一伙的。"她揉捏着九薇的手指，深情款款。

九薇尴尬得很啊！

樊池毒牙一亮："拿开你的爪子！"

近焰悻悻缩回手。

九薇艰难地把话题转到正事上。她见樊池没有提示对近焰有所保留，知道是信得过的人。于是从白泽拆魄说起，把事情来龙去脉大体讲了一遍。她叙述的过程中，近焰手托着腮，眼睛水汪汪的一眨不眨，一脸痴迷。

讲完了，九薇说："这下你明白樊池为什么变成一条半死不活的蛇了吧？"

近焰恍然回神，擦了一把几欲滴下的口水："小美人你认真讲话的样子好好看……你身中还有白泽灵慧魄哦，哎呀更宝贵了呢，凡人与灵兽结合的灵宠三界难寻啊！"

九薇黑线。她到底有没有抓住重点！

近焰瞅了一眼黑蛇，忽而哈哈大笑："蠢死了，居然变成蛇了，哈哈哈……这事要传到上界，十足是个'流芳百世'的笑话啊！"

樊池猛地抬头，蛇信一吐："敢说出去我杀了你。"

近焰冷冷一笑："杀我？你现在连蛇妖都不是，只是条死蛇而已。"眼中杀机忽现，"话说回来，这是个好机会啊！现在趁你无反抗之力杀了你，既摆脱那该死的婚约，又能把小美人抢到手……"眼睛亮亮的，又忍不住瞄到九薇身上去。

"少打我灵宠的主意，唑——"

死蛇都快要气活了！

九薇听得心中惴惴，这位近焰神君行事泼辣，任性妄为的风格不输樊池，若真动了杀心可如何是好，小声道："焰……焰姐姐，有话好好商量，俗话说一日夫妻百日恩，你别杀他……"

黑蛇暴起："谁跟她是夫妻！"

近焰冲她妩媚一笑："你若答应做我的灵宠，我就不杀他。"

黑蛇："嗤——休想！"

九蘅头疼抚额："你们先说正事好吗？"

近焰见她愁苦，顿时怜惜不已，不再吵闹："对了，正事。"又摸出那个婚约卷轴，展开。这份婚约红底金字，"樊池""近焰"两个名字灼灼刺眼，看得九蘅心中一黯，避开目光。

天地良心，她说的"正事"指的并非这个，而是如何应对冒牌神君啊。

近焰对黑蛇说："来，撕了它吧。"

"早该如此！"樊池吐着信子，本应是一对死蛇眼，硬是显得神采奕奕。他张开尖齿蛇口咬住卷轴一端，另一端被近焰握住。

九蘅看得一头雾水。说好的真情假意呢？此时上演的不应该是欲迎还拒的吗？怎么，真要撕啊？一伸手按在婚契上："等等，你们是真心要解除婚约吗？"

近焰已激动得冒出了泪花："比珍珠还真啊，小美人。把手拿开，乖，不要误我好事。"

"你们到底……"

"先撕了再说，免得夜长梦多！"近焰咬牙切齿用力一扯，不料黑蛇身量小力气小，竟被拖了过去。

近焰骂道："你怎么这么弱！"

樊池张口回骂："你才弱！"回头对九蘅说，"快，按住我尾巴！"急切之情使得一条死蛇硬是有了生动的表情。

九蘅懵懵懂懂按住他的蛇尾。近焰再用力一撕，嘶的一声，婚书从中间断成两截，瞬间化为灰烬。

近焰握拳望天，含泪喃喃道："终于……终于恢复自由身了……我终于可以追求我的幸福了！"

黑蛇樊池则放松地倒回九蘅怀中，舒心道："终于摆脱这桩麻烦了……"

忽又抬起头来看着九蘅道："你听我解释。"

"解释什么？"

她脸上不喜不怒，樊池心中越发忐忑，正要开口，对面近焰突然伸手捏住了蛇嘴："嘘，别说话。"

黑蛇甩尾表示愤怒：放手！让我跟我家灵宠表明我纯洁的过往！

近焰突然手一扬，一掌拍出："什么人？"

刚刚显形在桌边的阿步被拍得飞起撞在墙上，摔落在地上疼得龇牙咧嘴，却不能发出一声痛呼。

九蘅急忙阻止："不要打，自己人！"

近焰这才明白过来："这是那个身含白泽气魄的隐形人？"

"对啊。"九蘅过去扶起阿步，心疼地替他拍了拍身上尘土。

"他一直在这里吗？"

九蘅无奈道："应该是吧，一显形就被你打啦。"

"白泽灵力果然厉害，一片碎魄而已，隐形时居然连我都察觉不到。也别怪我打他，不吭一声突然冒出来，不是找打吗？"

九蘅说："他不会说话啦。"又转向阿步，"不过你显形得确实有些突然，也不要怪神君姐姐啦。"

阿步倒没有抱怨的意思，指了指门外，表示有人来了。

几人一惊。在他们进到小院之后近焰已经暗设结界，竟有人能不被察觉就闯进来？

近焰十分诧异，起身推门出去，看到院中已多了一人，是变为樊池模样的假神。

近焰重新审视这个假神，喃喃道："你怎么能自由穿行我的结界？你到底是谁？"

九蘅把黑蛇藏在怀里走到院中，见招财面对着这个长着男主人样貌的人有些不知所措。她唤了一声："招财过来。"招财一脸纠结困惑地靠到她身边。

假神面色阴寒，不一样的气质神态，使得九蘅几乎不认得这张脸了。还是怀中的小黑蛇比较亲切。

假神声线沉沉地开口："终于不用演下去了，太累。我也没想到这具神族躯体如此残弱不堪。"

九蘅怀中一动，黑蛇探出了头，愤怒地吐了一下信子："自己不能驾驭，就诬蔑别人的身体残弱，抢了还嫌弃，算什么东西。"

假神早已通过暗中眼线得知自己原身复活，已猜到是樊池仙魄借居，并没有很吃惊。

樊池问道："你收拢妖物，夺我身份，是何目的？"

假神的笑容如阴风扑面："其实你的这句问话本身就是答案，应该这样说——我收拢妖物，就是为了夺你身份。"

樊池奇道："然后呢？你打算做什么？冒充我去上界混入神族？你以为上界只会看脸的吗？"

假神的嘴角闪出一丝寒笑："我并不稀罕当神，我只是需要借用你这具神族身躯暂用罢了。"

樊池隐隐觉得不妙，又一时想不透，追问道："用神族身躯做什么？"

假神的眼底漆黑暗沉："守城仙侍刚刚通报说有人来献妖，那应该是来到琅天城的第一千只妖物了，我得去看看。你们慢慢想吧。"说罢转身就走。

一直沉默不语盯着他的近焰突然眼神一闪，喊了一声："潜逸！"

假神忽然回头盯着近焰，嘴角勾出一个森森冷笑。

其他人尚不明所以，只觉脚下突然一沉，地面猛地下陷，墙壁扣下，天光消失，眼前漆黑一片，尘土飞扬，令人窒息。

他们不过在这小院待了半个时辰，底下竟已被挖空，就等着活埋他们了！这效率必又是蛇匠的手笔。这坑还挖得极深，这是要让他们永不见天日啊！

近焰极其冷静，突如其来的沉陷也没让她摔倒，低腰半蹲在地上，手一扬，撑出一个赤色流转的结界，顶住了上方塌陷的墙壁和石块。她紧张四顾，很快看到了跪在地上紧紧抱着怀中小蛇的九蘅，以及呈保护姿态将九蘅掩在腹下的招财。

近焰后怕地拍了拍胸口，好险好险，若不是她反应快，小美人就被活埋了。不过这瞬息之间的变故，暴露了大家最想保护之人。招财想护九蘅，九蘅想护黑蛇。

近焰懊恼地想：看来想把小美人的心从樊池那里夺过来，有点难啊。

她上前拍了拍九蘅的肩，柔声道："小美人，没事了。"

九蘅发蒙地抬起头来，看到赤色结界，惊魂未定地赞叹："焰姐姐你好厉害。"

怀中传出黑蛇闷闷的骂声："蠢货，遇到塌方不知道护头，抱我做什么？老子差点被你按死。"

九蘅鄙视了他一眼："您本来就是死的好吗！"又焦急地转向近焰问道，"焰姐姐，我们有什么办法出去吗？"

近焰拍了拍胸脯："放心！虽然埋得有点深，但我花些时间就能挖个洞出去！"

黑蛇冷笑一声："等你打完洞，什么都晚了。"

近焰一怔："什么晚了？"

"你仔细想想刚刚那个冒牌货说过的话。"

九蘅催促黑蛇道："你也不要卖关子了，他到底想要干什么？"

黑蛇精神大振，终于轮到他在灵宠面前卖弄机智了："他夺了神族身躯，话里话外却没有称王雷夏或妄图成神的意思，只是想暂时利用这个身份。而他又说了一句'第一千只妖物'，特殊的身份、特殊的数字，说明他在准备一个仪式。"

重新启动的铜镜

九蘅与近焰齐声问："什么仪式？"

黑蛇说："什么仪式尚不清楚，但我估计与沐鸣有关。"

近焰的脸顿时煞白："你说得对，必是跟沐鸣有关。刚才在上面时他不着痕迹地进了我的结界，不是破咒闯入，倒像是我放他进来的。唯一的解释就是我的结界曾对他设置了无阻通行。而有这个特权的只有一人，就是沐鸣。"

九蘅茫然看看他们，过了一会儿才记起这个名字。沐鸣，不就是樊池进城时变化成的那个俊美无双的人吗？对了，那是上届佑护神。她吃惊地问道："怎么可能？沐鸣神君不是真神吗？他明明是蛇妖啊。"

近焰道："他当然不是沐鸣，不过沐鸣曾有头时刻带在身边的坐骑，为了方便，我也许它出入。"

九蘅恍然大悟："你是说，这个蛇妖是沐鸣的坐骑？"

近焰点头："准确说不是蛇妖，而是条黑蛟，名叫潜逸。"她指了一个被樊池暂居的小黑蛇尸，"黑蛟以妖术把原身缩小了，所以我没有认出来。"

原来如此。不过……允许他人出入防护结界，这得多大面子啊！九蘅试探地问近焰："请问你跟这位沐鸣……"

近焰的脸上飞起红晕，漂亮的眼睛变得水汪汪的："他……他是我喜欢的人！跟这条死蛇解了婚约后，我就可以追求他了！"

九蘅对着黑蛇惊道："原来那个沐鸣是你的情敌啊！"

黑蛇暴起："什么情敌！是我救星好吗？我要跟他做一辈子好朋友！那份婚契是家族权权联合的产物，完全没有听从我的意愿，为了这件事我跟父亲几乎决裂，怒而申请来了雷夏。"

近焰"呸"一声："你就知道躲躲躲，学学姐姐我，揍了令尊，抢了婚契出来，一撕了事！"

黑蛇倒吸一口冷气："你打了我爹？"

近焰也皱了一下眉："令尊的本事有点厉害，幸好我事先给他下了一点毒。"

"那他……"

"放心啦，没有性命之忧。有性命之忧的是我爹。我毒翻令尊抢了婚契就逃来雷夏了，你爹必会找我爹麻烦，两大家族撕破脸，估计上界已经起了内战了。愿他们二位老人家安好。"她轻轻松松道。

樊池整个人都不好了，九蘅也一样，听起来为了反抗包办联姻，这位女神君把上界搅了个天翻地覆啊。

旁边突然投来一物，近焰灵敏地反手接住，一下捏为土末——原来是显形站在结界边缘的阿步，投过来的一块土坷垃。上次突然现身被她打，这次长记性了，尽可能站得远一些。

九蘅道：“阿步，原来你也被埋进来了。”

阿步点了一下头。地陷时他隐形站在她的身边，一起掉下来了。此时他一脸无奈地指了指上方。

近焰问：“什么意思？”

九蘅：“他在说咱们不要吵些没用的了，想办法出去是正事。”

黑蛇腹诽：怎么会是没用的？跟他家灵宠解释清楚那婚约绝非他本人意愿，这是最重要的好吧？

近焰却狂点头：“对对，如果假神的谋划与沐鸣有关，必须赶紧出去抓到他问个清楚。”她手中亮出赤色刀轮，走到结界壁旁对着碎石斜斜向上狂挖。神器果然厉害，削石如泥，没一会儿就隐没到洞中，不断把碎石从洞口推出来。

黑蛇鄙视地看了一眼打洞的女神君，转向阿步：“你已在琅天城内游荡数日，又精通迷阵之术，能否把此城的街道建筑描绘出来？”

阿步上前来蹲在地上描画，所用工具竟是发簪大小的赤鱼。九蘅不由得摸了自己头发一把——这家伙手真快，不愧是小贼，竟没察觉他是怎样拔出去的。

阿步没一会儿就将琅天城的俯视图画了出来。这孩子极聪慧，画得精准又简洁，连九蘅都轻易看出了哪是城门、哪是神殿。

黑蛇盯着这幅琅天城的俯视图，神色严肃：“赶紧把那个瞎打洞的叫过来。”

九蘅走到洞口前唤道：“焰姐姐，你回来一下。”

灰头土脸、花容凌乱的近焰爬回来：“什么事？”

黑蛇说：“你来看这是什么。”

近焰盯着地上的图形看了一阵，倒吸一口冷气：“这似乎是……传说中的弑神咒？！”

黑蛇说：“这是琅天城的地形图。”

近焰脸色变得惨白：“整个城其实是个弑神咒吗？”

黑蛇点头：“弑神咒以火启动，需整个燃起才能成咒，而蛇族擅长钻洞……”

这时九蘅突然睁大眼睛捂着胸口：“我突然想起有件事忘记告诉你们了。地宫里献妖人的画影曾告诉我说，琅天城下遍布油道，有的地方还埋着炸药。"

近焰的冷汗也下来了，后怕地看一眼自己刚刚挖的那一截地道。万幸没有挖到炸药！

她眼睛睁得大大的，几乎失神："千妖为祭，万里弑神。这蛇妖聚了千只妖物为祭品，是要以此咒杀谁？……沐鸣吗？"

黑蛇肃色道："他真是计划周密啊。弑神咒想要启阵要满足三个条件，一是符阵所在地要与上界呼应——离山神殿正是雷夏大泽唯一与天通息之处；二是要有神族亲自启咒，他盗我身躯就是为了这个；三是要有千妖为祭品。除此之外，还有一个最关键的东西——被弑之神的一缕发丝。

如今各项条件已经齐备。如果此咒燃火催动，不仅会要了沐鸣的命，还会有更糟糕的后果——封在雷夏的结界会被击穿，鱼妇之灾、乌泽之祸会扩散至其他大泽，后果不堪设想。"

近焰想不了那么远，仅沐鸣有性命之忧已让她心神大乱："我们要赶紧出去阻止他！"

黑蛇厉声阻止："你不要乱打洞了。"

近焰快疯了："那怎么办？蛇妖说已凑齐千只妖物，咒术怕是很快要启动了！"

九蘅突然说："我有办法。"

近焰的眼眸顿时亮起，期待地看着心仪的小灵宠。

九蘅合目念道："被假神君谋害的诸位高人，请过来一下。"

近焰不明所以，樊池却看明白了，她是在召唤那些献妖人的画影。不由得暗暗赞叹自家灵宠机智——画影能自由穿行土层如穿过空气，可以避开有火油和炸药的地方，从地宫到住处的通道就是它们打出来的嘛！

一个个灰白透明的画影出现在结界和塌方的碎石之间，被挤得身体扭曲、五官变形，看上去狰狞恐怖。

近焰惊叫一声："哎呀，这是些什么东西？好可怕！"一把抱住了九蘅。

黑蛇冷冷道："少给我装娇弱占我灵宠便宜！放开她！"

近焰悻悻松开小美人。九蘅却是真的惊讶："这是怎么回事？它们为什么被挤住了？"

近焰得意道："我的结界岂是画影可以侵入的？"

九蘅连忙朝画影们道歉："对不住各位，我也没想到会这样。喊各位出来是要再请大家帮个忙，只要我们齐心协力，必能成功！"

然而本就坏脾气的画影们暴怒了，一张张变形的嘴巴叫骂不止：

"我看你叫我们过来是为了羞辱我们！"

"说好要帮我们脱困的，现在她自己也被困在这里了！"

"骗子！"

"杀了她！"

九蘅内心已泪奔，这帮画影好难搞。

琅天城已聚齐千只妖物。神殿之前的空阔地上一夜之间由蛇匠们建起一座高大祭台。蛇族的紫衣仙侍们前前后后忙碌着布置祭场，在一个巨大的青铜鼎中投入散发着香气的燃料。

听说今天有祭天仪式，城中上千妖物全来看热闹了，聚集在金甲卫士画出的界线之外，交头接耳，有的还嗑起了瓜子，浑然不知中空的鼎足中通有火药引线，点燃后会引燃琅天城底下盘曲洞道中的火油和炸药，整个城会变成一张燃烧的巨大弑神咒，将远在上界的某位神君的心脏灼为灰烬。

更浑然不知今日仪式的祭品不是台上摆的那些猪羊瓜果，而是在场所有妖物本身，还要加上这些金甲卫士、紫衣蛇侍。它们将与"神君"一起葬身咒火之中。

寝殿之内，假神把蛇侍都支了出去，指间玩弄着一缕红色柔发。这缕发色泽如火，如果衬在它主人容颜的旁侧，定会美得震撼人心。他的瞳底锁着复杂的情绪，低声道："你将我独自抛弃在雷夏大泽，还留我这条命做什么？你有没有想过我宁愿死去？"

他攥紧手中红发，脸上闪过极度痛苦和痛恨的神情，不过很快就恢复了冷漠，走到一套撑起的黑缎华衣前，亲自动手一件件将这套礼服换上，走到镜前站定，端详着自己肃穆又华美的衣着："据说咒法启动后，施咒者和被咒者能看到彼此的影像。我不能带本来的面目见你，但凭着这身你熟悉的衣服，应该会认出我吧？"

面具下的嘴角弯起一抹凄然微笑。

等一下。

他现在不应该是樊池神君的模样吗？为什么镜中映出的是他本来的模样？除了身上衣服一模一样，却是面覆银箔面具，肩垂银色长发。也正因为那是他本来的模样，所以对着镜子的时候竟一时没有反应过来。

他的脸上满是惊惧，而镜中人的嘴角仍挂着意味不明的笑。

这时他也发现这面大大的铜镜不是普通的穿衣镜，镜缘透着青锈的花纹，看着如此熟悉。

移心镜！原本应该在地宫锁魂阵中的移心镜是怎么跑到寝宫来的？

假神喃喃道："不，这不可能……"急退一步想要撤离镜前，却已晚了。他只觉得天地颠倒，一阵晕眩。

镜子两侧的两个黑袍人同时倒地。

墙边忽然显出三个人形，阿步一手拉着九蘅，一手拉着近焰。九蘅抬脚就要冲到镜前倒着的樊池身边，被近焰一把拉住："等等，先看看换魂是否成功了。"

樊池艰难地撑起身子，捂住心口，出声道："可恶……好久没体会……这种疼了……"蛇身虽是死的，但不痛啊。

他一开口这熟悉的语气，九蘅就知道樊池回来了，忍不住冒出了泪花，跑过去半跪在地，让他倚着她缓一下。她柔声问道："你觉得怎么样？"

"这蛇妖不会封闭心脉，血都快流尽了。"他脸色瓷白，撑不住地喘息，"我需要先洗个澡，再调息一下。"

九蘅奇道："调息就调息，洗什么澡？！"

"谁知道这个蛇妖有没有每天洗澡……"

"现在是犯洁癖的时候吗？你先调息保命好不好啦！"九蘅愤怒地叫阿步过来，一起挽起这个毛病忒多的蜜蜂精硬塞进里间的大床上……

移心镜后，蛇妖慢慢坐起，捻了一下身上一模一样的黑袍，仍然觉得不可思议。

旁边传来凉凉话音："这衣服是我照着衣架上那套幻化出来的，小小仙术，不值一提。"近焰站在不远处，抱臂冷冷俯视着他。

"这是……怎么回事？地下遍布火油，你们是如何活着出来的？"

"这个呀，多亏了我家小美人呀，我们小美人本事可大了。"提起九蘅，近焰就笑得尤其灿烂。

被困地下时，九蘅唤出众多献妖人画影，请它们谨慎探路绕开火油，打出通向地面的出口——这些画影怨念极深，倒是形成了更强的行动力，挖洞、扒土的活儿全包了，还直接把出口挖通在塌后重建的寝宫内。而假神正忙着准备咒术仪式，彻夜不眠，寝殿空无一人。

画影们还在九蘅的命令下，把地宫中的移心镜运上来换掉了原来的穿衣镜——当然也是打洞过来的，画影们简直把地下当成了平坦大路来走。在这个过程中，它们还排除了炸药，切断了祭台通往地下的引线，将地下火油逐段分隔拦截，就算是误燃也不会有严重后果。

一夜下来可忙坏画影们了，脾气暴躁的画影们一边干活一边骂，但做事还是毫不含糊的，任务完成得相当漂亮。

然后近焰给黑蛇尸借了一点仙力，让住着樊池仙魄的蛇尸化为人形，预先藏到了移心镜后。

近焰又说："移心镜本是蛇族宝物，要启动它必须用蛇妖之血的。于是你们家小蛇侍就贡献了一下。"

寝殿外角落里正举着手指的阿细打了个喷嚏："如心姑娘真是莫名其妙！"

蛇妖慢慢站起来，感觉身体异常僵硬。是刚刚换魂回来，暂不能适应原身的缘故吧？夺来的神族之躯失去了，只有神族才能启动的弑神咒无法启动了。

会召唤画影的少女、会隐形的少年、横里杀出的女神君……这些人哪里来的，为什么冒出来破坏他的计划？全怪这些不速之客。既然这样，那就先设法脱身，留得青山在，不怕没柴烧。

趁近焰放松之际，他抽身向外冲去，甚至驭起飞沙之术。

近焰没有阻止他，冷眼盯着他的背影。

而他明明做出了飞沙之术的指诀，却没能腾空而起，身体关节僵硬异常，跑了几步，竟摔倒在地，狼狈不堪地喃喃道："怎么回事？我的身体怎么了？"

身后传来近焰凉凉的声音："你难道忘记这具身体已经死了吗？"

"应是死了，死于毒液逆流……可是你们不是使它活过来了吗？虽然不知是用的什么方法救过来的……"

"不，这具身体从来没有活过来。"近焰淡淡道。

"什么？"他不能置信地低头看了看自己的双手。肤色泛青，指甲乌黑，竟真的是毒发身亡的死尸色泽。而且……他恐惧地发现自己没有呼吸，没有心跳。虽然勉强能动，但体内寂静若死。

"不……不……"他吃力地站起来，慢慢走回已经解咒的移心镜前，摘下银箔面具，露出一张原本俊美的脸，而此时这张脸肤色暗青，嘴唇乌紫，眼珠模糊如蒙尘，透着沉沉死气。"不行，我变成这个样子，他会认不出我的……"

近焰看着镜中那张青灰的脸，道："沐鸣会认出你的，潜逸。你是那条被沐鸣神君囚禁于雷夏江底的黑蛟。"

上界有许许多多神君，神君们养着许许多多灵宠，一条黑蛟，原没有多少人记得。而近焰恰恰是沐鸣的仰慕者，对于他的各种琐事、八卦花边了如指掌，因此知道它。

黑蛟原是离恨海中兴风作浪的妖兽，被沐鸣降住。黑蛟虽性情暴戾，对沐鸣却温顺无比，沐鸣就手下留情将它收为座畔灵宠，赐名"潜逸"，希望它从此能收敛凶残性格，改邪归正做条好蛟。它的确乖顺了许多年，直到沐鸣奉命到雷夏出任佑护神。

它作为坐骑跟随沐鸣来到雷夏，对寄宿于主上身中的白泽却非常抵触，频频挑事。被沐鸣教训之后，它竟任性出走，在雷夏大江之中搅起巨浪，害了数条人命。

沐鸣震怒，斥其劣性不改，将它锁在江底永世不得出水，断绝主仆情义。直到沐鸣离任回上界，也没到江边看它一眼。

直到遇到白泽拆魄，潜逸妖力爆起，破水而出。他回到离山神殿，却已找不到主上。想要回去上界，发现雷夏已被封锁。

他倾心忠诚，为了主上，硬生生压着自己本性当了数百年座前灵宠，因为犯的一点"小错"，主上就这般无情地把他抛弃了。

黑蛟本性嗜血，伤心积压了数百年，瞬间化作滔天恨意。在归顺沐鸣之前，他是地道的邪魔，恰恰知道一些对抗神族的禁咒，比如"弑神咒"。

听到这里近焰叹一口气："沐鸣什么都好，就是心软。一开始他就不该收你，后来你再犯杀孽时，更不该只是将你困于水底，不然也不会累及那许多献妖过来的法师、神婆们丢了性命了。此事真是个教训，我就留着你，将来雷夏太平了，把你带到沐鸣面前，让他亲眼看看心软的后果。亲手纵容的孽畜，竟险些要了他的命。"

黑蛟苦苦一笑："我……没有。"

近焰眼中火星一炸："现在否认不觉得晚了些吗？"

黑蛟嗓音沙哑，透着胸腔深处的痛苦："这个'弑神咒'是经过修改了的，杀伤力降至百余其一。咒阵启动之后，远在天界之上的主上心脏不会化为灰烬，只会灼上一个印子。他会很痛，但不会死。死的只会是我。"他的脸上露出一丝神往的微笑，"据说咒术启动后，我们能看到彼此的身影。那时候他就能记起我，也能体验一下这许多年我万分之一的痛楚。"

近焰看出黑蛟说的是真的。痛恨与悲悯涌上心头，竟不知说什么好。

黑蛟忽然抬起无神的眼望着她："我不要这个样子见他，求你给我个解脱……"

内间里，守在床边的九蘅担心地悄悄撩开垂帘，看了一眼在床上打坐调息的樊池。他眉心紧蹙，呼吸浅促，毫无血色的唇线紧紧绷着，显然在忍耐极深的痛苦。

放下帘子，胸口深处浮起疼痛。原来只知他身上有伤，但因平时嬉笑打闹看不出来，只是偶见他实在耐不住时才流露些许痛苦的神态，竟使得她以为那伤真的没有很疼。而当他与黑蛟换身之后，黑蛟竟差点撑不住死了。

樊池虽然有能力控制伤势，但那毕竟是同一具身体、同一个伤口啊。根本不是疼得差些，而是他比较能忍吧。

此时这具身体让黑蛟糟蹋了数日，血气大亏，更是虚弱了，可如何是好？

思虑之中，听到外面黑蛟的乞求声，眼眸忽然一亮，抽出发中赤鱼挥一下变大，走到外屋，问那黑蛟："你可有妖丹？"

黑蛟听了这话，忽然记起樊池需妖丹疗伤，蒙翳的眼睛似有了点光彩："有，只要你毁了这具身体，妖丹随意拿去。"

九蘅看着他急于求死的样子，心中也不免感慨，点了一下头："好。"赤鱼一横，就要刺过去。

身后忽传来话音："不要。"

她住了手，回头看到樊池走了出来，忙过去扶住他："怎么起来了？感觉怎么样？"

他朝她微微一笑："没事的，之前这身体用的赤鱼妖丹对伤势极有好处，暂时无力是因为失血，休养一阵就好了。"

黑蛟却急了："樊池神君，我设计谋害你是我的罪过，你理当恨我，如今我但求一死，不也是理所应当的吗？为何偏偏要我不死不活？"

樊池凉凉瞥他一眼："如何处置你，不是由你说了算。"

黑蛟被堵得身体一僵，险些横尸地上。

九蘅道："你需要妖丹疗伤，这有个现成的，为何不取？"

他无奈一笑："我若服了这妖丹，沐鸣以后知道了，表面不会说什么，心里却会恨我一辈子，朋友也做不成了。"

黑蛟喃喃插言："怎么会？"青气沉沉的脸上露出黯然神情，"他把我扔在这里几百年了，早就把我忘了，你就算是到他面前说，他也记不得我了。所以……所以我才要拼着一死让他记起我，在他心脏上留下个抹不去的烙印……"

樊池扫他一眼："据我对沐鸣的了解，他做事虽松散，却不是没有原则的。你在他任佑护神期间杀他子民，他没有取你性命，已说明他的内心是极看重你的，为你违心地突破原则，而你这条心性狭隘的黑蛟却从未领悟。"

黑蛟怔住，似乎想哭泣，僵死的眼眶却已不会流泪，嘴角扯出一个笑："是这样吗？原来……我从未懂你……"

九蘅扭过脸去，不忍看他悲哀扭曲的面目，对樊池说："我们拿他怎么办呢？"

樊池无奈道："反正我不动手，不管谁动手处置，沐鸣都会默默记恨的。"

黑蛟期待地看向近焰，近焰急忙退一步："招沐鸣讨厌的事我绝不能做。"

他露出绝望的神情。九蘅叹一声，将赤鱼递向他："你自己来吧。"

黑蛟接过，说了一声"多谢"，忽又看向樊池，"如果有一天……有一天你能见到他，请跟他说……"

樊池静静等着他的下文。

黑蛟的口张了又张，终于摇了摇头："算了，他什么都知道，无知的是我。"

刺尖深深没入心口，脸上的痛苦终于释然。生命散去，一枚青色妖丹隐浮上方。九蘅忍不住伸手去抓，被樊池按住，屈指一弹，妖丹化为粉末。

九蘅痛惜不已，却拗不过他。她叹口气，握住赤鱼一端将它从黑蛟尸身胸口抽回。

樊池正在略略走神，转眼看到了，忙道："等一下……"

然而已经晚了，赤鱼抽出，尸身裂口气息一泄，黑蛟的人身突然变化，瞬间膨胀成巨型黑蛟，整个寝殿登时被撑了个墙崩顶塌，轰然粉碎，毫无防备的几个人被撞得飞了出去。

谜样存在的少年

黑蛟为了方便掩藏，刻意将蛇形化得十分细小，而此时妖术解去，就只能现出十分巨大的真身了。

近焰从瓦砾下爬出来，灰头土脸地惊慌唤道："小美人，小美人你在哪里？"

上方传来九蘅的回答："这儿呢。"

她抬头看向废墟上盘着的巨大蛇身，蛇首上站着樊池，臂弯下护了一人。袖子一掀，露出九蘅的脸来。近焰松口气，心中涌起深深嫉妒——多好的英雄救美机会，竟让樊池抢先一步！

祭天台前等着看热闹的小妖们被神殿后方突如其来的变故惊吓到，在飞扬的尘土中四散而逃，唯有训练有素的金甲兵没有逃跑，勇敢地冲到巨大蛟尸前护驾。

看到蛇首上站着的樊池，有心机的金甲统领忽生疑惑，大声问道："可是樊池神君？"

樊池点头："是我。"

金甲统领似乎察觉到不对劲，精明地道："请神君出示腰牌！"

九蘅心中一凛。那腰牌本是黑蛟的神识所化啊，现在的神君从身到魂都是真樊池了，没有那个腰牌了啊！正暗自惊慌，却见樊池淡定地将手一亮，手心中出现那枚白底黑纹的腰牌！

认牌不认人的统领立刻打消疑虑。

九蘅惊讶地小声问道："你怎么会有这个东西？"

他答道："与潜逸换身时顺过来的。"

"这也能顺？真有你的……"

如愿被夸奖了，他笑得眼睛弯弯如蓄星辰，将腰牌系到她的腰带上："这玩意儿是蛟妖神识所化，可以号令蛇族，所以这些蛇妖才会顺从地被他支使为侍者、卫士和工匠。你先戴着玩吧，等有一天见到沐鸣再交给他。"

底下统领将这一幕看在眼中，无语了。这么重要的东西神君竟拿来送人？……莫非这少女是未来的神君夫人？！他们看向九蘅的目光顿时不一样了。

统领毕竟是有身份的成熟蛇妖，面对各种意外面不改色，一句废话也不多问，只请示道："祭天仪式是否按时进行？"

樊池答复道："按时进行。"

衣袍迎风一展，已变换颜色，由漆黑变为他喜欢的洁白，英姿飒爽的模样看得九蘅恨不得鼓掌。

祭天台上，樊池神君将变小的黑蛟尸投入青铜鼎中，燃作一缕青烟。他把目光投向苍穹，不知道远在上界的沐鸣神君此时此刻在做什么，会不会感到心中忽然空落。

琅天城中忽起一阵大风，天地刹那昏暗，似有悲鸣从地底传来，又渐渐消隐。围观的千头小妖不知发生了什么事，吓得跪成一片。九蘅却知道那是地宫中画影们因大仇得报发出的呼号。黑蛟身死，靠它妖力支撑的屏风破碎，献妖人们的遗体解脱出来。九蘅兑现承诺，组织小妖们给他们打制棺木，一一送回故乡。

被蛟尸撑碎的寝宫一夜之间又由蛇族工匠重建完好，转眼间樊池已在此休养半月，整天除了酣畅无比的睡眠，就是守着他家灵宠生怕被近焰神君拐走。

而近焰最近却是心事重重，这些天还真顾不上诱拐小美人。因为蛟尸把寝宫撑裂的那一刻，有样东西丢失了——沐鸣的那缕红发不见了。或许是在屋塌墙崩之际被压在瓦砾之下，抑或是在之后的狂风中被吹散了。但这缕发丝只要有一丁点落入不轨之人手里的可能，近焰就夜不能寐，毕竟黑蛟凭着这缕红发险些取了沐鸣的性命。

她花尽心思也没能搜索到红发，于是把注意力转移到了琅天城本身上面。这里是雷夏唯一能启动弑神咒的地方，只要把咒阵破坏掉，即使有人得到红发也不能用咒了。于是她这些日子忙着指挥蛇匠拆屋建街，把咒阵改了个面目全非，这才安心一点。

然而看到蛇匠们的建筑效率如此之高，心中又怕怕的——毁阵容易，重建也容易啊。若有一天被有心之人再把阵咒重新做出来呢？

这一日天气晴好，一众人相伴来到琅天城门的城楼之上视察，讨论过后，决定保留沿城墙封锁的破咒网。城内符阵已破，初修成人形的小妖们活跃了许多，一只只兴致勃勃地修炼起来，将来本事越来越大，还是需要点约束的。

近焰把心中顾虑说给樊池时，樊池玩弄着他家灵宠的一缕乌丝，闲闲道："你既不放心，就驻守琅天城吧。"

近焰顿时炸了："那怎么可能，我是风一样自由、火一样热烈的女神君，绝不能被束缚于此，我要浪迹天涯，杀妖除怪，维护雷夏和平！"

樊池凉凉问："离开此地你放心吗？"

她顿时语塞。

"那就留下，顺便管束城中定居的这些小妖。"

近焰呆了半晌，"嗷"的一声痛苦抱头。不过忽而又记起什么，来摸九蘅的手："幸好有小美人陪我，这样的日子还……"

樊池冷冷将九蘅的手收进自己手心："我们有事要做，不会久留。"

近焰顿时觉得天塌了："不——"

樊池指了指远处的阿步和招财，说："白泽碎魄宿主已找到三个——九蘅、招财、阿步。尚有四片散落人间下落不明。万一有碎片宿于恶人身上赋予他超常之能，更是不妙。所以还是要尽力将它们找回。"

近焰恼道："你去找就好了呀。外面危险，小美人留在这里我保护她！"

樊池忽然犹豫了一下，看了九蘅一眼。若不把她带在身边，不知会有多孤单，但是近焰说得有道理……

却见九蘅冲近焰一笑："我虽不是完整白泽，但至少是白泽的一部分。世间妖物横行，白泽岂能畏首畏尾？"

琅天城所在的离山地势极高，此时站在城楼向峰下俯望，可以看到雷夏河山。世界如此壮阔迤逦，要她躲起来，她真的做不到？实际上九蘅已沉迷于冒险的生活不能自拔，内心深处暗暗燃烧。

近焰看向她的目光更加痴迷："我们小美人好帅……"

远处阿步正坐在高高的城墙垛上，望着西南方向的天际发呆，对身后转来转去盼着陪它玩耍的招财不理不睬——这孩子总是闷得很，不但对人疏冷，对猫也不亲近。

九蘅曾悄悄跟樊池说："阿步能听到声音，为什么不会说话呢？而且一丝声音也没听他发出过。我以前见过的哑巴至少能'啊啊'出声的。不知他是先天失声还是后天生病所致，能不能治好？"

樊池就特意让阿步张口，给他检查了一下，然后拍拍他的头："玩去吧。"阿步不在意地走远，找个地方安静地坐着去了。

九蘅着急地问："怎么样，能治吗？"

他把她拉到没人的地方，这才说："他的哑是后天所致，却不是生病。"

"那是什么原因？"

"是被灌了哑药，喉咙生生灼毁了。看咽中瘢痕，这事应该是发生在他很小的时候。这个情况就是黎存之来了也没办法的。"

九蘅心疼地吸气："为什么要这么残忍地对待一个小孩？！"

樊池微叹一声："我们见过残忍的事还少吗？"

九蘅无语，想到当年小小的阿步受的折磨，咬牙恨道："若有一天找到害他的人，我必将凶手千刀万剐。"

她为他人如此挂心，樊池难得没有吃醋，反而摸了摸她的头顶安慰。

此时阿步手中玩弄着一块洁白牌子，莹莹反光映进九蘅眼中，她一怔，摸了一下腰间，果然黑蛟腰牌不知何时被他摸了去。看他大大方方把玩的样子，不能说是偷，只是拿去玩耍。这家伙做小偷做惯了，手脚特别利落，探手取物旁人难以察觉，再加上他不会说话，时常这样静悄悄把别人东西拿走，不知何时又送回原处，九蘅也习惯了。

说起来，阿步大字不识，却精通奇阵机关，有过目不忘的惊人记忆力，还真是个谜一般的家伙呢。

之前九蘅和樊池已跟他说清楚了他隐形异能的来源，他一对灵光盈盈的眼睛眨啊眨，满是惊讶，但显然听懂了。

可当她说要他以后就跟他们一起为伴时，他的神情忽然疏离，竟是不愿意的样子。

九蘅微微讶异："你不愿跟我们一起吗？"

樊池当时就肃整神色道："你身有白泽碎魄极易被妖魔觊觎，若有人想夺你碎魄获取异能，唯有杀了你，你只有跟着我们才更安全。"若非如此，才不愿意带个碍手碍脚男孩子妨碍他和自家灵宠的独处……

然而他发了话之后，少年的神态更抗拒了，不但没点头，反而转身走了。

樊池额头火星一炸就想揪他回来讲道理，被九蘅拦住劝道："这孩子自由惯了，又是年少逆反，强迫不得，还是要慢慢跟他说。话说，你怎么一跟他讲话脸就变冷？你这样他会害怕的，你就不能温柔点，就像对我说话一样？"

樊池无辜地看着她："我不是一直这样说话吗？"

她无奈道："你自己照照镜子，这眼神、这语气，哪里一样啦！"

"有吗？"他一头雾水，完全想不透自己在他人和灵宠面前会自动切换冷、暖两种模式，而且根本无法控制。

之后九蘅确是找了阿步单独聊了的，不过阿步不会说话，只是她一个人在说。

"阿步啊，你有隐形的本事，若想离开谁也拦不住，可是我真的希望你能留下。"

阿步低着头，不看她一眼。

她又说："阿步，虽然我们没有血缘，但我们都是白泽碎魄宿主，也是一种缘分，我心里已把你当成弟弟。你知道吗，我曾经有个弟弟……"她这么说并非为了打感情牌，而是真的想起了仕良。

阿步性格中的疏冷就如受过伤害的小野兽，拒绝着任何人的靠近，让人莫名心疼。当她说出"弟弟"二字，他低着的眼睑似乎颤了一下。

阿步单眼皮，眼角线条利落，眼神凉薄。能看到他这样微微动容的样子，还真是不容易呢。

他忽然在颈间掏摸起来，摸出一个贴身佩戴的吊坠。看样子，像是一个用黑铁打成的坠子，通体漆黑，弯弯镰月的形状，一面光滑，一面阴刻了些细细符号。它弯曲的弧度、宽窄的比例，左弦右弓的角度，看上去有些眼熟。

她已经两次看到这种镰月形状了。分别是在百口仙和蜘蛛精青蠹临死前狰狞的眼中。

她猛地抬头盯着阿步的眼瞳，心中充满恐惧，很害怕下一刻他的瞳孔也会变成凶恶的形状。

幸好没有，他的眼瞳依然圆润清澈。

她的突然凝视让他习惯地避开目光。九蘅悄悄擦去冷汗，尽量平静地再问："这个坠子有什么特别的含义吗？"

阿步指了指镰月坠子，又指了指自己的心脏处。

她心惊肉跳地问："它就是你吗？"

阿步摇摇头，起身走了。

一个不会说话不会写字的少年，无法再跟她说得更清楚。

昨夜九薇心事重重地回到寝宫想要跟樊池说这件事，无奈他老人家睡得香甜，没来得及告诉他。现在在城楼之上，她拉着樊池悄悄把这奇异巧合告诉了他。

樊池第一次听她说起镰月的事，惊讶道："我怎么没看到过？"

九薇道："第一次你不在场。我抢了百口仙妖丹令它元神出窍时，它的黑眼珠部分突然变成黑色月牙一样。第二次是在蜃宫之中，青蜃变成鲛妖后，眼睛不像其他鲛妖那样是黑色全眼，瞳仁变形，像黑月又像镰刀。当时你在岸上我在水中，我离他近，所以看清了。原本我以为妖怪出些丑样子不稀奇，也没有因此把百口仙和青蜃联系起来，但阿步身上偏偏戴了这个形状的坠子，太过巧合，透着古怪。"

顿了一下又说："也可能是我想多了，毕竟这个形状太简单。"

樊池听得眉间锁起阴云，盯着远处少年道："是否是巧合，问清楚就知道了。"

"他不会说话，怎么问呀？"

"让他带我们去找镰月所指的事物，就能搞清楚了。"

九薇拊掌道："对啊！"

他脸上露出掩不住的骄傲，抬脚朝少年走过去。她跟在后面小声道："你温和一点，笑一笑，不要吓着他。"

然而少年已经被惊动了。他看到樊池突然走来，就算含着笑，也掩不住神族特有的迫人气势。阿步慌得变了脸色，身形忽然消失不见。

走过来的二人站住脚步。樊池对着空气说："喂，你出来。"

九薇赶忙也软声道："阿步，没事啦，就是想问问你那个坠子的事。"

没有回应。

她想着还是要解释得更清楚些："我曾见过临死的妖邪眼仁中出现镰月的形状，与你的坠子轮廓很像，不知其间是否有关联。据经验看，但凡生有这种眼瞳的妖必是凶妖。如果你说不清楚，就带我们去看看坠子的来处好了。"

"阿步？"

风刮过城垛，寂静无应。

他们都以为阿步只是一时害怕或赌气隐了身，过一阵自己就现身了。

直到第二天还不见阿步的身影，他们才意识到他大概已经离开琅天城了——带着从九蘅身上拿去的黑蛟腰牌。

图书在版编目（ＣＩＰ）数据

白泽寄生. 上册 / 方应鱼著. — 广州：广东旅游出版社，2023 . 1
ISBN 978-7-5570-2809-1

Ⅰ.①白… Ⅱ.①方… Ⅲ.①长篇小说 – 中国 – 当代 Ⅳ.①I247.5

中国版本图书馆CIP数据核字（2022）第118618号

出 版 人：刘志松
策划编辑：张潆允　周　维
责任编辑：龙鸿波
封面设计：刘　颖
封面插画：寂　阳
责任校对：李瑞苑
责任技编：冼志良

白泽寄生　　上册
BAIZE JISHENG SHANGCE

广东旅游出版社出版发行
（广东省广州市荔湾区沙面北街 71 号首、二层）
邮编：510130
电话：020-87347732（总编室）020-87348887（销售热线）
投稿邮箱：2026542779 @ qq.com
印刷：北京金特印刷有限责任公司
地址：北京市石景山区鲁谷路 74 号
开本：710 毫米 ×1000 毫米　16 开
字数：306 千字
印张：20.5
版次：2023 年 1 月第 1 版
印次：2023 年 1 月第 1 次
定价：78.00 元（全二册）

禅泽零生

下册

方应鱼 —— 著

广东旅游出版社
GUANGDONG TRAVEL & TOURISM PRESS
悦读书·悦旅行·悦享人生

中国·广州

目录

天裂，上古魔族眼瞳所化，以灵力启动，可将人送往过去，停留一炷香的时间。

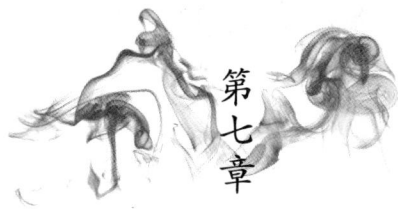

第七章

优昙篇

◇◇

燧蝥，闻妖香而醒，翅翼冒火，所过之处会引起火灾。它本非天地产物，而是西北沙漠中的巫师培育出的邪虫，专用来对付生香妖物。

偶然背后的必然

深秋凉风袭人。

樊池和九蘅离开琅天城已有二十日。确定阿步已悄悄离开琅天城后，他们把上路日期提前了。必须留守琅天城的近焰神君恋恋不舍地送别了她的小美人，眼泪汪汪，执手难分。忽然记起什么，开始动手脱她自己那套黑色细鳞护甲——护臂、护腿和护腰，道："这套黑麒麟甲兵刃不透，你戴上护身！"

九蘅连忙推辞："焰姐姐，我怎么能要你的心爱之物呢？"

"别动，乖！"近焰细心地帮她一件件戴在身上，"小美人你才是我的心爱之物好吗？"

樊池看着戴上护甲平添几分英气的九蘅微微一呆，沉默不语，难得没有反对这"私相授受"。

在近焰的一声声"我的小美人要有个闪失，我要你狗命"等威胁声中，樊池与九蘅总算离开了琅天城。

二人并肩走了一阵，九蘅戳了他一下："喂，蜜蜂精。"

"嗯？"樊池恍然回神。

"你不高兴了？"

"什么？"他茫然问。

她指了指自己腕上护甲："焰姐姐给我护甲，你不愿意的话，我可以取下来……"

这些日子三人相处，只觉得满天飞醋，她都不知道自己为什么那么吃香，凡人多的是，想弄个当灵宠就不能再去捉一个？一人一个不好吗？偏偏都看上了她，让她夹在二位神君中间左右为难!

樊池却"哦"了一声:"这个你戴着吧,是个护身的好宝物。"

不是因为护甲,那是为了什么?这人心里可是从来不藏事的,今天是怎么了?她凑到樊池面前看着他的眼睛问:"你有什么心事吗?"

他低眼看着她,身穿护甲的飒爽模样如此眼熟。还是听月寺泉水边的那个晚上,从时间那端赶来刺杀她自己的九蘅手执赤鱼,正是穿着这套黑麒麟护甲。

再一次隐约看到"命运"的脸,樊池忽然间有些害怕,尽管早就下定决心,不管未来发生什么都会帮她,但是,"命运"似乎一直在平静而冷酷地注视着无知向前的他们,他害怕自己会无力对抗命运,害怕到那一天自己也帮不了她。

"喂!"一双暖暖的手合在他的脸颊。他回过神来,看到她担忧的眼神。

她捧着他的脸问:"你是不是身体不舒服?"

樊池莞尔一笑,顺势往前一趴伏在她的肩上:"是不舒服,你背我走。"

他的笑容让她心头一松:"让招财背你啦!"

"不行,就你背……"

笑闹之间心中阴霾忽散,将来不论怎样,与她站在一起就是了。

他们此行是朝着西南方向走的,因为九蘅说阿步失踪前在望着西南方向发呆,似有牵挂。虽然可能是巧合,毕竟他只是发个呆而已,但本无方向,就且走去看看。

然而要想找到一个会隐身的人何其艰难,因此他们决定从打探"镰月"相关的消息入手,这个形状再三出现绝非偶然,又与阿步相关,必须查个清楚。

雷夏西南部气候湿热,植被茂密,村寨隐藏在深山之中,本就人烟稀少的寨子在鱼妇之灾后更显寂寥,往往走几天都看不到人。而一路上他们除了杀了许多鲛妖,并没有得到任何关于阿步或镰月的消息。

这一天二人乘着巨猫招财穿过深山,难得踏上一片平川,在天黑前抵达了一座城镇。城镇外围城墙高耸,城门紧闭,上书三个大字"仙人镇"。城门外一个守卫也没有,却有很多……鲛妖。

成片的鲛妖,大约有上千只,就像一群爬向镇子的虫,头部都朝向城门的方向，由疏到密，在城门下聚集成堆，一动不动。鲛妖堆里，还倒着一些长腿的人，男女老少数十个之多。

樊池眉头一皱，上前察看了一下，很快回到九蘅身边，摇摇头："人和鲛妖都已死了多日了，尸体都脱水干枯了。"

招财嗅了嗅死掉的鲛妖，厌恶地别开头——不新鲜了，不好吃。

九蘅走近些仔细看了看这些人的尸身。他们身边滚落着行李家当，脚上的鞋子都已磨穿，好像是逃难过来的，全部倒在城门口，有的身上插着羽箭倒毙半路，有的人保持着手摸在门上的姿势，仿佛死去的最后一刻都在拍门，乞求门能打开。而那些干枯的鲛妖身上也插着羽箭，可羽箭杀不死它们啊……

樊池分析给她听："这镇子离河流甚远，这些鲛妖应该是干死的。此事有些奇怪，按理说鲛妖即使跟着人追咬，也不会追到这么干旱的地方的。"

"那镇子里面为何没人给逃难的人开门？也被鲛妖占为死城了吗？"

城墙上的墙垛后忽然探出一个人的脑袋，衙役模样的，喝问道："什么人？"

樊池朗声答道："过路的，进去歇个脚。"

衙役的声音突然惊恐："那是什么？"

九蘅知道是招财吓到人家了，赶忙摸着它的脖子说："这是我们的坐骑，不伤人的。"

衙役道："等一下。"缩了回去，良久不见动静，大概是去向上司汇报了。

樊池转脸看了九蘅一眼。她连日疲惫，又看到城门前的惨状，脸色更不好了。他忽然手一抄将她横抱了起来，她惊叫道："你干什么？"

他足尖一点，已翩然飞起，径直越过了两丈高的城墙，轻飘飘落在另一侧。

九蘅呆了一下，才恼道："等一等不好吗？非要动用灵力，很伤身体的……"还想再唠叨两句，就见招财也跟着跃了进来，落在他们身边。

樊池看着前方挑了下眉："你看，多亏进来了吧。"

九蘅顺着他的目光看过去，城门内不远处站了一个头目模样的人，面前低头哈腰站着那个衙役，好像刚刚挨了训。

看到翻墙而入的二人，头目震惊地道："你们……你们是怎么进来的？！"

又仰头望了望巨猫，一脸难以置信的模样。

樊池冷冷反问："为何不令人开门？外面那些人也是因为想进来避难，被你们射杀在城门外的吧？"

头目暴怒，一声令下："哪里来的强匪？拿下！"

一队衙役闻令从旁上前，手持长矛围攻了上来。招财怒吼一声挡在二人前面，目露凶光，獠牙毕露，眼看要大开杀戒。

樊池喝了一声："招财退下！"

神族对兽类的威慑力令招财噤若寒蝉，虽不情愿，它还是收起爪牙后退，异色瞳却仍凶厉，喉咙里发出威胁的低吼。

樊池让它退下是不想造下杀孽，可衙役不领情，手中长矛并成一排，猛攻过来。

九蘅看这阵势，挣脱着想要下来帮忙，却被他往怀中又紧了紧，他冷声道："老实待着，不要碍手碍脚。"两手抱着她，轻盈腾挪，将齐齐刺过来的矛尖踏在脚下，借力跃到衙役们身后，长腿飞起。

片刻工夫，整队人就摔得横七竖八，倒在地上呻吟不止，而那个白衣的"入侵者"则气定神闲地把手中托着的女子放到地上，理了理因为动手而有些乱的衣襟。

头目又惊又怒，向后退去，大声喝令道："有敌入侵，警戒！"

四周响起弯弓绷起的声音。樊池与九蘅举目看去，只见城墙上站满弓箭手，有上百名之多，黑漆漆的箭锋齐齐对准他们。镇内街道上也响起密集的行军声，一队兵马涌来，将去路堵住。

樊池将九蘅挡在身后，神情依然镇定，扬了扬眉："重兵把守啊，那就比画比画吧。"

九蘅急忙拉他的衣服："他们人多势众，打得过吗？"

他冷哼一声："这点人算什么？官兵本该佑护弱民，他们却将难民射杀门外，我就该替天行刑，取了他们狗命。"眼底闪过嗜血杀意。

羽箭带着刺耳的破空声如雨袭来，樊池的一把无意剑脱手飞出，自行旋转出一层密不透风的屏障，将二人一兽护起，羽箭被屏障弹得到处乱飞，对方士兵猝不及防，四散而逃。

混乱中有人高声道："不知是何方神圣驾临，多有冒犯，还请手下留情！"

樊池收了无意剑，蓝色剑身隐入袖中不见。他的出招和收招都透着卓然仙气，令对方心中更感凛然。

九蘅则拉住了招财的缰绳，以防它暴起伤人。

发话的是一名身着官袍的中年男子，面皮枯瘦，一脸病容，颌下飘着三缕细须，像是个彬彬有礼的地方官，他客气地道："在下卢亿方，是这里的知县。这些日子到处闹妖精，不太平，守卫看到二位领了一头大黑虎，还以为是妖物来犯，紧张过度才行事鲁莽，冒犯二位了，还请见谅。"

樊池不为所动，森然道："门外的那些难民，难道也是因被误会为'妖物'才被射杀的吗？"

卢知县忙道："误会，误会。前几日有长着鱼尾的鲛妖潮水般追着那些难民过来。镇子里也住着许多百姓，我们不敢开城门啊，只能以弓箭射杀鲛妖，难免误伤了难民。奇怪的是难民死了，那些鲛妖却没死，最后还是干死在外面的。我们至今不敢开门，就怕再有鲛妖爬进来。"他这一口气说得久了，身子摇摇晃晃的，旁边衙役看到赶忙上前搀扶，他这才站稳。

樊池与九蘅对视一眼，感觉这个理由说得过去。环境残酷，为多数人放弃少数人虽然残忍，也是无奈的选择。脸色不由缓和下来。

卢知县见他们神情中没了敌意，也松了一口气，问道："不知二位是何方高人？"

樊池张口就想来一句惊世骇俗的"我是神仙"，被九蘅一掌拍在肩上拍了回去，她上前一步率先开口："我们是降妖师。"

他们此行的目的是寻找与镰月有关的妖，以降妖师的身份示人，方便说话行事。

卢知县听到这话，顿时惊喜交加，将二人恭敬地请到了他的府邸休息。

县衙内数进院落，厅堂轩敞，花木扶疏，翠竹依依。如此宁静的官宅，仿佛与镇外那个灾难滔天的世界是完全隔绝的。

卢知县问道："给二位预备两间客房还是……"

樊池抢先地接话道："一间就好。"

九蘅认命地翻了个白眼，没有提出抗议。

卢知县露出"原来是一对儿啊"的了然表情，吩咐下人准备客房，烧洗澡水，十分细心。

九蘅看他脚浮气虚、一脸疲态，还亲自过问这些，很过意不去："您贵体欠安，不用这么费心了。"

他摆了摆手："为保仙人镇百姓安危，在下日夜不休，累的罢了，习惯了。无论如何也得给二位接个风啊。"

九蘅没有推辞，招财更是不客气，直奔园中荷池，片刻间已叼了一条大锦鲤一口吞了。九蘅忙喝止："招财，不准抓人家养的鱼！"

卢知县忙说："没关系。家里也没有多少肉能喂这巨虎，它喜欢吃便吃吧。"然而免不了心疼锦鲤，胡须都哆嗦起来。

招待他们的晚饭虽不是很丰盛，也准备得有酒有肉。他抱歉地说："灾荒时期什么都短缺，委屈二位了。"

九蘅忙说："已经很丰盛了，其实简单一些就好，太费心了。"

樊池却盯着饭桌冒出不满的一句："没有甜的吗？"

九蘅虽觉得十分尴尬，还是对着面露惊讶的卢知县补了一句："抱歉啊，他只吃甜食……"

最终樊池还是如愿得到了一罐子牛皮糖。

丫鬟抱着糖罐子送过来的时候，门外突然跑进来个七八岁的男娃娃边哭边来抢，被随后追进来的奶娘一把抱了出去。

"还我的糖，还我的糖……"娃娃的号啕声逐渐远去。

卢知县道："在下教导无方，失礼了。"

九蘅尴尬得如坐针毡，简直不知该说什么好，樊池却吃得嘎嘣脆响、坦坦荡荡，完全不知羞耻。九蘅好一阵无语。

席间，卢知县对他们说："二位夜间要关好门窗，勿要出来走动。镇上虽没进来鲛妖，可是……唉，也正闹妖精呢。"

九蘅眼睛一亮："什么妖精？是不是一条拖着大尾的似鱼似蛇的东西？"

卢知县吓得一哆嗦："方姑娘说的是什么？听起来就吓人。我怎么知道妖物长什么样子呢，它神出鬼没，凡人若能看清它的真面目，也早已死了。"

九蘅有些失望，仔细想一下，仙人镇土地干旱，喜潮湿的鱼祖应该不会跑到这里来。于是安慰他道："我们就是降妖师嘛，怕什么妖精。"又看一眼专心嚼牛皮糖的樊池——这家伙也该吃个妖丹补补了。

卢知县面上一喜："我心中正在庆幸此事。两位降妖师能来到此地，必是上天眷顾。"特意站起来行了个大礼，"请两位高人为民除害，把那专掳女子的妖物收了吧。"

九蘅连忙请他坐下说话："专掳女子？是不是提灯妖？"

卢知县一脸茫然："提灯妖又是什么？我们这里闹的这个妖，每每趁夜出没，不知不觉就能把人掳走，镇上已有十几个妇人失踪了，弄得人心惶惶的。"

原来不是提灯妖啊。九蘅感慨道："这年头妖怪都喜欢捉女人吗？"

卢知县神色沉重地道："它捉的可不是一般的女人，而是怀了孕的女子。"

九蘅倒吸一口冷气，樊池的视线也暂时离开了罐子，有些震惊。

卢知县反抄着手，因恐惧和痛惜，背都佝偻了："据民间传言，那个恶妖贪食娇嫩的胎儿……"

"……"九蘅顿时觉得吃不下饭了。

"何人在门外探头探脑？有客人在，成何规矩！"卢知县斥道。

门边的人忙走出来，体态丰腴，腰腹隆起，是位有六七个月身孕的少妇。她手中捏着一个红缎香囊，行礼道："公爹，莫怪儿媳失礼，我是听说今天有女客，特意来送护身符的。"

卢知县的神色缓和了些，对樊池和九蘅说："二位莫见怪，这是我家儿媳。这妖怪闹的，镇子上的女人都吓破了胆，胡乱搞些花样，不过是心理安慰罢了。"

且不说有用没用，人家一片好意，哪能推辞？九蘅忙走过去接过香囊，道：

"多谢姐姐，姐姐有心了。"

少妇一脸羞怯，嘱咐道："妹妹一定要把香囊戴在身上，睡觉也要戴着。"

九蘅笑道："好。"

卢知县苦口婆心叮嘱儿媳："你要好好躲在屋里，不要出来走动，当心被妖物盯上。"

少妇赶忙答应着，告辞退下了。九蘅从小也没得过几件礼物，一个普通香囊就让她喜欢得很，拿在手里摸了一会儿，喜滋滋地系在腰上。

卢知县沉重地道："二位看到了，我家儿媳恰巧有身孕，全家人跟着担惊受怕，夜不能寐。"

樊池思索道："我来想个办法。"

饭后，他在县衙中大体转了一下，选中一个方位，手中现出无意剑，插入土中半尺。跟随的卢知县吓了一跳，看着蓝气流转的剑身惊叹连连："这是什么宝物？威风得很！"

樊池说："剑在这个方位，剑气能守控全局，若有人闯入县衙，我必察觉。"

卢知县拊掌惊叹："樊公子果然神通非凡！"

樊池叮嘱道："你要跟家里人嘱咐好，此剑认主，如若擅动，有性命之危。"卢知县忙吩咐了下去。

旁边的九蘅眼中闪了闪，凑到他面前小声问道："你是怕剑被人偷了才这么说的吧？"樊池一怔，有些困惑，她继续神神秘秘道，"不然在青屔洞时我还拿着它砍过鱼祖呢，怎么就没事呢？"

樊池不疾不徐地说："哦，我早就把你介绍给它了，让它认你了。"

"咦？什么时候？怎么认的？是跟赤鱼认主一样扎手指吗？我怎么不记得被扎过？"

"无意剑是从我意念中炼出的，不是以血认主，是凭我的意愿认主。我让它认谁，它就认谁。"

"……"九蘅彻底服气了。

离奇失踪的灵宠

卢知县给他们安排的这间客房十分宽敞豪华，有客厅、卧室、书房，还有净室。

九蘅坐在卧室窗前，穿着丫鬟送来的新衣，让夜间清爽的风把沐浴后的湿发吹干。

樊池从净室出来，散发着湿润的气息。走到九蘅的身后，朝外张望了一眼，问："招财呢？"

"拴到后花园了。"

"为何拴那么远？"

"它在这里妖物不敢来啊。"

樊池顿时面露狐疑，一把将她拉了起来，露出她圆鼓鼓的腰腹，不由惊呆了："你这是……"

"嘘……"她急忙示意他小声，"我装成孕妇，引那妖物来……"

樊池果断把手伸进她的衣衫中，将伪装成孕妇肚子的一团衣物薅了出来，怒道："谁准你把自己当诱饵的！"

九蘅看他真生气了，缩了一下脖子，哼唧道："怕什么，它来了不是还有你吗？我们正好把它捉住……"

"不许再这样！"

"好。"她见势不妙，赶紧妥协，把还未说出口的话生生咽了下去。

他没好气地把窗户关上："上床睡觉！"

"我头发还没干呢。"她抗议道。

"我帮你擦。"将她拉到床沿坐下，手中拿了一块手巾，裹着她的湿发轻轻地揉搓。

九蘅舒适地闭上了眼睛。

樊池的手指隔着手巾揉得九蘅头皮甚是舒适，她精神放松下来，身体也跟着放松了，连日来的疲倦袭来，恍惚间竟靠在他的身上睡着了。

他低头看她一眼，嘴角蓄起温暖的笑，扶着她躺在枕头上，盖上薄被，自己也轻手轻脚上了床，低头看着睡着的少女良久，低声自语道："怨不得上界禁养凡人做灵宠，原来是会……上瘾的啊……"

倒头躺下，在自己那一边辗转反侧难以入眠，忽然"哼"了一声："我在家时不也时常抱着白虎睡觉？怕什么！"

樊池朝她那边凑过去。隔着被子，手小心翼翼地搭到她身上，合上眼睛。

啊……更睡不着了呢，都深秋时节了为何天气还这么热！

他烦躁地起床，没好气地把窗户推开。突然有一声惨叫远远传来，铮铮剑鸣声传入耳中，他神色一凛。

无意剑有动静了！

他不放心地回头看了一眼熟睡的九蘅，转身轻轻跃出窗口，在空气中拂了一下手，门窗外弹起一层发着光晕的透明护罩。

有异动的地方不是别处，正是无意剑插入地上的位置。短短路程他心中已然浮起迷惑：若是有人或妖从外面闯入，应触动县衙边缘的防护，怎么会直接撼动剑身？

待跑到剑前时，只见无意剑还竖在原地，满地鲜血横流，一个衙役模样的男子倒落剑侧。这个人从左肩到右腰斜斜断裂，两截尸身断口异常整齐。

这时卢知县披着外衣被人搀扶着匆匆走来，远远地开口："刚刚是有人喊叫吧？出什么事了？"

待走近一些，看清现场惨状，吓得险些背过气去，问樊池："樊公子，这是怎么回事？"

樊池说："我也是刚过来。"

卢知县仔细查看了现场，捋须道："以我多年断案经验，这应是偷盗未遂，反累性命。这衙役必是见宝剑插在这里无人看管，起了贪念，想偷了去，被宝剑神通所斩。"

樊池看了一眼地上残尸，叹道："既如此危险，我还是把剑收了吧。"手朝无意剑一伸，没入土中的半截剑身自动拔出，飞进他的手中。

卢知县拱手道："是在下管教无方，手下人做出这等没出息的事，实在惭愧。在下警告过他们神器不可触碰，偏偏人心贪婪，铤而走险。"

樊池忽然微微扬了扬头，嗅了嗅抚过鼻翼的风，夜风中忽然带来某种花香，浓郁得似要将人托起，与地上散发的血腥气混合着，更熏得人一阵困倦。便问道："是院里有什么花盛开吗？"

卢知县摇头："这个季节没有什么晚上开的花啊……哎……头为什么忽然这么晕……"说话间摇摇晃晃倒在了地上，而身边扶着他的那个侍从居然也跟着倒下了。

樊池神色一变："不好。"提着剑离地飞起，踩着风赶回住处。

门上防御护罩仍在，而门却是敞开着的。冲进屋内，床上已没有人。

屋中飘荡着那种醉人的花香。四处张望一下，目光扫过床头，突然凝住。

雕花的檀木床头上，有一朵拳头大小的白色花苞。那花苞半开半拢，花瓣洁白如玉，花蕊金黄，隔了这么远，都能闻到幽幽香气。

花儿极美，可是附在床头的姿态有些怪异。它无依无凭悬在那里，似是挂上去或粘上去的。

樊池走近观察了一下。花朵无枝无叶，仅有半寸长的花柄，怎么好像是从床头的檀木上长出来的？

这床头的木料经过了制作、雕刻和上漆，明明已是死木头，怎么可能开花呢？他伸指将这朵花掐了下来，凑近脸前想看得仔细一点，意识却一阵模糊；将花举得远些，闭眼凝起神识，意识迅速恢复了清明。

九蘅——九蘅去哪儿了？焦灼的火掠过心头，已然喊出她的名字。

没有回应，整个县衙里外找遍了都没有她的踪影。

卢知县清晨时候才醒过来，实际上整个县衙里的人昨夜都被花香所醉。卢知县踏进樊池住的院子，急切地问："听说方姑娘失踪了……"

樊池手中捏着那朵白花，丢在卢知县面前，声线冰冷："这是什么？"

卢知县捡起花来，只觉香气沁人，迷惑道："小人不知……"话未说完，目光忽然涣散，整个人变得呆滞。

樊池盯着他，低声道："向前五步。"卢知县脚步迟缓地向前迈了五步。樊池又说，"退后三步。"卢知县依言又面无表情地后退三步站定，显然已经失了神志。

樊池的眼瞳漆黑暗沉，袖子一挥，卢知县只觉得寒风扑面，顿时清醒了许多，捏着花儿颤巍巍站着，一时间脑中一片空白，不知道刚才发生了什么。他低头看了一眼那花，突然手一抖，将花丢在地上，退后两步，恐惧地说："这莫非就是……他们说的迷魂花？"

樊池眼一眯："你怎么又知道了？"

卢知县说："镇子上有孕妇失踪的人家来报案时，说过失踪孕妇住处的木制家具上会长出妖花，能迷人神志，因此都叫它'迷魂花'。"

"昨天你为何不说？"

卢知县见他生疑，苦脸行礼道："昨天二位路途辛劳，哪里敢拉着二位多说，本想着今天跟你们细细分析过往的失踪案，没想到这一晚的工夫就出事了。不过……"他犹豫地打量着樊池的脸色，"那妖物只掳孕妇，方姑娘莫不是……"

樊池懊恼地按住了额。

卢知县自觉失言，忙说："在下胡乱说话，该死该死！这妖怪一定是抓错人了。"九薇的发式和衣着都是姑娘打扮，就算是有了身孕，那也是提不得、说不得的。

樊池没有吭声，思索着难道是在他睡着之后，她又自作主张往衣服里塞东西了？他仰天长出一口气，道："等把她找回来，必先打一顿。"

卢知县冷汗涔涔：居然要对孕妇动手？这樊公子凶得很啊。

樊池捡起地上白花。远嗅催眠，近嗅失魂，所以才被人们称为"迷魂花"吧。人近嗅此花，就会无条件听人号令，这就解释了门有封锁，九薇是如何从屋中出去的。九薇身有白泽碎魄，他的结果她可以自由通行，所以九薇是自己走出去的。

他脸上的质疑之色泯去，冷脸拈花道："这迷魂花有个正经名字，叫作'优昙婆罗'。"

卢知县面露惊讶："那不是传说中的'佛界圣花'吗？"

"原是有仙草之质，但若它吸食婴胎用以修炼，必已成妖成魔。昨天晚上被无意剑剖成两半的那个衙役，多半也是花妖为了引我离开故意为之。除了这花儿，你对那妖物还知道些什么？"

"镇上人们传说那妖物住在镇东三十里的山林中。出了失踪案之后，我也曾派人去探查，也不知是在路上被鲛妖咬死了，还是被妖物害了，总之一个都没回来。唉……"

樊池脸色阴沉，唤了一声："招财。"

呼的一声，漆黑巨兽越过房顶直接落到了院中，吓得卢知县连连后退，按着心口惊呼："好吓人的黑虎！"

招财看了看樊池，直接绕过他钻进屋里转了一圈，出来时瞪着他，一脸震惊：我的女主人呢？

樊池对它说："她被妖物掳去了。"

招财颈毛耸起，愤怒地嗷鸣了一声，意思再明白不过：我把她交给你，你把她弄丢了？

樊池自知理亏，道："我们这就去找她。"招财烦躁地转圈挠地，着急去找女主人。

卢知县连忙说："我派些功夫好的衙役跟你去。"

樊池道："不用，他们跟不上。"说罢骑上猫背。

招财耐不得走寻常路，弓腿再弹起，一跃上了屋顶，从一座房跳到另一座房，几跃便出了县衙围墙，不见了踪影。

卢知县仰头看得目瞪口呆："这……是虎吗？"

院门口走进一个面皮白净的三十多岁男子："父亲，这个人的确不寻常，如果他发现……"来人是卢知县的长子卢大少爷。

卢知县脸上的谦卑神色消失，面上如覆霾气，阴阴一笑："他能发现什么？他此去是自寻死路，不但他回不来，方姑娘也回不来，优昙婆罗更不会再来了。"

卢少爷说："父亲说的是。"

"宝椟怎么样了？"

"胎气甚稳，再有一个月就到日子了。"

卢知县点头："好得很，好得很。"突然一阵咳嗽，摇摇欲坠。

卢少爷忙扶住他："父亲身体怎么样？"

卢知县缓一口气，摆摆手："再撑一个月没问题，一定能等到花种。"

卢少爷的眼中闪过锐光："到那时候，父亲的病不但能好，还可成仙，我们就不用再惧怕到处横行的鲛妖，也不必被困死在这镇子里了。"

门口忽然传来女子的话声："夫君！"一个丫鬟搀着大肚子的卢少奶奶走了进来，卢少爷赶紧迎上去，责怪道，"你怎么出来了？不是让你藏好的吗？"

"待在屋里闷死我了，我心口憋得慌。花妖不会在白天来，我出来透个气怕什么？"大少奶奶扶着腰，望了眼房门，"我听下人们说那个女客被当成我让妖物掳走了？"

卢少爷瞪她一眼："说话要小心些！万一优昙婆罗发觉掳错人，去而复返怎么办？"

卢少奶奶笑道："不会的，那花妖妖术虽强，头脑却蠢，除了认得他自己的女人，哪分得清谁是谁？只知道挨家挨户地找，我们家已经找过了，这一劫应算是躲过去了。"

卢知县道："还是小心为上，若那姓樊的回来，切记把戏演足演好。"

卢少奶奶顺从应道："是。"温和的笑容掩住了眼底不寻常的冷。

飘逸如仙的花妖

九蘅像是飘浮在香气馥郁的风中，沉沉浮浮，四肢百骸舒适无比。从甜睡中醒来，入眼一片洁白。

咦？她不是睡在仙人镇卢知县安排的客房里吗？

她意识到不对，试图坐起，又软软倒了回去，身上筋骨仿佛被抽了去，浑身无力。不过这种无力并不难受，就像久睡后身上放松的舒软。眼睛却是可以视物的，她看到的白色原来是一棵巨树从枝梢到树干挤挤挨挨开着的洁白花苞，连她身下垫着的柔软的也是一层花朵。

忽有一个身影映入眼帘，是一个年轻公子，白衣缥缈，乌发齐腰，眉眼含情，整个人像从一幅淡远的水墨画里走出来的一样。他手中端了一杯茶坐到她身边的花垫上，道："来，喝了茶就好了。"

九蘅警惕地盯着他，近距离可以看到他的瞳仁与常人不同，是碧绿色泽。颜色虽怪异，眸光却格外温和。

他无奈地道："这茶中无毒。抱歉把你强行带到这里来。我若想害你，早就害了。你现在身上无力，是被我的花香所迷，喝了解药身上就有力气了。"

她虽然有千般的信不过，但转念一想，她身有灵慧，一般毒药对她无效。

她张开口，男子把茶水顺到她的嘴里，还细心地替她擦了擦嘴角。她只觉得一股清凉顺喉而下，如清泉浸透四肢经脉，很快身上就有了力气，慢慢坐了起来。

男子见她只穿着就寝时的衣裙，伸指拈起一片白色花瓣在半空一抖，化作一件白纱衣，替她披在身上。

她不动声色暗暗蓄力，突然反手抽出发髻上别着的小小赤鱼，手腕一转迎风变大，冲着男子刺了过去。他显然没料到她突然暴起，危急间只能后退，她手中刺尖却一直跟随，直到他后背撞到巨树上，刺尖将他钉在了树干上。

男子脸色苍白，却没有呼痛，也没有流血。九蘅的赤鱼仅是穿透他肩部的衣裳，并没有伤他。情况不明，善恶未定，她不想误伤好人，开口质问道："你是什么人？"

他眼中的惊慌滤去，没有回答她的问题，先是关切地说："你有身孕，不宜动武，当心些。"

身孕？

九蘅不由一怔，甚至低头看了一眼自己的肚子。啊呸，有必要看吗？她一个清清白白的少女哪来的身孕？恼火地抬头想骂这人胡说八道，却见他也在吃惊地盯着她纤细的腰腹，迷惑地说："你……你没有身孕吗？"

她忽然记起了前因后果，刚刚被那花香迷得头脑都糊涂了。看来，这个俊美公子就是掳走孕妇的那个妖物。

不过，睡觉前樊池把她的伪装扯出去了，他怎么还是把她认作孕妇捉来了呢？但将错就错，甚好，于是道："我是有身孕了，月份小，看不出来。"

"是吗？"花妖的脸上飘过茫然，"我前天去踩点，在那个屋子里看到你时，好像……很看得出来……"

"你前天去踩过点？"

"是啊。花开人匿是我的规矩。头一天开一朵花作为警示，他们有一天时间将妇人藏起来。次夜若被我找到，就会捉走了。仙人镇上的人都知道的。前天夜里你没有看到椅背上开出的那朵花吗？"

"哦，看到了。"她一边应和着答道，一边在脑中飞速地旋转着，分析着他的只言片语。前一天夜里，这个妖物在椅子上开了朵什么花，作为警示，要来抓人了。昨夜她就被抓来了这里。

但是，前一夜她还没到仙人镇呢。

这期间出了什么差错？是这看上去有点呆、会开花的妖抓错了人，还是另有玄机？

花妖怯怯地看一眼颈侧的赤鱼，道："能放开我吗？"见九蘅有些犹豫，又弱弱开口，"我打不过你的。"

九蘅不由得乐了，抽回赤鱼。花妖站直身子，察看了一下衣服上的破口，叹道："啊，我的花瓣破了。"

九蘅抬头看了看巨树上漫漫白花，明白了："你是花妖啊。"

他没有因为被揭穿真身而恼怒，而是和气地答道："在下是修炼成精的优昙婆罗，你叫我'优昙'就好。"

这花名好熟悉，她在书上看过。尽管花妖看上去文质彬彬，但妖性难测，绝不能大意。于是质问道："传说中优昙婆罗盛开，就会有佛陀转世。本是种吉祥的好花，你怎么就走上邪路，做这种杀孕妇、食胎儿的恶事？"

优昙苦笑起来，摇头道："我没有做这种事，这是镇子上的人乱猜的。也难怪，孕妇失踪，他们如何不怕？"

九蘅诧异道："你没有做？那、那些孕妇到哪里去了？"

优昙指了指树林深处："全软禁在那里，你随我来看。"他极自然地朝她伸出手，"林中路不平，我扶你走吧，你月份尚小，不要闪到了。"

"'月份'……"她茫然了一下，才反应过来是"怀孕月份小"的意思。这花妖这么好骗？！

看着他骨骼匀称的手指，她心中忽然冒出个不着调的念头：如果樊池在这里，定会要打断他的手。

想着不禁打了个寒战，她赶紧把手缩回来，道："没关系。"

优昙也没坚持，走在前面引着她往林深处走去。一路上是望不到边的白色花树，柔软的花瓣纷纷飘落，空气中香气沉沉浮浮。优昙白衣飘飘，脚步轻盈，仿佛一个转身就能听到渐次花开的声音，怎么看都不像妖怪，倒更像仙者。

走了一阵，看到数座茅屋，几个妇人坐在屋前悠闲地说着话，有的大腹便便，有的怀抱襁褓。看到他们过来，她们站起来，目光齐齐落在九蘅的脸上，神情有些兴奋又有些期待，七嘴八舌地问道："优昙，是她吗？"

优昙神色一黯，道："不是。"

妇人们也露出失望的神情，安慰他说："没事的，接着找，一定能找到的。"

优昙强笑道："嗯，我一定要找到她。"然后又指着九蘅介绍道，"这位是卢少奶奶。"

九蘅听到这个称呼，不由得一愣：看来是把她误认为卢知县家怀孕的大少奶奶抓来了。

几位孕妇友好地跟她打招呼："妹妹身腰纤细，月份还小吧？"

"妹妹渴了吗？这里有茶。"

这是什么情况？她们不是被花妖掳来的吗？怎么在此住得蛮开心的样子？

有个脸上浮着浅浅孕斑的少妇笑着说："卢少奶奶别害怕，初到这里时我们也惶恐得很。反正优昙不会害我们就是了，镇子上二十多个孕妇都住在这里，一个不少。有的在这里生了，也好好地坐着月子呢。你坐下，我来给你说说是怎么回事。"

她被拉过去坐下，回头看了一眼优昙。他正低垂着眼睑转过身去，一身落寞，纤薄的身影仿佛要消散在漫天漫地的白花中。

卢少奶奶低头思索着什么，扶着丫鬟的手往园林走，转过一道弯曲花径，抬头看到一个白袍男子抱臂站在窄窄石子路上，吓了一跳，捂心口问道："天哪，是谁？"樊池目光沉沉地看着她，没有说话。

她认出来这是那个降妖师。这个人不是去寻找被掳走的女客了吗，怎么会出现在这里？

实际上樊池去而折返了。他让招财候在县衙外，自己又悄悄回来，藏在"客房"墙外，恰巧听到了卢少奶奶走进院子，与卢知县和卢少爷之间的对话。

昨晚九蘅落单失踪，是因为他离开"客房"查看无意剑的异状，被妖物有机可乘。而引他离开的，是一个企图偷盗宝剑未遂反被斩成两半的衙役。

看似事出偶然，合情合理，但一细想，有数个疑点。

无意剑虽厉害，但绝不凶邪，对于觊觎者绝不至于杀人。如果是不小心绊倒撞在剑锋上的，那实在是蠢得可怜。如果他不是无意绊倒，而是被人推向剑锋的呢？那么推他之人的目的正是触动剑气，引樊池离开住处。

如果这个设想成立，那么推杀衙役的人是谁呢？是那个妖物吗？

不可能。樊池对无意剑的警戒能力很自信，若妖物从外面闯入，刚踏入县衙他就会察觉，根本没有机会走到剑旁。

那么，推杀衙役的凶手，就在县衙内。

妖物是在他收了剑阵之后潜进来的。是调虎离山加里应外合之计吗？县衙内竟有妖物的内应？

除此之外，还有最重要的一点。妖物为什么要掳九蘅？她腰上塞的衣物都被他抽走了。

或许，有人故意引导妖物把九蘅认作孕妇。

据他所知，县衙中原有一个孕妇，便是现在站在他面前有些惊慌的卢少奶奶。

"卢少奶奶？"他音调沉沉地开口。

卢少奶奶强自镇定，做出不悦的神气："客人知书达礼，当知道女眷不便与客人说话的礼数，还请让一下。"

樊池可不是知书达礼的人，礼数在他眼里算个鬼。他并没有让路，更加咄咄逼人："昨晚我与方姑娘占了您和卢少爷的屋子，真是抱歉啊。"

卢少奶奶的神色更慌张了："你、你说什么呢？那不是我的屋子。"也顾不得让他让路了，转身就往回走。

樊池哂笑道："你行动不便，不用跑去给卢知县通风报信了，我自己去。"

卢少奶奶只觉一阵冷风从头顶掠过，客人已不见了踪影。

她捏着绢跺了下脚："糟了……"

卢知县正跟卢少爷一起往回走，突然似有一阵狂风袭来，飞沙走石，寒意刺骨！二人拿袖子遮住脸，卢少爷说了一句："怎么突然刮这么大的风……"话未说完，就发现身边的父亲没了，忽然他听到一阵惨呼，四下张望着寻找，终于看清父亲的所在，骇得腿软倒地。

卢知县倚着离他十步远的一棵大树站着，却已无法移动分毫。

他被无意剑穿透左肩，钉在了树干上，血淋透半边身子，稀疏的胡须颤抖着，张着口痛呼不止。

卢少爷爬行到父亲脚边，呼道："父亲！父亲……"伸手想拔剑，身后传来森森话音，"手不要了？"

他的动作停住了，战战兢兢回头，看到樊池站在那里，一身凛冽霜气。卢少爷站起来，强撑起气场，指着樊池道："樊公子，你这是干什么？方姑娘被妖物掳走又不是我们的错，我们好心好意招待你们，你为何恩将仇报？"

樊池面无表情，直接问道："那个被这把剑剖成两半的衙役，是你推的，还是你父亲推的？"

卢少爷料不到他突然有此一问，顿时慌了，结结巴巴道："不……不是我。"樊池露出不耐烦的神情："卢知县病体虚弱，多半是你推的。反正是有人推的，不是他自己撞上去的就是了。现在我没空追究凶手，我现在只想知道……"

他身形如魅影般一闪到了两人面前，手搭上无意剑柄，瞳中如燃地狱业火，盯着卢知县惨白的老脸，森然道："我只想知道还有什么我没猜到的，一并说出来，我让你们死个痛快。"

被钉在树上的卢知县和旁边的卢公子均感受到了绝路的恐慌。

忽然一阵脚步声，卢少奶奶挺着肚子小跑过来，看到这情形，吓得大哭，跪倒在地哭道："樊公子饶命！求你不要杀我公爹和夫君，他们死了，我与腹中孩儿也必死无疑了！"

樊池冷冷睨她一眼："你们将九蘅推去妖物手中，我为何不能把你们送上死路？"

她哆嗦着哭道："我们为了一己私心，设计让你们住进我的住处，让方姑娘替我顶灾。我们错了，我们知道错了！"

樊池喝道："除此之外还有什么？"

"没有了。我们只是为了保住我腹中孩儿，我们知道错了。父亲和夫君是为了我才犯下如此罪过的，全怪我。你不要杀他们，杀我吧，我本就是该让妖物杀了的，该死的是我……"说到这里，她一口气上不来，眼珠一翻晕倒在地。

樊池眼眶充血，握着剑柄的手微微颤抖，恨不能就势将这一老一少无耻之徒斩杀，但那个倒地的孕妇又让他下不了手。

最终一咬牙，他将剑从卢知县肩上抽出，转身离开。

卢知县倒在地上，肩部伤口冒出汩汩鲜血。卢少爷又惊又怕地哭泣道："父亲怎么样了？"

卢知县抬起头来，脸上冒着冷汗，咬牙低声道："瞧你这点出息。多学学你老婆！幸亏她用苦肉计，我们才蒙混过关，躲过一劫。"

卢少爷呆呆地问："什么？"

卢知县恨铁不成钢地斥道："蠢货！快去看看你老婆有没有事！"

卢少爷讷讷地应了一声，忙跑过去揽卢少奶奶，一扶之下，才发现她非但没有晕迷，神色还很平静。他更蒙了。

她扶着他的手慢慢站起来，走到卢知县面前，道："公爹，这个人是先找我对质的，我刚刚说的，他早已猜到。没猜到的，我也没说。"

卢知县朝她点点头："辛苦你了。"望了望樊池消失的方向，眼中闪着狠毒，"优昙花林有七里之深，他就算是到了那里，也难以寻到花妖所在。但愿时机赶巧，方姑娘随身带去的燧蜚能燃起来，把他们一同烧成灰烬！"

要嫁给妖的姑娘

七八个直立行走的毛茸茸的小家伙手中托着托盘，跟着优昙走过来。正在给九蘅说话的孕妇们笑道："小妖精们又来送饭了。"

九蘅好奇地看过去，见那些小家伙长得非常怪异又各不相同——它们如小孩子一般高，身上穿着人的衣服，脑袋却是兽类，有兔子头的，有狐狸头的，还有獾头的，裤腿里露出短短的兽脚，走得摇摇晃晃，怪虽怪，倒还蛮可爱的。

饭桌上妇人们谈笑融融，怎么看都不像是被扣押的人质。

九蘅对优昙说："能借一步说话吗？"

优昙领她走到一处地泉边的石桌前坐下，一只小狐狸精舀起泉水煮了茶端过来，身后还拖着火色大尾。九蘅看着稀奇，忍不住伸手摸了摸它的头，道："这种半成人形的小妖，不知有没有修成妖丹？"小狐精一听吓了一跳，耳朵都瘪了。

优昙忙安慰狐精："不要怕，姐姐跟你开玩笑的。"

它胆怯地瞅了九蘅一眼，蹦着就跑了。

优昙和气地提醒九蘅："妖精都很在意自己的内丹，问不得的。"

"抱歉啊。"她当然知道问不得，这不是没忍住嘛，"对了，这里怎么这么多小妖？"

优昙解释道："这些小家伙本是住在花林中的野兽，最近不知为何修炼突飞猛进，只是道行尚浅，人形未成，妖丹也未成形。"

好，那她不惦记了。不过最近野兽们之所以突然成精，多半是因为镇灵白泽散魄，再加上这片花林灵气充沛，才会成此异事。

九蘅说："她们跟我说了宝椟的事。只是我还没弄明白事情最初是怎样发生的。"

优昙倒茶的手顿了一下，失神了片刻，才把杯中茶徐徐续满："是的，我做这样的恶事，都是为了逼迫他们把宝椟还我。"轻声一叹散入风中。

优昙婆罗在深山中落地生根已有数百年，像大多数精灵一样，他不记得自己是如何来到这世上的。初次有意识时，他只是一株灵气盎然的花树。采药人偶然间发现了这棵能迷人心智的花树，并很快找到了它的弱点。

优昙婆罗花夜间开放，白天拢起，拢起时花瓣封住花香，也就不能迷惑人了。所以采药人就在白天靠近，将它的花头尽数摘去，晒干了当药材高价贩卖。

为了保护自己，他将自己的领地发展成七里花林，周遭结起迷雾阵，擅自闯入的摘花者会迷失在雾气中，即使身上只带一朵也走不出去，唯有把花抛下才能离开。

不过花朵的确是有药效，家中有病人来求花的，只要诚心祷告，他就允许带些花走出去。

九蘅插言问道："那你怎么知道那人的祷告是真是假？"

优昙睁一双纯洁的眼睛答道："他说得那般悲伤，定然是真话。"

九蘅心想：这小花妖还真是好骗，昔日应该是被药贩子骗去了不少花朵。算了，还是别说破伤他的心了。

优昙接着说："后来我修成了人形，不过活动范围仅限于七里花林，不能离开。有一次不小心被进林求花的人看到了，那个人出去后当成奇事讲，不知怎的以讹传讹，竟不断有人拿着凶器想来杀我。"

"为什么要杀你？"

"他们传言说我的内丹能让人重塑骨肉，获得新生，所以想杀我夺我妖丹。"

九蘅顿时不吭声了，有种心思被揭穿的感觉。但是她也仅是眼馋一下，绝不会为取妖丹杀死一只好妖。

心思单纯的优昙没有察觉她的尴尬，接着道："那些人只说杀我，可是猜不到我就是林、林就是我，我是这七里花林化成的人形，能出现和消失在林子的任一角落，他们在林中跑断腿，也抓不住我的。这些恶人十分讨厌，从那以后我就更不愿让人进林了。"

九蘅忍不住道："'林就是你、你就是林'这种机密之事，你怎么能随意说与我呢？若我有恶意，或许可以参破害你的办法。"

优昙无辜地眨眨眼："卢少奶奶一看就是心地良善之人，我信得过。"

九蘅长叹一声。这样一只毫无心机的妖，在人心诡诈的人间能存活这么久也是奇迹了。

优昙瞳色忽然深了下去，脸上浮起微笑："有一天……她闯入重重迷障，进到林中。"

"谁？"

"宝棪。"提到这个名字，他的神色无比温柔，"她穿了一身红裙，很美。初时我以为是家人生病所以闯林求花，便悄悄将花朵扔在她身上，让她带花离开……"

九蘅默默看着他如玉雕一般的脸——人们纷纷想要他的命，他却仍怜悯世人。他到底是妖还是佛啊？

"可是她不肯离开，拿着花苞站在那里对着虚空说："我叫宝棪，不是来求花的，我是来嫁给你的。'"

红衣少女笑盈盈站在洁白花海中，如一朵怒放红莲。她说："听闻花仙丰神毓秀，俊逸非凡，未谋面已然倾心，非他不嫁。"

隐身在树后的优昙涨红了脸，当即害羞得转身跑掉了。

宝棪在花林里转来转去找他，晚上花一开，就被香气熏得醉昏在地。

他悄悄走到睡着的少女身边，帮她盖上衣裳，守了一夜，天亮时不小心睡着了。醒来的时候，发现少女抓住了他。

这一次他没有跑，他不想跑了。

拉着他手的少女看着他，被他的风姿容貌惊艳，竟久久说不出话来，终于能发声时，说的第一句话竟然不是"我喜欢你"之类的，而是"哪里有活水的泉眼？"

优昙以为她连日劳累想要梳洗一下，便领她到了泉边。

优昙指了指石桌边的那汪地泉给九蘅看，水中间有个汩汩的泉眼不住涌动：

"就是这个泉眼。宝棣来到泉边并没有梳洗，而是急忙地解下腰间的一个香囊，一把丢进了水中。"

九蔺惊讶道："为什么把香囊丢进水里？"

优昙漫不经心道："我没有问，她想丢哪里便丢哪里吧，她开心就好。"他的脸上飞起旖旎粉色，"那一天，我们就成亲了。自我有生命以来，与宝棣在一起的几个月是我最幸福的时候。而且……"

他羞涩地低下眼睑："她有身孕了。我以为我们会在花林中永生永世生活下去，可是有一天……"他的眼中哀伤弥漫，"她不见了，找遍花林都找不到她。我甚至发现那个曾被她丢在泉中的香囊也不见了，连那个她都带走了。"

优昙的神情透着深深失落："我想去找她，可是那时我的灵力仅限于花林，人身尚没有能力远离。我只能日日夜夜在林中徘徊，想不通她为什么来，又为什么走，心中满是绝望。可是有一天晚上，突然觉得身体格外轻盈，灵力较以往增强数倍。我尝试着离开花林，竟然真的走出去了。我也想不清楚为什么会这样，好像束在脚上的无形锁链被解开了一样。那不重要，重要的是我终于可以去找她了。"

优昙当晚就离开了花林，看到世间鲛妖横行，更加忧心宝棣安危。他的目的地是仙人镇，宝棣提过她是仙人镇人氏。镇子离花林三十里，虽是不近，但他有独特又迅捷的行路方式——不是驭云，不是驾风，而是以木移形。只要有木头的地方他就能以花开花隐的方式瞬移过去。就这样他很快找到了仙人镇。

为了阻拦鲛妖，城门紧关。不过木制城门对他来说不是阻碍，而是坦途。白花一开一隐，倏忽不见。

鲛妖虽被挡在镇外，但难免人心惶惶，天黑后百姓更是关门闭户。优昙站在空荡荡的街道上，不知道该去哪里找宝棣。于是他催动灵力——街道上的树木、门窗，以及居民屋内的房梁、桌椅、橱柜，仙人镇的所有木质物突然绽开一片片白花，如潮水般蔓延。

人们不清楚发生了什么异事，先是惊讶，继而恐慌，纷纷从屋里跑到街上。

如果他一直这样以自身化为的白花搜遍仙人镇，或许能把宝棣找出来，但是天微微亮了，一缕曙光落在花上，绽开的雪瓣迅速拢起，他的神识感受到如烧灼般的痛楚。

以他的修为，只能在夜间离开花林，太阳出来之前必须赶回花林。他不甘心就此离去，又坚持了一会儿，只觉神魂将散，只好收了灵力，借木移形。堪堪回到花林时，元气已然受损。

但他并没有停歇，连续几天暮出早归，每天搜索一片区域，不把宝楱找出来绝不罢休。

镇上的人都知道闹花妖了，一时间议论纷纷，甚至有人想捕捉他。但白花在木上瞬间就能一开一隐，岂是那么容易的？

有一天搜到某户人家，在他家的房梁上绽开时，偶然听到屋中人提到了"宝楱"二字。他精神一凛，凝神静听。

喝茶的两个人在聊着天。

甲："你知道最近为何闹花妖吗？是因为花妖在找那个潜入妖林的宝楱。"

乙："宝楱不是去取花妖妖丹的吗？她是因为这事才被花妖追杀的？"

甲："她没有取到妖丹。"

乙："啧，这么说是失手了。"

甲呵呵一笑："若说失手，也不完全是。宝楱这一趟可没白去，大有收获呢。"

乙："怎么讲？"

甲："她怀了花妖的妖胎。"

梁上白花簌簌一阵颤抖，底下的人却没有察觉，继续八卦得起劲。

甲："这花妖的妖胎，虽由凡人孕育，但也是个小花妖，叫作'花种'，天生就内蕴妖丹，效力与花妖的毫无二致，宝楱只需生下孩子，再杀了它，就可以取得一枚让人成仙的优昙妖丹。"

乙猛地拍了下桌子，惊奇道："竟有此事！那宝楱究竟藏到哪里去了？"

甲："早不在仙人镇了。她又不傻，留在这里等花妖来抓吗？有人亲眼看到她往京城去了……"

话未说完，屋内凸起狂风，茶壶茶杯莫名飞起，乒乒乓乓摔得粉碎，吓得那二人抱头钻到了桌子底下。

被心爱的女人欺骗利用，还被拐走孩子，孩子还有性命之忧……九蘅望着优昙瞬间阴沉得如风暴欲来的脸色，安慰的话都不知从何处说起。

沉默半晌才开口道："人心叵测，你也别太难过了……"

却听优昙冷笑一声："是的，人心叵测，人言如刀，居然这般污蔑宝桬！"

九蘅一愣："你是说，他们说的是假的？"

"当然是假的了。"他语气笃定地说。

也是，若那两个镇民议论的话是真的，那宝桬也太可怕了，虎毒尚且不食子，人会做出杀害自己的孩子，求自己长生成仙的事情来吗？

但是……这些日子以来她见到了太多人性的恶，让她不得不怀疑，宝桬真的是无辜的吗？

优昙继续道："我绝不相信宝桬会做那样的事。她一定是被什么人藏起来了，否则她知道我在找她，不会不出来见我。我急得几乎疯掉，就做下了恶事。"

"什么恶事？"

他望向那些茅屋的方向："把她们掳来了啊。我隔一天便掳一名镇上怀孕的妇人到花林，为的就是逼迫他们把宝桬还给我。怕贸然抓人吓到妇人，我都是提前一晚以花为信提醒那家人的。"

九蘅无语了。提前通知的行为显得更嚣张、更恐怖好吗！她问："然而宝桬并没有出现？"

他失落地摇摇头："还有一个月，宝桬就该生产了，也不知她现在在哪里，是否有人照顾她……抱歉连累你也来到这里，我实在走投无路才出此下策。"

九蘅觉得花妖心地善良，不好再瞒他，便坦白道："其实我不是卢家少奶奶，我只是客人，昨天晚上才去到仙人镇的。"

优昙"哦"了一声："怪不得，我就说前一晚去送花信时，明明看到屋中的女子腹部是隆起的。可你为什么会住在她的屋中？"

因为那是卢知县安排给他们的客房啊。她的心头忽然一寒：那是客房吗？她回想了一下那屋子的位置和布置。她也是大户人家长大的姑娘，对宅院布局是知道的，现在想起来，那屋子应该是主人房啊。

难道，是卢知县有意安排她住进去的？

头一天收到了花妖花信，恰巧有个毫不知情的替死鬼送上门来。想到这里，九蘅不禁冷笑了一声，这人究竟可以自私到什么程度？

如果她住进卢少奶奶的屋子是个圈套，那么这个圈套是否只有一个？毕竟樊池还在那里，卢知县就不怕计谋败露，樊池找他麻烦吗？

就算是骗过樊池，还有花妖呢。花妖掳了一个九蘅，还是没换回媳妇，依然会回到仙人镇，无休止地纠缠下去啊。

那么这个圈套，就一定还有后手。

是什么呢？

她的目光无意中扫到那眼活泉，记起了优昙说过的一个细节：宝楱见到他后做的第一件事，就是把一个香囊丢进泉水中，失踪时，水中香囊也不见了。这个行为非比寻常，恐怕并非无意之举，也不像是表达心意的方式，那么就是别有用心了！

只听优昙突然惊讶地问："宝楱的那个香囊为什么在你这里？"

"什么？"抬头见他手指着她的腰间，低头看去，花瓣化成的白纱衣隙里露出一点红缎，原来是初到县衙时卢少奶奶送她的那只香囊，说是护身用的，特意叮嘱她睡觉也要戴着，她喜欢得很，果真睡觉时也戴了。

宝楱带了香囊入林，她也带了香囊入林。

虽猜不到这东西到底有什么问题，先解下来再说。她连忙探指往下解，刚解了一半，突然觉得滚烫，香囊锦缎的中间冒出了火苗。

一刹那间，她记起了宝楱把香囊丢进泉水中的事。原来宝楱是为了不让它燃起来啊。此时香囊里如装了个小火球，火苗激烈蹿出，她已来不及解开带子，若引燃衣裙，她整个人都会变成火团。情急之下她果断用手握住了小火球撕下，不顾手心的皮肉发出嗞嗞的烧灼声，忍着剧痛将它朝泉水用力掷去！然而小火球在要触到水面的时候突然转向，朝上升起，并在半空盘旋不止。

她看清了小火球的样貌。那是一只赤红色、浑身冒着火焰的飞虫，它穿过花间，翅端掠过的花瓣立刻燃烧起来。

她惊道："这是什么鬼东西？"

优昙怔怔地吐出两个字："燧螯。"

转眼间，燧螯已飞入花林中不见了，花树燃烧的毕毕剥剥声从各处传来，火势正在以惊人的速度扩散，整个花林烟雾弥漫。

九蘅再看向优昙时，震惊地发现他的发梢衣角也冒出了火苗。

"优昙！"她上前想帮他扑熄身上火苗，却根本扑不灭。她将他往泉边推，"快进到水里！"

"没有用的，"他说，"着火的不是我，是花林！"

他只是花林幻化的人形啊。九蘅拔腿想跑去扑火，却被他喊住："燧螯之火是妖火，扑不灭的。"

茅屋那边传来妇人们的呼救声。优昙忍着灼痛朝那边跑过去："要带她们走出去！"

二人奔到茅屋前，二十多个妇人和十几个小妖正不知所措地聚在一起哭泣。

优昙说："跟我走。"他一张口嘴里也冒出烟雾，声音已经变得嘶哑。

九蘅忙招呼妇人们打起精神跟着他，沿火势小的方向往林外逃去。优昙全身开始冒火，走了没多远便一个趔趄摔倒在地。九蘅忙上前搀他，却被烧得瞬间缩回了手。

她心急如焚，大声道："优昙你打起精神啊！"

火光中他露出一个微弱的笑："我不行了……"

看着他，再看看这群无辜妇人和可怜小妖，她悔得几乎断肠，恨自己没有及时看透卢家阴谋，将燧螯带进花林，心中满是绝望："对不起……"

"不是你的错。"他声音微弱地说，"你不是有意的，宝梗也不是有意的。你若能见到宝梗，要替我告诉她……我从来没有怀疑……我一直信她……"

她含泪点着头，心中却想："我哪还有命见到宝梗啊。"

优昙彻底被火团吞没，然而就在他化为飞灰的刹那，一颗洁白珠子突然从火团中浮起。九蘅含着泪眼怔怔说："那是……"

优昙的妖丹。

吞噬花林的燧螯

九蘅已见过几枚妖丹，它们看起来都是宝珠的形状，只是颜色和散发的光泽烟气各不相同，优昙的这枚洁白无瑕，有如珍珠，正如他的品性一般美好。它在众人头顶中滴溜溜转起来，越转越快，突然嘭的一声爆裂，莹白细粉呈伞状炸开，形成一层光泽浮动的罩子，将一众女子和小妖笼罩住。

九蘅怔怔看着被隔绝在外的浓烟和火焰，心痛得揪起，用手按住心口，低念一声："优昙……"

为保一众女子性命，这花妖散了自身妖丹，以最后的力量保护她们。

七里花林烈烈燃成地狱。

九蘅与妇人们默默坐在莹色罩子中，满心悲伤，等着火势熄灭。在一片通红火焰中，透过薄罩，她突然看到数只白蝶在飞舞，遇到火苗便化为灰烬。而之后仍有白蝶在源源不断地飞来……

是樊池在以灵蝶寻她。他这样无休止地催动灵蝶扑火，必会元气大伤。

她猛地站了起来，大声朝外喊道："樊池！不用找了！我没事！这边很安全……"话音未落，就见一个身影从火海中走来。

樊池骑着招财走近这片七里花林时，正看到浓烟四起，火光隐隐。他惊得神魂俱裂，丢下招财，飞身入林。然而这方林子布满迷障，哪是那么容易找人的。他只好捻指放出灵蝶。灵蝶畏火，遇火则化。化了再催，哪怕灵力耗尽，也不能停下。

忽然隐隐听到了她的声音。

他撑了一层护身结界如疾风一般穿过火焰冲过去，看到莹白罩子中的九蘅，他那被高温灼得焦裂的唇露出了一个欣然的笑。

她却气得跺脚："你过来干吗？跟你说了我没事，你倒是往林子外去啊！"

她朝着罩外伸出手去，"快进来避避……"然而手撞到罩壁无法穿出，一股柔韧的劲将她挡了回来。

外面的樊池忽然脚一软单膝跪地，呼吸急促，已是体力不支。她心一急，抽出发中赤鱼，一晃变大，刚想剖开罩壁，手却一顿。不能划破，这外面火力炙热，烟雾让人感到快要窒息，若划破了，这些人都得死。

她回头看了一眼身后，那些妇人和小妖哆哆嗦嗦挤在一起，神情惊恐而茫然，又望着外面的樊池，眼中满是纠结。

樊池哑声道："不用管我，我能顶得住，我可是神仙。"他的音调虽呛得暗哑，语气却嚣张不减，周身护身结界若隐若现，时强时弱。发梢都焦得卷起，白衣烤得渐渐发黄，显然撑得非常辛苦。

她手中的赤鱼数次举起又放下，他都微微摇头，阻止她划下。她也知道不能划破护罩，身后有二十多个孕妇，即使是看着他死在外面，她也不能划下。

可如果他真的死了……那她即使活下来，今后也只会是具行尸走肉吧。

她与他隔了一层半透明的结界，伸出手与他按在壁外的手相抵。

一阵猛烈火势席卷而来，他冲着她微微一笑，闭上眼睛，凝聚全力抵挡。黑烟一时间遮蔽光线，有那么一阵她甚至看不清他的脸了。待这一阵火焰燃过去，外面的人已倒地不动，脸朝下伏在地上，衣服一片乌黑，护身结界早已破碎。

四周虽仍然到处是火，但火势已小，没有危险了。她忙用赤鱼在护罩壁上一剖，只剖开一点，整个护罩就化为银沙落地不见。

烟雾未散，空气炽热，但已可以忍受。她满心惊恐地扑在他面前，只碰了他一下，他的那片衣服便化作碎屑。

他怕是已经……她吓得不敢再碰他，脑中一片空白。

"咳"的一声，只见他动了一下，慢慢抬起头来。脸上居然白白净净，连灰尘都没沾上。

开口先说了一句："烧到哪里都不能烧到脸。"

她喜极而泣，扑过去一把将他抱住，然而手触之处，他的衣服均化为飞灰，露出光裸的肌肤，担忧而围观过来的妇人们均害羞地转过脸去……

花林燃尽，火慢慢熄灭。樊池光着腿穿了一件女式白罩衣——还是优昙赠给九蘅的那一件。衣服穿在他身上又小又短，春光乍泄。

九蘅看他一眼，不堪地别过脸去："我知道你灵力大耗，可是也请再辛苦一点，变件衣服穿穿，这里全是女人啊。"

"我的衣服是蝶翼变的，我的蝶翼被烧坏了。"樊池伤心地说。

"啊？那能恢复吗？"

樊池一脸委屈："要好多天才能长好。"

"能长好就好，别难过啦……"

烧得截截焦枯的林间突然传来一声"嗷呜"兽吼，吓得远处的妇人们惊叫起来，毛头小妖们更是拱到妇人怀中瑟瑟发抖。

九蘅却惊喜地喊道："招财！"

巨兽现身，慢慢走过来。走近了她才看到它身上的毛发被烧灼得枯焦，踏地的巨蹄也是颤抖的，走过的路上是一个个血印，显然足底被烧伤了。

九蘅心痛地抱住招财的脑袋问："你怎么进来了？"

它顾不得与她亲热，一头扎到泉水里，贪婪地喝起来。

樊池看它这个样子，惊讶道："它畏火不敢进林，我把它留在外面了啊！怎么……"

九蘅的心中五味杂陈，痛惜难当，顿时忍不住掉下泪来。樊池捧住她的脸替她抹眼泪："好了好了，它伤得不重，会好的。不哭了，脸都花了……喂，刚刚我差点烧死你都没哭啊……"

那个时候她已经不会哭了，心都死了好吧……

招财喝饱了水，侧身倒在地上歇息，露出四只掌心血肉模糊的肉垫。妇人们不敢靠近，纷纷撕下衣襟，让小妖送过来给它包扎。小妖们惊恐得往后躲，最终还是那只小狐狸精抱着布条哆哆嗦嗦过来了。原本奄奄一息的招财突然昂起头来，鼻子凑到它脑袋边嗅了嗅。小狐精顿时吓得浑身僵直。

九蘅忙把招财的脑袋按下，斥道："不能吃！"小狐精丢下布条蹦着跑回去，跳到一个妇人身上不肯下来。

九蘅一边给招财包扎，一边和樊池交流了彼此知道的讯息。

他们都已知道卢知县有意让他们住进儿子、儿媳的屋子，让她代替卢少奶奶被抓走。而她比樊池知道得更多一些：曾有个名叫宝楑的女子也带着藏有燧蝥的香囊接近优昙，但宝楑随后把香囊扔到泉水里，阻止了它的燃烧，并与优昙结合，怀了身孕，后来离林失踪。之后卢少奶奶又送了九蘅一只燧蝥香囊。

樊池若有所思："燧蝥，闻妖香而醒，翅翼冒火，所过之处会引起火灾。它本非天地产物，而是西北沙漠中的巫师培育出的邪虫，用来对付生香妖物。巫师把燧蝥蜡封起，设法送到妖物身边，只要与它足够接近，两个时辰左右燧蝥会被妖香唤醒，渐渐发热熔化蜡皮，振动着冒火的翅翼扑向香源，将妖物活活烧死。卢家竟能弄到这种邪物来夺取优昙婆罗的妖丹。"

九蘅叹道："而且是卢少奶奶亲手把燧蝥给我的呢。她应该知道优昙天性温和，能猜到这些妇人没有遇害，只是被藏在花林里，竟然不惜把她们一起烧死。她也是要做母亲的人啊……"真是个让人不寒而栗的女人。

樊池记起他要斩杀卢知县和卢少爷时，卢少奶奶哭求到晕厥的情形。她既能面不改色地把这么多人命送入火海，就绝不会脆弱到因害怕而晕倒。卢家人还想干什么呢？又或者说，他们的最终目的究竟是什么？

九蘅看着他肃杀的神色，道："你也想到了吧？来到花林的宝楑带着燧蝥而来，目的就是烧杀优昙取得可长生成仙的妖丹。"

可是宝楑在看到优昙的瞬间改变了主意。那惊人俊美的容颜，洁净如冰的眼瞳。怎么能杀死这样的他呢？而宝楑恰巧知道抑或是被警告了抑制燧蝥的方法——只要把蜡丸放进活水泉中，它就不会醒来。

宝楑背叛了赋予她使命的人，留在花林中，还有了优昙的孩子。但是后来发生了某件事让她不得不离开。她必是受到了某种胁迫离开花林，然后销声匿迹。

各种线索结合起来，派宝楑入花林的，与陷害九蘅进花林的应该是同一拨人——卢家人，将宝楑藏起来的也必是他们，目的是什么？

九蘅记起了优昙在仙人镇听到的那段闲话，甲乙两人说宝楑故意怀上小花妖，是为了生出后杀子取丹。

这种说法当然是一派胡言。要杀花妖之子取丹或许是真，但绝不会是宝梿，必是另有其人。九蘅与樊池对视着，眼里渐渐盛满惊恐。

而樊池又想明白了一件一直疑惑的事："其实优昙花妖与其他妖物不同，他近乎于仙，其内丹没有煞气，还具有重塑肉身的能力。还记得我们在仙人镇外看到的那些旱死的鲛妖吗？我一直想不通为什么喜湿的鲛妖会大批进攻干旱的城镇，现在看来，应该是鱼祖知道了仙人镇有花妖之子，驱使鲛妖前来抢夺，好令它塑造新身，恢复妖力。"

仙人镇县衙里，卢知县肩膀上吊着绷带倚坐在床头，脸色蜡黄，望着床顶发呆。卢少爷嚷嚷着跑进来："父亲！父亲！"

卢知县竖眉斥道："大呼小叫的做什么！情况怎么样？"

"衙役来报，站在城墙上望到优昙花林那边冒起浓烟，计谋成了！"

卢知县却没有欣喜的表情，突出眉骨底下如覆阴云："莫高兴得太早，我只觉得心里不踏实。"

卢少爷晃着脑袋说："父亲别担心，姓樊的说不定也一起烧死在花林里了！"

"凡事还是考虑周全些好。"

门口传来女声："父亲说的对。"卢少奶奶扶着腰走进来，"如果姓樊的起了疑心折返回来，把那人找出来就麻烦了。"

卢知县脸色更难看了："还是你懂道理。我现在想起他那把蓝光莹莹的剑，心里还慌得很。"

卢少奶奶道："如果我们能在他回来之前把事情了结了就好了。"

卢知县一怔："可是宝梿还有一个月才能生产啊。"

"那就让她早一些生产好了。早些晚些都是花珠，不过是早一个月，灵效差不到哪里去。"

"生产之期岂是能提前的？"

卢少奶奶掩嘴轻轻一笑："我恰巧懂一点乡野异方，这事交给儿媳来办就好了。"

卢知县惊奇道："儿媳，先前是你寻来优昙花妖的克星燧蝥，又懂催生异方，你一个女子，如何懂得这些奇门异术？"

"我娘家恰巧有个亲戚是巫医，小时候听他讲过一些奇闻逸事，就记住了。"

卢知县点头，又犹豫了一下："提早生产……对宝楪的身子可会有影响？"

卢少爷不耐烦地道："爹，这丫头为了自己私情背兄弃父，死了又怎样？还考虑她做什么？我们早些得到花妖内丹成了仙，有了仙力，那个姓樊的就是回来也不是我们的对手了！"

卢知县面露狠绝，闭上眼睛，点了点头。

县衙后花园一座凉亭中，丫鬟按动机关，地面上的一块石板缓缓移开，露出一个四四方方的洞口，以及往深处去的石阶。卢少奶奶沿石阶走下去，一个老妈子端着一碗药跟在其后。

沿石阶往下走了二十阶，进到深藏地下的一间狭窄石室中，墙上挂了一盏油灯，照着地铺上卧着的一个人。那人面朝石壁侧卧着，枕上黑发铺陈，听到声音，缓缓回过头来，露出一张苍白的脸，虽然有些浮肿，仍掩不住眉梢眼角的美艳。

大概是在这密闭的空间内压抑了太久，她的神志有些涣散，呆呆望了卢少奶奶一会儿才反应过来，撑着坐了起来。这一坐身上被子滑下，露出隆起的腹部，她赶紧把被子搂起盖住腹部，脸上透着恐惧。

卢少奶奶声音轻缓："宝楪，你脸色很差啊。来，把这碗药喝了，你身体好了，孩子才能好啊。"

老妈子端着碗走近，宝楪警惕地盯着药，问道："这是什么药？"

"补药。"卢少奶奶微笑着说。

提前催生的花珠

宝楪没有接那只碗，而是往墙角瑟缩了一下："为什么要喝补药？"她的手抱着腹部，仿佛怕人把孩子抢走似的。

卢少奶奶说："当然是让你生个白白胖胖的娃娃了，听话，快喝了。"

听到"白白胖胖"这个词，宝棣没有半丝欣然，反而打了个寒战，恐惧地睁大眼睛："不，不，嫂子，求您放过我的孩子，不要……不要吃他……"

卢少奶奶厌恶地拿手绢掩了一下鼻："瞧你说得这么恶心人！怎么能说是吃呢，我只是要取它的小内丹而已啊。"

"嫂子，你也是要做母亲的人，怎么能为一己私心杀一个刚出世的孩子呢，他是你的侄儿啊！"

卢少奶奶脸色一冷："什么侄儿？休要拿你肚子里的妖孽跟我腹中的孩子相提并论！"

宝棣哭骂道："你们这些恶鬼！你们全是吃人的恶鬼！"

卢少奶奶"呵呵"一声："什么'你们''我们'，我们不是一家人吗？也是，你为了私情置父亲死活于不顾的时候，就已不是卢家人了。你若一开始就依计而行，我们早就烧死花妖拿到花珠了，哪至于走到今天这一步？"

谋取优昙婆罗妖丹的事，卢家已经计划了两年之久。

两年前，卢知县患上绝症，卢家小女儿宝棣急得如同热锅上的蚂蚁，一心为父求药。而听嫂嫂说只有那恶妖——花妖的妖丹能扭转父亲走向死亡的命运，于是，她心甘情愿地走入了他们设好的圈套，只是后来的一切，都超出了她的预料……

她依计带着他们费尽周折得到的燧蝥进到花林。她的任务是以美色引诱花妖，把藏了翅携妖火的燧蝥香囊以信物之名送给花妖，然后自己撤出花林。一个时辰之后，燧蝥会被花妖身上异香唤醒，引燃花林，烧死花妖，等候在林外的卢家人趁机夺取妖丹——他们把那个叫作"花珠"。

然而当她在清晨的柔光中看到熟睡在身边的优昙时，他如从梦境中走出，一尘不染，宛若谪仙，让人不忍对他有一丝伤害，再看看身上盖着的衣裳，能做出如此之举的，怎可能是恶妖呢？

她虽救父心切，却不愿意为此去伤害一只好妖。嫂嫂嘱咐过她燧蝥不能见活水，如果遇水，要完全晾干才能发挥作用。所以她果断地把香囊扔到了泉中。感觉自己已无颜再见父亲，便留在了花林，甚至怀上了他的孩子，可是对父亲的愧疚一直深埋于心。

林外的卢家人未等到大火，也没见她出来，猜到了她的背叛，却没有能力闯破林中迷障。数月之后，他们将箭射入林中，箭身绑有字条。心有担忧的宝樔在花林边缘悄悄张望时，捡到了这支箭，字条上写着"父病逝"。

宝樔内疚崩溃，悄悄离林，想着回家向亡父告罪，没想到刚踏到迷障之外就被亲哥哥按倒在地，五花大绑，藏在轿子里押回仙人镇。回到家里，哥哥将她拖出轿子迫她跪在地上，她艰难抬起头，看到了铁青着脸站在面前的父亲。

"不肖逆子！"父亲指着她破口大骂，"打，给我往死里打。"

闻讯赶来的嫂子拦住了父亲，目光扫过她隆起的腹部，笑盈盈道："父亲莫责怪妹妹了，她这不是把花珠带回来了吗，我们还要谢谢妹妹助我们成仙呢。"

宝樔内心有如五雷轰顶，什么"救父"，什么"恶妖"，原来不过是他们为实现自己的成仙美梦导演的一场戏罢了，而自己只是他们可以随意利用、抛弃的一枚棋子。宝樔震惊得肝胆俱裂，滔滔悔意几乎要将她淹没，但仅剩的一点理智告诉她，现在最重要的是保住孩子。

她哭求着，将额头磕得都冒出了殷殷血迹，希望不要伤害她的孩子，可换来的只有无尽的冷漠和嘲讽。

不知过了多久，仙人镇中突然白花覆盖，显然是优昙来找她了。卢家人慌了——据说花妖不能离开花林啊，怎么会跑到镇上来？为了骗过花妖，卢知县让人散出谣言，说宝樔带着花珠跑了。

这一次一向好骗的花妖却没有中计，变本加厉地搜索，还将镇上孕妇一个一个掳了去，威胁藏起宝樔的人把她交出来。

卢少奶奶狡猾，参破花妖以木移形的特点，将宝樔藏到了没有任何木器的地下石室中。宝樔明白家人心已非人，想方设法逃跑，有一次甚至打倒送饭的丫鬟跑出石室，却因为身体虚弱，在幻觉中晕倒半途……

此时石室中空气滞闷，卢少奶奶看着濒临崩溃的宝樔，不耐地吩咐老妈子道：

"给她灌进去！"

老妈子应声上前，捏着宝梾的脸颊就粗暴地往下灌。宝梾更猜到这肯定不是补药了，想要抵抗，无奈多日心情抑郁、浑身无力，最后还是被灌了进去，又是怕又是咳，眼泪漫了一脸，喘息着问道："嫂子，你给我喝的到底是什么？"

卢少奶奶也懒得骗她了，道："催生药，让你早些见到你心爱的小花妖。"

宝梾登时呆住。原以为还有一个月可以拖延，没想到这恐怖的一天竟提前来了。太过恐惧，以至于哭都哭不出来，只发出气若游丝的一声呻吟，便倒在褥子上昏过去了。

这种催生药效力极为霸道，只为催生孩儿，不顾母体性命。宝梾很快就见了红，痛得死去活来，惨叫不止，不久惨叫声戛然而止，不一会儿，老妈子抱着一个婴儿走出石室。

等在外面的卢少奶奶笑着将孩子接过来。婴儿因为母亲长期抑郁，再加上催生早产，显然有些瘦小，皮肤却水灵白嫩。他没有像其他初生婴儿一样哭闹，眼睛合着似在酣睡。卢知县也由卢少爷搀扶着凑了过去，远远看去就像平常人家生了孩子般喜气洋洋，近了却能看到三个人眼中豺狼一般的光芒。

没有人问一句石室中的产妇是否平安。卢知县开口的第一句话是："把他杀了就可以得到花珠了吗？"

卢少奶奶点头："是的。"

卢知县想到自己沉重的病体马上可以痊愈，甚至可以成为上天入地、神通广大的仙人，完全不记得这孩子是他的外孙了。他的手都在哆嗦："那，就快动手吧。哦，你一个女人狠不下心做这事。"把卢少爷向前拉了一把，"你，你来。"

卢少爷慌忙摇头："不，不，我不行，我做不来。"

卢少奶奶嘴角浮起一个阴恻恻的笑："父亲，谁说我不行？这点小事，我来做就好了。"

卢知县看着儿媳的脸，突然打了个哆嗦。他一直庆幸儿子能娶这样一个有能耐的老婆，对她感激不尽。不知为何，此刻忽然有些怕她。儿媳当然是狠心的，若不狠心，他们怎么能走到这一步？花珠唾手可得，都是她的功劳啊。可是一个自己怀有身孕的女子说出自己可以杀掉一个婴儿的话，这种心硬的程度令人胆寒。

而且……为什么一个孕妇要亲自动手？他的心中忽然升起怀疑。

卢少奶奶从头上拔下一支簪子，看上去尖锐锋利、寒光闪闪，分明是早有准备。她眼中毫无波澜，一手托着婴儿，一手举起簪子，朝着婴儿心口扎下。

她的手腕突然被抓住了，是卢知县。他冷笑一声："贤媳，你是不是有什么事瞒着我？"

卢少奶奶不悦道："父亲说什么呢？"

他阴恻恻道："这花珠是谁取谁得，不能分享的吧？"

卢少奶奶沉默片刻，眼底突然有阴云聚起。卢知县更断定了自己的猜测，用力抢夺那簪子。

她也不再伪装，怒喝道："放手！"

卢知县亦大怒："你这毒妇竟想独吞，你说，你计划多久了？"

她冷笑道："我告诉你有多久——我就是为了花妖内丹嫁到卢家的！"

卢少爷呆住了："夫人你说什么？"

她看都不屑看他一眼："觊觎花妖内丹，又有能力帮我成事的，非你卢家莫属，所以我才嫁入你家，若不是为此，难道你以为我是因为看上了你这个窝囊废儿子吗？"

她猛地用力，将卢知县推倒在地。卢知县嘶声命令卢少爷上前抢夺婴儿。卢少爷硬着头皮冲上去，她手中簪子一挥，将他脖子划出一道血口，动作果断，毫不顾及夫妻情意。吓得他捂着伤口惨叫连连。

卢知县气急败坏："你到底是什么人？"

"我是谁？呵呵，说了你也不懂。"她眼瞳突然缩起，黑眼球变成两枚细小镰月形状，被这异瞳盯住的两人只觉得阴风扑面，恐怖异常，霎时惊吓得失声。他们终于明白这个朝夕相处、甚至怀了卢家骨血的女人不是普通人，或者，根本就不是人。

卢少奶奶再次举起利簪朝婴儿嫩弱的胸脯戳去。簪尖将要扎到婴儿身上时，他的眼睛忽然睁开了，瞳仁竟然是祖母绿般的碧色。她吃了一惊，动作不由一顿。

这一愣怔的工夫，婴儿小腿一蹬，身子一翻，从她的臂上滑落在地，滚了一滚变成俯趴的姿势，两只小手竟颤巍巍撑着地面，昂起了脑袋。

花妖之子有些不寻常之处也不足为奇。她咬牙再次举簪，脚腕处突有异动，下意识地想迈腿躲闪，却已无法动弹，腿被什么蠕蠕而动的东西缠住了，低头看去，是一些青灰扭曲的根须样东西从脚底的土里钻了出来，沿着她的腿盘旋而上，片刻间已缠到腰际。她惊骇地把手中簪子朝这些东西扎去，然而手也被绕住了。

她拼命扭动着身体想要从纠缠中挣脱，张嘴想要喊叫，一条根须的末端瞬间插进她的口中，沿咽喉深入胸腔，入血缠骨。声带断裂，她已发不出声音，面部露出极度痛苦的神情，颤抖不已，整个身体都僵硬直立着被牢牢锁在原处，剧烈痛苦中仍不明白发生了什么。

旁边的卢少爷指着她发出惊呼声："变成树了！原来她是树妖！"

已被根须包裹得不成人形的卢少奶奶头上有什么东西冒了出来，眼前簌簌垂下丛丛绿叶。透过缠住脸的根须间隙，她看到了地上那个婴儿，他仰着脸儿，嘟着小嘴，一脸生气的模样。看着他仿佛有魔力的碧眼，她忽然明白了，是这个婴儿，有超出她理解的力量。

他把她变成了……一棵树，一棵广玉兰，与这园中那许多的广玉兰看上去无甚差别。

为什么？没道理啊。他的父亲虽是花妖，却只会用迷香，别无本事。他的妖物血统又被凡人母亲冲淡一半，怎么可能有这般强大的能力？

婴儿不会说话，也不想告诉她。

卢知县眼睛冒光，对卢少爷说："快，快，趁着树妖现形，你快去把它杀了取珠！"

卢少爷兴奋地应着，爬起来就想走过去，一抬腿，脚却没能离地，差点绊倒，低头端详了自己的脚半天没有移步。

卢知县着急催道："快啊！"

卢少爷惊慌道："我……我走不了了！"

卢知县这才察觉有异，仔细看去，只见卢少爷的双脚也被弯弯曲曲的根须缠住了。那些东西如活物一般，从他脚底的土里蜿蜒冒出，片刻间已缠裹到小腿，还在往上蔓延。

卢少爷尖叫道："是树根！树根活了！"

树根？是树妖儿媳搞的鬼吗？

卢少爷拔腿不得的间隙，猛地看清趴在地上的婴儿抿着嘴，一脸恼怒的模样，碧眼狠狠地盯着他。他突然明白了："是这个小花妖，是它搞的鬼！"

卢少爷开始惨叫起来。蜿蜒树根钻入他的皮肉，此入彼了，纠结缠绕，与他的身体融为一体，缠绕到头部的时候惨叫声终于停止，他变成了一个人形树干，头顶一层层延展出枝叶。是一棵桂树。

看到这可怕的一幕，卢知县想跑，腿软得站不起来，只能爬行，爬了没几下就动不了了，土中钻出的树根裹住他。由于他是趴在地上的，最后变成的树形低矮而扭曲，是一棵木芙蓉。

不过是片刻的工夫，三个活人就都变成了树，而地上趴着的小婴儿不依不饶，像个小兽一样昂首仰脸趴在地上释放着他莫名的能力，让三棵树不断生长，疯狂扩大着枝叶覆盖的范围。

吉祥的招财进宝

九蘅留在花林废墟照看妇人们，招财驮着樊池回到了仙人镇。樊池在火中耗伤元气，刚刚好转的伤势又加重了，驭不起云，懂事的招财不顾爪子烧伤，驮着他奔回来，一路留下斑斑血脚印。

一人一兽抵达时，县衙外已围满了百姓，对着墙内还在不断生长的树冠指指点点，里面的衙役、仆从都吓得跑了出来。

他疾步进到县衙后花园内，迎面撞见一个边哭边匍匐着向外爬行的老妈子。他一把将她揪起，问道："发生了什么事？"

老妈子脸上是吓疯的狂乱："树妖吃人了！"

话未说完，就发出一声惨叫，回过头拼命用手去拉扯自己的腿。樊池看到地上钻出树根一样的东西缠住了这老妈子的腿，尖尖的根须如活蛇一般刺破她腿部皮肤，钻进肉里，不过是片刻之隙，她的半截腿已与树根纠葛为一体。

老妈子尖叫着呼救。樊池果断出手，用无意剑斩断树根，与之一起的还有她的两条小腿。除此之外，别无他法。老妈子痛昏倒地，但是她齐齐断掉的膝部并没有流血，露出的断茬竟是木质的。

树根被斩，哆嗦了一下，缩回土中不见了。

与此同时，园林中传出一阵婴孩的大哭声，远望过去，方才还在疯狂生长的那几个树冠已停止扩展。

樊池提剑走进去，看到了三棵巨木。这三棵大树，树干粗大扭曲，隐约似一女二男的人形，姿态如两站一卧，虽是广玉兰、桂树、木芙蓉三个不同树种，但有着共同的特点：叶片均浓绿发黑，叶脉鲜红，透着阴郁之气。厚重树影中，坐着一个光溜溜的婴儿，举着一只小手哇哇大哭。

樊池小心翼翼地走近。婴儿泪湿的碧绿眼瞳转了转，看到人来，朝他举了举右手，哭得更凶了。樊池仔细瞅了瞅，看到那小手的食指出血了。

他"哦"了一声，蹲在小家伙面前说："你是优昙花妖的孩子吧？你是要我哄哄你吗？你这么厉害，能把人变成树，万一把我也变成树怎么办？"

婴儿不会说话，见这人好像在训自己，哭得更凶了。

樊池端详着他流血的手指，问："手怎么受伤的？"话一出口想起来了——刚才树根缠住老妈子腿的时候，是他以剑斩断的。那树根必是与这小花妖的手指有什么联系，所以，娃娃的手正是他弄伤的。

想到这里，他镇定地看着小花妖，虚伪地表示愤怒："谁那么坏弄伤你的手指！可恶！"

婴儿两只手都朝樊池伸来，想要他抱抱。樊池一边警告他："不准用树根搞我啊，我很厉害的。"一边伸手将他抱了起来。

娃娃一手揽住他的脖子，一手朝近处的亭子指了一下。樊池叹道："刚出世就这么聪明，你爹知道了该多开心啊。唉……"走近小亭，看到了石室入口。

沿阶而下，血气扑鼻，地面几乎被鲜血漫过。樊池抱着婴儿，走近那个躺在褥上奄奄一息的女子，唤道："宝椟。"试了试她的脉搏，心知已是无力回天。

她有些失神的眼睛浮起惶惑，不知来人是谁。

他解释道："我从优昙婆罗那里来。本希望能救你们母子两个，抱歉，救不了你了。"他不懂得委婉，说话直来直去。

将婴儿轻轻放在她的身边。宝椟已有些失神的眼睛看着婴儿，眼角滑下一滴泪。婴儿伸手搂住母亲脖子，乖巧地将脸埋在母亲颈间，表现得像个大孩子。

樊池微笑道："你这个儿子不得了，本事大得很。"

宝椟的嘴角浮起笑意，用虚弱的声音道："我就知道他不平凡，我从石室逃出去的那一次，遇到一头发红光的小兽，我就知道是吉兆……"

樊池一怔："发红光的小兽？"

她的呼吸忽然断续不稳，生命从身体迅速抽离，用尽最后一丝力气对樊池说："请你，把孩子带给优昙……"

他讲话再直，也想到不应说出优昙元丹已散的事，点头道："好。"

宝椟拥着婴儿，虽有万般留恋，却无可奈何，撒手人寰。婴儿没有哭闹，似乎不明白发生了什么，紧紧靠着母亲闭着眼睛，好像是睡了。樊池伸手去抱他时，他却小手一推，做出抗拒的模样。

于是樊池知道了，这孩子灵性太强，是明白此时意义的。他对人一向没有耐心，这时却站在小小石室中，陪这母子待了很久，直到尸身冷透，小婴儿也真的睡着了，才将婴儿轻轻抱起，走出石室。

樊池花了一点时间组织了人和车马，还弄到一口棺木将宝椟好好地入殓用车拉着，召集失踪妇人家属一起去往优昙花林。

失散亲人相聚一团乱的时候，樊池把两眼碧绿的婴儿递到九蘅手中，嘱咐道："小心点哄，这家伙会以树杀人。"

"什么？骗人的吧？这是……"她惊讶地看着这个俊俏的娃娃，注意到他与优昙一模一样的碧绿眼瞳，顿时明白了这是谁。还掀开褓裸往他腿中间看了一眼，"哟，是个可爱的男孩。他的母亲呢？"

樊池指了一下拉着棺木的马车。她拥着这小孩，难受得半天说不出话来。

他们把宝楗葬在七里花林焦墟深处。九蘅抱着婴儿在墓前站了许久，看着娃娃酷似优昙的俊俏小脸，心酸落泪。

樊池帮她抹去泪水，说："今后要带这个小拖油瓶上路了。"

"是啊，毕竟是花妖之后，别人也不敢养。"

"不仅因为他是小花妖。"

"那还因为什么？"

"他还是白泽碎魄的宿主。"

她吃了一惊："什么?！"

"我先前还觉得奇怪，优昙花妖天生没有攻击力，他的孩子为何竟有以树杀人的异能？后来宝楗离世之前说她有一次出逃时，遇到一个发红光的小兽。"

她眼睛一亮："就是白泽碎魄中的一片喽？发红光的是哪一魄？"

"是七魄中的力魄，也是七魄中偏重攻击性的一魄。"

九蘅看了看臂弯上一脸天真玩她头发的碧眼小子："攻击性？看不出来啊，你看他多可爱。"

樊池一笑，等回到县衙看看那三棵大树她就不这么想了。

九蘅注意到了娃娃指尖少了一块皮，小小伤口已结了痂，还残留着一点血迹，心疼地给他呼了一下："哦哟，手指怎么受伤啦？"

娃娃本已忘了这茬，被她一问，又觉得万分委屈，竖着手指呜噜噜假哭了几声博取同情。樊池心虚地别开了脸。

九蘅又问："为什么力兽没有寄生宝楗，而是寄生在她腹中胎儿？"

"白泽碎魄判断出宝楗身体虚弱，而她腹中胎儿是健康的，因此选了胎儿。"

九蘅叹了一声，惋惜地道："若力兽那时能选宝楗本人做宿主，让她添个可以反抗的本事，就不会被灌下催产药了，必能逃过一劫。真是阴差阳错。不过……宿主异能既是心中愿望促成，那这小子的异能怎么会是以树杀人？难道他还是个

白泽寄生（下册）

366

胎儿时，就有了杀人之念？"

樊池想了一想，道："我看过那三人化成的树，分别是广玉兰、桂树和木芙蓉，而园中本就有这三种树，是这孩子以异能催生它们的树根缠杀了这三人。花妖之子天生灵力强于凡人，我觉得，那时母腹中的他必是感受到母亲的恐惧，听到了外界的威胁，他的愿望应该是希望父亲来救母亲吧。他感觉出园中花木与父亲都是木系，因此寄希望于花木们能出手相助，所以才有了以树杀人的异能。"

"哎……"九蘅心中狠狠抽痛，所有感慨只能化为一声轻叹。

忽然望向樊池身后，一片焦木后面有群矮小的身影探头探脑，是那群毛头小妖。九蘅朝它们招了招手："过来看看优昙的孩子。"

小妖们怯怯地走过来，围着婴儿好奇地看来看去。九蘅伸手摸了摸那只小狐狸精有点烧焦的头毛："你们要好好修炼，争取早日结出内丹。"小狐狸吓得耳朵一抿，拔腿就跑，其他小妖也跟着一溜烟跑进断木残林中不见了踪影。

九蘅尴尬地道："啊……又说漏嘴了。"

她将婴儿抱在怀中，站在焦土之上朝坟墓拜了三拜，算是替这孩子拜别父母，离开了七里焦墟。

他们不知道的是，那些小妖一直留在此地勤勤恳恳地修炼，将墓地打理得齐整洁净。一年之后，宝梾的坟墓上长出一棵优昙婆罗，开出一树红白并蒂的花朵。

一队人马踏着星光走回仙人镇。在颠簸的马车里，小花妖在九蘅的臂弯里睡着，她的腿还被樊池枕着。同车的妇人向她投来同情的目光——大的小的都这么黏人，真辛苦。

有刚生产完有奶水的妇人说："那孩子饿了吧？我喂喂他吧。"

九蘅看了看怀中小家伙，摇了摇头："不用，他也不哭，应该是不饿。"

实际上心中也担心他饿坏了，但这家伙其实危险得很，万一发起脾气来伤害妇人就麻烦了。好在他不哭不闹的，真没有饥渴的样子。不过，他真的……需要喝奶水吗?

到达时已是次日清晨。仙人镇的百姓们敞开城门迎他们进来,亲人重逢,欢天喜地。樊池和九蘅则带着婴儿进了县衙。

走近园林中那三棵巨树时,一团巨大魅影跳出来,是招财来迎他们了。它亲热地拱到九蘅面前想拿大脑袋蹭她,忽然嗅到婴儿的气息,警惕地停住。

九蘅将婴儿往它面前凑了凑:"招财来看,这是你的新小伙伴。"

招财犹犹豫豫凑上来闻闻。小婴儿突然伸手,一把揪住了招财的胡须,招财痛得嗷的一声,九蘅忙拍着婴儿的小手说"松手,松手"。

招财好不容易脱身,向后退出老远。小婴儿一个打挺,满身的力气。九蘅硬生生没抱住,让他从手中挣脱出去,掉在地上。她怕他摔坏了,吓得一声惊叫。他却原地打了个滚,手脚并用地朝着招财爬过去。招财慌得跑了几步,大概是觉得被个婴儿吓得太窝囊,又站住了。

娃娃追上它,一扑一扑地想要抱它的大爪子,它抬起左脚抬右脚地躲闪着,无奈地拿前爪的大肉垫拍了拍娃娃的脑袋,希望他能安静一点。娃娃被逗得咯咯笑出声来。

看他们相处还算和谐,大猫没有要吃了娃娃,娃娃也没有要把大猫变成大树,两个大人也总算松了一口气。

九蘅笑眯眯地看着滚在一起玩耍的一娃一猫,拊掌道:"这孩子还没起名字吧? 就叫他进宝吧。招财进宝,喜庆!"

樊池嫌弃了一下:"优县婆罗若知道了,大概会嫌不够雅致。"高声对大猫令道,"招财,看好你进宝弟弟。"

九蘅抬头看着三棵如同已生长了百年的巨木,惊叹道:"进宝还真是……厉害啊! 他是怎么做的?"

"他啊,就跟头小野兽似的趴着,把两只小手按在地上……"说着看了一眼旁边的进宝,"就像他现在的样子……哎! 他在干吗?"

九蘅跟着望过去，只见进宝就像樊池描述的那样光着屁股昂然趴着。樊池见识过他这一招的厉害，眼疾手快，噌地就把九蘅横抱了起来。

九蘅惊讶道："你干吗！"

"当心！进宝要发招了！"

九蘅眯眼仔细看去，只见进宝按在地上的两只小手的指尖已变了样子，就像根须一样深深钻入土中，猛看上去确实让人害怕。

樊池紧张地道："这孩子不知是要抓谁？他身有攻击性最强的力魄，若是不受控制滥杀无辜，日后势必成魔。只能趁他还弱小，先下手除掉他。"

九蘅慌了："不要啊！他还小，不听话可以管教一下啊！"

两人这边纠结不已，旁边招财却躺在地上懒洋洋地舔了舔嘴巴，仿佛在说：大惊小怪。

而进宝过了一会儿缩回了根须，小手指恢复了指甲圆润晶莹的模样，一咕噜滚在地上呼呼睡了，还满意地叭唧了几下小嘴。附近也没有人变成怪异的大树。

樊池横抱着少女，狐疑地呆立了半晌。九蘅拍了他脑袋一下："放我下来。"

"哦……"

二人走近进宝，只见小家伙甜睡着，小脸浮着饱足的粉红，就跟一般婴儿刚喝饱奶水一般。九蘅恍然大悟："我明白了，他刚刚是在吃饭啊，这小花妖是以地下养分为食的啊。"

虚惊一场的樊池尴尬地道："嗯，以后倒不必为喂奶发愁了。"

招财忽然站起来，走到那棵树干中间鼓起的大树旁，围着转了一圈，发出低低吼声。樊池目光微闪，走近树干，手按在那凸起上，手心感受到微弱的跳动。

九蘅问道："有什么不对吗？"

樊池看了一眼她怀中的进宝，道："这个家伙大概成不了魔了，会跟他父亲一样善良仁慈。"

"为什么这么说？"

他指了一下树干中间的凸起处："进宝杀卢少奶奶时，放过了她腹中的孩子。"

她惊讶道："难道，这里面……"

"是的，"他点点头，"卢少奶奶的孩子还活着，大概很快就会瓜熟蒂落，木裂而出了。"

绝望尽头的希望

两人带着一娃一兽在县衙多住了几天用以休整。逃出县衙的人当中胆大的陆续回来了，有的是卢家本家人，有的是无家可归的仆从丫鬟。卢知县没了，一位年长的卢老爷子被推举出来当家作主。

樊池和九蘅与这位老爷子谈了谈，跟他说进宝虽是卢家女儿的孩子，他们却是要带走的。老爷子如释重负："带走好，这厉害的小家伙我们哪敢留，请一定带走。"

九蘅又告诉他园林中有一棵树正孕育着卢家骨肉，两个月左右会足月出世。老爷子吓得变了脸色："我也是出事以后才听人说，卢少奶奶不是凡人，其实是个妖怪。那她的孩子岂不也是妖怪吗？"

九蘅奇道："你是听谁说的？"

"那个双腿变成木头、又被齐膝砍断的老妈子说的。她亲眼看到卢少奶奶变成树木前露出真形，眼睛变得十分怪异！"

"怎么个怪异法？"

"那老妈子说……她的眼珠变得眼白多、眼黑少，黑眼仁缩成一个弯曲的形状……像镰刀！"老爷子说出这话时声音都变调了，格外古怪可怕。

樊池和九蘅对视一眼。

找了这么久，终于有镰月的讯息再次出现。这次它是出现在小镇里一个女子眼中。

樊池问老爷子："卢少奶奶是哪里人氏？"

老爷子说："她的娘家姓徐，闺名叫幼云。娘家是西南边陲隶州镇的富户。因为路太远，做亲时让大少爷去过一次，却因为洪水冲断了路，中途又回来了。到吉日时是娘家人直接送过来的。看送亲队伍的排场，应该是家境很好的人家，嫁过来的女儿为什么是妖呢？"

九蘅心道：这么说卢家人连她的娘家都没去看过了，那么她的身世就真假难说了。而且看卢老爷子胆战心惊的样子，是不太可能接受树中孩儿了。

当夜，九蘅做了一个梦。

她梦见自己独自来到园林中那棵树干中间隆起的广玉兰树下，抬起手轻轻拍了拍树身，似是安慰，又似在叹息。

广玉兰的叶子一阵簌簌颤抖，仿佛在回应她的抚慰。

然后她就猛地惊醒了，冷风穿过衣裳，浑身冰冷。

难道不是梦？

她真的站在园林中的广玉兰下，赤着脚，身上只穿着单薄的小褂和衬裙。她茫然四顾，想不明白是怎么回事。她明明在屋里睡觉啊，怎么一睁眼来到这里了？

身后忽然传来柔和的一声唤："九蘅。"

回头，看见樊池站在身后几步远的地方，也只穿着中衣散着头发，满脸担忧。

她懵懵地问："我怎么……来这里了？"

他似乎松了一口气，走上前来将她拢进怀中，柔声说："你梦游了，我不敢叫醒你，就跟着你过来了。"

"梦游？我……我……"她的脑子还昏昏沉沉的，模糊记起了自己刚才轻抚树干的样子。

而梦中的她竟是以旁观者的视角看着那个"她"，就像看着一个陌生人。恐惧感从踩着冷地的赤脚蔓延开来，忍不住浑身颤抖。

"没事没事。"他将她横抱起来往回走，"只是梦游而已，回去睡一觉就好了。"

她冷得厉害，不能思考，觉得害怕又不知在怕什么，只紧紧抱住他的脖子。回到住处，樊池无情地将原本放在两人中间的进宝的褓褓推到床的最里侧，直接将她抱到床上搂在怀中暖着，轻声安慰，直到她身体放松重新睡着。

早晨醒来时，九蘅睁眼发现自己整个人缩在樊池怀中，手还紧紧环在他的腰上，不由得心下暗慌，暗骂自己睡相差，悄悄撤身后退，心虚地抬起头，瞥一眼他的脸，却撞上了他意味不明的目光。

噫？今天他怎么醒来得这么早了？她强作镇定："早啊。"

"嗯。"他懒懒回应。

她转身去捞被挤到床角的进宝，掩饰脸颊飞起的红晕。

樊池忽然问道："睡得好吗？"

"挺好的。"她顺口答道，旋即又意识到这话好像在说抱着他腰所以才睡得甚好，忙改口道，"也没多好。"

天啊！她究竟在说些什么！

"啊！进宝尿了，我去找干净尿布给他换一下。"她溜下床，飞快地跑走了。

床上，樊池撑着头，若有所思地盯着她慌张的背影，低声道："她不记得昨晚的事了呢。不记得也好，免得她不安……可能是她惦记树中胎儿，于心不忍，才会日有所思、夜有所梦吧。这么说还真得想办法安置好那孩子，免得给她留下心病。"

用过早餐后，二人来到园林中那棵树干中间隆起的广玉兰前，樊池注意观察九蘅的神色，确信她真的不记得梦游的事了，心中才安。

九蘅望着树问："卢少奶奶真的是妖吗？"

樊池摇摇头："若是妖我能看出来，她必是肉体凡胎。"

"凡人的眼睛怎么会变成那副怪样子呢？"

"若是凡人出现妖状，有可能是中了妖符。"

九薇心中一沉："如果是有妖物给她下了符咒，她的行为就不是出自本意了？那她岂不是……枉死了？"

樊池望着玉兰树浓厚的树冠摇摇头："若是那种迷人心智的妖符，中符的人会表现得犹如木偶。卢少奶奶却神态自如。我猜那可能更像一种达成共识的契约……"眼神忽然一凛，"谁在那里？"

树后探出一个小脑袋，九薇认出来了："哦，是刚来那天把牛皮糖让给你的那个孩子。"

那小少爷撇了撇嘴巴，什么让给他啦，明明是被抢去的。

他从树后走出来，有点怯意，又努力鼓着勇气，自我介绍道："我叫卢韦。"依次指了指三棵树，"这是我爹、我哥和我嫂子。"一边说一边忍不住冒出了泪，拿袖子用力擦了擦。

原来是卢知县的小儿子啊。虽然这三个化成树的都不是好人，但这小小的娃娃指着树介绍家人的模样还是让人难过。

卢韦小小的脸上却带着倔强的神情："我爹他们做了不好的事，我都知道了。老太爷不想要我的侄儿，我也听到了。我是绝不答应的。"

九薇愣了一下，才反应过来他说的"侄儿"是那尚在树中的胎儿，忙安慰道："你们家不敢要，我们会把他送到稳妥人家里养着，你放心。"她心里其实已有了主意——就通知在琅天城的近焰抱去教养好了。

卢韦却摇了摇头："我们家的孩子怎么能让别人养呢？我会跟老太爷说，绝不能送走他，等他出世，别人不敢抱他，我来抱他，别人不敢养，我来养。他是我侄儿，谁也别想扔掉他。从今天起我每天守在这里，等我侄儿出世。"不过是七八岁的孩子，说话的神气竟像个小大人一般，完全没有他父亲的狡诈和兄长的无能，将来必是个有担当的男人。

樊池笑眯眯地抚了抚他的脑袋："好小子，我看你行。"

卢韦对这个抢他糖的人可没好感，扭了下头避开。

九蘅忍不住用力抱了他一下。

绝地之中总有生机，就算是卢家这种污浊之地，也会有宝棣那样善良的姑娘，有卢韦这么勇敢的后人破尘而出。

黑暗深处有明灯，灰烬之下有新芽，绝望尽头总有希望。

所以，这个几近倾覆的世界还是有救的吧。

卢韦年纪虽小却很要面子，不客气地从九蘅怀中挣脱，不高兴地瞅她一眼："男女授受不亲，姐姐自重！"

九蘅忍笑："抱歉啊。"

他大度地点点头，转身走了几步，又回来了，将一个铁片一样的东西递向她："嫂嫂变树之后身上物件都落在旁边，我拣到了这个，看着怪怪的，不知是什么东西。"

九蘅接过来细看，见是一枚手掌大小的长方形黑铁片，上面刻了些弯弯曲曲的符文，完全看不懂。翻过来后却"咦"了一声。铁片反面竟有一个镰月形状的浮雕。

樊池也凑过来看，道："这些文字是上古巫文。"

"你认得吗？是写了些什么？"

他接过来拿在手里看了半天："只认得几个字，好像是某种巫术。若是白泽在就能全文解读了。"

九蘅微叹一声。

可惜白泽不在了……

樊池沉吟道："不过它上面刻的这个镰月符就是线索，我觉得我们离它越来越近了。"

是啊，离它越来越近了。

可是，到底是谁在走向谁呢？

他忽然有一种奇怪的感觉，分不清是他们在找它，还是它在召唤他们。

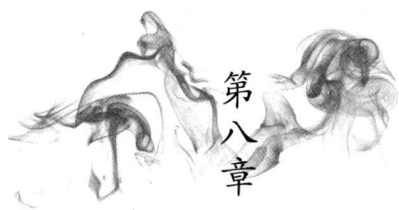

第八章

九叠篇

美人诅，巫师选中一名心怀仇恨的少女，教她们种植会开"人面花"的"美人萍"，取人性命。

人面花和美人萍

据卢家老太爷讲，眼有镰瞳的卢家少奶奶的家乡是隶州镇。虽然并不确定这个地名是不是卢少奶奶随口说的，但是隶州镇的所在方位是西南方向，与他们原本找寻阿步的方向一致，不知是必然还是巧合。既如此他们就且去看看。

九蘅和樊池次日便启程上路了。这次一起同行的不仅有大猫招财，还多了一个粉嫩嫩的娃娃进宝。

西南之地多密林与河流，路越来越难行，最后到了一条水面宽缓的江边。

樊池作为雷夏佑护神，对隶州镇的位置大体知晓。他指着江水流去的方向道："顺水而下几里应该就能到达那个镇子了，不如我们驭个云……"

"不要。"九蘅一口否决，驭云多伤元气啊，"这里多的是树木，我们就动手做个木筏吧。"

樊池坚持道："水中搞不好有鲛妖出没，带着进宝有风险。"他好想驭云，好久没炫技了！

九蘅忽然眼中一亮，指向江中："竹筏！"

上游漂来一只竹筏，筏上有渔女撑船。九蘅欣喜地把手招在嘴边喊："喂——搭个船——"竹筏上的人朝这边看了看，竹篙一点，滑行过来。

樊池的眉梢轻轻一扬，低声说："看来这江中没有鲛妖。"

九蘅微怔，恍然道："说的是啊。这一路走来只要有水的地方就少不了鲛妖，一个女子敢独自撑筏，胆够大的！"

两人心中升起一丝警惕。

九蘅问："还上船吗？"

"上，有船为什么不坐。"

正合她意。就算其中有诈，进阵才能破阵，止步不前不是办法。

九蘅将娃娃从大猫背上抱到怀中，把褓褓背带系在腰上，以防有变时能腾出手来。

小筏漂到岸边，撑筏的渔女穿着粗布衣裙，戴着斗笠，笠沿下露出艳红的唇，弯着一抹勾人的笑："客官是要去往隶州府吗？一人一文钱船费，请上来吧。"

九蘅问："这头大猫怎么收费？"

面对怪异巨猫，渔女头都没抬一下，微笑不变："牲畜和婴儿不收钱，只收你夫妻两人的。"

这渔女太镇定了，镇定得不正常。九蘅再朝樊池使了个眼色，却见他一脸飞红嗫咕着："被……被误会成夫妻了……"

呃……现在是在意这个的时候吗？

既然渔女如此嚣张，他们当然不能示弱，废话不讲便上了筏子。竹筏顺水而下，两岸山峰秀美，岸上凤尾竹柔和舒展，江畔水中漂着一片片翠生生的圆叶浮萍，风景如画。樊池在筏首临风而立，白衣当风，如这山水画中最生动的笔画。

九蘅抱着娃娃坐在竹筏中间，招财卧在她身边紧紧挨着，紧张得浑身肌肉绷紧，爪间弹出指甲扣进竹中。她本以为它是察觉妖气才紧张的，后来才发现它只是怕水，紧张得瞳孔都扩大了。

没出息的。

九蘅打量一眼撑筏渔女凹凸有致的背影，问道："请问姐姐，这江中没有长鱼尾的鲛妖吗？"

渔女答道："没有。"

九蘅惊讶道："怎么会没有呢？就在江边不远处的密林里我们还遇到过呢。"

渔女低低一笑，笑声暗哑又柔媚："它们不敢到江水里来，江中有比它们更可怕的东西。"

九蘅心中按捺不住地激动。这些日子只杀鲛妖，太无趣了，终于可以换换口味了。遂问道："是什么？"

"美人萍。"渔女用低柔的声音念出这几个字，语调诡异，"你们看，到处都是。"她伸手朝着筏侧一指，那里正有一片浮在碧水上的圆叶绿萍，叶间点缀了几个未开的花苞。

九蘅初时没看出有什么异样，突然那几枚花苞陆续开放，迅速绽开细长艳红的花瓣，花心之中露出部分好似人脸，艳丽又浮肿，花心中冒出黑色丝状的花蕊。

终于来了！

九蘅展手将赤鱼握在手中，朝着渔女的背部刺去。渔女头都不回，顺势朝前倒去，在赤鱼触到她之前直直跌入水中，消失不见了。

与此同时，一朵花在船畔开放，花心中的那张"脸"像刚刚渔女的脸。密密黑丝舞动。九蘅看得自己嗓子眼也一阵发毛。

此时樊池来到她身边，道："你出手有点急了。"

九蘅懊恼道："这不是好久没施展过了嘛。"

他忧愁地蹙起眉："我灵宠越来越好斗了。"

竹筏没了撑船的人，顺着水流自行漂去，而前方是大片的绿萍，叶间正有一朵朵女人脸般的花朵盛开，这些恶花都在朝着竹筏聚拢过来，阴气袭人。

九蘅怕吓着怀中进宝，拍了拍他的小屁股。然而这家伙一上船就香喷喷地睡着了，根本没醒。她问道："这是些什么怪东西？"

"那渔女没有骗我们，这就叫作'美人萍'，会释放一种让人麻痹神经的致命气体，使人陷入恐怖幻境，在极度恐惧中死去。去往隶州府的水道中竟然生有这种怪物，此地果然有问题。"樊池又接着道，"它们是妖物，人们遇上极少能生还。据我所知这种东西难以杀死，你在这边把人面花斩碎，它会换到那边再开出来。当心！"

眼前突然一暗，竹筏滑进了漆黑洞穴。这种水流穿山而过的地势在此地并不少见，但是在船的四周围满了美人萍的时候进到一个伸手不见五指的空间，着实令人瞬间陷入恐惧。黑暗中九蘅感觉有丝丝柔软的东西缠到脚腕上来——是美人萍七窍中探出的花丝。

这种触感让人毛骨悚然，她急忙挥动赤鱼将花丝斩断，只听得窸窸窣窣，有更多花丝爬到船上来了。

樊池在她身边沉声道："冷静！你身有灵气，这种低等妖物伤不了你的！稳住些，漂出洞穴，见了阳光它们就没这么嚣张了！"

九蘅不堪地道："伤不了，但恶心啊！"左挥右砍，又蹬又踹，简直要崩溃！

忽听身后一声怒啸，招财也被花须骚扰了，这家伙可不懂得什么稳住，伸出巨爪一阵乱拍，小小竹筏顿时剧烈晃动起来。在九蘅"招财不要动"的喊声中，招财生猛地蹦了一下，竹筏顿时哗啦翻了……

她下意识地护住进宝的脑袋，刹那间担心他会呛水。汩汩水声响在耳边，却并没有水浸来，甚至衣服都没有全湿，她仿佛落到一个充满弹性的球形内壁上，虽然眼前黑暗，什么也看不见，但想都不用想，这又是樊池搞出来的护身结界。

早在上筏之前就知道这一程水路难免落水，但是有樊池那个水陆两用、水火不惧的结界罩子，落水根本不算事。莹光亮起，樊池在结界内放出几只萤蝶，照出这个结界的全貌——原来在水中它是个透明球形的，像个大气泡一样将他们包含在内。

樊池拉着她问："没事吧？"

"没事。"她低头又看了一眼进宝，不禁嘴角微微抽搐了一下，这么个闹腾法，人家醒都没醒一下呢。

可是……她惊叫出声："哎？！招财呢？"

樊池这才发现少了只猫。侧耳听去，远处传来连连吼声和剧烈的扑腾声，他催着这气泡般的结界朝着声音过去，总算是把这招财收了进来。可怜的家伙浑身湿透，眼神呆滞，打着哆嗦，从没这么狼狈过。

九蘅又心疼又想笑地心道：这傻猫是不知道要靠近樊池蹭结界吗？

樊池驱着这个大气泡继续顺水漂去，前方有了一点光，已经快要穿过这道山底隧道了。

这一通对阵之后，美人萍意识到了这群人的厉害，不敢再靠近，又因为结界中少女九蘅的吸引舍不得离去，远远地跟着结界球浮浮落落，一朵朵诡异的人面花开开合合，流露着不甘的狰狞表情。

不多久结界泡漂近了出口，拱形的洞口外光线明亮，望去可见到一片碧绿湖泊，岸上房屋建筑的白墙黑瓦也映入眼帘。

九蘅张望着道："那是隶州镇吗？藏在这山水之后就如世外桃源一般啊。"

樊池"哼"了一声："只是将此地与外界隔绝的是美人萍。"

正说着话，结界球突然卷进一个暗漩，偏离方向掉进了一个侧洞，旋转着往下跌了几次，瞬间又隐入黑暗。水声湍急，结界球壁不断撞上两侧凸起的岩石，沿着曲折洞道疾速向前。

九蘅被甩得滚了两圈后被樊池连人带娃一并抱住，这才稳住了些，慌道："怎么回事？"

"好像是误入了地下河。"樊池的声音冷静得很，她也跟着稳了心神。

怀中娃娃哭起来。她赶紧借着球中萤蝶的光查看，确定这家伙只是被晃醒了才哭的，并没有受伤，这才安心。再看招财，没出息的家伙紧紧扒在樊池后腰上，犹如一只巨大的腰部挂件，吓得耳朵都抿平了，完全没有了平日的威风。

结界球还在顺水快速往前漂，前方暗河一片黑暗，如野兽张开的大口，而他们是顺喉而下的食物。

九蘅道："得想办法停下来啊！"

樊池凝目望着结界壁外暗河边上潮湿的墙壁："撞不上东西，不过确是得停下来，如果不停止，我们会一直这样漂下去。"

九蘅奇道："为什么？"

"我们在原地打转。"樊池目力超强，在黑暗中也看清了外面一块形状特异的岩石，"我们已经经过这里两次了。这个暗河是个循环往复的路线。"

九蘅突然记起了神殿地宫中困住樊池仙魄的那个无限阶梯，问道："这暗河是人工设计的陷阱吗？"

"有可能是后期人工利用天然暗河而成。"

暗河水面阴影漂动，一丛丛美人萍不知从何处聚集而来，人面花冒着黑须的"眼睛"盯着他们。

九蘅呵呵冷笑："都进了这里了怎么还用一样的招数？"

话音未落，就听有中气十足的怒骂声在河面回荡："又来了，老子怕你们这些恶心东西不成！"

九蘅惊奇道："来了，来了，这妖物还会骂人呢！"

樊池鄙视她一眼："你怎么就只想着妖？"

她眼神贪婪："出现在这黑漆漆的地方不是妖是什么？再说了……妖有妖丹啊……"

他嘴角悄悄弯出一个笑，这家伙时时刻刻不忘给他找药呢。

随着漂行前移，那叫骂声忽远忽近，却看不到人，九蘅直疑心那是鬼叫，根本没有人形。樊池却认为这循环地下河并非简单的一个圈，而是由支洞岔路形成好几种路线。他侧耳倾听，判断着方向，适时掌控结界球的方向，终于在拐过一道弯时看到暗河上露出的一块大石，上面站了一人，正手执鱼叉单挑石周不断围困的美人萍。

九蘅抽出了赤鱼，高声道："何方妖孽……"

不防抽得急了，赤鱼尖端划到结界壁。结界球就如气泡被戳破，啵的一声炸裂消失，三人一猫哗啦跌进了水里……

九蘅知道水中美人萍不能伤害到他们中的任何一个，可她担心进宝呛到水。手腕突然被什么东西缠住，拉扯的力量传来，将她拎出水面。她一边把进宝托出水面，一边抬头看了一下，原来是大石上站着的那个"妖孽"扔过来的绳子缠住了她的手腕。她赶忙借着绳子之力爬上大石，什么也顾不得，先跪在地上查看进宝。

好在进宝也不是一般娃娃，除了气得大哭，也没别的异样。

再抬头看拎她上来的人，光线黑暗看不清楚，只隐约可见是个身材高挑健硕的男子。他又将手中绳子扔了出去，这次的目标是樊池。他半截身子露出水面正朝这边看过来，望见九蘅已安全，这才握住绳端借力离水跃起，足尖在水面轻踩，飘逸地落在石上，白袍一甩，溅了男子一脸水。

竟然为了自己耍帅罔顾恩人！

穷追不舍的捕头

男子丝毫没有在意，抹去脸上水渍，问道："你们一家三口怎么会来这种地方？"语调虽没了刚才叫骂的气势，嗓音却仍铿锵清朗。

这时从结界球中飞出的几只萤蝶也跟着樊池飞过来，萤光照映下双方互相打量着。他们发现这个男子身上打扮束腰窄袖，竟是官衙捕头的打扮。

九蘅想要回答，却突然记起更重要的事——招财呢？！

她唰地站起来张望着水面："哎，我猫呢？！"

捕头道："什么猫？我没看到猫。"

"好大一只，黑色的。"

"那不是个豹子吗？我看它张牙舞爪想要扑你们娘俩，就给了它一箭。"

"什么？！"九蘅急得声音都变调了。招财张牙舞爪是落水吓的，想扑她们大概是想救主，或是求救吧！这人射伤了它，这怕水的家伙会不会淹死啊！

樊池也脸色一变，刚想入水找猫，就听泼刺一声水响，石边水中腾然跃起一头黑色巨兽，屁股上插了一支羽箭，凶猛地将捕头扑倒，一人一兽全都滚进了水中，厮打不止，水花腾溅。

招财带着被射伤的愤怒，一心想把对方撕成碎片，水都不怕了！

九蘅忙冲他们喊着劝架："招财不要伤人……大哥大哥……别打我家猫……"

那一人一猫打得激烈，哪里听得进去？尤其是招财已经兽性大发，捕头想停也停不下。

九蘅急得要命，却听樊池"咦"了一声："是几个人在打招财？"

她不解道："一个啊，不是只有一个捕头？"

他挑了一下眉："这位捕头带的武器够多的啊！"

九蘅凝目看去，隐约可见那一团厮斗中，时而短刀，时而利剑，时而铁索，时而长鞭！

真是个全能捕头啊！

樊池冷哼一声道："花架子太多看得眼疼，我去把招财制住。"刚想踩水过去，就见捕头手中嘭地飞出一张大网，一甩一收，招财居然被他罩在网内，四蹄刨动不止，百般挣扎，却无法脱身。

捕头冷笑道："还反了你了！"

水面稍稳，刚才被惊动得四下漂散的美人萍又阴郁郁地聚拢过来。捕头毫无惧色，左手拖住网，右手指一屈一弹，一丛银亮细针暴射出去，将人面花钉得如刺猬一般。

九蘅又赞了一声："好功夫！"

捕头吃力地将硕大的招财拖到石上。九蘅忙拍着招财湿漉漉的大脑袋安抚。招财连遭挫败哪里能消气，虽被缚着，仍凶恶地冲着捕头龇牙咧嘴，看样子只要能冲破网子，必会生吞了他。

捕头也累得坐在石上："这就是你们的猫？怎么会有这么凶的猫？"感叹归感叹，也没有太吃惊，毕竟水里都浮着可怖的浮萍，猫长得大一些也不算稀奇了。

九蘅说："凶归凶，你居然能抓住它也是厉害。"

她将进宝交到樊池手中，自己给招财处理屁股上的箭。樊池嫌弃地将娃娃托得远远的，生怕娃娃的口水抹到他身上。

九蘅暂不敢把发狂的猫从网中放出来，只能让它先捆在里面，绕到它屁股后面，想要将羽箭拔出来。但那箭头是倒刺的，深入臀部肌肉中，若是硬拔会造成二次伤害，让伤口更加的血肉模糊。她手足无措之际，捕头说："我来。"

他走到猫屁股后面，一握一拔。九蘅的心哆嗦了一下，手按着招财的背部，怕它吃痛暴起。招财却没有什么反应，仍趴在那里生着闷气。再看伤处，箭已没了，只留下一个小小洞伤。

这捕头的手法竟如此利落，转瞬间就已经把箭取出来了吗？

她惊讶地问："箭呢？"

"我收起来了。"捕头冷淡地道。

九蘅暗叹：又会打架又会疗伤，真是高人啊！就是一脸冷冷的样子，大概是捕头做惯了，一身严正之气。她走到樊池身前把手伸进他怀中一阵乱摸——他衣襟里侧藏了一个施了收纳术的锦缎荷包，装着从琅天城里带的生活必需品。

她摸出一瓶伤药给招财敷在屁股上，招财又痛又委屈，发出呜噜噜一串低叫。

几个人都累了，坐在石上暂作歇息，捕头也做了自我介绍。

他朝二人补了一揖："我叫银山，是京城的一名捕头，追踪一个惯偷到了这里。我曾亲手把这家伙抓进牢里四五次，可他屡教不改。大概一年前，相爷府一枚贵重的火焰珠被盗，一查之下又是他干的，还带着宝珠逃出京城，我被这小子气炸了，发誓一定捉住他。一直追了几百里，最后失去了小贼的踪迹。这期间天下大乱，也不知这小子死活，怎么找也找不到，我都以为他死于鱼妇之口了……"

银山的语气又气又恨，透着恨铁不成钢的痛惜："我找了他数月之久。前段时间险些放弃了，却无意中看到他。然而我一追他就跑……这混账东西！追了他多日一直追到这江边又不见了他踪影。而这江里全是人脸怪萍，也不知他入水后能不能躲过它们……"

九蘅与樊池对视一眼，无声交流：这位捕快不像在追犯人，倒像担忧不听话乱跑的兄弟一般呢。

银山接着道："我刚看到撑竹筏的渔女，一眼识出她没安好心，我没跟她废话，一刀斩了妖女，抢了竹筏硬闯水道，不料被冲进这古怪暗河之中，都困在这里两天了，也不知那臭小子还活着没。"

九蘅额间有滴滴冷汗冒出：这捕快好生强悍……若不是有两下子，也没办法在这乱世四处闯荡还能存活下来吧。

银山的目光忽向二人身上扫来，目光犀利："话说，我看你们会使异术，是修道之人吗？你们一家来这种地方做什么？还带个孩子！"

九蘅道："我们也是来找阿步的。"

银山一惊："你怎么知道那小贼叫阿步？"

是的，她确定他们在找同一个人。火焰珠，不就是赤鱼妖丹吗？原来是阿步盗来的啊。不过银山捕头永远不能追回赃物了。她瞄了一眼假装看河水的樊池。

至于银山将他们误会成一家三口，说来话长，她也懒得解释。樊池也没吭声，大概也是懒得解释。然而她不知道，他非但不想解释，心中还甚是受用。

九蘅对银山说："你放心，阿步不但机灵，还有些个了不起的本事，区区美人萍难不住他的。"

银山脸色更加警惕了："你们知道阿步的本事？"一脸害怕自家孩子被坏人惦记的模样。

两天前，穿山而过的水道另一端，绿水蓄起一片湖泊，美人萍四处漂荡。萍间的水面无风起痕，人面花被惊动，转动着寻找目标，却什么也没看到。

水痕一直划到岸边，哗的一声响后，涟漪渐渐平静，岸边出现一个浑身湿透的少年，正是阿步。他坐在岸边草地上把衣服脱下来一件件拧得半干，其间人面花们看到人影纷聚过来，口中黑蕊诱惑地摇摆。

阿步把仍湿着的衣服穿上，将那块黑蛟腰牌谨慎地藏在怀中，回头看了一眼那个黑洞洞的隧道出口。他隐身避过美人萍游进来时，不小心也被水流冲进了那个循环水道。不过这特意改造用来困住人的水道却难不住他，他很快找到了出口，顺利进到山的另一侧湖中。

他知道银山在山外的江边找他，但水中有美人萍，他猜测银山不至于冒险入江，毕竟捉个贼而已。但他会在做完那件事之后，回来找银山，然后乖乖跟他回京坐牢。

而在那之前，不能让暴脾气的银山把他抓回去，他不会说话，跟银山根本解释不清楚。这时他有些后悔在遇到银山时显形出来。

他是隐着身路过一家路边小酒铺时看到银山的。灾后酒铺老板早不知跑去了哪里，屋中倒是有几坛酒保存了下来。银山抱了一坛正在自斟自饮。

阿步盗窃了火焰珠，也就是赤鱼妖丹之后，逃离京城已有半年多了，这么长时间没看到这个曾数次亲手把他逮进牢里、又对他穷追不舍的捕头，居然心生亲切，有亲人重逢的感觉。

银山来到这远离京城的西南边陲之地，不知是办什么案子……

仗着隐身，悄悄坐到了银山的对面，想安静地偷偷看他。

银山此行必是奔波劳累，比起以前消瘦了许多，胡子拉碴的，但五官依然深邃，脸颊棱角分明，掩不住的英气。

他一碗碗饮着酒，心情郁郁的样子，目光落在桌上的一张通缉令上，始终没有移开。

阿步心想：是什么犯人让一向天不怕、地不怕的银山愁成这样？

他好奇地朝通缉令上看去，愣住了。那上面有他唯一认得的两个字："阿步"。人像描绘的正是他本人的模样。

这么久了，银山还在抓他？

阿步虽隐着身但仍心虚不已，悄声站起来，蹑脚走开，却听身后咚咚两声，是银山的手指在通缉令上敲了两下，念了一声："臭小子……"

虽然隔了一段距离，他的声音又低，但四周太安静，这三个字仍清晰地传进了阿步耳中。

阿步脊背一僵。臭小子，是银山专对他的称呼。难道银山看到他了？急忙低头打量自己，看是否不小心显了形。

没有啊！还是隐身状态啊。

只听银山用略带沙哑的嗓音低声接着道："到处都是妖怪，你到底跑到哪里去了？"

阿步呆住了，怔怔回头望着银山。

银山脸上露出一个寂寥的微笑，眼中泛着泪光，对着通缉令自言自语："臭小子，每次看到我就跑，觉得我专门针对你，总是跟你过不去，是吗？……我可不就是针对你！一回回的不学好，小偷小摸的毛病怎么教训也不肯改。就不能听话一点，跟着我混吗？你最好快点让我找到……否则的话，老子就不找你了，回京算了！"他居然对着通缉令凶狠地威胁起来。

端起酒碗灌了一口，溢出的一缕酒液沿喉结滑下，滑入敞开的衣襟内结实的胸口。银山声音忽然又悲伤起来："臭小子……你可千万别……有事啊……"

阿步怔怔落下一滴泪，无声地砸进尘埃。

银山的眼角似乎瞥见了什么，朝这边看了一眼，低头揉了揉眼，再看。

他猛地跳起来："阿步！"

阿步大吃一惊，低头看自己一眼，果然，不小心显形了！一定是刚才心中一酸，有了那么一点想让银山看到自己的意愿，于是就无意识地显形了……这个隐形异能就这点不好，不像术法那般运用起来需要咒语、口诀，而是随心而动，而人的心有时是控制不了的。

看着银山朝他冲了过来，阿步慌忙凝神，再度隐身。

银山眼睁睁看着他在视线中消失，茫然四顾，待了一阵，以为自己是幻觉，又疑心阿步其实已经死了。想到这里竟腿一软单膝跪地，眼眶发红。

已经悄悄跑远的阿步看到他那个样子，忍不住又显了形。

这次银山看清了，暴起直追，喊着："混蛋，不准跑！"

阿步想说我可以跟你回去，但现在不行，我还有事要做，能不能容我把事情办完了再……然而腹诽有什么用！看银山目眦欲裂、气势汹汹冲过来的样子，别说他不能说话，就是能说，银山也完全听不进去啊，分明只想揪他回京城去！于是他只好再度隐身逃跑。

就这样，在银山要抓住他的时候隐身一阵，银山找他要找疯了的时候再心软地现身一下，甚至在银山完全追错路线的时候，他还得跑回去故意让银山看到。路上找到了吃的，还会分一半悄悄送到银山身边。情况非常尴尬，心情特别纠结。

不远不近躲躲逃逃的把戏一玩就是几百里……阿步也很无奈，想一走了之，又怕银山急坏了。直到来到目的地隶州镇外的江边，凭着自己的水性和隐身的本事跃进了满是美人萍的江中，将银山丢在江边。等他办完事再回来找银山好了。但令他没想到的是九蘅他们几乎同时赶到，并且跟银山一起被困在循环水道。

站在湖边草地上，阿步深情看一眼穿山隧道，转身走向密树掩映的小城，两步之后就隐了身形。虽是荒蛮之地，可一年前他来隶州镇的时候，这里还井井有条，现在石板路的缝隙中已冒出荒草，一座座竹楼民居藤蔓缠绕覆盖，不见一个人影。树影浓密，阴气森森。

藏在深山中的小城虽然没有逃过乱世妖祸，但在美人萍的作用下，阿步一路走来，并没有遇到一只鲛妖。

小城中有一座显眼、庞大的木塔巍然耸立，远远望去能看到塔顶。那里应该就是阿步要去的地方。虽然从此处到木塔之间的道路是按迷眼阵法修的，一般人看着塔很近却无法走过去，但难不住阿步。

隐形的少年悄然无痕地蹚过路面青草，草叶晃动只如一阵风吹过。

胸前佩戴的镰月符变得越发灼热，几乎要将皮肤烫伤。

其实，在离隶州几百里时，镰月符就已开始发热，随着距离的缩短，由温热逐渐变为现下如烙铁一般的滚烫。

这说明要找的人很近了，就在那座楼里！

走到近前，看到楼门上挂着匾额，上书"九叠楼"三个大字。然而数一数，只有六层。

楼身是圆形的，绕楼一周大概要五百步，楼身木材透着沧桑青黑，像经历了千年的风吹雨淋。站在楼前抬头看，巨大的楼身仿佛要倾覆过来，让人感觉十分压抑。

阿步沿着楼前石阶走向黑洞洞的楼门入口，虽然没有门板阻拦，也无人守卫，却并不意味着此处可以随意出入。

一眼看去，就知道这是一座易进不易出的楼。

桃源深处九叠楼

阿步没有犹豫，从脚腕绑着的刀鞘中抽出一把锋利匕首握在手中，隐着身形走进楼内。

进入楼门走了没几步，环境便暗了下来。这里是九叠楼的一楼，单层高度很高，光线从高处窄窄的小窗投进来，一缕缕黯淡光影在楼内青黑木结构间穿过又交织，显得阴森神秘。

四周安静得可怕，空气中飘着木建筑特有的沉沉气息。

阿步沿着走廊走了一阵，楼道时而狭窄，时而曲折，时而又分为两路，是奇门诡阵的设计。偶尔会看到有的房间门半开着，望进去也是空荡荡的，古旧的家具蒙着灰尘，仿佛已许久无人居住。

难道这里真的没人居住吗？不，镰月符告诉他，她一定在这里。距离太近，符只是一味灼热，已不能靠它判断方位了，只能自己找。

他注意到这楼里隔一段距离就摆着容器，或瓶，或罐，或缸，里面装着水。也许因为楼体是木制的，用来防火的？他在心里暗暗地想。

突然传来阵阵咯吱声，四壁微微晃动，灰尘震得扬起。

发生什么事了？这楼是要塌了吗？

少年在原地站稳，环顾四周，心中升起惧意。

晃动越来越剧烈，地面和墙壁居然移动起来，左挪右移，上错下合，榫卯的结构拆开又咬合，片刻之后环境已经发生了改变，前方的直道竟多了一条岔路出来，光线也骤暗，壁上的小窗消失不见，取而代之的是几盏光线微弱的长明灯。

阿步明白了，现在他已经不是在一楼了，而是下沉到了地下楼层。九叠楼地上有六层，那么地下该有三层吧，不知现在自己是到了地下哪一层。

懂得奇门阵术的阿步深深震撼，心脏狂跳。这楼内布局变幻的奇阵，简直玄妙精绝！

精通奇门诡阵的人进到九叠楼的某一层中，花些时间是能找到出路的，但时时变幻的迷局会让之前的参悟和探索前功尽弃，只能从头开始。更何况楼里的人如果发现有人闯入，必会追来，很难有机会逃出去。

不过他有隐身的异能，或许可以尝试着闯一下，但在那之前要先找到她。

正想再次开始搜索，前方突然传来人声，他急忙屏息靠墙站好。

若不是他隐身，九叠楼的人绝不会让他"偶然"遇到。他们只会无声无息地出现在闯入者身后，一招制敌。两个人影沿走廊一边说话一边走来。他们身穿黑斗篷，即使在楼内斗篷的帽子也戴在头上，眼睛被遮进帽檐暗影，只露出因为少见日光而格外苍白的半张脸。两人腰间都挂着只铜葫芦，随着脚步晃来晃去，古旧光泽映进眼中。

这二人在阿步身前不远处走过。虽然只露了半张脸，他还是从那刀刻般冷硬的下颌线条中认出了其中一人。他忍不住颤抖起来，险些要扑上去将匕首捅进这人的心脏。

那人的脚步突然顿了一下，朝阿步站着的方向看了一眼。阿步一惊，急忙低头看一眼自己，没有显形啊！旋即意识到是自己情绪激动，大概是呼吸声被察觉了，赶紧屏息。

好在那人看过后没发现异常，跟身边的人走过去了。良久阿步才敢舒一口气，握刀的手浮着冷汗，心中燃着恨意。

此人叫作魖长老，是这九叠楼的主人，正是这个人劫走了他的幼烟姐姐——这个世界上对他最好的人。

九蘅说过，生有镰月瞳的妖是凶妖，而樊池神君的职责便是诛杀凶妖。可是……他的幼烟姐姐即使有那样的面目，也不可能是凶妖。

他是在十岁那年遇到幼烟的。那天他仗着身子瘦小，钻进一座大宅行窃时遇到了被囚禁的幼烟。

他藏在暗处，看到婢女从一个小小窗口把饭菜递进一个被反锁的屋子。婢女走后，阿步悄悄掀开小窗往里看。那时幼烟十四五岁，瘦弱而苍白的少女听到声音，抬眼看过来，目光触到阿步时，空寂的眼神忽而亮了一下，阿步慌忙躲到一边。

少女来到窗边，小声说："你是谁？我是被他们抓来的，你能救我出去吗？"

阿步有点犹豫，这样的深宅大户把一个女孩子关在这里当然很不像话，可是，师父若知道他不专心偷东西，反而去管无关的人，必会打断他的腿。

但是天性的善良让他无法转身离开。那把锁虽然沉重结实，他还是打开了，这是他的强项，并没有费多少工夫。

少女出了屋子，刚想把锁头锁回去伪装成人还在里面的样子，就被巡夜的人发现了，那人大声喊了起来，阿步吓得转身跑了两步，又转身回来抓住少女的手拉着她一起跑。

幸好他为了行窃，早就踩好了路线，迅速找到了钻进来的那道侧门处的墙缝。好在少女也身量瘦削，两人都钻了出去。而此时，院子里已是呼喝连连，围满了打着火把四处搜捕的人。

阿步那原本等在墙外望风的伙伴早就听到动静跑没影了。少女跑了几步，发现阿步没有跟上来，着急地说："快跑啊！一会儿他们追来了！"却看见小小的男孩站在那里发抖，满脸恐惧的样子，眼泪流了一脸。她愣道，"你怎么了？"

阿步没法解释，他不会说话。少女顾不得许多，硬拉着他跑进居民巷子里，在巷道深处看到一堆树枝柴火时停下脚步，让阿步靠边等着，拿柴火左堆右堆，堆出几个屏障一样的壁垒，拉着阿步躲到了里面。

那天夜里京城里有一场低调却规模不小的搜捕。两个孩子缩在柴堆后面，数次听到脚步声从旁边过来又过去，那些人却根本没发现柴火后藏着人，因为少女堆的壁垒仿佛一个迷眼障术，从外面的角度看过来就是一个完整的柴堆。

而小小的阿步一直在默默流泪，少女抱着他小声安慰也没有用。后来她猜出他并不是害怕追捕的人，而是另有所惧。他在怕什么呢？

他们在柴堆后躲了两天，饿得头晕眼花也不敢出去。不过这两天中少女凭着她过人的聪慧半悟半猜读懂了阿步的手语，终于明白他在害怕什么。

他在害怕"师父"，一个在阿步幼小时就把他从父母身边拐走带到京城，灌他喝下哑药，将他教成小偷的师父。这个师父严厉而残忍，徒弟行窃一旦失手就会被严惩，落个打死或打残的下场。

这次阿步为了救她，不但没偷到东西，还惊动巡夜人，师父一定会打死他的。

少女疼惜地抚着他的头发，音调柔软而坚定："不要怕，姐姐会保护你的，我一定不让他伤害你。我叫幼烟，以后我就是你的亲姐姐。"

阿步三四岁时就被师父拐走，已不记得父母亲人的模样。他从来没有过亲人，这时忽然有了个姐姐，开心得连害怕都忘记了，含着泪咧嘴笑开，用力点头。

忽又有脚步声传来，两人赶忙屏息蹲好。这次来的却不是追杀者，而是两个普通居民。他们一边走一边聊着天。

甲："哎，你听说了吗？京城的贼帮被连窝端了，一个不剩全部打入了大牢，连老黄皮都进去了！"

乙："什么？那个老贼头也抓了？那京城以后可安宁了，官府这次总算是良心发现，为民除害了！"

甲："什么啊，民还不是沾了官的光。听说是这伙贼胆大包天偷到了相爷府，相爷震怒，这才将他们一网打尽的……"

两人说着话走远了。而阿步则露出一脸惊奇，比画了几下幼烟就看懂了，她惊喜地说："老黄皮就是你师父？太好了，他被关起来了，你不用怕了！"

二人又挨到晚上，谨慎探听一番，搜查应该是结束了。他们实在饿得受不了了，阿步打着手势示意自己要去偷点东西给幼烟吃。

幼烟点点头："你小心些。"

阿步出了柴堆，就近选了一户人家，扒着墙壁往上攀去，身后突然传来一声低喝："哪里走！"一只大手拽住了他的脚脖子。

他吓得肝胆俱裂，手一松摔了下去，被底下的人一把接住。他惊慌抬头，认出来了，是亲手抓过他好几次的捕头银山——那时的银山还只有十七岁，俊朗的面容尚有青涩，做事却从不含糊。

这可好，又被逮住了！

银山紧紧拎着阿步的衣领，双目含怒，压低声音质问："臭小子，这几天你跑到哪里去了？"

阿步不会说话，没法解释。眼睛却忽地睁大，一脸惊恐。

银山奇道："怎么了？"

话音未落就觉一记闷棍打在背上，他吃痛吸气，回身看去，拿棍子偷袭他的竟是个纤弱少女。少女此时吓得小脸雪白，拿着棍子的手直哆嗦。

银山恼道："你又是哪里冒出来的？你一个小丫头能打过我吗？放下棍子。"

幼烟虽害怕仍坚持着："你……你放开他！"

银山苦笑："我不是来抓他进大牢的。这几天不知发生了什么事，上头命令围剿贼帮，抓进去的皆被秘密施以酷刑、严加审问。我生怕这小子先一步被他们抓到，这两天没日没夜地一直在找他！"狠狠地拎着阿步晃了两晃。

银山对少女说："你们跟我走吧，去我家躲一躲，没人会去我家搜人的。"说罢拖着阿步就走，幼烟犹犹豫豫跟了上去。

没走多远，他们就来到了一个简陋破旧的小屋前，银山将两个孩子带进屋，先塞了两块饼到他们手中，两个家伙吃得狼吞虎咽。

银山冷着脸打量着陌生的少女，问道："你是什么人？怎么跟阿步认识的？"

一开腔就是审问的架势。

幼烟咽下饼子，睁一双秀美的眼睛道："我是个小偷。"

阿步听到这话吓得一呛，一把拉住了她的手，急得眼睛眨个不停，意思是说：你这么诚实干吗呀，他可是个捕头，专抓小偷的那种！

银山拍了阿步的脑袋一把："吃你的饼！"

阿步委屈地咬了一大口。

幼烟倒不以为意，对阿步微笑道："捕头大哥有意保护我们，我也不该相瞒。"接着对银山说道，"我是从南边流浪到京城的，凭着小偷小摸的本事才没饿死在路上。前几天溜进个大户人家，窥到他家有个红宝珠很值钱的样子，就想偷出来，结果被发现关了起来，是阿步偶然遇到，将我救出来的。"

银山冷哼一声，又横了阿步一眼："偶然遇到？怕是进去行窃时遇到的吧。"阿步心虚地缩了缩脖子。

银山气恨地戳着他们的脑袋："你们这些不争气的东西……若不是这几天官府捉住贼就往死里上刑，我非把你们也送进去不可！"

银山的屋子很小，只有一里一外两间，幼烟是女孩子，睡在里间唯一的床上，银山带着阿步在外间打地铺。阿步睡觉不老实，躺下时好好的，早晨起来时要么趴在银山肚子上，要么脚丫子踩在银山脸上……

白天银山去往衙门当值，两个孩子在家把门反锁，一步也不敢出去。闲得无聊时，幼烟就教了他一些小把戏。她拿树枝蘸着锅底灰在地面上画出迷宫图形，看似很简单却很难走出去。后来又在院子里用水和泥，垒一些微型迷阵让阿步破解，经常玩得不亦乐乎，银山当值回来时，看到两人抹了一头一脸的泥水，也开心得呵呵笑。

阿步和幼烟在银山家藏了一月有余，幼烟做给阿步的迷阵越来越复杂玄妙，阿步聪明得很，在玩耍中学会了许多做阵、破阵的技巧，其中也包括了"九回阶"。

幼烟一边陪他玩着泥巴，一边笑嘻嘻说："阿步学会了这些，以后若是被追捕，就更好藏身了。"阿步忽尔恍然大悟。原来那天夜里在巷子中，幼烟用柴堆垒出来的藏身之处就是个小小障眼阵法啊！

他兴奋得很，想赞叹"幼烟姐姐好厉害"，却不会发声，只能拍手表达。幼烟笑得灿烂，笑容漂亮得耀眼。

她脸上的笑容忽然消失，抬头望着屋顶，阿步也跟着望过去，顿时感觉阴森之气扑面而来。屋顶上半蹲了一个穿着黑斗篷的人，帽檐下露出的半张脸，肤色青白，线条冷硬。眼睛被帽子遮住，却仍能感觉冰冷阴鸷的视线落在幼烟身上。

他吓得赶紧拖着幼烟的手藏进屋里，把屋门从里面闩住，一把抱住幼烟，害怕得小脸雪白。幼烟的脸上也是毫无血色，眼神变得空洞。她把小小的阿步紧紧抱在怀中，在他耳边低声说："阿步……以后你要好好照顾自己……"语气中透着永诀般的悲伤。

阿步面露惊恐，紧紧抓着她的衣服拼命摇头。

门闩咔的一声响。明明是从里面闩住的，却不知如何被人从外面轻易弄开了。门被缓缓推开，身穿黑斗篷的人出现在门口，犹如地狱的使者、索命的判官。

接下来的事阿步不记得了，他在极度恐惧中失去了意识，醒来时房门开着，已不见了幼烟的身影。

他哭起来，依旧没有声音，只有那一脸的泪，在传达着他的极度惶恐与无助。

镰月符和银星钉

银山回来时看到这情景大吃一惊，赶紧把阿步抱在膝上，一边帮他擦泪，一边问道："你姐姐呢？"

那个女孩不曾说出她的名字，大概是因为小偷的身份，不愿把名字告诉一个捕头。他也没有追问过。

阿步哭着比画，太难过了所以比画得乱七八糟，银山只大体看出女孩是被人抓走了。

竟有人敢招呼都不打一声就到捕头家里抓人的？

他发愣的工夫，阿步滑下他的膝头跑出门去。

"阿步！"他叫道。可是阿步哪里肯听，只急着去找幼烟。

阿步顾不得被官府缉拿的风险到处乱转，在繁华的中心街道冷不丁被拎住了衣领："小王八蛋，我还当你也死了呢！"

听到这沙哑如鞋底磨过砂子的嗓音，他吓得腿都软了。战战兢兢抬头，看到老黄皮狰狞的脸。而且这张脸比以前更可怕了——多了几道疤痕，瞎了一只眼。

老黄皮就是他的师父，其实就是个老拍花子，挑拐来的孩子中伶俐的教成小偷；不机灵的就挖目或砍断手脚，丢到街上去行乞，讨了钱来全交给他。而阿步小时候看着太机灵了，老黄皮怕阿步被抓时供出他来，就给阿步灌下了哑药。总之是个凶残又无耻的老东西。

老黄皮扯着阿步走的时候，阿步发现他腿瘸了，手中拄着一根拐杖。看来在牢里吃了不少苦头。

尽管老黄皮残了，但这个不知把手下多少孩子虐死、打残的人在阿步眼中依然凶厉如旧。阿步一看到他就吓破了胆，乖乖地被扯着回到了破旧凌乱的贼窝。

自己躲藏了这么久，这次让老黄皮抓住了，怕是要打死他吧！

然而老黄皮只是把他往缺胳膊少腿的娃子堆里一丢，拿拐杖打了他几下，就颓然跌坐在一边，揉着伤痛的残腿，长叹一声，对天骂道："死了一半，就剩下这几个小王八蛋了，真他妈飞来横祸！什么女孩子！谁他妈看到过女孩子！"

阿步挤在小伙伴身边，茫然不知发生了什么。

后来阿步才听小伙伴说，他们连同老黄皮之前都被抓进了牢里，被严刑拷问一个相爷府丢失的女孩的下落。有一半同伴受不住刑，死在牢中，因为都是些无依无靠的小偷，打死也就打死了，没人追究。审成这样也没审出什么，一个月后活着的就都被扔出牢外了。

小伙伴撩起衣服，展露出伤痕累累的后背。

阿步心惊肉跳，陷入恐惧和自责的深渊。原来他们说的女孩子，是幼烟！而放走幼烟，害得一半朝夕相处的同伴死在牢中的，是他阿步啊。

可为什么官府那么执着地要抓到幼烟呢？她不是没偷到相爷府的红宝珠吗？

阿步想不明白，被这混乱又可怕的惨剧打击得浑浑噩噩。他不知该怎样面对这件事，性格变得更加沉闷疏冷，即使远远看到银山也会躲开。

银山有心想抓住他，给他谋个正经生计做，却发现这小子变得极其难抓，有时明明近在眼前，一眨眼又不见了踪影，简直气死！本以为养了一个多月能养熟点呢，这小白眼狼！

就这样过了三年，阿步的个子长了许多，依然是出没在京城的一个小贼。好在老黄皮半残了，也不太有力气打他们了。有时候他路过相爷府墙外的时候，还会去看一眼侧门边那道已被封上的墙缝——那一夜他和幼烟就是从此处逃出来的，这里是悲剧的开始。

他常常倚在墙缝边席地而坐，反复问自己是不是做错了。

这一天他有意无意地又转过来，看到了一个身影静静站着，一个身穿黑斗篷的人。他心脏一抖，下意识地躲到旁边。穿这种黑斗篷的人三年前他见过一次——那个男人抓走了幼烟。可是……这个穿斗篷之人好像是个女的？

他探头看去，看到了熟悉的侧脸。他的心脏仿佛瞬间停止了跳动——是幼烟。三年来生死未卜的幼烟，梦幻一般出现在面前。

幼烟长高了，五官也长开了，但他还是一眼就认出了她。他猛地冲了出去。尽管放出幼烟的事连累了同伴，但他对幼烟的感情无比深厚，依然视她为亲姐姐，把她当作世上唯一的亲人。

他想扑进她怀中大哭一场，告诉她，他多么开心她还活着，问问她这些年去哪里了，有没有受苦，有没有像他一样日夜期盼着重逢。

幼烟忽然转过头向这边看过来。他的脚步一滞。一瞬间，他看到幼烟的眼睛有些异样，她原本那对温柔的黑眼珠变成了左弦右弓的镰月形，十分怪异！

幼烟忽然转身走开，黑斗篷的边缘在巷子中闪了几下便不见了。他待了一阵，认为自己肯定是看错了。镰月形的瞳仁？怎么可能？

他撇开方才裹挟他的恐惧感，发疯一样在巷子中乱转，然而擅长奇门阵术的幼烟只要不想让他找到，他是无论如何也找不到的。

他满脸泪水，嘴巴无声地张了又张，平生第一次痛恨自己无法发声。

阿步没有放弃，在京城的大街小巷中日夜寻找。

　　这期间相爷府中出了一件大事：从相爷到他的子孙，直系三代十七口人陆续自尽身亡，听说死者表情如见厉鬼，十分恐怖。

　　阿步无暇关心这些流言八卦，一门心思寻找幼烟。找到绝望的时候，失落无比地拐进一条小巷。这条巷子深处的柴堆曾供他们躲藏了两天两夜，现在柴堆早已没有了……

　　他却在原本堆放柴火的地方看到了身穿斗篷的少女。幼烟没有戴那顶大帽子，露出了她白皙清秀的面庞，冲着他微笑，轻轻唤了一声："阿步。"

　　她的眼瞳圆润清亮，哪有什么镰月？就说那天是看错了嘛！

　　他猛地冲上去抓住她的斗篷角，一屁股坐在地上无声地哭起来，就像一个怨恨家人抛弃的小孩。幼烟也流泪了，紧紧抱着他安慰："阿步不哭。你不要恨我，那些人监视着我，我不敢跟你见面。"

　　幼烟拍着少年的背让他的抽噎慢慢平息，告诉他这些年她过得还好，没受什么苦，让他放心。阿步死死抓着她的袖子看着她，急迫的眼神不需要语言也把意思表达得清清楚楚：幼烟姐姐不要再离开我了！

　　她的嘴角浮起一丝无奈的笑，将左肩衣领往下拉了一下，露出一截清瘦的肩膀。阿步把她视作姐姐，不觉得有男女之讳，看到她的肩下两寸接近心脏的地方有一个小小伤疤。

　　幼烟说："这里面射入了一枚银星钉，取出会死，而与它配对的是镰月符，不论我跑到天涯海角，他们都能凭借两者之间的感应找到我的所在。所以啊，我必须跟他们走，不能留下陪你。"

　　阿步不知道"他们"指的是谁，只急得直摇头。

　　幼烟忽然侧耳，似乎听到了什么动静。她低声对阿步说："以后不要做小偷了，听银山的，找个正经营生干。"

　　他心说即使他不想当小偷，老黄皮也不肯放他呀。

　　幼烟又说了一句："要照顾好自己。"就将他往暗影中一推，自己起身走进小巷亮处。

　　穿黑斗篷的人从半空无声落下，如一只阴气森森的夜蝠，被帽子遮去一半、冷酷的脸对着幼烟，腰间挂着一枚镰月般的黑色坠子。幼烟轻叹一声，朝他走过去，如同走向不可抗拒的厄运。

暗影中突然冲出少年，直直朝着斗篷人撞了过去！

斗篷人不着痕迹地避过，阿步摔倒在地。斗篷人带着满身杀意，抬起右手对准他的脸，一条青绿小蛇顺袖而出，绕在他的手指之间，小脑袋冲着阿步一张，露出尖锐的小牙。

幼烟急忙拉住他，求道："魑长老，别杀他，您放过他，我跟你走。"这时阿步才知道这个人叫魑长老。

斗篷人似乎犹豫了一下，帽檐下冰冷的目光落在少年身上。他应该认出了阿步——三年前跟幼烟在一起的那个男孩。他铁钳一般的大手握上幼烟纤细的手臂，如夜蝠展翅轻松跃起，消失在一座座房屋后。

这个怪人，又一次从阿步面前带走了他的幼烟姐姐。

阿步流着泪爬起来，突然意识到手心火烫，烫得他把手中握的东西丢了出去，又急忙捡起来。是原本挂在斗篷人腰间的镰月符，他撞过去时顺下来的，幼烟说过"他们"凭这个东西可以找到她。

手中镰月符的热度在下降，很快不那么烫了。阿步意识到它与幼烟身中那个银星钉的感应是以热度来表示距离，热度下降说明幼烟离此地越来越远了。

他赶忙爬起来沿着他们离开的方向追去，却无法准确判断路线，镰月符越来越凉，心中越来越绝望。

就在阿步昏头跑着的时候，迎面忽然撞上一人，被拎住了领子。头顶传来熟悉的声音："臭小子！你在干吗？"是捕头银山。

阿步拼命挣扎起来，最后还狠狠咬了银山的手一口，趁他吃痛松手，不管身后的怒骂声，拔腿就跑。

然而终于还是没追上，手中铁符已完全冷却，再也感应不到幼烟的讯息。但是这次他没有再放弃，而是当夜就以麻利的身手，混出了京城。

天亮之后，相爷府的人来报官说丢了一枚火焰珠。

前几天相爷家十七口奇异自尽的案子尚未侦破，府中闹鬼的传闻正盛，府里的人或走或避，官府派去蹲守的衙役晚上也都只把着大门，不敢往里去，但偏偏有留守家丁与小偷撞了个正面，虽让他跑了，却看清了样貌。

当绘师按家丁的描述把小偷的样貌画出来时，银山的脸都白了。旁边的同僚拍了他一下："哎，银山，这不是你常盯的那个小哑巴惯偷吗？叫什么来着……阿步是吗？"

银山的脸由白转青，握紧腰刀前去请命，誓要亲手抓住这个臭小子！

他一边走一边咬着牙根低声骂："不知死活的东西……窃取相府重宝，这是死罪啊……混蛋……如果让我抓到你，如果……"

如果他抓到阿步，然后呢？把他送进死牢，押上断头台吗？

银山整颗心都颤抖起来。

不论如何，不能让别人先一步抓到阿步。请命之后，他先去小贼们常住的窝那里搜索，却撞见数个小贼从那个破屋子里惊叫着往外跑。他揪住一个问："出什么事了？"

那孩子哆哆嗦嗦指着屋子："死……死了！"

他脸色一变，冲进屋中，饶是他见过许多凶案现场，里面的惨状也令他不寒而栗。

一个破布偶一般的人倒在墙角，地上是大片血泊。他半天才认出那是老黄皮。更令他想不到的是，经过勘察，老黄皮的死因竟是自杀。

被吓破胆的小贼们前言不搭后语地说了事情经过：老黄皮像往常一样，午饭后喝着一碗茶叶末子冲出的大碗茶，毫无征兆地突然发疯，拼命自残！整个过程他似乎非常痛苦和恐惧，却因为先灌了哑药发不出声音。

这难免不引人联想——这个老黄皮曾用同样的手法把他拐来的小儿弄残，让他们成为乞儿或小偷。如今这些手段似乎还回到了他自己身上。

这是报应吗？报应的方式竟如此恐怖。

参加审案的人面面相觑，均想起了几天前中邪一样自杀了十七口人的相爷府。而且这个老黄皮自杀的方式比相府那些人更惨更怪异。

一边是个老拍花子，一边是富贵无边的相爷府，二者之间能有什么关系？

他们匆匆以自杀结案，不愿再沾染这充满妖邪气的案子。

银山却总觉得此案与阿步有关，感觉阿步正在走向诡异又危险的方向，心中如火烧燎。

他很快查出阿步已出京城。没做任何准备，银山就踏上了追捕阿步的征程。

九叠楼里斗篷人

相府红宝珠的确是被阿步盗走的。偷到手时，他才发现这个珠子若婴儿拳头般大小，焰光流转，被冰冷坚固的玄冰封住，一看就是价值连城的罕世珍宝，偷了这个东西大概是要被砍头的。

但他毫不犹豫地将它打进包裹，背在背上翻墙而出，其间还撞上一个家丁，险些被抓住，好在有惊无险。之所以不惜犯下死罪，是为了幼烟。他记得幼烟曾告诉银山，她第一次被囚禁相府，正是因为企图盗窃红宝珠。于是他就猜测是"黑斗篷"指使她去做这件事的，就像老黄皮指使他去偷行人的钱袋一样。如果拿它去跟斗篷人交换，必能换取幼烟的自由。

他背着红宝珠悄然出了城，没有方向。胸前挂的镰月符坠子始终冰冷，他期待着有一天它能感应到幼烟的讯息。

然而他更多看到的是自己的通缉令，几乎在每个城镇的入口都张贴着。红宝珠体积大，不好藏匿，一旦有守卫搜身查验他都只能落荒而逃，多亏幼烟传授他的奇阵术才一次次躲过抓捕。

而最执着于抓住他的人是银山，他一追就是半年之久，竟没有丝毫放弃的意思，令阿步十分懊恼。这捕头是没有别的犯人要抓了吗？一颗宝珠至于吗？

有那么两三次银山都望到他了，气急败坏的样子，好像一抓住他就要当场拍死，吓得阿步脚底抹油溜得更快了。

那一天他又不幸被银山捕捉到踪迹，天黑时将他追进一片山林中。

他听到银山在后面焦急地大喊："天黑别进山！别跑了，我不追你了！"

他相信才怪！

阿步毫不犹豫地闯入山林，不防一脚踩空从土坡上滚了下去，担心被银山追上，龇牙咧嘴忍痛站起来想接着跑，突然看到前方有个奇怪的发光物。

一只小狗一样的东西，浑身发着黄色的光。

那是什么野兽？为什么会发光？他好奇地盯着它看，它也看着他摇了摇尾巴，圆圆的淡黄眼睛看上去很温驯。他试探着朝它走近一步。它却突然跃起，冲着他扑了过来。

他下意识地伸手一接，却接了个空，只觉得眼睛瞬间被强光耀花，回过神来时，小兽已不见了，山林空荡荡的仿佛什么也没发生。难道是撞邪了？

身后的山头那边传来阵阵人声，不好了，是银山追来了吧？

顾不得管发光小兽的事，撒腿就跑——跑了不知多久，突然感觉哪里不对。为什么看不到自己奔跑时前后甩动的双手？低头看了一下——他的身体、双腿双脚都不见了。

脑子嗡的一声，刹那间怀疑自己已经死了。

阿步花了很长时间才搞清楚自己没死，而是有了隐身的本事。虽然不明白是怎么回事，但是这个本事对一个逃犯来说真是太便利了。

而这时他突然感觉到了镰月符微不可察的温度。他惊喜地把它握在手里反复试探。自从幼烟被斗篷人带走后渐渐冰冷，这是它第一次温起来，尽管比他的体温还要低一点，但的确是不一样了。

他终于走对了方向。他攀上正前方的一个山头，凭着天上星月，判断出他要去的方向是西南，幼烟姐姐在天边纵深处等着他。

他满心欣喜地朝西南而去。半路还意外地被背上的红宝珠的反应指引，得了个削铁如泥的宝贝——从九蘅那里抢来的赤鱼。

接下来樊池和九蘅的穷追不舍让他有些后悔，被迫跑进琅天城，一番经历之后，意外地与九蘅他们化敌为友，也明白了自己隐形异能的来历。

九蘅对他很好，樊池虽然冷冷的，但其实对他也是好的，这些他心里都清楚。

可是当九蘅提出让他留下跟他们在一起的时候，他内心自然地抗拒，也并非是因为还抱着寻找幼烟的念头，更多的是对拥有新同伴的不安。

曾经因为无心之失害得许多同伴死去的经历，让他下意识地不想再要朋友。或者说，他觉得自己不配再有朋友。

不过当九蘅说出将他视作弟弟，他还是心动了的。九蘅带给他的感觉与幼烟那么相像。

无论如何他还是要找幼烟的，不知该怎么跟九蘅表达，就把镰月符给她看了，没想到九蘅说他们曾经猎杀过长着镰月弯瞳的"妖物"。

他心中顿时一片冰凉，记起在相府围墙外看到幼烟时，她的眼瞳也是镰月形的。可是幼烟那么温柔美好，怎么可能是妖物呢？如果让九蘅他们见到幼烟，是不是也要杀了她呢？

于是满心惶惑的少年悄悄离开，想着要独自找到幼烟，救她出来，然后把她藏起来，让他两边朋友不要遇见，不要为敌。

虽然本要给幼烟赎身的赤鱼妖丹拿去救樊池的命了，但他现在有了隐身的本事，想将一个人救出牢笼应该不难吧？

兜兜转转，凭着镰月符最终找到了九叠楼，见到了这个经常进到他噩梦里的斗篷人。

魖长老跟另一个斗篷人眼看就要消失在拐角，阿步悄无声息地跟了上去，前面的人毫无察觉，推开一扇门走了进去。阿步紧跟几步，在门合上之前也进去了，然后迅速与他们拉开距离退到角落里，这才开始打量室内情形。

这是一间很宽敞的屋子，屋中已有另外两个斗篷人，加上魖长老他们，一共四个。他们在这昏暗的屋中也不肯摘下帽子，下半截脸也跟魖长老一样苍白，腰间挂着一样的铜葫芦。阿步几乎看不出差别。

四个人打过招呼，交流了几句话。从简单的对话中，阿步听明白了这四人的名号分别是"魖""魅""魍""魈"，但具体谁是谁就分不清了。

魖长老问道："外面试图闯进来的那些人弄明白身份了吗？"

另一人答道："尚未弄清楚。不过其中有个捕头，还有个黑毛妖兽，必是来者不善。"

魈长老说："他们既然能在长满美人萍的江里存活，就不是普通人。"

"他们都被卷进水道了，我这就去开闸放水，即使淹不死也会被冲到下游几十里，那里有巨蛇之穴，就不信他们能逃得出来。"

魈长老点头道："好。"

躲在墙边偷听的阿步大惊。银山居然冒险入江，被困在水道了？还有黑毛妖兽……难道是招财吗？！九蘅他们也来了，同样被困在那里了吗？

刹那间他记起了当初为了救幼烟，被无辜累及失去性命的小伙伴。难道要重蹈覆辙？！

心如沉入深渊，熟悉的入骨自责让他的呼吸错乱。

他必须先出去，把水道中的几人带出来，绝不能让悲剧重演。

脚轻轻踏出一步，一道银光突然迎面激射而来。他躲闪不及，只觉左肩一痛，有冰冷锐物没入。与此同时，有如乌云扑面，魈长老疾速袭来。他打了个滚堪堪避开，却离门口更远了。

魈长老的目光从地板扫过，一串血滴指向里侧墙角。帽下的刻板嘴角露出冷笑，道："隐形人？真稀奇。"

另外三个斗篷人也感兴趣地围了上来，阿步已没有机会逃离，肩部伤处的血掩不住地滴落在地。

魈长老已走到他面前，估测着位置冲他伸出手来，袖中蜿蜒而出一条凶厉的小青蛇，脱手飞向阿步所在的方位，正落在阿步的身上。

阿步突然显形。

斗篷人们终于看清了这个闯入者的面目：一个紧紧闭着嘴巴、双眼明亮的瘦弱少年。

令魈长老感到不解的是，青蛇已挂在少年身上，昂了昂头却没有攻击，而是啪嗒一下跌落在地。这小蛇是糊涂了吗？

魈长老突然惨叫一声，疾速抽回手，震惊地发现他的小青蛇突然造反，弹跳回自己手上，疯了一样狠狠咬住他的手指。

另一个斗篷人见状大惊，从腰间抽出一把弯刀冲着阿步当头砍下，阿步已无处可躲！

绝望闭眼之际，只听咔的一声，弯刀砍在脸侧的木壁上。

砍歪了？接着响起剧烈的咯吱摩擦声，墙壁晃动转折，就在那把弯刀从壁上拔出来还未来得及砍下第二刀的工夫，眼前的四个人已消失了，隐约有魈长老的怒叫声传来："我没带解药，快给我去拿！这蛇毒五步倒……"看来魈长老用蛇杀人从不考虑救活，所以不习惯带解药在身上，万没想到自己也有被咬的一天。

楼体结构变幻的奇象及时出现，恰巧救了阿步一命。

没一会儿话音也听不见了，墙壁晃动停止，头顶小窗透入天光，楼层又移到地上了。阿步后怕不已。若不是正好赶上楼体变幻，他已被一弯刀劈死了。而魈长老的小青蛇之所以不攻击他反去攻击主人……阿步抬起手来，露出一块白底黑纹的牌——正是从九蘅那里顺来的那块黑蛟腰牌。当初拿走这块牌子，就是想着用来对付魈长老的小青蛇的。

至于拿人东西要经过允许……从小就做小偷的阿步，这个观念尚未建立起来，反正用完再还给她就好啦。

这层楼又是静无人声。阿步倚着墙显形，微微喘息着察看了一下肩头的伤口。肩下约三寸处有一个小小的血洞，必是有什么暗器被射了进去，离心脏很近，幸好……

等一下。阿步低头盯着伤处，微微色变。他记起了幼烟左肩的那个小伤疤，难道这个也是……

这时有脚步声传来。

他知道自己猜对了。魈长老在他肩中打入了一枚银星钉，也能凭着另一枚镰月符定位他的位置。

阿步隐去身形，捂着伤处仓皇而逃，而即使隐身魈长老也能找到他，阴魂不散地追踪而来。九叠楼的复杂程度超过了阿步掌握的奇阵术，匆忙之间更找不到出路，而脚步声越来越近，越来越近。

被蛇咬中的魈长老怒不可遏，这一次大概不会给他活命的机会。

阿步胸前的镰月符依然滚烫。他不能像魈长老那样熟练应用这个符，无法精确判断幼烟在楼里的方位，只知道她离他近在咫尺，却如同远在天涯，他大概不能在生命终结之前见到她了。

他眼眶里溢出绝望的泪水，嘴巴张了又张，依然发不出声音。

如果能叫喊，那么至少幼烟能知道他来找她了吧？他再一次如此痛恨自己不会出声。

反正隐身也没用了，他干脆现出身来，拍打着路过的每一扇门。如果不能让她听到他，那就盼望着让她看到吧。

虽然不相信有那样的运气，正好能敲开一扇关着幼烟的门……

染血的手扶上一扇关着的门，门突然打开了。不是被他推开，而是被人从里面打开的。他尚未反应过来，里面的人已一把抓住他的手腕，将他拉了进去。

他看着拉他进来的人的脸，呆住了。

是幼烟。

他简直不敢相信自己的眼睛。幼烟惊讶地小声叫道："阿步！"他呼地扑了上去抱住了她的脖子。终于找到幼烟姐姐了！

脚步声已到了门外。他从重逢的喜悦中迅速落进巨大的恐惧中。

就在门外人的手按在门板上准备推开时，墙突然咔咔移动，楼体变幻术又启动了。幼烟和阿步紧紧抱在一起，上升沉降，左右摇晃，待安定下来时，门外已没了声息。

这原是防备外敌的奇技竟成了闯入者一再逃生的机会。幼烟退后一点，捧着阿步的脸又哭又笑："阿步啊，你是怎么找到这里来的？"

阿步摸出了胸前的镰月坠给她看。

"原来是你从魈长老那里把这东西拿去了？他还当自己掉了呢。"突然发现坠子上沾染了血迹，神色一惊，拉开他衣领看了一下，"银星钉！他们给你打了银星钉，很快会找过来。跟我走。"

她拉着他的手往外走，抬手开门时突然发觉看不到自己的手，回头看了一眼，低呼一声："阿步？"

然后感觉到手被用力握了一下——阿步在啊。

可是她看不到他。再看看自己，也仿佛消失在空气中。她惊道："这是怎么回事？阿步，是你把我们两个藏起来的吗？"

阿步又握了她手一下表示回答。

"不得了，我们阿步好厉害！"她想摸摸他的脸表示惊喜，因为看不到，不小心戳到了他的眼睛，急忙道着歉说，"我们先找地方躲起来再说。"

无法离开的女孩

两人隐着身沿走廊而行。幼烟可能是因为在这楼里生活太久，对道路十分熟悉，一次次避开正在满楼里追捕他们的斗篷人，又充分利用过一阵就变幻一次的楼体，最终到了楼顶角锥形的一个阁楼里。此时天已黑了，星光从一扇小窗泄入。

她关上攀上来的入口，说道："这里是整个楼的中心，藏在此处最能混淆镰月符的感应，他们很难找到我们的。"

阿步这才放心地显了形。

幼烟从怀中摸出一包药末，替他敷在伤处，手法轻柔，语气温暖："不用怕，这种伤很快就不痛了。"

忙完了，定定看了他一阵，幼烟眼中忍不住又浮出泪水，声音哽咽了："京城距此千里之遥，你是怎么找来的？这一路上得受了多少苦啊！"

阿步没有办法用手语给她讲那些风吹雨打、被围追堵截的历程，只拉着她的手，指了指星光灿烂的窗外，意思表达得很清楚：跟他走，逃出去。

幼烟的神情却露出绝望，指尖也变得冰冷，喃喃道："我走不了啊，阿步，我走不了。"

阿步焦急地摇着她的手，不懂她为什么不能走。

幼烟只失神地望着窗户框出的一方星空，不再说话。不知过了多久，阿步在焦虑中枕着她的肩膀睡着了。半夜里他忽然惊醒，发现身边已没了幼烟的身影。

幼烟去哪里了？他有些慌，去查看入口，那个要从下面掀上来的盖子仍关着，而且是从里面反插了闩。那么她是从哪里出去的？那个小窗吗？这么窄，就算幼烟身段苗条，想钻出去也费劲。而且这可是九叠楼顶层，十几丈高呢。他打开窗户张望了一下，窄窄窗台外没发现有落脚的地方。

他不知该如何是好，虽然冷也不敢关窗，生怕幼烟回来时进不来，抱膝缩成一团，眼巴巴望着窗口。

在楼体震颤着做过一次变幻后，他琢磨了一下两次变幻之间的时间间隔，决定利用空隙去楼中找找她，只要结构不变幻，他应该能找到回来的路。他隐了身形，打开地面上的暗门，沿木梯下到底下楼层。夜晚的九叠楼更加阴森。

隐隐有话音传来。他蹑手蹑脚地行进，在复杂的楼道中尽可能地靠近声源。虽然他一时转不过去看不到人影，但静夜里的话音穿过障眼的墙壁，有一句没一句地落进他耳中。

一个略带嘶哑的男声道："这孩子一路闯进九叠楼畅通无阻，层层机关都没能拦住他，还会隐身的术法，实在罕有，绝不能活着落入他人之手。九叠楼的规矩有入无出，留下能活，想走则死，让他自己选。"是魈长老的声音。

他在跟谁说话？而且还是在讨论将阿步扣留还是灭口的话题。

阿步听得一头冷汗，不防太专注忘记了时间，这时楼体作响，墙壁挪移，他所在的位置不知沉降到了哪一层，争吵声也听不见了。心道不好，这要回去阁楼可得费劲了。魈长老此时若用起镰月符，很快就能找到他！

他着急地找路，只走了几步，就听嚓嚓几声响，两边墙壁突然飞出几根横木贴着他身体左右架住，等他回过神来，已被木头锁了个结结实实。竟是个锁人的机关。

挣扎了几下，他发现脑袋四肢都在木缝中卡住，根本无法脱身。

忽觉前方阴风扑面，一转眼，看见勾魂使者一般的魈长老堵在前方，定定盯着看似什么也没锁住的机关，一实一虚两个人的目光竟相撞了。阿步心一沉，糟了。

魈长老嘴角现出冷笑，抬腿走过来，却一脚踩空，地板瞬间沉陷又瞬间合拢，斗篷边缘一闪就不见了。

魈长老在自己家竟也能陷入陷阱？阿步暗自庆幸，然而仍不能脱身。身后忽然传来压低声音的呼唤："阿步？阿步？"是幼烟来找他了！

他显形出来。幼烟看到他，急忙跑过来，扳着墙壁上的机关放他出来，责备道："怎么能出来乱跑呢？这楼里夜间会启动各种杀阵，很危险的！"

好不容易将他拆了出来，从怀里摸出一个油纸包，打开里面居然是一个鸡腿。她笑眯眯道："我是去给你找吃的了。"将鸡腿塞进他的手里。

他狼吞虎咽啃了几口，想起了什么，抬头看着她，不顾手上的油，拉住了她的手，满眼乞求。

"一起走吗？"她的脸上露出无奈的笑，指了指自己的左肩，"你忘了我也有银星钉了？只要他们想找我，我逃不掉的。"

阿步摸出挂在他脖子上的镰月符。它一直很烫，他不得不把它塞在里衣和外衣之间，否则烫得皮肤疼。

幼烟笑道："是啊，我的镰月符在你这里。可是这东西就是他们做的，他们早就做出另一个了。"

阿步不由自主按了一下自己的肩。幼烟叹道："对……即使你出去了，他们如果想找你也轻而易举。所以……阿步，留下来陪我好吗？"

留下来？阿步茫然看着她，反应不过来这话的意思。

突然隐隐有熟悉的声音传来。有银山暴躁的叫骂声，还有另一个男子的声音，听起来是樊池的声音。难道他们全都闯入楼里来了？

九蘅等人在水道中探索出路的时候，水位突然猛涨，汹涌水势将他们冲出暗河，卷到江面上去，直冲出三十里外。这若换成普通人早淹死了，而他们这三十里水路倒还悠闲——樊池祭出结界球，这次乘客多了一个银山，稍微挤一点。银山稀奇地打量着这个大泡泡，手中现出一把红柄小匕首，就想戳戳看。

樊池暗暗冷笑，也不阻止。神之结界岂是凡间铁器能攻击的？看不反弹回来划破他自己的脸！

然而匕首划上结界壁的刹那，尖刃居然破壁而出，整个结界球从这个破口开始迅速撕裂，所有人连同招财都落入水中，九蘅怀中的进宝还呛了水，哇哇大哭！樊池大惊，赶紧再结了个球出来，将九蘅、进宝、招财收纳在内，独独将银山丢在水面。

银山一边踩水一边道歉："抱歉啊，我只是好奇，没想到这么容易破！让我进去吧……"

樊池大怒："你到底是什么人？！"

"我是个捕头啊。"

樊池冷眼盯着他："凡人的铁器绝不可能破除我的结界！你若是凡人，至少你的武器不是凡器，刚才那把匕首拿出来我看看。"这明明是个身有灵力的人。

银山犹豫一下，从水中抬起手，手掌中露出一把匕首。

樊池看了看，说："不是这把。"刚刚那把的刀柄明明是红色的。

银山"哦"了一声，手没入水中，再抬起时换了一把。依然不是红柄的。见樊池脸色不善，他有些慌："好像又拿错了，我再找找。我不记得刚刚用的那把长什么样子了……"

他接连换了五六把匕首，色泽形状各异，就是没有红柄的。已安抚好进宝的九蘅忍不住"噗"地笑出来："您出门带多少把刀啊？"

樊池的脸色也越来越古怪。

银山还在不断地摸出各种刀，忽觉身后有异。扭头一看，是一丛美人萍围过来偷袭。他手中突现长剑，将近处几朵人面花从花茎斩断，长剑又瞬息收起，袖中飞出连发袖箭，将远处的几朵射得稀烂。

正杀得兴起，身后一紧，被樊池拎住衣服揪进了结界球内。他刚想道谢，却不防被一脚踩住，然后樊池开始动手扒他的衣服。

"壮士！……别这样！放开我！"

九蘅兴致盎然地旁观，顺便捂住了进宝的眼睛。

樊池毫不理会，三下五除二将他脱了个半裸，直起身再一脚踩上去，咬牙道："你身上一柄武器也没有，那些刀啊，箭啊是从哪里冒出来的？"

银山拽着衣襟掩住肌肉结实的胸口，无奈地看着他们，叹一声道："看来我这机密也藏不住了……"脸上突现惊异状，指着樊池背后叫道，"那是什么？"

樊池怒道："不许耍花样！"

九蘅却也叫起来："啊！——大蛇！"于是紧紧抱住了进宝。

樊池回头，看到前方河道中蜿蜒着一条巨型水蟒。这西南密林中多蟒蛇，但大到这个程度实属异常。它的腰身比水桶还要粗，身长十几丈，双目赤红，嘴张到要撕裂般极限地大，口中冒着团团黑气，迎着结界球而来，好像企图把送上门的大餐一口吞了。

樊池在结界壁上拍了一掌，击得球体逆流而上，对着九蘅说道："这蟒已妖化，先带着进宝走远些，我再回来……"

水蟒穷追不舍，球中的人都能看清它黑洞洞的喉咙了。只听泼刺一声，一个黑影冲球而出，迎面扑向水蟒。

是招财……它饿了。

九蘅惊声喊道："招财不要，这条蛇太大了！"

樊池也面露担忧，想要上去帮它。却见招财飞跃过簸箕一般大的蛇头，在蛇背上灵敏地踩踏跳跃。水蟒拧头追咬，却咬不到它，长长的身子卷曲拧动着想盘住招财，一时间水面白浪翻腾，蛇身翻卷如蛟龙闹海，其间一道黑影蹿来蹦去，让樊池想帮忙都无从下手。

招财瞅住一个空隙，一口咬住水蟒七寸处，水蟒疯狂地挣扎起来，而招财死也不肯松口，四爪深深扒进蟒皮之中。这一番闹腾激起大浪，结界球都被远远推到了岸边，他们干脆散了结界，上岸观战。

水蟒折腾了足足有大半个时辰，终于没了力气。

招财努力把它往岸上拖，拖了一截蛇身上来时，九蘅上前用赤鱼照蛇头补了一记，终于了结了这个大家伙。

刚要夸夸招财，却突然看到赤鱼戳开的蟒额裂口处冒出一枚碧绿珠子，浮在半空。

妖丹！这条水蟒居然结了妖丹！真是意外惊喜啊！

九蘅伸手去抓，却不料招财腾空跃起，一口把妖丹吞了——这可是它辛辛苦苦抓的猎物，这妖丹也是属于它的不是吗？

九薇一声怒叫，扑到招财背上掐它的脖子："吐出来！你给我吐出来！"

招财还没咽下去呢……"噗"的一声，被迫把妖丹吐了出来，委屈不已。九薇连忙抢着拾起来在衣服上擦了擦，拔腿奔向樊池："快，快吃了它……"

樊池转身就跑："我不要，猫吐出来的，脏死了！"

九薇飞身而起将他扑倒在地，凶悍地骑在他身上，用力捏开他的嘴塞了进去。

远处，银山坐在河岸上呆呆看着这混乱的一幕，又看了看身边那个名叫进宝的婴儿。这奇怪的小家伙正虎头虎脑地趴在地上，十指化成树的根须插入土中，一脸美滋滋满足的表情。

银山喃喃道："这都是些什么人啊……怎么比我还奇怪……"

樊池被迫吞下了水蟒妖丹，被九薇拉着回来时，一脸郁闷就跟被迫吞了毒药似的。看到银山的时候，脸上赌气的模样顿时扫去，换成一张冷傲的神君脸。

银山站起来，刚要说话，樊池手一抬，一道隐含电光的透明墙幕竖在二人中间，又是个隔离结界。银山吃了一惊，退了一步，不明白他要干什么。

樊池负手站着对他说："你过来。"

银山警惕地看着这道透着杀气的结界："我过得去吗？"

"试一下。"樊池的语调虽淡然，却透着不容违逆的意思。

银山犹豫上前，手触了一下光幕，手指便透入到了另一侧。他放心了，穿屏而过，站到樊池面前，惊讶地又回头看一眼："感觉就像穿过一道水墙，身上又不会湿。"

樊池凉凉打量着他："这是一道杀界，若是平常人，你探手那一下，手指就已被切断了。"

银山倒吸一口冷气："你……"

九薇也诧异地瞅他一眼，低声问："你想干吗？"

樊池收了杀界，对九薇道："我的结界只对少数人设了无阻通行，包括白泽。"

九薇惊讶道："那么这位捕头大哥……难道？！"

樊池点了一下头："多半如此。"

银山不明所以，抓了抓头，有些慌。

樊池问道："说吧，你遇到的发光小兽是什么颜色的？"

银山一惊："你是怎么知道的？！"他看到二人了然的神情，知道也没必要掩饰了，遂老实道，"是橙色的。"

樊池眸色微深："嗯，英兽。"

召之即来的武器

沉沉夜幕下，银山给他们讲述了他遭遇小兽的经历。

大概半年前，他好不容易发现了阿步的踪迹，可那不知好歹的臭小子闷头就知道跑，天黑时竟向山里跑去，他急得要命，大声喊着让他不要天黑进山。

没想到阿步没喊住，倒喊出一群山匪。山匪见来人是个捕头，以为是官府派来剿他们匪巢的，岂能容他活着离开？

十几个山匪手执大刀围上来，个个面目凶残双目猩红。饶是银山功夫高强也难以应对，很快就伤痕累累、浑身是血。手中早已镟刃的佩刀，也被山匪的虎头刀斩断，只剩下一个刀柄在手中。

武器没了，还怎么打？深深的绝望袭上心头。

就在虎头刀在他头顶举起正欲劈下的时候，突然间惊雷落地，一个橙色光团从天而降，带起爆破般的气流，将一众人冲得散开摔倒在地。银山跌得晕头转向时，听到山匪们惊呼："那是什么！""妖怪！"

他挣扎坐起，一眼看到面前站了一个浑身发着橙色光芒的小兽。小兽在那里团团乱转，似乎是人太多拿不定主意先咬谁。他这一坐起来，目光与它正好对上。那一刻他分明看到了小兽眼中的兴奋，好像在说：就咬你了！

他一惊想跑，受伤的腿却站不起来。小兽后腿一蹬猛地扑来。他下意识地抬手去挡，却什么也没碰到，只觉得眼前强光瞬闪，再睁眼时发现小兽已消失了，四周山匪也满面吃惊，到处乱看，弄不明白小兽跑到哪里去了。

而银山突然觉得身体正在发生奇异的变化——他眼睁睁看着手臂上、腿上的伤口以肉眼可见的速度弥合。

他还没来得及弄明白怎么回事，山匪又重新扑了上来。虎头刀再次砍下，银山抬手一格，锵的一声重响，火星四溅。山匪后退一步，愣愣看着他。银山也愣了，看看自己手里的刀。

一把厚重的虎头刀，跟山匪手中的一模一样。

刚才他手中明明是空的，哪里来的刀？

山匪没有犹豫很久，蜂拥扑上。刚刚还伤重垂危的银山一跃而起，一把大刀抡得呼呼风起，片刻间已砍倒数个山匪，恶战之际已顾不上考虑这把刀哪里来的。然而在某次一刀砍出时，他脑中闪过一个念头：刀太短，这一下若是长剑……

剑锋划过，对面山匪一只肩膀被削得皮开肉绽。

那山匪倒下时满脸不可思议的表情——这捕头手中明明是可以避开的刀，为什么削下来时变成了长出一尺的剑？

银山又何尝不是不可思议？

剩余山匪见同伴死伤大半，气急败坏，其中一个从后面扑来抱住银山，示意同伴来杀。银山手中长剑难以掉转，但刹那间他感觉到了手中变化，反手捅下，一把短刀刺入身后人的腰间。

长剑又变成短刀了。

山匪们终于察觉出不对。不知是谁嚷了一声"他是妖怪"，剩下的七八个人四散而逃。而银山觉得此时用暗器还能撂倒一个。手一扬，一把三寸飞刀射倒一人，剩下的消失在林中，捡了条性命回去。

银山坐在几个死尸中间，右手伸伸握握，不断变幻着各种武器，一边震惊，一边玩得停不下来。

刀、剑、匕首、狼牙棒、流星锤、血滴子……只要他想得到，没有变不出的。虽然想不明白是怎么回事，但这种感觉真的是太棒了！

今日他遇到樊池，总算是解开了心中谜团。当他身陷重围、手无寸铁之时，心中最渴盼之事是能有个武器，于是白泽碎魄之英魄给了他这个异能。

同时他也知道阿步有了异能，推测起来阿步遇到小兽也是在那一晚，那时正被他追进山中。想来是因为不想被他抓到，才恰恰有了隐形的异能。

银山不由得苦笑——这小子是有多不想见到他。

九蘅兴奋不已，又找到了一个白泽碎魄宿主了！她热情地把自己、招财、进宝的异能介绍给他。银山本以为自己的本事很奇怪了，听了他们的异能，觉得更是不可思议。

一行人略作休整便启程返回了隶州镇。那个山底隧道后藏着的小城神秘莫测，阿步生死未卜，拖延不得。

返程中九蘅跟银山问了阿步的过去。听银山说到身份不明的女孩幼烟、相爷府的中邪自杀案和老黄皮的自杀案，感觉这背后有某种联系。尤其阿步戴的那个镰月符更是透着不祥，心中积起深深疑虑，而银山听到镰月符的事更加不安，焦灼之情溢于言表。

这一次他们留意避开暗流，顺利进到山后湖中，颇是费了些周折才穿过暗藏玄机的街道，来到九叠楼前。

幼烟也听到有人闯入楼中的声音，侧耳听了一下，有些惊讶："那是……银山的声音？他找到这里来了？"

阿步用力点头，又急急忙忙地打着手势，幼烟看懂了，扬了一下眉："来的人都是你的朋友啊。"

异响不断传来，想必是触发了杀阵，这些本就不懂迷阵的人擅自闯入，凶多吉少。

阿步急得脸色发白，心慌得不行。又记起了几年前被自己连累而死的伙伴们，他不能承受同样的事再次发生。

他忽地站起来就想跑出去，却被幼烟一把扯住了手腕。他着急地回头，目光落在幼烟脸上时，却不由得一愣。

幼烟的神情有些奇怪——没有表情，异常平静。

她说："你救不了他们，没有人能闯出杀阵。"

他摇着头，手腕用力想挣脱她。她的手劲却出奇的大，声线柔和却带着森凉：

白
泽
寄
生

（
下
册
）

◇

416

"阿步，你费了千辛万苦来找我，难道现在要离开我吗？"

阿步彷徨地摇了摇头，比比画画指指外面又指指她，表示谁都不想失去。

她定定看着他，一字一句道："不要管他们，就留下来陪我，好吗？"

阿步吃惊地看着她，感觉如此陌生，心中冰凉一片，不敢相信这是自己认识的幼烟。他慢慢抬手，拿起胸前的镰月坠子，比在她眼前。

幼烟的嘴角勾起一个笑，有些悲凉，有些冷漠。她轻点了一下头："是的，你看到过我的怪样子，你没有看错。我是妖，我杀过人，很多很多人。这样，你嫌弃我吗？"

阿步脸上现出极震惊的表情，整个人呆住，没有点头也没有摇头。

幼烟的眼眸中闪着不明的沉沉意味："你为什么来找我？既然来了，就不能走了。"

她突然将阿步一拉一推，他踉跄不稳向后迈了一步，就听一阵木头响动，他又陷进了那个木架陷阱。

木架外，幼烟面无表情地看着他："阿步，你知道吗？我，才是九叠楼的主人。九叠楼有入无出，这个规矩，是我定的。他们不能活着离开。"

他透过木隙含泪看着她，浑身颤抖着想求她放过他的朋友。可是嘴巴张了又张，发不出声音。

幼烟留下无谓挣扎的少年转身离去，背影决绝而冷漠。

进到九叠楼的只有樊池和银山。为保证进宝安全，九蘅抱着他守在楼外，招财也留在了外面。进楼之前，银山看了一眼九蘅手中的赤鱼，手腕一转，幻化出一把一模一样的。"赤鱼"削铁如泥，他很喜欢。

转头又看到樊池手中蓝幽幽的无意剑，眼睛一亮，收了赤鱼，又想变一把一样的来用。可是手腕翻来翻去，居然没幻化出来。奇怪了，第一次遇到变不出来的武器。

樊池冷笑一声："神族武器岂是能擅自模拟的？"

银山失落了。

二人进到楼中沿着昏暗通道没走多久，一道银色钢丝从壁中绷出，疾速之下堪比利刃，朝他的脖子削去。银山拿"赤鱼"一挡，嘣的一声钢丝断裂，断茬在他手臂上划出一道血口。

好险！若不是他反应快，脑袋就要被削掉了。

他回头想提醒樊池小心些，却已不见樊池身影。而脚下楼体颤抖着仿佛在移动，刚才还在身后不远的出口消失了。

他想了一会儿，终于想通整个楼体就像一个可以拧转变幻的魔盒。惊叹之际咬牙切齿："这个臭小子到底招惹了些什么人啊！"边走边急躁地喊阿步的名字。

阿步隐隐听到了，但困在木枷中的他没有办法回应。

楼里简直步步杀阵，半个时辰之内飞刀、夹墙、钉板已轮了一遍，若不是银山有随手召唤武器的本事，召了盾牌防身，早已死于非命。踏进一条直廊时，脚下突然一陷出现一个四方深坑，下落瞬间他化出一柄手臂粗的关公大刀搭在坑上，险险悬挂半空。低头一看，深坑中遍布尖刀，不由得惊出一身冷汗。

正要想办法撑着爬上去，前方突然出现一个人影——一个披着黑斗篷、帽檐遮到鼻子的人。

斗篷人的形象有点熟悉，他们曾在京城出现过，身形飘忽，行踪诡秘，引起了官府的注意，却没有人知道他们的来历。

斗篷人朝他快步走来，手中亮出一把弯刀，刀锋反射着冷冷的光，步伐坚定而冷酷，这是要过来一招取他的性命啊。

此时银山还没能从困境中脱险，身下是密密尖刀，两手扳着关公刀的长柄来不及腾手反抗，只能坐以待毙。

转眼间斗篷人已走到陷阱前，手中弯刀举起，向银山头顶劈去。银山刹那间绝望，倔强地睁眼看着来者，准备迎接死亡。

血喷了他一脸。银山惊得差点掉下刀坑。不过不是因为被劈中，而是因为发生在眼前的一幕实在是太过诡异。

那把原是砍向银山的弯刀，不知如何掉转刀锋，竟毫不犹豫地割向了斗篷人自己的脖子，手势之果断，力度之凶狠，让人不寒而栗！

被九叠楼转到另一个楼层的樊池也目睹了不寻常的情形。

他听到一个房间传出异响的时候踹门进去，看到一个斗篷人正在做着诡异的动作。

那个人站在屋子当中，两手握着一道银色细索的两端，而银索绕在他自己的脖子上，似乎正在努力把自己勒死。

这情形是如此诡异，樊池讶异地问："你？……"

斗篷人因窒息变得乌紫的嘴唇动了动，没能发出声音，却可以看出是"救我"二字。樊池无意剑一抿朝银索削去，在剑锋触上银索的一刹，斗篷人右手手势一变，将银索一端的把手果断一拧，似乎触发了什么机关，索身突然由圆变扁，边缘如刀锋一般锋利。

噗的一声，原本就深深勒入他颈肉的银索如一把极细的软剑一般，将脖子切断。

樊池在战斗中躲避喷溅血液的本事原是一流，这次实在意外，竟被喷了一身血。却也一时忘记嫌弃，怔怔看着身首异处的尸身不明所以。

这个人勒杀了自己？是自杀吗？人怎么会这么狠绝地杀死自己？

不，不是自杀。

樊池记起这个斗篷人那个求救的口型。刚刚发生的一切绝不是这个人自愿的，倒像有人强迫他。但握住银索的明明是他自己的手，最后拧动机关的也是他自己。就像是被什么附身了一般。

楼体咔咔作响，眼前骇人的景象转到了看不见的地方，却看到了另一边坐在刀坑边发呆的银山。

两个人总算重逢了，看着对方身上也淋了一身血，对视的目光满是迷惑。

樊池问："这个也是自杀的吗？"

银山揩抹着脸上血迹："你也遇到同样的事了？到底是怎么回事？是像阿步一样会隐身的人按着他们的手干的吗？"他之所以说"像阿步一样的人"，而不是说阿步，是确信阿步做不出这种事。

樊池显然也丝毫不疑心阿步，道："不像，我见到的那人是用银索生生把自己的脖子勒断的，那种动作只有他自己才能做出来，手势果决，神情却抗拒，这情形有点像所谓的中邪。"

银山突然记起了什么："这么一说，京城中发生过这样的事。"他将相府十七口和老黄皮的中邪自尽案简单说了一下。

樊池若有所思："那么，凶手就在这里。"

离奇的被迫自尽

不知何处突然传来叩击声。银山听了一会儿，猛地明白过来："这是阿步在喊我们。"着急地就循着声音跑去。

樊池喊了一声："当心机关！"无意剑飞去收回，替他斩断一丛暗箭，"到处是杀阵，你小心点！"

银山原也是谨慎的人，但关心则乱，频频触动机关，若不是樊池紧随旁侧又是出剑又是出界地帮他挡下，早就变成筛子了。及至找到被困木枷中急得乱敲的阿步时，樊池累得倚墙坐在地上喘息着骂："再也不跟你这种……猪队友一起走了！"

银山顾不得跟他说话，心急把阿步弄出来，拆了几下，却拆不开那粗大的木棍，手中陆续幻化出不同大小形状的锋利刀具将木枷斫断，在阿步被剥出来的最后一下先握住了他的细细手腕，这才斫下最后一刀，将他拖出来，对着少年恨得咬牙道："你……你……"

阿步脖子一缩，准备挨揍，却被银山往前一搂紧紧抱住。

银山的声音都哽咽了："臭小子！我告诉你……如果再敢跑，我打死你！"

旁边坐着的樊池发出嘲讽："嗤……抓个偷儿这么费劲，还当什么捕头。"嘴角的笑却带着暖意。

这个雷夏大泽啊，有许多无情残酷的人，也有许多这样温暖而勇敢的人。真是个有趣的世界。

银山说："现在我们赶紧出去……"

阿步却拉住他。银山举起手作势要打他："你小子到底懂不懂事！"

阿步手忙脚乱地打着手语。

银山断断续续翻译出来："杀阵启动……进易出难……要关闭杀阵……"

然后阿步犹豫了一下，显然是知道了什么，又不知该不该说。

银山沉声道："阿步，这时候就不要有所隐瞒了。你告诉我，你不要命地跑进这个楼里来，是要找谁？"

阿步终于艰难地打出了一个手势：能放过她吗？眼神却是看向樊池的。

银山看看樊池，又看着阿步："你要我们放过谁？"

阿步比画了几下。

银山不解地问："姐姐……姐姐是谁？"忽然恍然大悟，"幼烟？那个幼烟在这里，原来你是来找她的？她还是……九叠楼的主人？"

捕头的破案本能被触发，他的脑中突然闪过亮光，一些片段瞬间被一个线索关联了起来——幼烟。京城中那些自尽案必与她有关！

她既然是九叠楼之主，可刚刚当着他们的面死于"自尽"的两个斗篷人好像也是九叠楼的人。这到底是怎么回事？

而另一旁的樊池已从他翻译的阿步的只言片语中听出了玄机。阿步正在乞求地看着他，在他凉凉的注视中，禁不住瑟瑟发抖。

樊池知道阿步在求什么。他没有回答那乞求，只问："阿步，你手中拿的是什么？"

阿步抬手展指，右手中紧紧捏着一个镰月符，手心手指仿佛被烫得红红的。

"给我吧。"樊池朝他伸出手。

阿步将镰月符朝身后一藏。

樊池看着他，语调波澜不惊："阿步，幼烟究竟是怎样的人，她为什么做这些事，你不想知道吗？我了解你是如何想的。即使那个女孩对他人犯下多少罪过，可是只要她对你好，你就只想对她好。可是有时候这世上的因果报应谁也无可奈何，就算我是神也无法干涉。不过我可以答应你一件事。"

阿步眼中升起希望。

樊池一字一句道："我答应你，找到她后，如何处置，你说了算。"

阿步满脸的难以置信。但他知道樊池是神族，应该不会骗他，便迟疑地将镰月符递给了他。樊池把镰月符拿在手里仔细参详，感应不同位置的热度差别。闭目试探镰月符半晌，忽然睁眼："在下方深处，应该是九叠楼的最底层。"

阿步听到这话忽然露出领悟的神情。银山注意到了："你想到什么了？"

阿步打着手势，银山随声翻译："楼体无论怎样变幻，最底层应该是不变的，因为那里是机关枢纽所在，想要出楼就要关闭杀阵，想要关杀阵就要去往那里。"

樊池思索道："嗯，无论如何先下去看看。阿步，你能带路吗？"

阿步坚定地点了点头。虽然九叠楼的玄妙远远超出他的认知，但这楼多半是幼烟设计出来的，与她传授他的奇阵术同根同源，再加上他已闯过几遭，已能渐渐悟出规律。

然而走起之后还是险象环生，暗器横飞，幸好有樊池和银山两个高手在侧，他们在触动数十个机关、历经两次楼体变幻之后，终于找到了地下最底层的入口。

银山一手拉着阿步的手腕——他一直不肯松开人家，一手擦了一把冷汗："总算找到了，幼烟就在下面吗？我们赶紧下去……"

阿步忙扯了他一把阻止，示意向下的楼梯有机关。银山手一张，变幻出一个铁球朝楼梯扔去。探路的铁球嘣嘣弹跳着滚落下去，并没有触发机关。

"没有啊。"银山说。

阿步露出迷惑的神气，想了想，用手势表示：杀阵已关闭。

"杀阵已关闭？谁关的？幼烟吗？"银山满脸疑惑，"先下去看看。"

三人小心翼翼地下到底层。底层的空间比上面的楼层更大，布满了巨大而复杂的装置，看来整个楼奇巧设计的机密核心就在这里了。阿步看得满面惊讶，两眼放光，这样的机关面前，他的奇阵术必是受到了震撼般的启发。

他也顾不上细看，领着二人直奔这一层的最中心处。果不其然找到了机关枢纽，一切精妙凶险的杀阵汇集到最后，是楼体中间巨大圆木柱上的一个尺余长的手柄，推上去杀阵启，扳下来杀阵关。

此时那个手柄是扳下的状态，所以的确如阿步所说，杀阵是关了的。

不过关了杀阵的却不是幼烟，而是一个斗篷人。

斗篷人关杀阵的方式也不是正常的手法，而是整个人挂在手柄上，那手柄前胸透入，后背透出，膝盖半屈着，脚触在地上，脚下积的血泊还在洇开着，显然是刚刚死去，以一种离奇、诡异的方式。仿佛是有人从后面按着他，让他保持半蹲的姿势，把胸口对准手柄猛推过去，力道必须巨大，动作必须果决，只有那样才能让顶端圆钝的手柄穿透身体。

三个人站在血泊之外看着眼前这一幕，银山震惊道："这是谁干的？"

樊池道："你不是个以破案为生的捕头吗？你看是谁干的？"

银山犹豫道："镰月符不是提示幼烟在这里吗？不会是她吧？她怎么可能有那么大的力气用这种方式杀一个男人？再说了……"他指了指地下，"如果有人用这种手法杀了他，迅速涌出流下的血会黏附在凶手的脚底，而这血泊之外，并没有踩出沾血脚印。"

樊池点头："而且我们从入口一路进来，也没看到任何人。"

"难道还是……自杀？"就像之前两个斗篷人那样被邪魔附身一般的自杀。他不由得又看了一眼挂在手柄上的尸首。眼睁睁看着自己的身体被钝器穿透，却连挣扎的权利都被剥夺，多么恐怖又痛苦的事啊。

银山迷惑道："那幼烟在哪里？你是不是根本不会用镰月符？"

樊池被质疑了，却没有心思反驳。他摸捏着手中的符，脸上神情变了："不在这里了。可是，我们沿着入口下来时她明明是在这里。"

银山问："这个符说她在哪里？"

樊池蹙眉以指腹感受："在上方……在转动……快速地转动……"

银山不由得毛骨悚然，抬头看着天花板，特别害怕看到幼烟贴着天花板盘旋爬行的样子。毕竟收留过这女孩一个月，在印象中她是个安静的少女，他不希望她变成奇怪的模样。

阿步更是紧张得发抖。

幸好天花板上除了蛛网什么也没有。

凝神探查的樊池忽然一愣："出去了……"

银山茫然问："什么出去了？"

"幼烟离开九叠楼了。而且这个符提示是瞬间移动的，前一刹那还在上面楼层里，现在已经是在离楼很远的地方了，这个距离推测应该是在……我们从水道进来之后的那片湖边。怎么可能移动得那么快，她是怎么做到的？她到底……是什么？"樊池也想不透了。

银山道："湖水边？她是要跑？"

"有可能。"

"赶紧追！阿步，杀阵已关，现在带我们出楼应该问题不大吧？"

阿步点头，表示可以，又示意银山去关了另一个枢纽——那是控制楼体变幻的机关。这下子应该更好走了。然而半个时辰过去了，他们还在楼里转来转去。

樊池额头似有火星炸开："喂，臭小子，怎么还走不出去？你是故意的吧？我都答应幼烟由你处置了，你还有什么不放心的？"阿步吓得一缩。

银山当即吼了回去："你不要朝他嚷！"转向阿步，"喂，臭小子，怎么还走不出去？你是故意的吧？他都答应幼烟由你处置了，你还有什么不放心的？"

樊池翻了个白眼。这不是一样的问话吗？语气也并没有温和到哪里去！

然而阿步偏偏吃银山的套路，乖乖手语回答：楼里迷阵本就难破，我没有故意拖延，应该快能走出去了。

樊池哼了一声："你明白道理就好。"脚忽然踢到一个东西，是个铜葫芦，因为一头大一头小，被踢得转着圈滚了许久才停下。

银山看到说："这葫芦……诶，前面死的三个斗篷人身上是不是都有一样的铜葫芦？"

阿步忽然竖起四个手指。银山明白了："楼里有四个斗篷人是吗？现在死了三个了，还有一个。葫芦在这里，人呢？"

樊池捡起葫芦，拔掉塞子嗅了一下里面盛的液体："是水。"

"是水不是酒吗？"银山觉得奇怪，"这看上去是个酒葫芦啊。这些人随身带一葫芦水是什么意思？"

再往前走，看到原本应是摆在墙角壁沿的一些水瓶、水罐一路被打翻，水迹泼得到处都是。他们更迷惑了。谁推倒这些水器做什么？

樊池敏锐的听觉突然捕捉到什么声音，眼神一厉："有人！"

他指示着方向，阿步破解着路线，带路的过程中略略松懈的银山松开了阿步的手，让他先走了两步。

而这一松手又让银山悔青了肠子。阿步先行推开一扇门的时候，被一只手一把揪了进去，然后门猛地关上。银山仅落后两步，哪能容人这样抓走阿步，一脚踹下，门砰地裂开，银山一步闯了进去。

屋子角落里，一个斗篷人手按在阿步的咽喉上，苍白干瘦的手指只要稍一用力，阿步喉部软骨就会被捏碎。他吓得小脸发白，嘴巴张啊张地却不能呼救，只眼巴巴地看着银山。

银山炸裂："你放开他！"

斗篷人的帽子已滑落，露出整张脸，正是魃长老，毫不意外的苍白又死气沉沉的面容。他的声音嘶哑，神情凶怖："不能放。拿住这个孩子，我们才是安全的。"

银山诧异道："什么我们？谁跟你我们、我们的！"手一张，指间捏了七八种暗器，"你不放手我马上把你戳成马蜂窝！"

魃长老凸出的眼中充斥着血丝："我们都会死的，除了这个孩子，她谁都不会放过！"

樊池从银山身后走出来，问道："她是谁？幼烟吗？她到底……"

樊池的话尚未问出来，魃长老的目光突然落在他手中拿的那个铜葫芦上，神色大骇，大叫了一声："别过来！"

按在阿步咽上的手猛然用力。就在这一刹，银山手中薄刀飞出，刀的形状弯曲，恰好避开阿步的身体，从肘部切断了魃长老的右手。这可是他为此种情境刻意幻化出的刀，当然是好用到极致。银山上前把吓呆的阿步拉过来，连声安慰。

魃长老倚墙而立，看都不看掉在地上的断臂，仿佛那不是他的手一般，眼睛仍盯着樊池手中的葫芦，满脸绝望惊惧，口中喃喃有声："没有用……跑不了的……"

突然转身向墙壁扑去。他们还以为他要触壁自尽，刚要出手阻止，那墙壁却应力一开一合，魌长老消失不见。

那里居然有个暗门，这可恶的处处机关的九叠楼！

樊池低眼看了看手中葫芦："奇怪，他好像很害怕这个葫芦？"

忽然有隐隐人声传来。樊池神色一沉："是九蘅的声音。刚刚那个斗篷人出楼了，他们遇上了！"

魌长老虽然少了一臂，但狂躁异常，不知会出什么事。

藏在水里的危险

九蘅正抱着进宝一直在九叠楼外焦急等待。这个楼高耸入云，窗口高且窄，里面光线昏暗。每隔一段时间楼身就会发出咯吱摩擦的声音，十分古怪，让她心中惴惴不安。但她相信樊池和银山的本事，里面虽凶险，他们二人也必能应付得来。她尽量按捺心焦，做好照看进宝和守住楼门的职责。

楼门突然黑影一闪，一个身穿黑斗篷的人冲出，朝着她直直撞过来。她反应极快，转身把进宝护在怀里，反向一脚踢出，正中来人胸口。

斗篷人被踢得倒退几步站住了。她定睛看去，只见这是个脸色青白的男人，断了一臂，血不断滴落脚下，两眼发直，神情如得了失心疯一般，说不清是凶暴还是恐惧，看上去十分可怕。

楼里跑出来的人是这个鬼样子，不知里面究竟发生了什么？进去的两个人可还安好？

魌长老充血的眼睛盯着九蘅，嘴里低声含混地念着什么。

九蘅走近一步问："你说什么？"

他的声音陡然提高，嘶哑而刺耳："她要杀了我们！谁也跑不了！"

"她是谁？"

魈长老没有回答，嘶声叫道："让开！"剩余的左手一抬，袖中飞出一条小青蛇，劈面冲向九蘅。

她急忙带进宝闪避，喊了一声："招财！"

招财应声扑出，一口叼住小青蛇，美滋滋地吞了。

九蘅气道："不要只顾着吃，拿住他！"

然而迟了一步，魈长老趁招财分心，如魅影一般闪了过去，沿着曲折的街道奔去，九蘅拔腿就追，追了没多远就追丢了，自己也陷在迷宫一般的废城中失了方向。

这些已无人居住的街道是按八卦迷阵建造的，虽比不上琅天城符阵的玄妙，也是很能迷惑人的，想走出去没那么容易。九蘅只得唤了招财过来，每每遇到死胡同就让它驮着她强行翻墙，费了九牛二虎之力，总算走出迷阵，望到了进城的那个涵洞水道，还有漂浮着美人萍的一片绿湖。

她本以为在废城迷阵中耗了那么长时间，斗篷人早就沿水路跑了，然而却意外地看到那个人并没有逃走，而是面朝湖水，僵立在远离湖岸的地方。

九蘅把进宝交给招财让它照顾好他，自己抽出赤鱼，谨慎地走到斗篷人身后，出声道："喂。"

他吓了一跳，猛地转过身来，脸上表情恐惧，用左手指着九蘅厉声道："别过来！你身上有水吗？"

这人突然问水，九蘅很不解："你是渴了吗？水袋在那只猫鞍具上挂着，你想喝的话……"

他尖声嚷着打断了她的话："我不喝水！"他的声音低下去，透着神秘和恐惧，"她在水里面。"

"谁在水里？你是真疯了吗？"

"我没疯。不过一个快要死的人疯不疯也不重要了。"魈长老的眼睛睁得眼白多眼黑少，忽然露出诡异的笑容，"你说，是活活渴死好，还是自己杀死自己比较好？"

九蘅执起赤鱼防他突然攻击，蹙眉盯着他，没有办法接他的胡言乱语。

魈长老咬牙切齿地讲着话，似是自言自语，又似是在对她倾诉："养虎为患，养虎为患哪。你记住，"他突然指着她说，"不能喝水，不要接近水，否则就会死。永远不要喝水。"

她啼笑皆非："不喝水不就渴死了吗？"

他被提醒了一般恍然醒悟："对啊，总是会死的。反正……逃不过的……"说出这句话后，他突然狂笑起来，眼瞳突然缩小，瞬间只余一个小小镰月形在眼白中间——镰月弯瞳！

他用这双怪异的眼盯着九蘅，又像是盯着她身后的虚空。他突然转身朝湖水走去，一手指着湖面高声道："我知道你在里面，不是你求着我那么做的吗？！忘恩负义的东西！来吧，给我个痛快！"

九蘅愣愣地看到他径直踏进湖水，在齐膝的水中站住，不明白他在干什么，骂的又是谁。接下来看到他做了个怪异的动作——他突然跪了下来，把整个头埋进了水里。

她不解地看了一会儿，突然见他身体不住颤抖抽动，显然是要窒息的挣扎。她赶紧跑上前，蹚进水中想将他拉起来。虽然是个疯子，但总不能眼睁睁看着他死掉，而且他目有镰月弯瞳，留个活口也好问话。

可是他的力气大得出奇，固执地保持着弯曲的姿势，不肯把口鼻露出水面，剩余的单手还死死抓住了水底的石头。

一个人的死志竟能坚定到克服求生本能吗？

她用尽了全力，竟硬是没能把他揪出来，直到这具身体不再抽搐，变得软了下去，她才将他的脸从水中拔出来。他已经死了，口鼻出血，双目大睁，充血眼白的中间仍是那两枚细小镰月。

口鼻出血是呛死的症状，水呛入肺部一定十分痛苦，他居然就强忍着坚持弄死了自己。

九蘅拎着这具尸体站在水中，难以置信地自语道："怎么会这样？"

突然间她感觉到了异样。手一松，斗篷人的尸体跌入水中。

可是她并没有想松手，那个松手的动作并不是她的本意。岂止是手，整个身

白泽寄生（下册）

◇

体似乎都失去了使唤。只有头脑是清醒的。她看到自己的手举起了赤鱼，刺刃横在了自己的颈上。

斗篷人死前的警告突然在耳边响起："不要接近水。"

岸上的招财在照看着进宝，每每他要爬远就用爪子拨拉到安全范围，尽职尽责、专心致志，丝毫没有发现女主人的异样。

阿步领着樊池和银山终于找到楼门，出来却看不到九蘅的身影，倒有一串血迹延伸向废城迷道。

樊池的心顿时揪起，不过仍对九蘅抱有信心，相信一个断臂的斗篷人她能应付得来，她只是去追踪那个人了。

在阿步领着他们迅速穿过废城来到湖边时，他一眼看到九蘅站在没膝深的湖水里，身边水里浸着魃长老的尸体，而她正将赤鱼横在颈间，锋刃边贴着咽喉。

银山低呼了一声："不好，也着了道了！"

樊池的膝盖一软，险些跪在地上。而阿步已经跪在地上。他朝湖水爬了两下，眼睁睁看着九蘅，泪水不断涌出却不敢眨一下眼，生怕一眨眼的工夫赤鱼就割断了她的咽喉。

银山在旁边小声说："我可以搞出个暗器，就像刚才切下斗篷人手臂那样把她的手也……"

樊池咬牙道："你敢动她的手试试！"

银山无奈道："总比死了强。"

樊池额头渗出冷汗。其实在看到这一幕的刹那他脑中已闪过一个个营救方案，又一个个被推翻。

定身术？九蘅身有白泽灵力，定身术对凡人有效，对她无效。能在瞬间让她的身体失去行动能力的更强硬术法不是没有，但是必会伤着她，比起银山削手臂的方案强不到哪里去。

更何况这个幼烟所用妖术尚不明了，他不确定将她击伤的情况下幼烟是否还能继续控制她的肢体。如果能，她还是会杀死自己。

他甚至不敢动一下，生怕引起她的警觉刺激她立刻动手。

这种自己劫持自己的方式，还真是难以营救啊。他小心翼翼地唤道："九蘅，你听得到吗？"

却见九蘅脸上露出一个冷笑："她听得到，但说不出话，现在这具身体归我控制。"低柔阴沉的语调，完全不是九蘅的感觉。

她看向阿步："阿步。"

阿步用力点着头，朝她伸出手，满脸乞求的神情。

幼烟借着九蘅的口说："阿步，我把她杀了，把这些人都杀了，再也没有人知道九叠楼，你留在这里陪我，就我们两个，无纷无扰地在这里生活下去，好吗？"

樊池心中微微一动。幼烟没有直接下杀手而是跟阿步说话，这说明她还没有打定主意。衣角被扯了一下，是进宝爬了过来，与大猫玩腻了，想换个人玩耍。他顺势半跪下，抚了抚小家伙的头顶。

跪在前边的阿步听到幼烟的问话，头微微动了动，却被银山喝止："臭小子，你想好了再回答啊！你点头或摇头她都会杀死九蘅的！"

阿步顿悟过来，惊出一身冷汗：他本想点头表示只要她不杀九蘅，他留下陪她是可以的。可是她问话的前半部分是"把她杀了"。

若他点头，她可以理解为他同意杀九蘅。

若他摇头，她可以理解为他拒绝留下，因此杀九蘅。

好险！

可是不回答更不是办法，从已经死去的魖、魅、魍、魑四个长老的死状来看，幼烟下手狠绝，怕是没有耐性拖延。

阿步牙一咬，忽然直起身子，用匕首抵在自己脖子上。

这么表达她总该清楚了吧，面对着他找了那么久才找到的幼烟姐姐，却走到了以死相逼的份上，他的内心已经崩溃。

他急剧地喘息着，脸上神情坚定而决绝。如果自己害死九蘅，他也绝不能苟活——他固执地认为是自己把九蘅连累到这个境地的。

实际上，就算没有他，九蘅也会追随镰月的提示来到九叠楼。如果没有他，幼烟连这点谈判的机会都不会给，只会毫不犹豫地掌控每一个猎物自赴死路。

然而有过连累害死很多伙伴经历的少年，再次陷入了灭顶般的自责中，他觉得造成这个场面全是他的责任。

如果不能换回九蘅，他也陪着她去死好了。眼睛紧紧盯着九蘅颈侧的赤鱼，只要它微动一下，他手中匕首必先一步刺下。他不能再看着朋友死去，更不能看着朋友杀死朋友。他的神情是如此坚定专注，对旁边银山怒吼阻止的声音完全听不到了。

"九蘅"的脸上露出害怕和担忧的神情，落在樊池眼中。

天已慢慢亮了，晨光映着紧张对峙的一幕。

樊池轻拍了一下进宝的小屁股，低声说："抓住她。"

"九蘅"身后的水面突然被突破，飞速探出数条触手般的条状物，瞬息之间缠住了她的手脚，还有一根绕到了赤鱼上，将她束缚在了原地，赤鱼的锋刃也被条状物的力量扯得离开了咽喉。

几乎同时樊池飞身过去夺下了她手中赤鱼。

岸上的进宝忽然咯咯笑起来，双手按着地面，开心又得意。

旁观者也看清了缚住她的是什么东西——那是一些榕树的气根。

在二人对峙之时，樊池假作哄孩子的样子，让进宝驱使生长在岸边的大榕树解救九蘅。当然了，跟一个才出世两个月的孩子说不清目前的复杂情形，但樊池跟他说的是"进宝，我们跟九蘅姐姐玩个游戏，你让那棵大树抓住她，吓她一跳，好不好？"

进宝虽是个婴儿，却不是个普通婴儿，花妖后裔加上白泽灵魄让他的智力超于常人，别的尚不会，游戏是会的。

水边榕树枝干上有许多气根垂在水中，进宝可以驱使那些气根潜在水面下迅速生长，蜿蜒埋伏到"九蘅"身后，樊池一个示意，气根便如章鱼触手般破水而出。

被榕树气根困住的"九蘅"脸上先是吃惊，随后露出释然的神气，没有恨怒——终于从进退两难的困境中解脱了。虽是被迫，但有时候比自己做出选择更轻松一些。

她长舒一口气，对阿步说："好了，你可以把匕首放下了。"

阿步头一次见识进宝的能力，惊得静止了一般。

银山赶紧过去抽走他手中匕首，一脚把他踹倒："你能不能惜命一点！"用力把匕首扔进了湖中。

阿步坐在地上，瘪着嘴揉着被踹痛的肚子。

齐膝湖水中，樊池指着困在榕树根中的"九蘅"，厉声道："你，从她身体中出来！"

"九蘅"嘴角微微一扬："我偏不出来，你拿我有什么办法？"

"你……"樊池死死盯着她，"区区小伎俩，你以为你赖在里面就拿你无可奈何了吗！"

"九蘅"讶异地扬了扬眉："你居然猜到我真身了？"

他冷声道："可惜猜出得有些晚。"

化身诅咒的少女

樊池是在看到九叠楼里那些被打翻的水器以及魈长老流露出对铜葫芦的恐惧时，才猜到了幼烟的真身。

幼烟就是从水底淤泥里生成的妖物，离开水时化作少女模样，入水则无形无质，而且能借水瞬移。百尺之内，只要有一杯水的分量，它就能从一方水移到另一方水。比如说，它进到此处的水杯里，能从彼处的水葫芦里冒出来；进到此处的水葫芦里，又能从彼处的湖水中冒出来。

这无疑是天下无双的暗杀工具。只要目标身边有一杯分量的水，它就能借水来到目标身边，从他手中的杯子或水壶里冒出来，附到他的身上，掌控他的肢体，杀死他自己。

　　樊池勘破了幼烟的真身，也就想到了她的弱点。他的手探进榕树根间紧紧握住了"九蘅"的手腕，回头对进宝说："进宝，游戏结束了，收了树根吧。"

　　进宝的小手抬离地面，兴味盎然，意犹未尽地拍了拍小巴掌。缠在"九蘅"身上的树根立刻松散开来，滑落水中。樊池迅速出手将她的两手扣在她身后，将她整个人都束在怀中，让其动弹不得，生怕她突然奋起自伤。

　　好在控制了九蘅的幼烟没有丝毫反抗，任他拿住。

　　樊池扭头对阿步和银山说："你们带招财和进宝退后，切不可靠近水边。"

　　阿步抱起进宝，银山牵着招财迅速退后，心思细密的银山此时也猜到了幼烟和水的关系，特意把招财身上的水袋摘下来扔得远远的。

　　樊池一手伸到"九蘅"背后掌握住她的两只手腕，一手扣住她的后脑勺，看着她的眼睛，低声数道："三，二，一。"

　　"九蘅"的眼中露出一丝不知是讥诮还是自嘲的笑意，然后突然失神，身子一软，整个身体靠了他身上。片刻失神后她的眼睛又清明了，仰脸看着他，道："有必要靠这么近吗？"

　　美人诅已经离开了她的身体，其控制人身仅能持续半炷香的时间，时间一到，它只能离开，钻入水中。

　　樊池怒道："当然有必要！"一把将她横抄起来，飞身出水，落在岸边。

　　九蘅道："我虽被她掌控身体，但脑子一直是清楚的，谢谢救我哦！"

　　他的嘴角抿出得意的弧度想要承纳这感激，低头却发现她在朝着进宝招手，原来那一声谢是给进宝的。被阿步抱在手上的进宝也毫不客气地咧着没牙的小嘴乐起来。

　　真是……好气啊！

　　他果断松手，怀中少女顿时屁股着地。

　　"哎呀！"九蘅爬起来，瞄一眼拉着脸背身过去的人，贱兮兮地趴到了他的背上，"也多谢你啊，蜜蜂精！"

　　他哼了一声，还想再气一会儿，脸上却已控制不住地变得阳光灿烂，眼神都发光了，嘴角也忍不住向上扬了起来。

怎么这么不禁夸！自己都瞧不起自己。

九蘅看看空荡荡的水面，担心地望向阿步。他果然不自觉地走向湖水，目光搜索着什么。银山警惕地一把拉住他："你干什么，不要过去！"

阿步脸上闪过焦虑和失落——幼烟去哪里了？

樊池对他说："幼烟能以水移形，此刻或许已逃到百里之外了，在水中我们是没有办法抓到她的。"

初次见到江中美人萍时他曾说过美人诅的事，九蘅问道："你不是说要炼成美人诅，施术者和受术者要达成契约，也就是说幼烟是自愿变成美人诅的？"

樊池点头："是这样。至于为什么她会自愿放弃正常的人生，选择一条妖邪之路，还有为什么要杀死那些人，她这一跑，许多谜团再难解开，而且也许还会有更多的人死于非命。"

阿步脸上的神情变得茫然。

樊池瞥他一眼，道："她跑掉了，你却不知道该不该庆幸，是不是？阿步，如你心中所想，她虽然偶有善念，但已堕入邪道，嗜杀之性不是她想控制就能控制的。她必会在邪魔路上越走越远，杀孽越造越深，于她并非幸事。你是白泽碎魄宿主，斩妖除魔是你推卸不了的责任，有一天你与她免不了生死相拼。到那一天，但愿你知道该如何做。"

阿步脸色发白，眼中浮出一层薄泪。到那一天吗？若是到了那一天，他哪里知道该如何做？

水中忽然传来幽幽一声叹息："你不要欺负我弟弟了。"

听到这个声音，阿步猛地抬起头来，其他人也神情一凛，看向湖中。一个少女缓缓在齐腰水中站起，是幼烟，一双格外幽深的眼睛与她清秀的面容极不匹配。

幼烟怒视着樊池："你，为什么要逼迫阿步与我生死相拼呢？"

樊池站在原处没有动。他知道距离虽近，但在水中的幼烟只要想逃逸，是没有办法捉住的，干脆先看她主动现身是要干什么。答道："并非我强迫他，这件事是我之前答应过他的，我说过要将处置你的权力交给他。"

"原来是这样。"幼烟看向阿步的目光有忧伤，也有些欣喜，"阿步，你这么有出息，我很开心。可是，你是斩妖除魔的人，我却偏偏是妖邪。唉……该说这是命运捉弄呢，还是该说是报应不爽呢？"

樊池逼视着她道："是天意在给你一个悔改的机会。"

幼烟笑了，笑容凄绝："天意要我悔改？那我倒要问问，天意为何要把我变成这个鬼样子？！"

天空聚起阴云，湖面寒风刮过，纤细的少女站在一朵朵黑蕊拂动的人面花中间，以阴沉的语气讲出了过往的一场腥风血雨。

九叠门是个西南边陲亦正亦邪的门派，行事诡秘低调，江湖上鲜为人知，接触过的人却深知这个门派奇门阵术的厉害。九叠门做出的那些迷阵能阻敌、困敌甚至杀敌。

当权者知道后，想要拉拢，可九叠门有严格而坚定的祖训：祖祖辈辈绝不参与政权之争。当今相爷暗地里派人拉拢，随着深入接触，越发意识到这个门派不管为谁所用，都是一种可怕的武器，他们的奇门阵术应用在战场上、暗杀中，都会发挥难以想象的力量。

重金拉拢却被拒绝，相爷疑心四起。如果不能为我所用，那就可能被他人所用。相爷探清九叠门所在，派出数千兵力以剿匪名义围剿。

九叠门得到消息，举族逃亡。一路上凭着迷阵术躲过官兵一次次追杀，却因拖老携幼，在距离家乡数百里的地方终于被追上。最后关头，门主徐老爷子也没有屈服，带门徒自尽于包围圈中。

自尽之前这些人拼尽了全力，让门主的独生女徐幼烟逃出生天。

徐幼烟带了一名丫鬟本已逃到密林边缘，横里却突然砍来一刀，将丫鬟幼云砍倒在地，活捉了幼烟。

至此，九叠门徒共计被害一百一十七人。

幼烟被悄悄押回相府，软禁了起来。相爷对待她的态度如之前对待整个九叠门一样，打算先软禁说服，说服不了就除掉。没想到在软禁之初这个女孩子就逃掉了，被一个趁夜行窃的小偷放走了。

相爷震怒，令人将京城中所有偷儿抓起来酷刑严审，逼问幼烟下落。最终折磨死了一批偷儿也没有问出什么来，此事不了了之。

而就在她与阿步藏在银山家一个多月后的一天，一个穿黑斗篷的人找上门来。那时她以为是相爷府的人来抓她了，自知逃不掉，打晕了阿步，打算跟这个人走，想着以后再自尽好了。

那个斗篷人却告诉她，他不是相爷府的人。他用低沉沙哑的声音问她："我在找一个心有血海深仇之人，你是吗？"

她眼中一闪："我是。"

"想报仇吗？"

她心中一直未熄的火焰轰地燃起："想。"

斗篷人说："如果报仇的代价很沉重呢？"

她说："任何代价我都不在乎。"

斗篷人带走了她，告诉了她复仇的办法，初听时，她震惊得说不出话来。斗篷人自称魖长老，来自一个以暗杀为职的小门派，门中有四个长老，分别是魖、魅、魍、魉。其中，掌握炼制美人诅之术的是魖长老。

炼制美人诅，被溺于水中的少女必须是自愿的。

幼烟没有考虑很久就答应了。这个世界背叛了她，她没有必要以良善相对。少女的心已经因为仇恨变得冷酷至极。

变成美人诅后，按照与魖长老的约定，先报仇。他们来到京城，利用相爷府中的湖、池、盆，甚至杯碗中的水附到人的身上去，轻易让相爷本人及其儿孙"自杀"共计十七口人。这个数字只是她九叠门被害人数的零头，她已经手下留情了。然后她又取了老贼老黄皮的性命。

杀老黄皮时她多花了点心思，参照阿步这些孩子所受的残害，控制着老黄皮的肢体，让他在死之前把那些苦头尽数尝了一遍，算是给阿步报仇，也让阿步今后得到自由。

也是那个时候，她与阿步曾见过一面。阿步是她已坚硬如石的心唯一的柔软，是她在这世上唯一惦念的人，也是她变成美人诅后最不能面对的人。

她希望阿步永远不要看到她的真面目，但愿在阿步的心中，她永远是温柔美好的姐姐。所以她不能带上阿步，心里滴着血，冷漠地丢下了他，以为永远不会再相见。

隶州镇是曾经九叠门的所在地，也是幼烟的家乡。所有生活在这里的居民原都是九叠门徒，全都死于相爷私兵的剿杀，此处已沦为死城。

在她的建议下，魑长老将美人萍浮游在这片水域，变成了一道充满杀机的屏障。除此之外，山底的那个循环水道、按八卦阵图建设的街道，都出自九叠门的手笔。最厉害的当属镇子中间的九叠楼，那本是门中上层人物居住的地方，集迷局、幻阵、机关之大成，是九叠门的巅峰之作。将今后的落脚点选在这里可以说是相当安全了。

幼烟了却私仇之后，跟着魑、魅、魍、魉四长老住进九叠楼，按照约定，她无条件地接受他们安排的暗杀任务，他们让她杀谁她就杀谁，她甚至不关心目标的身份姓名。杀人对她来说易如反掌，又因为借水遁逸的特性，留不下丝毫证据，从未被抓住过。

四长老因此赚得盆满钵满。他们并不担心幼烟会撕毁契约、借水逃跑，因为于幼烟他们可是留了一手的。

他们掌握着镰月符和银星钉的秘技。把银星钉打入人的左胸靠近心脏处，取之则死。与这枚银星钉相对应的镰月符掌握在他们手里，不管这个人跑到天涯海角，他们必能依据符的温度提示锁定她的所在，将她抓回来。所以他们认为这样的好生意会一直持续下去。

然而有一天他们发现幼烟根本没有逃跑的想法。她的意愿简单而直接，可就是这么一个显而易见的可能，他们居然疏忽了，导致原本是策划和主导者的四个人，沦为幼烟的手下。

局势是在一夜之间反转的，猝不及防。

那天魑长老接了一个单子，跟幼烟说时，她一反往常的顺从，冷冷拒绝了。

魑长老以为自己听错了："你说什么？不去？你有拒绝的权利吗？"

她的眉微微挑起，目光凉如月下薄冰："我不仅这次不去，以后也不会再替你们杀人。"

"你在开玩笑吗？我们不是有契约在先吗？我们帮你报家仇，你成为我们的杀人暗器，不都是说好的吗？"

幼烟用不带起伏的语调道："你们助我复仇杀了相府中十七人、老黄皮一人，共计十八人。这之后接暗杀任务十八起，我已替你们杀了十八人。算是两清了。"

魖长老哭笑不得："你需得一直做杀人工具到死为止！哪曾说好按这个数目交换了？"

阴影落在侧脸，她的神情变幻莫测："什么说好不说好？现在，我说了算。"

魖长老尚未反应过来，面前幼烟的身形倏忽消失，他只看到手边的那杯茶水水面微微一颤，紧接着四肢忽然变得不像自己的了。

他们让幼烟杀了那么多人，终于知道被她附身的感觉了。那一瞬间他心中通透，突然恍然大悟看清了局势。幼烟可以轻松附到他们所有人身上，掌控他们的身体奔赴死亡。更让他们无力的是，他们根本无法杀死看似人形、但实际上是由怨气汇集而成的幼烟。

幼烟控制着他的身体，拿一把利器抵住心口，走到魅、魖、魈三个长老面前，借魖长老的口宣布了她在九叠楼的至高权力，如若违抗或逃跑，必死。

三个长老很快想明白了。她放开了魖长老，从他身上离析出来显形在旁边，冷眼看着四个长老单膝跪倒在脚下。

困在人间的幼烟

从那天起，幼烟变成了九叠楼的主人，不，应该说是恢复了主人的身份。这座楼本就是她的家。她令四长老在楼中各处摆了盛水的器皿，便于她在楼里自由穿行，还让他们都带一只水葫芦在身边，时时刻刻不准离身。

他们不敢有丝毫反抗。

她也不再接任何暗杀的单子。她把四长老囚禁在这里陪着她，直到生命耗尽，身体消亡，她就能解脱了，所有的罪恶也就能烟消云散了吧？

有一次跟魈长老聊起这个话题时，魈长老笑了："我们四个老家伙可以期待死亡，您却没有了这个资格。"

她一愣："为什么？"

"您不会死，因为您已经是个没有生命的存在。"魈长老的语调有嘲讽也有得意。死亡成了一个了不起的优势。

"你说什么呢？"她指了指自己左肩，"当初你把银星钉打进我肩中时，不是说过起出它我就会死吗？"

魈长老"呵呵"低笑："我骗你的，不信的话你可以试试。"

她震惊又恼怒："不可能，这世上没有永生不死的东西，我一定能死的。"

"哦！"魈长老拍了一下腿，"我记起来了，您说得对，只有一种东西能杀死您。"

"是什么？"她期待地睁大眼，仿佛在问一个美好的宝物。

"悔。"魈长老嗓音沙哑地说，"懊悔变成现在的样子，懊悔杀死那些人，为所做的一切忏悔。"魈长老盯着她，"那么，您后悔吗？"

她怔怔想了许久，摇摇头："我不后悔。"

魈长老哈哈大笑："当然了，为了复仇宁可变成怪物，这样深刻的怨恨怎么可能后悔呢？所以您就等着寿与天齐吧！"他起身大笑着走开。

她一反常态，没有因为他的不敬出手惩戒，而是默默坐着，又问了自己的内心很久，希望能抓住一丝后悔的感觉。然而想到自尽于官兵包围圈中的父亲和门人，她仍然觉得所做的一切都值得，手染的所有鲜血都值得，因她而死的人，全是这个世界欠她的。

他们该死。她不后悔。

她以为自己会在九叠楼里待上百年、千年、万年，四个长老老死了，成了灰，她也依然孤寂地被自己囚禁在这里。没想到阿步居然找来了，凭着他当时从魈长老身上摸去的一枚镰月符。

幼烟站在江水中望着阿步，眼中有欣慰也有哀凄："这个世上我最想念、也最怕见到的人来找我了。阿步啊，你我虽无血缘，你却是我唯一的亲人。可是我又害怕你看到我丑恶的真面目。"

阿步流着泪摇头。

九蘅忽然出声问道："你知道了自己永生不死，害怕永远孤单下去，就想把阿步留下来陪你。为了不让阿步发现你的真面目，就把四个长老杀死掩藏身份，还要把我们这些闯入者清除掉，以为这样就可以跟阿步相伴在这里生活下去了，是吗？"

阿步听到这话，神情变得怔怔的，望着幼烟，希望她能摇头否认。

幼烟没有点头也没有摇头，嘴角浮起一丝笑："阿步，你觉得是这样吗？"

阿步不知道。

她低低的笑声如阴风刮过水面："为一己之私，清除掉所有碍眼的人……杀人不眨眼的恶妖，做出这样的事毫不奇怪，是不是？是的。我是想那么做。"

阿步全身僵了一般，不能接受真实的、将人命视作流水轻风一般的幼烟。

却听幼烟叹息一声，接着道："有那么一刹那，我是想那么做的，但也只是一刹那而已。阿步，我那么疼你，怎么能把你囚禁在这里呢？我怎么能强迫你做你不情愿的事呢？还有你的这些朋友……"她的目光扫过岸上诸人，"他们对你那么好，你也对他们那么好，刚刚我拿住她的时候，"她看向九蘅，"阿步你不惜以命相换……"她无奈地道，"我真的是有些嫉妒的。可是我知道其实我是不会杀她的，不会杀你们任何一个，因为阿步是这样看重你们。"

聪慧如她，早已了解阿步失去偷儿伙伴时的痛苦。所以她只杀了四个长老，还关了九叠楼内的机关，让樊池和银山全身而退。

樊池出声道："幼烟，你总算是善念尚存，也还……"

在讲述的过程中神情变得柔软的幼烟，脸色又突然阴沉，打断了樊池的话："哪有什么善念？你误会了。我不杀你们，并非因为什么所谓的善念，仅仅是为了阿步不想你们死。休要给我扣善念的帽子，我不稀罕。这个糟糕的人世，只有以恶相待，它才配得起。"

看着众人复杂的脸色，幼烟继续冷冷道："现在，趁我还没有兴趣开杀戒，你们走吧，带着阿步。"说到末句声音低了下去，透着深深失落，忽又记起什么，"对了。"她一扬手，把一个东西丢向阿步。

阿步接住后就觉手心一烫，是个镰月符。

幼烟道："你身中的银星钉起不出来，这个镰月符能感应你的位置，是你隐形能力的克星。你自己收好了，不要落入他人手中。"

看到这个镰月符，九蘅记起了重要的事，问道："幼烟，你可否告诉我们，这个镰月形状的符号有什么意义？"

幼烟眼神一黯，道："我也不清楚。这个铁符是魃长老按照一份巫术券书做出来的。在我变成美人诅后，我的眼睛……发生了奇怪的事……在某些情绪失控的时候眼仁会变成奇怪的样子，形状就跟那个镰月符一模一样……"虽然她现在的黑眼仁是黑圆的，还是忍不住拿袖子遮住了眼，低声道，"我知道上一次去京城时不小心被阿步看到了我那副鬼样子，阿步一定很嫌弃我……"

阿步用力摇着头——不管她变成什么样子、做过什么事，她都是世上对他最好的那个人。

樊池问道："那么魃长老的那本券书呢？"

幼烟摇头："他以前好像说过券书丢了。不过我见过那本券书一次，并不是纸书，而是铁书，咒文是刻在一块黑色方形铁片上的。"

听到这里九蘅摸出了一块铁片——这是在仙人镇时，广玉兰树下，卢知县的小儿子卢韦给她的，他说是从变成玉兰树的嫂嫂的遗物里捡到的。

幼烟的目光落在铁片上，面露惊讶："就是这个东西！怎么会在你那里？"

九蘅看向幼烟，问道："你可认识一个名叫幼云的女子？"

幼烟忽地抬起头来："幼云？你们知道幼云？她现在哪里？过得好吗？"她一直阴沉的脸上居然露出了明亮的神气，满是期待。

九蘅暗叹命运弄人。卢知县的儿媳妇卢少奶奶幼云，自称娘家是隶州镇，原来她并不是信口乱说，竟然是真的。

九蘅问："幼云是你什么人？"

"幼云……她是我的丫鬟。"幼烟难得动容，眼中浮起一层薄泪。

和幼烟逃出包围的那天，幼云被外围官兵砍倒在地，那些人以为她死了，实际上并没有伤到要害。昏迷一阵醒来后，已不见了小姐的踪影。悲伤迷茫的幼云到处找幼烟而不得，只好跋山涉水返回九叠门的所在——隶州镇。

回到隶州镇也没找到小姐，实际上整个隶州镇已是死城，再没有一个活人。幼云像孤魂野鬼一样留在这座死城中，守着空空的九叠楼，不知该何去何从。

突然有一天她听到了人声，透过九叠楼顶的小窗，她望到小姐回来了。喜出望外地想要跑下去迎接，却发现小姐是跟着四个可疑的斗篷人一起回来的，看上去小姐好像是被他们胁迫了。

她不敢贸然行动，在楼中藏好，想找机会救小姐出来一起逃跑。

小姐和四个斗篷人也住进了九叠楼中。深夜，她凭着对楼内机关的了解，顺利找到了小姐住的屋子，悄悄推醒睡着的幼烟。

幼烟看到她十分惊喜，二人相拥而泣。幼云拉着幼烟说："是那四个斗篷人胁迫了小姐吧？夜间杀阵启动，他们抓不住我们的，我们快跑！"

幼烟却没有立刻跟她离开，欲言又止，神色复杂。

这时门外突然传来脚步声，是斗篷人听到动静过来察看了。幼烟伏在她耳边悄声说："我不能走，你自己快走，不要回来！"

幼云震惊地问："为什么？"

外面的人已到门边，幼烟来不及回答，将幼云朝墙角一推，利用暗处机关将她挪移到了隔壁房间去。隔了一层板壁，幼云听到幼烟与斗篷人的对话。

斗篷人："有什么事吗？"

幼烟："没有，是我心中难安，起来走走。"

斗篷人："那倒是。天亮便是施术之时，你随意吧。"

那时的幼云听得满心疑惑。这样的交流方式不像是绑架者和人质之间的交流啊。魆长老离开后，幼烟听到板壁上传来焦灼的轻轻叩击声，是反推不开暗门的幼云想回来问个清楚。

幼烟却无法跟她解释，也不能解释。

她只能隔着板壁对幼云说："我并非被胁迫，是我自愿的，一切我都自有打算，你不用管。幼云听话，离开这里，去找有人烟的村镇好好生活。他们四人对机关迷阵尚不熟悉，抓不住你的。"

幼云怎能甘心离开？然而九叠楼幻阵启动，格局变化，将二人挪到了不同楼层。尽管幼云了解杀阵设置，想要返回小姐房间也不是易事。还没等她再见到小姐，天就亮了，她躲在暗处，眼睁睁看着幼烟被四个人带出楼。

幼云悄悄跟了上去，看到一行五人来到了湖边。她藏身在树丛后张望着，看他们到底要干什么。只见斗篷人用绳子把幼烟从肩部到脚踝紧紧捆了起来，捆成笔直站立的姿势。四个斗篷人呈四角形围在她周身，其中一个手中捧着一个黑铁片似的东西念念有词。

从幼云的藏身之处可以看到幼烟的脸。幼烟的脖颈挺得直直的，毫无血色的脸上没有表情，只是一双睁大的眼睛里透着不知是坚定还是恐惧的神气，显得眼瞳尤其黑，深不见底。

幼云看出他们是在做某种仪式，却看不明白是什么，直到四个斗篷人一起将身体僵直的幼烟抬起来走向江水的时候，她才恍然大悟。

这四个斗篷人要淹死幼烟！幼烟为什么连一个反抗的动作也没有？

幼云顾不上想，不管不顾地尖叫着冲了出来，虽是一个弱小女子，不知哪来的勇气直扑进江水里，企图把小姐从这些人手中抢回来。

仪式被打断了，斗篷人非常恼怒，疑惑道："哪里来的女孩子？"

魍长老一只手就轻松制住了幼云，她发疯一样又踢又咬："你们放开我家小姐！放开她！"

魍长老道："太碍事了，杀了吧。"

一直闷声不吭的幼烟突然开口了："放了她。你们若敢动她，我就悔契。"

"你……"魍长老气结，挥了一下手，"把这个女孩子绑住丢远一些！"顿了一下，见幼烟目光森森地盯着他，又无奈补充道，"捆住她是防她捣乱，等施术完毕就放了她，我保证。"

幼烟是受术者，必须出于自愿，她若不全心配合，术法难免出岔子，所以谅魍长老不敢骗她。

幼云一边被捆起，一边圆睁着泪眼望着幼烟："小姐，这是怎么回事啊？他们要对你做什么啊？"

幼烟本已如死水般的眼底暗涌起情绪，声调却依然是平静的："幼云，并非他们强迫我，是我甘愿化作美人诅为门人复仇。听话，离开这里，永远不要回来，忘了过去，忘了我，忘了今天的事，好好地去生活，就算是替我好好地过一生。"

站在湖水中讲述的幼烟一声叹息，饱含着对幼云的思念。她看向九蘅手中的铁片："这铁片是魖长老的东西，上面刻的正是美人诅术。他送走幼云后就找不到这铁片了，大概撕扯间掉落，被幼云捡走了。你们是从哪里得到这个的？是幼云那里吗？她过得还好吗？"她的神情满含期待。

悔恨带走的一切

见九蘅一行人神色复杂，幼烟渐渐慌乱起来："幼云怎么了？你快告诉我。"

樊池开口了，语调如刮过湖面的风般冷冽："幼云以这块咒铁为线索找到了通晓巫邪之术的人，像你与魖长老达成契约一样，与那个人达成契约，获得一只妖火燧螯，伪装成大户人家的女儿，嫁给仙人镇卢知县的长子。她嫁进卢家并非为了安心度日，而是怂恿卢家助她用计把燧螯送进镇子附近的优昙婆罗花林，烧死优昙花妖，取得花妖内丹。造福一方的花妖和他的夫人，也是幼云的小姑子，都因此遇害。"

幼烟震惊之极，声音颤抖："为什么她也走上了妖邪之路？"

九蘅叹口气："为了你啊。"

"怎么会……？"

九蘅的语气中带了几分同情："你知道优昙婆罗内丹的效力是什么吗？它能让人重塑骨肉，获取新生。"

幼烟只觉天地幻化一片空蒙的茫茫雾气，身体晃了几晃，有些站立不稳。

幼云虽是幼烟的丫鬟，但二人情同亲生姐妹，在她眼中幼云是个脆弱胆小的孩子，遇事只知道哭。她本以为幼云上次被丢出隶州镇时必会吓破胆，绝不会再回来了，运气好的话嫁个农夫，平平淡淡度过余生。没想到她竟有勇气走上那样一条凶险之路。

杀人？杀妖？那怎么可能是幼云做出的事？

幼烟呆了许久才找回声音："那……现在她……"

九蘅还没回答，樊池已毫不留情地吐出硬邦邦的两个字："死了。"

幼烟一口气犹如断绝："什……么？"

樊池说："幼云最终也没得到妖丹，她被花妖之子杀死了，身后留下一个孩子。"

"不……不……幼云，为什么不听话……"幼烟的头嗡嗡作响，血液如火焰逆流，把心脏烧得千疮百孔。

樊池的话音残忍地、源源不断传进幼烟的耳中："你心爱的小丫头幼云，为了把你从妖邪道上拯救回来，自甘堕落，搭上了性命。你的父亲曾要你放弃仇恨，平凡度过一生，你却被仇恨蒙蔽双眼，成为他人的杀人工具，如果你的父亲在天有灵，会愿意看到你变成这副恶鬼般的模样吗？"

站在水里的幼烟已然失神。一直被"恨"占据的脑海如浓雾裂开一道缝隙，突然透入清明。为了复仇，这双手沾了多少无辜者的鲜血啊。最痛心的是幼云，天真善良的幼云、妹妹一般相伴长大的幼云，可因为她，变成了何等可怕、可悲的模样啊。

她低头看着自己的双手，喃喃低语着什么。

一旁的九蘅直视着幼烟，仿佛看穿了她内心的所有挣扎，以极其深沉却直击人心的语调问道："幼烟，变成现在这样，你……后悔了吗？"

幼烟抬起头来，嘴张了又张："我——"

时间在这一刻似乎被拉得极为漫长。她是内心只有仇恨的冷血杀人工具，可曾经的她也只是一个善良、单纯、美好的小女孩。命运的无常不能不令人唏嘘。

幼烟用极为艰难但又极为坚定的语调缓缓吐出："好悔……"

随着"悔"字从她的唇间吐出，幼烟的双手手心如被火烧灼的纸张一般焦黑、破碎，灰屑飘落水面。这样被无形火烧化一般的破碎沿她的手臂蔓延，迅速扩散到她的躯干上，在她的头部化灰之前，她的眼神温柔，脸上露出释然的笑意，一声呢喃飘出："你终于还是解救了我，幼云，谢谢你。"

声音和飞灰一起飘散向湖面，不过片刻的工夫，幼烟已消失不见了。与此同时湖上的那些美人萍也无声无息地化为灰屑。

阿步踉踉跄跄扑进了水中，手徒劳地在空中抓握那些黑色碎屑，然而什么也抓不住，它们溶化在水和风中，一丝尘埃也不剩下。他跪倒在水中，单薄的肩颤抖着无声地哭泣。

阿步不知在水中跪了多久，没有人打扰他，包括心疼他的银山，也明白该让他单独待一会儿，用他的方式去祭奠幼烟。

河面上吹来的风潮冷，樊池揽着九蘅的肩，目光扫过在场的诸位——九蘅、银山、阿步、招财、进宝。三个大人、一个娃娃、一只猫——已找到五片白泽碎魄宿主了。

天黑前，阿步带路领他们进了九叠楼，依次找了几间舒适的房间让他们住下。楼中幻阵已经关闭，楼体不会再变幻着把大家转到未知的楼层。

最后把银山的房间指给他看时，银山"嗯"了一声，进屋，关门，没有像之前那样时时刻刻揪着阿步的手腕怕他消失。

阿步在门外默默站了一会儿，推门走了进去。

银山进了房里便闷闷坐在木板床的床沿，不知在想什么，见阿步忽然进来，不由得一愣。阿步走到他身边坐下，中间隔了一尺的距离，低头默默玩着自己的手指。

两人就这样无言地坐了很久。

银山忽然开口，说话时眼睛只看着前面，没有看阿步："是的，我很生气。"

看似突兀的回答，其实是他们惯有的交流方式。不知何时形成的默契，即使阿步什么事情也不做，什么声音也不出，只要眼瞳深处有一点点神情的变化，银山就能猜出他心中所想。

这个一直在从他身边逃跑的少年很少主动接近他，这样忽然走过来，银山已知道他要问什么。

银山自说自话："从在京城的时候我就一次次抓你，你以为我这个捕头闲得没事干，专跟你过不去是不是？其实，我只是希望你走正道而已。可你倒好，一直跑，一直溜，后来会了隐形术，更出息了，我累死累活追着你跑的样子很蠢，是不是？！"

阿步缩了一下脖子，抿着嘴巴，不敢抬头。

银山继续控诉："这都没有关系，我相信总有一天能抓到你。可是我能抓到你，却挡不住你去死。为了幼烟也好，为了九蘸也好，你都是以命相挟，你就这么不爱惜自己的命吗？"

在阿步用匕首抵着咽喉与挟持了九蘸的幼烟对峙的时候，他看得很清楚，那时的阿步眼中充斥着疯狂的决绝，有那么一瞬间他绝望地认为阿步会死在那里。

他的嗓音里压着悲愤和失望："死很简单。你自己都如此轻贱自己，我又何必要比你本人还珍重你的性命？凭什么？"

阿步不出声，歪脸看着银山，眼底隐隐波动。

银山从始至终都没看他一眼，有棱角的侧脸线条冷硬，表情漠然。他对着前方说："所以，以后，你不用看到我就逃了，我不会再追你了。你爱去哪里便去哪里。"

阿步眼睛一眨，一滴眼泪掉下来。

银山眼角的余光是捕捉到了那一线泪光的，却视而不见，置之不理。

阿步眼巴巴看了他半晌，没有看到缓和的余地，脸上浮起失落。站起来，一步三回头磨磨蹭蹭往外走。走了几步，站住了，回身坐回到原处，抿嘴看地板。

长时间的沉默之后，银山说："知道错了？"

阿步屁股一挪，坐得离他近了几寸。

银山又说："还跑不跑了？"

阿步又挪了一下，肩膀挨上了他。忽然伸手，细长的手指在银山手上握了一下，银山一愣。阿步的手却又缩回去了，在银山手心里留下一个滚烫的物件——镰月符，就算隐身隐得影子都不见、跑去天涯海角，都能把他找出来的镰月符。

银山淡淡"嗯"了一声，将镰月符收入怀中，一抹不易察觉的欣慰喜色划过脸颊。

门外，倚在门边偷听了很久的九蘅偷偷乐了，忽有话音在耳边响起："干什么呢？"她吓得差点跳了起来，回头看到樊池的脸，赶忙拉着他走开："走走走，不要打扰人家说悄悄话！"

离开一段才问："进宝呢？"

"招财看着呢。"樊池答道。

他们这群人中，除了九蘅，最会看孩子的就是招财了，看它平时虎虎生威的，对进宝可有耐心了，进宝困了还可以趴在它的软肚子上睡觉，那场面非常和谐有爱，把进宝交给招财，他们很放心。

樊池一边走，一边把刻着咒术的铁片拿到眼前，看着上面的咒文，再翻过来摩挲了一下那枚镰月浮雕，道："可惜我只认得几个巫文，否则可以看看这上面有没有透露镰月的讯息。"

九蘅问："认得几个？你学过巫文吗？"

"上界的学堂是开巫术课的。"

"那为何你又认不全？"

"……小时候逃课了。"

"哈哈……原来你小时候是这样的！"九蘅毫不留情地发出了赤裸裸的嘲笑，忽然头顶吃痛，"啊——"

"叫你嘲笑我！"收回敲在灵宠脑袋上的手，樊池佯装生气地道。而实际上，他的心里早就得意得开花了——手感真好！

又掂了掂手中的铁片，肃色道："认识巫文的人应该不难找，像魖长老这种研习巫术的人就认得。下次遇到这类人或妖物，灭他们之前先问问识不识这上面的字。"

九蘅想象了一下那场面——"等一下，先教我识字，教会了我再杀你"，忍不住又哈哈笑了起来。

樊池瞥了她一眼，懒得理会，问道："我们已见过几次镰月了？"

九蘅数了数："百口仙眼中、蜘蛛精青魇眼中、卢少奶奶幼云眼中、幼烟眼中、魈长老的眼中、与银星钉相配的镰月符，再就是魈长老的这片铁咒，一共七次了。"

他思索良久，眼中深锁疑惑："有的是人，有的是妖，除了这个镰月的形状，似乎并没有其他共同之处。"

九蘅猜测道："或许他们修炼的妖术、巫术的心法是一样的，会不会有同一个师父？"

樊池微微摇头："我与其中几个交过手，他们的路数并不一样啊。而且他们所在地不同、寿命不同，甚至种族都不同，如何能有同一个渊源呢……"边走边思忖着，脚步忽然一顿，定在原地。

"乌泽。"他吐出了两个字。

九蘅的心猛地一跳："什么？"

"没错，一定是乌泽。"说出这个答案，他只觉得头脑中徘徊的迷雾如被狂风刮散。

在乌泽与白泽正面冲突之前，它已经潜伏在雷夏不知几百年。渗透进不同宗门并留下痕迹，对它来说轻而易举，因为它可以寄生在他们的门主或师父身上，暂时取而代之，传授他们某种邪术，或是以不得而知的方式埋在他们的血脉、咒法中，让这个镰月的形状在这些人之后的生活中如影随形。

白泽和乌泽都会寄生，但对于宿主的影响是不同的。白泽寄生后不会抢夺身体控制权，身体和思维仍由宿主本人主导，而且白泽会赋予宿主强大的力量。

乌泽就霸道了，它的宿主会完全丧失掌控身体的权利，连本人的思维都会陷入沉睡，宿主其实完全变成了乌泽。它利用宿主做出什么，宿主不但不能左右，甚至都无法知晓。

这也正是白、乌两泽的正邪本性导致的区别之一。

听了樊池的分析，九蘅觉得寒意从脚底攀上来。这么久以来，虽然从未发觉乌泽仍然存在的迹象，但它一直如散不去的乌云在他们的心中凝结不去。

现在它终于露出马脚了。

不过，是露"马脚"吗？

一个极鲜明的标志，时不时出现在面前，真的是"不小心"吗？

樊池的眉心锁着疑虑："与其说露马脚，倒更像一种刻意的展示。"

过去的几十或几百年里，乌泽像个幽灵一样游荡在雷夏大泽，在一些人或物上留下它独属的标记，似乎是说这些都是它的人手，却没有把这些人集中在一起，这些人也并不知道乌泽的存在。

那它这样做的目的是什么？

"是挑衅吗？"九蘅眼底火星一炸。

"或许……是指引。"低沉的声音中仿佛带着宿命的沉重味道。

九蘅眉一挑："那就还是挑衅喽。"

他的嘴角浮出凉笑："你说得对。如果镰月的背后真的是它，二泽相遇，白泽断然没有躲开的道理。它敢露出它的足迹，我们就敢追索不息。"

九蘅眼底燃起烈焰，只觉得心中澎湃不止。

来吧，乌泽，让我们来一场堂堂正正的对决！

可转念间又满心茫然，尽管见到这么多镰月，却仍没有清晰的方向，他们并不知道下一步该去往哪里。

梦里私会黎药师

两人一路走一路聊，无意间来到了之前阿步藏身的顶层小阁楼，二人席地而坐，透过那扇斜斜小窗可以看到一角星空。

樊池从怀中摸出了一个蜂蜜罐子，瞅着她道："好久没这样放松过了，让我喝一次吧。"

这一路走来危机四伏，因为怕他醉蜜误事，九蘅都不准他喝的。不过今天真是难得过一个安稳的晚上，醉就醉吧。

"嗯。"她点了点头。

他眉开眼笑地打开盖子，倒一点进口中，又贪婪地舔了一下罐口挂住的蜜液，唇和罐子之间扯出一条晶亮的蜜丝悬而又断，整个人都甜得要开花的样子。

她忍不住笑道："有那么甜吗？"

"真的很甜，你尝尝。"说完这句话，或许是开心得太忘乎所以，忽然凑到她的脸前，唇在她的嘴巴上一触，留下一点蜜液。

九蘅整个人都呆住了。

樊池也略略愣了一下，随后便侧身枕在了她的膝上，似是醉蜜睡去了。

他留在她唇上的残蜜渗入齿间，甜香蔓延。她的脸后知后觉地涨红起来。就不该让这个蜜蜂精喝蜜的，喝醉了就胡闹！他闹完了倒是睡得人事不知，只留她心乱如麻。

而实际上蜜蜂精哪里睡得着？手已经差点把蜜罐子捏碎了好吗！

他刚刚干了什么？

好像是亲了她。

亲一下自家灵宠而已，在上界时，他不也抱着白虎、神鹿什么的亲来亲去吗！

可是他为何如此六神无主、慌里慌张？亲白虎那胡须一尺长的毛嘴巴时也没这样啊！

他并没有纠结很久，装睡了一会儿就真的睡着了，蜂蜜带来的醉意散布四肢百骸，很快就身心舒软地沉入甜甜的深眠。

九蘅只觉得搁在腿边的手背一痒，有细细软软的东西拂上去。低头一看，乐了。樊池睡得太放松，单触角探了出来，在星光下反映着荧光，随着呼吸一起一伏。

难得他睡得瓷实，大好机会不能放过，她撩着这根触须，玩了个爽。

不久她也睡着了，原以为会有一夜好觉，可惜睡着没多久就做梦了。

梦中她知道是做梦，因为她的视角是站在"自己"的背后，好像她的意识脱离了身躯，跟在身体的后面。

可是却没有办法醒来，只能眼睁睁看着梦中的自己推开枕着膝的樊池，起身打开了那扇小窗。

"自己"要干什么？

她眼睁睁看着"自己"从那扇小窗钻了出去。窗子十分狭窄，幸好她身材纤细。但这可是九叠楼的顶层，距离地面十几丈高啊，摔下去怎么办？

她只担心了一下就释然了，做梦嘛，又不是真的。

然而当"自己"扳着窗棂的手松开，整个人向下坠落的时候，还是吓了一大跳。

按理说人在梦里这样被吓一下就该醒了，但是没有。惊魂稍定之后，她发现"自己"好好地站在楼下地面上，而她仍是看到"自己"背影的视角。她跟着"自己"下来了。

她注意到"自己"是光着脚的。在阁楼里时为了放松疲惫的双脚，她脱了鞋子。连这种细节都顾及到了，这个梦还真细致啊。

抬头望了望耸立在夜色中的九叠楼。她不会轻功，这么高一跃而下居然能稳稳站立……哦，做梦嘛，没有逻辑可讲。

她看着"自己"的后脑勺，突然有点害怕，怕"自己"回过头来，是一张陌生的脸。

幸好没有。

"自己"走起来了，走向楼前废城曲折的街巷中。九蘅只能跟着去。她感觉自己的意识像一只被拴在躯体上的风筝，不能离开，也不能附身上去，被迫被牵引着跟随。

拐来拐去走了一阵，"自己"站住了脚步，似乎在望着前方的什么地方。九蘅跟着望过去，在一个早已荒废的茶棚桌前，看到坐着一个熟悉的身影。

青衫儒雅，清冽如玉——是黎存之。

他正在望着这边，目光落处是那个"自己"，眼神深邃而温暖，嘴角弯起柔软的笑。

九蘅讶异，怎么会梦到他？

白泽寄生
（下册）

◇

"自己"不急不缓朝黎存之走去，跟在后面的九蘅看不到"自己"的脸，却单从背影中就看出了重逢的欣喜。果然，"自己"走到黎存之面前时，一对白皙的手已递了过去。黎存之接过她的手，轻轻一带，拉她坐在他旁边的凳子上，两人的膝盖亲密地挨在一起，他微微用力握着"自己"的手，深深看着"自己"眼睛，一语不发，仿佛只如此便交流了千言万语。

九蘅看得下巴都快掉了。心想我怎么会做这种梦呢！我不会是内心深处对黎药师有什么非分之想吧！糟糕糟糕，还是赶紧醒来吧！要让樊池知道她擅自梦到黎存之，还这样握手促膝深情对视，不炸了才怪！

顺便叹息一下，她居然连做个梦都怕触怒樊池的私占欲，真是可悲啊。

有心伸手拍"自己"一巴掌让梦中断，但此时她好像只剩了一缕意识，既没有行动能力，也不能发声，只好眼睁睁让梦境继续下去。

她只能祈祷"自己"在梦中也要适可而止，不要有过火的举动，否则以后再遇到黎药师，可让她如何面对啊……

然而梦境朝着她担心的方向而去。

黎药师抬起她的左手，细细看着她拇指指甲盖上绘的那朵小花，用他的指腹轻轻摩挲而过。

说起这朵小花——自从风声堡一别，她早就剪过无数次指甲了，但神奇的是小花并没有随着指甲的生长移向前端，而是一直维持在甲盖中间，仿佛它并不是印在指甲上，而是印在指甲下的血肉里。看来他印它时用了某种小术法。闲暇时她也会自己端详一会儿，毕竟好看。

看着他如把玩定情物一般抚摸着她的指甲，她更是暗叹：这梦越来越不像话了。擅自做这种梦真是罪过啊。对不起黎药师，对不起蜜蜂精。

却听黎存之忽然说话了，声音如夜间春雨抚在树叶，低沉又柔和："是遇到难解的困惑了吗？"

"自己"的背影没有摇头也没有点头。

黎存之却自问自答："想一想燧螯的来处。"说这句话的时候，他突然抬起眼，目光越过"自己"，直直看向"自己"后面她的"灵魂"的眼睛。

九蘅猛地打了个哆嗦，头脑晕眩。慢慢醒转，只觉得浑身冰冷，关节酸痛。她缓缓抬起头来，发现天已经微微亮了，自己是坐在一个荒废茶棚下的桌子前，四周的景象与梦中一模一样，只是身边已没了黎存之，而她也"回到"身体中。

她茫然四顾着回不过神来。怎么回事？梦都醒了，自己不应是睡在九叠楼的阁楼里吗？……难道仍是在梦中？

远处忽有人从街角拐出来，脚步顿了一下，然后急忙朝这边跑来。

她思维仍混沌着，眼神有些模糊，只呆呆望着。那人跑得近了，她才看清是樊池。他脸色紧张，神情焦灼。

樊池跑到近前，先握住她冰凉的手，弯腰看着她的眼睛，声音低缓温和："你怎么样？"

"我不知道。"她茫然道，"我怎么会在这里？"

"没事的，没事。别害怕。"他手一抄将她抱起，自己坐在凳子上，将她尽可能深地揽在怀中。

她紧紧贴着他的胸口，冷透的身体汲到暖意。目光却看到了自己的脚，她的双脚是赤着的，沾了些泥土，仿佛走了很远的路。

模糊的脑海忽然有影像浮现，她记起了梦中的一切：如何从阁楼的窗口跳到地上，如何走进废城，见到黎存之，执手抵膝。

她脱口而出："我……我是梦游了吗？"

"嗯。"他的下巴温柔地抵着她的头发，"没关系，你是太累了才梦游的。"

此时樊池心中不知有多后怕，费了很大力气才克制住频乱的呼吸，生怕自己的惊慌表露出来吓到她。

他是在天刚有微光时发现九蘅不见了的。从蜂蜜带来的酥软睡眠中醒来，左看看，右看看，也没找见她的踪影，阁楼里空荡荡的，只有她的鞋子还留在原地。

鞋子在这里，人呢？

他猛地记起在仙人镇时她的那一次梦游，顿时慌了。九叠楼内廊道复杂还有机关，走丢可就麻烦了！他起身就想冲进下层去找，到了入口，一阵扫过的冷风又让他停住了，回头看着那扇小窗。夜间风大，临睡前那扇窗子是关着的。

她该不会是在梦游中从那扇窗子……这可是楼顶啊！

走到窗前向下看时他的腿都是软的，生怕看到她横尸楼下。

幸好没有。

不过抬起目光望向远处时，他以不寻常的目力看到远处废城巷道中的茶铺前，有一个纤白的身影趴在桌子上——是九蘅。

他没耐心去走九叠楼那费劲的廊道阶梯，也从小窗钻了出去。他身量高大难免卡住，暴躁地打碎了窗框，径直从楼顶一跃而下，飞挪腾跃朝着她所在的位置奔去，靠近了又怕惊到她，屏住气息，这才从街角朝她走近，而她也恰恰醒来。

将她冰冷的身子抱在怀中，樊池满心懊悔睡得太沉，没有及时发觉。都怪自己贪嘴喝蜂蜜醉得不省人事。以后要戒蜜了！

怀中的人一动，扬起脸来看着他，之前迷糊的眼神已然清明，道："燧蛰。"

他一愣："什么？"

她来了精神，在他膝上坐直了身子，一手自然地勾着他的脖子，神采奕奕地说："我在梦中忽然想到了一个线索。其他与镰月有关的人都不确定是何时接触镰月之主的，而幼云得到燧蛰的时间并不长。你说过幼云是人不是妖，在她谋取花妖内丹的过程中也只做计谋，从未使用术法，她唯一拥有的就是燧蛰。或许可以推断，在她离开这里之后、嫁给仙人镇卢少爷之前，遇到将燧蛰送给她，并在她眼中打下了镰月标记的人。而那个人，或许就是乌泽。"

樊池惊讶道："你说的有道理，可你怎么突然想起这些？"

"我……我在梦里想通的。"九蘅镇定地道。

"梦里？你还梦到什么了？"

"没有了，就是一直走，一直思考。"她可不敢说出她梦到黎存之了，更别说在梦里二人还那么亲密！想想就心虚。

好在樊池看她畏冷的样子，也没有追问，只说："先回去再说。"

她想跳到地上去，却被他箍住："光着脚呢，不要踩地了！"把她搁凳子上，转过了身。

她嘿嘿一乐，一跃蹦到他背上。他怒道："轻点，腰要断了！"

打闹间梦游带来的阴郁感觉一扫而空。他背着她往回走的时候，她躲在他背上悄悄看了一眼自己的右手拇指，那朵红瓣的花儿依然印在指甲正中间。

这时她又回想起梦中黎存之的模样，那摩挲的触感和温度似乎仍残留在指上，是那么的真实，心中忽起疑惑。

这个燧蝥的线索究竟是她借梦参悟出的，还是黎存之真的进到了她的梦里做出指点？

黎存之进到了她的梦里？

九蘅轻轻摇了摇头。燧蝥的事其实是明摆着的，只是他们几人都没有想到而已。或许是她潜意识里想到了却没发觉，在梦里浮了出来。想到这里她心安了许多。

走到九叠楼下，樊池脚步顿了一下，仰头望了一下高耸的楼身。心中疑惑：九蘅不会轻功，也不会飞腾之术，是如何从楼顶跳下来而不受伤的？若说她是从楼中走下来的也不可能，这个楼别说梦游，就是醒着也会迷路。

又不敢问她。不知为什么，比起她本人，他对她梦游的事更加担忧，担忧到了害怕的程度，似乎多问一句就会将她推进噩梦一般。

九蘅心中同样迷惑，她清晰地记得看着"自己"从阁楼小窗果断一跃而下的样子。没有摔死真是庆幸啊，但是居然连伤都没有……

或许……是梦游中的人会激发身体的潜能吧。

两人各自纳闷，出于各自的顾虑都没有开口。

回到楼中，很快遇到了满脸焦急到处转着找他们的银山和阿步。

看到他们回来，银山松了一口气："你们去哪里了？我们还以为你们在楼中迷路了，整个楼搜了一遍。"

樊池刚想答，九蘅轻松地道："我就是早晨起来出去思考了一点问题。"

"那为什么要背着？"

"唔，"九蘅支吾道，"灵宠偶尔骑一下主人也可以的啦。"她手臂一撑，跳离樊池脊背稳稳落地。木地板踩上去暖和多了。

阿步咚咚敲了敲墙壁，指了指肚皮——他饿了。众人在楼畔不远处找到了灶房，却没有食物。看样子当初幼烟突然禁止四长老外出，没来得及储备食物。好在此处的山野茂林本就是个可以提供源源不尽的食物来源。

银山去了一趟附近林中，凭着他随手变幻的捕猎工具，轻松就捕回了数只肥大的竹鼠，就着湖边剥洗干净，带回来烤着吃。

几个人都是长时间行走在野外的人，这些活儿做得驾轻就熟，阿步啃得十分满足，满脸灰黑。招财和进宝更不用人操心，一个自己去打食，这里多的是蛇鼠给招财饱腹；另一个嘛，用小手指吸取一下地底养分就能把自己养得白白胖胖。

真都太省心了！

他们在此暂住了下来，除了休息之外，更重要的是让阿步观摩九叠楼。

九叠楼是九叠门奇门阵术的精华汇集之作，九叠门全员覆没，这绝技本会从此失传，然而阿步得到幼烟传授入门技法，以此为基础去研究、摸索这座楼的结构和机关，几乎可以将其奥秘参透。

其他人都知道这是个不得了的机会，若是错过，这座楼在风吹日晒中腐朽倒塌之日，便是九叠门术失传之时。

阿步将奇阵术继承下去，也会是幼烟愿意看到的吧。

阿步在楼里把机关玩得咔咔响，樊池、九蘅、银山在楼前空地上架起火堆吃着烤肉，讨论起燧蝥的事。

九蘅问樊池："你说过幼云使用的燧蝥是西北大漠中的巫师养的妖虫，我们要去大漠找镰月的线索吗？"

樊池道："西北大漠茫茫无际，盲目去找是不可能的。不过，我猜幼云并非是去大漠得的燧蝥。它的来源是大漠，却是种可以买卖流传的东西，会被民间的巫蛊师或是沉迷巫术的凡人收藏。"

九蘅茫然道："那不是难找得很？"

这时银山插言道："说起巫蛊术，听说当今皇上就很喜好这些东西。"

九蘅惊讶道："皇上？自古以来皇家人不是特别忌讳巫术吗？"

银山说："前朝还是忌讳的，自打新皇登基，巫蛊之风就被带起来了。那被幼烟杀了家里十七口的符相爷就喜欢搜罗些歪门邪道的东西。他之所以想得到九叠门的奇阵术，多半也是为了用来迎合皇上喜好，准备献给皇上的。没想到好处没赚到，先把命搭上了。"

银山叹息地翻了一下柴火："后来他们家出事后，大家也都当成他碰了什么邪物反噬自身了，结案时更是草草了之。对了，阿步不还从相府中盗了枚火焰珠出来吗？那种稀奇古怪的玩意儿他们家多的是。符相爷若知道燧螯这种怪虫，必会很感兴趣，不惜重金购买。"

九蘅与樊池对视一眼，有种奇异巧合的感觉。九蘅陷入头脑的风暴，手指不自觉地在半空中画动着思索，喃喃道："假设燧螯是从相府流出来的……不，再具体一些，就是相府的人把燧螯给幼云的——幼云要燧螯是为了夺取优昙内丹救幼烟——幼烟则一心灭了相府的人。那相府的人岂不是等于在帮助自己的对头？啊！到底怎么回事？"

樊池拍了一把她的头顶："为何想那么复杂？幼烟不是被相府关了一阵子吗？或许是幼云追了去，潜入相府想救她没救成，顺手盗了燧螯出来。"

她猛拍一下手："对啊！那时她知道她家小姐是被相府的人抓去了，自然会先跑去设法救人。"她待了一阵，又猛挠头，"不对，不对。幼云不是被砍伤了吗？哪有能力跑去京城又是救人，又是盗窃？再者说了，她一个小丫头，如果没有高人指点，怎么会知道优昙内丹有重塑肉身的效力，又怎会知道燧螯是优昙的克星？"

樊池见她苦恼得抓狂的样子，探手捧着她的脸："脑子不够就别想了，再把脑袋累坏了！你专心负责吃肉不好吗？这些事我来想就好了。"随即抄起一块烤肉塞进她的嘴里。

银山一本正经道："蜜蜂精大人，虽说九蘅姑娘是您的灵宠，也不能宠得过度。"

"要你管啊。"樊池横他一眼，"还有，'蜜蜂精'是你叫的吗？"这个昵称可是只有他家灵宠才能叫的！

银山："……"

樊池不愿让九蘅思虑过度，其实是怕她心事太重再犯梦游的毛病。晚上休息时再也不敢去顶层，在一层找了个房间，与灵宠同睡一张床那是不必说的了，还必须将灵宠堵在床的里侧，手脚都压上去以防她半夜溜走。

饶是如此还是不敢睡沉，她轻微地翻下身他都会惊醒。好在这之后她没再犯这毛病，他们也就将此事渐渐丢到脑后了。

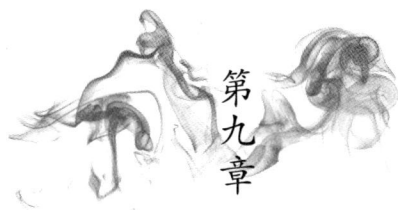

第九章

命灯篇

◈

嗜骨朱蛾，血翼、鼓腹、须口，一只可化身万千，附在人的骨架上幻化
成皮肉，模拟此人生前的言行举止，以假乱真。

猫咋这么命苦呢

半个月后，聪明的阿步已经参透了九叠楼的机要，并将结构熟记于心，闭着眼也能画出来了。众人收拾了简单的行装，借木筏沿水路离开了隶州镇。沿隧道划出去时，江上再无美人萍。

他们此行的目的地是京城。想要弄明白燧螯是否来自相府、相府是否和镰月有关系，唯有去京城查一查。

银山离开京城雍都时鱼妇之灾尚未爆发，不知灾情对其有多大影响，也挂念着回去看一看。再者说，这一路走来，各地官府因交通断绝难以与上沟通，管理系统几乎瘫痪。樊池作为佑护神，也想去往雷夏大泽的中心都城去看看。

从西南边疆回到北方的京城有千里之远，从水路到陆路，渐渐走进了北方的冬季。沿途经过有人烟的城镇时，大家置办了棉衣棉靴。唯有樊池不畏寒冷，依然白衣轻绡，在雪花飘起时尤显得风姿卓绝。出生于气候湿热环境的进宝尤其怕冷，被裹得像小棉花团一样，仍然冷得缩成一团。于是他们想为他买马匹和马车代步，还能遮挡寒风。但这年头那可是稀罕物，最后只找到了一辆马车，却没弄到马。樊池目光转到招财身上，微微一笑。

招财心中升起不祥的预感，耳朵一抿想要溜走，冷不防被按着套上了缰绳……

为了不让招财太辛苦，坐到车上的人只有进宝和负责照顾孩子的九蘅或阿步，其他人步行跟在车侧。即使这样招财也超委屈，赶路时负责拉车，休息时负责奉献毛肚子给进宝取暖，猫咋这么命苦呢！

一个月的旅程中，大家风餐露宿，时不时吵个架、斗个嘴，杀杀鲛妖、抓抓妖怪，四个大人加上一娃一猫渐渐走过丛林和平原，慢慢熟稔，相处得很不错。

某一天，他们在一条小溪边落脚休憩。招财照例先跑去河里捞鱼吃，鱼没捞到，一爪子把一条鱼妇拍到岸上。它很不开心，它都吃腻了。

九蘅等人看到这条在泥地里挣扎的鱼妇，也没过多理会，只道它过一会儿就干死了，却听樊池冒出一声："怎么回事？"他盯着鱼妇蹙起了眉，脸色严肃。

众人朝鱼妇看去，只见地上已经有两个青黑细长的鱼妇在扭动。然后在他们的注视下，二变四，四变八，没过一会儿，已是黑压压一片细鱼在扭动。

九蘅震惊道："这是不是说明……说明……"

樊池沉声道："说明鱼祖恢复了能力。"

"可恶！"九蘅怒得炸裂，抽出赤鱼朝地上的鱼群一阵乱斩……

得到抑制的鱼妇之灾又要卷土袭来了。好在人们的应变能力在灾难中也得到了强化，幸存的人们远离水边向高处和旱地迁徙，掌握了杀灭鲛妖和鱼妇的办法，即使鱼妇恢复了分裂能力，也不至于像之前那样千里屠城了。

鱼祖这个恶妖阴魂不散，令人厌恶，九蘅恨不能立刻将它灭了。

然而他们没有头绪判断鱼祖所在，冷静之后，商量了一下，决定计划不变，还是先去京城。

腊月的时候终于接近京城，地势开始起伏，北方气势苍莽的山脉在大地上渐渐隆起。离京城越近，银山归家之心越切，总走在队伍的最前方，阿步也总是跟在他身后不远不近的地方。

这一日午后雪花开始落下，前方仍不见人烟，银山在前方高声道："这里是狭风关，离京城还有五十里路了。我们走快些，穿过前面这道峡谷有个驿站，要赶在天黑前过去落脚。"说着先一步走向峡谷，阿步小跑着颠颠跟上。

突然有异样的响动从两侧高崖上传来。银山凭经验就听出是弯弓绷起的声音。他反应极快，先后退了一步，紧跟在后的阿步冷不防撞上他的后背，不明所以。与此同时银山手中已幻出一个盾牌挡在身前。

只听崖上传来喝问声："来者何人？"

落后一段距离的樊池迅速赶上来，进入了防御阵势，九蘅将进宝束在怀中，二人并肩面向外侧，各自祭出无意剑和赤鱼，漆黑巨猫警觉地竖起毛发。

一行人举目望去，崖顶举弓问话的人好像是身穿盔甲的官兵。此处峡谷向来是军事要道，一直有驻军，但这一路上他们曾数次经过军营驻地，多数已空无一人。官兵粮草不继，大多已在灾难中逃回家中，军队分崩离析。

这时看到此处驻地居然仍有官兵镇守，银山心生亲切，高声道："是自己人，路过此地返回京城。"

崖顶弓箭手并没有退下，弯弓不懈。崖下的人静观其变也没有妄动。过了一阵，只听一阵马蹄声近，一个大概是伍长的头目骑着军马，带领四名手执长刀的骑兵踏雪驰近，隔了一段距离停下，打量了一下这个奇怪的组合，伍长喝道："放下武器，跟我去见参将。"

银山道："好。"瞬息之间手中盾牌已消失不见，看得骑兵伍长一愣，揉了揉自己的眼睛再看，仍看不出他把那个看起来沉重硕大的盾牌藏哪里去了。再看后面的一男一女，男的手中蓝光泛泛的剑和少女手中的牙白利器也都不见了。

伍长困惑不已，命人上前搜了一下身，也没搜到武器，最后只给招财嘴上罩了一只笼头，这才带着他们拐进峡谷旁侧的一条路。招财愤愤不平——咋偏就跟猫过不去呢！

沿陡峭石阶上行良久，进到一片位于半山腰的军营驻地前。

伍长进去通报之后，一个身穿铠甲、背披大氅、腰挎金刀的人走出来，二十多岁的模样，剑眉朗目，神态冷峻，一身风霜掩不住英气勃勃。他手按刀柄走近，犀利的目光扫过几人："各位是什么来头？"

银山行了一礼："我是京里捕头，他们是我朋友。我已离京一年之久，此次想要回京。"

"一年？那你是否知道京城已变成什么样了？"年轻的将领语气中带着慨叹。

银山心中一沉："变成什么样了？"

他微微摇了摇头，没有回答，自我介绍道："末将陆淮，是驻守狭风关的参将。"他在进宝身上停了一下，目光中闪过难以察觉的温和，"进去再说吧，外面冷。"

陆淮把他们领进他的军帐之中，帐内只有一个书案，席地铺了一张兽皮，还点了一个炭炉。他请他们将就着坐在兽皮上休息，道："原来崖下的驻地被毁了，没抢出多少东西，简陋了些，请多包涵。"

樊池问："被什么毁的？"

陆淮说："鲛军啊。"

几人齐声惊异地问："什么军？！"

鲛军——鲛妖组成的军队。

帐外寒风呼啸大雪飞扬，招财卧在暖炉前，进宝趴在它肚皮上，两只睡得正香。陆淮让士兵准备了些东西招待他们，端上来的饭菜虽粗陋，但显然已尽力了。

陆淮保持着军人的警惕，先问几人的身份。樊池只说他们都有捉妖的本事，机缘巧合走到一起，组队杀妖除怪，而鲛妖和鱼妇也是他们的心头之恨，誓要将它们斩尽杀绝。陆淮猜出他们没有和盘托出，却也接受了这个解释。妖孽横行的世间，与鲛妖为敌的人就是战友。

炭火发出轻微的毕剥声。陆淮简单介绍了情况。

半年前闹起鱼妇之灾时，京城也被殃及，但是京城内外有三万禁卫军，灾变很快被镇压，已变鲛妖的民众大约有数百名，全数被斩杀。穿过京城的运河上下游加了数道滤网，京中一切水道中的鱼妇捕杀殆尽，陆淮也收到军令，在此驻守狭风关，以防外来鲛妖入关。可没想到的是，外面鲜有鲛妖来袭，一个月前的一个晚上，却突然从关内涌来了大批鲛妖。

这些鲛妖有数千之众，人形的上半身都穿着军甲，从军甲的样式上看，竟然是京城禁卫军所变。矛头向外、专心防备外患的陆淮的军队没料到背部突然受敌，匆忙抵抗。

这些鲛军不像之前关外爬来的那些鲛妖一样无序乱咬，而是一探即退，直退到十里外的一条浅河对岸，追击的士兵蹚入河中时，被水中鱼妇袭击，惨变鲛妖……

那条河里的鱼妇原本已被灭尽，不知何时又变得密密麻麻。

陆淮知道这个情况后很是惊诧。禁卫军变的鲛妖明显是故意将追兵引到河里的，它们素来头脑简单，怎么竟会用诱敌深入的计谋了？

接下来的交手中，陆淮愈加发现这些禁卫军鲛妖除凶猛异常之外，它们好像有思想，知道组阵，知道战术。在诱敌入水的伎俩不再起作用之后，它们似乎决定将守关军赶尽杀绝。

鲛军仍然只有腰斩才能杀死，而它们腰间围有铠甲，分外难杀。守关军士抵挡不住，节节败退，放弃驻地朝高处撤退，凭着地势优势才击退第一次袭击。鲛妖们看到败势，也没有死攻，而是有序撤退，消失在黑暗荒野。

陆淮清点人数，守关军竟折损大半，悲愤不已。大灾之中，他手下将士凭着一腔忠勇，深埋对家人的挂念，没有做逃兵，留下来与他并肩守关，守住身后京城的平安，却命丧在来自京城方向的鲛妖攻击中。

年轻的将领深深叹息："那之后的一个月里鲛军又有过三轮进攻，我们有了防范，再没有大的损失。我派出数拨人马去往京城，想看看京中发生了什么，最终活着回来的只有一人。他说京城被鲛军围着，根本进不去。"

樊池与九蘅对视一眼，眼底均压着烈焰。有组织的鲛妖进攻，他们见过一次。瑜州城那天晚上，鲛妖潮水般涌向听月寺，而那一次，它们是受鱼祖驱使。

这一次，也不会例外。

九蘅出声道："这么说，是它了？"

樊池微微颔首："是鱼祖。"

她的脸色森然："这次要抓到它了。"

"一定。"

陆淮迷惑道："二位在说什么？鱼祖是什么？"与鲛妖苦斗了这么久，他仍不知鱼妇的来源。

樊池向他解释了鱼祖是什么，并断定那批有组织的禁卫军鲛妖必是受鱼祖驱使的。它现在定然藏身附近，并恢复了能力，想驱使禁卫军攻击狭风关，大概是想扩张它的疆土。

虽然雷夏的水泽里到处是鱼妇，但是人们在与它们的斗争中琢磨出断水法、火阵法等杀灭它们的手段，即使仍有人被化成鲛妖，不过那些鲛妖相对较弱，成不了气候。而这些攻击狭风关的鲛妖显然战斗力强得多，它们若是攻出去，幸存的人们怕是对付不了。

他们一路走来，除了狭风关之外，所有军事要塞已经溃散，此关竟成了挡住鱼祖的唯一屏障。

想终止整个雷夏的鱼妇之灾，只有杀了鱼祖。

陆淮猛地站了起来，铠甲摩擦出低沉的铁声，俊朗的脸上神情严峻，眼底如有风暴刮过。他抱拳向几人行了一礼："各位英雄如果有志诛杀鱼祖，陆淮手下将士虽已不多，却甘愿赴死相助！"

看着年轻将军凛然铿锵的气度，九蘅等人由衷敬佩。

陆淮道："我看出诸位不是凡人，但是鲛兵凶悍得很，现在也没有退远，潜伏在距此二十里的河中。你们想要闯过这道封锁怕是不易。"

樊池的眼神中泛着如霜杀意："我们不但要闯过去，还要将它们尽灭。"

陆淮惊讶道："怎么可能？峡风关原有三千军士，与鲛妖交战数次……只剩下一千人了，连突破都做不到啊！"

说起阵亡将士，陆淮有些失态，背过身去，面对架子上的一圆铜镜，久久失神。

九蘅有些奇怪，凑上前去，镜面上却没有映出她的脸，而是显现许多列队的军士，个个身披铁甲，威风凛凛之气几乎要破镜而出。

九蘅惊奇道："咦？他们的影子怎么在里面？"

樊池道："这是怀影镜，在镜子背面刻上亡者的名字，镜中就能显示他的影像。"

陆淮眼圈有些红，点点头说道："樊公子果然见多识广。这面怀影镜是皇上御赐的，用来纪念阵亡将士。"他小心翼翼捧下镜子，抚过背面细密的镌刻，"我也没想到有朝一日会刻上这么多名字。我的兄弟们即便到了阴曹地府，在那边也必是一支雄兵！"

九蘅看着陆淮，神情肃整："别说阴曹地府，他们在这世间仍能成为雄兵！"

陆淮糊涂了："这话怎么说？"

"陆将军，这镜中有多少人？"

"大约两千军士。"陆淮不明所以，仍是一头雾水，不明白她问这个做什么。

九蘅道："诸将士不必跟随，只借您这两千军士即可。"

樊池心领神会。

"你说什么？"陆淮震惊了，开始觉得自己看走了眼。这些人不是英雄，大概是群疯子。

一支强大的影军

寒风在黑沉的天空呼啸而过，樊池、九蘅、陆淮三人走出军营，来到一片空旷山地。九蘅踏前几步，郑重捧着手中的怀影镜，目光投向无尽黑夜，低声念道："将士们，请出来吧。"

陆淮隐约听到了这句话，一向镇定的他惶惑起来，向樊池问道："她在说什么？"

镜面上似起了一阵波纹，抽走了镜中影像，卷成雾团飞出，地势下斜的山坡上，苍白的半透明身影，一个个、一片片地依次出现。让九蘅想不到的是，它们竟然按阅兵阵列站在坡上，身穿铠甲，手执兵器，虽然只是画影，仍然神情坚毅，威武迫人！

陆淮惊呆了。他看着这支色泽苍白的军队，认出了自己昔日的部下。"怎么……可能……"喃喃低语飘出唇角。

九蘅问道："他们是你的兵吗？"

"是……是……几乎一个不少！"夜幕下两千画影聚在一起排起的阵列整整齐齐，一角不缺，以他的排阵经验，一眼扫过去就能估出人数。陆淮的声音颤抖着："可是，他们已经……"

九蘅解释道："现在的他们只是镜中影像化成的画影。"

画影军队突然齐声喊道："愿为将军赴汤蹈火，万死不辞！"

陆淮朝着画影的队列猛地跪下了，一手捂面，压不住地啜泣。

风不知何时止了，大雪静静落下，雪片穿过画影们的身体径直积在地面，仿若无物。然而这支看似虚无的军队却有着最强悍的军魂。九蘅和樊池深为震撼，久久说不出话来。热血不因死亡冷却，忠勇至此。

陆淮迅速稳定住情绪，心知是真的遇上了高人，恭恭敬敬问接下来该如何做。

樊池道："请把这支画影组成的军队——就称它为'影军'吧，借给我们，你与你的一千军士仍要留在这里守住此关。"

陆淮应下，发出军令，令影军听从九蘅和樊池的号令，一边发令，一边禁不住热泪盈眶，胸中激昂之情撑得胸膛几乎炸裂。

接手了这支不同寻常的部队，九蘅让画影们暂时回到镜中，把怀影镜谨慎地收在身边。

次日他们选择了午后启程，如此抵达第一层鲛军防线时天色已黑，便于影军出战。

就此次前往京城的人选大家又讨论了一次。樊池的意思是此行必有恶战，大家不要全都进京，他跟九蘅、银山，再带上擅长扑杀鲛妖的招财迎战，阿步和进宝留在陆淮的军营等候即可。然而阿步揪住了银山的衣角一个劲摇头，表示自己要跟银山一起，一定要去。

银山竖眉道："以前追你追不上，现在黏起人来怎么像个跟屁虫一样？让你留下你就留下！"

阿步固执地不肯，嘴巴倔强地抿着，用手势道：是你让我不准离开你的！

银山发怒了："听话！信不信把你锁这里！"手一亮，出现一根铁索。

阿步委屈地退后一步，只得妥协。

九蘅把进宝交到阿步手中："乖啦，你带着进宝在这里等，我们把事情办完就发信号，很快你就能见到你银山哥啦。"随后又转向陆淮，"拜托陆将军照顾这两个孩子。"

陆淮看了看婴儿，有些不知所措："要喂这个娃娃吃什么？"军中可没有乳母啊！连仅有的几匹战马都是雄马。

九蘅微笑道："不用喂，每天把他搁在外面的地上趴一会儿就可以。阿步，示范一下。”

阿步将进宝搁在地上，进宝正好饿了，小手指化作根须深入泥土。此处虽是山上，石缝之间养分不及沃土，但对进宝来说，只需把根须扎得深一些，就能从山体深处汲取他的"食物"。

陆淮目瞪口呆之际，九薇又补了一句："阿步这孩子会隐身，他短时间消失不见是正常的，你不用慌。"

陆淮感觉眼界被再三刷新，没有更能表达"惊奇"的表情了，干脆放弃，淡定地应着。

人的适应力是很强的。

离别之际，陆淮忽然道："诸位此去京城，如果有机会，能否替我去看一下……我的家人是否还在？"

众人一怔，心中震动。沉默一下，九薇问道："你家中有什么人？"

陆淮眸色一深："有我妻子，还有一个儿子，三周岁了。"

九薇道："好，我们一定去看看。"说完别过脸去，悄然泪湿。

此地距京城只有五十里，天气晴好时站到最高处能望到京城的轮廓。这么近，他却不能擅离职守，设法去探望生死未卜的妻儿。甚至皇城旨意已断绝，皇权都不知是否还在。然而他忠于的不是皇权，而是天下，是这片雷夏土地。所以他与他的三千将士选择了坚守。

雪暂时停了，天空阴沉未散。樊池、九薇、银山各骑一匹战马，带着招财朝京城方向驰去。这支队伍看似微小单薄，其实带了一支藏在镜中的两千影军。

天擦黑时，在离峡风谷二十里处看到了那条浅河，两边河岸、结了薄冰的河水中趴着黑压压一片半身军甲的鲛妖。它们听到人声，齐齐地抬起巨口裂开的脸，全黑眼眶狰狞地看过来，嘴中发出嘶嘶的声音。初时按兵不动，猛然间似是谁发了一声令一样，以肌肉虬结的手臂疾速爬来，裂口里露出密密尖齿。

九薇一声"影军"，角声骤然而起，三军甲马不知数，但见动地银山来。画影的苍白色泽使得影军犹如穿了银色战甲出现在天地之间，雷霆般扑向鲛军。

画影的力量来自原身意念，影军的意念便是勇敢和愤怒，它们手中拿的仍是从前的兵器，虚无的东西在九蘅的异能之下具备了实体，有摧枯拉朽的杀伤力，一时间残尸横飞，黑血喷溅。

影军能杀鲛军，而鲛军杀不得影军，连碰一下都碰不到。仿佛只一眨眼的工夫，数千之众的禁卫鲛军就已被杀伐殆尽，被污血染得乌紫的河水中，只有数不尽的鱼妇还在疯狂游走。

在这场短暂的战事进行时，九蘅与樊池并没有出手，他们全程凝神观望鲛军，找寻一个与众不同的存在——鱼祖。

如果是鱼祖在指挥鲛军，那它应该在这里。可是直到所有鲛军被腰斩，都没有发现它的踪迹。九蘅有些急躁："难道并不是鱼祖在指挥鲛军，它们会用战术只是因为从前是训练有素的禁卫军，残留了些用兵意识在脑子里？"

樊池安抚地拍了拍她："鲛妖是不可能残存生前记忆的，这必是鱼祖的作用。即使它不在这里，也离此不远。"

说着话偶然回头看了一眼银山，吓了一跳："银山，你怎么了？"

银山崩了一脸黑血，正怒冲冲瞪着空处，吼道："你给我出来！"

离他老远的地方忽然现出身影，是怯怯的阿步。他手里提了一把染了黑血的刀，看那刀的样式，应该是从军营里某个士兵那里顺来的。

银山上前就追着踹他："不是让你留下等吗！让你不听话，让你不听话！"

阿步灵敏地躲闪，时而隐身时而现身，一脚也没有被踹到。银山简直气炸！

阿步跑得远远的，打着手势：我如果不来你就被鲛妖咬到啦！

其实在九蘅他们启程不久，他就把进宝往将军手里一塞，隐了身形，顺了把刀跟上来了。原本想跟到京城再现身的，不料刚刚有鲛妖背面偷袭银山，他就忍不住出手了。银山其实是留意到背后鲛妖的，回过头来送出兵刃时，未触及鲛妖它已从腰部断裂，血溅了他一脸。

他立刻意识到是怎么回事，匆忙幻去手中兵刃，怕误伤隐身的少年。

他又怒又后怕，吼道："老子要你救啊！"

事已至此，赶又赶不走，他们只好带上他了。

可怜军营里的陆淮抱着婴儿一脸蒙，过了很久才确定少年溜了。前方传来信报，影军以不可抵挡之势攻克了浅河岸边的鲛军，也确定了阿步的确是跟去了。

陆淮怀中进宝吃饱睡足，开始在他身上爬上爬下做游戏，又是捏脸又是扯耳朵，没一会儿又在他的铁甲上尿了一泡。

将军大人手忙脚乱，无可奈何，感觉照顾孩子比打仗累多了。进宝终于玩累了，趴在他坚硬的胸甲上睡着了。精疲力竭的将军看着婴儿粉嘟嘟的睡颜，想起了远在京城的妻儿。

他常年不在家，她一个人带孩子，每天都这么辛苦吧。

她一定还是那么美丽。

儿子一定如进宝一样可爱。

他一定、一定还能见到他们。

蹚过布满碎尸的浅河，九蘅等人策马踏雪疾行。一开始银山还因为阿步不听话板着脸，但内心总归是愿意他在身边的，绷了没多久脸色就缓下来了，嫌弃少年跑来时没多穿点，将骑在大猫背上的少年拎到自己马上，以宽宽的肩膀替他挡住迎面寒风。

雪地映着天空，夜色倒不是十分黑暗。很快他们就望到了京城，巍峨的城楼耸立，高高的灰色城墙如一条卧龙横卧雪色之中，铅色云层笼罩在都城上空，阴冷而压抑。

走到城前时发现护城河上吊桥升起，河中发出不绝于耳的咔嚓声。凝目看去，是一些身穿禁卫军甲的鲛妖。它们发现有不速之客，迅速向岸边聚拢，目测数量有四五百之多，鲛军击碎了河中薄冰，仍是排着队形扑上来的。

九蘅唤出影军，没费多少工夫就击溃守城鲛军，护城河水被污水染黑，断尸沉浮。

天色渐明的时候，影军军士放下吊桥，"穿过"厚重城门从里面将城门打开。简直所向披靡，攻无不克。

站在吊桥的这一端，九蘅惊叹着影军的力量，忍不住夸自己："我说，有了这支无所不能的影军，我是不是能为所欲为了？"

樊池悠然道："这世上没有无所不能之说，影军再强，也只是画影，是虚的存在，只是在你异能的作用下化为实体，它们是有克星的。"

"什么？"九蘅这一路杀得热血沸腾。影军拥有"我能动你，你不能动我"的单方面控制权，简直想不出什么能是它们的对手。它们从前又是训练有素、满腔忠勇的士兵，战斗力惊人，还有谁能挡住影军？

樊池瞥一眼狂妄得就要上天的灵宠，冷冷吐出两个字："阳光。"

仿佛为了印证他的话，天上阴云忽然裂开，晨光洒落。冬天的阳光虽苍白，却仍是画影不能忍受的。列着队的影军很快变得身形飘忽，画影们感受到要被熔化般的痛苦，凭着强悍的忍耐力不开口申请收兵。

九蘅看它们苍白的脸上露出隐忍的表情，无奈挥挥手："诸位先回镜中吧。"两千影军队列消失在阳光中。

膨胀的九蘅遇到这个挫折，心头热血总算是冷静了一点。

透过打开的城门望进去，可以看到京城宽阔却空旷的街道上一个人影也不见，寂静深处仿佛隐藏着什么。

最可怕的是未知的危险。

没有影军保护，进城如果遇到几千鲛军，他们几个怕是对付不了。一行人索性就在护城河畔扎营休息，架起火堆吃着陆淮给他们准备的干粮，等天黑再带影军进城。银山是在官府当差的人，虽身份卑微，对当今朝廷的情况也有一点道听途说的了解，将他知道的情况讲了讲。

当今圣上三十岁，十年前即位时，民间暗地里流传些乱七八糟的传说，后来抓了一批"传谣污蔑"的人砍了头，也没人敢谈论了。

作为官差，银山恪守职责惯了，说起这些还是不由自主地压低声音，小心翼翼地。

樊池说："我可是雷夏的佑护神，在我眼中没有皇帝平民之分，你听过的直接讲就是，什么也不用避讳。"

他这才放松了些，说出些早年间谈论就要杀头的逸事。

先皇只有两个皇子，大皇子奕展，二皇子奕远。奕展原是太子，十年前先皇病重时，奕展被禁卫军统领于谭举报，说奕展拉拢他讨论如何保他登基之事，就是认定了老皇帝要死了，还有咒老皇帝快点死的意思。

老皇帝气得在病榻上废了奕展的太子之位，立了次子奕远，然后就真的驾崩了。于是奕远成了皇帝，奕展从那之后就被软禁了，民间再也没有他的消息。

这一场宫变在官场上掀起了一场腥风血雨，许多大家族遭遇了灭顶之灾。当然，有人丢官丢命，就有人当官得权。不过对百姓来说，那激流暗涌却不过是一场八卦，只要能吃上饭，谁当皇帝不重要。

然而新皇帝奕远的特殊爱好还是悄悄影响了官场和民间。

九蘅问："是上次你说过的沉迷巫蛊术吗？"

银山答道："嗯，为了迎合他的这个喜好，官场悄悄兴起搜罗奇人异物献给皇上的风气，其实多数是些坑蒙拐骗的把戏，搞得京城乌烟瘴气。"

九蘅沉吟道："那如今逢了乱世，到处是奇奇怪怪的东西，皇上大概也过瘾了。有这么一位皇上坐镇，不知京城里面现下是个什么局面。"

阿步忽然打起了手势。银山翻译道："阿步说要隐身进去探探情况。"

拟人面目的朱蛾

九蘅担心道："太危险了，还是晚上一起吧。"

银山道："我跟他一起去，没有问题。"

樊池觉得可以："不要去太久，天黑前回来。"略作思索，又补充道，"你们两人回来之后也不要显形，进城后继续隐在一边见机行事。"

二人了然地点了点头。银山左手扣住阿步的右手，幻出一根牛筋索将两人手腕绑在一起，免得不小心松手显形暴露，随后一齐隐身而去。

一个时辰之后二人平安回来，依旧保持着隐形的状态，跟樊池和九蘅说了城内所见。

天擦了黑，敞开的城门内忽然有人走了出来。那人一身锦服，面皮白净，身边领了几个随从，小心翼翼地在城门边朝外张望了一番，走到吊桥另一端喊了一声："外面的是谁？"

樊池拦住想回话的九蘅，高声反问："你又是谁？"

来人答道："在下曹奈，是宫里的人，奉皇上之命前来询问，是谁在剿灭围城鲛军？"他的语气神态带着使者应有的恭敬，又透着宫里人特有的高傲。不徐不疾、介于男女之间的嗓音表明这人是个有身份的宦官。

围城鲛军？九蘅等人交换了一下诧异的眼色。鲛军都是禁卫军所化，他们猜测的是皇城已被鲛军占领，铆着劲想在晚上带影军攻进去夺回失地，难道鲛军没有攻进去，京城只是被围，并没有沦陷吗？

樊池眉一挑："既然京城未陷，适才我们大战鲛军时，城内守军为何不里应外合相助？"

曹奈抖着手声泪俱下："没有守军了，军人变鲛妖的变鲛妖，战死的战死，哪还有守军哪。幸好各位带了神兵来救，话说……那些神兵呢？"影军攻城时他们定是躲在城楼上偷偷观望了，看到了那些战甲苍白、身形隐约的战士，这时望过来却不见一个兵士，满脸惶惑。

樊池傲然道："既是神兵，自然是神龙见首不见尾。"

曹奈面露敬佩，不敢再问，躬身道："诸位难道是天上神将？请随在下面圣，皇上必有重赏！"

九蘅低声问："可信吗？"

樊池看天已快黑了，道："这时辰影军也能发挥作用了，去便去，随机应变。"

曹奈注意到少了两个人，问道："之前在上面望着还有位官差和一个孩子，不一起进城吗？"

樊池自然地答道："他们还有事，已经走了。"

两人一猫跟着曹奈进到皇城之中，身后还跟着银山和阿步，只是曹奈看不到他们。担心在积雪上踩出脚印被察觉，二人谨慎地踏着前面人的脚印跟随。

城门在身后被随从们重重地关上。曹奈解释道："二位虽然杀了城门外许多鲛军，但只要你们一离开，不用多久会有更多顺河游来，要防它们攻进城来。"

樊池淡淡地点点头，策马在前，与也骑在马上的曹奈并骑而行。

京中街道宽整、建筑气派，没有多少灾后残破的情形，只是格外冷清。冬夜寒冷，有的民房中亮着灯火，街道上不见行人。

停了一天的风突然又刮了起来，风眼旋转着从街道上呼啸而过。

樊池问："城内没有遭鱼妇之灾吗？"

曹奈答道："怎么没闹？闹了，凶得很。那些黑细鱼是沿着运河游进来的，京里人口损折了一小半。幸好禁卫军把灾事镇压了下去。"

"禁卫军？"樊池想起那些穿着禁卫军军甲的鲛军，"围在城外的不是它们吗？"

"可不是嘛！"曹奈叹道，"禁卫军原是部分驻城郊，部分驻城内。在城内灾事镇压之后，城内的禁卫军出城与城外军队会合，共同剿灭鲛妖，可不知怎的却一去不回，留守的军队又出去救援，这次倒是一起回来了，但全变成鲛妖了，三万人的禁卫军竟陆续变成了一支鲛妖的军队，也不知他们遭遇了怎样可怕的事。唉……幸好城门坚固，又在穿城的运河出入口加了数道铁栅和闸门，它们才没攻进来。不过只在护城河死守这一招也厉害得很，我们已被围困一月有余。皇上仁慈，开仓放粮救济百姓。粮仓储备眼看着也要耗尽了，若不是诸位今日解围，一城百姓都要饿死了。"

听到这席解释倒是合情合理，樊池"哦"了一声："曹公公真是忧国忧民啊。"

曹奈谦虚地拱手："不敢不敢，有心无力，不能为皇上分忧之万一。"

"这么说灾后幸存的百姓一切安好了？"

"托当今圣上的福，一切安好。"

樊池的嘴角弯起冷笑，眼底寒凉："若是如此，那些白骨是怎么回事？"

曹奈眼珠转了转："什么白骨？"

突然出手，无意剑如一道蓝光乍现，向曹奈腰间刺去。跟在后面的九薇等人也没料到这一出，只见无意剑锋刺去，料着要看到血光喷溅的场面却没有出现，而是听到嘭的一声，一片朱红纸屑般的东西炸开。

曹奈整个人炸了？！

那些"纸屑"在几人头顶上如乌云般覆盖了一片，飞舞盘旋不止。而曹奈骑的那匹马上只剩了一具人的骨架，骨头上干干净净，没有一丝肌肉皮肤，泛着黄白的色泽。骨架保持了一会儿坐姿，哗地倒下，落地摔散，一地枯骨。

抬头仔细看去，那些飞舞的碎屑竟是朱红色的蛾子，血翼、鼓腹、须口。紧跟着伴在马侧的四个小太监，甚至连曹奈骑的那匹枣红马都不触自爆，化成无数只朱蛾，加入了那朵飞蛾的"乌云"，剩下四具人骨架、一具马骨头，原地撑了片刻即倒落在地。脚下一地散骨。

九蘅惊道："这是什么东西？"

樊池冷笑道："朱蛾妖而已，都是长翅膀的，敢在我面前耍这种花招！"

九蘅顿了一下才反应过来，他原身是蝴蝶，跟蛾子可都是长翅膀的。她抽出了赤鱼指着头顶那团朱色"乌云"有些茫然："这么多只，妖丹在哪个身上？"

樊池鄙视她一眼："你就不先担心一下它们能否杀人吗？它的全称叫作'嗜骨朱蛾'，过一会儿就会全扑下来，密密麻麻叮在你全身，再飞起时就剩下一副骨架了。"

听到这话，隐身跟在后面的阿步吓得贴到银山身上去。九蘅见他神态轻松，知道他是在吓唬人，朱蛾应是伤不了白泽碎魄宿主，遂还他一个白眼。

头顶那团朱色"乌云"完全没接收到应得的恐惧和尊重，恼羞成怒，翅膀发出的扑动声形成密集的簌簌声浪，翻卷着朝他们灭顶而下，场面着实叫人嫌恶。

隐形的银山悄悄撒了一把暴雨梨花针，顷刻间地上已铺了一层蛾尸。存活的朱蛾也感应到了莫名的灵力，明白过来他们不好叮，便四散飞去，消失在夜色中。

九蘅踢了踢脚下蛾尸，道："原来那些白骨是这么来的啊。"

之前阿步与银山隐形进到城中时，只觉得城内冷清，家家关门闭户。灾年里大家藏在家里也是正常，初时并不觉得异样。他们随机翻墙溜进了几户人家里，头两家也正常，里面住了人，人们除了面黄肌瘦、神情忧郁，看不出别的。第三户人家里却没有活人，只有七具完整白骨，从骨骼大小可以看出有成人有幼儿。

灾事年头处处可见白骨，原也不稀奇。稀奇的是这些骨架干净异常，一丝皮肤肉屑都不剩。这一家人的骨架倒毙的位置各是分散的，大人在屋内，小儿在院中，有在床上呈现睡卧之姿的，有坐在桌前的，甚至还勉强撑着生前的坐姿，只是稍有风刮过就哗啦散掉。那情形给人的感觉是这家人在正常过着日子，突然间就化作了白骨。

有的全家化骨，有的人家是活人。不过他们很快也发现了"正常生活"的人们的异样之处。这些人大白天也门窗紧闭，家人之间很少交谈，即使是说话也压低着声音，好像怕隔墙有耳一般，也不知究竟在惧怕什么。

跟樊池他们说完以后，樊池一时也想不明白那些人是被什么妖物袭击变成白骨。直到与请他们进城的宦官曹奈走近时，樊池终于参破他的真身。他也是头一次见朱蛾这种妖物，没有立刻点破，而是配合地跟它同行，饶有兴致地观察它的一举一动。

朱蛾扮的"曹公公"真是惟妙惟肖，动作自然，表情生动，说话流畅，若不是以神族慧眼识破，还真难看出破绽。

此时朱蛾散去，留下他们站在黑夜里的京城街道上。

银山悄声道："这个曹公公从前伴着皇上出宫巡游时我望见过，的确是长这个模样啊，竟是妖精变的吗？"

樊池道："也不能算是变化，而是朱蛾食尽曹公公皮肉，附在他的骨上，完全模拟曹公公生前的言行举止，真是个讲究的妖物啊。旁边这四个小太监就粗糙得多了。你们有没有注意到他们'四人'一直低着头跟在旁边，看似整齐划一，毕恭毕敬，其实动作机械，没有表情。附生了曹奈和四个小太监的朱蛾看似千千万万只，其实只有一个'灵魂'在'曹公公'身上，斩了'曹公公'，'小太监们'也就撑不下去了。不过我也有看走眼的地方，没料到曹奈骑的马都是朱蛾附身所化。"

这种以皮肉为食、又能借"猎物"骨架取而代之的妖蛾真是贪婪又凶恶至极。

九蘅道："皇帝身边的人都是朱蛾，保不定皇帝本人也被吃成骨架了，我们杀去宫里看看吧。"

不远处一户住宅的门突然开了，走出一个人来。一直死寂的街上突然有人出来，很是异常。那是个短须中年男子，布衣打扮，径直走到众人面前，抱手赔着笑脸："樊公子，我恭恭敬敬请各位入宫，怎么招呼都不打一声就动手呢？"

这人第一次露面，话说得没头没脑的，九蘅等人不明所以。樊池却眼含锋锐，冷声道："曹公公？不对，朱蛾，这么一会儿工夫又杀了一人？"

九蘅等这才恍然大悟，这是刚才散去的血色妖蛾，借着被它所杀之人的骨架回来说话了。

朱蛾化成的男子的神态客气而卑微："您既看破我真身，就该知道我不太容易被杀死，您别与我计较，先跟小人去面圣吧。"

樊池蹙眉道："皇帝还健在吗？"

朱蛾的脸抽搐了一下："皇上龙体甚安。的确是皇上派我来请各位的，小人没有骗您。"

樊池看一眼九蘅，她点了下头，就且去看看他们的葫芦里到底卖的什么药。

朱蛾马旁领路，九蘅驱马靠近它，两眼灼灼仔细盯着它的脸，评价道："表情和气质模拟得如此细致，嘴角的细微表情都准确表现了你借的这个人生前的样子，你是怎么做到的？"

朱蛾也是个修炼数百年的妖，以邪恶嗜血闻名，哪曾被这般评头论足过？它忍着气道："这是我与生俱来的能力，哪能说得清？"

九蘅"哦"了一声，好奇地又问："方才你化成千千万万只蛾子，请问是有千千万万个你吗？那跟我说话的是哪一个你？"

朱蛾客气地道："我就是我，化身千万是我的本事。"

九蘅拊掌称赞："厉害厉害，真是佩服。那是不是说明那千千万万的中间只有一只是你的真身？找出那一只才能杀了你吧？"

"你……"朱蛾终于绷不住，露出一点属于自己的不悦表情，拉着脸快步前行，不想跟她聊天。

九蘅驱马小跑着追赶："哎哎，朱蛾先生不要走啊，我还没问完呢，你本事这么大，那一只真正是你的蛾子体内应该有妖丹吧？"

朱蛾气到变形，身子一散差点自行炸飞，幸好控制住了，迅速恢复人形模样。好险，差点又散了新弄来的骨架。

樊池拉住兴致勃勃的灵宠："你先克制一下……"

京城很大，皇宫位北向南，半夜时分才到达宫门。宫内、宫外灯光寥寥，使这座庞大宫殿更显得幽深阴森。守卫却站了不少，只是他们的站姿有点奇怪，不是昂首挺胸，而是一个个垂头而立，脖子与身体几乎折成直角，脸上遮着阴影看不清面目。

长阶之上，站了一个身穿龙袍的人，三十岁左右模样，气质清冷孤傲，手中提了一盏光线幽白的小灯笼。两侧垂首分列了八名侍卫，身后跟着十多名大臣，正都立在宫殿之前等候他们。

深更半夜，殿外迎候，皇帝接见他们的礼节还真是够高的。

朱蛾先一步跑上去叩拜，低声说了些什么。

九蘅小声问樊池："能看出皇帝是人是妖吗？"

"差不多是个人。"樊池答道。

九蘅奇道："什么叫作差不多？"

"虽然是人，却隐约有股阴邪之气。"

九蘅点头："身边服侍的都是朱蛾，能不邪吗？"

樊池的目光扫过皇帝身边垂首的八个侍卫模样的人："那八个不是人，妖气重得很。那些大臣倒是活人。"

皇帝听着朱蛾的汇报，对它的陌生面目也没有露出诧异的神气，听完了汇报，点头道："你去换个模样，成何体统。"

朱蛾行过礼后身形突散，化作飞蛾群在空中翻卷两下，没入深宫，留下一具苍白骸骨哗啦倒地。皇帝显然对这诡异的一幕习以为常，没有多看脚下的散骨一眼。群臣也低着头没有反应，不知是习以为常，还是已被镇住了胆子。

变成蚨穴的皇宫

面对着两个用戒备的眼光不敬地打量着他、没有行三叩九拜之礼的人，皇帝也没有龙颜震怒，而是客客气气问道："听说二位破了城外的鲛军之围，朕不胜感激，不知二位是何方高人？"

樊池答道："我们是捉妖人。"

皇帝赞赏点头："好，很好。雷夏妖异横行，正需要能捉妖的高人。请到殿上说话吧。"

他们没动，樊池凉凉道："我们既是捉妖人，对于跟朱蛾妖有瓜葛的皇上您，如何能坐下来聊天呢？"

皇帝不以为意，温和耐心地道："各位想必见多识广，也该知道妖有善有恶，有正有邪。你们虽捉妖，但应该也不会不分青红皂白一律斩尽杀绝吧？"

这话自然有道理，可是，朱蛾？

九蘅抑制不住心底怒气，撇开平民对皇帝的恭敬，出声反问："皇上，您说那吸人血肉的朱蛾是好妖？"

"这位姑娘，"皇帝的脸上竟浮起悲悯，眼底如深潭幽不可测，"你所说的好坏善恶是人世的准则。但今非昔比，现如今整个雷夏鱼妇泛滥、妖魔横行，已进入妖魔世，正邪准则自然跟原来不一样了。"

九蘅奇道："那您认为的准则是什么？"

夜间冷风卷起皇帝的龙袍，显得高高站着的身影阴森又苍凉："愿跟朕站在一起的，便是正。"抬手指着群臣，厉声问，"你们说是不是？"

群臣木偶一般跪下，齐声答道："皇上圣明！"自始至终，这些所谓的大臣都没有多看九蘅他们一眼，均是胆怯畏缩的样子。他们虽是活人，已没有气节，与死人无异。

雷夏皇帝居然说出他的国家已是妖魔世这种荒诞之言？那他这个皇帝还作数吗？她满腹郁怒一脸惊诧，气得声音高了起来："皇上，我们在灾后行路千里，几乎走遍了半个雷夏国，各地百姓虽饱受苦难，仍然在为了保护家园拼死与恶妖斗争，可是皇上您竟说雷夏已是妖魔世……"

皇帝脸一沉，瘦削的脸上杀气忽现，冷冷道："朕念你们破鲛军有功，饶你一次悖言之罪，没有下次。"

九蘅还想再说，却被樊池抢了话头。在佑护神面前说雷夏是妖魔世，他如何不怒？风雪仿佛卷入了他的眼底，沉冷声调如剑锋划破空气："你想镇压鱼妇之灾没有错，可是因此不惜起用以你的子民为食的嗜杀恶妖，你又与鱼妇何异！"

皇帝在冷风中变得发青的嘴唇绷起，脸微微扭曲，"呵呵"冷笑起来，话音陡然厉起，如在砂子上磨砺擦过："朕手下的妖只以罪人为食！"

九蘅道："居民中那许多变成白骨的男女老幼，都是罪人吗?！"

"当然。"皇帝挑了一下眉，"他们以为在家中说些大逆不道的言语不会被听到吗？朱蛾可是无隙不入！一人有罪，株连全家，有什么问题吗？"

九蘅气急："皇上您……就把生杀大权交到这些妖物手中吗？"

皇帝不耐地摆了摆手："朱蛾忠心耿耿，乱世之中愿替朕分忧，有何不好？倒是你们，能杀几个妖就以为可以做救世英雄了？它们……若是敌对的力量，你们倒是试试有能力与之对抗吗？"

寒意扑面。皇帝话中的"它们"指的是什么?

皇帝不再说话，嘴角挂着阴笑缓步后撤。站在两边的八名侍卫原地不动，齐齐抬头看过来。随着它们抬头的动作，有尖长的东西一起抬了起来，本应该是嘴的地方长着二尺多长的尖锐口器，眼睛是虫一样的复眼，被一双眼盯住，就像被千百只眼盯住一般，令人毛骨悚然！

樊池脸色一变："是青蚨，当心！"

八个人突然离地而起，背后展开的透明虫翼发出密集的嚓嚓声，飞腾到离地数尺的高度，朝着九蘅他们扑过来，口器尖端直取他们的头顶！无意剑和赤鱼亮出，眨眼间已有两根口器被斩断，两个身穿侍卫服的青蚨妖嘶叫着跌在地上。

借阿步之力隐形的银山暗中相助，暗器飞出。招财更是毫不示弱，灵敏腾挪着躲开尖刺，拿巨掌拍下来一只，一口咬住了它的后颈。

看着八名青蚨妖落败，站在远处的皇帝非但没怒，眼中反而闪过欣赏之意。右手食指举起，在半空中由后向前画了一下，身后夜幕笼罩的皇宫中如潮水般响起虫翼的摩擦声。

黑压压的青蚨涌来，它们离地的高度大约只有一个人身的高度，像一支悬浮滑行的暗兵。

看着黑压压涌来的青蚨，樊池对九蘅道："是时候唤出影军了。"

九蘅当即将怀影镜一亮，厉声喝道："影军出战！"

然而什么也没有召唤出来。压到面前的只有人身虫翼、长嘴复眼的不知多少只青蚨。

九蘅这才发现镜中不知何时已变成一片空荡。

"哎，他们去哪儿了？"九蘅奇道，天不是还没亮吗？

"我哪里知道啊！"樊池一剑斩断袭到她头顶的口器。

然而青蚨太多了，它们动用了虫海战术，争先恐后地拥挤过来，仿佛永远斩不尽，九蘅的手累得已抬不起来，喊道："我不想做虫子的食物啊！"

她的胸腔充满绝望，悲愤异常。他们一群人奔赴在雷夏大泽杀妖除怪，只为了这片土地有朝一日能恢复安宁，却不料要丧命在雷夏国君之手。

樊池将她的脑袋按进怀里护住，念了一声："对不起，没有力气带你出去。"温热的蓝血涌出嘴角，滴答落到她的脸上。

九蘅忽然释然，至死都有他相陪，也是一件幸事吧。将脸埋在他的胸口，心底忽然安宁。

丑陋口器像丛丛尖矛扎下，皮肤感受到坚硬冰冷的质地，却没有头骨被洞穿的痛感。她浑身僵硬半晌，抬头看了一眼樊池。他也活着呢，正冷眼打量着一对对近在脸前的古怪复眼。

尝试着想动弹一下，却发现身体手脚被这些长长的口器交织着锁住了。它们的分寸拿捏得极准，没有弄伤他们，又恰恰让两人动弹不得，看来是想活捉他们啊。

青蚨的包围圈背后传来皇帝的声音："朕说的没错吧？它们若是与你们为敌，

你们再强，也不是它们的对手。哦，对了，是不是正奇怪着你们带来的那支名叫影军的神兵去哪了？别忘了这怀影镜当初是谁赐的。不过居然能驱使镜中影子为兵，也是厉害。但说到底也只是些虚无之物罢了，一个收妖法器就能尽数收了。"

樊池懊恼道："原来是那玩意儿。"致力杀妖的影军竟着了人的道，这个人还是它们守护的这片国土的国君。影军若知道这些，该多寒心啊。

皇帝笑道："朕冤枉。法器本就在那里，原就是为清除京城邪祟所设，朕不是存心的。"眼神一冷，做了个手势，下令道，"把他们分开关押。"

青蚨们力大无穷，抓住二人手脚，用长嘴将抱在一起的两人强行别开，招财也没能幸免，怒吼声震得宫阙颤抖。

皇帝望着两人一猫被分别押走，脸上浮出一丝阴鸷的笑，提着灯笼一晃一晃走进深宫，如飘浮的幽灵。

反正暂时无法脱身，九蘅索性放松了身子倚坐在交结得像个小轿子般的口器上，全身重量都压上去，对着脸边的复眼端出高贵的架子："小的们，抬稳一些。"

青蚨们不会说话，它们发出的嗡嗡声音来自翅膀振颤。就这样被当成了奴才，心中也是十分郁结，无奈尖尖的嘴巴不会说话，无法反唇相讥，只能吃了这哑巴亏。

青蚨带着她滑向皇宫深处，这时东方刚刚泛起鱼肚白。借着这浅浅天光，她看到宫中原本金碧辉煌的殿堂楼阁已面目全非。它们从屋顶到墙壁都被土色物包裹成不规则的圆滑形状，鎏金飞檐从包裹物中探出，门窗也被糊成圆圆洞口状。除了皇帝的金銮殿尚保持着原样，宛若维持着皇宫最后的尊严，其他建筑物都变成了这种虫穴一般丑陋的模样，时不时有人身尖嘴的青蚨在门窗洞口爬进爬出，如巨型蟑螂一般恶心。

九蘅又是惊惧又是恶心："天哪，那么好看的屋子全变成虫子窝了。我才不要住虫子窝。"

青蚨们的口器突然撤回，她摔在地上，揉着屁股站起来骂道："狗奴才，不知道轻点把本姑娘放下吗？"正在撤离的青蚨有一只气得飞回来想戳她，被同伴拽走了……

九蘅看看四周，发现自己是被丢在一个气派的院子里，好在这里的房屋没有被包裹成虫穴的样子，保持了原状。有一个宫女走上前来，冲她一笑："方姑娘，这住处可还满意？"

九蘅愣了一下才反应过来，道："哦，是朱蛾。"因为皇帝嫌弃之前那个平民身躯，朱蛾便又杀了个宫女得了一个新模样。

朱蛾笑盈盈施了一礼："是我。"音容笑貌活脱脱妙龄女子的模样。这妖物模拟人生前模样的本事真是不一般啊。

九蘅神态自若，挑剔地看了看院中带雪盛开的几株梅花："还可以。这是客房吗？"

朱蛾掩嘴笑道："宫里哪来的客房？这里原是皇后的永福宫，没有被做成青蚨穴，您就先住这里吧。"看着巧笑倩兮的少女之态，想起不久之前它还是个公公模样，让人难以适应。

九蘅问道："那皇后呢？"

朱蛾意味深长道："皇后不喜欢皇上驱使青蚨，后来就不见了。您猜她去哪了呢？"说着把头一歪，尽显小女儿调皮之态。

九蘅抽出赤鱼想要砍她，又忍住了："算了，毁了这个身子，你又要重新杀人借骨了，白搭一条人命。"

朱蛾欢喜地拍手："方姑娘好聪明哦！"

"滚！滚啊！"九蘅朝她踹去，朱蛾拧着细腰躲闪，嘻嘻笑着跑出去了。

朱蛾笑嘻嘻退下时，几只小蛾从发间飞出留在院中花草上。想必是眼线。

忽又有振翅声传来，伴随着声声兽吼。不一会儿，一群青蚨架进一头巨兽来丢在院中。九蘅惊喜地唤道："招财！"它们把招财与她关在一起，甚好！

招财正在气头上，顾不得与她亲热，一落地就跳了起来，巨爪弹出弯甲，勾住一只想要溜走的青蚨一把拖了下来，狠狠按在地上，撕咬着出气。墙外忽起潮水般的磨翅声，黑压压的青蚨升起，尖嘴齐指招财，眼看着就要扑下。

九蘅大惊，抽出赤鱼护住招财，却难以抵挡这么多青蚨。

只听朱蛾高声令道："这二位是皇上的客人，退下！"青蚨们不甘不愿地倒着飞回。

朱蛾用它的宫女脸微笑着对九蘅道："还请方姑娘约束一下您的猫，青蚨野性难驯，真惹急了，除了皇上谁也管不了的。"

九蘅无奈拉了拉仍在折磨爪下青蚨的大猫："招财，你要吃它吗？"

招财鼻孔里喷出一股冷气，满脸嫌弃。

"不吃就先放了吧，以后再杀。"九蘅说道。

它松开爪子，那被挠得翅膀碎裂的青蚨跌跌撞撞地飞出墙外去了。

招财实际上也累坏了，在九蘅身边卧下喘息。

朱蛾笑嘻嘻道："方姑娘好好休息，这外面多的是青蚨守着，有事招呼一声即可。"言外之意显而易见。

她厌恶得嘴角抽了抽，恨不能找些灭虫药剂撒一撒。

走进富丽宽敞的大屋子里，软身倒在锦缎铺盖的凤床之上，喃喃道："这一场打斗这么激烈，不知他伤口有没有裂开……"还担心着影军，不知它们被什么法器收了，会不会魂飞魄散……身上累极，想先睡一觉休息一下，却被满心不安缠绕得无法入眠。

桌子那边忽然传来一声轻响。凝目看去，见一只杯子无人触碰移动了一下。眼睛顿时亮了——是银山和阿步跟来了。

她起身走到桌前坐下，一手托腮装成愁苦发呆的样子，一手以指尖蘸水在桌上写了两个字：安心。

朱蛾是监听的好手，此时留下的小蛾潜伏在外面呢，不能说话。水字转瞬即干，是交流的好办法。

银山领会到这是要转给樊池的话，在桌上轻叩两下算是回答。

她假意开窗看天色，让隐形的二人出去。院中监视的飞蛾没有察觉，只以为微风刮过。

九蘅折回床上躺下休息，伸手朝向趴在地上的招财："招财，过来。"

招财走过来一跃到床上。凤床宽大，一只巨兽卧下也不觉得挤。九蘅贴着它毛茸茸的身子闭上眼，在这莫测的虫穴深宫中，幸好还有招财可以依偎。

被囚禁在另一处宫中的樊池虽体力透支却不敢睡，满心焦灼，坐立不安。直到桌子被轻轻叩响，无形的手描出"安心"两个水字，他知道这是银山带来九蘅的口信，焦灼的心情才略略安慰。

银山又写了"影军"二字，表示他和阿步要去探寻影军的下落。樊池想了想，也用手蘸了茶水，在桌上写了一个"展"字。

银山看着这个字，心中暗涛顿起。展，奕展——当今皇帝的哥哥。樊池是让银山他们去寻找那个被废掉的太子。这是想助前太子篡权夺位吗？这是谋逆啊！作为一个官差，做这件事需要先撼动叫作"忠诚"的固执观念。

佑护神原不该干涉凡人的更朝换代，但是如果为君王者与妖魔勾结，就不能坐视不管了。将现在的皇帝除掉并非难事，但除去之后，最好有靠谱的人接替君主之位，将这个世界带向正轨。樊池倒不在意新主是否为皇族，血统是否纯正高贵，只是既然有个现成的前太子在那摆着，废了旧主之后，新主能登得顺理成章，也免得引起世间更多动乱。当然，前提是这人要是帝王之材，绝不能是和他弟弟一样的货色。

而内心斗争的银山也记起樊池曾说过的话——他要忠于的不是君王，而是国家和百姓。

心意坚定便不再多想，微风轻掠，二人隐身而去。

天已亮了，皇宫中却越发寂静，嚓嚓的虫飞声都少了。朱蛾和青蚨这类妖虫都喜欢昼伏夜出，看来整个皇宫也因妖物的习性改变了生活习惯。囚禁樊池的地方原本也是个空置的后妃宫，还算舒适。他本该休息一下恢复体力养精蓄锐，内心却仍感焦虑，并没有因为银山带回她目前安好的消息而放松。

九蘅的异能是召唤画影，而皇城中藏有能收它们的法器，她的这个本事用不上了，现在她顶多就是个比较能打的凡人。皇帝若将她当作人质，拿她的安危威胁他……那将非常有效。

他还特别担心她梦游的毛病。平时睡下时他都万分警惕，一点动静就会惊醒，生怕睡着睡着人跑了。现在没他在旁边，不知他家灵宠会不会迷迷糊糊跑出去，鞋子都不穿，在大雪地里会不会冻伤脚……

胸口深处隐痛不已。洞穿的伤口在一次次服用妖丹后已渐渐好起来，皮肤表面创口已愈合，不用施障眼术也看不出来了，不过深处的伤离完全好起来还有很远。一夜激战之后难免血气翻涌，这样下去怕是难以应对接下来的事，于是他干脆打坐调息，努力平静下来恢复一点体力。

一个杀头版八卦

永福宫。

夜色罩下时传来敲门声，响起女子的话音："皇上请方姑娘前往御花园饮酒赏梅。"九蘅推开门，看到朱蛾变的宫女。她没有废话，牵了招财跟着朱蛾前去。

后花园中的花木被白雪覆盖装点，亭台楼阁没有被改成虫巢，看着舒心了许多。忽有清香扑面，借着雪地反光，即使是晚上也能看到是一片盛开的蜡梅，俏色满眼。梅园中的一片小湖边的暖阁里已摆好了宴席，奕远已经等在里面。

暖阁外站了几名低着头的侍卫，尖长口器紧贴身前，复眼被帽子遮去大半，乍看像个人样，细看遍体生寒。招财竖起毛发，控制不住地想上前扑杀。

九蘅紧了下手中缰绳拉住了它："乖，它不惹你就先别杀。若是想吃可以杀一个。"

几个侍卫哆嗦了一下。

九蘅把招财放在外面，自己进了暖阁，里面暖意融融，佳肴丰盛。暖阁的三面窗户望出去可以看到环绕的梅林，窗棂框住白雪红梅。临水一面的窗上挂着天青色垂帘。这样的情形简直要把阁内的人欺骗了，还真以为外面的世界并没有千疮百孔。

奕远清冷的面目仿佛也被暖意融化，彬彬有礼地请她入席。九蘅丝毫没有客气，还把一盘子红烧鱼端出去给了招财。然后又盯上了一份晶莹剔透的金黄色桂花糕。她微笑道："皇上，樊池喜欢吃甜，麻烦您派人给他送去。"

奕远失笑："好。方姑娘这样不见外，朕很欣慰。"

九蘅扬眉道："也不是不见外，是您现在有求于我，我趁机提点小要求，皇上必不会生气。"

奕远眼中笑意加深："方姑娘是个聪明人。你放心，只要你配合，樊公子不会受苦。"

天黑之后樊池就肃色以待，等着奕远来找他谈条件，结果却等来一盏桂花糕。他诧异地盯着来送桂花糕的朱蛾变的宫女。

朱蛾把盘子搁在桌上，道："皇上说，这是方姑娘特意让送过来给您的。"樊池愣了一阵，叫住了朱蛾："等一下！没有别的事了吗？"

"没有了。樊公子请安心歇息。"留下妩媚的一瞥，关门离去。

他站在桌前掂起一块微凉的桂花糕，突然明白过来，心沉入谷底。是他弄错了，潜意识中认为他强她弱，误以为皇帝是扣她做人质，强迫他为皇帝效力。而实际上，皇帝看中的是能剿杀鲛军的影军。

大战青蚨时，那一声"影军出战"是九蘅喊出来的，所以奕远那时就知道了能号令影军的是九蘅，而不是他。

九蘅才是奕远看中的人。

他才是人质。

梅园暖阁。

九蘅专注地啃掉了一整个水晶肘子，很久很久没吃得这么好了。奕远没有动任何饭菜，只端起朱蛾给他斟的一杯颜色深红的酒徐徐饮着。

九蘅的目光无意中扫过时，注意到杯沿沾染的酒色有些特异，微微一怔。奕远嘴角弯起一丝笑，道："温暖醇香，丝滑润喉。姑娘要来一点吗？"她抬眼看着他："谢皇上，不必了。"

她不知道自己眼底的厌恶有没有压住。他的杯中并不是红色的酒，而是血，新鲜的人血。之前樊池说这个皇帝身有邪气，现在看来邪得不轻。

她也没有任何胃口了。

奕远一边拿一根银针挑了一下手边小灯笼中的灯芯，略有些微弱的白色焰苗变亮了一些，一边如闲聊般问道："方姑娘是哪里人氏？"

"我的家乡是瑜州。"她与皇帝说话的态度仍是尽量维持礼节，但内心已知此人绝非善类，内心尊重全无，疏冷的神态无意间流露出来。

奕远却不以为意："瑜州方家……"他蹙眉思索，似乎觉得耳熟。九蘅提醒他："是兵部殷录的亲家。"

奕远恍然记起："哦，对了，给军队供应丝绵衣物的方家与殷录是亲家。你是方家的女儿，这么说殷录是你的外公了？昨天晚上殷录也在啊，你不认得他吗？"

九蘅明白了——昨天晚上，默默跟于奕远身后的那十几名大臣中就有殷录。她漠然道："他不是我外公，殷录的女儿不是我生母。"

她记得殷录虽在京做官，以前却并不是能在皇帝身边走动的大臣。想必是妖祸之后，借着匍匐在妖物脚下苟且偷生，升了官，得了重用。不由心生鄙视，果然与他的女儿殷氏是一家人。

奕远点点头，对这些家族的纠结关系没有兴趣追究，只问："瑜州现在是什么状况？"

她望向皇帝的眼睛，语气低冷："鱼妇之灾起于瑜州附近的雪峰，是遭灾最早、最重的地区。瑜州城儿乎全部沦陷，半数以上居民遇害。我的家人也全都死于鱼妇之手。"

皇帝静静听着，右手边灯笼的光照着他的脸，一半笼罩在苍白灯光中，一半陷在暗色的阴影里，瞳孔古井无波。

那盏白灯的光映在对面九蘅的眼里，却跳跃出簇燃的光芒。她说："可是后来，幸存的城民联手击败了鲛妖的最后进攻，鱼祖也负重伤逃走。现在他们已经抢回了家园，并且充满勇气地生活下去。"

奕远看了她一阵，嘴角浮起凉笑："你是在指责朕吗？"

"您明白就好。"一直将情绪控制得很好的九蘅突然压不住愤怒，语调有些激动，"皇上，我们几个人一路走来，见过许多妖魔，与鱼祖数度交手，已经明白一个道理——凡人的身躯虽然脆弱，但只要凝聚起来，勇气和智慧不可小觑。

妖魔再强悍，也未必是人的对手。所以，对抗鱼妇之灾又何必借助恶妖的力量？您的凡人子民本就是最强大的力量啊。"

奕远抚掌："方姑娘这一番说教说得很好，说得没错。"语气中满是嘲讽。他忽然微微前倾了身子，眼底阴沉骤现："朕如何不知道人的力量是最强的？可是你知道吗？人，所有人，从来没有站在朕这一边。"

九蘅不可思议地盯着他。一国之君，居然说出这样的话。如果没有"人"站在他那边，是谁将他送上雷夏国君的位子？他又是谁的国君？

奕远重新坐直了身子，脸上阴霾已然隐去，恢复了清冷之态，整个人却始终散发着阴沉沉的气息。微叹一声："是啊，朕身边从来没有人。那些跟随的臣子虽因畏惧而顺从，却没有一个能坦诚说说话的。偶然有坦诚如方姑娘的，朕也没容他说完。"

这话听得九蘅背上一寒。

奕远嘴角勾起欣慰的笑："说起来，方姑娘是这些年第一个与朕聊这么深的人呢，而朕也不想杀方姑娘。"

"当然了，您还要跟我联手除去鱼祖呢。不管怎样，我们有共同的敌人，不是吗？"她闲闲道。

"没错，对合作伙伴，彼此多了解一些也有好处。"奕远抬了一下眉，"这么说，方姑娘答应与朕联手了？"

九蘅道："我与鱼祖有不共戴天之仇。"

他饶有兴味地看着她："你不介意朕与恶妖为伍了吗？"

"我很介意。"她利落地答道。奕远的脸色一沉。她话锋一转："不过，若您告诉我为什么一定要与恶妖并行的理由，我或许可以尝试着接受。毕竟如您所说，世间与以前已不一样了，我们的头脑或许需要转变。"

奕远的目光锁住手边小灯笼的莹莹光泽，像是陷入了沉思，良久不语，瘦削的手指一下一下轻叩着浅色的灯罩，发出低低微闷的声响。

九蘅也跟着看向那小灯笼，注意到这盏灯格外精致，颜色和材质都不像普通灯笼。它的灯罩是浅玉色，非纸非绸，薄薄的，光滑又柔韧的样子，表面绘着朱砂色的花纹。灯骨玉白，看上去不像是竹子的。里面燃着的也不是蜡烛，而是一个洁白瓷瓶，里面大概注了灯油，探出瓶口的一截灯芯上晃动着豆白的焰。

她忽然记起昨晚初见奕远时他就亲自提着这盏灯，现在用膳也带着，分寸不离身，看来是特别喜欢它，抑或是对他有特别的意义。

灯光在奕远的脸上涂了一层苍白。他忽然对着灯笑了一下，笑容中有三分悲哀、七分沉郁："你既想听，朕便讲给你听。反正这世上大概也不会有人再听到这些事了，而且……"他的手指轻轻抚过灯罩，旁边看着的九蘅仿佛都感觉到了柔滑的触感，"而且，这盏灯大概也愿意听一下。"

九蘅露出迷惑的神气。这跟一盏灯有什么关系？皇帝风花雪月的情怀真是突如其来，莫名其妙。

奕远开口道："你大概听说过朕本不是先皇指定的太子人选。"

一来就是这么劲爆的杀头版八卦，九蘅不由自主地摸起了果盘中的瓜子。

奕远徐徐道："先皇选定的太子原是母后的皇子奕展，朕的大哥。朕不是母后的儿子，朕的母妃是琅贵妃。"

九蘅猛地被瓜子呛到。

原本专注看着灯笼的奕远不免盯了她一眼："怎么了？"

"没、没事，呛着了。"

奕远的目光落回灯上，再没有看向她，讲道："在朕和大哥很小的时候，先皇就立他为太子了。可是因为先皇曾经宠爱母妃，皇后一直担心她与奕展的位置被我们取而代之，将我们视为眼中钉。民间也有嫡庶之争，想来不过是争风吃醋、胡闹扯皮，关系家产田地。在宫里，却是性命攸关，表面风和日丽，暗里腥风血雨。"

九蘅默默嗑了一颗瓜子。记起她家方府里的残酷往事，不由得苦笑了一下。即使是民间，也不是胡闹扯皮那么简单的。但奕远说得没错，这些事到了宫廷里无疑会放大许多倍，事关江山归属和许许多多人的命运，可不就是腥风血雨。

"奕展大朕四岁。"他把手合在小灯笼的一侧，手掌手指的长度恰恰拢住一半，仿佛是想用手心感受火苗的温度，"小的时候朕不懂事，很依赖他，跟屁虫一样，他去哪里朕便去哪里，一起读书，一起玩耍。母妃却很不高兴我们在一起，背地里警告朕不能对大哥交心，要抱有防范。朕还不服气，总是瞒着她去找大哥。那时朕想，大哥那么优秀，对朕又那么好，朕为什么要有防范之心呢？你说，是不是呢？"

九蘅顺口应道："是啊。"如给一个讲故事的人捧场一般，答完了却感觉这句话不像在问她，更像是在问那盏被他捧在手心的灯笼。

他入神一般对着灯笼道："你还记得吗？那一年你九岁，我五岁，我们甩掉各自的奴婢，在这御花园碰了头，在荷池里钓父皇心爱的锦鲤。"

九蘅心里嗤笑，原来皇子也是熊孩子啊！可是……他为什么忽然变了称谓，仿佛奕展在这里听他说话一般。

"那条大红锦鲤刚上钩，就听到假山另一侧传来父皇的声音，我顿时吓得慌了手脚，还是你冷静，机智地拉着我藏到水里去，父皇走过时，你还把我的头按到水里去……"他边说边笑了起来。

九蘅自见到这个皇帝以来，倒也看过他的笑容，无不是阴恻恻的，或威胁或嘲讽，毫无欢喜之意。这一次却不同，他仿佛陷入了回忆里，来自旧时光里儿时的欢乐露在他的脸上，灯笼的光跳进他一直死寂的瞳中，映出难得的生机。

九岁的奕展抱着五岁的弟弟藏在荷池里，等父皇一行人走过去了，赶忙把弟弟托出水面："好了好了，父皇已经走了，我们上岸……奕远？奕远！"奕远呛水晕过去了……

奕展拍了弟弟几下也不见他醒来，吓得大哭起来。没有走远的老皇帝一行人听到哭声赶回来，将两个皇子拖上来，把奕远脸朝下搁在膝盖上猛拍几下，口鼻的水喷出，奕远哇哇哭出声来。

奕展惊魂未定，哭着上来抱弟弟，却被闻讯赶来的琅贵妃一把推倒在地。琅贵妃抱着儿子跪在老皇帝面前，声嘶力竭哭骂："皇上！臣妾早就知道远儿遭此毒手是迟早的事，您要给远儿做主啊！"

伏在母妃肩上尚未完全清醒的奕远糊里糊涂朝跪在后面的奕展伸出了手：

"大哥……"

琅贵妃一巴掌打在他的小手上，骂道："人家都要你的命了，你还不知好歹地贴上去，你这个傻子！"

奕远满心茫然地看着奕展，看不清他伏在地上的脸。

奕远瘦长的指抚着灯笼："其实我知道你不是成心的。"嘴角噙的笑忽然冷下去，声线下沉，"也只有那一次不是成心的，是不是？大哥？"

五岁的奕远溺水后"卧床"休养了足足十几天。实际上第二天他就活蹦乱跳了，被琅贵妃命令不准起来，更不准出院子。探听消息的小宫女飞奔来说皇上要来看他时，琅贵妃把他按进被窝里，令他做出虚弱的样子，说这样父皇才会疼他。

父皇来到床前，果然疼惜不已。原本一脸恨怒的琅贵妃面对皇上时变得柔弱无比，站在旁边不住地抹眼泪，父皇免不了又安抚一番："是展儿的错，我已罚他禁足一个月。"

琅贵妃猛地抬起头来，不可思议地道："他险些杀了远儿，皇上就只罚他禁足？"

皇帝的脸色也沉了下去："小孩子玩闹出的意外，你还要怎样？"

"小孩子玩闹？"琅贵妃的声调陡然高了起来，"小孩子玩闹能将远儿的脑袋按进水里？奕展也那么大了，不懂得人会淹死的吗？"

皇帝勃然大怒："你这话什么意思？是要把谋害手足的罪名加到太子头上吗？"

原本希望利用溺水事件削弱皇帝对太子的好感，不料反被指责，一向受宠的琅贵妃情绪顿时激动起来，口不择言："皇上又不是不知道——他们娘俩想谋害远儿不是一天两天了……"

啪的一声，皇帝一掌抽在琅贵妃的脸上，将她打倒在地，龙颜盛怒："朕不知道！朕从未听说过这等荒谬之言！你……"他指着呆呆捂着脸坐在地上的琅贵妃，"你跟你父亲一样，越来越骄横无度了。"

原本藏在被窝里的奕远见母妃被打，吓得溜下床来跪在地上哭求："父皇息怒，不要打儿臣的母妃。"

皇帝嫌恶地看他一眼，甩袖而去。奕远爬到琅贵妃身边，喊着"母妃、母妃"，不知多久才唤回了她仿佛离体的魂儿。

她抱住儿子哭道："远儿，远儿，明明是你被欺负了，你父皇却怪罪我们。你记着，这都是那两个人害的。"

奕远怯怯道："大哥不是有意的，他只是想……"

"傻孩子！"琅贵妃泪眼圆睁，恨铁不成钢，"你怎么知道他不是故意的？我告诉你，皇后怕你抢她儿子的太子之位，早就想除掉你了！你可给我长点心眼儿吧！"

皇帝的母妃阿琅

奕远轻轻敲着灯笼，低声道："我母妃是个任性的女人，又好强又一根筋。我那时小，她说你是故意想淹死我，我就信了。那天晚上，我听到墙外传来两长一短的猫叫，那是你我以前约定的信号，以学猫叫约好跑出去一起玩。我就倚在墙内，却没有应答。我听着你一直叫一直叫，叫到最后哭了起来。你怎么能哭呢？让人听到一只猫在哭，多奇怪。"

九蘅静静听着，看到奕远含笑的眼中浮起薄泪。

他接着说："那一次我没有理你，以后有几次碰面，你总试图跟我说话，我都冷淡相对。后来，你也不理我了。我们渐渐长大，却再也没有一起跑到御花园玩过了。你把我给予你的冷漠学去了，也以冷漠对我，一次玩闹的溺水，把我和你隔开，好像永远也走不近彼此了。其实后来随着年龄增长，我也明白了。我们怎么可能走在一起呢？我们的母亲在后宫是死敌，我们的外祖父在政事上是死敌，我与你，也注定了要你死我活。在父皇面前、在尚书房里、在校场上，我们都一直较着劲，而我，总是输的那一个。你一定很开心，是不是？你很优秀，我知道。可是你也要知道，你能赢，是因为父皇向着你，所有人都向着你，每场明里暗里的比试都是不公平的。

"母妃从那件事以后就失宠了。若她能委曲求全，或许尚可偷生。可她是个不服输的女子，那一股子不得了的斗志，在父皇眼里是觊觎太子位的难看吃相，终于把她自己逼上了绝路。她被打入冷宫的第一个晚上，就悬梁自尽了……"

九蘅不小心把一个杯子碰到了地上，赶忙捡起来，掩饰着有点复杂的神色。神游般的叙述被打断，奕远不悦地看过来。她忙说："抱歉啊，我听得太入神了。"

奕远点了下头，对这个好听众表示满意，终于想起来该跟听众有点互动，问道："你猜，朕的母妃真的是自尽的吗？"

她握住杯子，顿了一下，答道："我猜……不是。"

"当然不是。"他的眼中栖息着地狱般的火光，"她是被人挂到梁上，伪装成自尽的样子的。那么，你知道她是被谁害死的吗？"

"是皇后吧。"她飞快地答道。不能直视他积蓄着痛苦、仇恨和疯狂的目光，不自觉地低头避开。

"是个人都会这么想，是吗？母妃多年来一直与皇后针锋相对，一心想把皇后的儿子拉下太子之位由朕取而代之，皇后也恨她恨得要命，所以在母妃被打入冷宫的时候，正是杀她解恨的好机会，还可以轻而易举地解释为母妃一时想不开而悬梁，是不是？"他的嘴角浮起嘲讽的笑，"你与那些人想的一样，以为是皇后下的毒手。可是不是，不是皇后。"

九蘅没有吭声。她一个长在民间大宅、未接触过宫廷的少女，就算是听了他前面的一番话，也不能那么麻利地给出这场深宫谋杀真凶是谁的答案。

"凶手是皇后"这个答案不是她给出来的，而是来自很久之前遇到的一个美人偶——青厴宫的美人偶阿琅。

阿琅曾经说过她是被打入冷宫的贵妃娘娘，皇后派人勒杀她，悬在梁上伪装成自尽的模样。青厴潜进宫里想救她，却为时已晚，便以人傀术把阿琅的意识渡入木偶中，带出宫去。

九蘅下意识地以为是发生在当朝近年的事，没有想更多。这时回想起来，当时听美人偶讲述她的经历时，阿琅并没有说那是哪一年的事，亦没有提及她的残念附在青厴做的美人偶上已有多久。藏于地下脱离人烟的一妖一偶忽视了时间的流逝。

实际上，青靥被鱼祖骗着以少女拼合"美人偶"时，老皇帝就已驾崩了，阿琅却仍在做着重回宫中夺回圣宠的空梦，以致犯下了血债累累的罪孽。

九蘅万万料不到有一天她会来到宫里，听阿琅的儿子讲述阿琅悲剧的一生。个中机缘巧合不得参解，不能尽言。九蘅感慨万千，深叹一口气。

奕远注意到了，问道："方姑娘猜出是谁了吗？"

"啊，没有。"她答道。他的母亲后来又制造了更多悲剧的事，她不想说出来。他还是永远不要知道吧。

奕远猜不出她心中的一番惊涛骇浪，沉沉给出答案："是父皇。"

九蘅一愣："他为什么这么绝情？"

"绝情？什么情？夫妻之情吗？是啊，母妃曾是父皇最宠爱的妃子，可是这皇宫里哪有情字可言。不是玩物，便是操纵朝政的工具而已。朕那在朝为官的外祖父获罪入狱，母妃已没有利用价值，又闹得厉害，父皇便不想留她了。就在母妃被赐死那天，外祖父在狱中破口怒骂，说了些欺君犯上的话，被狱吏添油加醋写成供词，诬他有谋反之心，父皇便以此为由把他杀了。"

他嘴角挂着笑弧，眼中却毫无温度："现在你明白了吧？父皇的目的只是扳倒权倾朝野、功高盖主的外祖父而已。可怜母妃，她嫁给皇帝时是拉拢重臣的纽带；她受宠时是稳住朝堂的定心丸；她失宠时是兔死狗烹的借口；就连她的死，也是杀死她父亲的工具。可怜她从来就没有想明白自己的命数，自始至终都在努力给朕争夺太子之位。可怜可悲的傻女人！"

奕远稍微平复了一下心情，继续道："母妃死的那年我十七岁。听说她是被白布裹着抬出宫的，烧成灰装在坛子里，草草掩埋。我没能见她最后一面，那一天我在干什么呢？你还记得吗？"

九蘅一愣，不知奕远为何突然有此一问，抬头看他，果然，他的目光转回了灯笼上，思绪仿佛瞬间被焰苗吸引进去。

他对着灯，脸上浮现恨意，一字一句道："我在参加太子哥哥的生辰贺宴。欢声笑语，歌舞升平，山珍海味，觥筹交错。你还记得我笑着举杯向你祝贺的样子吗？我的笑容，好不好看？"

世上唯一爱他的那个人死了，死于肮脏的谋杀。

他却不能送她一程，不敢祭奠，不敢哭泣，不敢流露一丝一毫的悲伤，不敢不笑。

"你说，我能不恨你吗。"他轻轻敲着灯罩。

"我记得那天只有一个人没有笑。"他说，"你没有笑。"

端坐在上方身穿明黄太子服的奕展脸色微微发白，定定地看着笑着朝自己举杯的弟弟，没有反应，没有回应。

从那年的溺水事件后，他们就反目成仇、针锋相对、暗里藏刀、明里见血。奕展从未让着他。今天奕展大获全胜，琅贵妃死了，琅贵妃的父亲倒了，奕远再无可能来抢他的太子位，他赢了，奕远一输到底，一败涂地。

奕远对着灯说："你赢了，那天还是你生辰，双喜临门，你为何不笑呢？你那样看着我干什么呢，大哥？

"你以为那样我就不恨你了吗？我恨你。我恨你母后。我恨父皇。我恨你们每一个人。"他的话里有那么多恨字，语气却像情话一般轻柔。

奕远说："从那以后我就是一个落魄无能的皇子，没人愿意多看我一眼。父皇通常也不记得还有个儿子，偶然想起来了就传我过去骂一顿，以你的惊才风逸对比我的浪荡无为。真是可笑，我浪荡无为不正是他想要的吗？我若好学进取，还有机会活下来吗？他一边那样指责着我，一边更加心安了吧。他总算是能把江山稳稳当当交到你的手里了。

"可是他不知道，我心里的地狱之火一直燃烧着不曾熄灭。你知道我是从什么时候起想要争夺你这江山的念头吗？打我记事起，母妃背地里就一直跟我说要争气，要当太子。那是她的心愿，我只是听着，从未发自内心地想要当太子、当皇上。可是就在母妃死的那天，在我内心无比悲怆却还要笑容相迎地举杯向你庆贺生辰之时，我内心发誓，一定要把你的江山抢过来——不择手段。"

十年前老皇帝病重的时候，突发宫变。禁卫军统领于谭突然发难，称太子奕展急于登基，以"巫术咒杀皇帝"的罪名，限制了奕展的自由，并以皇帝"口谕"

调动手下十万禁卫军控制了皇宫和整个京城。

皇帝病榻前传来圣旨，废去奕展太子之位，改立次子奕远。当晚老皇帝就驾崩了。

谁也想不到一向软弱无能的奕远能坐上皇位，他虽然原本在朝野内外毫无根基，却得到了皇城中唯一一支禁卫军的支持。一场腥风血雨不可避免地在官场掀起，无数人头落地。新皇帝奕远踩着满地血泊登基了。

谁都知道奕远的皇位来得不明不白。他在位十年，朝野内外动乱不断，而军权逐步被送他上皇位的原禁卫统领于谭握到手中。

于谭相貌高大凶悍，铁腕手段，将动乱一次次残暴镇压下去，反对的声音越来越少。而新皇帝奕远对他也十分纵容，竟免了他御前叩拜的礼数。而且，再也没有人见过据说被幽禁深宫的前太子奕展。传言说他已被秘密加害了。

"他们都说于谭窃国，我不过是个被利用的傀儡。他们说若大哥你看到这一切，必会泉下难安。"他对着灯笼轻轻笑起来，"他们不知道的是，你一直寸步不离地跟我在一起，看着我们的朝堂，看着我们的江山，看着十年来发生的一切。"

安静倾听的九蘅眼神微微一动，奕远说……奕展一直跟他在一起？难道是……？

奕远的目光扫过她露出诧异的脸，沉沉道："方姑娘，你要不要跟奕展打个招呼？"

她没有回答，狐疑地盯着他，却见奕远把灯笼轻轻向前推了一寸："他就在这里，他能感知到我们说的每一句话。"

九蘅看着这盏浅色灯罩、玉白骨撑、惨白火焰的小灯笼，不敢相信，口微微张开，想问，又不忍问。

奕远徐徐念道："这盏灯以五行宝物做成，叫做五行命灯，内有小乾坤，能将人收入其中。你看到灯罩上这些精美图文了吗？这其实是囚禁咒，奕展在这个灯里忍受烧灼之苦，焰不熄，身不灭。所以朕时时刻刻呵护着它，生怕它灭了。朕要奕展亲眼看着朕怎样一步步夺取他的一切。"

夜风卷着夜色呼啸而过，原本温暖的暖阁内仿佛温度骤降，令九蘅不寒而栗。

皇帝的青蚨之术

奕远含着夜色的眼睛越过灯笼看着九蘅，嘴角的笑意阴森恐怖："你想说什么？可怕？残忍？请问是母亲死的当日还要向他庆生残忍，还是被囚禁在一盏灯里残忍？"

九蘅木然道："我不知道，我什么也不想说。"

从家乡瑜州城到京城，她见过许多残忍的事，终于在今夜登峰造极。手足相残，魔心鬼面，无法形容的可怕。宫里，真不是人待的地方，能把人变成"鬼"。

奕远呵呵笑起来："当年御花园里一起钓锦鲤的亲兄弟，一个把另一个囚在五行命灯捧在手里，这才是最残忍的，是不是？可是谁最疼呢？是灯里的人最疼，还是灯外的人最疼呢？"

九蘅没有回答，她知道他不是在问她，是在问灯。灯能听到他的问话，却不能回答。

他半含疯意的眼中隐约有泪光，双手捧着灯笼摩挲着，瘦瘦的手背青筋凸起，好像想要把灯笼捏个粉碎，又努力控制着怕伤到它一边一角。

忽然闭了一下眼，再睁开时神情已恢复淡漠，眼中泪光滤去不见，带着几分疲惫冲九蘅微微一笑："多谢方姑娘。"

她努力收拢起震撼得几乎要散掉的魂魄，问道："谢我什么？"

"朕拎了这灯十年。上朝、用膳、就寝，一直带在身边。可是朕从没这样跟它说过这些。其实朕不说它也什么都知道，只是这样讲出来，心中舒畅许多。"

九蘅心道你倒是舒畅了，我听到这种事可是心里堵得要死。悄悄将思路一捋，问道："民间盛传皇上沉迷巫蛊之术，看来是真的了。"

奕远点点头："这话放在以前，你这样直接讲出来是要杀头的。不过现在没有关系了，巫蛊之术可以救国，为何不用？"

九蘅用力咽下喉咙里的反对之辞，且听他说。

"当初为了给奕展一个让位的名头，安给他个'玩弄巫术'的罪名。其实走上巫术之路的不是他，是朕。他们说武将于谭利用朕达到窃国的目的，说得不全对。其实他助朕夺取皇位、报杀母之仇的条件，就是要朕最终把江山给他。"

九蘅忍不住深呼吸一下，愤慨几乎要冲口而出。虽然也翻一些前朝野史，知道每逢改朝换代免不了腥风血雨，可是因一己恩怨篡夺皇位，搅得朝野不安、搭上无数人命，实在让人难以赞同；而且皇位竟是用江山来换，那要这顶皇冠又有何用？

奕远及时以手势止住了她冲上脑门的热血："你先别说话，免得说出些大逆不道之辞，朕杀你也不是，不杀你也不是。"

她强行闭了嘴，忍得很辛苦。

却听奕远说："朕即位之后，确是赋予了于谭大权，朕就是个被架空的游手好闲的虚名皇帝。他必也在等着根基稳固就废了朕，自己当皇帝。朕好像真的把江山送给了他。可是实际上朕只是把权力借他，内心打定主意终有一日要收回来的。"

于谭牢牢掌握了兵权，又在奕远的纵容下拥有对文武大臣们生杀予夺的权力，已是实际意义上的皇帝，要收回来？唯有一个办法——杀了他。

杀了这个已经背负窃国之名的武官，既能拿回送出去的皇权，又能赢得被于谭迫害的世族的拥护。真是一举两得啊。

可是于谭哪有那么好杀的？他杀皇帝才是轻而易举的事。因此奕远十年来一直在于谭面前表现得无能无为，不惹起他一丝疑心，暗地里苦苦寻找机会却始终不得。

奕远其实一直背地里研究巫蛊之术，当上皇帝后就找借口废了皇宫中严禁巫蛊的规矩。在生性凶悍、只相信大刀铁骑的于谭看来，巫蛊就是些装神弄鬼、虚无缥缈的东西，向来嗤之以鼻。

皇帝虽然显得无能无为、没有实权、不理国政，但还是有几个固执维护皇族血脉的臣子忠于他的，丞相就是其中一个。于谭总揽大权，丞相乐得整天不务正业，陪着皇帝搜罗些奇珍异宝、蛊虫妖玩、奇人异士，君臣玩得不亦乐乎，以至于京城中曾兴起一阵妖邪之风，有为之士无不侧目，暗中唾骂。

九蘅听到这里，状似闲聊地插言："说起蛊虫妖玩，我们旅途中可是遇到了几样稀奇的。"

奕远顿时被勾起了好奇心："都有些什么？说来听听。"

"比如翅带妖火引燃花木的燧蝥，能断人方位的镰月符、银星钉。"她随口说道。

奕远感兴趣地问了这几样东西的样貌，看上去不像是与之有关的样子。九蘅心中暗暗失望。

奕远看了灯一眼，记起他的故事还没讲完，返回了主题：

"丞相跟着朕被那些忠诚爱国的人骂了。其实他们不知道，丞相才是忠臣。他与朕想法一致，都想取于谭的性命，可明杀、暗杀都没有胜算，唯有利用邪术。什么是正，什么是邪？能达成目的就是正。"奕远挑了一下眉，窗隙透入的夜色和寒意仿佛延伸到了他的瞳孔深处。

眉心又蹙起，嘴角绷起阴沉的弧度："可惜一年之前，丞相突然暴毙，一起遇害的还有他家十六口老小。"

九蘅没忍住，倒吸一口凉气。

奕远抬眼看她："你也听说过这件事吗？"

"听说过。"她点头，"挺吓人的。"她何止听说过，还知道凶手是谁呢！

这一次奕远捕捉到了她闪烁眼神中透露的内心波动，没有再放过她，眯眼审视着她，追问道："不只听说过这么简单吧？丞相一家死得十分蹊跷，朕令人追查，却无功而返。丞相于朕功勋累累，朕也想知道答案，给他一个交代。方姑娘若知道，可否告诉朕？"

九蘅想了想，觉得可以告诉他一部分，答道："杀了相爷一家的是九叠门幸存的后人。"

他长长吸一口气，闭上眼睛，低声道："原来如此。"脸前苍白灯光从下往上打在他清瘦的脸上，照得他像一个纸折的假人。

他说："丞相跟朕说起过西南边地的九叠门。他说九叠门的奇门阵术能诱敌、惑敌甚至杀敌，精绝玄妙。朕令他尽力拉拢，拉拢不成就硬夺，硬夺不成就剿灭。"

九蘅忽地抬眼看向他——将幼烟拖入万劫不复的地狱的罪魁祸首，原来竟是在这里。

奕远注意到了九蘅突然凌厉的目光，迎着看过来："怎么，你觉得朕这样做不对吗？心慈手软可是谋大事者之大忌。"

她青黑的眼仁映出对面黑色的剪影："皇上知道那九叠门后人是如何复仇的吗？"

他感兴趣地问："朕正想问呢，手段着实隐秘，究竟是怎样做到的？"

"九叠门主的遗孤，一个名叫幼烟的女孩子，让人把她做成了美人诅。"

"美人诅？"他侧脸想了一阵，恍然大悟，"原来是这个，朕在巫书上翻到过。少女自愿溺死为萍根，再杀九十九名女子为美人萍，萍根化作美人诅，出水为人，入水无形，以水瞬移，附身夺命。着实妙啊！"方才还在为丞相惋惜的皇帝抚掌赞叹。

九蘅简直掩饰不住脸上的嫌恶表情，还指望他听到真相后唤起丝人性，有些许悔悟之心，看来是想多了。

他将她的神情收在眼底，不由笑起来："朕若能有美人诅，也早就解决于谭了。话说，你认识这个美人诅吗？她若愿为朕效力……"

"她死了。"九蘅冷硬地打断他的话，"皇上既知美人诅，应该也知道令她死去的方式是什么。"

他凝视着她隐含怒意的脸，嘴角浮起意外深长的微笑："悔。"

低眼看了一下灯，又看向她，黑的瞳仁深处压着更深的黑影："方姑娘话中所指，朕听出来了。你是不是想问朕悔不悔？"

其实她不想，她知道答案了。

他却仍要说给她听，抑或是说要说给灯听："朕不悔。"

她没有再作无益的评论，只问："皇上也曾想制造美人诅吗？这么说您掌握美人诅的制作方法了？"

他摇了摇头："美人诅要掌握巫咒才能运作。"眼神忽然一闪，"莫非你有那巫咒？"

她顿了一下，摸出一片巴掌大的黑铁片，将有咒文的一面亮向他。他脸上贪念闪过，下意识地伸手来拿。

九蘅将手往回一收，微笑道："皇上且听我说一件事，再决定要不要这个东西。"

他的手在半空一僵，暂收了回去："什么事？"

九蘅道："我认识的那个美人诅的制造者是魖、魅、魍、魉四位长老，您知道他们最后是什么下场吗？"

他略想了一下，神色微变："难道……"

九蘅点头："都已被美人诅反噬，以极端残忍的方式自杀。"

奕远抬眼看着虚空处，思考半晌，似乎在找破解的办法，很快无奈道："果然无解。美人诅能杀死别人，当然也能杀死主人。除非永远不接触水。"

"简简单单杀死倒罢了，在杀他们之前，美人诅令他们把水葫芦挂在身上，随时随地将他们的性命捏在手心，着实奴役了很久呢。"

奕远慨叹道："这些巫术往往是把双刃剑，杀敌一千自伤八百，若不是心中渴望压倒了对死亡的恐惧，谁又愿意出卖性命甚至灵魂去换取强大的力量呢？"叹了一声，不知想到了什么。

九蘅把铁片在手中把玩着："那您还想要这个吗？"

"算了，不要了。"

她还是将铁符搁在桌面推到他面前，道："皇上既然精通巫术，或许能读懂巫文？能帮我看看这上面除了美人诅的咒术，还写了什么别的东西吗？"

奕远配合地低头看着铁符，喃喃念出些发音古怪的语句，念到最后顿了一下，吐出一个音。九蘅注意到了，追问道："什么？"

"最后这个字与咒术无关，好像是个署名？"

"你刚才是怎么念的？"

"暗。"他说，"朕也不确定，巫文与日常语言只能译意，不能译音。这个字译成暗夜、漆黑、失明、失去、隐匿，都可以。"

"暗。"九蘅低声重复了一遍。只是个署名而已吗？

奕远把铁符拿起来把玩了一下，偶然翻转过来，看到背面的镰月图形，微微变了脸色，唇线绷起，忽然间的错神却被九蘅捕捉到了。她隐约猜到了什么。

奕远，走上巫蛊之路的皇帝，眼睛真实的模样怕是已变成图形的模样了吧。

他抬起头，对上她探究的目光。他的嘴角扯出苦苦一笑："朕知道你想问什么。朕就直接告诉你吧——朕不知道。"

"不知道什么？"

"不知道朕的眼睛为什么会变成这个样子。朕是在修习巫蛊术之后，偶然发现的，情绪失控的时候会那样。"他低眼避开她的目光，"好像是巫蛊术带来的一种症状，又像是某种提示，或是标记，或是契约，可是并没有谁来索要代价。"就像之前幼烟等人一样的情况。

九蘅觉得他没有撒谎，伸手将铁符要回来收好，又问道："您还记得我说的燧蛮吗？"

"你说那是一种翅带妖火的飞虫。"

她点头："我见过此物，曾经以为是从相府流出去的。"

"不可能，"他说，"若得了这种罕物，丞相必会告诉朕的。"

她不由蹙起了眉心。一路上遇到的许多妖物似乎毫无干系，除了一样的镰月图形。

暂时参不透就先搁下了，转回话题："后来呢？丞相死了，可是您还没有找到杀于谭的办法啊？"

他半明半暗的脸上如遮着荫翳，模样有些许阴森："丞相去世后，于谭对朕的态度更加不敬，其篡位之心路人皆知，他甚至连掩饰都懒得做了。你说，朕能如何？像史书上记载的那些个悲情皇帝一样，拿一把刀，骑一匹马，带几个人冲出去被剁成肉酱，以死殉先祖吗？那又有什么用？于谭把废了朕取而代之的事项公然提上日程，朕也等不得了。丞相留给朕几样未来得及尝试的术法。朕选来选去，选中了其中一样。"

"便是……青蚨吗？"

"是。丞相提醒过朕，驱使青蚨之术没有验证过的记载，不知人体能不能承受。"巍巍天子，竟沦落到要用邪术平叛的地步，哀其无能为力，恨其不择手段。

奕远详尽地描述了令人发指的术法，仿佛说出来，就能让听者分担他所历的痛苦。他脸上露出奇异的兴奋，灯笼白焰映进眼底如鬼火幽幽："丞相留给朕的是一颗封着母蚨的琥珀。朕把它吞下，一日之后，母蚨在朕体内活过来。"

"寝宫外面的人觉察有异进来看时，不见朕的影子。于谭亲自赶来察看，搜查了整个皇宫也没有找到朕。实际上朕已挂在高高的房梁角落里，结了一个巨大的茧把自己包裹起来，像只蚕蛹一样沉入睡眠，等着青蚨孵化。"

奕远在梁上足足挂了一个月。等他醒来的时候，一群飞虫破茧而出，遇风变大为半人半虫的青蚨，长嘴薄翼，力大无比，会低空飞行，能听他号令。

九衢问道："你便操控青蚨杀了于谭吗？"

"朕是想那样做的，可是……"奕远两手扶着灯笼，身体微微前倾，低低的声线如寒夜蔓延，"可是青蚨找到他的时候，他已经不是活人了。"

她一怔："他死了？"

"半死半生。"他说，"他变成了鲛妖。"

为什么要嘟嘴巴

傀儡皇帝失踪，于谭省了逼宫兵变的步骤，顺势登基即可。可是他为了让江山改姓来得顺理成章，偏偏要做些姿态，让心腹朝臣一谏再谏，再百般难辞地登基。然而在他龙袍都试好了的时候，雷夏国遭遇鱼妇灾变。

于谭已将雷夏视作他的雷夏，把京城当作他的京城。鱼妇之灾后各地官府和边疆驻军基本失去联络，于谭能调用的军队仅有禁卫军，再加上五十里外狭风关驻军。

九蘅听他提到狭风关，眼神微动，却什么也没说。

禁卫军分中、外两军。于谭就是在亲自赶往外军驻地部署防御鱼妇事宜时，一去不回。

奕远道："确切地说，也不是一去不返，于谭其实回来了。"

这时，右侧挂着帘子的墙后突然传来一下撞击声，好像有什么东西重重撞在铁栅上，帘子都震得颤抖了。紧接着九蘅仿佛听到了熟悉的声音——大口发出的嘶嘶声，鳞片摩擦的声音，有力的尾部拍打的噼啪声。

阁外有鲛妖！

她双手猛地按住桌面往上起。奕远以手势示意："方姑娘少安毋躁。"

"那是什么？"她满脸警惕。

"是于谭。"他森然而笑，抬手拉开侧面的帘子。帘后是一扇很大的窗，窗外原是一个小湖，窗外很近的地方、湖水之中，有一个一半浸在水下、一半露出水面的大铁笼，肩背厚阔的鲛妖用粗壮的手紧紧抓着铁栅，冲暖阁中的人张开裂到耳根的大口，满脸虬须还能看出这人以前的凶悍面貌。

"你看，青蚨在城外护城河里找到他的时候，已是一只人身鱼尾、裂口全瞳的鲛妖了。"

这个窗口设计精巧，冬日临窗看冰雪，夏日凭栏赏碧荷，均是怡情美景。然而现在除了奕远，不会有人愿意在窗前观赏了。

刚刚这鲛妖突然暴起，是因为受到了惊扰——笼顶上站着漆黑的招财，正扒拉着铁栅，企图撕咬里面的鲛妖。

奕远一回头，看到九蘅双目沉冷，手中多了那把牙白利器。在皇帝面前亮出兵器可是大忌，奕远面露不悦。

九蘅反应过来，解释道："哦，我有见到鲛妖就想杀的毛病，并非有意冒犯。我朋友还在您手里呢，我怎敢伤您。"她勉勉强强收了赤鱼，变回发簪别回发中。

奕远倒也没发怒，用微带叹息的语调说道："就算是你想杀朕，也是杀不死的。"

九蘅一怔，杀不死？

奕远道："别忘了朕是母蚨的化身啊，岂是那么容易杀的。"

这样啊……九蘅有点失望，还想着必要时用赤鱼刺杀他呢。看他说话的样子不像撒谎，看来普通手段杀不了他。

"朕最大的憾事，是他已没了本人的意识，给他准备的各种酷刑，他都尝不到了。"他的目光投向窗外，定定地看着于谭鲛妖疯癫的模样，眼神泛着血似的赭红，下颚绷起、牙齿紧咬的线条饱含恨意。

她悄悄打量奕远的侧脸，感觉他对于谭的仇恨有点不合常理。于谭帮他报杀母之仇，他做个傀儡皇帝，江山会落到于谭手里这种事，应该是早就能预料到的，这本是个各取所需的交易。不管怎样现在他仍是皇帝，而于谭在笼子里，他是赢家啊。所以，他究竟在恨什么？

奕远看了一阵，将帘子合上，把那张丑怖的脸隔在外面，片刻前眼中汹涌的情绪已然隐起，客气地示意九蘅："方姑娘喝茶。"

九蘅压下心中疑惑，只道："您的青蚨战斗力也很强啊，何必需要我的影军联手？"

他锁起眉心："青蚨虽厉害，对付这支鲛军却难以施展。一则是因为青蚨杀敌方式是以利嘴攻击对方，而鲛军从前都是禁卫军，头戴厚重头盔，青蚨时常插折了嘴也插不进去；二来，你也知道杀死鲛妖的办法唯有断脊，青蚨只会刺杀不会腰斩，鲛妖脊椎未断，照样能爬，照样凶残。"

原来如此，这两拨怪物还真是棋逢对手……

九蘅无奈道："虽然我对皇上使用青蚨、朱蛾这些妖物十分厌恶……"

奕远："……你用词要不要再谨慎一些？"

九蘅："民女读书少，会的词不多。"

奕远："算了……你接着说……"

九蘅："虽然我对皇上也十分厌恶……"

奕远额角青筋暴起，没有吭气。

九蘅："但是我对鱼妇更加厌恶，您何必以扣押我朋友的方式来要挟呢，多尴尬。"

奕远："朕这不是怕你不听话嘛。"

九蘅："您有没有想过，像我这么厉害的人，通常是越逼迫，越不听话。"

奕远眼中火星一闪，脸上郁色涌动，刹那间杀意迫人，寒凉的嗓音徐徐道："你也要想到，很厉害又不听话的人，留着不如除掉。别忘了你在这里唤不出影军，你和你的朋友没有能力抵抗青蚨。"

九蘅饱含深意地扬眉："哦？是吗？"

奕远突然觉得心口一阵麻痒，感应到来自外头青蚨的异动，神色微微一变，尚未来得及反应，暖阁的门突然被大力踹开，冷风灌了进来，白袍的人站在门口，一身霜气透骨凛冽。

奕远吃了一惊，却也没有失措站起，只是手下意识地合到身前灯笼上，似是怕灯苗被风扑灭。他诧异地盯着来人："你是怎么过来的？"那许多青蚨应该能拦住这人啊！

樊池没有答话，凉凉扫他一眼，径直走到九蘅身边坐下，拿过她手中杯子把茶水泼掉，把捏在左手的一只红色蛾子往杯子底一扣，然后握住他灵宠的手上下打量："没事吧？"

"吃得有点撑。"她说，"送去的桂花糕吃了吗？"

"没有，灵宠给人劫了，哪还顾得上吃。"

她伸手端过一份芋圆："那吃点这个，好甜的。"

对面的奕远嘴角抽动，忍无可忍。他看到樊池捏的那只蛾子的时候就明白了，那是朱蛾真身。朱蛾是他的心腹，对青蚨的号令力仅次于他。

可恶……之前九蘅让朱蛾送桂花糕过去时就该提高警惕的。送什么桂花糕，原来是送人质过去的。朱蛾有万千化身，能从其中找到唯一真身并抓住，这个人是怎么做到的？

九蘅却替他问了："你是怎么逮住这妖蛾的？"

"简单，做出一层杀界将它附身的宫女困在内，然后缩小杀界，幻身触界即灭，等杀界球缩到拳头大小，只余下一只蛾子时，那就是真身了。"

奕远打量樊池的眼神暗含惊疑，从之前的一战就知道此人有本事，却猜不透来头。他的雷夏国竟有这样的高人存在吗？若是能早些知道，早就要么设法拉拢旗下，要么……拉拢不成除掉了，就像对待九叠门那样。

他心中刹那掠过的心思樊池岂会猜不出？先撂了话过来："皇上，既有心联手剿灭鱼祖，那就先把其他事往后放放再议吧。"

奕远一想也是，便明人不说暗话了："是朕不好，看低了二位。天也快亮了，我们都先去休息，等天黑后带上影军出城讨伐，如何？"

"好。"樊池闲闲说道，忽然抬手揪住灵宠的一根乌发，"别动。"微微用力扯下。

九蘅吃痛倒吸一口冷气："你干吗？"

"别那么小气嘛。"他无辜地眨眨眼，把杯下扣的朱蛾拿出来，用这根发丝捆住了一只翅根。

奕远看着朱蛾抬起手："能否把它还给朕……"

"不能。"樊池傲慢地瞥他一眼，"放了它让它再去杀无辜的人借骨吗？我告诉你……"他盯住奕远，眼神中含着锋锐的警告，"若你手下妖物再滥杀无辜，联手协议即时作废。"

奕远的手按在桌上，嘴角绷起，没有说话。

樊池转向九蘅，脸上瞬间换成明亮的笑意，窗棂泻入的晨光在他瞳中跳跃。他将发丝的另一端塞进她的手中："你拿着玩吧。"

牵着她的手走出暖阁，她跟在他身后扯着扑棱棱的红蛾，穿过开着覆雪红梅的御花园，身后跟着大黑猫。若不是到处杵着青蚨侍卫，倒真像一对年轻儿女带宠物踏雪游园。

朱蛾被用一根头发捆住时心中冷笑不止，还说头发岂能困住它这只修了几百年的妖？挣扎了一阵，它发现还真挣不开。这根头发来自有灵力之人的身上，偏偏就能克制住它。朱蛾绝望了，趴在九蘅衣袖上一动不动。

但这个家伙虽现了原形，偷听的本事却仍是在的，少不了竖起它羽状触须，启动它生在腹侧的"耳"，想从这二人对话中听出些门道，也好不白当一回人质……哦不，蛾质。

然而这两人一句对话都没有，手指相绕，眉来眼去，相视而笑……还真当成逛园子了？

九蘅终于开口说话了，蛾子精神一振，却听她说："我住的那边院子里有梅花，去那边住吧。"

"好。"樊池含笑答道。

又没话了。蛾子崩溃了。

走到永福宫时，门外守着的青蚨振着翅膀蠢蠢欲动，被朱蛾用常人听不到的虫语吼了回去："滚！没看到你蛾大爷被绑在这里吗！人家一个指头就能按死我！"

青蚨们收翅退下，一对对复眼远远近近，闪着呆滞又凶残的光。

进了原皇后住的永福宫，樊池又拿了个杯子将朱蛾一扣，顺手在杯面上施了个仙咒，里面朱蛾顿时感觉像被埋入地底，一丝外界的声音也听不到了。

一隔离了这个监视者，九蘅的一双手就摸到樊池身上去，淡定的模样也端不住了："让我摸摸看你的伤势怎么样，打架有没有崩开伤口？"他的伤处一直用障目术掩藏，看不到，只能摸。

他却一甩手背过身去："不给摸。"

"就摸一下。"

他没理她，一头躺在凤床上面，脸朝里侧，一副生闷气的模样。九蘅不明所以，不依不饶跟着爬上去扒在他肩上："你到底在气什么？"

他在枕上转过脸来瞪着她，满脸郁怒："你昨天晚上就知道我才是人质了。"

"嗯。皇帝看中的是影军，这么简单的道理，你没有想到吗？"

"没有。我竟然就没有想到，让你被带去……"他神情黯然躲闪开她的目光。

原来这人是在生自己的气啊。她嘻嘻一笑，讨好地把下巴搁他肩上："带去又怎样？我应付得来。再者说我不是把朱蛾给你送去了吗？"

他微叹一声，就那么仰脸看着她，窗外晨光映在眼瞳，清澈透明。

她不由得笑起来："你是不是觉得没能救我于水火，觉得很不甘心？要不要请皇帝再绑我一次，你重新闪亮登场？"

是的！这种想要保护灵宠却反被灵宠保护了的感觉……有点失落！

可是神族的自尊心是能随便揭穿的吗？恼火的神族一个鲤鱼打挺跃起，把他灵宠按倒，身姿之矫健让灵宠放心了——他的身体看来没有大碍。

可是……这降伏不听话灵宠的姿势是不是有点不雅?

樊池扣着她的两只手腕，整个人几乎压在她身上，怒气冲冲俯视着她。

她有些慌了，毫不犹豫地服软："我错了，快放开我。"

他没有动，保持着这姿态看了她半晌，脸上怒意渐去，眼神渐渐柔软地失神。她的心中却越发慌了，不知他要干什么，也不知自己是不是在盼着什么。

他忽然俯下身来。

那一瞬间九蘅没有能力思考，下意识地闭上了眼。而且该死的，她居然嘟起了唇。

她无法解释、也不愿意解释自己为什么要鼓起嘴巴来。因为樊池俯下来后只是把脸埋在她的肩上，并没有发生她猜测的事！

他紧紧抱着她，唇几乎贴在她的右耳边，她听到他轻轻吐出一句："我灵宠能保护自己是好事。这样如果有一天……你要自己去面对……就不会怕了。"

这时樊池想起了自己遇到的那个来自未知时光的九蘅。

那个九蘅孤身一人流浪在时光的河流，不知为什么，未来的他没有陪在她身边。时光逆流术是十分危险的法术，稍有不慎就会迷失在时间乱流，永远回不去。不知那时的他在哪里、发生了什么，怎么会容许她一个人流浪在时光之河。

就算有通天慧眼，未来也无法改变。现在他们做的每一件事、走的每一步都是在走向那个未来。

今天与她短暂的分离，使他恐惧地意识到，那个"不论发生什么都陪她好了"的誓言，他未必做得到。不论他怎样努力、怎样小心，还是有可能将她置于孤身作战的境地。那么就企望她足够强，万一到那天他陪不了她，她一个人也能面对。

他的这一番内心翻覆九蘅完全不知，没听明白他的这句轻叹是什么意思，也没有心思去想。因为此刻她面红耳赤、心跳如鼓，只顾得对自己莫名其妙鼓嘴巴这件事恼羞成怒，恨不能跳起来抽自己十个嘴巴子。

蜜蜂精只是在抱灵宠而已啊！她想什么呢？！

他忽然欠起身来，狐疑地看着她："你心跳得怎么这么快，是不是病了？"

"我快被你压窒息啦！你给我走开啦！"迁怒于他人的灵宠咬牙切齿，十分暴躁……

找回灵宠，樊池心情好了许多，食欲也回来了，跑去摸起了一块桂花糕。九蘅则靠着桌子将她从奕远那里听到的事告诉了他。

循风追踪的嗅英

樊池含着香甜的糕点蹙起了眉："竟将自己的哥哥囚在命灯之中，够狠，为何不直接杀了他？"

九蘅叹道："说不清是至恨还是至爱，人的感情真是又复杂又可怕。"

樊池迷惑道："至爱？这样残忍的手段，还谈什么爱？"

"你一个不食人间烟火、只吃糕点的神族怎么能懂呢？"九蘅叹道，"对了，我把美人诅的咒书给他看了。"她摸出那个铁片，"他看到这上面的镰月符就变了脸色，坦承自从修习青蚨之术，在情绪失控时眼瞳也会变成镰月的形状，他也不知道为什么。"

樊池沉吟一下，道："这说明这些看似风马牛不相及的巫术、妖术、蛊虫有同样的来源，有人刻意在术法中加入讯息，有心展示出来给人看。"

九蘅点点头，指着铁片上最后一个字符："那就是他了。皇上认出了这个字。"

神族学渣盯着这个字，一脸茫然。

她鄙视他一眼："皇上说这个字念'暗'，有黑暗、漆黑的意思。"

樊池沉默一下，道："果然是它。"

暗、黑、乌——乌泽。

九蘅问："这是不是说乌泽没有死，藏在雷夏的某个地方，向我们发出挑衅？"

樊池说："目前倒是没有证据表明它还活着。因为目前我们见到的这些镰月标记，都可以说成是在白、乌大战之前埋下的。不过，我觉得也不必抱有侥幸心理了。它没那么容易死，必然还在，这些镰月符号正在发挥作用，将我们指向它设计的方向。"

她扬了扬眉："不管它的用意是什么，沿着这个方向去，就会与乌泽相遇吧？"

"它知道我们即使参破，也不会退缩，所以才敢如此明晰地表明身份。"

"当然不会退缩，难道还怕它不成？"九蘅的热血说燃就燃。

樊池没有吭声。如果只有他自己，他是不会怕的。可是现在向着危险接近的路上，有了她，心底竟隐隐有些怕。

他不再聊这个话题，只说："我还让阿步他们去找被软禁的奕展的下落呢，原来竟成了一盏灯。"说着把剩下的桂花糕扣了起来，"也不知他们能不能找到吃的东西，这些给他们留着吧。"

九蘅看看渐亮的天色，心中忽生不安："话说……他们也该回来了吧？没回来吗？"目光在屋里扫了一圈，期待看到物什突然移动一类的信号，然而什么也没有。阿步和银山没有回来。她走去将门打开半边，免得他们回来进不了屋。

樊池也说："是该有个消息了。"

不会出什么事了吧？两人忧心忡忡。

樊池忽然道："他们跟我说过原是要去找影军的，我没有同意。如果真的如皇帝所说，是个什么法器收了影军，那东西必会放置在守卫森严又隐秘的地方，贸然接近恐有危险。"

九蘅暗暗惊心："他们不会是没听你的，擅自去找了吧？"

他颇为不安："阿步精通八卦阵术，法器藏得再好也可能找得到，发现了线索未必肯放过。"

九蘅越发坐不住，与他商量着牵着朱蛾出门装出闲逛的样子，看能不能找到他们的下落。

正欲动身，突然啪的一声轻响，桌面多了一个血手印，手形清瘦细长——是阿步的手形。

九蘅噌地站了起来，面色发白。樊池先按了一下她的手示意冷静，转身关上了门。九蘅沿着手印那个方向的桌前摸索过去，一只无形的手按住了她的手。

"阿步，阿步。"她感觉到有黏稠的血在这只细瘦的手上，怕得整个人都发起抖来，低声唤着，扶着他往床那边走去。走了两步就觉得阿步的脚步稳稳当当，不像重伤的样子。

为免有眼线从窗缝窥伺，将他扶到床上后，她又将床帐放下一半，才小声道："显形吧，没事了。"

少年显形在床上，沾了血的苍白的脸，被眼泪浸湿的眼，让九蘅心又一惊。她先上上下下检查了一遍，虽然他身上溅了血，却没有受伤，那么就是……她握着阿步冰凉的手问："是银山出事了吗？"

阿步点了点头，急急打着手势，因为惊慌打得有些混乱，九蘅半读半猜："陷阱？他受伤了？伤得重不重？"

少年尚未描述清楚，站在帐外的樊池忽然低声道："有人来了。"九蘅忙握了一下阿步的手："先隐身。"

阿步隐去了行迹。她站在床边，面朝外守着，樊池去开了门，院中树下站着奕远，正抬手把那盏命灯挂在梅枝上，仿佛是想让它也欣赏一下覆雪寒梅的盛开。听到开门声也没有回头，用他阴寒的声线徐徐开口："二位放心，那个捕头暂无性命之忧。"

既被说穿，樊池便沉着脸没有答话。九蘅听到了，几步冲出来，却被樊池伸手拦住了。

她刚要开口质问，却见奕远侧脸看来，目光缓缓扫过二人抑着怒气和担忧的脸，眼中含着有恃无恐的威胁："除了那一个，还有一个吧？据说是个看不见的人，厉害得很。你们应该知道这人在哪里吧？"

九蘅脸色发白，不由自主地挪了一下脚，做出堵住门口的动作。

奕远眼中露出了然的神气，轻笑一声，忽然叹了口气："有情有义，惺惺相惜。朕真是，嫉恨你们的情义啊。朕巴不得立刻杀了你们的朋友，欣赏到你们痛心的模样。"

坐在高高皇位之上，却没有了兄弟，没有了朋友。凭什么只有他是孤单的？凭什么？他脸上的杀意真真切切暴露无遗。

九蘅转身跑去桌边，掀起倒扣的茶杯，抓着那只被头发丝系住的朱蛾回来，道："我答应与你联手，不再做他想，你把捕头放了，朱蛾还你。"

奕远瞥一眼朱蛾，不屑一笑："一个妖奴而已，哪能换朕如此重要的人质？你随意处置它吧。"

朱蛾的红翼颤了一下。

奕远再也没看朱蛾，道："捕头朕先扣着，隐形人太难抓，朕且不费那个力气。等方姑娘助朕剿灭鱼祖，再来跟朕要人，在那之前，此事不必提了。"

"你……"

奕远抬手遮着照在眼上的淡淡日光，道："朕不喜欢天光，回去歇息了，二位也请休息吧，今夜我们便带影军出征。"他从梅枝上摘下命灯，转身离去。九蘅急得追了两步，又知道再说无益，站在原地欲哭无泪。

樊池走上来从身后扶住她的肩，柔声安抚："先进屋来。"拉着她回到屋里，把门掩上。

九蘅走回桌前，捏着朱蛾语出讥讽："你看到了吧？这就是你效忠的主子！"一杯子扣住。

樊池对空处道："阿步出来吧。"阿步显形，仍是眼泪汪汪的。

九蘅叹口气，找了个手巾浸水、拧了拧，一边帮他把脸和手上的血迹擦掉，一边问："你不要急，告诉我银山伤得怎么样？"

阿步冷静了一些，打着手语描述他们的经历。手语只能表达基本的过程，九蘅却看得心惊胆战。

阿步与银山隐着身穿行在到处是青蚨的深宫，宫里除了青蚨，也有一些妃子、宫女和太监，但二人始终没有找到疑似奕展的人。

与樊池猜测的一样，在搜寻的过程中阿步发现了皇宫里以水渠勾勒的阵图，感觉自己算出收了影军法器的地方，一切都指向了一座通体漆黑的塔。

黑塔耸立在一片草地中间，透着肃穆又阴森的气息，许多青蚨盘旋滑行着在此守卫，但对于隐形的二人来说应该没有威胁吧？

他们小心避开青蚨走过去，脚刚踏上那片青青草地，忽然同时意识到不对——大冬天的，什么草长得如此青葱？

脚下忽有异动。低头看去，只见从脚下开始，由近及远，草叶间绽开一片白茸茸的球。一愣神间，这些球无声炸开，满眼都是飘飞的白绒小伞——蒲公英？

这些"蒲公英"在半空中略飘了一下，忽然齐齐向草地被触动的方向扑来。

他们现在虽是隐着形，但若让这些东西粘在身上，也能勾勒出人形！

银山拖着阿步掉头就跑。那些小伞如同能看到他们一般紧追而来，如一股有形的旋风。银山看这情形是跑不了了，反手将阿步推了出去，自己朝另一个方向跑去。离开阿步，他的形体显现了出来，蒲公英全部朝他扑去，如大风卷雪追上了他，毛茸几乎粘满他全身，连视线都被糊住了，他脚下一绊摔倒在地。

九蘅翻译到这里，还没等阿步"讲"出接下来的事，就急得道："被整个糊住了？那玩意儿会不会吸血、叮人什么的？"

樊池插言道："不会，那是嗅英，一种用来警戒和追踪的妖草。"

"他们隐着身，嗅英是如何追踪过去的？"

"嗅英是依据人跑动时带起的风来追踪目标的。银山必是猜出这一点，故意加大动作把嗅英全部吸引到自己身上，阿步才有机会逃离。"

"堂堂皇宫，竟会有这么多奇奇怪怪的东西！"

"这皇帝太邪气了，说不上还收了些什么妖蛊之物。"

九蘅懊恼道："嗅英这东西能识风追踪，还真是阿步隐形能力的克星啊。"

樊池说："我猜，这是皇帝专为阿步准备的。早在我们进城之前，朱蛾应该已经看出我们中间有隐形人了，这才特意在黑塔前布置嗅英。而且，嗅英恰巧也是银山能力的克星。"

说得是啊。细小的绒毛无孔不入，银山就算幻化出一百种兵器，也难找出对付这种奇怪小草的家伙，更何况情况紧急，他也没有时间去构思出一个能破解此物的东西。

奕远为他们还真是费尽心机啊!

她接着问阿步:"然后呢,银山就被青蚨刺伤了吗?"

阿步含泪点点头,指了指自己的右肩。

青蚨闻声而来,长嘴从银山后背透入,肩部刺出,将他钉在地上。阿步隐着身扑上去,拉住他染血的手想把他拉起来,那青蚨却踩在银山背上一动不动,不把嘴拔出来。

银山忍痛咬牙道:"快走,去找他们。"

更多青蚨飞过来,把银山从地上架起,飞腾到半空,迅速滑翔而去。阿步跟着血迹追了一阵,很快追丢了,只好跑回来找他们。

少年"讲"完,抽噎成一团,脸上痛苦的表情说明他又陷入了自责之中。九蘅拍着他的背部柔声安慰:"这不是你的错,你已经做得很好了。"

一向冷脸的樊池也难得语气温和,拍了拍他的脑袋:"你放心,他不会有事,我们一定把他救回来。你要听话,不要擅自行动,你要是再有什么事,我们更不能专注于救银山了,懂吗?"阿步哽咽着点了点头。

安慰好了阿步,九蘅内心其实更加不安。悄悄捏了下樊池的手指,焦灼地看着他,指了一下自己右肩。樊池看懂了——银山是伤在右肩,右手怕是暂时不能用了。而他幻化武器的能力,其实只有右手,他的异能暂时失效了,凭他自己难以脱身。事到如今,为了保他的命只能顺从配合奕远了。

天黑之前,阿步利用屋子里的家具,几下便摆出一个障目局,外面的人进来的话只会觉得家具后面就是墙,看不出拼出了一个空间,藏了一个人。樊池又设了结界隔离,防止嗅英这类的东西闻风过来。九蘅将那碟桂花糕端给他抱着,再度叮嘱阿步要相信他们,不要单独行动。阿步郑重点头,忽又拉住她,指着她和樊池打了几个手势。

简单的手语连樊池都看懂了。他在说:你们要好好地回来。

"好,一定。"她摸摸他的头,心中暖暖的。

没过多久,有青蚨以长嘴叩门,没轻没重的,不小心一嘴戳穿了门板,被九蘅暴躁地打折了翅膀。没有主上的允许又不敢反抗,倒霉的青蚨委屈地歪歪扭扭

白泽寄生(下册)

◇

518

逃开了。

另一只青蚨哆嗦着接替了它，摆了摆长着乌黑倒刺的长臂，示意他们跟它走。皇帝失了朱蛾，只好用这些不会讲话的东西跑腿了。

二人跟着这只青蚨，一直走到一座黑塔下。奕远提着灯笼站在塔前的绿坪上，二人远远止住脚步，不愿踩醒嗅英，以防被糊一身茸毛。

奕远做了个邀请的手势："这是无光塔，里面不能点灯，漆黑无光，不过朕有灯笼照明。二位要不要跟朕一起进塔请影军？没事的，朕在这里嗅英不会醒。"

"免了。"樊池凉凉道。

绕骨而灼的藤蔓

无光塔，应该是存放巫蛊之器的地方。阴邪处滋生出的巫蛊术大多喜欢黑暗的环境。

奕远也没勉强，独自进了塔中，没过多久就出来了，左手中多了一把玉骨锦面的折扇，递到九蘅手上。

一把扇子？这就是收了影军的法器？她将扇子展开来，扇面上是一幅气势不凡的大河图，河岸上画了许多穿着军甲的士兵。静止的图像，表情却栩栩如生。

她有些震撼道："这是……"

奕远说："此扇叫做冥河扇，能吸收气息强烈的妖邪之物。影军气息特殊，被它视作妖邪吸收进去。"

九蘅心道：军士们原是画影，不过是从镜中到了画中，现在便召他们出来拿下奕远！

不料，她对着扇子暗暗使了半天劲，也不见一个画影冒出来。看来，冥河扇与普通画像不同，她无法召唤。

"冥河扇原是为了收一个凶邪所设。"奕远说着，将画中一个人指给九蘅看。她这才注意到画中有一个没穿军甲的人。这个人一身黑衣，腰挎弯刀，脸蒙面罩，只露出一双目光阴狠的眼睛。

奕远说："此人是个有名的杀手，修得妖术屡屡作怪，朕便找了这把冥河扇收了他。方姑娘的影军气势汹汹，也被扇子感应到收了进去，实属偶然。"

偶然？九蘅可不信有那么多偶然。必是朱娥报告了他城外有一支奇异军队的消息，他才设下陷阱，等待影军自投罗网。

然而她并未不揭穿，眉梢一扬，将扇面往奕远面前送了送："我的影军吗？皇上倒是仔细看看，他们原是谁的兵。"

奕远怔了一下，低眼仔细看图。军士们的兵甲确是雷夏军人的样式，而他们中间还打了一杆旗，上有"狭风"二字。

"是狭风关的守军？"他微微动容。

九蘅更正道："是狭风关战死的守军。"她不便透露自己能召唤画影的事，故意含糊其辞。

奕远的目光慢慢扫过军人们神情坚毅的脸，似乎想看清每一个人的模样，表情难得动容。

九蘅低声说："您总说您是孤身一人。而这些替您镇守国家的战士，生前死后都始终坚守原地，忠于江山百姓，至死不渝。您或许可以扪心自问，现在做的事，算是与他们站在一起，还是背离了他们？"

奕远的嘴角抽动一下，脸上浮起怒意，寒霜覆起："你敢来教训朕吗？"

九蘅没有回答，暗暗一叹，只问："请问如何将画中将士放出来？"一边问着心中微微一动——会不会只要把扇子撕毁，画影军士们就自由了呢？

她眼神的闪烁被奕远捕捉到了，笑容带了嘲讽，提醒道："方姑娘小心些拿，万一撕毁，画中所有人物都要落个魂飞魄散。而释放他们的口诀和手法只有朕知道，我们到城外再说。方姑娘还是不要想那些没用的。"

她吓了一跳，赶紧打消了方才的念头，将扇子小心地合起来。皇帝冲她摊开手心，她只好恋恋不舍地交还给他。

有青蚨牵了三匹马过来，三人均上了马，外加一头巨猫，朝宫外走去。身后忽有嗡嗡翅响。她回头看了一眼，只见有黑压压一片青蚨脚部离地、列队整齐悬浮着跟了上来，不由纳闷："皇上带它们做什么？它们不是不擅长杀鲛妖吗？"

"能帮一点就帮一点，多少还是有点用的。"马背上的奕远怀里抱着命灯，冷冷地说道。

九蘅心知此人多疑，这许多青蚨侍卫多半是用来防着她跟樊池的，也没有坚持，它们跟着就跟着吧。

三骑在前，领着这支古怪的虫人队伍穿过京城，一路上齐齐振翅的声音吵得人头疼，说话也听不清楚，干脆闭上嘴沉默前进。

终于，一行人打开城门站到了护城河里侧，河中碎冰间隙里浮沉的鲛军见有人出来，迅速朝这边集结过来。城门在身后重重地关闭。

她忍无可忍地将手拢在嘴边冲奕远大喊："皇上让它们落下吧！别嗡嗡了！吵死了！"

皇帝头也未回，抬起左手做了个微微下压的姿态，青蚨们合翅落地，列着整齐的队伍站在他们身后。

护城河里已聚来黑压压一片鲛军，叠罗汉般往岸堤上爬来，龇牙咧嘴涌涌而动，但堤坝高陡，一时攀不上来。

九蘅道："请皇上把影军放出来吧。"

奕远没有动，侧脸冷眼看着她。

她再催一声："它们都快爬上来了。"

他的嘴角勾起冷笑："方姑娘，朕知道影军厉害。不但能杀鲛军，能杀青蚨，也能杀朕。然而朕提醒你，你们的捕头朋友还在宫里，你若珍重他的性命就不要轻举妄动。"

九蘅无奈道："知道了，知道了。不过……我那捕头朋友也厉害得很，自己跑出来也未可知。而且……"她眼里闪过狡黠，"据说母蚨只能控制以自己为中心的方圆三里内的青蚨，这也是您带这些青蚨一起出城的原因。现在宫里应该没有青蚨守卫了吧？"

青蚨的这个弱点，还是樊池告诉他的。

奕远脸色微微一沉："你知道的真不少。可是你以为宫里没有青蚨朕就没办法处死那捕头了吗？朕便告诉你，朕给捕头用了个好东西，他跑不出来。"他的嘴角勾出个阴恻恻的笑。

九蘅没有示弱："无非是些蚊子、蛾子、烂草，认识您以来，也没看到什么像样的东西。"语气竟越发嚣张，为了口舌之快，似乎不顾捕头安危了。

奕远眼中火星一炸，呵呵一声："那可不是什么烂草！朕用焰藤捆住了捕头。你懂得那么多，焰藤知道吗？"

她有些尴尬："不知道，还真没听说过。"

他脸上闪过得意："灼骨藤来自西域，通体赤红，在极热的地方才能生长。现在它安安静静缠在他身上，权当作束缚他的绳子。可是灼骨藤有个特性，如果有人强行剥离它，它就会开花，花朵冒着火焰，把它束住的猎物烧成灰烬，化作肥料。"

九蘅听得变了脸色："你……"

奕远笑道："你也别怕，此藤认主，朕用一滴血就能让它从捕头身上剥离。所以，还请方姑娘尽力而战。"

九蘅歪了一下头："一滴血是吗？"她忽然转向另一边骑在马上的樊池，高声道，"你听到了吗？要皇上的一滴血。"

奕远一愣，不知她为何突然如此。只见樊池抬起头来，朝他阴阴一笑："皇上，得罪了。"

整个身形嘭地散开，万千朱蛾飞在半空。奕远的神色变了，瞬间记起今天樊池话特别少，也没有昨天那样与九蘅有亲昵的举动。他的注意力只放在九蘅身上，竟没有察觉。

怎么？这个樊池竟是朱蛾变的吗？它不是只有食尽本人才能借骨拟态吗……

未来得及想清楚，朱蛾劈头盖脸扑向奕远。他本能地挥着袖子驱赶，朱蛾却太多了，不住地啪啪啪扑在身上、脸上，其间脖颈上微有刺痛，好像被叮了一口。然后朱蛾们迅速散开，越过城墙垛朝着皇宫方向飞去。

奕远震惊地摸了一把脖子上刺痛的点，摸到一星血迹。一滴血！朱蛾这个混蛋吸了他的一滴血！怒声命令青蚨："追！"

许多青蚨飞起直追而去。而朱蛾有几千只，可以聚集，可以散开，谁知道吸血的是哪一只？再者说青蚨们个子大，即使追上了，想扑住一只蛾子也不是易事……

京城上空展开一场巨虫扑蛾、上下翻飞的表演时，奕远转过头来看了一眼从"樊池"骑的马上摔下来的那副"骨架"，竟是木制的骨。

九蘅眨眨眼："白天时樊池累了一天，拆了皇后宫里的家具，连法术带手艺全用上了，才做出一套自己的骨相，累坏了，就没跟着来，让朱蛾替他来了。"

她轻描淡写的真话加胡扯，把奕远气得心肝几乎爆裂。

她想起什么一般："啊，对了，朱蛾吸了您一滴血，回去喂给灼骨藤就能把捕头解救出来了吧？可是那藤长在哪里呢？哦……您说过它生长在极热之地，移栽到宫里也必会种在很热的地方吧？应该不难找。"眼锋向他扫过去，清秀的少女莫名散发迫人寒气。

白天时，奕远冷着脸色从永福宫离开，没有看捏在九蘅指上的朱蛾一眼。没有人能凭什么要挟他，更何况只是一个低贱妖奴。

屋子里阿步疲惫地睡着了，九蘅与樊池在桌前低声商量着下一步的打算。九蘅思虑良久，道："我们不应都出京去，这里有阿步和下落不明的银山，要留一个人照应。"

樊池蹙眉看着她，满眼不安。若要去一人留一人，自然是能号令影军的她跟奕远出城，而他留下。可是……"我不放心你一个人去。"他说。

她握着他的手指微微一笑："你不用担心，你不也说我要变得强一些，学会自己面对吗？"

他知道她越来越强，越来越勇敢，即使独闯虎穴龙潭也无所畏惧。可是她虽不怕，他却是怕的。他想时时刻刻守着她，怕自己一错眼间弄丢了她。

总是感觉有一个不祥的时刻越来越近，随时要将他们分离到错开的时光里，互相看不到、寻不着。他心里压抑了很久的秘密，不该再藏下去了，一旦错过时机，怕是要懊悔不及。

他看着她的眼睛，反握住她的手，轻声冒出一句："我告诉你一件事。"

"什么？"她睁着澄澈的眼眸问。

"还记得听月寺畔的那汪泉水吗？"

她想了一想，说："记得，大战鲛妖之后的那天晚上，你陪我过去沐浴。"

他说："那天晚上，我见过你。"

"你当然见过我啦，你陪我去的嘛。你怎么了？是不是偷喝蜜了？"看他语无伦次的样子，她狐疑地摸了摸他的脸，看有没有醉蜜的微烧。

他的神情依然严肃，一字一句道："我见到的那个你，手握赤鱼，身穿着麒麟甲。"

她怔了一阵，道："我不懂你的意思，那个时候我还没有赤鱼和麒麟甲呢。"

他说："是的。所以，我见到的，不是当时的你，而是通过时光逆流术回去的你。"

她想了一阵才明白这话的意思："时光逆流术？有这种东西吗？"

"有，是上界禁用的仙术。"

"我怎么能用禁术呢？"

"我不知道。"他说，"而且，那天你回去是要杀一个人。"

"杀谁？"

"你。"

九蘅又是愣了半晌，笑起来："开什么玩笑？"在他的注视下，笑容渐消，"不是开玩笑的？"

他摇摇头："如果不是我阻止，那天你已经把自己杀了。"

她脑子不够用了："我为什么要……"

"我不知道，时光逆流术允许停留的时间有限，你没来得及告诉我。"

她混乱地比画着手指："如果——如果你没能阻止我，我杀了那时的我自己，那么未来的我也不存在了，那么……"

那么从那一天起就没有她这个人了。过去的自己死去，未来的自己消失，就只剩樊池从那一天，走到这一天，不会有这许久以来发生的一切，而是会有不一样的时光覆盖他们一起走过的征程，一起度过的日日夜夜。

她的头脑中如掀起一场风暴，双目都失神了，直到他将她从假想中唤醒。

"九蘅。"他的声线十分坚定，"不用想那些假如，我已经阻止了那个你，所以才有今天的一切。"

她按着胸口喘息了几下："是吗？可是既然有那个时光逆流术，我会不会再次……"

"不会。"他说，"因为现在，这一刻，我有话要告诉你。"

"什么？"她抬起有些涣散的眸子。

他捧住了她的脸，让她迎着他澄黑的目光："这句话我也告诉过那一个你。现在我再跟你说一遍，你给我听好了。"

她呆呆地看着他。

他说："不管发生什么，都不准伤害你自己。否则的话，不管是现在的我，还是将来的我，都非打死你不可。"

她被这句话逗笑了，就像上一次的她被逗笑时一样。

他的眼睛忽然失神，低下头吻住了她带着笑意的唇。合上的睫毛扫过她的眉眼，呼吸扑进鼻息，唇舌柔软相触。

不知吻了多久，将纤细的少女拥在怀中，嘟哝出一句："我灵宠的味道尝起来不错。"

莹亮的丝状物在她恍惚如雾的眼前一晃。亲吻的暖热情绪，让他的单触角控制不住冒出来了。她下意识地伸手想去碰，又忍住了。这玩意儿碰不得，一碰樊池就要炸。

可真的是太可爱了啊！

樊池这次没有忙不迭地把触角缩回去，长须末端的晶莹凸起在她眼前一颤一摇，倒好像勾引她来触摸似的。

看她想要揪一下又强忍住的模样，他终于忍不住说："你可以碰一下。"

"咦？"她奇怪了，"不是碰不得吗？"

"别人不能碰，有的人是可以的。"他的脸莫名红了起来。

她不开窍地问："有的人是什么人？"

他忽然恼火，嗖地一下把单触角缩回了发中："不碰算了！"

"哎哎哎！"她急忙道，"我要捋的，伸出来伸出来，我还没捋呢！"

别扭的蜜蜂精无论如何也不肯再把触角探出来了。就这样错过了玩触角的机会，九蘅后悔不迭。

闹了一番不知如何又拥在一起。他叹息一般在她耳边说："我说的都记住了吗？"

"嗯，都记住了。"

不死之身的公子

交代透彻了，又盖了章，樊池对她要独自跟奕远出征的事安心了许多。不过即使他留在宫里，也难以找到银山被拘于何处，因此还需一计。

他掀开桌上杯子，露出那只无精打采的朱蛾："喂，蛾子。你主子不要你了，生气吗？要不要报复一下？"

朱蛾突然精神了，奋起抖了抖翅膀。

就这样，樊池花了些工夫，按自己的骨相制作了一副木骨架，让朱蛾附上去伪装成他的样子跟着九蘅出城，让她想办法以言语相激套奕远的话，然后朱蛾回来报信，真正的他则留守在宫内，设法营救银山。

在朱蛾附木骨变成的假樊池临出门前，他严厉地对它说："你给我听着，我知道你模拟人的样子惟妙惟肖，但是别的可以学，动手动脚不能学。"

朱蛾与九蘅同时翻了个白眼。还当是什么重要的事要交代呢！

被吸了一滴血去的奕远郁怒非常。先是樊池，再是捕头，人质一而再地扣不住，这种难以掌控局面的感觉让他心火烧燎。

九蘅看到奕远被气得脸色铁青，在马上对着郁闷的皇帝施了一礼："皇上也别生气，我不是还在这里吗？我只是小心眼了些，不喜欢被胁迫的滋味。既然我们想联手，就要处于相对公正的状态，这样我才能发自内心地全力以赴啊。"

奕远警觉地握紧手中折扇，周围布下数只青蚨相护。

她又是一笑："这扇子握在皇上手中，也只有皇上知道使用方法，有青蚨护着我抢不来，您不用担心我会驱使影军对您不利。"

奕远脸色稍缓："那倒是，朕随时可以将影军全数收入扇中。"

九蘅再接再厉打消他的疑虑："我想要的只是鱼祖的命。杀了它之后，影军说不定更愿意跟随您，那本就是皇上您的军队啊。"

此时已接近午夜，寒风刮尽了天上云彩，露出冻得薄脆的一轮月，月光反映着积雪，远处事物都清晰可见。脚下护城河里发生了些变化。刚刚一味向上爬的鲛军开始散开，在水中布出队形。

九蘅用下巴指了一下，道："看，它们在排阵，想必是鱼祖意识到有一场恶战要来，亲自下军令了。"

奕远眼中一寒："那就先战再说。"

他唰地打开折扇，遮去半张脸，在扇后念出巫咒。如一阵卷过原野的风，半透明的灰白军队从扇面上奔涌而出，霜雪被激成冷雾，两千影军悬浮在雪雾之中犹如神兵天降。

马上的九蘅神色冷峻，身上麒麟甲泛着暗光："抓鱼祖，杀鲛妖！"

影军齐齐应令的声音如雷声滚过："赴汤蹈火，在所不辞……"

虽已是画影，锐意不消，杀气不减，上天入地无所不能的影军呐喊着冲向河面，天地间如有一坛烈酒被踢翻，越来越多的鲛妖被拦腰斩断，泛出的腥气散开，河面如沸腾了一般。

奕远是第一次目睹这景象，虽之前听朱蛾描述过，但亲眼所见仍然为其震撼。刮过耳边的风送来九蘅的话音："皇上，您看看这些无惧无畏、死而不休的军人，请您不要站在他们的对立面。"她手一扬，放出一群萤蝶。

夜里作战，想抓住鱼祖最好有照明的东西。她原本传话给奕远，提议让青蚨拿些火把飞到战场上空照明。但是奕远说不行——青蚨怕火。

还好樊池给了她萤蝶。萤蝶们聚在一起，如一股发光的风在河面上空来回翻掠，将碎冰上的屠戮场照得清晰可见。

她从马背跃下，落在早已将缰绳绷紧、跃跃欲试的招财背上，令道："鲛妖交给影军，我们只抓鱼祖。走！"

巨兽应声而出，一跃跳下护城河，脚掌在鲛军的头盔上踩踏几下，纵身跃到了对岸，驮着九蘅沿河岸来回巡查。她唇线紧绷，凝目搜索着被影军杀得天翻地覆的鲛军群，不放过任何一个可疑的角色。

影军如一把无形利镰收割着鲛妖。鲛妖除了毫无意义地乱扑，根本没有办法奈何这些没有形质的影军。然而鲛军并没有知难而退，反而沿河汹涌而来，前仆后继奔向死路。

她心中升起疑惑：从以前两次与鲛军交手的情况来看，它们是懂得进退兵法的。不对，应该说是鱼祖会运用兵法。今天它们是怎么了？就跟纯疯狗一样！

难道鱼祖不在了吗？它看情况不好，让鲛军纠缠住影军，自己跑了吗？

一念及此心急如焚，催着招财打算逆鲛军之流而上，去追踪鱼祖。

临去前眼角瞥到了异象，九蘅又勒住招财，朝城门那边多看了一眼。青蚨也加入了战团。有冲过影军防线的鲛妖正疯狂地朝着一个方向爬去——城门的方向。

骑在马背的奕远已后退了一段距离，马儿受惊发出阵阵嘶鸣。青蚨们奋起护主，却是有心无力。

透过密密的青蚨翅翼间隙，隐约可见一团白光，那是奕远手中命灯的光亮。他已退到紧闭的城门前，如果没有影军帮忙，怕是早已被鲛军撕碎了。她看着这一幕，猜测鲛军可能是要攻进城去，如果奕远惜命开了城门逃生，难免伤及城里百姓。

还是让影军先把爬上去的鲛妖解决掉吧。号令尚未出口，先听到了奕远焦躁的声音传来："方姑娘，你是想借鲛军之手先杀了朕吗？别忘记了冥河扇在朕手中，朕死之前可以把影军收进扇中，捻指间就能让它们魂飞魄散！"

心中不禁失笑，她这边想着救他，他倒先威胁上了。对影军发了个号令，部分苍白身影集中力量将爬到皇帝马前的鲛妖干掉，还留了几位守在前面抵挡源源不断的攻势。

九衢望着皇帝出言讥讽："明明是鲛军争抢着想吃您，不要怪在我头上啊。"

皇上语塞，脸色铁青。这要在从前，敢对皇帝这么说话的，估计祖坟都被扒了。

九衢过了嘴瘾，满脸嚣张——啊，有本事真爽啊，感谢白泽。

她同时想明白了一件事——鲛军攻击的方向鲜明，说明了鱼祖还在！她放慢速度，耐心地逆着这条鲛妖之河寻找，紧握赤鱼的手背皮肤绷得几近透明，透出淡淡青筋。

突然注意到鲛妖群中有一个人。

一个人？

即使是鱼祖，不也是人身鱼尾的模样吗，怎么会有个生着双腿的人？

冬季护城河内水位低，九衢在河岸上从俯视的角度看去。那好像是个年轻男子骑在一只鲛妖背上，手抓着鲛妖的背鳍，俨然将鲛妖当成了坐骑。他正驾驭着那只鲛妖，游走在混战的缝隙，冲着城门的方向而去。

影军得到的命令只是杀鲛军，所以对于这个长着双腿的人不阻不杀，那些鲛妖对他也毫无攻击之意。

九衢怔了一小会儿，一拍招财，巨兽驮着她从河岸飞跃而下落在一块浮冰上，拦在了那男子正前方，拿赤鱼尖端朝前一指，喝了一声："站住！"

那人吃了一惊，下意识想拉住所骑鲛妖，但鲛妖这种疯狗一般的东西不是说停就能停的，它龇牙咧嘴地向前冲了一段，堪堪停住时已到了九衢面前，咽喉距离赤鱼仅剩几寸远。

这时她也看清了此人的模样。这个年轻人身量纤瘦，肤色白净，眉眼俊秀，分明是个年轻公子的外貌。可是他身上衣服的前胸，居然写了一个大大的"囚"字。此时他牙关紧咬，双目发红，手中拿着一把雪亮匕首，满脸仇恨的神情与他的外貌极不相配。

九衢拿赤鱼逼着他大声问道："你是不是鱼祖？"

能驾驭鲛妖、处在鲛妖群中又不被攻击的，十之八九是鱼祖吧！可是他没有鱼尾，而且凭着她曾与顶着仕良面目的鱼祖打照面的经验，此人又完全没有鱼祖的气质神态。

囚衣公子虽利刃在喉，却毫无畏惧之意，厉声斥道："让开！"右脚击了一下鲛妖腹侧想赶着继续向前。招财却不是吃素的，哪能容跑到嘴边的鲛妖跑掉？一口叼住了对方"坐骑"的后颈。

囚衣公子没有犹豫，长腿一迈踩上这只鲛妖的背部，整个人向前冲去，完全不顾赤鱼尖端指在咽前。九蘅在事情搞清楚之前并不想下杀手，他这一扑却是自杀式的，分明是故意让赤鱼刺透他的喉咙！她大惊之下急忙将武器后撤，却已经晚了，赤鱼的尖锋穿过了他的咽喉。

囚衣公子跌进冰水里。她杀过许多鲛妖和妖物，却从未杀过人。她待在原地，惊骇得动弹不得。旁边有鲛妖趁机想攻击，幸好有影军替她阻挡。

她久久回不过神来。怎么回事？这是个什么人？怎么就莫名其妙死在她的手上？

突然有影军首领飘到她面前，用有些空灵的声音请示："那个人杀是不杀？"

她茫然问："哪个人？"

它用半透明的手指了一下城门的方向。她震散的魂魄勉强收起，回头望去。

咦？那是……？！

她迅速低头看一眼河水，已不见囚衣公子，再望一眼远处。囚衣公子生龙活虎，骑了另一头鲛妖冲到城门下叠成坡状的鲛妖堆下，舍弃了"坐骑"，踩着鲛妖们向上冲去。

"怎么回事？"她头脑有些蒙，对影军首领道，"别杀他，先看看……"

一句话没说完的工夫，已有青蚨冲过去，手爪的倒刺勾住他的肩背，尖嘴刺穿他的身体又拔出，囚衣公子倒了下去。

"不……"第一次目睹青蚨杀人，九蘅惊叫出声。

然而下一瞬又发生了不寻常的事。朗朗月色，泛泛雪光，莹莹蝶明，将发生的一切照得异常清晰。她分明看到，那个囚衣公子倒地没一会儿，背上巨大伤口片刻间愈合如初，立刻从地上站起来，义无反顾继续前冲。

九蘅揉眼睛再看，看得再清楚也难以相信。

囚衣公子一再受致命伤，又不断从地上站起来。在这惨烈又不可思议的过程中，她听到他的呼喊声："奕远！拿命来！"

她精神一凛，总算是清醒了过来。那位公子的目标是皇帝啊！会有如此不死之身的异状，那公子大概是什么妖物吧，看他与鲛军和平相处的样子，大概是与鱼祖一伙的。

她对影军首领说："夺了他的刀拿住他！"

首领领命而去，挡开扑过来的青蚨，架住公子的手臂，夺了他的刀，将他凌空托起。

他用力踹向捉住他的影军，却根本踹不到。看到九蘅驱着招财跳回岸上，知道是她下的命令，冲着九蘅破口大骂，嚷得嗓音都裂了："放开我！我要杀了狗皇帝！"

九蘅审视着他："你究竟是什么人？"

因为暴怒，他白皙的额角青筋绷起："你没资格问，你这个狗皇帝的走狗！"

她扬了扬眉："那你便是鱼祖那个恶妖的走狗了？"

"住口！我不是！"

"鲛军都不咬你，还甘当你坐骑，还说你不是？"

"我……我没空跟你啰唆，有种你就杀了我！"他发着这样的狠话，眼底却闪过狡黠的光。

"杀了你？杀了你，你不就跑了吗？"她翻身下了猫背，站在他面前目光冷淡地俯视着他。

心计被看穿，公子又是一阵气急败坏的挣扎，想要碰死在石头上，无奈被两个影军紧紧扯住。

九蘅肃整脸色，厉声斥道："别折腾了！就算我放你过去，就算你有一百条命，也冲不过那些青蚨的防守！"

"走狗！"他骂道。

"你……"她忍无可忍恨不得打他，又想到刚才失手"杀"了他一次，总感觉欠他一条命。还好这个家伙"活"过来了，没让她沾上人命，有点庆幸又有点感激。冷静了一下，她道，"我与皇上只是暂时联手对抗鱼祖，并非他的手下。"

"你既与狗皇帝联手，必也不是什么好东西！"

九蘅忍道："我之所以与他联手，是受他胁迫。你呢？你与鱼祖联手是为什么？"

"我……"他的脸上浮过仇恨的阴影，"我只想借鲛军杀了狗皇帝。"

"这么说是有仇了。也难怪，皇帝血债累累，仇人必定多得是。"

"不一样。"他发红的眼眶看着她，"没有人比我更恨他，没有人。"

她上前揪住他的衣襟，逼近到他的面前，压低的声音透着同样的狠气："也没有人比我更恨鱼祖。"

他怔了一下，发疯一样的神气收敛起来，脸上浮起悲切："求你……求你放了我，让我杀了他，我要替姐姐报仇……你不要让这些白惨惨的兵护着他，他该死！"

不死公子的姐姐

九蘅从囚衣公子没头没脑的话里猜出多半是他的姐姐被皇帝害了，但此时也没时间细究，只说："狗皇帝还有青蚨护身呢，你怎么杀他？"

他稍稍冷静了一点，知道她说得有道理。自己虽然有不死之身，可无论如何也是个孱弱少爷，不过是送到青蚨尖口下的玩具罢了。他颓然跪在地上，双手无力地掩在玉白脸颊上。

她抬头看了看天色，再有一个时辰天就要亮了。护城河中的鲛影大战已接近尾声，而鱼祖还不见影子。如果今日再让鱼祖溜了，下次再想抓住它的马脚还不知得等到猴年马月。

她瞥了一眼这个奇怪的公子，道："现在没空跟你啰唆，今日我必要抓住鱼祖，将它从喉到腹剖开，切成一段段的，让它死得比任何一个被他所害之人都惨。"

翻身上了猫背转身欲去，却听那公子喑哑地出声："不要那样——如果你抓住鱼祖，能不能善待它所寄生的尸身？"

她回头疑惑地看着他："为何？"

"那是我姐姐。"他哽咽着说，"他寄生的身体是我姐姐的。"

九蘅心中深受震动，又很诧异。樊池曾说过，上一次鱼祖被无意剑重创，不能随意寄生人身，所以在青扈宫中它才设计想骗一具有邪力的"人傀"之身为己所用。

这次竟然成功了，同时鱼妇们又恢复了分裂的能力，说明这次寄生不同寻常。

九蘅此时无暇细问，道："我若答应你，你能告诉我它在哪里吗？"

他仰着脸，看到她澄黑的眼中映出自己的剪影，低声说："它必在附近。在杀死狗皇帝之前，它走不了。"

九蘅的眼底如卷起寒冷风暴。原来如此，怪不得鲛军明知不是影军敌手，却依旧全力以赴扑来。怪不得它们朝着城门的方向冲击，原来并非想冲进城去，而是冲着皇帝奕远。

鱼祖与皇帝的命运不知为何牵扯住了，出于某种尚未猜透的原因，它必须杀了皇帝，否则就无法全身而退。

她嘴角绷起，一语不发驱着巨猫在战场边缘来回巡查，不放过一丝一毫与众不同的迹象。然而找不到。只有数不尽的鲛妖，而且还能爬动的鲛妖已经不多了，天也快亮了，影军正在无情地斩杀最后一批鲛军，要赶在太阳出来之前取得完胜。

九蘅胸中燃着腾腾火焰，脸色越发惨白，显得两只眼睛漆黑灼亮。这一次绝不能让鱼祖逃脱，绝不能。可是它到底在哪里？

最后一只鲛军被腰斩，影军们激战后的气势一时之间收不住，如旋风一般翻卷在河面上。城门下站的奕远忽然扇子一展，扇面的冥河图一露出，就如一个有强烈吸力的风眼，影军们被拧成一股龙卷风的模样，虽发出冲天怒喝却无法抵抗，被收进了扇面之中。

九蘅大惊，远远对着奕远喊："皇上先别收它们！"

奕远冷冷道："鲛军已被赶尽杀绝，不收进来，留着用来攻击朕吗？"

"还有鱼祖呢！"她大声喊道，"鱼祖还没抓住呢！"

奕远说："鱼祖早逃得无影无踪了，去哪里抓？鲛军被杀绝了，它短期内不敢回来了，现在请方姑娘跟朕回宫，只要你以后带影军为朕效力，朕是不会亏待你的。如果不从，朕便将这收了两千影军的扇子化为飞灰。"

这么一拖拉的工夫，东方天际已泄出晨光。这下好了，即使放出影军，它们也不能显形作战了。奕远不以为意地挑了挑眉，把冥河扇收进怀中。

"混蛋！"九蘅气得恨不能这就冲过去杀了他！身后冲过来那个囚衣公子，因为没了押住他的影军，得了自由，拿着匕首跌跌撞撞就往护城河里跳，想踩着碎冰和浮尸过去继续刺杀皇帝。

九蘅一脚将他踢了回去："有青蚨在那里，你跑过去一万次又有什么用！你到底知不知道鱼祖藏在哪里，知道的话赶紧告诉我……"

话未说完就听到泼剌一声水响，城门正前方悬着的吊桥底下，一条弯曲如蛟龙般的巨大黑影腾水而出，穿过悬飞的青蚨的空隙，准确地绕在马上皇帝的腰间，将他整个人卷上半空。

一切发生得如电光火石，谁也没反应过来发生了什么，被卷住的瞬间奕远将命灯紧紧抱在怀中，即使被奇怪的东西几乎勒断身体、整个人在半空里甩得要晕眩过去也没有松开。当剧烈的甩动停下，他先低头看了一眼命灯，见那一簇火苗仍然亮着，这才露出放心的神气，再低头去看是什么东西抓住了他。

那是一条粗如水桶的长尾，生着青黑色鳞片和尖利尾鳍。它从护城河水里伸出来，上半身却仍隐在水中，看不见形状。

而只从露出的这一条尾巴，九蘅就已认出了它——是鱼祖！它终于露面了。樊池曾说过鱼祖的身形能随意变大缩小，往大里变可如擎天巨龙，往小里变可细如发丝。

鱼祖现身了，她下意识地想冲过去斩杀，却又勒住了招财，额上冒出冷汗。她突然意识到这一次抓住它的可能性仍然很小。它随时可以缩形而退，即使被斩断了，也可以如上次一般断尾而逃。这可怎么办？！

此时青蚨们见主子被抓，纷纷扑到水面上去，想找到劫持者的脑袋下手。然而鱼祖一直埋头在水里不肯露出来。智力极低的青蚨茫然贴着水面飞来飞去，不知所措。

那根把奕远举在半空的大尾动了起来，慢慢把他向水面放去。

奕远捂着灯叫起来："不，停下来，朕不能入水，不要浸熄了朕的灯！"大尾却没有停下。他醒悟过来，冲着盘旋的青蚨们令道，"撤回！"

青蚨最大的长处就是听话，迅速撤到岸上，收起翅翼，垂下尖嘴，无声地一排排僵立。果然，大尾停止了将他浸水的动作。

悄悄旁观的九蘅暗叹一声："鱼祖真狡猾。"

将奕远放向水面的动作在他的足尖离水面有一尺远的时候停下了。他仍算镇定，盯着水面开口道："妖孽……且出来一谈吧。"他的声音有些气息不足，脸色青白——腰间大尾勒得很紧，他都快上不来气了。

水面微微一动，一丛黑发铺开，然后半个人身缓缓冒出，是个女子的样貌。鱼祖的上半身终于露出来了。不过它出水时是背对着尾上奕远的，脸朝向九蘅的方向。九蘅可以看到她湿透的发间露出的雪白的脸，虽神情阴褰，仍掩不住五官的美艳。看来这次鱼祖找了个很美的皮囊来寄生啊。

却听身边跪在地上的囚衣公子发出气若游丝的呢喃："姐姐……"

她不由得侧脸看了他一眼。他望着鱼祖的面容，神情悲戚，眼中含的泪水坠落，砸在冰霜的冻土上。鱼祖寄生的这个躯壳，真的是"不死公子"的姐姐吗？

奕远对着这个女子的背影道："是鱼祖吧？你有什么条件，说吧。"他想着鱼祖既然没有直接杀他，必有所求。那么就有回旋的余地。留得青山在，不怕没柴烧，先保住性命，日后再设法除了它。

从九蘅的角度看到鱼祖美艳的脸上露出森森笑容。只听它发出一声低笑，用低柔的声音道："夫君，您不认得妾身了吗？"

听到这个声音，奕远震惊得变了脸色："你……你是谁？"

鱼祖尾部不动，半个人身缓缓转了过去。嘴角挂着寒冷的笑，一对目光阴森的眼睛盯住奕远："你说我是谁呢？"

奕远几乎魂飞天外："不……不可能……怎么可能是你！"

"是我啊，夫君。"鱼祖的大尾动了起来，将奕远向着它的脸移近，"你看仔细一些，真的是我啊。"它的眼瞳越是漆黑无光，越是令人恐惧。

这鬼气浸骨的话声让人汗毛直竖，原本美丽的脸有如女鬼一般可怕。

奕远不想靠近这张脸，忍不住挣扎起来，企图挣脱大尾的束缚逃跑，然而都只是徒劳。他无法抵抗地被拖到与鱼祖面对面的地方，脸几乎都要碰到脸了，鼻间全是这怪物腥膻的气息。

鱼祖大睁着眼露齿而笑："夫君，你怕我吗？你为什么要怕我？你别躲啊，你看着我，我是你的王妃白微啊，我真的好想你，你不想我吗，夫君？"

九蘅曾经面对过附身仕良之身的鱼祖，想当初它将仕良的神态模拟得惟妙惟肖，还能读取宿主的记忆，说出仕良过往的遭遇，并加以篡改发挥，用来扰乱宿主生前熟悉之人的心神。所以现在鱼祖表现出来的应该是宿主的言行音容了。它把奕远称为"夫君"，脚边这个崩溃的不死公子又唤她为"姐姐"，这几个人的关系她总算捋出了眉目。

"喂，这位公子。"九蘅在巨猫旁边蹲下身子，拍了拍他的肩唤他回魂，"鱼祖寄生的白微姑娘，是你的姐姐，也是奕远的皇妃吗？"

他死盯着奕远的目光透着恨意："他们曾是夫妻，姐姐却不是皇妃。奕远舍弃她的时候，他还没当上皇帝呢。"

舍弃？为何舍弃自己的妻子？不死公子转脸睨了她一眼，道："你若想了解来龙去脉，就专心听它说话。鱼祖现在是在替姐姐说话。清算并报仇，是姐姐与它合作的条件。"

合作？白微竟与鱼祖合作！不过，反正现在想不出有把握杀了鱼祖的办法，就先听听看，它要代替白微与她的夫君清算些什么。

水面上，大尾时而勒紧时而松弛，让奕远感觉窒息又不会晕去，如猫儿戏鼠。

鱼祖脸上带着疯狂的微笑，对着奕远的脸道："夫君，用这样的方式相遇，你惊喜吗？你该不会是以为我早死了吧？你看看，你连我是死是活都不曾关心。我与你做了五年夫妻呢，你是不是已经把我忘了？就算是忘了五年的朝夕相处，忘了妾身对你的一往情深，你也不该忘记那一夜吧——你亲手把我送给于谭的那一夜！"

鱼祖举起苍白的手臂，指甲青黑的手指抚过奕远微微发抖的脸，说话的腔调如穿过地府的风般阴冷，如蜿蜒的蛇一般刻毒，历数着宿主白微的遭遇：

"十年前的那一夜，父皇病重，你的大哥奕展眼看着就要继承皇位了，不甘心的你，深夜密请了禁卫军统领于谭到我们家中。你，堂堂一个皇子，把一介武臣奉在上位，屈下了你尊贵皇族的膝盖，跪在他的面前，请他利用手中兵权助你谋取皇位。你表白自己胸无大志，不贪图皇权，只为复杀母之仇，登上皇位之后会把江山拱手送给于谭。

"你是那么卑微、那么诚恳，那个粗鲁的武夫却不为所动，高傲地端坐在上俯视着你。"

于谭脸上带着嘲讽，对跪在脚下的皇子说："我凭什么相信你呢？你们皇家人出尔反尔的把戏我见识多了。"那时于谭的处境并不好，虽然老皇帝对他一向重用，但太子奕展素来对这个手握重兵又行事跋扈的武将有芥蒂，可想而知，奕展即位之后必会削弱他的兵权，甚至找个由头抹了官衔、治他个罪名也未可知。

现在居然有一个扭转局面的机会摆在了面前。二皇子奕远虽然出了名的懦弱无能，可是一旦拥护他走上帝位，谁知道会不会变了样子？

奕远坚定地开口："将军如何说我便如何做，无不遵从，此刻如此，以后也如此。"

"我说什么你都遵从吗？那好，"于谭眼中闪过促狭的光，"听说你老婆不错，送给我吧。"

"什么？"奕远抬起低伏的头颅，满脸震惊。看着于谭阴鸷的探究眼神，他的心中一片冰凉，顿时明白了于谭的用意。这个善于用武力征服他人的武将，是想将他的尊严踩在脚下，踩成灰尘，永远失去站起来反抗的勇气。

于谭捋着络腮胡须，玩味地看着他："怎么，不舍得吗？"

奕远的目光空洞，用毫无波澜的嗓音唤了一声："来人，请夫人过来。"

白微的不堪回首

后室的白微已经卸了妆，没想到深夜里还要见客人，很是惊讶。下人说夫君催得紧，也顾不上梳妆，素着颜，乌发用丝带简单一束，就匆匆过来了。

今夜奕远会客的地方是个隐蔽的屋子，她自己提着灯一路走过去，周围也不见伺候的下人，就连她过来，也被叮嘱了不得带丫鬟。不知来的是什么人，这般小心。

走近屋子前，门口守了一排禁卫军，手中尖矛反着寒光，看得她心中一跳，有一种不祥的预感，又不知该如何反应。她略略迟疑了一下，还是走了进去。

一进屋子，看到奕远和于谭在，旁边还站了四名禁卫军。

她有些慌又有点羞涩，温婉地行了礼。橘色的灯光落在她光洁的脸上，灯影将她不施粉黛的五官描摹得分外柔美。她迷惑的目光投向奕远，不知夫君为何这个时候让她见男客。

奕远却躲开了她的目光。她注意到他的手在微微发抖，刚想开口问，却听于谭道："王妃艳名不虚，貌若天仙下凡。"

这句话的轻佻让她吃了一惊，难以置信地抬头看去。于谭目光放肆地打量着她，脸上带着淫笑。

白微大怒，教养又使得她不能立刻发作，沉着脸转向奕远："夫君叫妾身来有事吗？"

奕远没有回答，也没有看她，反而低下了头。

她惶然唤了一声："夫君？"

于谭哈哈大笑："莫要叫他夫君了，他已经把你送给我了。"

白微如五雷轰顶，不敢相信自己的耳朵，指着于谭厉声斥道："放肆！"

于谭笑得更加粗鲁："有性子，我喜欢！"

白微气得脸色惨白，冲着奕远怒道："夫君，你就任由我被这种粗人羞辱，连句话都不说吗？"

奕远什么也没说，整个人木化了一般。

白微又气又怕，不知道到底发生了什么，只意识到不能再留在这里，转身便往外走，却被两名禁卫军跟上来挟住了双臂。

她怒斥道："放开我！你们想干什么？夫君！你倒是说句话啊！"

奕远终于开口了，朝着于谭，用压抑着的颤抖嗓音道："于将军，您，把她带走吧。"

"什么?！"白微只觉得神魂俱裂，"夫君你说什么？我是你的夫人啊，父皇亲自指的婚，你怎么能，你怎么敢……"

奕远默默地没有回应，于谭却开口了："殿下，我说过要把王妃带回家了吗？"

奕远愣了一下，眼中浮起一丝希望，有一瞬间以为于谭闹的这一出只是给他个下马威，就此打住。然而于谭接下来的话几乎将他打入地狱。

于谭说："殿下用过的女人，怎么好意思给下官呢？"他对身边站着的卫兵令道，"将王妃请进军中红帐！"

奕远半张着口，一丝声也发不出了。卫兵将白微拖走，她撕心裂肺的叫骂和哭泣声渐远。自始至终，奕远没敢看白微一眼。被父母如掌上明珠养起来的大家闺秀白微，性格温柔、容貌美艳的白微，与他举案齐眉、伉俪情深的白微，就这样被他拱手送入地狱，面对她的求救，没伸一下手。

于谭阴沉的目光一直落在奕远苍白的脸上，嘴角挂着得逞的笑。他相信今天发生的一切，已将这个皇子最后的尊严、勇气、藏在深处的野心碾成了齑粉。

于谭玩味地打量着他："殿下后悔了吗？"

他抬起眼，淡然回道："没有，唯将军之命是从。"

于谭满意地笑了，从此以后，奕远只会是他的傀儡。

那天之后奕远也没有去打听白微的死活。她一定死了，就算不被凌虐死，也会自尽。她虽然表面柔弱，内心却有刚烈的一面，经受了非人的侮辱，怎么可能活得下去——他了解她。或者说，他自以为了解她。

白微的事免不了被人知道，最先炸锅的当然是她的娘家。白微的父亲也是朝官，听闻噩耗，进宫告御状，却被禁卫军砍杀在老皇帝的寝宫之外。宫里已经变了天了，垂危的老皇帝被软禁，太子奕展被废……覆地翻天，谁会在意白微这粒不幸的沙尘。

对于那不堪的一夜奕远不是不记得，而是努力告诉自己那是一场噩梦，每每记起，就下意识地回避，不敢触及。如今却被鱼祖的叙述拖回了记忆中，按着他的头，强迫他睁眼看清自己作下的孽。

"无耻！"护城河岸上的九蘅听着鱼祖的叙述，给出了评价，低头看了一眼浑身颤抖的囚衣公子，"你是白微的弟弟？鱼祖所说，都是真的吗？"

他的喉头滚动一下，仿佛费力地咽下涌上来的血气，艰难地发声："我……我之前只知道大体，却不曾知道这些细节。今天也是第一次听到。"他痛苦地闭上眼睛，"姐姐……受了这么多苦……所以，狗皇帝应该……"

"应该死得更惨一点。"九蘅接道。为了取得于谭信任，助自己登上帝位，置结发妻子于那般境地……这种人，杀了也不能解恨。她理解了这位囚衣公子死一万次也要杀奕远的心情了，看向他的目光温和了许多，问道，"你叫什么名字？"

"白玺。"他说。

"你姐姐是怎么被鱼祖寄生的？按说，鱼祖身有重创，没有能力寄生人身啊。"

他叹道："是姐姐……自愿的。"

九蘅明白了："鱼祖之所以这么多话，是你姐姐自愿让它寄生的条件。"

"是的，这就是'清算'。"白玺还没来得及细说，河中鱼祖已笑着跟尾上奕远聊到了这个话题。白玺苦笑道，"鱼祖模仿姐姐的声音模仿得真像。"

鱼祖在忙着"清算"，看这进程，也离清算完毕不远了。九蘅心急如焚，却仍没想出有把握抓住鱼祖的办法。

那边，鱼祖把它的脸歪了一下，竟有些俏皮之态："夫君，你想知道我被那些士兵带进军营后的遭遇吗？"

奕远看着熟悉又陌生的脸，想摇头，却没有力气做一丝动作，张了张口也说不出话来。

鱼祖说："我被丢到军帐外自生自灭，拣剩饭吃，就那么活了下来。是的，我没有自尽，你开心吗，夫君？"

如死去一般的奕远又发起抖来，眼中居然滑下一道泪水："微微……"

鱼祖笑了起来，笑容扭曲而疯狂："终于又听到夫君这么叫我了，我好开心啊。"

"微微……"他伸过一只手去，想摸一下她的脸。

鱼祖接住了这只手，深情款款地握住："夫君。"猛然用力，将奕远的手腕朝反方向折了回去。

远观的九蘅不由倒吸一口冷气。白玺的脸上露出解恨的神气。

奕远发出一声闷哼，咬牙强忍着没有惨叫，看着鱼祖咧嘴笑开的样子，颤抖着道："你……到底是不是微微？"

"是与不是，不重要。重要的是现在我做的事，就是白微想做的。夫君，你想知道我是如何有机会以这样的面目来到你面前的吗？这还要谢谢你。因为正是拜你所赐呢，夫君。"

别人都以为奕远是当上皇帝之后才开始沉迷巫蛊术的，其实不然，在那之前他早已在自己的王府中研习这类东西了。

那时巫蛊术还是被律令禁止的，他隐蔽得很好，却没有瞒着他的王妃白微。白微对他深情不移，他做什么都是对的，无论怎样她都支持。她还帮着他整理藏着各种异书奇物的密室。也就是在那时候，白微从一本古书上看到过关于鱼祖的记载。

书中说上古妖兽"鱼祖"能生出叫作"鱼妇"的小鱼，小鱼一变二，二变四，无穷分裂自身。鱼祖和鱼妇都能寄生人身，把人变成半人半鱼的怪物。而鱼祖作为鱼妇之母，对于宿主的选择尤其严苛，也有诸多限制。如果自身受创，更难找到能寄生成功的宿主。不过如果有一个人自愿献出身躯给鱼祖用，鱼祖就能顺利寄生。前提是这个人要有足够深、深到刻骨的怨气。

"当时我还想，谁会甘愿把身体送给妖物，变成拖着鱼尾的怪物呢？而且舍身之后，自己其实也就死了。这天底下哪有人会有那么重的仇怨？万万没想到，在之后的某一天，我会变成了那样的人。"

"我像只老鼠一样流浪了十年。"鱼祖用白微的脸冲着奕远露出凶厉的笑，"十年里过着什么样的日子、吃的什么、睡在哪里，我都不在意、不记得。因为不论怎样的苦，都没有心里那团恨你的火焰灼得我难过。我恨你，夫君，每时每刻，一呼一吸，都在恨你。你知道吗？我是靠着做梦活下来的，一个杀死你的梦。我不想死，死了连这个梦都做不了了。

"可是一个流浪乞丐婆，怎么可能杀死当今皇帝呢？想不到的是，在我饿死荒野之前，竟闹起了鱼妇之灾。我听到逃难的行人念着'鱼妇'二字，看到有人被河中细鱼钻入腕脉变成鲛妖，突然想起了以前替你整理古书时看到的关于鱼祖的记载，以及召唤鱼祖的咒法。这一定是上天开眼，给我的补偿。

"天下大乱鲛妖遍地的时候，我大概是唯一开心的人了。我打了水，洗去身上污垢，把乱成草窝的头发理顺，从路边死尸上扒下衣服换上，尽力地找回一点昔日容貌。因为古书上说鱼祖喜欢好看的躯壳。我对着水面照了照，五官仍有姣好的轮廓，却是形销骨立，也谈不上美貌了。可是仍抱着希望，按照记忆写了召唤鱼祖的咒言，烧成灰喝下去，然后把手指划破，血珠滴落到满是细鱼的水里，让它们的口尝到这血，给不知在何方的鱼祖传去我的意愿。

"我苟延残喘地坚持活着，等了很久也没等到。我不知道是不是咒言记得不准或者术法施得不对，又听说狭风关的守军厉害，可能是他们把鱼祖挡在关外了。正打算着徒步出关去找鱼祖，它却出现了。它像一条水蛇顺河游来，口吐人言，说收到了我合作的意愿。它对我心中抱有的怨恨之深感到满意，合作如果完成，它受创的元气也能恢复。我就那样把身体送给了鱼祖。

"而我也开出了合作的条件，夫君，你猜得出我的条件是什么吗？"

奕远的眼中已是放弃挣扎的沉黯，哑声答道："还用说，就是要我的命罢了。"

鱼祖嘻嘻笑了起来，笑容有一半是白微的甜美，一半是鱼祖的戾气："哪有那么便宜的事？这个世上有许许多多的人死了，你这种为了自己，把结发妻子丢给禽兽的人渣，也配得上像他们一样死去吗？"

奕远的嘴唇都是青白的，没有吭声。

鱼祖继续说："那时我身在京郊，京城内外防守严密，已形成了应对鱼妇之灾的策略。我虽已'变成'鱼祖，想要进京见见夫君，也不是易事。正为难着，有个人却送上门来了，夫君猜猜是谁？"

奕远吐出两个字："于谭。"

"夫君好聪明啊。我跟着于谭到了京外驻扎的禁卫军营，在他们的饮用水中种下鱼妇。于谭这个恶人，还有他手下的兵，我一个也没有放过。这是他们应有的下场。这些身披铠甲的鲛军为我所用，迟早能把你引出城外的。今天你果然来赴约了。久别重逢，你觉得我会用什么招待你呢？夫君？一杀了之吗？

"你不配。你是要死，却至少品尝我经历过的痛苦——不对，再怎么样，你也仅能尝尝我所受之苦的百分之一。真是便宜你了。"

奕远终于露出惧意："你想干什么？"

鱼祖呵呵笑道："夫君是怕了吗？"它指了指河水，"夫君请看。"水中有密密的细影游走，是千千万万条鱼妇。

鱼祖说："夫君想听听我被鱼祖寄生的过程是怎样的感受吗？"

奕远不想听，却哪有机会拒绝？！阴毒的语调钻入耳中："鱼祖化成筷子般粗细，用它尖利的牙咬开我的脚腕钻进了肉里，顺着血脉蜿蜒逆行，抵达脊椎，钻入骨隙，附生在脊髓上，食空我的头脑替换成它的，腿部骨肉弥合，变成一条鱼尾，鱼鳞一片片钻破皮肤，尖利的尾鳍从足尖破出……那种疼痛你能想象得到吗？哦，不，夫君不用想象，你马上就能体验到了。鱼祖答应了我，会让鱼妇们放慢在你身体里钻行的速度，钻得慢一点，再慢一点，让你清清楚楚、仔仔细细地感受变成鲛妖的过程。"

作天作地的白玺

岸上九蘅听得暗叹：这个奕远当皇帝以前的王妃被送人践踏，他的皇后也因为反对他沉迷巫蛊术而不得善终。若是下场如鱼祖所述，他倒真是罪有应得。

鱼祖的嘴咧开笑着，露出白森森的牙，眼睛格外黑暗："夫君，以上，就是我与鱼祖合作的条件。你欠我的，终于可以还了。"大尾将他拉到疯狂的女人脸面前，又缓缓送远，慢慢把他的脚部放去水面。鱼祖的动作足够慢，这个过程带给奕远的恐惧大概不亚于被鱼妇钻进血脉的痛苦。

鱼祖专注地看着这一幕，要好好享受这一刻。

岸上的九蘅知道奕远一旦变作鲛妖，就等于死了，白微与鱼祖之间的交易就等于达成了。到那时候鱼祖就可以抽身而退。怎么办？

旁边的白玺目不转睛地望着河中的情形，满脸解恨的快意。她心中一动，问道："如果鱼祖完不成白微托付的条件呢？"

白玺从牙缝里挤出回答："它必须完成，今天是它最后的机会。姐姐与它约定一月之期，今天是最后一天。如果完不成就是毁约，姐姐的身体会分崩离析，鱼祖也会跟着死去。"

原来是这样。

九蘅忽然明白了为什么鲛军徘徊在狭风关与京城之间——对内是想攻入京城抓住皇帝；对外是想挡住狭风守军，防他们来救驾。

今天是最后一天了。她的眼中闪过暗光，握紧赤鱼，就想冲出去。肩上忽然被轻轻一按，吓了她一跳，回头一看，一袭白袍的人站在身后。

"蜜蜂精？你什么时候来的？"她又惊又喜。

白玺回头看了樊池一眼，就转头继续盯着河面了。毕竟他期待奕远受到惩罚的一刻已经很久了，顾不上管突然冒出来的陌生人。

"来了没多久。"樊池用眼神瞄了一下鱼祖方向，"你想干什么？"

"我想……"她指了指卷住奕远的鱼尾，悄悄做了个"斩"的手势。

是的，她想把奕远从鱼祖的尾中救出来，让他活过今天。

樊池鄙视着她："它的尾巴那么粗，你一把赤鱼确定能削得断？它又会乖乖把尾巴摆好，请你慢慢削吗？"

九蘅翻了个白眼，拱了下手，嘟囔着说："不慢慢削怎么办？这不是没有办法吗。"

"你且歇着，我的女将军。"他微叹一声，替她理理乱了的头发，"交给他们吧。"

"他们是谁？"

河面上奕远的足尖已快触到水面，水里鱼妇急不可耐地游走跳跃，翻起的水花就跟沸腾了一般，唰唰作响。奕远闭了眼，紧紧抱着怀中命灯，嘴唇无声地翕动，不知在念着什么。

突然唰的一声响，仿佛有什么锐利的东西划过水面。

九蘅凝目看去，只见鱼祖身边的水面有一层薄利水花击起、划过，什么实物也没看到，鱼祖的尾梢如被掠过水面的一阵风斩到，突然断了——就从尾部露出水面的位置，紧挨着奕远垂下的足尖的高度，齐齐地断掉，断尾连同被卷着的奕远朝水中坠去。

几乎与此同时，似有一道无形力量绕住了奕远的腿，将他整个人扯得飞起，在半空里划出一道弧线，重重摔在岸边，一截鱼祖断尾也被一起带过来掉落旁边，虽离了躯体却像壁虎断尾一样疯狂扭动着。

那道无形的"风刃"是从鱼祖背后飞过去的，鱼尾断掉的刹那，鱼祖的上半身缩到了水下，反应极快，否则它的上半个人身可能也会被斩到。失去尾梢的鱼祖伤处冒出黑血，痛得在水中翻滚，搅起腥黑波浪。

瞬息间的剧变看呆了九蘅，白玺更是一脸茫然地看着跌倒在不远处的奕远。

然而九蘅在看到空气中显出的两个人形时，就明白是怎么回事了——阿步和银山来了。

当时朱蛾叮了奕远的一滴血飞回宫中，径直将樊池他们引进了皇宫中最灼热的地方——无光塔。

进到漆黑无光的塔里，沿阶而下，只看到墙壁两侧有陈列古书和器物的架子，却不见银山的影子。朱蛾飞在前面领着他们朝深处坚定地飞去，最后停在墙边的一处架子前。

阿步上前观察一阵，发现了机关，扳下之后，墙壁裂开一个暗门，后面露出一片黑色的沙子，热浪扑面而来。这些黑沙无火无焰却灼热异常。沙子中间竖了几根石柱，黑色的藤从黑沙中冒出来，在柱间蜿蜒盘结，藤间结结实实捆着一个人——已被烤得半死的银山。

阿步顿时着急地一步朝沙里踩去。藤间的银山吃力地发出一声"别进来"。

幸好樊池及时伸手拎住了阿步，饶是这样，阿步的鞋底还是被烧出了一个洞。

樊池斥道："这是西域火晶盐，你要这么踏进去，怕是一只脚要焦了！"

阿步急得眼泪汪汪，樊池将他往后推了一把："等在这里，让我来。"他的神族之躯还是能抵抗这种程度的烧灼的。他捏住不情不愿的朱蛾走到黑色焰藤前，将朱蛾的丝状口器凑到藤根前。

朱蛾已被烤得要熟了，昏头昏脑不知该干什么。他在它腹上一捏，一滴乌血从口器挤出，渗入藤根。

藤络顿时一松，悬于半空的银山落了下来，樊池将他接住扛在肩上。

一众人出了无光塔。银山失血加上极热环境下脱水，大概喝了一桶水才缓过来。樊池替他包扎了伤处，看着无大碍了，就想自己去城外接应九蘅。

银山却喊住了他："一起去。"

"你能行吗？"樊池问。

银山吊着的右臂手指屈伸，尝试着幻化出几把武器，道："还可以，或许能帮上忙。"

樊池点了点头，算是应允。

三人一起越过城墙，先借阿步的隐形异能观望。当听到白玺说出"只要奕远活过今日，鱼祖便活不过今日"这个机密时，计策迅速生成。

要救下奕远，虽不是简单的事，也并非办不到。

在鱼祖要把奕远浸入水里喂鱼妇的时候，他们已站好了各自的位置。银山幻出了一个他能想到的最有效的武器——钢丝。从右手模拟出的机关中弹射出的钢丝末端有个小铁坠，准确地在鱼祖的尾部绕了一圈并挂住，钢丝在机关的作用下收回时，那个钢丝圈就成了一把圆形的利刃，将鱼尾勒断。

在带着断尾的奕远掉入水中之前，新的武器又幻化出来——一根带着铁虎爪的铁索。虎爪飞出扣在了断尾的黑鳞内，阿步也帮忙扯住铁索，一起发力，把奕远连人带尾扯到了岸上。

奕远落地时，虽然身上绕的那截残尾替他缓冲了力量，可仍被摔得晕头转向，不过仍旧毫不意外地将手中的灯抱在身前。

白玺待了一阵反应过来了，怒吼一声："你们为什么要救狗皇帝！"猛地跳起来，握着他的匕首就要冲过去，被九蘅一把按住。

樊池看囚衣公子状若疯狂，不好控制，想上前帮忙，却瞥见运河水面上瞬间恢复了平静，鱼祖已不见了踪影。

他眼眸一沉："不好。"转头问九蘅，"你自己能行吗？"

"没问题！"九蘅奋力纠扯着发疯一样的白玺，大声答道。于是樊池风一样掠走了。

然而这位公子真的很难对付，他可是名副其实地不怕死。九蘅有些压不住，急忙叫招财，一人一猫才勉强把白玺控制住了……

那边樊池已奔向了银山和阿步身前，一边跑一边大声道："阿步，快把皇帝藏起来！"

几乎是与此同时，河面腾起青黑的水柱，鱼祖半空里猛扑下来，手爪甲长逾尺，朝着躺在岸上的奕远戳下！

机灵的阿步反应极快，扑过去拉住皇帝一起隐身，同时用力将他往后拖了一下。黑色的十根利甲插入冻土之中。鱼祖数丈长的身躯也落在岸上，拧着恶心的曲度，尾巴末端断去，没了尖铲形尾鳍，在地上拖出一道黑血。

它手臂撑着半个人身俯趴着，猛地抬起头来，脖子拧成似是折断的角度。因为痛苦和极度的愤怒，"白微"的面容已经扭曲，嘴部裂至耳根，利齿突出，湿漉漉的长发打着结拖在地上。双目却变成了镰月弯瞳，宽阔的口腔发出的话音不再是白微的嗓音，男女难辨，带着愤怒的嘶嘶声："把他交出来。"

鱼祖的镰眼转动着搜寻不到奕远的踪迹，就张牙舞爪朝着最近的银山扑过去。银山身上有伤躲避不迭，眼看着黑色利甲迎面刺来，就幻出了一个巨大盾牌挡在身前。

嚓的利响过后，十根利甲透盾而出，几乎触到银山的鼻尖。鱼祖不知这大盾牌又是从哪冒出来的，恼怒地嘶道："你们是些什么东西？"

话音未落就觉得尾上一痛，樊池的无意剑将它的鱼身钉在了地上。鱼祖拼命挣扎，不惜豁裂鱼尾逃脱，一个翻滚钻回水中不见。

被大猫压在腹下动弹不得的白玺怒叫道："狗皇帝跑了，鱼祖也跑了，你们这群混蛋到底在干什么！"

九蘅累得跌坐在猫旁，喘息着道："鱼祖跑不了。你不是说过吗，狗皇帝活过今天，鱼祖就活不过今天，所以它不会走。我猜，只要坚持到天黑就可以了吧？"她看了看天色，一片惨白黯淡的太阳已向西边偏沉，还有一个时辰就差不多了。

那边又响起泼剌水声，鱼祖果然又急不可耐地发起了袭击。它聪明得很，避开樊池的剑锋，长长如巨蛇的断尾扫过冻土地面，隐约把一团东西扫得咕噜翻了个滚儿。于是它猜出虽然看不到奕远，但他应该还在那里。

樊池与银山联手，想把它先斩成几截，但这次它有备而来，身形时大时小，甚至缩得细如发丝游走在武器锋芒的间隙里，果真是极难对付。几个回合后它又溜回水中伺机潜伏了。

樊池拎剑守着水边，不敢有半丝懈怠。

大猫那边，九蘅试图劝说满脸恨怒的白玺："白公子，狗皇帝和鱼祖都该杀，却也要有个轻重缓急。鱼祖这个东西太难杀死了，难得有这样的机会，不能放过。你应该也知道它几乎毁了整个国家，雷夏的人口因为它至少折损一半。我知道你仇深似海，可是怎能因一己私仇，就纵虎归山，让百姓继续被鱼祖残杀呢？"

"那关我什么事？！"白玺咬着牙道，"你看看河中这些鲛军，他们还是禁卫军时，不知曾有多少人伤害过姐姐。变成鲛妖是他们活该，他们该死。"

九蘅一直温和的脸色冷了下来："所以，你感激鱼祖是吗？"

白玺眼眶发红，眼神几近半疯："没错！我感激鱼祖，姐姐也会感激鱼祖。我猜你有亲人因鱼祖而死吧？你恨鱼祖不过是与它有仇罢了，少扯什么国家、什么百姓、什么大义！你的仇人不是狗皇帝，就不要拿大道理来教训我！"

九蘅气得脸色发白，一时竟不知如何反驳。

水声再起，鱼祖三度来袭。樊池和银山凝聚精神准备抵挡。它这次却没有急着攻击，巨大的身子在水中高高竖起，从几丈高的地方用镰月弯瞳俯视着岸上情形。樊池隐隐觉得不妙，又猜不出它要干什么。

美人脸上的嘴突然张到极度大，口中猛地喷出一股黑水，如瀑落在岸上淌成一片。黑水落地，他们才看清那黑水中有无数条三寸长的青黑细鱼。鱼妇们在地上疯狂游走，铺成一片鱼的河流，却在每个人的脚边留出三尺见方的圆圆空地——它们不能接近白泽碎魄宿主。而在某处明明没有人的地方，也有一圈空白。

樊池暗道一声不好，是阿步带着奕远躲在那里。

鱼祖瞬间将自己身形变得更加巨大，美人外形的上半身已变得十分狰狞，利爪如叉，口大如箕，朝空白圆圈处俯冲下去，那势头是要不管不顾地把隐形的阿步和奕远一起吞掉！

樊池和银山离那个位置都远，想过去相护已来不及。倒是九蘅、白玺离得近。九蘅飞身扑了过去，凭感觉摸到一人，抱住一滚。

砰的一声巨响，鱼祖的上半身随之扑落，却因为九蘅的横加干涉，什么也没扑住，巨口戳在地上，腭骨撞上冻土，发出恐怖又恶心的声音。但这个家伙像它的子孙鲛妖一样，即使脸被撞得变了形，也不影响它的攻击力，抬起巨大而变形的脸，镰月弯瞳盯着九蘅和她拖出去的人。

她拖住的正是奕远。她的扑救使他躲过一劫，也将他与阿步分离开，显了形出来。

好在阿步也在那一带之下滚离原地，没有被鱼祖啃到，在这丑陋脑袋的另一侧显出形来，坐在地上惊魂未定。

被九蘅拖住的奕远似已吓得失神，只本能地抱着他的灯蜷伏在地上。鱼祖对着近在数尺的奕远露出一个地狱裂隙般的笑，变形的背部弓了一下，蓄力欲再次咬去。

突然一道黑影飞来落在它的背部，是招财。招财怎么能容鱼祖攻击自己的女主人呢！它的爪子刺入黑鳞，紧紧咬住它的腰椎。可它一口咬下时发现与想象的并不一样，这只大鲛妖脊椎格外结实，居然咬不断。

虽然招财的袭击没有断开鱼祖脊椎，但那个位置正是它的弱点，它被兽齿扣到骨上顿时痛到发疯，拼命地甩动着想把大黑猫甩下去。然而招财四爪和牙齿深入骨肉，死也不肯松口！

鱼祖与白微的契约尚未完成，它的妖力其实只恢复了十之二三。当要害被咬住，它那随意缩小变大的本事也运不起来了，只能拼了命的挣扎翻滚，从岸上滚到水里，又从水里腾到半空，竟拿这头倔强的黑猫没有办法。而樊池和银山怕误伤招财，拎着武器跟着鱼祖左转右转，愣是没办法插手。

鱼祖生还的唯一机会是在天黑之前能等到奕远的死亡。奕远一死，契约达成，它的妖力就会完全恢复，绝不会被一只猫制住了！挣扎的空隙，它凶狠地望向跟九蘅在一起的奕远。

这时它看到了什么，脸上突然露出一个古怪的笑。

揪着奕远的九蘅正在把手伸进他怀中，想着先抢下冥河扇，免得动不动被威胁，突觉身后一阵风掠来，迅速把扇子揣起来的同时，看到不远处坐着的阿步脸色大变，抬手朝她身后指去。

瞬间她就明白发生了什么。

是白玺。白玺要刺杀奕远。

来不及回头，也来不及再拖着奕远躲一次。她想也未想，就俯身护在他的背上。

冰冷透背而入，血气侵喉。

深山老林的行刑

九蘅艰难地喘息着回头看去，看到白玺愣愣的脸和慢慢松开匕首把柄的手。眼角余光还扫到往这边飞奔而来的樊池。眼前阵阵发黑，耳朵似已失聪，远远只看到樊池嘴一张一合，却听不到他在喊什么。

她努力保持着清醒。

"没问题，我撑得住。"她对自己说。

忽见青蚨铺天而来。她吃力地转头看向奕远，看到他也在看着她，脸上掠过狡黠的神气。青蚨们覆盖过来，将樊池等人的身影隔离在外，她感觉自己被青蚨的长嘴架到了半空。与她一起离地而起的还有奕远。

她感觉匕首仍插在背后左肩处，肺大概是被刺破了，每一个呼吸都如利刃划过胸腔，鼻息里带着血丝。

风迎面撞来，掠耳而过。青蚨们把她和奕远一起带向了未知的远方。

河边几人将上百只如盖顶乌云般纠缠的青蚨群砍杀出一道缝隙，樊池冲出去时，已不见九蘅和奕远的影子。去向不辨也不敢迟疑，朝着未知的方向腾风追赶，追了一阵不见踪迹再换个方向……地平线最后一点暮光消泯，天色一点点暗了下来，发疯般地寻找也不停歇，投身于黑暗之中，仿佛是要一直找下去直到生命尽头。

樊池离开护城河岸之后，银山、阿步靠拢在一起，将剩下的青蚨斩杀殆尽。两人力气耗尽，倒在青蚨尸堆里起不来。

招财并没有加入战团，这只猫一直咬在鱼祖后腰上，两眼发直。鱼祖渐渐没了力气，半个身子横在岸边，尾部无力地耷拉到水里。

在黑暗笼罩下来的时候，鱼祖发出最后一声咒骂，人身和鱼尾相接的地方迅速枯萎，在兽口力度下生生断掉，鱼尾滑进水里沉浮着，人身俯趴在土里，没了声息。

这个为祸雷夏、血债抵天的恶妖终于死了，在契约的最后一天里，它没能杀掉白微痛恨的奕远，最终死于违背契约。

断腰处浮出一枚黑气沉重的妖丹。招财一跳将妖丹含在嘴里，却没有立刻咽下，转着圈找樊池。之前在路上杀妖打怪得到妖丹时，九蘅总抢去给樊池吃，它一颗也没吃过。倒不是因为它喜欢吃，只是越不让吃越想吃，一直愤愤不平。这次终于抢到了口，打算当着樊池的面吞下去气气他。可是转了几圈也没看到樊池，九蘅也不见了。

他们两个去哪里了？毛兽呆呆地想。它刚刚只顾着咬住鱼祖，根本没注意周围发生了什么。顿时觉得口中鱼祖妖丹味道有点重，辣嘴巴。想吐掉又不甘心放弃打击男主人的机会，只能坚强地含住，大尾一甩一甩敲着地面，烦躁地等着他们。

等了一阵忍不了了，"噗"地吐掉，又甩着脑袋连喷了几下，把腥晦的气味吐干净。

黑色妖丹滴溜溜滚了几下，化为一阵烟气散去。

青蚨尸堆里，阿步挣扎着站起来，捡起一根二尺长的被斩断的青蚨口刺，迈过青蚨们的尸体，磕磕绊绊走向远处。走向战场残局外围呆坐在地上的那个人——那个囚衣公子。

银山也坐了起来，只说了一声"阿步，你干什么"，就看到阿步将口刺戳入了囚衣公子的胸口。

阿步不会说话，不会骂人，不会哭出声来，所有的恨意都集中到手上，动作狠辣地刺穿了囚衣公子的心脏。

这是阿步第一次杀人，他浑身发抖，但是毫不犹豫，绝不后悔。这个人竟然刺杀他的九蘅姐姐，他不管这人什么目的，都一定要杀了给九蘅报仇。

囚衣公子没有发出一声痛呼，似已气绝。银山跌跌撞撞跑了过来，将仍紧握着刺尾的阿步抱住，让他松手。阿步却不肯撒手，连带着把尖刺从囚衣公子胸口拔出。囚衣公子倒了下去。

阿步虚脱地倒在银山怀中，两眼空洞。

银山拍着他的背说："你别急，樊池去找她了。九蘅一定不会有事。"

他扫了一眼地上囚衣公子。他们来到城外后就看到了跟九蘅在一起的这个人，当时银山随阿步隐着身，不经意间听到他说出了白微与鱼祖达成契约的条件，得到了解决鱼祖的办法。那时知道他是白微的弟弟，再看他外表一派柔弱，没有对他抱有警惕，没想到他会趁乱袭击九蘅。为了一己私心就成了鱼祖帮凶，这种人杀便杀了。只疼惜阿步，手上沾了人命，怕是会受刺激难以缓过来。

夜色渐深，一轮月爬升上来，惨白月光照映着，战场一片狼藉。

囚衣公子的"尸体"突然动了下。银山吃了一惊，抱着阿步疾退几步。诈尸了?!

囚衣公子缓缓站了起来。

借着月色，银山看清了他胸口的伤口已消失，只余囚服上一个破洞。银山简直不敢相信自己的眼睛："你……你不是死了吗？这是怎么回事？"他惊骇地问出声来。

一直昏沉的阿步忽然清醒，看向囚衣公子，腾地坐直了，也是满脸不可思议的神气。

囚衣公子看着阿步，开口道："你不是要杀我替她报仇吗，请随意，杀多少次都可以。可惜的是你就算杀我一万次，我也死不掉。我就是想自己找死赔她的性命，也做不到。"

银山盯着他："你到底是什么东西？"

他苦笑一下："我到底是什么东西？我哪里知道。我也不知道为什么会变成这个样子。"

他无视阿步冒火的目光，忽然张望到了什么，急急忙忙走去，走到了鱼祖留在岸上的那半个人身面前。

鱼尾断落后上半身的人身就恢复了正常的大小，俯卧的姿势，衣衫破碎露出青白的皮肤，长发泥泞地铺在地上。

他小心地将半个人身翻过来。白微的脸部不再是裂口到耳的怪样，勉强恢复了原样，却也是伤痕累累。紧闭的双目睫毛纤长，透着生前的美貌。他脱下自己的囚衣给她盖在身上，小心翼翼地将她的脸遮住，仿佛怕惊醒睡着的人。

"姐姐，姐姐。"他抱着她叹息般一声声呼唤。

那情形太过凄惨，阿步和银山心中的恨怒也像被打湿了一般，撑不起再杀他一次的力气。

不知过了多久，白玺将白微的尸身平放在地上，转身面对着二人，吐出低哑的一声："我并不是有意刺杀那位姑娘的，我只是想杀皇帝，但没想到她会以命相护。"

阿步头一扭看向别处，嘴巴紧紧抿着，并不接受这个解释。

银山冷冷道："九蘅哪里是在保护皇帝，她是为了除掉鱼祖而已。你杀皇帝是为了报你姐姐的仇，她杀鱼祖却不仅仅是为私仇。"

白玺沉默不语。

银山看他并不服气的样子，叹口气说："算了，说了你也不懂。你这个不死之身的本事是怎么来的？又为何身穿囚服？"

白玺眼中失神，仿佛陷入回忆。沉默许久才以梦幻的语调说道："十年前，姐姐遭受侮辱的消息传到家里，父亲去皇上那里讨公道，没想到宫里已经变天，父亲冲撞皇宫，被治了死罪，而我们一家人被流放到深山老林的伐木场。那年我十二岁。我们在伐木场里一做就是十年。其他家人不堪劳苦，先后去世，只剩下我一个。原以为我也会像他们一样累死在那里，可是有一天，一个来自京城的新囚，带来一些逸事，休息的间隙劳工们闲聊时，我听到他提到了'王妃'二字。"

那个新囚原是个京城的混子。他席地坐在一圈劳工的中间，压低着声音，眉飞色舞不知在讲什么八卦，有一句跳到了白玺耳中，刺痛了他的耳膜："……你们猜怎么着，那个又脏又臭的女叫花子竟然是昔日的王妃！竟然还活着呢！"

圈子外面突然响起一声问："你说什么？"

混子看过去，见是个白白净净的少年公子。如果不是他身上穿着与他们一样的囚衣，还当是个少爷呢。不过这人的囚衣干干净净，破了的地方也仔细打了补丁，显然以前是个讲究的人，变成苦力犯了也习惯不改，努力维持着体面。

真正低贱的人，最喜欢看的就是上等人摔进泥土。昔日高高在上，现在嘛，大家都一样！装什么装！

他嘻嘻一笑，回答的语气格外猥琐："这位小爷，我在说，昔日王府中的王妃，名叫白微的，沦为军妓，竟没有赶紧自尽，还不知羞耻地活着……"

没待他说完，文质彬彬的白面公子突然发疯一样扑上来，将混子的嘴角硬生生撕裂了开来，混子狂叫着流了一嘴血。

看守们把白玺拉开，打了一顿板子，几乎把他的腿打折。白玺挨打的过程中一声没吭，心脏被又悲又喜的情绪撑得几乎爆炸。悲的是姐姐受了那么多苦，活得那么可怜；喜的是她毕竟还活着，在这世上，他还有一个亲人。

他要回去找她，带她脱离苦海。

几天后的一个雨夜里，他试图逃出伐木场，可是因为腿伤未好，被抓住了。逃跑的劳工就要处死，这是伐木场的规矩。

被当众行刑的那天，怪事发生了。

白玺被抓回来的当夜，巨木堆积的伐木场里，所有的囚徒劳工都被召集了起来，五花大绑的白玺被押上来推搡着站上一个木桩，粗糙的绳圈在他面前晃荡。

这片空地是个刑场，不知处死了多少造反、逃跑的劳工。每每行刑都要召集所有人来观看，杀鸡儆猴。劳工们一个个神情麻木，那是绝望的表情。

粗蛮的工头大声斥骂着白玺的逃跑罪行，一手抓住他的乱发，一手把粗糙的绳圈套上他的脖颈。

连一条蒙眼布都没有的白玺仍然在挣扎着，绝望地想逃生，却挣扎不开。他挣扎不是因为恐惧，只是因为心愿未了，他想逃回京城，想救白微出苦海。

他不想死。

雨夜天光昏暗，只有几只灯笼散发着惨淡的白光。当行刑手准备踹翻木桩时，一个落地雷突然降临。强光耀眼、轰响震耳，胆小的都趴到了地上，胆子大的也下意识地闭上了眼。等耳中嗡鸣消失，重新点燃被巨声震灭的灯笼后，众人茫然四顾，并没有看到想象中谁被雷击到焦黑的惨状，好像什么也没发生过。

白玺仍站在木桩上，满脸茫然。行刑手有些慌张，这个意外也令他心中忐忑：正要处决犯人的时候天有异象，难道是在说这个人杀不得？

旁边的人战战兢兢出声："要不……算了？"

不问还好，行刑手原本有点怯意，这么一问反而激起了凶戾之气，眉一竖，大声道："一个雷而已，哪来那么多事，老子最不惧的就是鬼神！"

一脚踹翻木桩，白玺整个人往下一坠，人们看着他像条濒死的鱼一样挣扎，直到一动不动，现场寂静了一阵，什么也没发生。

行刑手举起弯刀割断绳索，绞刑架下的白玺跌落在地。他仰天哈哈大笑："我就说什么事都不会有，天也挡不了老子杀人！"

观刑的众人突然同时面露恐惧，指着地上向后退缩，发出惊叫声："活……

活了！"

行刑手诧异地低头看去，脚下的人居然慢慢地站了起来。

恐惧笼罩了山林深处的刑场，观刑的人们狂叫着逃跑，劳工们因为手脚上的锁链又跑不快，跌跌撞撞滚成一团，场面十分混乱。转瞬间，行刑场上只剩了白玺。

他困惑地呆立了很久，以为自己已经变成了游魂，直到在冷雨里打了个喷嚏。怎么，死后也会着凉的吗？他紧了紧身上囚衣，忽然意识到自己有呼吸。摸了摸心口，有温度，有心跳。

他开始思考自己是到底什么状态。难道刚刚的绞刑根本没绞死他？他活动了两下脖子，并未察觉异常，接着，他又意外地发现自己之前被差点打断的腿不瘸了，身上那些七七八八的伤也好了，还莫名其妙地浑身有了力气，不像从前那样风吹即倒的状态了。

想不明白是怎么回事，搞不懂自己是死是活，他决定离开这里，就算是一缕游魂也要返回京城看看姐姐。

捡了一盏灯笼提着，白玺冒雨逃离了伐木场。

长出鱼尾的姐姐

白玺一个文弱之人，在穿越茫茫林海的路上，滚进过深沟，遇到过野狼，甚至在走出森林看到农田阡陌的时候，被鲛妖一次次咬断喉管。但无论多重的伤，瞬间就会愈合，他终于接受自己是不死之身。不过有的时候，当他在漆黑无光的黑夜受致命伤时，要在痛苦中躺到黎明时分，伤口才会愈合。

次数多了，他终于琢磨出了自己每一次愈合的能力是从哪里来的——光线。不管是日光、月光、灯光、火光，只要光照到身上，伤痕累累的身躯就会恢复得宛若新生。

除了鲛妖，这世上还冒出来许多妖魔鬼怪，白玺尽管有这个不死之身的本事，路途仍然异常艰难。等他抵达京城的时候，已经是几个月之后的事了。

在伐木场听那个混子说是在城郊见到白微的。虽然过去了这么久，她仍活着的可能性不大，但他不肯放弃，在城郊不停地搜索。不但没找到白微，连活人都没见到几个。他不死心，想进城再找，然而城门紧闭，城外有大批身穿军甲的鲛妖围城。

他想着先过了护城河到城门底下再想办法。

城门前护城河上的吊桥高高悬起，河水里浮游着许多鲛妖。一般人踏进去瞬间就会被撕成碎片，没有命活着过去的。但他有的是命。

深呼吸一下，投身河中。头部原是齐刷刷朝向城门方向的鲛妖们回过头来。它们攻城不下，烦躁异常，这时竟有鲜活猎物送上门来！鱼尾反甩，凶残地扑了过来。

白玺的身体瞬间被撕开，但又瞬间恢复。过程虽然极度痛苦，好在很快。他感觉离姐姐越来越近了，这些痛苦也算不了什么。

在距离河岸一步之遥时，鲛军忽然停止了对他的杀戮。利爪弯起拎住他的手臂，逆流而上。就这样被拖出几十里，拐进一条河堤上的涵洞深处。

这涵洞是雨季水位过高时用来排水的，里面潮湿又肮脏，上方的渗水孔洞漏下几缕微光。两名鲛军发出嘶嘶的叫声。阴影处隐隐有人影晃动，好像是一个人上身微微前倾着，从黑暗里探头向外张望。

一缕光线落在那张脸上，还在设法各种求死的白玺看到这张脸，呆住了。

白微——他的姐姐。

他惊喜地叫出声来："姐！是你吗?！姐！我终于找到你了！"

白微面无表情，定定看着他，黑眸异样暗沉。白玺终于感觉到不对。姐姐虽然眉眼美艳如旧，脸色却透着死气沉沉的青白，乌发湿漉漉地覆在脸侧，上半身向前倾斜的角度十分别扭，不像一个站立的人应有的姿势。而且，她怎么会生活在这种潮湿黑暗的地方？身边的那两只鲛妖对她非但没有攻击的意思，反而毕恭毕敬?

他犹豫地再唤一声："姐？"

白微忽然嘴唇翕动，说了一声："杀！"

还未等白玺反应过来，身边鲛妖突然暴起，利齿裂口切入他的咽喉。白影倒在地上抽搐，不过很快，他就恢复如初站了起来，不知所措地看着白微。

白微打量着眼前的情景，满意地笑了："不死之身？好本事。你是个什么妖？"

她说话时的模样和声音好像就是白微，又说不清哪里不对劲。

白玺喃喃说："我是……你的弟弟白玺啊。姐，你不认识我了吗？你到底是怎么了？"

"弟弟？"白微愣了一下，刹那时搜索了寄宿肉身的记忆，明白过来，"原来你是白微的弟弟。"

"你……你不就是白微吗？"

"对，我就是白微。我亲爱的弟弟。"

她朝他"走"来，前行的样子却不是她从前的婀娜微步，而是诡异的左右摇摆。等她的下半身也进到光线里时，白玺发出一声骇叫，难以置信地瞪大了眼睛，双膝一软跪在了地上。

白微的下半身不是娉婷的裙子和秀气的双足了，变成了一条脊黑腹白、水桶粗的长长尾巴。

"白微"大笑起来，拖着长尾围着他游走，戏弄地道："是我啊，我亲爱的弟弟，你看我现在的样子美吗？"

白玺的心有如坠入冰窟。他绝望地意识到，白微已经死了，眼前这个顶了她半个人身的东西不是她。

他的脸上涌起仇恨，狠狠盯着它："是你杀了她，抢了她的身体吗？我要杀了你，我一定要杀了你。"

它在他的面前停下，青黑大尾盘成弯弯一圈，笑笑地看着他："你弄错了。我没有为抢夺她的身体而杀她，是她自愿与我合作的。你听着，这具身体不叫白微了，它叫作——'鱼祖'。"

鱼祖把白微达成契约的过程告诉了他。白玺整个人如被抽空一般，喃喃道：

◇

"姐……不应这样啊。报仇的事该交给我，你怎么就这样舍弃了肉身和生命……"

鱼祖发出讥讽的嘲笑："你说什么？复仇的事交给你？就凭你？"鱼祖用原本属于白微的纤纤玉手轻佻地托起他的下巴，"你一个风一吹就倒的公子，有什么本事去杀皇帝……哟，差点忘记了，你是有个本事。刚刚那是什么？"它凉滑的手指拂过他的咽喉，"不死之身？白微的弟弟，应该也是凡人吧，怎么会有如此异能？"

"我也不知道是怎么回事。"白玺被它触摸得悲哀又恐惧，侧脸躲开它的手。

鱼祖也懒得追究："天下大乱，这些莫名其妙的事多得很，也没什么稀奇的。我还见过更稀奇的呢。有个女的会召唤画中人为兵，有个小孩子会隐身，还有个手里乱飞刀的男人……比起来你这个本事顶顶没用。就算活一万年，总不过还是个手无缚鸡之力的无能公子哥。你倒是问问你自己，能杀得了奕远吗？"

白玺竟被它怼得说不出话来。

"我这里，有白微托付的心愿。你若要报仇，便来帮我。"鱼祖用一种摄人心魄的语调沉沉说道。

白玺最终还是选择了与鱼祖合作。因此当他有机会杀奕远时，尖刀破处一往无前。

刺在九蘅身上的那一刀，可以说是误伤，也可以说他并没有因为她挡在那里而收住刀锋。那一刻的白玺是疯狂的，阻拦他复仇的就要摧毁。他心里清楚，自己并非无辜。阿步杀他，杀得对。

可惜只要这世上有光，他便死不了。颓废地坐在白微的半具尸身旁，万念俱灰。

银山手中幻出一把锋利铁铲，找了个地方挖了个坑，帮白玺埋藏了白微。白玺呆呆跪坐在凸起的土堆前，灵魂被抽空了一般。

忽然被惊醒，低头看了看自己，已被牛筋索捆了个结实。他魂游天外的时候，银山幻出最好用的捆绑利器将他手脚绑了起来。

白玺看了一眼银山："我刺伤了她，任你们处置，不会跑的，你没必要这样。"

"有必要。"银山冷冷地说，"把你捆起来也不仅仅是因为你刺伤九蘅。"

他困惑地问："还因为什么？"

银山没有回答这个问题，只说："你说过，当初你在伐木场被行刑前，有过一个落地惊雷？"

白玺点头："是的，其实那时已是秋季，打雷很不寻常。你问这个做什么？"

银山："你仔细想一想，当时还有什么异常？比如说看到什么不寻常的东西？"

白玺愣了一下："你怎么知道？"

银山直接问："是什么？"

"那个雷电里好像裹了一头小兽，像个小狗的样子。"白玺说，"那时所有人都被电光耀得闭了眼，只有我看到了。那个发光的小兽直冲着我的脸扑过来，我瞬间就失去意识了。我那时神志不清，后来回想起来，也觉得是个幻觉，哪儿会有什么发光野兽？"

银山点头："你没有看错，是个发光小兽。你被行刑前唯有求生之念，所以它赋予了你不死之能。"

"它赋予我？"白玺愣愣重复。

银山问："当时那个野兽身上的光是什么颜色的？"

"好像是紫色，还挺好看的。"

"紫色。紫色的话……"

"怎样？"白玺等着他的回答。

"我也不知道紫色的叫什么。"银山问什么颜色，纯粹是套用从前樊池问他时的句式而已。顿了一下说，"等他们回来你再问吧。说真的……"他冷冷的目光扫向白玺，"现在已经有六个了，你，是唯一招人讨厌的。"

说罢转身走到高处，安慰阿步去了。留下白玺被捆得粽子一般坐在地上，想不明白那没头没脑的话，一脸茫然。

天色眼看着不早了。银山回头望了一眼洞开的城门，城中还有百姓，却已没有兵力，包括青蚨，也都追随着奕远去了。

一声哨啸掠过天空，银山放出了一支信号烟火。这是他们跟狭风关陆淮约好的信号，收到信号后陆淮会回一个信号，然后派人过来接应。

郊野渐被黑暗吞没，仿佛有妖魔窥伺。银山久久没有等到狭风关的回信。难道那里出事了吗？

几个人又冷又饿。银山将捆着的白玺扔到猫背上，领着阿步，一行先回到了皇宫。

宫门大开，殿堂仍是一团团虫巢的样子，青蚨却都不见了。偌大的皇宫空荡荡的，似是一个人也没有。宫中原还有些太监、宫女的，之前他们被强迫留在宫中，每天都有被朱蛾食成白骨、被青蚨杀死的危险，不知有多恐惧。现在大概是发现青蚨离开，全都跑了。

银山他们回到了九蘅住过的永福宫。将白玺捆得松了些，却也不肯给他自由。

白玺看上去一副万念俱灰的样子。虽然没能杀了奕远，但这一场经历下来，报仇的意念消失殆尽，一切都仿佛随着姐姐的入土被一起埋葬了。

一夜难安。

清晨时，忽听到院中的招财发出呜噜呜噜的声音，伴随着女子的惊呼："走开，不要过来。"

几人均是一怔：这虫巢阴森的宫里还有人吗？

银山忙出门去看，见是一个抱着孩子的少妇被招财堵在墙边，吓得脸色煞白。她怀中的孩子三岁左右，倒半点没有惧意，还好奇地伸手想去摸招财的嘴巴。

招财也没有恶意，其实是看到孩子想起了进宝，想跟他玩而已。

银山连忙喝退了招财，问道："请问夫人来这里做什么？"

少妇惊魂稍定，道："这位官差，我听跑出宫的宫女说，你们是从城外来的，赶走了宫里的青蚨和朱蛾。我着急跟各位打听件事，就进宫来了。"少妇的模样秀美端庄，说话语气不卑不亢。

银山是捕头，看人的目光尤其锐利。尽管少妇敢抱着幼子独闯皇宫很是异常，但她神态坦然，目光清澈，不像是叵测之人。

银山问："您想打听什么？"

少妇道："我想问问您此来有没有路过狭风关，可见过守关的参将陆淮？我是他的妻子。"

陆淮的妻子！银山十分惊喜："原来是陆夫人！您和孩子都安好，这可太好了。"连忙请她到屋子里坐下。陆夫人一进屋看到手脚被捆着的白玺，也只是微微诧异，没有多问。果然是个见过世面的夫人。

银山面对着陆夫人眉心的焦灼、眼中的担忧，略犹豫一下，道："我们来时经过了狭风关，承蒙陆将军款待。"

她的眼睛亮起："陆淮一切都好吗？"

"他很好。"银山说，"我们出发前，他还嘱托我们探望您和孩子，确认你们是否安好。"

陆夫人的情绪再也控制不住，把脸埋在孩子身上，痛哭失声。不知多少个心惊胆战、日夜煎熬，总算是等来了他尚安好的好消息。

"谢谢您，谢谢您！"陆夫人止住哭泣，露出了发自内心的微笑，笑容若染露花颜。

银山惭愧道："不敢。说来很对不住您，自打进京没得半点空闲，一直都没来得及去找您，最后还得您亲自找过来。这半年多来，您带着孩子撑过来，必是很不容易。"

陆夫人浅浅一笑："也没有什么。他在前方九死一生，我若连他的孩子都护不好，还怎么做陆夫人？"

银山真是打心眼里敬佩。可是又想到了那支没得到回应的信号烟火，心中莫名忐忑。狭风关到底发生了什么，使得陆淮连信号都无法发出了？

沉吟一下，站起身道："现在我们有人失踪，我要出去找找，夫人您……"

陆夫人听到这话，脸色严肃起来："您去吧，我可以留下帮忙，给那个孩子做点饭什么的。"她说的是阿步。

"那多谢了。"银山又指了一下招财，"您不用害怕这只大猫，它最喜欢小孩子了。对了，我们还托付了一个婴儿给陆将军呢……说来话长，回来再聊。我先去了。"说罢如一阵风一样跑走了。

招财试探着进了屋，小心地一步一步蹭近陆夫人，仍想着跟她手中孩子玩耍。

陆夫人还是怕得很，一个劲地躲。阿步走过去，把招财牵出去关在了门外。巨兽把毛嘴巴拱在门缝，发出委屈的呼噜声。

陆夫人得了好消息，整个人都明朗了，眼梢嘴角隐不去的笑意，问阿步："你饿了吧？我去做点吃的给你。"阿步点点头，朝她伸出两只手，表示要帮她抱孩子。

阿步看上去可比大猫安全多了，她放心地交过去："小心他尿你身上哦。"

阿步摇摇头，表示没关系。他可不知被进宝尿过多少遍了，习惯了。

陆夫人这才意识到阿步不会说话，看他的眼神里顿时满是怜惜。

一方冻土是甜的

银山骑了一匹快马，直奔狭风关。三个时辰后抵达关口，远远看到关旗未倒，隐约可见高处有士兵守望，军营一切正常。心中石头先落地了一半。

却听唰的一声，有利箭从上面射来。他大吃一惊，幻出盾牌挡下这一箭，高声道："我是银山！陆将军的朋友！"

士兵高声怒骂："什么朋友！打的便是你！"又是几箭射来，马儿中了箭，长嘶一声摔倒在地。

这是什么情况？怎么翻脸不认人了！银山又是迷惑又是恼怒，径直向岭上军营驻地冲去，凭着他变幻防身武器的本事，硬是冒着箭雨冲到了士兵面前。

这帮士兵不肯罢休，以长矛围攻他。情况不明，银山不愿伤他们，只做防守，双方僵持久了，他体力难免不济，频频遇险，气得他大骂："你们是怎么了？陆将军呢？让他出来见我！"

只见一个士兵面色悲戚，两眼含泪，怒道："你还有脸提陆将军，就是你们的人杀害了陆将军！"

银山顿觉浑身冰冷："你说什么？"一分心，长矛贴颈而过，堪堪擦出一道血痕。

这时远处传来一声怒喝："够了！"

帐帘掀开，走出一个人来，长身白袍，竟是樊池。他肃杀着脸色，目光在银山脸上停了一下，再扫向那些士兵，冷声道："事态未明，不用脑分辨，就知道打！若是我害的陆淮，就凭你们能困得住我？银山又怎么会自投罗网？还有……我们的人也遇害了，你们看不到吗？"

银山又是一愣，朝樊池问道："我们的人遇害了？谁？"

樊池看着他，没有说话，眼眶泛着红。

银山苍白着脸色问："是……九蘅吗？"

樊池摇头："不是她，我还没有找到她。"

"那是……"

樊池低下目光，不忍说出口。

银山不敢相信，猛地跑进军帐，呆呆站了一会儿，才慢慢掀起了帘子。

帐中兽皮上搁着两具蒙着白布的尸体，一大一小。身量高大的那个如果是陆淮，那么那个小小的，小得可以抱在手中的是……

银山怔怔朝前走了一步，就站住不敢走了。那是什么？那个小小的白色包裹是什么？白布上殷出的潮湿红色是什么？回头看了一眼樊池，不敢相信。

樊池别过脸去。银山看到这个一向冷傲的神族人眼角的泪迹，心如坠入深渊。

"不可能，怎么会……"他不由自主地念出声来。任谁受到伤害，也不该是进宝。谁都没有保护好，也不应该保护不好进宝。

他不知道自己是怎样走近那个小包裹的，掀开白布，拼尽了全力撑着捕头的职业本能验看了致命的伤口，不敢看进宝的小脸，还是忍不住看了。进宝就像是睡着了，还是那么可爱。将进宝盖起，又去查看了陆淮的尸体。然后就坐在原地，久久说不出话来。

再开口时，嗓音已经哑了："怎么回事？"是问身后樊池的。

樊池答道："我来的时候他们已经遇害了，是我第一个发现的。"

"当时是什么情形？"

樊池沉默一下，仿佛努力在压下心中情绪，道："我来的时候是深夜了，驻地很平静，军帐内没有点灯。守夜士兵说进宝闹觉不肯睡，将军就熄了灯，把帐篷外的人都赶开，以便把进宝哄睡着。我就放轻脚步进来，里面黑得很，什么也看不清，却闻到一股扑鼻血腥。知道不好，放出萤蝶，照出了他们遇害的一幕。陆将军他……到最后都是保护进宝的姿态。可惜凶手连发出声音的机会都没给他。"樊池闭了一下眼，呼吸几乎不能相继。

"一记封喉。"强烈的悲痛之下，银山的表情反而漠然。

一大一小两个人，都是被极锋利的凶器瞬间划断咽喉。那武器必定十分薄利，手法必定十分果决，才会在将军和进宝的颈上形成那样的伤口，甚至血都是在他们死去后才喷涌而出的。

有谁能神不知鬼不觉地穿过军营的守军进到参将的军帐中，谁能面对身经百战的将军做到一击毙命，又有谁能狠心对不满一周岁的小进宝下手？

两个男人发红的眼睛对视着。银山突然问："你不是去找九蘅了吗？为什么要来狭风关？"

樊池眼神一炸。那些士兵怀疑他就罢了，连银山也怀疑他？！这个捕头遇到案子就六亲不认是不是？他胸口郁堵，简直想跟银山动手。

银山毫不退让："你不用瞪着我，想让我不怀疑你，就解释清楚。"

樊池咬着牙道："我找九蘅时来到了离狭风关不远的地方，就顺道来提醒陆淮注意青蚨偷袭，结果撞上这件事。没多久就收到京城方向的烟火信号，是你放的吧。但是这些人如你一样怀疑我，也就怀疑我们所有人，所以没回信号。"一边说着，一边指了一下一直提着刀堵在门口的副将。

副将脸色悲怒地发话："当时的情况，可以说樊先生是第一个发现凶杀的人，也可以说正是樊先生杀了他们再喊起来！就算是凶手厉害，能潜入军营杀害将军，可是咱们都知道你是个有厉害本事的人物，凶手怎么可能从你眼皮底下溜走呢？"

银山眼神一厉："你来的时候凶手还在吗？"

"或许还在。"樊池的目光扫过空间不大的军帐，"我进来时一片漆黑，虽不能视物，却感觉到好像还有个人在这里。但是萤蝶亮起时，除了出血都尚未停止的陆淮和进宝，没看到第三个人。"

银山的怒火腾地炸起，一把扯住他的衣领："你就这么让他跑了？你的本事呢？你那通天入地的本事呢？你不是神仙吗？怎么连伤害进宝的人都会放跑？"

"我不知道……"

银山一拳打在樊池的脸上。

樊池如木头人一般没有躲闪，悲伤压不住地漫到几近窒息："银山，我们该怎么跟九蘅说？她知道了该怎么办？"他第一次感到了绝望。

虽然九蘅依旧下落不明，但是当樊池发现进宝遇害后就暂停了寻找，先留下陪进宝。他知道，不管现在九蘅是什么境况，甚至不管她现在是生是死，她都会愿意他陪着进宝。

银山扯着他的衣领，拳头却停在半空中，迟迟没有落下，他的声音哽咽起来："不只是九蘅，你知不知道……陆将军的夫人和孩子找到了，他们正在京城……开开心心的……等着跟陆将军团圆呢。"说不下去，推开樊池，再硬的汉子也忍不住掩面而泣。

然而事情太过蹊跷，没有太多时间用来哀悼。

银山沉默一下，对副将说："虽然樊池时间赶得不巧，但是请相信，他绝不是凶手。进宝是我们每个人的心肝，怎么可能……"

副将摆了摆手："其实我内心也知道不是樊公子，只是当时没有更好的解释了。现在冷静下来仔细想想，那孩子是你们的人，樊公子怎么可能伤害他呢？你们把孩子托付给将军，将军没能照顾好他，还因为遭人刺杀连累了孩子，将军九泉之下也会心有愧疚，不能瞑目吧。"

银山一愣："为何说是刺杀将军，不是刺杀进宝？"

副将道："刺客的目标当然是将军，谁会跑来军营行刺一个婴儿？"

银山愣愣的，没有说话。

他们冷静下来，再度一起验看了尸身，仔细查看了现场，仍未发现蛛丝马迹。仿佛有人越过守关军的重重守卫，神不知鬼不觉地出现在陆淮的军帐中，一刀杀陆淮，一刀杀婴孩，他们连声音都来不及发出。而且除了两个人的血迹，凶手没有留下任何痕迹。

查不到线索就只能把现场的样子记在脑中，先让二人入土为安。

峰侧一块略平坦的地上，已有许许多多坟茔，那是牺牲的将士们的墓地。他们把陆淮和进宝也葬在这里。一大一小两个土堆。除了副将和几个挖墓的士兵，狭风关的军人们仍坚守各自岗位，不曾因为要送将军一程而短暂离开，面朝关外，眼泪冻结在脸上。

埋进宝的时候，樊池久久抱着不松开，不愿往那个小小的坑里放。以前他不太抱过进宝，就怕小家伙尿在他身上，现在舍不得撒手的时候，怀中却只有冰冷，再没有暖热鲜活的感觉。

终于狠心将小小的包裹放进去时，想了想，摸出怀中仅有的几个糖块放在了进宝的身边。进宝一向不需要凡人的食物，只吸食地底养分，他的嘴巴却一直可以品尝味道，尤其喜甜。樊池有时候会把自己的甜食分到他的小嘴里让他抿一抿。每每尝到甜美的味道，小家伙就像个普通孩子一样开心得两眼发光，手舞足蹈，然而以后再也看不到那可爱的小模样了。

他把几块糖放在进宝身边。这样即使大雪覆盖了世界，即使土堆被风暴抹平，至少进宝所在的这一方冻土是甜的。

他们不知在陆淮和进宝的墓前坐了多久，只看到星光渐渐漫进视野。银山用沙哑的嗓音艰难发声："我们该走了，去找九蘅。"

樊池点了一下头，二人起身离开，每走远一步，心就仿佛裂开一道缝隙，仿佛将进宝孤单单丢在荒野。没有回头，不敢回头。

二人离开狭风关便分头行动，去往不同方向继续搜寻九蘅下落，约好有消息就以烟火为信。

这一次并没有找很久。在离狭风关三十里之外的一片树林中，樊池见到了第一只倒毙的青蚨。这只青蚨脑袋被斜斜劈裂，半个头连同尖长口器掉落在地，人身已经僵硬。

樊池急忙往前找，天还没亮，好在神族目力不同寻常，很快发现了更多死去的青蚨，遍地都是，荒草萋萋的原野仿佛是个屠杀场。

樊池急匆匆地到处张望，慌得呼吸乱频：是谁杀了这么多青蚨？九蘅呢？她在哪里？

还活着吗……

突然有一抹白色的影子在黑暗深处晃了一下，被他的目光敏锐地捕捉到了。一声低喝"站住"，疾风一般掠过去，无意剑锋抵在了那人的咽喉。

无意剑散着幽幽蓝光，映出了那人略微惊讶的脸。一张清瘦又熟悉的脸——是皇帝奕远。不知为什么，他身上的明黄龙袍不见了，只穿着白色中衣。被愤怒和悲痛压得几近爆炸的樊池恨不得一剑杀了他，此时虽暂杀不得，却用剑锋在皇帝苍白的颈间划破一道血痕，咬牙道："她在哪里？"

皇帝吃痛只微蹙了一下眉，没有惧意，也没有回答，而是不顾剑锋在喉，抬手抹了一下脖子上的伤口，看着指尖沾着的血迹，露出些许惊奇的神气，仿佛是这辈子第一次流血，又仿佛受伤是件很稀奇的事一般。

樊池哪有耐心看他这些小动作，忍无可忍，想动手逼供，眼角却捎到一团明黄。不远处是奕远原先穿的那件龙袍，看上去并非随意丢在地上，底下好像盖了一个人，一弯秀发露了出来。

他怔了一下，顾不得管皇帝，径直跑了过去，跪倒在龙袍旁边，伸手想掀开，手却顿了一下，莫名的恐惧将他携住，他想到了被白布包住的进宝。

她怎么了？为什么躺在这里一动不动……

身后传来奕远的声音："她睡着了。"

樊池猛地回头盯着奕远，满脸杀气。奕远讲话的语气太过平静，很是异常。

是奕远挟持了九蘅来这里的，现在他说的"睡着"是什么意思？会不会是……会不会是像进宝一样……

奕远似乎被樊池凶狠的样子吓了一跳，有些明白樊池是误会了，连忙解释道："她受伤失血，精神不济所以昏睡，我已帮她包扎了伤处，没伤在要害，你不用担心。"他掂了掂自己身上白色中衣的衣角，那里缺了一块。

樊池的眼神缓和了一些，但是疑心地盯了奕远一眼。这个奕远没有绑架者应有的慌乱，一副精神涣散的样子，令人费解。

此时来不及追究，樊池急忙掀开龙袍，露出九蘅睡着的脸。她的脸色虽然苍白，但呼吸均匀，再看背部伤处，被白布条拦肩裹缠了起来，虽隐隐透出血迹，但血显然已经止住了。而她身上的那件龙袍盖得整齐严实，分明是奕远很细心地帮她盖上的。

樊池将她身子拖起抱在怀中，将她尽可能地掩进怀中暖着，轻声唤她的名字。九蘅模模糊糊应了一声，微睁开眼看着他，目光混沌，过了一阵眼神才聚焦，好像刚刚才认出他，嘟哝了一句："你来了。"

"嗯。"他温声说，"你觉得怎么样？"

"好累，困。"她的语音含混，极度疲惫的样子。

"困就睡吧，我在这里，没事了。"他的声音柔和，眼神暖如春水。

"唔……"她放松地闭上眼睛，半个脸埋在他的胸口沉沉睡去，这一次睡得比之前安稳了许多。

樊池先发了一支信号烟火给银山，然后盘膝坐在地上，将她抱成舒服的睡姿，将龙袍的边沿立起挡住风。再抬眼看向奕远时，脸上暖意瞬间滤去，如覆薄冰。

奕远背对着樊池站着，衣着单薄，却没有在寒夜中瑟缩，时而抬起手让寒风穿过指隙，仿佛是在感受风有多冷。他的举止有些奇怪。

樊池出声道："皇帝，你先说发生了什么事，我再决定杀不杀你。"

奕远回头看着樊池，说："我不是皇帝。"

樊池微微一怔，凝起神识去辨别——果然，不是奕远了。

确切地说，眼前这个人，只有一部分是奕远——骨架。

樊池眯起了眼："朱蛾？"

差点把朱蛾给忘了。朱蛾之前已因为奕远的抛弃，投诚到了他们这边。它是什么时候不见的？上一次看到它，还是它吸了奕远的一滴血，吐在焰藤上救出银山之时。

现在它居然食了奕远的血肉，化成了奕远的模样？

虽然奕远舍弃了它，但总归是它的前主子，它竟怀恨至此，定要亲手置主人于死地？

不对。

樊池告诉自己说：没有那么简单，眼前这个"朱蛾奕远"并没有应有的朱蛾妖气，否则一开始他就发现了，不至于到现在才察觉。

是朱蛾附骨所化，又不是"朱蛾"，那他是什么东西？

对面的人给出了回答："我是奕展。"

箭锋相对的兄弟

这时樊池才注意到一个细节——从刚刚见到"奕远"时，那盏被他时时刻刻捧着的命灯，便不在他手中了。目光一扫，发现那盏灯被放在一边，火光已熄。

樊池压着心中惊异不动声色，观察着这个自称奕展的人。虽是跟奕远一模一样的脸和身材，但是神情间果然完全不一样了。没有了奕远的阴鸷固执，多了几分平静淡远。

樊池想了想，平静地道："如果你是奕展，就是从那盏命灯里出来，变成了奕远的模样。我知道当你还是命灯时，也是有意识、能闻声、能视物的。我和九蘅，想必你早就认识了。那么你告诉我，奕远挟她而去后发生了什么。"

奕展点了点头："没错，我被锁在命灯中时，看到了很多事。视野却有限，有看得清的，也有看不清的。"

樊池的目光冰冷："看清多少你就说多少。"

奕展再点了一下头，姿态透着贵族特有的高傲谦和。夜风卷着他徐徐的语调，仿佛将人带入梦境，抑或是他在命灯中待了太久，外界发生的一切在他的感知中都像做梦，至今也不能醒过来……

护城河畔九蘅被白玺刺伤，奕远趁机号令青蚨把她挟持而去，黑压压一片虫人低空飞过，如乌云掠地而过。留在河边挡住樊池的青蚨们被斩杀尽绝时，以奕远为首的青蚨群已经隐进了这片山林。这里原是皇家的狩猎场，奕远熟悉地形，知道这里便于藏身。

那时奕远和九蘅都被青蚨架扶着飞行，奕远是母蚨，青蚨们以长嘴和手臂搭起犹如轿子一般的座位让他端坐。俘虏九蘅就不同了，她是被拎着的，因伤势不轻，半路上就昏了过去。

听到这里樊池心疼地紧了紧怀中少女。

奕展注意到了，道："舍弟怠慢了您的朋友，实在抱歉。"

樊池满腔恼火，虽对方态度有礼，他却并不接受这歉意，沉着脸道："你接着说。"

奕展就接着讲他的所见。

奕远带着九蘅和青蚨们落在猎场林中，令青蚨们收翼散落到林内警戒。青蚨们把她随意丢下，也就是刚刚她躺的那个地方。

奕远站着看了她一会儿，道："她手中有一支厉害的影军，实在难得。但是，那捕头已经跑了，没有人质在我手中，怕是不会心甘情愿为我效力。是留还是杀呢？"他最后一句并非在自言自语，而是在问手中命灯。与命灯聊天是他的习惯。但命灯只能听，不能答。

奕远自己给出了答案："总之，若不站在我这边，就杀了吧。等她醒过来，与她谈谈再说。"然后举目望了望四周。夜色中的山林阴森森的，犹如潜伏着妖魔。奕远忽然长叹一声，"大哥，你还记得这里吗？我们小的时候来过。父皇来狩猎时曾带上了我们两个。你还记得那天发生的事吗？"他的目光忽然落在远处的一座高台，"啊，那里。"

说着就抱着命灯走向高台。那座高台是皇家狩猎时瞭望所用，台上栏杆犹在，只是油漆已剥落斑驳。

奕远抱着昏白的灯笼，踏着阶梯上半化为冰的薄雪走上高台，指着一个方向："那天就是在那个地方，我们相遇的吧？"

那一年他十四岁，奕展十八岁。奕远尚是青涩少年，奕展已长成长身玉立的青年。自从宫里启程一直到猎场，二人之间除了必要的礼数，没有一句多余的交流，没有一个交错的眼神。大哥一如既往的冷傲，奕远一如既往的谦卑。

狩猎开始前，父皇的目光扫过两个儿子，看到奕展时满是欣赏，再看到奕远微微低头屈腰的模样，就十分看不上，说了他几句，让他多向兄长学学。奕远顺从地应着，仍是一副不顶用的模样。父皇脸上的不满愈加明显。

或许是猎场热血澎湃的气氛感染了一向低调的奕远，他心内的利刺突然有些掩不住，血色的光掠过眼底。号角驱赶着林中的猎物，皇家的猎手们在林中分散着拉开围捕的阵线。这片林中多野狼，凶残的猎物越发能衬托皇族的威风。

奕远有意脱离了侍卫，独自骑马进了林子深处，眼前闪现着父皇鄙夷的神情，大哥冷若冰霜的侧脸，心中翻涌不能压下，扬起马鞭，朝着树干狠狠抽去，不知是将那棵树当成了大哥还是父皇。

侍卫迅速汇报了二皇子失踪落单的消息。皇帝恼火地斥了一句："没用的东西！"虽是冲着侍卫，但人人都知道是在骂二皇子。骂归骂，还是要找的。

奕展的脸色微白，一语不发就打马入林，急得侍卫赶忙追赶，生怕再丢了太子，追了一阵，还真跟丢了。这兄弟两个平时冷冷淡淡的，这当口也不知急些什么！

树影重重处，想独处一会儿避免露出锋芒的奕远听到一阵急促的马蹄声。他此刻神情激动，喘息急促，不能见人，眉头一皱，驱着马儿避到灌木丛后。接着他就看到了骑马而来的奕展。奕展大概是听到鞭子惊飞鸟儿的声音跑过来的，拉住马头原地打了个转，四下张望。

奕远在暗处冷眼看着大哥。奕展在干什么？找他吗？找什么找，这个多余又麻烦的弟弟被野狼吃了不是更好。

奕远突然意识到，深山老林，此时只有他二人，而他手中有弓箭。

心中升起异样的感觉，不知是灼热还是冰冷，是痛快还是痛苦。他缓缓抬起了手，搭箭，拉弓。奕展的耳朵捕捉到弓身绷起发出的轻微声响，猛然回头。

他看到了树丛后对准自己的漆黑箭头，也看到了箭尾一侧奕远冰冷的双眼。

那时奕远的视野中只有奕展一人。他看到奕展看到弓箭时先是流露出一点惧意，然后是惊讶，再然后是平静。

奕展坐在马上，静静看着拿箭对着他的弟弟，脸上的表情奕远看不懂。

是勇敢？是坦然？

不对，是释然。

奕远瞬间读懂了他的表情。奕展凭什么释然？他难道是在盼着被射中吗？他大概是以为今日死在他的箭下，就可以赎清过往，补偿奕远所受的苦难？愤怒在奕远的腹中燃烧。

松弦，箭脱弓而出，呼啸着射去。那一刹那奕展像走神了一般，竟没有躲闪。箭贴着奕展的身边掠过，深深插入后面的树身。

奕远像什么事也没发生过一样驱马走出树丛："大哥。"

奕展久久没有吭声，看了他很久，目光中居然露出悲悯的神气，就像奕远的母妃死去的那天奕远向他敬酒时，他露出的表情一样。

奕远不接受这怜悯，只说："我一不小心就迷路了。"

奕展敛起目光，低眼点了一下头，默默拉马转身。奕远等了一会儿才远远跟上。兄弟二人的马匹一前一后向林外走去。仿佛根本没有发生过弟弟拿弓箭对准哥哥、最后关头才偏了一下箭锋的事。他们没有一句对话，可是那短短的一段路，却好像说了许多话。那是自小时候溺水事件以来两个人离得最近的一次，可惜的是，他们的关系并没有因此缓解，走出林子的一刻，又回到了彼此远离的两个世界。

讲到这里，奕展叹了一声，道："奕远把那一天的情形记得清清楚楚，我又何尝不是铭刻在记忆里。我多么希望他能跟我打一架，甚至杀了我，只要我们能回到从前。"一滴冰凉的眼泪顺颊滑落。

樊池道："后来他把你关进了五行命灯？"

奕展苦苦一笑："对，他用那盏灯囚禁了我。他把命灯捧在手里的时候，眼神变得温和，他把灯抱在胸口，说，'哥，我们终于又在一起了。'即使我在灯在受烧灼之苦，只要能拯救奕远走出心中地狱，那些痛苦也是值得的。"

樊池心中有些震动，又问："那么他走出地狱了吗？"

奕展悲哀地摇了摇头："没有。他以怨恨来管理这个落到他手中的国家，把子民都拖入了地狱。我在灯里无可奈何地看着他做的一切，没有能力救他，没有能力救任何人。"深叹一声，"这样的孽局，又有谁能负担得起呢。"

樊池沉默半晌，道："那么现在，你又是如何变成他的？"

奕展恍然回神："哦，抱歉，只顾得说过去的事了。昨日奕远带着命灯在高台上回忆往昔，丛林中突然起了凌厉怪风。奕远怕命灯被吹灭，用袖子掩得紧紧的，是以那一阵子发生的事我没有看到，只听奕远说了几句奇怪的话。"

深夜之中怪风凸起，卷起的沙石打在高台的木栏上发出噼啪声响。奕远捂着灯，努力眯眼朝台下林中望去，发出惊异的话音："那是什么？……怎么会？"

命灯中的奕展听到了青蚨们迎风振翅的声音，它们在奕远的命令下奋起袭向未知的敌人，斩杀声不绝于耳。

不知来人是谁，有多少个，似是千军万马，又听不到金戈马蹄，只觉得整个林场仿佛变成了修罗场。

又听到奕远说了一声："不好。"他突然跪在地上，以低沉嘶哑的嗓音念念有词，命灯中的奕展感觉到他浑身颤抖不止。那时奕展不会说话，却暗暗惊惧。这样的场面他是经历过的——在奕远化身母蚨之后，以同样的姿态和咒语，释放出了体内的青蚨。

实际上母蚨释放一次青蚨已几乎耗尽精血，所以奕远看上去格外清瘦。如果再次释放青蚨，就会耗尽最后的血肉，枯竭而亡。

奕远当然是知道这一点的，但他没有停下来，他没有选择。

不知有多少青蚨随着奕远的施术而化出，遇风变大，扑向那个奕展看不到的敌人。然而没有用，对方势不可当，所向披靡。

青蚨飞行振翅的声音越来越少，最终归于寂静。

被抱在怀中的命灯听到奕远的心跳声一下弱过一下，呼吸断续不接。母蚨的血肉已经耗尽，奕远快要死了。他仍强撑着跪在地上没有倒下，透过衣袖边缘的一丝缝隙，命灯里的奕展看他变得皮包骨的脸上露出绝望的神情，因为极度瘦削而凸出的眼珠直直俯望着高台下的什么东西，满脸的不可思议。他干枯的嘴唇翕动了一下，仿佛想说什么，却因虚弱难以发声。

奕展想，对方要走过来杀奕远了。他甚至听到了脚步声，有人踏过黏稠血泊的声音，踩过青蚨尸体薄翅的脆响。

是一个人。没有千军万马。

杀死这数不清的凶残青蚨的，只有一个人吗？而且这个人并没有走近高台，而是在走远。那人竟然放过了奕远？

这显然也出乎奕远的意料之外。他身一软，倒在地上，几乎已是枯骨的身体撞到地面，发出让人毛骨悚然的声响。命灯随着这一倒从袖下露了出来，但奕展依然看不到高台下面的情形，因为这时栏杆挡住了视线。

奕远低眼看着命灯，嘴角露出凄然的微笑："我要死了，哥哥。我死了以后，你怎么办呢？"

命灯中的奕展就算是能说话，也不知道该如何回答。他知道自从关进命灯，奕远就痴迷地将灯当成童年时毫无芥蒂的奕展，但没想到他痴迷到这个程度。他死了以后命灯能怎样？一阵风吹灭或一阵雨淋灭，终于可以离开这盏灯散去罢了。还能怎样？如此一起解脱，也好。

奕远濒死黯淡的双目忽然浮起光彩，喘息地道："哥，我把一切还你，好吗？"

把一切还他？什么意思？

却见奕远捏了一个怪异的指诀，费尽力气低声念着什么咒语，念了很久。那咒语奕展也是听过的，是召唤朱蛾的。但之前奕远抛弃朱蛾在先，还能召来吗？召它又是为了什么？

朱蛾是个有思维、有脾气的妖物，召唤之咒对它来说能够感应到，却未必一定遵从。此时正恨着奕远呢，哪会一召即来？但大概是召唤了太久，它感受到其中的乞求，这才姗姗飞来，落于栏上，看看发生了什么。

朱蛾看到奕远皮包骨的样子也吃了一惊。奕远对着朱蛾露出一个艰难的笑，因为瘦得可怕，这笑容有些恐怖："朱蛾……朕快死了。你对朕忠心耿耿，之前将你丢给他们是我不对。"

朱蛾傲慢地合了合翅，不为所动。

却听奕远用艰难的气声说："别的事也不能为你做了，便把朕的这具骨架送你吧。你变成朕的样子，替朕当皇帝，好吗？"

朱蛾被主子坑了

朱蛾的触须扑棱竖了起来，翅膀激动得都颤抖了。当皇帝？它当皇帝？会有这种好事？

奕远又冒出一句话，打消了它的疑虑。奕远说："你替朕当皇帝，替朕继续报复这个世界。"他抱着命灯，用尽了最后的力气，扶着栏杆站了起来，定定盯着朱蛾。

朱蛾懂了。它跟了奕远这么久，知道他的心里充满恨毒，暗如地狱，就算死了也不肯放过这个亏待他的世界。好，甚好，让这个世界继续妖异横行，继续陷入黑暗之中，这一点正好和它朱蛾不谋而合。朱蛾兴奋起来。

眼看着奕远就要倒下咽气，朱蛾迫不及待地飞了起来。它只能附身活人，一旦奕远死了就不成了。半空中红色的蛾子化身千万，朝着奕远扑了下去。

它附身奕远的一瞬间，似乎看到他凸出的眼睛流露出狡黠，有那么一刹朱蛾是有点警惕的，但当皇帝的激昂念头让它没有多做思考。在它附在奕远骨上化成他的样子时，没有像往常那样获取身体控制权，而是眼前突然黑暗，感受到了神魂俱灭的痛苦。

它最后的意识是：上当了。

主人奕远掌握着朱蛾本身不知道的弱点。它谁的骨都可以附，唯独不可以附主人的。弑主的那一刻朱蛾的意识会消亡，并以自身化成主人的新生血肉。

"奕远"在朱蛾食尽皮肉的时候，放弃了生命，任自己魂飞魄散，但仍留下朱蛾附骨而生的新躯站在原地，撑了一阵才倒地。随着身体的倒下，命灯摔落倾覆，奕展从灯中摔了出来，感觉被烧灼多年的身体摔成碎片，混进朱蛾化成的奕远的身躯，意识混沌了不知多久，才慢慢睁开眼睛，如大梦一场。

说到这里，奕展抬起自己的两手看着，叹道："奕远精通巫邪之术，就这样给了我一具躯壳。奕远心里有太多恨了，把我囚在灯中，把江山夺走。最后还我的这具身体虽然看上去与正常人无异，可是没有心跳，没有体温。他还给我的江山也是风雨飘摇。"顿了一下，又道，"既然如此，我会尽我所能重整江山，解救子民于水火。我弟弟留下的摊子，就由我来收拾吧……"

雷夏大泽有位像奕展这样的明君，百姓也可以少受些苦，早一点从妖魔之乱中振作起来。樊池道："那你便替了奕远的身份，尽力挽回他犯下的罪过吧。"

可是……他低眼看看怀中少女，再看看林间遍地蚨尸，是谁那么大本事杀了全部青蚨，救了九蘅？

急促的马蹄声传来，在近处停下，隐约传来银山的呼喊声。他循着信号烟火找来了。樊池喊了他一声，银山很快跑了过来。一眼看到"奕远"，怒意顿现，手中幻出一根长鞭劈面朝他抽去。

他恨不得打死奕远，又不能随意开杀戒，心随意动，就化出了一条此刻特别适合用来教训奕远的鞭子。

奕展在灯里住得久了，面对任何情境都习惯了呆呆看着，做不出反应，连躲闪的动作都没有，眼睁睁看着鞭梢呼啸着袭到面门。

一缕劲风掠过，啪的一声，鞭子堪堪擦着奕展的脸颊划过，在耳边留下一道浅痕，重重砸在地上，冻土被抽出深坑。是樊池用一枚石子打偏了鞭梢，道："别打了，他不是奕远了。"

银山奇道："不是他是谁？"

"前太子爷，奕展。"

银山吃惊得说不出话来。又望了一圈四周蚨尸，不知道发生了什么。

"先返回京城，路上跟你解释吧。"樊池抱着九蘅站起来，啪嗒一声，一样东西掉落在地。

银山帮忙捡了起来："是冥河扇，这里面可有两千影军呢，可别掉了。"

樊池一愣，旋即恍然大悟："原来杀了这些青蚨，救了九蘅的是影军。"这就说得过去了。奕远带着命灯到高台上追忆过往时，被丢在林中的九蘅苏醒过来，唤出影军大获全胜。是啊，除了影军，谁有力量杀掉所有青蚨，逼得奕远耗尽血肉？

可是……好像奕远曾经说过，开启冥河扇是要用咒法的，九蘅是如何会使用的？或许她机灵，瞅中什么时机偷偷学到了吧。必是这样。

解释通了疑点，樊池心中通畅了些许。

返回京城皇宫时天已亮了。宫里一只青蚨也没有了，大臣、宫女、太监也都跑了个精光，只余一团团巨大虫穴，异常安静，阴森如旧。

走近永福宫时，却听到里面传来含着笑意的温柔女声："嵩嵩不要揪猫耳朵，会弄痛它！"还有孩子咯咯的笑声和招财友好的呼噜声。

是陆夫人在哄孩子。

几人的脚步顿住，樊池和银山对视一眼，均觉得没有勇气走进去，默然一阵，还是推门而入。院子里巨猫仰面躺着，任陆淮的儿子在它的软肚子上爬来爬去，被揪胡须也忍着痛不反抗，黑瞳温柔地扩大。陆夫人笑眯眯站在一边。

见几人进来，她急忙行礼，一眼看到奕展，就要跪下叩见皇上，被奕展拦住了。她看到樊池抱着的九蘅，小小地惊叫了一声："这位姑娘受伤了吗？快送进屋里去，外面冷。"先一步推开了房门。

屋子里负责看守白玺的阿步跳了起来，看到九蘅昏睡，吓得脸色发白。银山拍拍他的头："九蘅没有大碍。"

原是一副生无可恋状的白玺看到奕展进来，自然是认成了奕远，顿时疯掉，哪会听得进解释？银山心烦不耐，将他捆起来，找块抹布堵住了嘴。

樊池将九蘅放到床上，陆夫人过来查看她的伤处，道："这包扎得甚是潦草，得重新包扎。宫里药房应该有药，我略通些医理，等我过去找些给她用。"说着就忙活了起来。

樊池与银山内心沉重，话少得很。他们注意到阿步身上焕然一新，就连被捆着的白玺也换了新衣裳，而且都合体得很。不用说，必是这位贤惠的陆夫人从宫里各屋翻找到衣服，改了改给他们换上的。二人心里越发难受。

陆夫人给九蘅重新处理了伤口，敷了药，包扎好，又拿温热的湿手巾替她把脸和手擦得干干净净。一边忙一边说："这姑娘长得真好看……对了，皇上，我从各屋里找了许多衣服打算改给他们换洗，您不介意吧？"

奕展点了一下头："请随意用。"他今后要顶替奕远的身份了，也就默认了

"皇上"的称呼。

陆夫人喜道:"那过一会儿我给大家伙量一量尺寸。"

樊池忽然道:"陆夫人,您来一下。"他的脸色严肃,她愣了一下。

银山吓了一跳,手抬了一下好像要阻拦樊池。可……总是要告诉她的,总是要面对的,逃不过。遂手又缓缓放下,只低眼看着地面。

陆夫人满脸疑惑地跟着樊池走去院子里,随手把门掩上。

屋子里一时安静,空气压抑得很。阿步不安地凑到银山面前,趴在他膝上抬脸观察着他的脸色,希望银山说一说发生了什么。

院子里忽然传来陆夫人的哭声。阿步急忙起来想出去看,被银山拉住。他回头看一眼银山,吃惊地发现一向硬气的银山眼里也含着泪水。

床那边传来声响,是九蘅被哭泣声吵醒,慢慢坐了起来,头脑蒙蒙的不知身在何处,困惑地问道:"是谁在哭?出什么事了?"

银山不敢回答,他觉得这是有生以来最难应对的场面。

第二天的午后,雪花又开始从铅色的云层飘落。狭风关那一片墓地里,一大一小两个土堆前,陆夫人伸手替九蘅掩了掩厚斗篷:"方姑娘,下雪了,你身上还有伤,我们回军帐中吧。"她因为哭泣太久而哑掉的嗓子发声有些艰难。

"您先回去吧。"九蘅说,"我得再陪陪进宝,我走了他一定不高兴。"她的脸上没有泪水,一日一夜,眼泪已流干了。

"有陆淮陪着他呢。在这边没有保护好进宝,到了那边一定会一直陪着他,不会让他孤单的。"陆夫人的悲伤已敛到眼底,神色平静。作为陆淮的妻子,这样的心理准备早就有。可是头一天听说夫君安好,第二天就变成噩耗,这样的大起大落非常人能承受。她却在痛哭之后,挺直胸膛面对今后,还能安慰他人。这位将军夫人的坚强绝不亚于将军本人。

九蘅握了一下她冰凉的手:"您别这么说,陆将军已经尽力了。我唯一庆幸的,是最后时刻有将军陪着进宝……"说到这里她心又猛地揪起,痛得呼吸不济。

是谁那么心狠手辣,连个婴儿也不肯放过?进宝,她可爱的进宝,怎么会躺进冻土里,不会笑了,不会把口水抹到她身上了,不会用胖胖的小手揪她的头发了。这怎么可能？

她曾在优旻和宝椟的墓前许诺会照顾好进宝的，她没能做到。这让她如何跟他们的在天之灵交代？

她不该把他留在狭风关的。她疏忽了军营内一棵树也没有，进宝遇到袭击时，没有机会运用他的驭树异能反抗，是她的错。她应该把他带在身边，一刻也不离开视线的。

陆夫人温柔的声音劝着："樊公子一直在那边等着呢。"

九蘅茫茫然偏头看了一下远处。樊池远远地一动不动站着，冷风扬起衣角。他已不知在那里站了多久，肩头已积了一层薄雪。两人远远地对视着，悲伤漫山遍野。

樊池虽然平时不爱带孩子，其实他内心对进宝的喜爱不比她少分毫。阿步已经崩溃了，不知去哪里哭了，银山去陪他了。招财敏锐地嗅到了进宝的气息，趴在坟墓边不肯走，硬拉着才离开。

大家都很悲痛，却不能一味沉溺，要像陆夫人一样清醒起来，查清真相，替陆将军和进宝报仇。两个女子相搀着站起来，樊池看到了，连忙走过来，揽住浑身已冷透的九蘅。

最后她朝着坟茔说："拜托陆将军照顾进宝了……进宝，你要乖啊。"就跟当初离开狭风关时交代的话一模一样。终于是一步三回头地离开了。

天色渐暗，副将给陆夫人单独安排了军帐，让她带孩子去休息了。樊池、九蘅、银山、阿步集合到了陆淮的军帐中，招财趴在炭盆前，不安地甩着尾巴。它嗅到了地面上残留的进宝血液的味道，弄不清发生了什么，只焦躁不已，时不时发出压在喉间的低吼。

樊池和银山叙述了他们所见的陆淮和进宝遇害的情形。银山说："没有人察觉，没有闯入和离开的迹象，没留下任何痕迹。我做捕头这么多年，从没见过这么周密的凶案现场。"

樊池忽然道："不，你见过。"

银山一愣，旋即明白他指的是什么："对，老黄皮被杀案。可他是死于美人诅啊，美人诅已经没了啊。"

樊池蹙眉思忖着："不是说一定是美人诅，而是说可能是与美人诅类似的杀人方法。"

银山点头："难道杀人者并非人类，而是妖邪？"

樊池说："是谁尚不能定论，但他的目的很清楚。"

几个人交换着目光，没有把话说出来，心中皆如明镜一般。

白泽碎魄。

抢夺白泽碎魄的方式便是杀了前任宿主。凶手的目标不是陆将军，而是进宝。

为了占有进宝身上的白泽碎魄，残忍地杀害了这个婴儿和保护他的陆淮。下手之果断，没有因为目标是个柔弱的婴孩而有丝毫犹豫；手法之快，身经百战的陆淮都来不及发出一声呼喊。

凶手到底是个什么东西？真的是美人诅吗？这世上还有另一个美人诅吗？

一直有些失神的九蘅忽然抬起头来，眼中如压黑焰，沉声道："有目击者。"

樊池等一怔，旋即明白过来。

银山跳了起来："对！我怎么没想到呢，陆将军就是目击者啊！"

凶案中的目击者

九蘅用一把刻刀在怀影镜背面添了陆淮的名字，他的身影旋即出现在镜中。她低语道："陆将军，请您出来一下。"

过了一会儿，苍白的半透明身影从镜中浮出，站在他们面前，依然英姿飒爽、威风凛凛。他的脸上饱含歉疚，开口道："对不起，我没能保护进宝。"

"我知道您尽力了。"九蘅抑制着哽咽，问道，"陆将军，是谁害了你和进宝？"

陆淮的画影答道："我没有看到。"

帐中的几人均露出了诧异的神情："什么？"

陆淮说道："那晚进宝闹觉不睡，我为哄他睡觉就熄了灯，抱着他摇晃。军帐无窗，暗得伸手不见五指。凶手就是那个时候进来的，没发出一丝声音，没带起一点风。我是凭着本能感觉到身边多了什么东西，下意识地想把进宝护在怀里，可是连那个护的动作都没有做完，就感觉利刃封喉，进宝也……"

九蘅觉得喘不过气来。樊池站到她身后，手在她背心轻抚安慰。

陆淮顿了一下，又接着道："我连凶手的影子都没看到。只是……从被杀时的感觉来说，对方武器锋锐、手法狠辣利落，应该相当有杀人经验。"

几人默然，心中更加迷惑：这并非美人诅强迫人自杀的手法，看来绝不是另一个美人诅了。那么会是什么呢？

从陆淮这里得不到更多线索，沉默一阵，九蘅说："陆夫人和您的儿子就在隔壁军帐，您要不要跟他们见一面？"

陆淮低眼微笑："她其实早已做好准备，能承受我离开，也能面对将来，我不必现身搅乱她的心境了。她有能力带着儿子好好地生活下去，我没什么不放心的。"

九蘅点了一下头，陆淮回到了镜中。

"是谁？到底是谁？"九蘅的眼泪摔落尘土，浑身颤抖着，痛彻肺腑地一遍遍质问。

樊池紧紧抱住她，沉声道："不管是谁，我一定会抓到他。"怀中抱着崩溃的少女，怒火席卷天地。

两天之后，一行人回到京中，狭风关的守关军也大部分进驻到京中。虽然兵力很少，却是京城中唯一的军队了，也是整个雷夏国中皇帝唯一能调动的军队——现在的皇帝是奕展，但是他长着奕远的模样，除了樊池等人，没有人知道皇帝已换人了。

奕展匆忙拾起奕远丢下的残破江山，召集还活着的臣子，整顿朝政，接济京中百姓，组织人力重整家园，忙得没日没夜，一副朱蛾造就的身子殚精竭虑，只希望挽残局于一二。他也知道现在住在宫中的这一群奇人是雷夏最后的希望。而樊池等人因为进宝的遇害遭到了沉重打击，正挣扎于悲痛和愤怒之中。

九蘅自获得白泽碎魄以来体质增强，从未生过病，这一次身心受创，没能抵住，从狭风关往回返时就发起热来，现下已昏昏沉沉睡了一天。

永福宫里的床边，樊池又一次试了试她额头的温度，替她掖好被角，轻轻走了出去。银山坐在外间。九蘅现在心神大乱，这两个男人算是队伍中的顶梁柱了。

樊池道："虽还没有证据，我觉得可以肯定凶手的目标是进宝体内的碎魄，这一点是毋庸置疑的。"

银山点头："那这个人是如何知道进宝是碎魄宿主的？"

樊池蹙眉道："仙人镇认得进宝的，知道他是花妖之子，会把这能力当作天生拥有的。不认得进宝的，也只会说他是妖。进宝虽然屡次显露驭树异能，但我们一向谨慎，不曾在外人面前提及异能由来。"

银山说："或许是什么时候说起，被居心叵测的人听了去也未可知。"

樊池没说什么，只思虑着轻轻摇头。

银山又道："假设说进宝的秘密被凶手听去了。那么，杀宿主、获得异能，就是凶手的目的。他甚至知道我们这群人都有白泽碎魄，但是进宝最弱、最好加害，恰巧又落了单……"说到这里，恨怒似是堵住了嗓子，银山无法继续说下去了，站起来捏着拳头暴躁地来回走动。

樊池颈侧的青筋因为咬紧牙关而绷起，眼底掠过暴风雪般的杀意。

可是……这个人对他们怎么这么了解？

银山平复了一下，道："现在凶手夺去了碎魄，是不是就有异能了？他事先知道碎魄的效力，只要在吸取小兽时心中抱有信念，就能拥有相应的异能吗？"一边说着心中越发沉重，"这样的话太可怕了，他若想要毁天灭地的能力可如何是好？"

樊池摇摇头："把心中所念发展成异能的情况，只会发生在白泽碎魄小兽自主选择宿主避难的那一次。白泽本性友善纯良，碎开的灵魄小兽也是拥有白泽部分意识的，赋予宿主异能，是小兽赠给宿主的报答。"

"原来是这样！"有了随手召唤武器的异能这么久，银山到今天才明白其中原委。白泽真是个让人越了解越敬佩的高贵神物啊。

樊池接着道："但是，当它选宿主之后，为了不让自己的意识影响宿主，造成一身二主的怪状，自身意识会休眠，直到七魄有机会拼合才重新苏醒。所以，当凶手杀害进宝，抢了碎魄的时候，碎魄已没有意识，不会赋予新宿主新的异能，仅仅会把进宝已形成的异能带过去！"

银山猛地抬眼："也就是说，现在凶手有着跟进宝一样的驭树异能？"

樊池点头："这是找出凶手的途径之一。如果遇到可疑的人，只要逼迫得他以异能自保，就能验明正身了。"

银山周身仿佛罩了腾然烈火。突然从门外传来啪嚓一声响，似是有什么东西摔碎了。两人开门出去看，只见阿步正气势汹汹地面对着白玺。白玺身上沾了粥汁，地上碎了几只碗，洒了些汤菜，低着头默默不语。

自从白玺确认了回来的"奕远"是奕展，奕远已经死了，心境如被雨浇灭的火场，只余泥泞灰烬。失魂落魄了一阵子，迷失的本性复苏，渐又有了彬彬公子的模样。看他没有极端情绪了，也就不再绑着他，给了他自由。

这时他总算记起了自己刺伤九蘅的事，试图表达歉意，别人没有理他，阿步倒已找机会欺负了他好几次。

樊池又何尝不想揍他一顿，但克制住了，只冷冰冰地告诉了他不死异能的来源，然后丢下一句："就是这么回事，你想走就走，反正我也不是很想看到你。"

这是他第一次不愿把白泽碎魄宿主留在身边。一则是因为白玺险些杀了九蘅之恨难消；二则是因为他的异能是不死之身，也就没有人能杀了他夺异能，他在哪里也就是一个不成气候的文弱公子，随他死死活活去吧。

　　得了自由，他却没有离开的意思，这时又做了粥讨好地给九蘅送来，却被阿步不客气地打翻了。

　　洒掉的粥香隐隐飘着，院子里气氛一度凝滞。

　　听到屋子里的响动，九蘅披着衣服走了出来。樊池急忙替她掩一掩衣领，免得室外寒气侵袭："怎么起来了？好些了没有？"

　　"好多了。"她淡淡一笑，脸色仍有些苍白，眼神中一度充斥的绝望已压到看不到的深处，恢复了清澈淡然。樊池的手自然地抚到她额上去，掌心感受到微温，烧已退了。

　　白玺一看到她，脸上露出急切的歉意，又有些害怕面对，低头躲闪着目光，手足无措。

　　九蘅看着他，开口道："白玺。"

　　他急忙抬起头来。

　　她问："过去的事可以放下了吗？"

　　他顿了一下，郑重点头，眼中有过往的死寂，亦有新生的清明。

　　"好。"她说，"那我们这里也翻篇了。"伸手抚了抚阿步的头顶，微笑道，"阿步，你不要欺负他了。白玺煮的粥闻起来好香，能再给我盛一碗吗？"

　　阿步抿了抿嘴巴，虽不情愿，但九蘅说话他一向是听的，总算是敛起了身上的敌意。

　　白玺原想说一句谢的，但一张口眼眶就红了，急忙蹲下去，借着捡碎碗的动作掩饰眼里忽然冒出的泪意。

　　白玺外表纤弱白净，看着是娇生惯养长大的公子哥，但相处下来，发现他的厨艺竟然炉火纯青。于是他顺理成章地成为这群人的厨艺担当。

　　京城里百废待兴，物资和人力都十分短缺，即使是宫里也没有囤积多少。白玺却以有限的食材尽力翻着花样给他们做饭，大家品尝着他的劳动成果时，均觉得他做饭的能力比那不死之身的能力更实用。

伙食这么好，九蘅却瘦了许多。不仅九蘅，大家在一起有说有笑时，会毫无征兆地安静下去，刚刚在说什么、笑什么，全然忘记，暗色的悲伤空气总是忽然压过来。

这群人，再也不会有真正的快乐了。

神族的生命漫长，樊池作为在雷夏生活了三百多年的佑护神，凡人的生老病死在他眼里一向是过眼云烟。凡人寿命那么短，生命那么脆弱，生和死不过是聚散一场，无论是亲情还是财富，或长久或短暂的拥有，都很快会烟消云散，生死轮回里哪有什么天长地久。

万万想不到，自己会因一个小孩子的离去而痛苦心碎。如果上灵霄、下地狱可以找他回来，他也会毫不犹豫地赴死而去。

原来凡人的痛苦这么疼，没有词汇能够表达。也正是因为体会到了有多疼，他才担心九蘅，怕她永远走不出阴影。她的伤明明已经愈合得差不多了，整个人却看着一天比一天虚弱。

他不是伶牙俐齿的人，不知该如何安抚，唯有默默陪着她，在这段时间里尽量跟在她身边，生怕她撑不住崩溃痛哭的时候身边没有救命稻草。他却也做不到寸步不离，数日里他与银山往返于狭风关和京城之间，寻找着凶手的线索，却一无所获。

这天回来时天都快黑了。宫里的灯火纷纷点了起来，不再像奕远在位时一片漆黑。被虫巢包裹的宫殿也在奕展的旨意下清理得差不多了，大体恢复了皇宫的模样。宫里人丁却仍稀落，没有后妃，没有皇子公主，仅召回了少数的太监、宫女，一入夜更显得冷清。

樊池回到永福宫没看到九蘅，莫名就急了。还是阿步打着手势跟他说九蘅跟白玺一起去御花园散步了。他赶紧跑过去，衣角带起一阵风。御花园太大，好在安静，他凭着敏锐的听觉捕捉到了人声，循声而去。待走近了听清的确是九蘅在说话，心中石头总算落地，放轻了脚步，没有打扰正在聊天的两个人。

失踪的不死公子

九蘅披着大氅和白玺一边闲聊着，一边漫步走过无光塔前的空地。那种吸附人身的蒲公英早已被清除，只余一片沙地。白玺停住脚步，抬头看着无光塔。九蘅也顺着他的视线望去，黑色的塔身透着阴邪之气。这里面本是奕远存放巫蛊器物的地方。

她问道："塔里的东西整理得怎么样了？理起来很辛苦吧？"

前几天奕展找到他们，提出一个顾虑：塔中存放了很多邪物，若让心存不轨的人惦记上了，盗走一件去就能酿成大祸，还是要早早处置了它们。而这些东西着实危险，处置不当是要出人命的。拥有不死之身的白玺便请缨接下了这项任务。

他答道："已做了一小半了，挨个弄明白功效，锁进铁柜里，其间不过被伤过几次，好在里面有灯，转眼就好了。"

九蘅："……"

邪物伤人必是重伤，他虽不会死，却是会疼的，被他说得像擦破皮一般的小事。

白玺看到她同情的表情，微笑道："没什么的，次数多了就习惯了。那些邪物真是一个比一个古怪。多数都经由姐姐的手整理过，附着的说明和记录，均是姐姐亲笔所书。姐姐她……不管奕远做的事是正是邪，是善是恶，总是无条件地帮他、支持他。没想到最后竟落得……"白玺眼神黯下，摇了摇头。

九蘅说："都过去了。"

白玺转眼看着她，目光沉静："也不是过去。时间虽然流逝，那些事和人却总留在心里，磨不掉、忘不掉。现在不敢回头去看也没关系，以后有足够勇气面对的时候再去看他们。那些停留在过去的人，会很高兴那样的重逢。"顿了一下，"方姑娘，我是如此，你也要如此。"

九薇的眼中忽起泪意。她知道白玺话中的意思，是在劝她放下对进宝之死的哀恸。

白玺说得对，是时候从溺水般的感觉中清醒过来了。进宝不会愿意看到她萎靡不振的样子，她要打起精神查明真相，也要好好地生活和战斗下去，做回进宝英姿飒爽的姐姐。等一天有勇气回头望去，可以对着藏在记忆深处的进宝说：姐姐没有让你失望呢！

她抬起头来，泪意滤去，眼中有了一些光彩，道："谢谢你，白玺。"

白玺释然一笑。月华初上，在年轻公子脸侧涂上银霜般的光泽，笑容干净，眼神清澈，仿佛随着刚刚的一番深谈，他也放下了重担，恢复了世家公子的翩翩风华。

他抬头看到一弯薄月，惊道："都这时辰了，我们快回去吧。"

九薇微笑道："你先走，有人来找我了。"下巴往旁侧微微示意。白玺这才注意到远处树荫下的白袍身影。

白玺朝着樊池点头示意。樊池刚刚旁听了他与九薇的一番对话，心中对他的印象已有改观，这次没给他冷脸，破天荒地走上前来淡淡打了个招呼。

白玺说："我在无光塔里整理的那些怪东西里，有的没有标识、来历不明，樊兄见多识广，能趁哪天有空时过去鉴别一下吗？"

樊池点了点头："嗯。"

白玺顿时开心起来，先行告退了，一边走一边盘算着御厨房还有什么菜，给奔波一天的樊池和银山做个夜宵。话说，这个神族人只喜欢吃甜，掌勺的要颇费心思呢……

樊池看向灵宠，习惯地张手想将她拢在怀中暖一暖，她却先一步扑过来，紧紧抱住他的腰，脸深埋进胸口。他愣了一下，手才轻轻落在她的发上。

"对不起。"闷闷的声音传来。

"什么？"他不解地问。

"我只顾得自己难过，忽略了你的感受。我知道你也一样难过，你要为查案的事奔波，还要担心我。"她喃喃说着。其实他眼中掩不住的痛苦，时不时地失神，她都是看到了的，只是自己没有力气去安慰他，只沉浸在自己的情绪里视而不见。

他微微动容，她后脑勺的头发茸茸的，温暖透入掌心。

她说："从现在起我要试着好起来，变回进宝原来的九蘅姐姐的样子。你也要好起来，阿步和银山，都要好起来。"

"嗯。"他以温柔的鼻音答应着，将她紧紧地拥在怀里。

无论发生什么，都要一起面对！

自这一刻起，他们才算真正重新打起了精神。

如果行凶者与乌泽有关系，乌泽也不是虚无缥缈之物，它必有宿主，以某个面目出现。直觉感到凶手离得并不远，却始终抓不到蛛丝马迹。越是如此，越发不甘心。

离开时，目光瞥过无光塔，九蘅忽然记起了什么，摸出一直带在身上的冥河扇，对樊池道："两千影军还被困在这扇子里呢。我已拜托白玺留心些，看无光塔里能不能找到运用此扇的巫咒。"

樊池一怔："你不知道开启扇子的咒语吗？"

她茫然道："我不知道啊，否则当初怎么会被奕远以影军要挟？"

"狩猎场里与青蚨的最终一战，不是你把影军放出来而取胜的吗？"

她越发惊讶，答道："不是我，我自被奕远挟持后就昏着呢，醒来后第一眼看到的就是你。杀尽青蚨的是影军吗？我还以为是你呢。"

樊池的眉心蹙了起来："我一人之力岂能杀那么多青蚨？我赶到现场时，青蚨已被灭尽，奕远也变成了奕展。如果不是你，还有谁能驱使影军？"

她一头雾水。那次醒来后就遭受失去进宝的打击，一直精神恍惚，无心绪提起被奕远挟持后的经历。对她来说，那个过程就是一直昏迷着，没什么好说的。

而樊池事先认定了是她中途醒来，唤出影军杀绝青蚨，也没有再提，以至于直到今天才对证出问题。

她低头思索半晌，道："影军对战青蚨，不需要驱使，因为它们是有意识的，知道青蚨是恶妖，相遇自会厮杀。所以只需要将影军从扇子里放出来、战后收回即可。"她一边说着一边展开了扇子。

借着淡淡月色，可以看清扇中的冥河畔仍"绘着"列队的影军。目光扫过时，九蘅眉心微微一蹙。又看到了那个混在队伍中的蒙面黑衣人。奕远说过这是个修习邪术的凶残杀手，虽只露出一对眼睛，仍透着阴鸷狠戾，与影军的气势格格不入。

不知为何，虽然只是个画中人，看到却觉得心中莫名一滞，很不舒服，赶紧合上了扇子。

樊池蹙眉道："影军不是你放出来的，那么……或许是奕展？"

九蘅点头道："有可能。他是命灯时也有知觉，或许跟着奕远学会了开启冥河扇之术。"

他们决定去找奕展问问清楚。

二人径直去到了他平日处理政务的殿中，找到了奕展。

奕展却直接否认了："不是我。我听到过奕远念收放冥河扇的巫咒，发音古怪得很，我没有存心去学，也就没记住。更何况青蚨被消灭时，我还被关在命灯里无法出声。猎场那晚，命灯虽被奕远用袖子盖着什么也看不到，却听到军令声和战鼓声，确是影军在作战。"

两人困惑了。以影军杀青蚨并非坏事，奕展没必要撒谎，他说不是他做的，应该并非虚言。影军不是九蘅、奕远或奕展放出来的。那么会是谁呢？谁会用冥河扇，又为什么会出手相助？几个人讨论了各种可能也没有得出结论。

然而一波未平一波又起，隔了三天，白玺失踪了。

宫里御膳房人手短缺，连太平年头富裕人家的配备都不及。为了照料好一队人的生活，白玺在整理黑塔内的东西之余，每天坚持至少给他们做一顿饭。所以他们是到饭点才发现他不见了的。

九蘅等人进无光塔找他，塔内无窗，一片漆黑，点了灯也未见白玺踪影，架子上摆着未整理完的奇奇怪怪的物件。

他有不死之能，所以大家也没有很担心。直到深夜时还不见他回来，才不安起来。

银山脾气耿直，与这个公子气质的白玺没什么话聊，关系一向疏冷。现在见他竟擅自离队，银山有些恼火："他明知自己是碎魄宿主，却招呼不打一声就离开，太不像话了。"

九蘅却觉得不对头："白玺虽加入我们最晚，却一直在努力融入，不至于疏远至此。难道是有什么原因被迫离开？"

银山不服气道："他有不死之能呢，谁能强迫得了他？我就一直没完全相信这小子。九蘅，你忘了他刺伤你时下手之狠了？看他平时也阴阴郁郁的，说不定有不为人知的一面。"

樊池抬手止住二人的争辩，道："他想离开本来也没人拦着，我觉得还是事出有因。我们打听下有没有人看到他出宫。"

然而一连两天也没有白玺的消息。

这一天樊池、银山再次外出，九蘅想跟着去，因为身体尚未好彻底，被拒绝了。她只好等在宫里，待在永福宫里到了午后时分，心中觉得气闷，就牵了招财在宫里散步，然而这一去就没有回来。

樊池、银山回宫时天已黑了，阿步焦急地打着手势跟他们说九蘅未归，他到处找也找不见。樊池急得一阵风似的跑去找。

好在他们很快就找到了她。她不知为何被困在了无光塔的地宫里。

樊池推开地宫的门时，里面一片漆黑，什么都看不清，只觉得热气扑面，好像里面点了火炉。他心知有异，一边喊着她的名字一边放出萤蝶，只见放巫器的架子倒了几个，一片凌乱。

一开始并没有看到她的影子，只发现地宫最里的暗门开着，旁边跌落了一支熄灭的蜡烛。发出热浪的是密室里的火晶盐。在萤蝶的照映下，黑色火晶盐的表面，隐约有个灰白的人形痕迹。樊池霎时觉得如跌入了深渊，发不出声音。

上一次来这里时还是为了解救被灼骨藤缚住的银山。现在……那是谁？是谁在火晶盐上被烧化成了灰……

却听身后传来银山的话声："九蘅，你怎么了？喂！她在这儿呢！"随后跟进地宫的银山朝着在暗室门口呆住的樊池喊道。樊池茫然回头，看到在墙角蜷坐成一团、脸埋进膝盖的九蘅。

他返身扑了过去，口中语无伦次地唤着她的名字。

她懵懵懂懂抬起头来，眼神迷茫，一副迷迷糊糊的样子。他一颗心落回腔中，单膝跪地，一把将她紧紧抱住，眼眶竟忍不住湿了。

幸好，幸好。幸好火晶盐上的那个灰白人形不是她。

她慢慢地回过神来，紧紧抱住他，终于哭出声来："白玺……白玺他……"

银山还没明白过来，樊池就听懂了——火晶盐上那个化了灰的人形，是白玺。拥有不死之身的白玺，死了。

所有人都可能出事，却不曾想过白玺会出事。

白泽碎魄赋予白玺不死之身的异能并非没有弱点，但是在此之前，包括白玺本人都没在意这个弱点。

无论他受多重的伤，只要光照在身上，伤处就能愈合。让他彻底死去的办法，就是把他杀死在没有光的地方。然而仅仅这样还不够，只要身体终有一日见了光，他还是会恢复如初。

九蘅指向地面，他们这才发现地上其实是有拖行的血痕的，从干涸的程度看是几天前形成的。血痕被掩盖清理过，因此不易发现，也没有凶手的脚印，必是被刻意抹去了。上一次进来找他时，没有想到不死人也能被杀死，根本没有留意察看。

从痕迹分析，凶手是趁白玺在塔里整理东西时，打灭了灯火，在黑暗无光的环境下伤了他，将他拖到火晶盐上烧化。成了灰，再有光照，白玺也不能回来了。

几人站在暗室外，说不出话来。

白玺……被一场宫变卷入不幸的白玺，穿着囚衣仍像个翩翩公子的白玺，为自己"无用"的异能沮丧的白玺，因为误伤过她总是流露愧疚的白玺，有一手好厨艺的白玺……

失踪时被大家抱怨性格疏离不辞而别的白玺。

默默地，无声地在黑暗里，等着朋友们来找他。

一只窥视的眼睛

九蘅用仿佛抽去灵魂的语气道："我下午带着招财出来走走，走到无光塔前时，心中忽有所动，就想再进来看看。"她怕招财身形太大进去撞翻架子，把它留在塔外，自己一个人点了支蜡烛进了地宫。

她仔仔细细地搜索，终于发现了地面上异样的痕迹，并顺着痕迹来到暗室前。之前她只听樊池讲过从暗室中的灼骨藤上救下银山的过程，第一次亲眼见到火晶盐，炽热的黑色砂粒的表面却有个灰白人形。

当她意识到那是白玺时，手抖得将蜡烛摔落在地熄灭了。一边呜咽着一边摸黑朝外走，想着赶紧出去告诉其他人。因为太黑了无法视物，只有入口处隐约透进一团微光，她就朝着光源跑去，慌乱中撞翻了架子，被什么东西砸中脑袋，大概是晕了一阵，再醒来时，只觉眼前一片漆黑——外面天黑透了，门口的光线也没了。她晕晕地辨别着方向，摸索着找出口，偏偏越急越找不到，又因为白玺的事难受得呼吸困难，身上无力，索性放弃，在原地蜷坐了，陷在黑暗中昏昏沉沉，直到他们找到她。

樊池疼惜得摸了摸她的头，果然摸到一个大包。见她站立不稳、体力不支的样子，知道她已撑不住了，将她横抱起来，先送她回去休息。

出了无光塔，迎面看到阿步飞奔而来，满脸泪痕。银山赶忙迎上前去："阿步别怕，九蘅没事了。"

阿步却并没有好一点，一头撞进他的怀中，无声地哭着，手指向御花园的某个方向。

银山的心又是一沉："发生什么事了？"他看着阿步打的手势，大惊，"招财？招财怎么了？"

他们在御花园中的一片景观竹深处发现了招财的尸体。

它安静地横卧在竹林间，猫身尤显巨大，一对眼睛圆大地睁着，仿佛在死前看到了它无法理解的情形，异色双瞳中却没了光彩。

九蘅眼前一片模糊昏暗，听到樊池暗哑的声音在耳边说："与杀死进宝的，是同一个凶手。"

招财的咽喉有细而深的裂口，是被极锐利的凶器一下切断了气管，在倒卧的地方洇了一片凝固的血。凶手仿佛在黑暗中出现，站在大猫的身侧，一招致命。

可是，怎么可能？招财的敏锐无人能及，什么杀手有本事离它那么近而一击得手？

自看到招财尸体的一刻起九蘅的头脑就是混沌的了，一遍遍抚着它失去光泽的皮毛，企图将巨兽唤醒，盼着它能站起来，还是那个柔软温暖的大猫，不论他人怎么劝都不肯起来，直到她喷出一口血，伏在大猫背上昏了过去。

不知过了多久，九蘅从昏迷中醒来，看到樊池坐在床边，身影如被冻结般一动不动。

她伸手，轻轻拉了一下他，发现他紧握着拳头，脸色如覆冰霜，瞳底却燃着火焰，仿佛下一刻就要爆发出来，毁天灭地。

"樊池……"她用微弱的声音唤他。

他没有动，喉间发出低哑的声音："我没有保护好他们。"

她坐起身抱住了他："不是你的错，是敌人手段太无耻。"

他浑身冰冷，嗓音透着胸腔深处的颤抖："我……我不知道能不能再保护好你们。我很害怕自己不是它的对手……"前路似暗似明看不清楚，费尽力气，却仍像是被一只无形的手摆布着未来。

这个一向狂傲的神族，忽然在她的面前展露了胆怯和自责。他甚至瑟缩了一下想躲开她，觉得自己配不上这样的拥抱。

她固执地圈住了他，语调格外地沉静，如墨在砚上缓缓研过，如笔在纸上稳稳落下："樊池，以前的时候，你与白泽，是谁保护谁？"

他一怔，答道："我与它是同伴，相附而生，并肩而战，说不上是谁护谁。"

"我们与你也是。"九蘅说，"碎魄宿主与白泽无异。我们是你的战友，并肩作战到最后，谁生谁死都不是你的责任，我们和你一起与乌泽战到底，我们中间只要有一个活到最后，不，哪怕是同归于尽，就是赢。"

樊池终于缓缓抬手回抱住了他的灵宠，身子一点点暖回来，胸腔烈焰渐燃。

"是。"他沉声说，"一定能赢。"

清晨的天光亮起，樊池、九蘅、银山、阿步，四人关好门围桌而坐，樊池还特意在门外设了禁制。压下一夜悲恸不安的情绪，情势莫测而凶险，他们没有时间哀悼，当务之急是冷静下来分析目前的情况。

九蘅两手捏得指节发白，从牙缝里飚出三个字："是乌泽。"

樊池答道："是它无疑。"

乌泽在收割白泽碎魄的宿主，它也是必须依赖宿主才能生存的存在，那么它是借了谁的外壳屡下杀手？

几人静默了一小会儿，樊池看了一眼九蘅，小心地冒出一句："昨天我与银山在京城里搜罗消息时，有人说近日曾看到一个外貌特异的人。这个人，是我们的熟人。"

九蘅问："谁？"

樊池犹豫了一下。

九蘅疑惑道："说啊，干吗吞吞吐吐的？"

樊池看着她道："他之所以引人注目，是因为头顶生着一株碧叶小草。"

她怔怔问："黎存之吗？他来了京城，为什么不来看我们？"

樊池默然不答。

她恍然醒悟："你是说他跟白玺和招财的遇害有关系？不可能……"

樊池拉着她的手安抚道："人还没有见到，不经查证也不能妄作猜测。"

一直以来他对黎存之毒舌不断，逮住机会就冷嘲热讽，为了将那个在她眼里颇为完美的形象毁一毁，简直不遗余力。这时窥到了某种可疑，他反而盼着此人不要有问题，他实在不想在这个关口再加给她一分打击。

直肠子的银山却管不了那么多，一掌拍在桌上："据街上茶楼老板说，是昨天下午看到的他，我们一直找他的下落到深夜也没见踪迹。回来才发现宫里已出了事。这人出现得也太过巧合了。"说着又蹙起眉心。

九蘅犹豫地道："黎存之还救过我的命呢。如果他是乌泽，为什么要帮我们？难道……那时的黎存之还是黎存之，我们分开之后，他被乌泽寄生了？所以现在的他跟以前的他或许不是一个人了？"

樊池思忖着摇了摇头："其实我从一开始就对他有种说不清的抵触反感，我总觉得他……邪气。对，他的髓果是能救人没错，可是也会在人的头颅上种髓株。虽然是些该杀的恶人，但手段让人不适。"

九蘅想否认的，但是，按着良心讲，樊池说得没错。因为知道黎存之的经历，对他的复仇方式能够理解，但是以人的头颅种髓株……确实让人恐惧反感。

而她对黎存之的好感，一来是对她有救命之恩；二来是他对风声堡小主子的真挚感情；三是他对自己流露的情谊让她觉得是发自内心的，不像假装。只是他表达的方式格外浓烈，虽可以解释为妖精的直白热情，实际上也让她困扰。

如果……如果从那时起黎存之已经是乌泽了……

她的神情反而平静了下来，眼神冰冷："如果是他……如果是黎存之害了他们三个，我定要亲手将他碎尸万段。"平平的语气底下，压着剧烈的恨意。

樊池见她拎得分明，暗松一口气。思忖道："他是怎么知道的？"

九蘅一怔："什么？"

樊池道："我们与黎存之相处的时间很短，很快就离开了风声堡，在那之后再也没有见过他。如果他觊觎在侧，我没道理捕捉不到蛛丝马迹。那么，他是怎么知道我们找寻碎魄宿主的进程、我们的行踪，甚至是我们的弱点的？"

尤其是白玺的弱点。在他们都没有意识到不死人也能被杀死的时候，对方竟然先一步参破了杀死白玺的方法并付诸实施。

风声堡之后再没有见过吗？九蘅脑海中忽然闪过一个场景——隶州镇废城里的茶棚下，含笑对她伸过手来的青衫人。虽然没有见过他，但她梦到过他。

正走着神，手忽然被樊池握起。他握着她的左手，抚过她左拇指指甲盖上绘的红瓣黄蕊小花，吐出疑惑的一句："难道是因为这个吗？"睨她一眼，"别以为我不知道这是黎存之给你印上去的，还说什么青扈宫的美人偶给你画的，切……"

原来没瞒过他啊……

她盯着这朵小花，越发觉得不寒而栗。

如果黎存之心存不良，绘在她手上的东西也可能别有用意。难道这小花有传递信息的功能？九蘅盯着它，仿佛看到它的花心里要睁开一只窥视的怪眼。

她忍不住发起抖来："一定是它泄露了秘密！自从我手上有了它，我们就一直被监视了！如果……如果是因为这个东西，那害死进宝他们……也有我的一份……"

"没有！"樊池恼火地大声说道。见她被吼了一下，整个人呆怔怔的，心中又跟着抽痛，也不顾当着银山和阿步的面，将她抱进怀中，柔声道，"你听着，不论怎样都不是你的错。你会与黎存之相识，还是我带你去找的他……"

说到这里，他不由得愣了一下，低声道："我带你去风声堡求医，是因为你在百口祠的枫林中被我误伤。指引我们去风声堡的，是……是百口仙！"他的神情变得惊骇愤怒。

九蘅不解："百口仙怎么了？"

"你说过，百口仙死时，眼睛变为镰月弯瞳。"

"对啊。"九蘅说，"我们这一路走来遇到的恶妖不都是这样吗？"可是这话刚说出来，也想到了什么，变了脸色。

樊池、九蘅、银山三个人互相看着，浑身冰冷。唯有阿步没听明白，一脸纯良的茫然。

百口仙眼有镰月，说明也是受乌泽控制的妖。如果黎存之就是乌泽，那么它把他们指向风声堡，绝非巧合。

要说他们是从何时处于乌泽监控之下的，怕是要追溯到遇见百口仙的时候。

到今天才知道有一双眼一直悬在头顶，盯着他们的一举一动，甚至此时此刻，仍在以嘲讽的目光注视着，看着他们把白泽碎魄宿主一个一个地找到，它坐地收割。他们却仍然抓不住这双眼的主人。

银山犹豫道："你们有没有觉得，我们六个碎魄宿主的相遇格外顺利？找到一个，又找一个，运气特别好。而当我们找不下去的时候，镰月图符就适时地出现，给我们下一步的提示。"

九蘅喃喃道："也就是说……我们找齐碎魄的过程是由乌泽引导的？"

樊池点了一下头："它的'镰瞳'眼线遍布，它提供线索，我们提供力气。"

乌泽一直隐在暗处，等七片碎魄找齐，它就可以坐享其成，杀了所有宿主，把碎魄全部收走，达成它来到雷夏最初的目的——夺取白泽力量，号令天下妖魔，

白泽寄生（下册）

将雷夏带入妖魔世，成为雷夏的王。

感受到极端的愤怒和羞辱，樊池反而冷静了，托起她的左手："虽然还不知道这朵花的用意，但并不像是用来监视的东西。"

她不安地低眼看手，忽然一愣："哎？没了？"

几个人的视线齐齐落在她的手上。果然，九蘅左手拇指指甲盖上的小花不见了，仿佛是刚刚被樊池捂在手心里时不小心抹去了似的。然而她知道这玩意儿是抹不掉的，它生在透明的指甲盖底下，自从离开风声堡，跟了她这么久，没有随着指甲的生长被剪掉，没有褪色脱落。偏偏在他们疑心它、说起它的时候消失了。

它真的是乌泽的眼线吗？它是个活物吗？听到被怀疑了就自动溜了吗？

屋子里忽然安静，未知的敌人似在旁侧又捉摸不见。窗外掠过的风都让人毛骨悚然，门窗橱柜里的每一道缝隙都仿佛藏着窥探的眼睛。

樊池忽然用沉沉的语调道："如果你能听见。你给我听着。乌泽，你赢不了。"

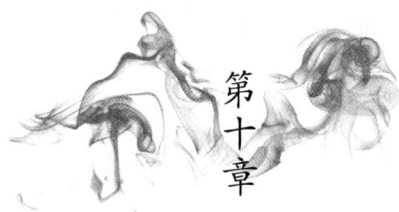

第十章

逆流篇

◈

天裂，上古魔族眼瞳所化，以灵力启动，可将人送往过去，停留一炷香的时间。

替白泽打一巴掌

乌泽就像黑夜，明明在身边窥伺，仿佛无处不在，却又抓不住它。

樊池等四人在京城内外搜寻了几天之后，毫无线索。黎存之应该是来过，然而没有留下一丝痕迹，根本就没有人看到过模样与他相似的人。樊池动用了仙术搜索，也一无所获。于是他们打算去黎存之的老窝风声堡看看。四人不敢再分开，商量之后决定同去。

动身的前一夜，樊池独自去了一趟无光塔。记起最后一次见白玺时，白玺邀请他有空时来塔里帮着鉴别没有标识的怪东西。还没来得及帮他看，就发生了这样的事。就着莹蝶的光，他独自把架子上的巫器一样一样看过去，对这个吃尽他冷脸的人心有愧意。

看到某一样东西时，微微一怔。那是个铜扳指，泛绿的铜质，镶嵌一块圆圆的紫色晶石，晶石中间竖了一隙金黄，如一只凶厉的兽眼。旁边搁了一张标签，手写了"无名"二字。白玺理出了这个东西，却不知道它是做什么用的，就搁着等樊池来看。

此时樊池的目光落在扳指上，愣了一阵，转身就走。

走到地宫门口又折了回来，伸手，轻声说："天裂，你原是逆天之物，为什么来到我面前？"

扳指上镶的这块紫晶名叫天裂。很久以前，白泽与他在一起的时候，曾经详细描述了它的样子，所以一眼就认了出来。传说天裂是上古魔族眼瞳所化，需用强大的灵力启动它，念出某人的名字、时间和地点，就可以把这个人送往那时那处，停留一炷香的时间。未来的人回到过去，就有机会改变历史。历史无论怎

白泽寄生（下册）

◇

样波折，也是它应有的轨迹，不论善意或恶意的微小改动，都可能造成翻天覆地的后果。因此天裂被视为禁物，本应销毁，却莫名消失，下落不明。

上界追索多年的禁物，竟出现在这里。

目光沉沉思量许久，似得其解，喃喃自语道："既是命中注定，便是上天之意，就没有逆天之说。既如此，我便先收下了。"把天裂扳指握在了手中。

次日他们向奕展告辞，奕展要给安排人手车马，他们只要了马匹和干粮。四人同行，樊池施展驭云术也无法把所有人带上，只能大家一起骑马。

奕展亲自将他们送出城外十里，临别时深深拜下，将雷夏国未来的安危托付于四人之手。

此行距风声堡五百里之遥，快马加鞭一日能到，但是为了不疲劳应战，他们路赶得不是很急。来时人多，去时人少，众人心中都不是滋味。

在路上时樊池陆续放出报讯白蝶，令它们飞往琅天城，给女神君近焰带去讯息，让她警惕乌泽。实际上前几天意识到情势危险时，他已经在试图与近焰联络了，但奇怪的是，手心不断感应到白蝶们在半路死去，它们被某种力量拦截了。

但愿能有一只漏网飞去，把讯息带到。

四人一边行进，一边仍然苦苦回忆思索，试图找出一点乌泽的破绽。

时节已是早春，草木复苏。这一路上再也没了来时处处泛滥的鲛妖，逃离家乡的幸存者纷纷返乡，收拾起残破家园，顽强不息的生命力正在雷夏大泽慢慢恢复。

然而，如果接下来与乌泽的对抗不能胜出，雷夏这来之不易的安稳还会被打破，又会陷入比鱼妇之灾更可怕的地狱。

比起皇城，郊野清新的空气让四人心境平稳了许多，更利于思考。

催马走着走着，樊池突然勒了一下马，冒出两个字："六个。"

其他人一怔："什么六个？"

"白泽碎魄共有七片，迄今为止，一共找到了六个宿主。九藆的灵慧兽、招财的天冲兽、进宝的力兽、阿步的气兽、银山的英兽、白玺的精兽。还差一个没有找到。"樊池把白泽宿主一个一个地数过来。

九薇问："没找到的那个叫作什么兽来着？"

樊池答道："中枢兽，应该是绿色的。"

九薇："你不是说过七个碎片找齐的时候，白泽就可以……"说到这里顿住了，没有说下去。

正在凝视思索的樊池不由得回神，转头看了她一眼。只见她抿着嘴巴，脸上浮现失落伤感的神气。他怔了一下，忽然伸手，啪地打了一下她的头："傻瓜，你想什么呢？"

他好像很久没打她的脑袋了，一巴掌下去，手心简直找到了久违的舒爽。

她捂着头，恼火地盯着他："打我头干吗？"

他鄙视地睨了她一眼："谁让你的头胡思乱想的？这一巴掌不是替我打的，是替白泽打的。"

"咦？打人就打人，怎么还推到白泽身上？"九薇炸了。

他探手揪住邻畔马上的少女衣领，将她揪得身子侧倾直到他的鼻尖前，冷冷盯着她："七个碎魄宿主找齐的时候，你以为会怎样？"

"能怎样？"她的眼底不由得划过伤感，"你说过宿主死了白泽碎魄才能析出，等宿主找齐，一起死掉，碎魄才能拼合出原来的样子，白泽……复活……"她的声音在他恼火的逼视下越来越小，不由得冒出了冷汗，哼哼唧唧道，"不……不对吗？"

"杀死你们七个，复活白泽？"他咬着牙恨恨道，"九薇，你一直是这么想的吗？从跟着我那天起，就做好了死在我手中的准备吗？"

"对……对啊……要不白泽怎么回来呢？"她惶然无措，莫名心虚。

他揪紧了她的衣领，恨不能暴打这只智障灵宠一顿。闭了闭眼，强忍着怒气道："你……你觉得我会杀了你吗？"

她想了一想，认真地答道："我觉得你不会。"

他刚想松一口气，又听她接着道："你放心，我会自杀。"

他的牙咬得咯吱一声。

旁观的阿步着急地朝银山打起了手势：樊池要打九薇姐姐了，你快劝一劝。

银山冷冷道："你放心，我看不会动手，倒是快亲上了。"一伸手，把阿步扯到了自己马上并握住了手，"来，隐个身，我们别碍人家事。"四个人不能分离行动，只好隐身了，假装创造独处空间，免得樊池嫌他们碍眼，迁怒过来。

阿步坐在银山身前，一脸不明所以，犹犹豫豫带着银山隐了身。

那边，樊池在九蘅的耳边恨声道："你给我听着，就算是七个宿主找齐，也不会为了复活白泽让你们死。我不答应，白泽也不会答应。白泽虽是三界最强大的神兽，却绝不会伤害这世上最渺小的弱者。白泽不会回来了，它已经把维护雷夏大泽的重任交到了你们手上，它不会回来了。懂吗？"

找齐宿主就意味着要死去——这是她一直以来的认知，并且早已接受这件事，平静地等待着那一天的到来。

可是……可是总是有些怕的。总是不舍得的。不舍得这个世界，不舍得每一个朋友……不舍得蜜蜂精。

现在知道自己不用一定要死了，却有些想哭。

见她久久不作声，他用低哑的声音又追问一句："懂了没有？"

她含泪微笑："懂了，白泽真好。"

"我不好吗？"他小声问，音调忽然柔和似缓慢流淌的深水。

"你也很好。"她说。

他的脸略略前倾了一下，近在分寸的她躲无可躲，被他的唇轻轻触吻。

他说："你是我灵宠，我怎么能杀你呢。等灭了乌泽，雷夏上空的结界解除，我还要带你去上界，娶了你呢。"

"你们神族可以娶灵宠的吗？"

"我说可以就可以。"

九蘅被宠溺的气息包围着，只觉唇上柔软甘甜。这味道，他刚刚是偷喝过蜂蜜吧！

旁边的空气中传来一声嘀咕："不堪入目，小孩子不要看。"

九蘅翻了个白眼。两个男的共乘一骑还手拉手，好意思说别人不堪入目。

当夜露宿山野，估计着行程，明日上午就能抵达风声堡了。

四人围着火堆席地而坐，樊池又提起了那个话题："推算一下时间，乌泽是在白玺出现之后，对进宝下手的。也就是说，是在白泽宿主找到六个的时候。为什么偏偏是这个时机呢？如果它的最终计谋是得到白泽，还差一个没找到呢，为何不再等等？"

一直盯着火堆思考的银山忽然开口："难道，乌泽已经找到了第七个？"

此言一出，其余三人猛然一惊。

九蘅拍了一把他的肩膀："银山，你真是个不得了的捕头啊。如果乌泽——或者说黎存之找到了第七个白泽宿主，不知他的异能是什么，也不知他是否跟乌泽成了一伙……"说到这里，忽然想到了什么，低声道，"会不会……杀死进宝他们的，是第七个宿主？"

樊池这时出声道："又或者说，黎存之只是第七个宿主，乌泽仍隐藏在他的背后。"

九蘅一怔："什么？"

樊池道："风狸本来天性良善，本不该会那种杀人邪术。他以髓株杀人的本事不像天生，更像一种异能——白泽碎魄赋予宿主的异能。如果是这样，第七片碎魄赋予黎存之的异能，大概是以花草杀人。"

分析是这样分析，心中仍盘旋着许多不确定。早春的夜风掠过旷野，依然寒冷。黑暗笼罩着雷夏大地，却不知黎明会不会到来。

樊池空着的右手忽然握起，目光一闪。精神极敏感的九蘅察觉到了，问道："怎么了？"

他说："有白蝶传回讯息了。近焰会来与我们会合。顺利的话，明天上午她就能赶到了。"终于有一只白蝶躲过未知的围杀，抵达了琅天城。

风声堡很可能已是圈套，贸然闯入必定凶险。既然近焰会来，他们决定等她会合后再一起围剿。有了近焰的应援，九蘅觉得心中安稳了许多。

火堆毕毕剥剥燃着，黑暗被一袭火光逼得后退了一些，在他们的身后潜伏等待，仿佛一有机会就要扑上来将他们吞噬。

四人连日难以安眠，未来怕是有一场恶战，还是要好好休息，养精蓄锐。不过要确保有一人醒着，四人轮番当值直到天明。为防万一，樊池还把无意剑插到了地上，一层薄光贴着地面扩散开去，一闪即逝。这样若有他人踏进无意剑的感应范围，他能有所察觉。

如此双重保险，总算能安心睡去。

第一个当值的是樊池。一个时辰后他叫醒银山，两人换班。银山之后当值的是九蘅、阿步。

九蘅忽然从不安的睡眠中醒来，天地间还是一片黑暗。身边侧身卧着樊池，目光落在他的睡颜上，心中微微疼惜——他睡着了也微蹙着眉心，梦里也不能放下重重忧虑。然而当她转脸望向未熄的火堆另一侧时，却只见银山，没有了阿步的身影。

她猛地坐了起来，大动作惊醒了樊池。樊池半梦半醒就一骨碌爬起，单膝跪在地上摆出防御的姿势——就算是睡着了也始终绷着一根弦，一经触动就立刻进入了战斗状态。

架势摆好了却没弄明白发生了什么事，他睁一双睡得微红的眼睛问道："怎么了？"

九蘅脸色发白："阿步去哪儿了？"

他这才发现阿步不见了，而睡前樊池设下的剑阵毫无动静。银山也跟着惊醒了，手习惯性地左右一摸，变了脸色。

他们的目光望向无边黑夜。此时已是后半夜了，离天亮还有一个时辰。银山道："他是不是方便去了？"

然而不祥的感觉已升上心头，他们预感到出事了。

有人趁他们睡着闯入结界，无声无息地挟走了阿步吗？

他们不约而同地想到了狭风关上，不着痕迹地闯入军营的那个人。

有结界，又有人当值，睡着的几人也很警醒，阿步也不可能大意地独自外出。在这样的防卫下，同样的事情难道在眼皮底下重复上演了吗？

怎么可能？不可能做得到的！

三人心急火燎，立刻分头开始了周边的搜索。

樊池往西边疾掠着找了一阵，突然站住了，回头望去，身后黑暗寂静无声。他猛然意识到，因为急着找阿步，九蘅和银山都落单了。

他们三个不该分开的！

回头对视的自己

樊池急忙折回去，大声喊着九蘅和银山的名字。

没有回应。冷汗冒了出来，他方寸大乱。在穿过一片稀疏的槐树林时，忽然看到一个人俯卧在地上，从衣服看是九蘅。

他扑过去跪倒在她身边，心中满是恐惧，迟疑了一下才将她翻过来。这一挪动之下，九蘅猛地咳了出来，上气不接下气，眼泪都咳了出来，似乎刚才窒息昏迷了。

他松一口气，替她抚着背顺气，问道："发生什么事了？"

她强忍住咳嗽，艰难地道："是……是银山……"

他大惊失色："你说什么？"

她也觉得无法接受："银山突然就冒出在我面前，手里幻出一支鞭子甩过来缠在我脖子上。我想问他干什么，却被勒得说不出话来，一会儿就晕了。"她拉着樊池的袖子，痛苦地问，"难道……难道银山他……跟乌泽是一伙的吗？"

"银山？"樊池喃喃念道。

银山一向是他们中间最冷静沉稳的一个，性情直爽，又胸有谋略。他怎么可能是乌泽的人？可如果不是，他对九蘅的攻击又是怎么回事？

九蘅颤抖着说："阿步……最听银山的话了……"

是啊，阿步最听银山的话了。如果是银山指了一个漆黑而危险的方向，阿步不会有丝毫戒心，会义无反顾地走去。

导致阿步下落不明的，会是银山吗？

虽是心乱如麻，九蘅还是奋力地扶着樊池的手站起来："我们赶紧找，阿步一定有危险。"她抬头看着四周，脸上神情一时茫然。怎么四面全是槐树啊？刚刚往一片光秃秃的山坡上爬去时，不记得有槐树啊。

还没有想清楚，就见樊池突然站定，目光低垂落在地上。九蘅也跟着看下去，这才发现地面土质松动，新鲜的泥土翻了出来。

再蹲下仔细看，可以看出一些小洞，好像曾有许许多多细长的东西从地下冒出，带出了微湿的土渣。

樊池捻着泥土，冒出一句："这像不像进宝以树根抓捕猎物时，树根从地下探出又缩回留下的痕迹？"

九蘅的胸腔中似着起火来，烧得血液吱吱作响。杀害进宝的凶手来过这里，这么近在咫尺，竟然擦肩而过。他还动用了从进宝那里夺去的异能……阿步是遭遇不测了吗？

她慌张地抬头寻找，然而没有。

一番折腾之后，她全然忘记了计较自己是怎么从山坡来到槐树林的。

不久后，他们在这片林中拣到了一枚镰月铁符。与阿步的银星钉相对应的镰月符，在隶州镇时阿步就把它交给银山保管了，阿步就算是隐着身跑到天涯海角，银山也能把他找出来。

这个代表着阿步全部信任的物件，银山一直以黑绳穿着挂在身上，保管得无比妥善，现在它为何离了主人，独自跌落尘埃？

是银山故意丢弃的吗？阿步付给银山的信任，是不是也跌落尘埃了。

有镰月符就能找到阿步。一念及此，九蘅扑上去欲捡起镰月符，然而动作迟滞了一下，心中充满了恐惧。如果银星钉的拥有者活着，它就有热度。如果不在人世了……镰月符则会凉透。

只犹豫了一下便一把抓住了符——热的。

她呜咽一声，紧紧握着符贴在了心口。还好，阿步活着，活着。樊池见她哭泣，吓了一跳。待接过符来感觉到热度，这才松一口气。可他同时注意到，穿着符的黑绳断了，而且是湿的，捻一下，黏稠的深色染在了指上——是血。

九蘅默了一下，打起精神问："先找阿步，你快读一下符，在什么方位？"

樊池握住镰月符，凭热度潜心感应，忽然抬头望向一个方向，眼睛微微眯起，低声道："风声堡。"

早春多风，尘沙四起。

樊池的脸色忽然一变："不好。"

她一怔："什么？"

他蹙眉道："符在慢慢变凉。"

"是指阿步被人带着越走越远吗？"

他摇摇头："好像是……他的身体状况在变得越来越虚弱。"

九蘅恐惧得睁大眼望着他，声音都颤了："你是说阿步在……在慢慢地……"慢慢地死去。她没有勇气说出来。

拉了一下樊池："我们快走，要快些赶去。就我们两个了，你驭云带我吧。"

樊池没有点头，而是说道："你知道吗？乌泽是在用阿步逼迫我们前去。"

她答道："我知道，他必是知晓了近焰会来，在阻挠我们与她会合，用阿步逼我们先一步进风声堡。"

"他要的是你身中的碎魄，所以你不能去。"他说，"你留在外面等近焰，我自己去。"

她摇了摇头："他要的是我，如果我不去的话，阿步没有生还希望。"

他知道她说的有道理，可是……

她接着问道："如果是白泽，明知这是圈套，它会选择去是不去？"

阿步命悬一线，不入圈套他必死无疑。入了圈套，可能全军覆没，但也可能逆风翻盘。

樊池想了想，看着她的眼睛："白泽会去，也不会让他得逞。"

她平静地问："有不让他得逞的确切手段吗？"

"有。"他说。眼眸忽然深沉如潭，伸手抚过她的发际。

九蘅的嘴角浮出一丝笑，眼中是决然怆然的义无反顾。

樊池紧紧揽着她的腰驭风而起。半空中，风声凛冽掠过，九蘅的心中有如被充斥的烈火席卷。

白泽寄生（下册）

◇

610

就这样像白泽那样去战斗吧。

樊池这次将云驭得极快，很快就落到了风声堡的大门口。他一脚踹开了厚重的大门。这个神族人暴烈的脾气这些日子已被压抑到极点，不想再有一点克制。既然步步都在对方算计之下、监控之中，那就正面对决吧。

两人并肩闯入了风声堡，看似轰轰烈烈，其实也是绷足了谨慎警惕。

天尚未亮，残月渐沉天际，堡内一盏灯也没点，阴沉暗黑。幸好两人目力非比寻常，仍能视物。堡内建筑回廊还是老样子，只是寂静得没有一丝生机，全没了昔日热闹。来此避难的人们全不见了，每个屋子都空空的。樊池扬手放出千百萤蝶，古旧庄园在微蓝荧光的照映下尤为阴森。

九蘅大声喊道："黎存之！不是催着我们来吗！你给我出来！"没有回应。

樊池感应着镰月符的温度，忧心愈重。读符的结果在告诉他，阿步就在这里，可是生命力在迅速地流失。

"在最里面，是那个洞厅。"樊池锁定了方位，急声道。

曾经悬满了生着髓株的活死人的洞厅！九蘅仿佛看到阿步也中了那邪毒的招数，心中焦急，不禁加快了脚步。

樊池紧随其后警惕四周。突然听到了异样的声音，伸手拉住了九蘅："停一下，你听。"

窸窸窣窣的声音从四处响起，仿佛有什么东西悄然破裂，又有什么东西在细碎爬动。两人站住脚步，四下环顾。初时没发现什么，直到将目光落到地上，石子路两边的土在动，一点一点鼓起，有很多东西正在破土而出，细细长长，蠕蠕而动。

是什么鬼东西？虫子吗？黎存之给他们设下了恶心的虫妖阵吗？九蘅并没有慌张，毕竟以过往经验，虫类多是比较好对付的低等妖物。

但是很快他们就发现那不是虫类。土里冒出的东西是嫩绿色的，细细的一根向高处顶起，长到一尺高时抽叶，两尺高时打苞，三尺高时开花。红瓣黄蕊的五瓣大花，在夜色中摇曳，香气浓郁。一丛丛，一片片，竟然开遍了风声堡的每一寸土地。

九蘅觉得这花的样子有点眼熟，脱口而出："这花不是黎存之印在我指甲上的那种吗？它到底是……"

樊池低声答道："钩吻。"他吐出这两个字，膝一软跪倒在地，无意剑戳住地面堪堪撑住。

她急忙回头扶他："你怎么了？"

他的脸色已变得苍白，额上浮出一层冷汗，嘴角浮出一丝苦笑："原来是钩吻……此花……一开始就是为我准备的……指甲上的……是毒引……"一句话说得断断续续，竟已气息不接。

她恐惧得睁大双眼。樊池虽只说了只言片语，她却听明白了。此花名叫钩吻花，黎存之印在她手上的是毒引，在术法的作用下，有目的地渗于她身边的人。更具体一点，是与她有亲密接触的樊池身上。在花的实体盛开之时，香气会激发他身中潜藏的毒引，与香气混合成毒。

驭花草杀人，本就是黎存之的强项。原来从很久之前，她就是他的致命毒药了。

樊池推了一把发愣的她，这一推虚软无力，却几乎耗尽了他的力气，吃力地道："这毒一时弄不死我，你先去找阿步……他好像快撑不住了……"

她犹豫着不知该去还是该留。

他看着她眼角含而不落的泪星，了然她心中挂念，嘴角弯起笑意，忽然扬手，将无意剑柄交到她的手中："无意剑能杀乌泽，你拿好。它与我性命息关，只要剑在，就说明我没事。"

她握紧冰凉的剑柄，点头说了一声："你要等我回来。"拔腿穿过高过腰间的花丛，直冲向风声堡最后方的山壁洞穴。那里布置了刀山也好、火海也罢，由不得她不闯。

九蘅知道黎存之是要杀她的，杀了她，他就能夺去灵慧兽了。可事态也并非是他能绝对掌控的。夺魄的规矩——杀掉上一个宿主的人才能得到碎魄。那么这里就有了破解之计。

在来风声堡之前，樊池疼惜地抚过她的发梢，把那玉石俱焚的办法告诉了她——自尽。

不允许自己死在黎存之手上，在山穷水尽之际只要选择自尽，她要带着白泽碎魄，魂飞魄散，谁也得不到。

就算是乌泽得到了六片白泽碎魄，少一片，它也无法拥有白泽那不可比拟的力量，上界总有一天能灭了它。

心中有了这个坚定的信念，九蘅直闯进了石门虚掩的洞厅之中，死都不怕就无所畏惧了。

意外的是，她顺利地闯进了洞厅，没遇到暗箭陷阱，也没遇到黎存之。洞壁上那些头上生髓株的人们也不见了。而那根以前用来镇住风狸的粗大石柱上，阿步被绕柱几圈的铁索勒得结结实实。他的头无力低垂着，两只手腕被切开深深的口子，血沿着石柱不断流下，已在地面积成血泊。

九蘅喊了一声"阿步"，扑了过去。阿步缓缓抬起头，看了她一眼，毫无血色的嘴翕动一下，没有发出声音。当然了，他原就不会说话。他直直地看着她，目光复杂，说不清是委屈还是怨恨。

"对不起阿步，姐姐来迟了。你不会有事的。"她一边警惕着四周，一边用无意剑在铁索上砍了一下。火星四溅，铁锁上竟只斩出一道印痕。能抵御神族武器，看来不是一般铁质。她着急地围着石柱转了一圈，发现绕柱铁索的两端连接处在柱子背后，以一根兽头铜钎钉入石柱。若把铜钎撬出来就好了！

她尝试把剑尖插入兽头与石柱间的缝隙，用力一撬。嚓的一声，撬出来了！然而就在铜钎出柱的一瞬间，她听到柱子对面，也就是阿步正对着的洞壁上，传来一声轻响，仿佛有什么机关被触动了。

她的心中一凉，只叫了一声"阿步"，没来得及做任何反应，利箭破空之声就传入耳中。

她疯了一般绕到柱前，然而已经晚了。阿步从松开的铁索间无力地滑下，胸口深深插着一支箭，只余箭尾在外面。

她绝望地将少年抱在怀中，他直到最后一刻都大睁着眼看着她，漂亮的眼角凝着一滴冰凉的泪。

他死不瞑目，不会说话的少年，最后也无法讲出到底经历了什么。

她心痛得神魂俱灭，抱着阿步跪在血泊中，大脑一片空白。她也没有失神很久，就被异响惊动。抬头望去，一只泛着黄色光彩的小兽出现在面前。

阿步死了，他身中的碎魄气兽出来了。在她看着小兽呆呆地尚未反应过来之时，小兽迎面扑来，径自扑进她的脑海，霎时陷入一片强光之中。

失去意识之前，似有个声音清清楚楚告诉自己：阿步死在她的手上，他的气兽归她所有。

没过一会儿，她从混沌中醒来，抬眼，看到一个长发的背影。那背影十分熟悉，身戴黑色麒麟护甲，手中拎着蓝光湛湛的无意剑。那不是她自己吗？这是什么情况？对了，这情形她经历过——在梦中。

上次隶州镇的那次梦游，她仿佛变成了一个没有自主能力的离体游魂，跟在"自己"的身后，游走在废城的街道，见到了黎存之。跟现在的感觉一模一样。

在这个一团混乱的当口，她怎么就做起梦来了呢？看看四周，还是身处洞厅之中，阿步瘦弱的身体倒在冰冷的地上，已没有了丝毫生机。

心中一痛，想要上前抱抱他，却发现身体像是没有了——不，身体在前面三尺处直直站着，她靠不拢，附不进，控制不了。

怎么办，怎样才能醒来呢——阿步死了，樊池毒发命在旦夕，黎存之还没有现身。这个时候怎么能睡着做起梦来了呢？正焦灼得心脏如同烧起来时，前面的"自己"忽然慢慢回过头来。

对面"自己"的目光直直对上了她的视线，嘴角浮出一个阴冷的笑。

九蘅感觉到了前所未有的恐惧。虽然那是她的脸，可是，那不是她。

她突然明白了现在的状态。不是什么梦境，而是有怪东西占据了她的身体，把她本人的意识逼迫到了体外。

你到底是谁——她想问，却发不出声音，她没有身体了。但是那个"自己"显然能听到她的心声。

"自己"对着她笑了，笑容透着彻骨的陌生寒意，嘴唇翕动，用九蘅的声音开口说话了："九蘅，你记起来了吗？一切，都是你干的。"

杀手的薄利弯刀

如同帷幕扯下露出夜的舞台，如同风暴掠过刮去挡住双眼的尘翳，一些她分明目睹过、却被封锁在记忆暗处的情境突然浮现了出来，鲜明、锋利、痛苦、血迹斑斑。

京城郊区皇家狩猎场，奕远带着青蚨将受伤的她挟入林中，丢在地上，然后就抱着命灯走开，登台瞭望去了。半昏半醒之间，她看到"自己"坐了起来，如上次梦游一样，她只能看到"自己"的背影，却没有能力干涉这个梦境。她看着"自己"从怀中摸出了那把冥河扇，展开，口中念念有词。

"自己"什么时候会运用这把扇子了？哦，做梦嘛。没什么道理可讲。

在"梦境"中，她看到影军冲扇而出，扑向四周密布的青蚨。青蚨再厉害，对于影军的单方面攻击也无可奈何。如狂风般摧枯拉朽，没用多久，所有的青蚨就被杀光了，满地虫尸。

梦境如此逼真，九蘅困惑了，开始怀疑究竟是不是梦。

"自己"突然转向一处高台直直望去。她也跟着看去，是一脸惊惧的奕远。奕远干涸的嘴唇动了动，似乎说了句什么。

"自己"挥了一下手，影军按令朝奕远那边袭去。

绝望的奕远突然摆出古怪的姿势，又化出一批青蚨做无用的抵抗。随着这批青蚨飞出，他的脸迅速消瘦，变成一个枯槁的人形。身上的明黄龙袍随冷风卷动，那一把瘦骨仿佛要被衣服挟裹而去，再加上惊惧的神情，望过去犹如厉鬼。眼睁睁看着青蚨们被屠杀，他无力跌倒在地。

"自己"大概是认为奕远必死无疑了，也没再理会，念起巫咒将影军收回扇中，转身，向林外走去。"自己"是要去哪儿？九蘅问也问不出，管也管不了，像一缕风一样被"自己"带着走去。

"自己"的脚步越来越快，居然腾空而起。

不得了，这是梦到自己像樊池一样会驭云之术啦。只能冷眼旁观"梦境"的九蘅自嘲不已。

可是……这驭云之术与樊池又有些不同。樊池飞起时脚下是缭绕白雾，"自己"的脚下却是一团黑沙，飞得跟个妖怪似的。真是的，做梦也不会做得唯美一点。

"自己"终于按下风沙，落在了地上。九蘅举目望去，感觉眼前的地势有点熟悉。两侧高峰，中间一道狭路，风呼啸穿过。哎？这不是狭风关吗？怎么又梦到这里了？是想进宝想的吗？哎……说起进宝，现在该在陆将军的照看下睡着了吧？那个调皮的小家伙，必会让陆将军头疼得很。她想着想着忍不住微笑起来。

都来到这里了，就上到军营里看看进宝嘛，就算是做梦也没有关系啊……她期盼地望向"自己"的后脑勺，使劲地发射自己的意念，希望能掌控一点梦境的发展。

然而，她看到"自己"又拿出了冥河扇。

她困惑了：此处只有狭风关军，没有敌人，祭出影军做什么？这梦真是越做越乱了。

黑影一闪。这一次，从冥河扇中召唤出来的不是影军。这人一身夜行衣，脸上遮着的面巾上方露出凶狠的眼睛，手中执一把薄弯利刀，满身戾气——是冥河扇里的那个杀手！

奕远曾指着扇面上的这个人像告诉她，这是个以凶残闻名的杀手，冥河扇最初是为他而设。

至此，一直满不在乎地旁观梦境的九蘅突然感觉不对了。这是怎么回事？这真的是梦吗？

只听"自己"发话了，那是她的声音，以陌生而冰冷的腔调对着杀手发出命令："去，杀了进宝。"

九蘅猛然想尖叫，却发不出声，眼睁睁看着杀手的身影如一道阴风朝峰半腰军营的方向掠去。这不是梦！不是梦！她做梦也不可能有伤害进宝的念头！

她死命地盯着"自己"的后脑，无声地质问：你不是我！你是谁？你要干什么？

她相信心中的呼喊"自己"能听得到。可是回应她的只有冷漠的背影。

她做不出动作，唯有视线可以挪移。望向军营的方向，满心恐惧，无声地唤着：进宝，进宝快跑……陆将军你当心啊！

在恐惧中还盼着这是个梦，一遍一遍地求自己醒来。

很快，杀手返回了，带着一只匆忙奔跑的红光小兽——进宝的力兽。九蘅如坠冰窟。力兽在这里，那么进宝……

力兽径直扑向了前面的"自己"，瞬间像是被强光吞没。她最后的意识里绝望地浮出一句话：我杀了进宝。

旋即这句话被一团黑暗卷住，藏到了记忆的深处。

当她在狩猎场中醒来，睁眼看到的是樊池。当夜发生的一切没留下一丝记忆，仿佛从晕去到苏醒一直躺在猎场的泥地上。

此是第一次。

进宝出事后，樊池和银山日夜奔波调查，她伤势未愈，只能留在宫中休养。

某一个樊池彻夜未归的夜晚，在永福宫独睡的她忽然起身，开门出去。灵魂出窍般的梦游又发生了。"自己"在前，意念在后。

院子中的招财见她出来，对跟着在"自己"身后的她视而不见，呜噜一声爬起。"自己"做了个手势，示意它趴下，招财乖乖卧了回去。

"自己"出了永福宫，脚步不疾不徐，轻巧无声，似乎有明确的目的地。

一路走到了无光塔，黑色的塔身与暗夜几乎融为一体。"自己"进了塔，走向地宫的入口，入口处透出些许微光。

进了地宫，烛台下正在忙着整理一堆古怪巫器的人抬起头来。

"九蘅，这么晚了，你怎么过来了？"白玺朝着这边问道。虽有些吃惊，但清亮的眼里掩不住的欣喜。他必是以为九蘅挂念他深夜辛苦，过来看望他。因为感觉被人惦记了，心里的暖泛到脸上，变成浅浅的笑窝在唇边。

可是他的目光不是落在九蘅的脸上，而是看着她前方三尺处的那个"自己"。

"自己"没有说话。白玺也没察觉异常，继续理着东西，道："我打算今天把这一道架子上的东西理完，不知不觉到了这个时候，不过也快弄好了。"

九蘅看到"自己"慢慢抬手，拔出了发中赤鱼，一挥变大。

白玺抬起头来，也没有恐惧，茫然问："你拿出这个做什么？"他看着"自己"的脸，神情变得困惑。

九蘅看不到"自己"的脸，但是从白玺的反应可以看出，"自己"此时一定露出了阴森而陌生的表情。

白玺觉得哪里不对，但是丝毫没有逃跑的意识。他怎么也不相信九蘅会伤害他。

"自己"左手忽然一扬，一缕掌风扑出，案上的蜡烛瞬间熄灭。无窗的地宫顿时陷入绝对的黑暗。

她听到前方传来横空的破裂声，还有白玺的一声闷哼，接着就是人身倒地的声音。然后有轻微的嚓声响了几下，血腥气在压抑的空气中弥漫开来。

因为那是她的赤鱼，所以一系列的声音，九蘅再熟悉不过。虽然看不见，但赤鱼是如何刺穿白玺的胸口、如何抽出、他如何倒下、染血的利器如何在他的衣上揩抹干净，历历在目。

然而她什么也做不了。

"自己"又走起来了，走向地宫深处。黑暗中响着人身被拖行的声音，接着是沉重的石门打开时摩擦的声音。

她猜到是什么门被打开了。她现在若有知觉，必会感到扑面灼热。是那个铺满火晶盐、种着灼骨藤的密室。

白玺被扔进去的一刹，尚未气绝。她听到他最后发出一声低喃："九蘅……"那游丝一般的声音里，没有仇恨，没有愤怒，只是疑惑的语气。

他至死都不相信九蘅会害他，想问问为什么。

火晶盐无光无火，却有高温，能令他物直接化灰。

密室内很快悄无声息，白玺这一次真的死了。紫光乍起，光芒湛湛的小兽腾然出来，径直朝"自己"迎面扑来——是白玺的精兽！

像上次一样，脑海中的强光过后，乌云般的暗黑扑来，吞没了这一段记忆。

醒来时睡回了永福宫的凤床上，奔波归来的樊池正坐在床边微微俯身，企图趁灵宠未醒偷偷亲一下。被她发觉，脸一偏，一个轻吻落在颊上。

门外响起银山的话音："跑了一晚饿死了，白玺没做早饭吗？"

她连忙起身应道："他这几天没日没夜地整理东西，一定累坏了，别去吵他，让他多睡会儿。我去做。"已全然不记得前夜目睹的一切血腥了。

此是第二次。

发现白玺失踪后的第三天午后，她牵着招财去御花园散步，心情低落。路过无光塔时，望着漆黑塔身，心中忽然不安，想再去地宫里看看白玺是否留下什么提示。

把招财留在塔外，她独自进塔，点了一根蜡烛，沿阶下到地宫，一点点查看着，在黑暗的包裹中，无端地感觉到压抑和悲伤。也不知是为什么，她就伏下身查看地面，从而发现了隐约的血痕。

现在想来，那无端的"触动"和"不安"，都来自记忆深处泛出的一星一丝的血腥气。

沿着血痕找到暗室，发现了灰白人形，意识到了那是白玺。

悲恸恐惧的她摔灭了蜡烛，跌跌撞撞往出口跑去，在黑暗中撞翻了架子，一只罐子砸到头上，她倒地昏去，接着站了起来。

一只罐子而已，怎么可能打晕她？导致她意识断层的，其实是身体掌控权的切换！

九蘅的意识看到"自己"又站了起来，迎着出口的光源，剪影阴森。每当"魂魄离体"，被隐藏的那些记忆片段就轰然冒出。后方三尺的九蘅想尽了办法，试图反抗或脱离，然而没有用。

"自己"走出了无光塔，用九蘅的嗓音发出召唤声："招财——招财——"

在近处水池里捉锦鲤的巨兽奔腾而来，一跃落到"自己"的身边，巨大的脑袋拱过来，像往常那样想在她身上亲热地蹭一蹭。

还未蹭上，招财突然停住动作，抬起头来，一对异色双瞳盯着"自己"的脸，流露出不解的神气。

招财发现了！

兽类的敏锐度比人类强得多，聪明的招财，发现面前的女主人虽然有着一样的外表、一样的气息，可是它分明捕捉到了异样。谁也不知道它是怎么发现的，可能是"自己"的一个表情、一个眼神，让它感觉到了什么。

九蘅无声地喊着：招财好样的，那不是我，招财快跑，招财快跑！

但是招财没有跑，它只是后退了一步，全身绷紧，毛发乍起，头颅微低，目露凶光，利齿毕露，发出威胁的低声嘶吼。

此时此刻，它分明记起曾经遇到过类似的情形。那是在琅天城中，樊池有一段时间空有外表，内里却换了人。初次经历时它不知所措，不知该亲近还是该抵触。那时九蘅明确告诉它，它的感觉是正确的，樊池是假的，内里变了，就是敌人。

现在是同样的情形，它清晰地认识到女主人的躯壳被敌人占据了。

愤怒的招财怎么可能逃跑？然而它又不能攻击，聪明的大猫知道，这个躯壳主人还要用的，毁坏了主人就回不来了。

所以它绕着"自己"兜着圈子，不靠近也不远离，做出欲扑的架势却不扑，只发出凶狠的低吼，只有一个意思：滚出去。

任"自己"朝它伸出手，以温和的语调唤着"招财过来"，它也不肯上当。她上前它就后退，进到了一丛景观竹深处。

九蘅心中浮起一丝侥幸：如此耗下去，等到樊池寻来，或许招财能够逃出生天，又或者樊池撞破这一幕，能帮她把身体里隐藏的怪物揪出来。

而"自己"显然也不愿冒险耗下去。九蘅肝胆俱裂地看到"自己"拿出了冥河扇。

天已渐渐黑了，那个杀手能出来了。

她无声地哭喊着招财快跑，招财却听不到。黑衣人的影子从扇面上冒出来，面罩后眼神阴狠，手中弯刀没有光泽，只有杀气。

"杀了这只猫。""自己"冒出一句徐徐的寒凉命令。

杀手二话不说侵袭而去。招财已经做好准备，灵敏地腾挪躲闪，却不迎面反击。走了数招，杀手竟没能伤到战斗经验丰富的招财。

杀手突然转了方向，弯刀袭向"自己"！招财吼的一声，怒扑了过去，正中圈套。弯刀反杀如一道薄光。巨兽的身体沉重地跌落。

杀手完成任务，被收回扇中。

地上，招财颈中冒出血沫，起初那略微的挣扎也停止了。毫不意外地，青色的天冲兽从猫身上析离而出。

这个片段被藏起，真的九蘅醒来时，已回到地宫卧在地上，睁眼只见一片黑暗，绝望地摸索着，找不到出口。

此是第三次。

隐藏的驭树异能

第四次就在昨夜。

旷野的夜色像一袭黑色丝绸，浅浅月光在绸面上反映得如水清凉。火堆之畔樊池先当值，其余三人席地而卧，身下简单铺了点衣物。

一个时辰之后樊池轻轻拍醒银山，两人换班。他挨到九蘅身边卧下时，见她睡得沉，怕惊醒她，就小心地没碰到她。之后阿步自己醒来，主动和银山换班。

又过了一阵，九蘅醒来了。确切地说，是"另一个她"醒来了。在后面三尺的九蘅意识看到"自己"慢慢坐了起来。

当值的阿步看过来，朝她做了一个"你睡吧"的手势，表示由他当值到天亮就好，不用九蘅换班了。"自己"却没有躺回去，而是转到阿步面前，做了个"跟我来"的手势。

阿步有些不解，犹豫地看了一眼睡着的银山和樊池。"自己"竖指在唇前，脚步轻盈地走在前面，未触发警戒中的无意剑的任何波动。

身有白泽碎魄的人可以在樊池的警戒范围内自由穿行。阿步虽没明白她要干什么，但对九蘅十分信任，她让他怎样做，他就怎样做了。

"自己"领着阿步朝远处走去，走进了一小片稀疏的槐树林。阿步越走越茫然，跟上几步拉住了她的袖子，拦到她面前，打着手势表示不能走远了，危险。

"自己"对着阿步说话了，声音微微低沉："阿步，你有没有觉得，银山有问题。"

阿步一愣，抬眼看着她。

"自己"接着说："你好好想一想，阿步。乌泽设计着我们把碎魄宿主找齐的这个说法，是银山先提出来的，连樊池这个神族人都没看透的事，他一个捕头怎么猜出来的？只有一种可能。那就是，他早就知道。"

阿步慢慢松开了拉着她袖子的手，抿着嘴，没有吭声。

"自己"又说："还有，白玺是怎么死的？查了那么久，找不到任何凶手进入皇宫的蛛丝马迹，你有没有想过，凶手会在我们中间？银山被囚在无光塔地宫里过，他最知道火晶盐的厉害。阿步啊，银山就是乌泽安插在我们中间的奸细。"

阿步后退了一步，困惑地盯着她，用力摇了摇头。

"自己"语调诚恳地说："阿步，你连姐姐的话都不信了吗？"

阿步摇着头，急促地打着手势：银山不会是坏人，姐姐你一定弄错了，你如果还疑心的话，我们回去找银山当面问个清楚。

"自己"笑叹一声："凡人们之间的信任真有意思，可惜毫无用处。"

听到这一声"凡人们"，不像是九蘅会说的话，阿步怔了一下，却仍没有想通。

"自己"的语调忽然变得寒凉："阿步啊，如果银山不是奸细，那你猜，我们中间谁是呢？"九蘅看不到"自己"的正面，无法想象此时"自己"的脸上是怎样陌生又可怕的模样。

阿步意识到了什么，又难以置信，一步步向后退去，想跑，又不甘心，目光锁在"自己"的脸上，希望自己是误会了。

后背忽然撞上一人。

他猛地回头，看到一个陌生的青衫男子，目光凉凉地俯视下来。这人是什么时候过来的？为什么丝毫没听到脚步声？又或者九蘅领他过来时，青衫人早就等在了这里。

这人是谁？……阿步内心的问话尚未念完就知道了答案。

黎存之——他们此行要找的风狸黎存之。

因为这个人头顶上生着一株碧生生的小草，跟九蘅之前描述的一模一样。

在两个人阴沉的注视下，阿步转身就跑，两步之后隐了身。他不知道为什么一向阳光灿烂的九蘅姐姐突然像变了一个人，只知道现在最该做的是返回露营地，告诉银山和樊池这异常的情况。

"自己"背后的九蘅，见"自己"和黎存之没有追赶的意思，心中又升起侥幸，企望阿步能凭着隐形的本事逃回去。然而下一刻，就见"自己"单膝跪倒，手掌摁在地面。

这动作有些熟悉——驭树异能！

这个混蛋，动用了从进宝那里抢来的驭树异能！整片树林的槐树都被怪异的力量唤醒，它们的根系疯狂生长，破土而出，织成一片立体的大网。"网"的某处颤动不已，捕住了一个隐身少年。

黎存之走到那团晃动不已的树根前，探手，捉住了被困的阿步，手指弯起，用力，像在重重捏住一团空气。

阿步显了形。他的脖子被黎存之掐住了，拼命地挣扎着，手脚却被根系缠着无法反抗，很快就窒息昏迷。黎存之又适时地松开手，阿步的头软软垂下。

"自己"收了根系。阿步跌落在地，一动不动。

九蘅跟着"自己"走过去，看到阿步的胸口微微起伏，略松一口气。又不明白他们为什么会放过他。

这时黎存之举步走近了"自己"，抬手轻抚了一下"自己"的面颊，神情温柔，眼中又压抑着阴狠："快要成功了，你就快要回到我身边了。"

"自己"微微颔了一下首。

九蘅默默地呐喊：把你的脏手从我脸上拿开。

黎存之突然抬眼看过来，与她的目光对上，满眼讥诮。他，看得到她。她狠狠盯着他，无声地骂道：黎存之你个混蛋，你是乌泽吗？你是乌泽！

他不知能不能听到，反正没有跟她对话的意思，很快就移开目光，拎起昏迷的阿步，再深情看一眼"自己"，转身消失在黑暗中。

而事情并没有到这里结束。"自己"走回了宿营地，回到樊池身边躺下。一瞬间，九蘅的意识归体，浑身颤抖一下，仿佛从噩梦中惊醒，又完完全全忘记了这个"梦"。

她睁开眼看了看樊池的睡容，又回头望了望，倒吸一口冷气——阿步怎么不见了？

此是第四次。

发现阿步失踪之后，三个人意识到阿步有性命之危，立刻分头在近处搜索。樊池往西，九蘅往北，银山往东南的一片槐林而去。九蘅所去之处的山坡地势较高，她想着登上去看看能不能望到什么。爬到一半的时候，一步抬起的脚尚未落下，莫名其妙的，感觉自己突然向后退去，刹那间身体没了知觉。

她惶惶然不知发生了什么事，抬眼却看到前方三尺直直站着的"自己"。

这一次，身体里的怪物甚至没用睡眠来过渡，霸道地直接冒了出来，把原主的意识挤出体外。

"自己"没有继续登坡，而是折转方向，朝东南方向快步掠去。跟以前四次一样，九蘅只能跟着，无可奈何，无能为力。

她知道，这次"自己"的目标是银山。怎么办，怎么办？又要眼睁睁地看着银山死在"自己"手中吗？

"自己"一步步走进了槐林，一边拿出了冥河扇展开，黑衣杀手浮出，如一道阴风钻入林中。九蘅内心撕裂般地呼喊着：进宝、招财、白玺，你们在吗？你们帮帮我，救救银山啊！

突然地，"自己"的脚步跟跄了一下，再站定时，折扇掉落地上，缓缓抬手，拔出发中赤鱼，变大。手势僵硬而勉强，仿佛在强行扯动着肢体。

九蘅愣愣看着，不明白发生了什么。

这时只见"自己"掉转刺尖，慢慢朝心口戳下，看上去是要自杀。是体内的怪物要杀她了吗？为什么？"自己"不是怪物的藏身居所吗？

突然间九蘅猛地醒悟。

是白玺。

"自己"杀了进宝、招财、白玺，抢走了他们的碎魄兽，也吸取了他们的意识。这具"自己"的躯壳中，不仅潜伏了充满恶意的怪物，还有他们三个的意识。或许他们听到了刚刚她绝望的呼唤，而其中唯一有成人智慧的只有白玺！他不知拼了多大的力气，暂时抢夺了身体的控制权。

好样的白玺！她默默地替他鼓劲，杀了"自己"，银山或许就有救了！

仿佛有两个力道抗衡着，白玺的意念稍占上风，赤鱼刺尖缓缓地插入了她的心脏。

离体在外的九蘅感觉不到痛苦，只在"自己"身体倒地的一瞬间突然想到一件事。

白玺的异能。

夺取了白玺异能的"自己"是不死之身！白玺不是在帮她自尽，而是创造抢回身体的机会。

重伤令身体处于濒死状态，像容器被打破，有奇怪的东西从她身上析离出来——三只发光小兽，还有一团模糊黑雾！

机会来了！她顾不上想许多，没命地扑进身体里去。与此同时那三只小兽和黑雾也扑了进去……

九蘅的意识与那团黑雾在一个肉身之内展开了短暂的争夺，因为她占了一步先机，竟抢回了身体掌控权，然而她在站直身子的一刹，黑雾在脑海中席卷起与它相关的记忆，迅速潜藏到看不见的地方。

留下九蘅呆呆站着：刚刚我在干什么来着……

脑筋尚未转过来，就看到银山迎面冲了过来，身上有几处渗血的伤口。

"银山……"她唤了他一声，想问他怎么受伤了。

"是你。"银山狠狠盯着她，语气透着痛苦失望。

银山刚才遭遇了一个怪异杀手的袭击，正是冥河扇中的那个。

那杀手是个触不到、杀不死的妖邪，银山只能躲不能攻，虽屡屡被它的薄刀划伤，竟凭着高强的功夫甩掉了它。迎面撞上九蘅在与三只发光小兽周旋，也看到落在地上的冥河扇，银山明白了。杀了进宝、招财、白玺的是九蘅。或者说，是一个他不认识的九蘅，而九蘅一脸茫然。

银山突然出手，一道细鞭幻了出来，绕在了她的颈子上，死死地扯紧。她想问他为什么，却发不出声音，很快被勒得窒息昏去。

其实银山也并没有想杀她，只是发现她状态异常，十分危险，打算先把她弄晕再探究是怎么回事。见她昏厥倒地，他就撤回了鞭子。

正要上前扛起她去与樊池会合，却见她突然睁开了眼，表情阴鸷，对着他森森一笑。与此同时，如同一道寒冷的风掠过颈间。

被划开颈子之前银山敏锐地感觉到了危险，想躲却晚了。身体应声倒下，血从颈间喷出，身后露出黑衣杀手。

"自己"慢慢站了起来。是的，九蘅的意识又被弹出到三尺之外了。杀手被收回扇中，她听到"自己"说道："凡人的意念真能折腾，还试图把掌控权抢回，不过又能改变什么呢？"

"自己"走到银山身边，探手到他胸前，握住一个东西用力扯下。银山突然抬手，拉住了那个东西的绳端。

他还没有咽气，却已说不出话来，血沫从颈间伤口和嘴中涌出，充满血丝的眼狠狠盯着"自己"。

"自己"轻轻一带，就把东西夺了出来，似乎是冷笑了一下，随手丢了出去。

是镰月符——阿步的镰月符。

银山的手无力跌落，终于没了气息。橙色的英兽从他身上析离，小兽的脸上虽透着不情不愿，却无可奈何地扑到"自己"身上，被吸收不见。

"自己"身体晃了几晃，站在原地深呼吸几下，似乎在忍受英兽带来的冲击。

缓了缓，抬起右手，指间陆续幻出几把刀剑："耍把戏一般的异能，有什么用？"低头看了看地上银山的尸体。

"自己"单膝跪地，手掌按住地面。槐树的根破土而出，蛇一样攀到尸体上，把他慢慢拖进地底，消失不见。

　　远远地，传来了樊池焦灼的呼唤声。"自己"朝那边望了一眼，下一瞬间九蘅就感觉自己附形了回去。倒地之时，黑雾卷着痛苦、绝望藏到了角落里冷笑着看戏，看着她懵懂着醒来，像傻瓜一样到处找同伴、找凶手。

　　此是第五次。

　　接下来，她在清醒状态下，误杀了阿步。不用说，必是黎存之把阿步挟来风声堡，设计了个暗箭机关锁住他，切开他的手腕，让其血慢慢流尽，把生命流逝的消息通过镰月符传达给她和樊池，逼着他们前来，诱她触动机关，让阿步死在她的手中，这样阿步的气兽也自会汇进她身中。

　　风声堡的洞厅里，"自己"回头看着她。"自己"与她的对话不需要出声，她们共用一具身体，可以在脑内无声地交流。

　　"自己"笑着说：凶手就是你自己啊，你怎么可能找得到呢？

　　凶手就是自己？进宝、招财、白玺、银山、阿步。五个同伴都是命丧她手，她的身体里锁着从他们那里夺来的碎魄小兽。

　　九蘅觉得灵魂像被绞成了碎片，自责和仇恨让她几乎神魂俱灭，无声地道："你是乌泽。"

　　"自己"嘴角浮起含着戾气的微笑，下巴微微扬起，那是胜利者的姿态："是的，我是乌泽。"

　　九蘅："你怎么会在我身体里，什么时候进来的？"

　　乌泽用九蘅的脸笑了：你不记得了吗？就是在这里啊，就是在这风声堡，我寄宿进了你的身体里。

　　九蘅：这里？

　　突然有一段模糊的记忆浮了上来。那时她被樊池带来风声堡，伤重昏迷，挣扎在生死线的边界，意识在暗黑的旋涡里沉浮时，似乎听到了两句对话：

　　"你一定要回来。"

　　"好。"

话音像在身侧，又似在脑内，极近又极远。随后，神志不清的她像被烈火般的痛楚席卷成灰。

是那个时候，乌泽藏到她身中的吗？

风声堡到底是个什么地方？

黎存之又扮演了什么角色？

见她想起来了，乌泽说："是的，就是那时你我融为一体。我在与白泽的大战中也受了重创，正需要养精蓄锐一阵，再者说，白泽碎魄隐藏形迹的本事也是一流，凭我自己的力量去寻它们太费劲了，还不如就让那个神族人带着我一起去找呢。你们做得很好，我很满意。当然了，我也有一份功劳。当你们陷入困局，还不是要靠我这个老人家用镰月符形给你们挑灯指路？"

乌泽轻叹一声："你想知道为什么我选择你的躯壳吗？一是为了方便潜伏在你们这群人中不被怀疑，二则，是因为我很喜欢你身体的模样……存之，也很喜欢。"

存之……黎存之？乌泽为何如此亲昵地称呼他？

九蘅疑惑地盯着乌泽。

乌泽微微一笑，笑容里竟有些忧伤："你们之前应该已经猜到了，存之就是白泽碎魄的第七名拥有者。"她眼帘低垂，忽然幽幽叹了一声，"存之……"

乌泽失神般坐了一阵，抬眼看了看九蘅："走吧，我带你出去。我一直没有把你的元神灭掉，是因为在处理掉你的伙伴之后，还需要你出来。毕竟再怎么演，也没有你本人逼真，只有本人才不会被看出破绽。虽然现在你没什么用了……可是跟你相处这么久，我也当你是朋友了，灭你不在这一时，一场大戏，就让你看到结局吧——我乌泽，拥有雷夏大泽的结局。"

没有人能看透他

樊池几乎把所有力气都用在呼吸上。

旁人嗅起来袭人的花香，在他的感觉里变成厚重的尘霾，泛着猩红的色泽扑压下来，渗入口鼻，深入血脉。埋伏在他体内的钩吻花毒被花香唤醒，如黑烟从深处升起，像一头生着利爪的兽，一分一寸地钻拱绞扭，似要带着他的灵魂脱壳而出。

他的灵力如被催眠一般，任由毒兽肆虐，竟提不起一丝力量反抗。他站不起来，又不肯倒下，就单膝跪着，一手撑住地面，努力维持着清醒。心知是陷入了绝境，可是还要坚持着等九蘅回来。如果他死在前面，她就太孤单了。

什么也做不了，就留一口气陪她好了。

他紧紧地盯着花隙间九蘅走去的小路尽头，盼望着她快点回来。眼前似有时聚时散的雾气飘过，视线已有些模糊不清。

忽有人影出现。他逐渐混沌的目光霎时亮起——是她回来了吗？视野中却捕捉到一袭青衫的颜色，樊池的目光冷了下来。

黎存之缓步走来，在离他不远的地方站定，俯视的目光轻蔑地砸下："神族人。"

"你是……乌泽。"樊池努力压抑着虚弱的颤音。

黎存之笑了："你再想一想，我是乌泽吗？"

樊池一时愣怔，不由得往山壁洞厅那边望了一眼，神情隐忧：黎存之不是乌泽，那么乌泽是不是以阿步为饵，候在洞厅中？九蘅是不是落入陷阱了？

黎存之笑着摇了摇头，眼中如锁着沉沉夜色："乌泽在这里没错。风声堡里有四人，你、我、九蘅、阿步。哦，不对，阿步现在应该已经死了。乌泽的确宿于我们三个其中一人的身上，你猜是哪一个？"

樊池脸上浮起不可置信的神色："不可能……"

黎存之玩味地扬了扬眉："了不起的神族人，你与凡人待得太久了，沾染了人间的情感，已经被蒙蔽了双眼。你既然已经猜到是她了，就别忙着反驳，倒是用脑子想一想，每一次有白泽碎魄宿主被杀的时候，最有嫌疑的，是不是她？"他暗如黑夜的眼底仿若藏了魔鬼，发出嘲讽的狂笑。

樊池的眼睛微微睁大，整个人如被一层薄冰冻结。

进宝遇害的那晚，九蘅被奕远掳去狩猎场，没人能确定她整个晚上都待在原地。

发现白玺失踪的前一天晚上，他与银山外出，彻夜未归，并不知道留在宫里的九蘅是否一夜安睡。

招财遇害的晚上，她自称被整夜困在地宫，却没有人能证明她是否离开过。

也记起了昨晚睡到一半时隐约知道她起身，只道是该她值夜了。再醒来时，阿步已失踪。当他找到她，是在宿营地北边的槐树林里。可是三人分头寻找阿步时，她去往的明明不是那边——她是去而折转，特意过去找银山的！

看着樊池惊怔的神情，黎存之知道他想通了，微微笑起来："神族人，乌泽一直在你身边，怎么就没发现呢？"

樊池喘息着吐出一句："你……到底是……"

"我吗？"黎存之说，"之前你们不是已经猜到了吗？我是第七片白泽碎魄——中枢兽的宿主。你干吗这样看着我？奇怪我为什么能掌握你们的言行吗？"黎存之紧紧盯着樊池的眼睛，顿了一下，缓缓道，"当然是九蘅告诉我的，我与她一直保持着联络啊。"轻风穿过风声堡，花香如浪翻卷，黎存之头顶的碧叶小草随风摇摆，清雅别致的外貌与他眼中的阴狠十分不配。

樊池缓缓摇头："不可能。"再抬眼时，眼神已清澈坚定，溢出一线蓝血的嘴角浮起冷笑，"我明白了，是乌泽在她不知不觉的情况下寄宿在她的身体里。"

黎存之直起腰，长吁一口气："你本该早一些猜中的，可惜晚了一步。"

樊池："可是……"

黎存之："可是，我为何得了白泽中枢碎魄，又与乌泽联手。你想问的是这个，对吗？这是因为，乌泽是追着白泽中枢兽，一前一后来到风声堡的。"

与其余六片白泽碎魄不同，中枢兽是被迫附到风狸身上的。白泽碎魄选择宿主并非盲目，它们会判断对方是善是恶，尽可能地选择良善之人为宿主。就像被山匪围攻的银山，英兽在一群人里选中了银山而不是山匪；伐木场里被行刑的白玺，精兽选择了白玺而没选刽子手。

白泽碎魄那一夜，中枢兽逃到风声堡时，风声堡里还住着关家许多人，若让它选择宿主，它并不愿选那个因仇恨而扭曲的风狸。但是它身后追着乌泽。一黑一白，挟着风雷在风声堡里轰然奔腾，关家人还以为作恶多端遭到了天降雷霆，吓得开窗望一眼都不敢。

乌泽却因嗅到了风狸的怨毒之气，执意把中枢兽逼进了洞厅。眼看着一个时辰将至，魄散之危迫在眉睫，中枢兽无奈附入了那只被镇在石柱下的风狸身中。

风狸当时也并不知道发生了什么，只是在痛恨着小主子关瞳被生父所杀之事，咬着獠牙，心中空念着如果有一天能有生杀予夺的权力，要让想护之人不再伤痛，让想杀之人生不如死。

就在那个关头中枢兽扑面而来，风狸短暂地失去意识。再醒来时，被石柱压了数百年的身躯莫名轻松了。睁眼一看，居然真的已经解脱出来。它惊喜又迷惑，不知道发生了什么。挣扎了一下想爬起来，因为被压了太久，脊背都僵直了，居然动弹不得。

这时一双手抚到了他的背上，有男声传来："别动，我帮你揉揉。"他吃了一惊，昂头看去，看到一张熟悉的脸，是平时负责看守和喂养他的年轻仆从。这仆从待它一向冷漠，平日里只视它是个畜生而已。

今天的神情却跟变了一个人一样，嘴角挂着一丝笑，眼瞳透出异样的暗红色，让那张普通的面孔多了一抹邪魅之气。还有衣服的颜色也变了——风声堡的仆人一律穿土黄色的衣服，样式倒还是那个样式，可是整套衣服竟像在墨汁里浸过，通身漆黑，莫名带了些煞气。

这时风狸还是兽形，虽然惶恐，肢体却僵直得难以动弹，只能由着仆从将它的脑袋抱起搁在膝上，从它的颈子到脊背一路揉捏下去。它初时还紧张，渐被揉得软了下来。血液畅通，麻木了数百年的知觉恢复了，咕噜一下从他膝头滚了下去，翻了个身，竟化作了人形。

要知道几百年前他被镇在石柱下之前，还没能修成人形呢！

人形的风狸警惕地盯着这个仆从，头顶碧叶紧张得来回摆动，艰涩地吐出人言："你……到底……"

"仆从"一手支着腮，微笑地看着他："不记得了吗，风狸？刚刚我赶来一只绿色小兽送给了你，把你从这柱子底下救了出来。"虽仍是仆从的五官，可是一言一笑透着勾魂摄魄的魅惑，暗红眼瞳含着笑，平凡的外表硬是有了让人挪不开眼的风流气质，胜过华衣锦袍、旷世美颜。

"仆从"说："你得了那小兽，自身灵力必然大增。除此之外，你应该还有一样了不得的本事。"

风狸愣道："什么本事？"

"仆从"歪头道："我先问你，小兽扑你之前，你心里正在想什么呢？"

风狸的眼中瞬间浮起凌厉杀意："我要给小主子报仇。我要做人的神，掌控他们的生死。"

"很好，你会如愿以偿的。""仆从"脱下黑色外衣，走到他的面前，披在光裸的人形风狸身上，"化成人形是要穿衣服的，懂吗？"

风狸慌忙把衣服掩起来，脸上浮起红晕。"仆从"忍不住笑了，逗了逗他头顶的碧叶："真可爱的风狸呢。你的人形很好看，不要被别人看去了。对了，你还没有名字吧？风狸……取个与狸同音的'黎'字做姓吧，名就叫'存之'。黎存之，好听吗？与你这个韵致儒雅的人形很相配呢。"

他憋红了脸："你……你到底是谁？"

"等一会儿再告诉你。现在有人来了，你，可以尝试用一下你的能力了。"

洞厅外果真传来了脚步声。虽然已成人形，但风狸耳力不减，还是听出了来人是谁。那是小主子关瞳的父亲关堡主，他最害怕的噩梦、最为之战栗的恐惧。不久之前，这个人为了迫他结出一粒髓果卖给带着千金来求药的富翁，在风狸面前亲手杀了自己的儿子关瞳。

"仆从"的红瞳鼓励地看着他，笑意寒凉。风狸的眼底浮起腥膻的杀机。

走进洞厅的关堡主没能再走出去。他进得洞来，震惊地发现多了一个头上长叶的陌生男子，而石柱下的摇钱树风狸不见了，愤怒地挥着刀，问看守的"仆从"风狸哪儿去了，是不是他与这个小偷联手盗走了。

"仆从"眯眼盯着他没有回答，一向卑微熟悉的面孔莫名陌生，被这个下人的眼睛看住，竟有种老鼠被猫儿盯住的错觉。而那个头上长叶的陌生男子走近来，轻松夺下他手中的刀，狠狠捅进了他的大腿。

为了防止风狸被觊觎，洞厅的石门厚重，惨叫声是断断传不出去的。黎存之和"仆从"抱着高涨的兴趣，经过反复探索实验，在关堡主身上试验出了自己的白泽异能。

原来他的髓果被白泽碎魄赋予了异效，与以前不同了，将它种在活人身上，也可以长髓株、结髓果。被植入髓果的人在痛苦中半死半生，给予关堡主这样的待遇，相当合适。

"仆从"又跟他一起研究着将此术与巫术结合，加强了作用——人脑髓株长的髓果可以继续做种，也可以制药。虽然药效远不如风狸原生的神奇，但也有药到伤愈的良效。

虽然不像想象中能随意号令人的生死，但风狸也很满意了。

将关堡主第一个挂在了壁上，黎存之与"仆从"走出洞厅，大开杀戒——关家人，一个也没跑掉。

在忙着把头生髓株的关家人挂到洞里的时候，"仆从"闲聊一般说："我名叫乌泽。"

寄生在仆从身上的乌泽对黎存之没有任何隐瞒，它讲了自己的身世，为什么来到雷夏、与黎存之身内的白泽碎魄是什么关系、它想要达成的目标，都毫无保留地告诉了黎存之。甚至趁夜色重时，短暂地从宿主身上离析，让黎存之看了它的真容。

庞大如顶天立地的漆黑巨兽，散发的邪魔之气如翻卷的浓墨，具有独特魅力的红瞳下，雪白的獠牙从嘴角露出，冲着黎存之一笑，前脚利甲小心地弯起，轻轻触了一下呆掉的黎存之："喂，吓呆了吗？"

"你……你真美。"黎存之仰望着巨兽，低声道。

乌泽说："现在你了解我了，你愿意陪我夺取雷夏，夺回我本应拥有的一切吗？"

黎存之说："我愿意不惜一切地帮你。"

乌泽："如果要你为我而死呢？"

黎存之把手搁在巨兽长毛柔软的脚上，轻声说："可以，我愿意。"

黎存之和乌泽把关家人统统挂进洞内之后，山下遭受鱼妇之灾的人们陆续逃来，请求避难。他们打开大门接纳了难民，并用关家人生出的髓果医治难民的伤病。

人们感恩戴德，称黎存之为"黎药师"，视他为救苦救难的菩萨。实际上黎存之待这些难民也是真真切切的善意。

爱与恨，善与恶，就在同一个人的心里共存着，泾渭分明又互相融合，一面菩萨，一面魔鬼。没人看得透他，他自己大概也说不清自己。但他不在乎。这世上又有几个人能明明白白地看清自己呢？

难民们知道风声堡里还有一个黑衣仆从，那个人不太言语，存在感很低，以至于后来悄悄地不见了，都没人留意到。

"仆从"是在樊池带九蘅来求医的那天晚上消失的。

乌泽虽然没有跟踪樊池，但它在雷夏潜伏已有数百年，眼线早已遍布雷夏大泽。远在瑜州城外的百口仙便是其中之一。她悄悄传来了樊池神君和一名少女的消息，在乌泽的授意下，百口仙设圈套让九蘅受伤，并带他们来风声堡求医，送到了乌泽的眼皮底下。

虽然白泽碎魄一旦寄宿就隐匿得气息全无，但乌泽猜出了樊池带在身边的人必是宿主之一。

那时樊池力竭昏去，重伤的九蘅落进了黎存之的手中。借着给她医治的机会，乌泽离开仆从的躯壳，宿进了九蘅体内。为了接下来的计划，它没有像以往那样夺取宿主的身体掌控权，而是完全敛起自身气息，藏在最深处，就像静静潜伏在深潭水底的鬼魅，透过九蘅的视界观察着这帮人寻找白泽碎魄的进程，必要的时候才以"梦游"这种极隐秘的方式，对全局的发展方向做出些许掌控。

而仆从在乌泽离体时本该恢复意识的，但是黎存之杀了他，悄悄地掩埋了。

一是为了不露出破绽，二则……乌泽用过的躯壳，岂能容他恢复庸人气息？

将乌泽送入了九蘅身中，虽然未显出一丝一毫乌泽的意念和气质，但是在黎存之的眼里九蘅已是乌泽。他所有的深情款款、恋恋不舍，都是给乌泽的。

强大的白泽异能

天色渐亮，天光落在黎存之的脸上，照不明他眼底的黑暗。他说："神族人，在你生命干涸的最后时刻，你就睁大眼睛，看着被你们神族创造出来又抛弃、不遗余力要消灭掉的乌泽，是如何占有白泽的七魄之力，成为雷夏大泽君王的吧。当然了，如你所知，乌泽之心不仅在雷夏，将来她还会征服上界，成为名副其实的魔主，将自以为能随意处置他人命运的神族踏在脚下。只是可惜那时你已死了，看不到了。"

樊池凶狠地盯着他："我看不到，你便看得到吗？"

黎存之不为所动，唇角反而噙着云淡风轻的笑意："将来那个伟大的妖魔世，乌泽替我看就好了。为他而死，我求之不得。"

他的身后传来低低一声唤："存之。"

明明是九蘅的嗓音，语调却完全不同，少了轻扬的明快，满是阴沉的低柔。

黎存之转身，樊池也惊怔地抬头看去。

九蘅不知何时回来了，提着无意剑站在那里，虽然还是她的面容，眼瞳却变成暗红色，眼神似带着冰凉的触感，气质像一柄卷起的软刃，阴柔之下藏着危险的杀机。

她原本穿了一身红裙，此时变成了一袭黑衣。这是乌泽喜欢的颜色，占据了这具身体，就略施小术变换了服色。

樊池知道此时的九蘅已被乌泽的意识掌控，唤了一声："九蘅！"希望能喊醒她的本性。

乌泽轻蔑地扫他一眼，嘴角勾起的微笑带着显而易见的戾气："白泽宿主，没想到你也有今天吧？你不必喊了，这具美丽的身体归我所用了。九蘅的意识与其他五个碎魄宿主一样，已经死了，樊池神君。"

"不……"他猛地朝她冲过去，只迈了一步就腿一软跌倒在地，一口蓝血喷在地上。

乌泽很喜欢看神族人倒在她脚下的模样，暗红眼瞳闪过快意。

黎存之握住了她的手："乌泽……"

她的目光转到他的脸上，带了一丝悲悯。

此时黎存之眼中什么也看不到了，只余一个乌泽——生成九蘅模样的乌泽。实际上他根本不在乎乌泽的宿主外表，仆从也好，九蘅也好，或是随便哪个甲乙丙丁，只要乌泽寄生其中，就是他眼中的至珍之宝。

他用空闲的另一只手，托起她拿着的无意剑，慢慢地，把剑锋移到了自己的咽喉："来吧，把这里的中枢兽拿去吧。只差这一步，你就是三界之中无人能匹敌的魔主了。"

乌泽的手没有动，深情望着他的眼睛，轻唤一声："存之……"

"我不会后悔。"他微笑着说，"可是有一条，不准闭上眼睛。我要你看着我，记着我，永远也忘不了我。"

"我永远也不会忘了存之的。"乌泽的音调平静柔和，像要把眼前的人送入一个温柔无底的梦境。

她的手微微一动。只需分寸的挪移，就可以切断黎存之的咽喉，以最利落的杀招，助他完成一场心甘情愿的献祭，完成乌泽和白泽的整合，造就一个古往今来无人能与之匹敌的魔主。

樊池痛呼一声："九蘅……"

湛蓝的光芒闪过，无意剑锋下，鲜血喷出，溅了黎存之一脸。

欣然等待赴死的黎存之仍好端端地站在原地，眼睁睁地看着无意剑锋从他的颈侧移走，掉转剑身，以自戕的姿态割破了乌泽寄生的九蘅的咽喉。

他震惊地看着她红瞳失神，软软倒地，仍拉着她的手没有放开，一时反应不过来发生了什么。

像魔盒被打开，六只白泽小兽、一团黑雾从九蘅身上迸飞到空中，而九蘅颈上伤口愈合，眼睛重新睁开。

不死之身。不死公子白玺的异能发挥了作用！

乌泽以九蘅的躯壳走出洞厅时，身后一直跟着如一缕游魂的九蘅意念。乌泽说了让她看完整场戏的，说到做到。

九蘅随着乌泽"走"出来，站在黎存之身后。乌泽出神地听着他与樊池的一番对话，大概是也沉溺于回忆，没有出声打断，安静地由着他讲完。而九蘅的意识没有半刻停止努力，一直在尝试着夺回身体。

她知道那是有可能做到的。因为就在昨夜，白玺做到过——他的意念曾暂时压倒乌泽抢得肢体掌控权，以自戕的方式令身体濒死，让九蘅的意识有机会与乌泽抗衡。

白玺能做到，她也能做到！

一缕薄念迟迟找不到诀窍，不死心地驱动着意念，把全部的注意力全放在那只执剑的右手上，却如被困在一个透明盒子里无法突破。直到无意剑锋托到了黎存之的颈上，旁侧传来樊池的一声呼喊，突然把盒子打破了一道缝隙。

九蘅的意念冲了出去，瞬间夺回了右手的控制权。仅这一只手就够了。

她以果断无比的手法，反转剑锋，刎到自己的颈上。

六只白泽小兽和一团黑雾从在半空盘旋，发疯一般撞向新的九蘅。

一切发生在电光火石之间，黎存之还没反应过来是怎么回事，早已做好准备的九蘅已经举起了无意剑，劈向那团冲锋在前迎面而来的黑雾！

黑雾为躲开无意剑的袭击闪避了一下，那六只白泽小兽趁机陆续扑进了九蘅的身中。

黑雾滞后一步，如龙卷风一般返身扑来时，九蘅脸上浮现出狡黠一笑，突然消失在空气中。

隐形。阿步的隐形异能！

黑雾发出震动天地的怒吼，轰然现出原形，半个天空被庞大的漆黑身躯遮得暗下，巨爪向着无风自动的花丛中拍下。隐形的九蘅如一缕细风从兽爪的间隙躲过，飞身跃起，无意剑在黑兽背上划破一道长长的伤口。

乌泽作恶万年身经百战，遭此挫折，震怒不已。滚雷般的骇人话音从半空传来："三界之中唯有白泽配与我一战，一个只占了六魄的凡人也敢在我面前嚣张?!"

它捕捉到隐形的九蘅行动时略带起的微风，巨口一张，黑色火焰喷出，花海顿成火海。藏身其中的九蘅瞬间被这来自地狱般的魔火吞噬，幸好白天有天光，九蘅仗着拥有不死之身才从火海中挣扎出来，逃到樊池和黎存之所在的唯一一片无火的空地上，跌倒在地喘息不止。

樊池看着几步外的她，突然吐出一句："黎存之……"

她眼中一闪，瞬间了然，腾空跃起，剑锋直指黎存之。

她身中已有六片碎魄，最后一片在黎存之那里。只要杀了他，七片碎魄就会全部集合在她的身中。

七魄拼合，白泽归位。

那她呢?

她的凡人之躯估计承受不了完整的白泽之力，会粉身碎骨吧。

无所谓。她与樊池，来此之前都做好了一去不回的准备。就让白泽回来吧。乌泽说得对，只有白泽配与它一战。

背后是黑焰火海，黎存之躲无可躲。像是黑色龙卷风当头罩下，黎存之瞬间被黑雾包裹!

是乌泽!

面对突变，九蘅的剑锋没有丝毫犹豫，呼啸着破雾而过。黑雾发出如来自地狱亡魂的嘶吼，直卷入燃烧的花丛中。

漫天飞舞的大红花瓣和黑色灰屑中，黑雾迅速向核心凝聚、消失，露出站在一片花骸中的黎存之。他的嘴角挂着阴邪的笑，暗红如业火的双目中透出狂怒。

那是乌泽的表情，乌泽寄宿到黎存之身上了。

他的右肩裂开一道伤口，猩红的血和团团黑气正在从那里不断涌出。黎存之的躯壳和乌泽本身都被九蘅刺伤了。

已近力竭的九蘅以剑支地摇摇欲坠，瞥见敌方受伤，眼中一亮，斗志再起。

"你那具躯壳虽精致，你既不愿给就算了，那么……毁了它吧。"乌泽用黎存之的嗓音念出的语句低暗如刃，透过炽热的空气传入九蘅的耳中，"不自量力的凡人，该收场了！"

火场浓重的烟气上升又不散去，在半空合起，渐渐遮住了天光，明明是正午时分，天色却迅速暗下，如堕入深夜。

乌泽的两手抬起，在身前虚合，钩吻花上燃烧的黑色焰苗被怪异的风卷得离开花茎，汇成一条条黑色的焰龙，缠绕、会合，向乌泽的两手间聚集过去，凝成一个旋转不止的黑火焰团。而后，乌泽用黎存之的脸露出一个狞笑。

九蘅没有退却，举起无意剑准备迎战。几步外忽然传来一声喑哑的呼唤："九蘅，你不是它的对手！"

她偏了一下脸，借着无意剑的荧光看了一眼樊池，唇角钩出一个绝望的笑。她当然知道——折磨了上界神族万年的乌泽，岂是她一个只拥有残缺不全白泽之魄的凡人能战胜的？

"我当然知道了。"她笑了笑，"我们不是有大招吗？"

在进入风声堡之前，他握着她的手，看住她的眼睛，说："若是到了退无可退的绝境，尚有一招可走。"

"哪一招？"

"自尽。"他轻轻吐出两个字，手指爱惜地抚过她的耳边散发。

她没有流露出丝毫惊怕，只问："这一招是什么道理？"

"夺取白泽碎魄，必须亲手杀死原宿主。就算是乌泽夺了其他碎魄，只要有一魄不齐，它就不能真正拥有白泽灵力。你，切不可被它杀死。"

九蘅点了点头："明白了。如果我自尽，我的灵慧兽就不会被它夺去。"

"那样它就不会被任何人夺去了。宿主自尽，灵慧即消散。"

九蘅目光灼灼地说："太好了，散了灵慧兽，乌泽的野心就永远不能实现了。"

他的目光柔软："若是到了那一步，你不许独自离开。"

"好。不论是死了还是活着，我都留在你身边。"

"要说到做到。"

"嗯。"

风声堡前，一番生离死别身后事，被他们聊得像是打完架去喝茶一般轻松。

然而两个人都没有料到，九蘅身上已有了白玺的不死异能，她没有办法杀死自己。

乌泽却有办法。它既亲手杀了白玺，就知道要杀掉不死异能者，首先要创造一个绝对黑暗的环境，以及将九蘅的肉身烧成无法投影的灰烬。

泛滥风声堡的黑色邪火和浓烟恰恰可以做到。它早就为这种突发状况做好了准备。

此时的局面，瞬息之后就是乌泽的大胜——乌泽以拥有一片白泽碎魄的黎存之的身躯，杀了身有六魄的她，就可夺去白泽六魄，完成白、乌两泽的整合，拥有白泽那无可比拟的能力。

到那时候，它尽可上天入地，所向披靡。

看着浓烟渐渐蔽日，九蘅知道自尽之计已被乌泽算到，胜算微乎其微。

她也知道，乌泽这团焰球落下，已毒发垂危的樊池也躲不过去。

九蘅说："就算去幽冥地府，也一定要找到我，一起过奈何桥。"

无意剑散发着莹莹蓝光，还有乌泽那猩红如兽的眼眸。黑暗愈重。

九蘅抬头，看着浓烟即将弥合最后一道缝隙，她缓缓掉转无意剑锋，搁在自己颈间，拼着最后一搏，企图抢在乌泽之前杀掉自己，再在黑焰中化为灰烬。

就这样明目张胆地，跟乌泽抢一个极小的时间差吧。

上空浓烟在弥合前停下了。乌泽掌心合着焰球，那张黎存之的脸露出愤怒而困惑的神气。

显然，九蘅的这一招也让它迟疑了。万一她的想法得逞，她身中的六片碎魄就要随着肉身灰飞烟灭。在她自尽和被它杀死两者之间，乌泽没有把握能抢得一瞬先机，所以犹豫了。

九蘅不敢有丝毫懈怠。冰凉剑锋紧挨着颈侧皮肤，已割破一道浅痕，溢下细细血丝，她浑然不觉，屏住呼吸紧紧盯着上空。

在短暂的对峙中，已十分昏暗的环境中突然绽出一团紫色光彩，从樊池的所在映过来。前方乌泽眼中也映照出了紫光，面露惊骇之色。

九蘅心中疑惑：那是什么？

下意识地偏头看了一眼，只见樊池左手朝她的方向举起，眼神明亮清澈，又似蓄了千言万语。他的口唇翕动，以他指上一枚镶着紫晶的铜戒为中心，爆出一团紫光旋涡正朝她旋转而来！

她想问樊池在搞什么花样，未及出口，前方焰团已如炽热雷霆扑面而来。乌泽意识到了什么，不等上空烟隙合并，已急忙出招。

九蘅也果断朝自己压下了剑锋！

世界突然寂静，绝对的黑暗。她整个人好像飘了起来，迅速地向着无边黑暗深处滑动，耳边却没有风声。

这就是死亡吗？一丝痛苦也感受不到啊。不知是她先一步自刎了，还是乌泽先一步烧死了她？到底是输是赢啊？

她的右手张握了一下，空空如也——无意剑不在了。

樊池说，无意剑是他的意念所化，人在剑在，人亡剑消。

时光逆流的天裂

九蘅没有过多的意外，毒发无力的樊池在火攻之下没有机会逃出生天。那么他在哪里？难不成不小心走散了？又或者是……她输了，已经随着灵慧兽被吸进了黎存之的体内？

一念及此慌了起来，手脚挣扎了几下，身边却没有任何东西供她攀附。她像是飞在夜空，又像沉入深海。

眼前忽然有了光亮，急忙睁大眼看去。那是一片片的光影，在身边疾掠而过，模模糊糊，明明暗暗。她在这些光影中看到了熟悉的身影——樊池、阿步、银山、招财、进宝、白玺，还有她自己。

他们在笑谈、在战斗，一颦一笑、一光一影，都是过往时光的投影。

她忙忙地伸手，企图抓住他们。可是这些影像似是虚幻的梦境碎片，穿指而过，摸不到，握不住。

她发疯一样想喊他们的名字，却发不出声音，只有飞洒的泪珠飘浮进无边无质的奇怪空间。

这到底是什么地方啊？

这个疑问，在她忽然跌落在坚实的土地上时，恍然得解。

就像是人在梦魇中突然坠落的感觉，毫无征兆地，她猛地摔了下去，跌得浑身散架一般，半天才缓过气来。

她艰难地爬起，摸了摸摔得生疼的身子，低头看了看自己，有手有脚有实体——这分明是活着的感觉啊。怎么，她没死吗？这又是什么地方……

举目四望，只见四周是夜色笼罩下的一片树林，抬头看到一枚弯月，还有一座几乎触到月梢的高塔。

她认得这个地方。老家瑜州的听月寺，拂月塔。

怎么会莫名其妙来到这里？

一个念头突然如白光照亮脑际——时光逆流术。

在皇宫中时，樊池曾跟她坦白了一个盘旋在心中许久的秘密。他说，瑜州城与鲛妖大战后的那个晚上，他陪她去寺畔泉中沐浴时，曾遇到了未来的她，要刺杀当时的"她自己"。

风声堡里，乌泽的邪火扑下之前，樊池用一枚不知哪来的扳指，启动了时光逆流术，再仔细回想当时他口中念出声的那个时辰，正是那时那刻。

不，此时此刻。

启动禁术将"未来的她"送入过去的，竟是樊池自己。

不远处传来哗啦一阵水声，有话音隐隐传来：

"你倒是回避一下啊……也不要走太远！"

"我才不管，我到远处逛逛。"

穿越时间，听到了自己与樊池的对话声。这个时候，他们初遇不久，内心却已渐渐相契，一言一笑温馨自然。

然而现在，她与他隔了时光、隔了生死、隔了永远也不能重逢的距离。

她捂住嘴巴，堵住险些冲口而出的呜咽。

她扶着一棵树，深呼吸一下让情绪平静下来，脑子飞速旋转着。樊池说过，时光逆流术把人送往过去后，只能停留一炷香的时间。那时他想不到把她送回过去的会是他自己，也不知道未来的她为什么会刺杀过去的她。

现在，一切都有了答案。

时间有限，不容拖沓。她拿出一方黑帕——乌泽这个混蛋，不但把她好看的红裙子变成黑的，连她原本洁白的手帕都不放过。把黑帕蒙在脸上，不能让那个自己看到脸，否则会死得很困惑吧。

抽出赤鱼，朝着泉水的方向悄然潜行。

那个在泉中洗澡的她让樊池走远些——记忆中也是如此，所以此时过去正好可以刺杀落单的自己。

一炷香的时间而已，她没有机会找更好的解决办法，这是最好的捷径。

这里的"她"还没有被乌泽寄生，战斗经验尚且浅薄，绝不是"现在的她"的对手，杀掉"自己"轻而易举。

未来的自己杀过去的自己，等同于自杀，虽然会毁去灵慧兽，可是也断绝了乌泽利用她加害同伴的机会。

做了这件事后，历史会发生怎样的改变，她想象不出。反正，不会有她一路跟在樊池身边了，那些阳光风雨、黑夜白昼，全都不会有她了。过去的她、未来的她、现在的她，都会消失吧。

她面蒙黑帕，目光冷厉，借着树木遮掩，走近了泉水。

时光那端的风声堡里，耗尽全部灵力启动天裂的樊池，刚把九蘅送入逆流之河中，就被乌泽击出的铺天黑焰吞没。

无路可走，他还是动用了这个禁术。

他清楚得很，此时九蘅最痛恨的是被利用为杀害同伴的凶器，如果把她送往过去，她第一个想到的，必是杀死过去的自己，再不给乌泽机会。

虽然这一招的确是个有效的捷径，但是一旦成功，从瑜州城一路走去的路上，他的身边就不会再有九蘅，她的身影会从那长长的时光里抹去，所有的并肩作战、耳鬓厮磨、欢声笑语、点点滴滴，都会被抹去。

虽然他正在跌入死亡，但那是死也不愿发生的事。

他不怕死，死了还有过去，连过去都没有了，就什么都没有了。

启用天裂的一刻，他抱着一线希望，念出了听月寺之夜的那个时辰。

他要把她送到那里去。因为那边的他会拦住她，把那句话再敲她一遍不管发生什么，都不准伤害你自己。

焰火将意识吞没入黑暗，他没有时间思考更多，只希望九蘅除了"杀掉过去的自己"这个捷径，能找到更好的解决办法。

最后一丝意识放开了手：九蘅，看你的了。

月下泉水之畔，突有劲风袭向黑巾蒙面的九蘅背部。身经百战的她灵敏避过，挥动赤鱼与偷袭者过了几招，双双退开几步。

那人低声呵斥："你是何人？所为何事？"

她看着一袭白衣的樊池，怔住了：明明记得当时樊池说要到远处转转的啊，怎么还在这里啊！

这个蜜蜂精是骗她的啊！原来他一直守在泉边，根本没走远！骗子！

心中恼火不已，盘算着时间紧张，不能与他纠缠，虚晃一招就往泉水那边冲去，手臂却被樊池探手捉住。她反手脱开，几记进攻招呼过去，又怕真的伤了他，一把赤鱼挥得哧哧风起却只贴着他的身侧划过。

樊池立刻判断出来人无意伤他，索性欺身逼近想擒拿，对方有些慌，左掌朝他胸口推来，要触到时又忽然记起他心口有伤，忙忙地往回缩。

樊池觉察到了，低声喝道："你如何知道我胸口有伤？你认识我，你到底是谁？"

九蘅冲不过他的防守，也无法跟他解释——此时那许许多多的事还没发生，暗如深渊的阴谋尚未展开，时间又紧迫，她怎么可能跟他说得清？只急得道："你不要拦我，我必须杀了她，才能避免将来的祸事！时间有限，你快给我让开！"

樊池听到这话面露惊异，却也不能就这样容她去杀泉中九蘅，两人又纠扯了几下，九蘅突然感觉身后如有风起，强大的吸力将她向后扯去。

一炷香的时间到了。

樊池看到了她身后出现的那个紫色旋涡："时间逆流术！你是从时间那端来的！"探手，一把扯掉了她蒙面的黑帕，看到熟悉的脸，呆住了。

"你就是她。"他指了一下泉水的方向，"你是未来的她。未来的某天，你动用了时光逆流术吗？你来做什么？"目光扫过她手中的赤鱼，"来杀她？哦，不对，来杀你自己。你是穿越时光，来到你的过去，杀死自己？杀了她，未来的你不也就不存在了吗？为什么这么做？"

她身后的旋涡仿佛有巨大的吸力，她渐陷在旋涡之中，身形变得恍惚，开口说话发不出声音。她的脸上现出悲恸绝望的神情，朝他伸过手来。

樊池忽然握住了她的手，沉声道："你听着，不管未来发生了什么，都不准再伤害你自己。否则的话，不管是现在的我，还是将来的我，都非打死你不可。"

又是这句话。她都听过一遍啦。

她忍不住含泪而笑。整个人再次卷入无尽虚空。无边无际的漂浮，片片时光影像忽远忽近地闪烁。

刺杀自己失败了，什么也没能改变啊。她的心如落深渊。接下来该回到她来的那个时间的风声堡了吧？回去之后，不可避免地被乌泽杀死，夺去六魄，乌泽最终获胜。

会是这样的吧。

她的思维如被抽空一般漂浮了不知多久，大概还睡了一觉。再次醒来时，还在这条时光的河中漂着。她忽然想通了一件事——那个把她送往过去的扳指，应该是随着樊池一起被乌泽邪火烧化了。时光逆流术施了一半被中断，她被困在时光的乱流里，回不去了。

她无声地笑起来，一滴泪珠脱离眼角，沉浮着不知洒向了何处。

逃进时光的她带走了白泽六魄，乌泽别想得到白泽之力了。

樊池啊，你这个聪明的蜜蜂精。我们还是没有输啊。

可是我永远、永远也见不到你了。

风声堡的黑火借着风势蔓延出去，引起了大片的山火，整个山头陷入火海，走兽奔逃不及，纷纷葬身火海。

黎存之模样的乌泽从滔天火焰中走来，一袭漆黑暗沉的黑袍，仿佛要把世上的光影吸收殆尽，紧绷的脸上阴沉莫测，红瞳里压着焚世怒火。

那个神族人竟抢一隙先机启用了时光逆流术，身有六魄的九蘅逃了！逃了！

紧接着樊池和天裂都在他砸下的黑焰中化为灰烬。

天裂。乌泽活了上万年，也不曾见过这个传说中的邪器，它是怎么落到樊池手中的？更可恨的是时光逆流术还没进行完它就被烧毁了，不能把被送到过去的九蘅接回来。她就算是逃到天涯海角他也能抓到她，可是，逃往到时光乱流里，让他如何抓？！

怀着一腔盛怒，乌泽匆匆逃离火场。七片碎魄最终只得了黎存之这里的中枢魄，占有白、乌两泽之力的事怕是难以成功了。但是留得青山在不怕没柴烧，先离开这个是非地之再说。

他驭起黑烟向山下掠去，眼看着快要走出火海了，前方突有破空呼啸，一个带着炽焰的刀轮平飞旋来。乌泽闪身一避，焰轮贴身而过，一缕乌发被切断。

虽然避开攻击，足下却踏空了，落回到地面。尚未站稳，刀轮拐了回来，当头劈下。他堪堪闪开，刀轮劈入脚下地面，大地犹如开裂。

乌泽沉声道："来者何人？！"

前方烟雾中传来一声清亮呵斥："你个混蛋！我的小美人呢？！"

话音未落，一身火色劲装的美艳女子从烟隙中冲了出来，嵌入地内的刀轮嚓的一声自动脱出，飞回到她的手中。不容乌泽有片刻喘息，再度甩出，半空里化作数个如挟火惊雷劈头盖脸砸了过去。

此人乌泽认得。他潜伏在九蘅的意识里，透过她的眼睛，认得每一个她见过的人，因此知道这个风暴之怒的女子是近焰神君。

她接到樊池的蝶信后，立即动身驭风而来。

尽管她用了风雷之速，还是晚了一步，远远望到滚烟覆野，风声堡连同附近山头都焰入黑色火海。她的小美人怕是遇害了。

近焰顿时疯了，而这时黑袍人从山上飞下，不用说，就是乌泽！她二话不说，挺身拦截，恨不能将他斩成碎片。

曾经从神族的围剿中一次次逃脱的乌泽并不把近焰放在眼里。她虽然厉害，也不是他的对手。他只要舍弃寄宿的肉身，以乌泽之形现身，可以轻松灭掉这个女神君。

可是他不太舍得黎存之的躯壳。不是不舍得他身内那片白泽中枢魄，而是……不舍得黎存之。他想把这具肉身带出去。

然而斗了一阵，他发现发疯状态的近焰神君战斗力以一当百，很不好对付，一个不留神，刀轮袭到腰间，难以躲开。不得已，他放弃了黎存之的肉身，巨大黑兽离析出来，与此同时，黎存之的躯壳被刀轮斩断，发着绿光的中枢兽扑进近焰身中。

近焰被碎魄的力量冲击得动作一滞，毕竟是神族之体，没有像其他宿主那样失去意识。紧接着就飞身跃起，继续缠打黑色巨兽，舍生忘死，不顾一切。

一个疯了的女人真的不好对付。

乌泽不想恋战，拧身朝外奔去。然而举目望去，竟是无边无际的火场。它放出的妖邪黑火借风蔓延，杀伤力也不是普通火灾能比，火线所过之处生灵灭绝，已不知祸害了几百里。

它忽然意识到一个问题：近处活物都被烧死了，去哪里找宿主？如果一个时辰内没有宿主，就会魂飞魄散。更别说身后还有近焰神君追杀不止，绊住它逃离的脚步。

等等，近焰？

近焰神君怕是这次它唯一能找到的宿主人选了。巨兽停下脚步，返身面对着近焰露出狰笑。

近焰握住火色刀轮，也是呵呵一笑："你终于想到了？找不到宿主，想寄宿在老娘身上？做你的春秋大梦！我告诉你，今日不是我杀你，就是我自杀，你休想夺我神躯！"

虽然她本不是它的对手，但它抱了以她的身体为宿主的念头，就不能出杀招。仗着这一点，乌泽束手束脚，近焰百倍骁勇。

焦墟之上，近焰神君与黑色巨兽战得烟雾腾卷、天昏地暗，不辨胜负，不知生死。

拔走触角的女人

九蘅没能目睹这一场恶战，她漂流在时光之河中，心如死去一般寂静。寂静了太久，意识渐渐模糊，灵魂像是要化散在虚空中。

身体猛地坠落下去。

她好像摔在了坚硬的地面。躺在地上半天收拾不起散乱的心神，惶然四顾。光线昏暗，地面湿冷，拱形的石顶石壁。

风声堡的洞厅？！她回来了？！樊池现在是不是就在外面？

瞬间清醒，一跃而起。等等，那是什么？洞厅中间粗大的石柱下是什么东西？

本应直接撑在地上的石柱脚下，卧着一头硕大的灰皮毛兽，宽扁的尾巴被一根雕花铜钎牢牢钉在柱上。毛兽头顶生着……两片碧油油的小叶？

这小叶子怎么这么眼熟？灰兽趴在地上闭眼睡着，呼吸短促，仿佛在做噩梦。

她忍不住伸手抚了一下它头顶的小叶子，灰兽不禁哆嗦了一下，呼地向上一起，吓得要跳起来，因为尾部被钉着，又扯了回去，睁大一双湿漉漉的黑瞳惊恐地看着她。

她慌忙安抚："你别怕，我不会伤害你……"她的目光再次落在它头上那株吓得抖个不停的小草上，"等等，你是黎存之吗？！你怎么显出原形了？"

风狸不解地歪了一下头，满脸迷惑。

突然一声巨响，绿色强光充斥洞厅，她整个人被震得摔倒在地，风狸更是前爪抱头趴在地上，一副吓破胆的样子。

九蘅耳朵震得嗡嗡作响，转眼看到一只通体发光的小兽在地上滴溜溜乱转，惊慌不已的样子。它突然发现了九蘅，眼中一喜，就想往她身上扑。扑到一半又停下了，困惑地看着她。她与它透彻的眼睛对视了一会儿，突然醒悟过来——她并没有"回到将来"，她仍在"过去"。

钩吻花下，黎存之在樊池面前讲述了与乌泽相遇的经过，而此时此刻，正是他说过的乌泽把中枢兽追赶到了风声堡、要寄生进风狸身中的时候。

中枢兽还在犹豫。它看到九蘅，判断出是个宿主的好人选，但是又敏锐地感觉到了她不是该在这里的人。于是，九蘅给它指了条明路——她朝着柱下风狸伸手一指。

中枢兽知道乌泽不怀好意，原本不愿接受它的强迫，不过经九蘅指引，仿佛吃了个定心丸，愉快地扑进了风狸身中消失不见。风狸只觉强光耀眼，以为自己天劫到了遭了雷劈，吓得昏了过去。

九蘅朝入口处看了一眼。洞厅外响着恐怖的呼啸声，仿佛正刮着一场毁天灭地的风暴。那是乌泽怕中枢兽跑出去，在外布置的封锁。

这个时刻，远在瑜州府城郊的泥路上有另一个她，大概也刚被灵慧兽扑中，无意中唤出了娘亲的画影，就傻兮兮地以为是在梦中。

为什么会忽然脱离了没有尽头的漂浮，来到了风狸刚刚被白泽中枢兽寄生的这一夜、这个地方？

若说巧合或意外，那也太离奇了。因为这一刻极其关键。

想通了这一点，她就知道机不可失，不能前思后想浪费时间。她从怀中摸出一物——冥河扇。

她原是不会用冥河扇的，但是乌泽释放了她被压抑的杀戮记忆，在记忆里旁观了四次乌泽启用此扇：狩猎场中唤出影军大杀青蚨；狭风关下、无光塔外、槐树林中三次唤出杀手加害进宝、招财、银山。四次，她若再学不会就是蠢了。

　　眼中闪过凛冽的杀气，展开了扇子，念出咒语和命令。

　　苍白的半透明将士从扇面如狂风奔涌、直接穿山壁而出，外面的守门仆从被无形的军刀第一个斩杀。

　　环绕着风声堡旋转的黑色狂风凝成一只巨兽，诧异地看了看被砍成两截的预备宿主，再盯着那群带着霜雪之气的画影军队，发出闷声如雷的质问："你们是从哪里来的？"

　　两千影军无一作答，排成森然阵列，如一丛利箭在弦，蓄势而不发。乌泽虽然百般疑惑，却并不惧怕这支画影军队。普通人面对画影只有挨打的份，作为恶魔之首的乌泽却可以吞噬它们。

　　但是……它意识到时间不多了。

　　为了把中枢兽逼到乌泽选中的风狸这边，离开宿生存的一个时辰的时限快要到了。它还没来得及进到选中的那个看守身中，看守就被画影士兵斩了。

　　所以当务之急不是收拾这帮莫名其妙冒出来挑事的画影，而是要找个宿主延续性命。这应该并非难事，风声堡中有不少活人呢！

　　它拧身朝着最近的一个屋子冲去。来不及挑三拣四了，随便谁，先宿进去再说。

　　屋子里的床上躺了一个老者，正因为外面风声怪异吓得缩在被子里不敢冒头，也没看到房间里突然凭空压下的巨大兽首。然而就在乌泽将要附身的一刻，苍白的军刀抢先一步。

　　乌泽又惊又怒，巨口一张，将未及撤退的一个影军吞进了腹中。

　　它急急忙忙跑向别的屋子搜寻其他宿主，可是总有影军赶在前头，把他的目标先一步杀死。

　　这就是九蘅给影军的命令。她知道此处离瑜州城外的雪山很远，乌泽从那里赶着中枢兽过来，已经把一个时辰之限耗得差不多了。

影军与乌泽直接对抗并无胜算，只有用清除它的可宿之主的办法来拖延时间，时辰一到，乌泽不杀自亡。

当然了，要搭上堡中关家人的性命。他们原就是该论死罪的恶人。况且别无选择，当断则断。覆巢无完卵，不灭了乌泽，别说关家人，整个雷夏大泽堕为妖魔世的时候，又有谁能偷生？

影军一路抢先，一会儿工夫风声堡中的活人、活物几近杀绝。一次次扑空的乌泽已然疯狂，巨口化为风洞，影军陆续被吸入无底深渊。它将两千影军吞噬殆尽，却再也搜不出一个可作宿主的活物，绝望的狂吼震得山体欲裂。

最后时刻它记起了洞厅中的风狸。风狸虽已被中枢兽寄宿，但它也可以同时寄宿啊！

乌泽急切地冲向那个洞厅，却见一个黑衣少女站在洞门前的空地上。

活人！有宿主了，乌泽大喜，想也不想就扑了过去。却见少女不惧不避，目光森冷，嘴角挂一个寒笑，手中举起一把牙白利器。

乌泽感觉不对，却刹不住扑击之势——性命时限只残留一丝火星，它没有时间犹豫。

以大山压顶之势袭到少女身上，却虚无地穿过了她的身体，从咽到腹，还被牙白利器剖开一道长长的灼热裂口，翻卷的黑雾从伤口涌出。

这个少女无法寄宿进去！

它摔倒在地，庞大的身躯挣扎着抬起头，回望着如从梦魇中走出的少女，发出最后一声问："你……你不该是这里的人……你到底是谁？"

"白泽灵慧魄。"少女沉沉回答，"去死吧，乌泽。"

乌泽听清了，却仍没想明白。若有地狱可容它，或有机会慢慢参透命运的百折千转。时限的流沙耗尽了最后一粒，巨兽的身躯在绝望咆哮中化成黑焰，整个风声堡陷入火海。

九蘅把冥河扇也丢入了火中，与再一次舍生取义的两千影军道一声别，也让扇中那个冷血杀手与之陪葬。

这个过程虽大起大落，却瞬息万变，停留在此处的时间尚未到一炷香时间。

她退回洞中，关闭石门，把火场热浪抵挡在外。石柱下的风狸已不见了，倒是有个光裸身子的年轻男子俯卧在地昏迷着，乌发铺在脸侧，头顶一株碧绿小草。

她脱下黑色罩衫盖在他的身上，拍了拍他的脸："黎存之，醒一醒。"

他慢慢睁开眼，神志模糊，怔怔看着面前的少女。

九蘅把脸凑到他的眼前："黎存之，记住我的脸，一定要去找我。你的仇我已替你报了，你不准做坏事，要做个好狸，记住了吗？"

他茫然眨着眼，不知道她是谁，也不懂她在说什么。只看到少女身后的虚空中出现紫光流转的旋涡，倏忽之间，她已消失不见。

他大概又昏过去了一阵。再醒来时，发现自己竟然有了人形，身上盖着一件黑色女式衣衫。他不能确定刚刚发生的一切是不是做梦。直到走出洞厅，发现整个风声堡已是一片焦墟。他恨之入骨的关家人，全死了。

大仇得报，心中却空落落的，隐约记起了少女的面容和她说的话。抱着黑衫低声念道："你是谁？为什么唤我作黎存之？我该去哪里找你？"

九蘅已回到时光之河里继续漂流了。她无声地笑起来，万万没想到，她在"过去"干掉了乌泽。

乌泽死了！在藏到她的身体里之前就被她杀死了！这样的话，历史就被改变了吧？乌泽不会再借她的手杀害同伴。进宝、招财、白玺、阿步、银山，他们都不会死了。

那么她呢？被改变了命运的那个她，走在新的轨迹的她，会一直陪在樊池身边，跟伙伴一起吧？

那个她和这个她，此时像是剥离成了两个人。这个她仍被困在时光乱流里回不去，那个她快快乐乐、意气风发地与同伴一路前行。

真是难以理解的奇怪状态啊。

她想：或许"这个她"的使命就是来杀了乌泽，然后永远漂流直到时间的尽头吧……

这样也好。

她无声地对"那个她"说："喂，你不要让我失望啊。"

然而，坠落的感觉又来了。猛地摔到地上时，九蘅满心欢喜：我是回来了吗？

跳起来四顾，却没看到渴盼重逢的人，四周一片寂静，一个人影也不见。这是什么地方？这是一处高峰之巅，似是正午时分，阳光明亮温暖，视野中的一片荒芜破败景象既陌生又有几分熟悉。

她茫然四顾打量着，忽然望到一座高大建筑。这座建筑的模样她熟悉啊！不过她看到过的那座金碧辉煌宝光烁烁，眼前这座大概是年久失修，透着一股苍凉之气，却也掩盖不住其庄严气魄。

这是离山的佑护神神殿！可是……环绕在神殿周围的琅天城不见了。这一次九蘅迅速作出了判断——这是神殿没错，可是不知道是哪年哪月的神殿。时光之河为何又将她抛在了此处？是偶然吗？

她朝着神殿走了过去。殿门已经朽化欲坠，半开半合，进去后，只见满地灰尘，一踏一个脚印。正对着门口的是一座几丈高的佑护神神像。油漆斑驳的神像塑得威武凛凛，脸色赤红，横眉怒目，半点没有香案上睡着的那个真正的佑护神的样子。

九蘅一把捂住了嘴，堵住险些冲口而出的呼唤，看着那个人，眼泪滚落下来。

她已然明白了——时光把她带到了更早更早的时候，早到她与樊池还没有相遇、鱼妇之灾还没有发生、雷夏大泽还一片太平的时候。

听月寺——风声堡——神殿。她似乎是逆着时间，被越送越远了。再这么下去，会流浪到越来越陌生、越来越孤单的远古去吧？

这个时间里的樊池无所事事，闲极无聊，正在神殿里睡大觉。

他面朝着她的方向懒洋洋侧卧着，乌发滑下香案的边缘，眼睑安静地覆着，不知梦到了什么愉快的事，嘴角噙了一个浅笑。

不能惊醒他——她跟自己说。她只能在此停留很短的时间，若他醒了，必会疑心盘问。以后还不知能不能看到了，不如用这点时间好好地看看他。

她极轻极轻地走近了他，仔仔细细端详着他的睡颜，一时沉溺，不能自拔。她忽然注意到他头顶有两根莹亮的触角随着呼吸一起一伏。

咦？这时的他还有两根触角啊！

看到触角就想摸的瘾被激发。什么叫作机不可失，时不再来！她两眼狼光闪闪，手果断伸了过去，捏住了他的右触角。

啊……手感真好，她感动得要哭了！

樊池猛然惊醒，呼地坐了起来，然后是一声痛叫，抱着脑袋，与香案前的少女面面相觑。

九蘅又何尝不吃惊。

她看了看仍捏在手中的一根触角……

没错……樊池起身太突然，她来不及松手，这根触角断了……断了……

她额上冒出滴滴冷汗，对着他扯出一个僵硬的笑："抱歉啊……"

樊池暴跳而起："道歉有用吗？断了！断了！"

看他气疯了要打人的样子，好汉不吃眼前亏，她转身就跑。

他怒不可遏地穷追不舍："你个疯女人给我站住！你是谁啊？！你从哪里来的啊？！为什么要拔我触角！触角对我有多重要你知道吗！你还我触角啊……！"

九蘅简直苦不堪言，好不容易重逢，非但不能相认还要被他打一顿吗？这叫什么事啊！

巨大的白兽忽然从樊池的身中离析出来，爪子一伸，把他绊了一个跟头。

樊池爬起来跳脚："白泽你拦我干吗！快帮我拦住那个女疯子！她竟敢拔我触角！"

白泽用洪亮的声音劝道："算了，一根触角而已，拔便拔了，送她好了。"

"什么？！"樊池震惊了，"你到底是哪边的？"

白泽"呵呵"一笑，不再跟他啰唆，用爪子把气急败坏的宿主往后一拨，化成一股银白的风，卷起前方仓皇逃跑的黑衣少女，瞬间把她带到了很远的地方，轻轻放在地上。

九蘅惊魂未定地仰面望着巨大的神兽，良久才找回声音："你是……白泽？"

想不到有一天能见到樊池深深怀念的白泽。神兽的威严、宽厚和智慧是言语不能传达的，只有亲眼看到它，她才能真正领略，感受到深至灵魂的震撼。

白泽微笑着低下巨首："是我。终于见面了，九蘅。"它的声音悠远空灵，仿若来自云端。

"……"她愣怔了一下，"不对啊，你怎么知道我的名字？这个时候我还不知在哪儿呢？怎么会……"

白泽湛蓝的眼睛如星辰大海："是的，我知道你。过去和未来，我都知道。"

巨掌微微一动，一枚镶嵌紫晶的铜扳指滚落出来。九蘅盯着这枚扳指，如闪电照亮脑际，一切都想通了："原来是你。是白泽你在这里启用了它，把我送去风声堡的那一夜，杀了乌泽。"

白泽点了点头："你跟我想象中一样聪明。"

原来是白泽啊。这个大智大慧的神兽，早在一切发生之前就预知了未来，在时光的深处以天裂扭转了悲剧。

"你在过去，改变了未来。"她喃喃念道，"白泽……既然你能预知未来，为什么不提醒樊池，在雪山大战那天就不要中乌泽的圈套，那你也不必拆魄了。"

白泽说："历史的轨迹不是任意改动的，白、乌共生共存，共消共亡。我与它终有一战，一起来到这个世界，也会一起离开。这是命中注定的，无可改变。"

"可是……"她怔怔指了指天裂，"你不是已经用它改变历史了吗？"

它笑了："这个改变，也是命中注定，是你们拼尽全力换来的。九蘅，那条旧的时间线不是被抹去了，只是兜了一个圈子。改变历史、消灭乌泽、拯救雷夏的不只是我，也是你，是樊池，是以后拥有我碎魄的每一个宿主。"

她呆呆地说不出话来，其中玄机太过深奥，一时无法悟透。

身后却传来风力，紫色旋涡出现了。她慌张地叫道："等一下！我以后会去往哪里啊？"

白泽没有回答，蓝眸如宇宙般深远："你们要替我好好守护雷夏。"

看着少女消失在虚空，白泽化成一团蕴蕴云气，瞬息飘浮数百里，来到一片山林上空。这里是皇家狩猎场。一个少年骑着马，有些失神地散漫走在林间。它松开前掌，天裂戒指掉落下去，正砸在少年头上。少年摸着脑袋向上望去，只看到一片缥缈白云缓缓飘过。

"树上掉松果吗？"他自言自语着朝地上望了一眼，一缕紫色反光映进瞳中，

"那是什么？"

下马捡了起来，是一枚古怪的紫晶扳指。远处忽然传来焦急的呼唤声："奕远！奕远！"

少年眸色一深，神情转冷。将扳指随手揣起，缓缓搭箭拉弓，对准了匆匆找来的奕展。

奕展转头看到了他，兄弟俩隔了一支暗光利箭，静静对视着。

断掉的触角

这一次九蘅没有再寂静地漂流下去，一进入时光之河就像被巨大的力量推着疾速飞行，耳边风声尖啸，时间的感觉被拉得极长又压到极短，完全失了概念。

像是噩梦醒来，灵魂被猛地扯回身体，她感觉心跳得极快，呼吸续接不上，眼前人影晃动却看不清楚。隐约有人在耳边呼喊："小美人，你怎么了？快叫黎药师！"

有人跑来跑去，一片混乱……

心跳慢慢平稳，视野也清晰了起来。首先是近焰神君焦急的脸，还有头顶竖着碧生生叶子的黎存之。她眯起了眼，不由念出声来："黎存之？"

他一脸严肃，清澈眼神里压着疼惜，轻声说："别动，我在给你诊脉。"

她这才发现此时自己正躺在近焰怀中，而黎存之的手指搭在她的腕脉上。

近焰眼中含泪，慌慌张张地跟黎存之说明情况："我正拐了小美人……哦不，我正请小美人过来吃点心聊天，她忽然就晕倒了。"

什么情况？这又是来到了何时何地？

九蘅呼地坐了起来，吓了近焰一跳："小美人你慢一些，起急了又头晕……"

九蘅紧紧拉着近焰的手："现在是什么时候？"

"晚……晚上了呀……"近焰慌慌地答道，"你怎么了……"

九蘅还想再问究竟是哪年哪月，转脸却看到围在床边的一群人——银山、白玺、阿步以及被阿步抱着的进宝，还有把毛脑袋用力挤过来的招财。他们都在一脸关切地看着她。

她突然甩开近焰扑向了阿步，把他和进宝一起抱在了怀里："进宝！阿步！"大哭起来。阿步一脸茫然，进宝则趁机欢快地把口水蹭了她一脸。

众人不知所措、惊慌不已，她又转头扑银山，扑白玺，扑招财，又哭又叫的。突然两眼发直地问："对了……陆将军……陆将军呢？他活过来没有？"

银山担忧地道："陆将军不是好好地在京城驻守吗？什么活了死了的？"

她捂着心口跪地，又哭又笑："太好了……陆将军也活过来了……"

近焰拉着黎存之泪流满面："黎药师，我家小美人是怎么了呀？"

黎存之也吓白了脸："这……难道是……疯病？"

近焰哭得更厉害了："你要救救我家小美人呀，黎药师……"

门突然被大力撞开，有人冲了进来："发生什么事了？"

正抱着招财不撒手的九蘅抬头看到熟悉的白袍身影，嗷的一声，直接跳到了樊池身上，四肢紧紧缠住他，脸埋在他的肩上痛哭不止。

樊池吓到了，柔声哄了几句，腾出手来把屋里的人指了一圈："竟敢欺负我灵宠，回头把你们轮番揍一遍！"

他抱着灵宠转身走了，留下一屋子人面面相觑。

琅天城的城楼之上，樊池总算是把灵宠安抚得止了哭泣。她却挂在他身上不肯下来，有一下没一下地抽噎着，紧紧抱着他的脖子不撒手。

樊池内心乐开了花，表面却装得毫无波澜，拥着她轻声道："到底是怎么了？跟他们吵架了吗？没事的，自己人，回头就和好了。"顿了一下，又道，"不过，还是要离黎存之远一些。这个家伙莫名其妙硬要跟着我们，还说认识你，说什么他的名字是你起的。呵呵……你怎么可能跟一个被镇了几百年的风狸妖相识，我看他就是不怀好意。"话越说越酸，空气中都是醋味了。

平静下来的九蘅，感觉脑海深处忽起风云，历史真的被改变了。

有两段不同的记忆交错又重合。

乌泽被回到过去的她杀死在风声堡。那之后，她与樊池还是相遇了，然后又找到了招财、阿步、进宝、银山、白玺。连顺序都没变，杀妖除怪的经历也几乎没有变。

不同的是，乌泽借她之身杀戮同伴的事没有发生，悲剧从新的时间线中抹掉了。

还有强行加入队伍的黎存之，因为对九蘅异常亲近的态度遭到樊池排斥，却百折不挠地硬留了下来。

正如白泽所说，一切既是上天注定，也是他们拼尽全力换来的结果。她转了一下脸，望向城楼外的星空旷野——她是如此深切地热爱这片土地。

樊池揉着她的头发，也把目光投向远方。

在他们的努力下，各处作乱的妖异已被镇压，雷夏大泽日趋平静。他指着大美夜景道："你看山下村庄的灯火，百姓总算得了一时安生。只是还没找到白泽第七魄宿主的下落，也一直没寻到乌泽的踪迹，总是心中难安。"

她仰起脸，微笑着看他："你放心，第七个碎魄宿主远在天边，近在眼前。乌泽也不会出来了。"

他只道她是顺口安慰，没把这话往心里去，只觉得星光下少女的脸皎洁美好，忍不住低头在柔如花瓣的唇上吻下，香甜侵齿，神思缥缈，头顶施施然冒出一缕单触角。

触角的末端一悠一晃撩到她的耳边，痒痒的。她忽然分神，把他推开几分，道："我问你个事啊。"

"唔……什么事？"没有吃饱的蜜蜂精眼中雾霭不散，唇一点一点不满足地落在她的发际。

"断掉的触角还能插回去吗？"九蘅弱弱地问。

他仿佛被戳到痛处，眼中浮起委屈："你嫌弃我只有一根触角？落下这个残疾我也很自卑啊。谁能想到会有个不知哪里冒出来的女疯子，莫名其妙闯入神殿，趁我睡着拔了我一根触角！若让我抓住她……"牙根咬得咯吱一响，眼中狠色闪过。

忽然注意到灵宠神色慌张，正把什么东西往怀里藏，一把拉过她手腕："你手里拿的什么……"

目光落在她手中捏着的那根莹亮丝状物上，呆住了。九蘅看势不好，趁他没回过神来，跳下他膝盖，一溜烟跑了。

樊池很久才回过神来，怒吼一声："你给我站住！给我解释一下！"

远远传来灵宠的呼喊声："近焰姐姐救——命——啊——"

夜色中，灯火灿烂的琅天城如星河倒映。星空深处仿佛隐现银白巨兽的含笑面容，正以浩瀚目光俯视着它的雷夏大泽。

灵宠出嫁

春风一夕浩荡。

在樊池神君和七名白泽碎魄拥有者的努力下，雷夏大泽逐步走出乌泽之祸的阴影，人间渐渐恢复生机。每当笼罩在神峰之上的云雾裂开，露出琅天城神殿宝顶，峰下的人们都会遥遥相拜，感恩神君佑护苍生。

他们不知道的是，此时此刻，被众生膜拜的神君正拱在他的灵宠身边叽叽歪歪："我要吃镇子上王二婶甜品铺的蜜三刀。"樊池的单触角一抖一抖，说不上是在撒娇还是在发脾气。

九蘅将了将那根触角："好好好，我去给你买。"

樊池依依不舍挥着手，目送九蘅骑着大猫招财远去。

转过身来时，满面清冷："今日有上界客人要来，准备一下。"吓得跟在后边的小蛇妖阿细，不禁腿软。

乌泽之祸过后，上界撤去封锁雷夏的结界，先前有信传来，说今日有仙使来访。

临近黄昏，樊池正躺在神殿宝顶惬意地望着天边的云卷云舒，心里盘算着与灵宠的婚事，忽见一人腾云缓缓而来。此人长发如流火红缎，袍角袖边卷着五彩云气，在经过琅天城上空时，城中小妖无不驻足，霎时引起了不小的骚动。

而来人正是上一届佑护神——沐鸣。

樊池飞身而下，站在神殿门口，看着沐鸣顶着一头红毛和那张祸水脸徐徐走近，身后还跟着一帮挨挨挤挤伸长脖子的小妖们，心中万分庆幸早早支走了九蘅。上次他为伪装身份借用沐鸣的脸时，她嘴上没说，但满面桃花的样子可骗不过他！所以，当他看到信中仙使名字时，就决定把九蘅支走，绝不能让他们碰面。

沐鸣来到近前，先是宣读了仙帝慰问圣旨，其中表达了封锁雷夏的无奈以及对樊池、白泽、七名碎魄拥有者守护雷夏的肯定和封赏。

樊池接过圣旨："臣知道了，臣理解，再见。"

沐鸣："……"

沐鸣召出一柄金光灿灿的神剑握在手中，剑意凛凛，吓得围观小妖们霎时逃得无影无踪。

樊池："？"

他反思了一下，意识到自己的待客礼数的确有些欠缺，犹豫道："要不，喝杯茶再走？"

沐鸣冷冷道："今日你我是为近焰而战。"

樊池连忙摆手："我与她婚契已撕，婚约已解，你想娶她去求亲便是，跟我打什么架？"

沐鸣剑尖指地，一张俊脸如覆寒冰："你我若无一战，会有损近焰的清誉。"

樊池笑出声来："清誉那种东西，你问问你家近焰在不在乎。"

"她不在乎，我在乎。"沐鸣眼神一凛，举剑上前。

剑锋未至，樊池吧唧一下躺地上了。

沐鸣："……"

樊池："哎呀，我输了。好了，你可以走了。"

沐鸣冷笑："堂堂雷夏佑护神，竟如此无能。"

樊池站起来："你说谁无能呢？说起来，我伤愈之后还没试试功力恢复得如何呢。"掌心闪过湛湛蓝光，无意剑已召在手中。

天崩地裂，飞沙走石，神殿崩塌，琅天城毁。

无意剑劈裂长空，即将斩断那袭火色红发的发梢。杀得兴起的樊池突然想起什么，剑锋急偏，将地面斩出一道深深裂缝，然后往旁边一躺："哎呀，我输了。"

沐鸣："……"

樊池心口狂跳，心道：好险好险，差点打赢了。万一他赢了，就沐鸣这种死要面子的小心眼，大概就没脸跟近焰提亲了！

两人坐在废墟之上歇息。

樊池道："请你们两个祸害尽快内部消化，莫要再荼毒众生，我替天下苍生谢谢你们。"又唤来钻进地洞避难的阿细。

沐鸣："不必上茶了。"

樊池："美得你。阿细，把城中损失和修缮费用列个清单给沐鸣神君带上。"

沐鸣："……"

等候清单的间隙，沐鸣扫了一眼樊池坠着两枚骨珠的系发红绦，道："我记得你这獬齿骨珠有四颗的，另外两颗是送人了吗？"

樊池眉一扬："关你何事？"

沐鸣懒得跟他计较，干脆闭嘴不问了。

樊池却道："送给我的灵宠了，她戴着可好看了。"一副不想让人知道、又巴不得天下人都知道的窃喜模样。

沐鸣微露迷惑："你的灵宠可是一位新嫁娘？"

樊池一愣："此话怎讲？"

沐鸣道："我来时路上遇到一支迎亲队伍，偶然瞥见新娘的盖头底下垂着两枚骨珠，当时就觉得眼熟……"

一阵风掠过，他转头一看，哪儿还有樊池的身影。

镇上的王二婶甜品铺大白天封着门板打了烊，显然极不正常。

樊池破门而入闯进后院。院中不见人影，倒是招财趴在院中，抱着一条咸鱼舔得兴起，见他进来，只懒洋洋甩了甩尾巴。

他疾声问："招财，九蘅呢？"

屋门开了一道缝，王二婶战战兢兢道："九蘅姑娘替我女儿出嫁去了……"

樊池顿时脸色铁青：他的灵宠出来买个甜点，怎么就出嫁了呢？！

九蘅骑着招财来到王二婶甜品铺时，一队迎亲队伍正围在铺子前敲锣打鼓，她是这家店的常客，知道王二婶有个女儿名叫阿糖，年方二八，如花似玉，难道今日要出嫁？可是铺门却紧闭，里面毫无声响。再仔细一瞅，迎亲队伍中的轿夫和吹打鼓手的袍子后面，偶然有毛茸茸的尾巴露出，竟不是人类。再看那高头大马上坐着的新郎，俊则俊矣，却透着一股妖邪气。

　　九蘅眉头一锁，问围观路人："这是怎么回事？"

　　路人道："这位新郎官自称'西山公子'，说他与王二婶家的阿糖情投意合，因此上门迎娶。可是看王二婶家大门紧闭的样子，好似不太乐意。他却不依不饶，已在这里闹了有些时候了。"

　　那厢，一身大红喜服的新郎已下了马，捧着一套嫁衣头冠站在门前，隔着门道："阿糖，我每次来买甜品，你都对我甜甜一笑，我便知道你倾心于我。"

　　站在九蘅身边的路人失笑："人家开门做生意，不给顾客笑脸，难道还摆一副臭脸不成？"

　　新郎又道："年前我来买杏脯，你独独多送我一份樱桃蜜饯，我更加知道你的心意。"

　　路人道："那是人家新年回馈老客户，但凡买东西的都送一份！"

　　新郎深情款款："我走时，你还对我说小心路滑，足见你对我是多么的关心。"

　　路人叹口气："那天下雪了，阿糖跟谁都这么说。"

　　新郎高声道："我知道你肯定想嫁给我，必是父母阻挠才不出来。你别怕，我今日便是抢，也要把你抢回家！"说到激动之处，九蘅看到他喜服底下白尾一晃。

　　呦呵，是只白狐妖。

　　雷夏大泽恢复太平之后，因白泽七魄分散在七人身中没有聚合，对世间妖物的震慑之力不似白泽时代那般强势，妖物只要服从管治，不为祸作乱，就容它们在人间有一席之地。

　　这只白狐却做出上门抢亲这等事，必是给它自由过了火。

　　九蘅只要放出招财，就可以将这窝狐狸放倒，押回琅天城教育教育。但镇子繁华，围观者甚众，必会惊扰民众。于是她心生一计，带着招财避开人群，从院墙一跃而入。

甜品铺后院里，阿糖正跟父母抱在一起发抖哭泣。他们先是被从天而降的大黑猫吓了一跳，旋即认出来人是熟客九蘅姑娘。王二婶拉着九蘅说，门外的是狐妖，不知如何看上了阿糖，竟要抢人，他们吓得不知该如何是好。

九蘅问阿糖："你可喜欢那狐妖？"

阿糖委屈道："我的心上人是隔壁小张木匠，根本不喜欢狐妖，也不知他为何笃定我喜欢他！"

九蘅同情地拍拍她："别怕，交给我来解决。"

在九蘅的授意下，王二婶开门从狐妖手中接过嫁衣头冠拿进屋中，给九蘅穿戴起来。九蘅令招财原地等候，然后遮上盖头走出大门。狐妖怎知新娘换了人，欢天喜地把人扶上轿子，还不忘对围观众人炫耀："你们看，我就说阿糖钟情于我！"

队伍往西山而去的路上，狐妖骑马伴在轿子一侧喋喋不休，喜悦之情溢于言表："阿糖，我为你盘下了西山最气派的古墓，把墓中地宫装饰得富丽堂皇，你一定会喜欢的！我的朋友都说我不可能把你娶回家，全在等着看我的热闹，这回该让它们刮目相看了！"

这狐妖倒是真心喜欢阿糖的，也不是很坏的狐，可惜自信过了头。九蘅原打算在半路僻静处将它拿下，却不忍打破它短暂的快乐。一犹豫，就到了豪华古墓跟前，她坐在轿中遮着盖头，听着道贺声此起彼伏，大概方圆百里的妖精都来捧场了。此时她若扯下盖头毁了婚礼，此狐必会尊严扫地，令其今后狐生不知该如何自处。

真是骑虎难下。

只听狐妖在轿外说："阿糖，我来扶你……"

外面忽然起了一阵狂风，刮得众妖睁不开眼。没一会儿狂风止息，宾客们咳嗽着道："刚才好大的风！新郎官还不快快把新娘迎进去！"

轿帘掀开，一只修长的手伸进来，握住九蘅的手，她顺势下了轿。她想好了，还是给狐妖留点面子，走个过场，等独处时再收拾它。

狐妖牵着九蘅的手走进古墓，地宫中灯火通明，挂着红绸红灯，贴着大红双喜，连地宫中央墓主人的石棺上都挂着大红花，处处充斥着宾客们的欢声笑语，倒无半分阴森之气。

有嘴巧的妖精充当主婚人，让两人各牵红绸一头，一拜天地，二拜高堂——狐妖的高堂是普通狐狸，早已作古，便请那口千年石棺代劳。墓主人曾是个大官，身份也是够分量的。

九蘅被一系列流程搞得不耐烦，夫妻对拜时草草拱了拱手，手中红绸突然一紧，牵得她不由自主深深一拜，差点栽到对面人怀中去。她心中微微诧异，感觉这狐妖有些骄横，颇欠收拾。

宾客散去，欢声渐远。古墓中一片安静，唯有烛花炸出轻微的毕剥声。喜床上铺着厚厚锦被，用的都是上好面料，看得出狐妖是真的用心了，不过可惜，郎有情，妾却无意。

九蘅坐在床沿，感觉狐妖走到近前，手腕一转，早已藏在手中的赤鱼倏地变大，刚想招呼上去，手腕却被冷不防地握住了。

她心中一惊：能一招就制住身经百战的她，此狐不简单，今日之事难道是个圈套？

还未来得及使出应对招数，头上盖头被一把掀去。

九蘅惊讶地看着一身喜服的男人："蜜……蜜……蜜蜂精？你怎么会在这里？"

樊池冷笑一下："我若不在这里，你不就跟别人拜了堂了？"

她惊讶道："跟我拜堂的是你吗？"

"不然你希望是谁？"他咬牙切齿地逼近，迫得她半仰在喜床之上。

她慌道："不是……你什么时候跟狐妖调包的？"忽然记起进古墓前起过一阵怪风，自那之后狐妖就没开口说过一句话。

她恍然大悟："原来进来之前你就把他取而代之了！你是变成狐妖的模样骗过那些宾客的吗？"

"不然呢？"他将她逼迫到床角，满身怒气无处可撒。

"那狐妖去哪儿了？"

"捆在轿子里哭鼻子呢。怎么，你心疼吗？"

她心中一凛，正色道："绝没有，它活该吃点苦头。我没有半点心疼它的意思，你相信我。"

他没吃这一套，迫得越发近："我如何相信你？你都跟他拜堂了。"

"那不是你吗？"

他恨恨道："当时你可并不知道是我。"

九蘅感觉到了杀气，慌了："你你你……有所不知，你听我解释。"

他眼中火星一炸："我不听。"

跟一只气疯的蜜蜂精讲道理是讲不通的，跑又跑不了，她彻底了："你到底想怎么样？"

"都拜堂了，你说怎样？"他在她耳边低声道。

……

图书在版编目（ＣＩＰ）数据

白泽寄生.下册/方应鱼著. — 广州：广东旅游出版社,2023.1
ISBN 978-7-5570-2809-1

Ⅰ.①白… Ⅱ.①方… Ⅲ.①幻想小说–中国–当代 Ⅳ.①I247.5

中国版本图书馆CIP数据核字（2022）第118617号

出 版 人：刘志松
策划编辑：张濛允　周　维
责任编辑：龙鸿波
封面设计：刘　颖
封面插画：寂　阳
责任校对：李瑞苑
责任技编：冼志良

白泽寄生　下册
BAIZE JISHENG XIACE

广东旅游出版社出版发行
（广东省广州市荔湾区沙面北街 71 号首、二层）
邮编：510130
电话：020-87347732（总编室）020-87348887（销售热线）
投稿邮箱：2026542779 @ qq.com
印刷：北京金特印刷有限责任公司
地址：北京市石景山区鲁谷路 74 号
开本：710 毫米 ×1000 毫米　16 开
字数：328 千字
印张：22
版次：2023 年 1 月第 1 版
印次：2023 年 1 月第 1 次
定价：78.00 元（全二册）